HELENE WECKER

Golem und Dschinn – Eine Liebe nicht von dieser Welt

Buch

Chava wird als Golem erschaffen, für einen unglücklichen Tischler, der sich eine Frau wünscht. Mit ihr will er seine Heimat Polen für immer verlassen, um sein Glück in Amerika zu suchen. Doch als er auf der Überfahrt stirbt, ist Chava in der großen, fremden Stadt vollkommen auf sich allein gestellt. Neugierig und voller Tatendrang – als Golem kann sie nicht nur die Wünsche und Begehren aller Menschen spüren, sondern verfügt auch über übermenschliche Kräfte – fasst sie Fuß in der jüdischen Lower East Side.

Ahmad, der Dschinn, stammt aus der syrischen Wüste und wurde vor Jahrhunderten von einem Zauberer in eine Kupferflasche eingeschlossen. Als die Flasche in die Hände eines Kupferschmieds in Manhattan gelangt, wird Ahmad aus seiner Gefangenschaft befreit. Anders als Chava langweilt Ahmad das Leben der Menschen. Er sucht – zum Unbehagen seines Befreiers, der ihn als Lehrling angenommen hat – nach abenteuerlichen Ablenkungen.

Als Golem und Dschinn sich zufällig begegnen, erkennen sie ihre Seelenverwandtschaft. Doch die Gefahr, entdeckt zu werden, schwebt ständig über ihnen, und als ein mächtiger Feind auf den Plan tritt, verstehen sie, dass ihre Schicksale enger miteinander verknüpft sind, als sie dachten …

Autorin

Helene Wecker wuchs in Libertyville, Illinois, einer Kleinstadt nördlich von Chicago, auf. Nach ihrem Anglistikstudium arbeitete sie in Minneapolis und Seattle in den Bereichen Marketing und Werbung. Danach studierte sie Kreatives Schreiben an der Columbia University in New York. Heute lebt sie mit ihrem Mann und ihrer Tochter bei San Francisco. *Golem und Dschinn* ist ihr erster Roman.

Helene Wecker

Golem und Dschinn

Eine Liebe nicht von dieser Welt

Roman

Deutsch von Anette Grube

blanvalet

Die Originalausgabe erschien 2013 unter dem Titel
»The Golem and the Jinni« im Verlag HarperCollins, New York.

MIX
Papier aus verantwortungsvollen Quellen
FSC® C014496

Verlagsgruppe Random House FSC® N001967
Das für dieses Buch verwendete FSC®-zertifizierte Papier
Holmen Book Cream liefert Holmen Paper,
Hallstavik, Schweden.

1. Auflage
Taschenbuchausgabe August 2015
bei Blanvalet, einem Unternehmen der Verlagsgruppe
Random House GmbH, München

Umschlaggestaltung: www.buerosued.de
Umschlagmotive: Getty Images/Maria Benackova;
Getty Images/Magda Indigo; Reciprocity Images/Jason Langley
ue· Herstellung: sam
Satz: Vornehm Mediengestaltung GmbH, München
ISBN 978-3-7341-0120-5
Besuchen Sie uns auch auf www.facebook.com/blanvalet
und www.twitter.com/BlanvaletVerlag.

www.blanvalet.de

Für Kareem

Kapitel 1

Das Leben des Golems begann im Frachtraum eines Dampfers. Es war im Jahr 1899, und die *Baltika* war unterwegs von Danzig nach New York. Der Meister des Golems, ein Mann namens Otto Rotfeld, hatte ihn in einer Kiste an Bord geschmuggelt und zwischen anderen Gepäckstücken versteckt.

Rotfeld war ein polnischer Jude aus Konin, einer geschäftigen Stadt an der Warthe. Als einziger Sohn eines wohlhabenden Möbelschreiners hatte er den Familienbetrieb nach dem vorzeitigen Tod seiner Eltern, die an Scharlach gestorben waren, früher geerbt als erwartet. Aber Rotfeld war ein hochmütiger Taugenichts, besaß keinerlei gesunden Menschenverstand, und es waren noch keine fünf Jahre vergangen, da hatte er die Schreinerei in Grund und Boden gewirtschaftet.

Rotfeld stand in den Ruinen seiner Existenz und zog Bilanz. Er war dreiunddreißig Jahre alt. Er wollte eine Frau, und er wollte nach Amerika.

Die Frau war das größere Problem. Abgesehen von seinem hochmütigen Auftreten, war Rotfeld schlaksig und unansehnlich und neigte obendrein zu Anzüglichkeiten. Frauen waren nicht gern mit ihm allein. Nach Antritt seines Erbes hatten ihn ein paar Heiratsvermittlerinnen aufgesucht, aber ihre Kandidatinnen stammten aus ärmlichen Familien, und er hatte sie abgewiesen. Als schließlich alle begriffen hatten, dass von ihm als Geschäftsmann nichts zu erwarten war, erhielt er überhaupt keine Angebote mehr.

Rotfeld war zwar hochnäsig, aber er war auch einsam. Er hatte noch nie eine Liebschaft gehabt. Wenn er auf der Straße an würdigen Damen vorüberging, sah er den Abscheu in ihren Blicken.

Alsbald verfiel er auf die Idee, dem alten Yehudah Schaalman einen Besuch abzustatten.

Über Schaalman kursierten zahllose unterschiedliche Gerüchte, dass er ein in Ungnade gefallener, von seiner Gemeinde verstoßener Rabbi war; dass einst ein Dibbuk in ihn gefahren war und ihn mit übernatürlichen Kräften ausgestattet hatte; sogar dass er über hundert Jahre alt war und mit weiblichen Dämonen schlief. Aber in einem Punkt stimmten die Geschichten überein: Schaalman versuchte sich in riskanten kabbalistischen Künsten und war willens, seine Dienste für Geld zu verkaufen. Unfruchtbare Frauen suchten ihn mitten in der Nacht auf und wurden bald darauf schwanger. Bauernmädchen, die sich die Zuneigung eines Mannes wünschten, kauften Schaalmans Pülverchen und rührten sie in das Bier ihrer Angebeteten.

Doch Rotfeld wollte keine Zaubersprüche oder Liebestränke. Er hatte etwas anderes im Sinn.

Er ging zu der baufälligen Hütte des alten Mannes, die sich tief im Wald vor Konin befand. Ein Trampelpfad führte zu seiner Tür. Schmieriger gelblicher Rauch stieg aus einem Ofenrohr, der einzige Hinweis, dass die Hütte bewohnt war. Die Mauern der Hütte neigten sich einer nahen Schlucht zu, durch die sich ein Fluss wand.

Rotfeld klopfte und wartete. Nach einer Weile hörte er schlurfende Schritte. Die Tür wurde eine Handbreit geöffnet, und ein ungefähr siebzigjähriger Mann kam zum Vorschein. Er war – von ein paar Haarbüscheln abgesehen – glatzköpfig. Die Wangen über dem ungepflegten Bart waren von tiefen Furchen durchzogen. Er starrte Rotfeld an, als wolle er ihn auffordern, etwas zu sagen.

»Sind Sie Schaalman?«, fragte Rotfeld.

Der Mann antwortete nicht, sondern starrte ihn weiter an.

Rotfeld räusperte sich nervös. »Ich möchte, dass Sie mir einen Golem machen, der als Mensch durchgeht«, sagte er. »Es soll eine Frau sein.«

Der alte Mann lachte bellend. »Junger Mann«, sagte er, »wissen Sie, was ein Golem ist?«

»Eine Person aus Lehm«, antwortete Rotfeld unsicher.

»Falsch. Ein Arbeitstier. Ein schwerfälliger, hirnloser Sklave. Ein Golem soll beschützen und brutale Gewalt anwenden, für die Freuden des Bettes ist er nicht geeignet.«

Rotfeld wurde rot. »Heißt das, dass Sie es nicht können?«

»Ich sage nur, dass es eine lächerliche Vorstellung ist. Einen Golem zu machen, der als Mensch durchgeht, ist nahezu unmöglich. Zum einen bräuchte er – oder sie – ein gewisses Bewusstsein seiner selbst, wenn auch nur, um mit jemand reden zu können. Ganz zu schweigen von einem Körper mit realistischen Gelenken und Muskeln …«

Der alte Mann verstummte und schaute an seinem Besucher vorbei. Er schien zu überlegen. Plötzlich kehrte er Rotfeld den Rücken zu und verschwand im Dunkeln der Hütte. Durch die offene Tür sah Rotfeld, wie er einen Stapel Papiere gründlich durchforstete.

Dann wandte er sich von den Papieren ab, nahm ein altes ledergebundenes Buch in die Hand und blätterte darin. Er fuhr mit dem Finger über eine Seite und las etwas. Schließlich blickte er zu Rotfeld.

»Kommen Sie morgen wieder«, sagte er.

Als Rotfeld am nächsten Tag klopfte, öffnete Schaalman sofort. »Wie viel können Sie zahlen?«, wollte er wissen.

»Dann können Sie es also machen?«

»Beantworten Sie meine Frage. Das eine entscheidet über das andere.«

Rotfeld nannte eine Summe. Der alte Mann schnaubte. »Die Hälfte mehr, mindestens.«

»Aber ich habe fast nichts mehr!«

»Betrachten Sie es als Schnäppchen«, sagte Schaalman. »Denn steht nicht geschrieben, dass ein tugendsames Weib edler ist als Perlen? Und ihre Tugendhaftigkeit«, er grinste, »garantiere ich Ihnen!«

Drei Tage später brachte Rotfeld das Geld in einer großen Tasche. Am Ufer des nahen Flusses war ein frisches Loch ungefähr von der Größe eines Menschen ausgehoben. Ein lehmbeschmierter Spaten lehnte an einer Mauer.

Ein zerstreut dreinblickender Schaalman öffnete die Tür, als wäre er in einem entscheidenden Moment gestört worden. Lehm klebte an seinen Kleidern und hatte sich in seinem Bart verfangen. Er sah die Tasche und nahm sie Rotfeld kurzerhand ab.

»Gut«, sagte er. »Kommen Sie in einer Woche wieder.«

Bevor die Tür zuschlug, konnte Rotfeld noch einen Blick in die Hütte werfen und sah auf dem Tisch Teile einer dunklen Gestalt liegen – einen schlanken Torso, roh geformte Gliedmaßen und eine Hand mit eingezogenen Fingern.

»Wie hätten Sie die Frau denn gern?«, fragte Schaalman.

Dieses Mal ließ er Rotfeld in die Hütte. Das Innere wurde beherrscht von dem Tisch, den Rotfeld schon einmal kurz gesehen hatte, und der junge Mann konnte nicht umhin, verstohlen Blicke auf die darauf liegende Gestalt zu werfen: eine Gestalt in menschlicher Form, bedeckt mit einem Laken. Er sagte: »Wie meinen Sie das, wie ich die Frau *gern hätte*?«

»Ich erschaffe eine Frau für Sie und habe angenommen, dass Sie ein Wörtchen mitreden wollen.«

Rotfeld runzelte die Stirn. »Mir gefällt eine hübsche Figur, ich ...«

»Nicht ihre körperlichen Eigenschaften, noch nicht. Ihr Temperament. Ihr Wesen.«

»Das können Sie auch festlegen?«

»Ja, ich glaube, das kann ich«, sagte der alte Mann stolz. »Zumindest kann ich bestimmte Richtungen vorgeben.«

Rotfeld dachte nach. »Ich möchte, dass sie gehorsam ist.«

»Das ist sie sowieso«, sagte Schaalman ungeduldig. »Ein Golem ist ein Sklave Ihres Willens. Was immer Sie ihr befehlen, wird sie tun. Sie will es auch gar nicht anders.«

»Gut«, sagte Rotfeld. Aber er war ratlos. Nachdem ihr Aussehen und Gehorsam erledigt waren, wusste er nicht recht, was er sich sonst wünschen sollte. Er wollte es schon Schaalman überlassen, das zu tun, was er für das Beste hielt – doch dann erinnerte er sich plötzlich an seine kleine Schwester, das einzige Mädchen, das er jemals wirklich gekannt hatte. Sie war ungemein neugierig gewesen, eine Last für ihre Mutter, weil sie ständig um sie herumwuselte und Fragen stellte. In einer seltenen Anwandlung von Großzügigkeit hatte der junge Otto sie unter seine Fittiche genommen. Gemeinsam waren sie ganze Nachmittage durch die Wälder gestreift, und er hatte ihr Antworten auf alle Fragen gegeben. Als sie zwölf Jahre alt war, ertrank sie an einem Sommernachmittag im Fluss, und Otto Rotfeld verlor den einzigen Menschen, der ihm im Leben wirklich etwas bedeutet hatte.

»Sie soll neugierig sein«, sagte er zu Schaalman. »Und intelligent. Ich mag keine dummen Frauen. Und oh«, fuhr er fort, da er an seiner Aufgabe wuchs, »sie soll anständig sein. Nicht ... unzüchtig. Eine richtige Dame.«

Die Augenbrauen des alten Mannes schossen in die Höhe. Er hatte erwartet, dass sein Kunde mütterliche Güte oder einen gesunden sexuellen Appetit oder beides verlangen würde; die jahrelange Produktion von Liebeszaubern hatte ihn gelehrt, was Männer wie Rotfeld von Frauen wollten. Aber Neugier? Intelligenz? Er fragte sich, ob der Mann wusste, was er verlangte.

Aber er lächelte nur und spreizte die Finger. »Ich werde es versuchen«, sagte er. »Das Ergebnis wird vielleicht nicht genau so sein, wie Sie es wünschen. Mit Lehm sind die Möglichkeiten begrenzt.« Dann verdüsterte sich seine Miene. »Aber vergessen Sie nicht. Das eigentliche Wesen so eines Geschöpfs kann nur geringfügig verändert werden. Sie wird immer ein Golem bleiben. Sie wird die Kraft von einem Dutzend Männer haben. Sie wird Sie ohne nachzudenken beschützen und dabei anderen Schaden zufügen. Es hat noch nie einen Golem gegeben, der nicht irgendwann Amok gelaufen ist. Sie müssen bereit sein, sie zu vernichten.«

Am Abend bevor Rotfeld in See stach, war der Golem fertig. Er ging mit einer Bierkutsche, die mit einer großen hölzernen Kiste, einem schlichten braunen Kleid und einem Paar Frauenschuhe beladen war, ein letztes Mal zu Schaalman.

Der alte Mann hatte offenbar lange nicht geschlafen. Seine Augen waren dunkle Höhlen, und er war blass, als hätte er lebenswichtige Energie verbraucht. Er zündete die Lampe über seinem Arbeitstisch an, und Rotfeld konnte den ersten richtigen Blick auf seine Zukünftige werfen.

Sie war groß, nahezu so groß wie Rotfeld selbst, und wohlproportioniert: ein langer Torso, kleine, feste Brüste, eine schmale Taille. In der Hüfte war sie vielleicht ein bisschen breit, aber an ihr wirkte das richtig, sogar anziehend. Im dämmrigen Licht sah er kurz zu dem dunklen Schatten zwischen ihren Beinen, schaute jedoch sofort wieder weg, als würde er sich nicht dafür interessieren, weil er Schaalmans spöttischen Blick und das Pochen seines eigenen Bluts bemerkte.

Ihr Gesicht war breit und herzförmig, die Augen standen weit auseinander. Sie waren geschlossen, deswegen konnte er ihre Farbe nicht sehen. Die Nase über den vollen Lippen war klein und an der Spitze nach unten gebogen. Das braune, leicht gewellte Haar reichte ihr gerade bis zu den Schultern.

Vorsichtig, ungläubig legte er ihr die Hand auf die kühle Schulter. »Es sieht aus wie Haut. Es *fühlt* sich an wie Haut.«

»Es ist Lehm«, sagte der alte Mann.

»Wie haben Sie das gemacht?«

Der alte Mann lächelte und schwieg.

»Und die Haare und die Augen? Die Fingernägel? Sind die auch aus Lehm?«

»Nein, die sind echt.« Schaalman lächelte unschuldig, und Rotfeld dachte daran, wie er ihm die Tasche mit dem Geld gebracht und sich gefragt hatte, was für Dinge der alte Mann damit zu kaufen beabsichtigte. Er schauderte und beschloss, nicht weiter darüber nachzudenken.

Sie zogen die Frau aus Lehm an und hoben ihren schweren Körper vorsichtig in die Holzkiste. Das Haar fiel ihr ins Gesicht, als sie sie in die Kiste legten, und Rotfeld wartete, bis der alte Mann ihm den Rücken kehrte, bevor er es zärtlich zurechtstrich.

Schaalman nahm einen kleinen Zettel und schrieb die zwei unerlässlichen Befehle darauf – einen, um sie zum Leben zu erwecken, und einen, um sie zu zerstören. Er faltete den Zettel zweimal und steckte ihn in einen Umschlag aus Öltuch. Dann schrieb er *Befehle für den Golem* auf den Umschlag und reichte ihn Rotfeld. Sein Kunde wollte den Golem unbedingt zum Leben erwecken, aber der alte Mann war dagegen. »Sie könnte eine Zeit lang desorientiert sein«, sagte er. »Und auf dem Schiff sind zu viele Leute. Wenn jemand merkt, was sie ist, werden sie euch beide über Bord werfen.« Widerwillig erklärte sich Rotfeld einverstanden zu warten, bis sie in Amerika wären. Sie nagelten den Deckel auf die Kiste.

Der alte Mann goss aus einer staubigen Flasche je einen Fingerbreit Schnaps in zwei Gläser. »Auf den Golem«, sagte er und hob das Glas.

»Auf den Golem«, wiederholte Rotfeld und trank den

Schnaps. Es war ein triumphaler Augenblick, der für Rotfeld nur von hartnäckigen Bauchschmerzen beeinträchtigt wurde. Seine Gesundheit war schon immer labil gewesen, und der Stress der letzten Wochen hatte seine Verdauung durcheinandergebracht. Doch er ignorierte seinen Bauch und half dem alten Mann dabei, die Kiste auf den Karren zu hieven, und führte dann das Pferd nach Hause. Der alte Mann winkte Rotfeld nach, als würde er ein frisch verheiratetes Paar verabschieden. »Ich wünsche Ihnen viel Vergnügen mit ihr!«, rief er, und sein Gelächter hallte zwischen den Bäumen wider.

Das Schiff stach ohne Zwischenfälle in See. Zwei Nächte später lag Rotfeld in seiner schmalen Koje, der Umschlag aus Öltuch mit den *Befehlen für den Golem* steckte in seiner Tasche. Er kam sich vor wie ein Kind, das ein Geschenk bekommen hat und es nicht auspacken darf. Wenn er wenigstens hätte schlafen können, aber quälende Schmerzen in der rechten Bauchhälfte ließen ihn nicht zur Ruhe kommen. Und ihm war heiß. Die Kakophonie des Zwischendecks klang ihm in den Ohren: Hunderte unterschiedlicher Schnarcher, der schluchzende Schluckauf von Babys, ein gelegentliches Würgen, wenn das Schiff von Woge zu Woge glitt.

Er drehte sich um, hielt sich den Bauch und überlegte: Der Rat des alten Mannes war gewiss übervorsichtig gewesen. Wenn sie so gehorsam wie versprochen war, konnte es nicht schaden, sie zu wecken. Dann konnte er ihr befehlen, bis zu ihrer Ankunft in Amerika in der Kiste liegen zu bleiben.

Aber was, wenn sie nicht richtig funktionierte? Was, wenn sie nicht erwachte, sondern liegen blieb wie ein Klumpen Lehm in Form einer Frau? Zum ersten Mal ging ihm durch den Kopf, dass er keinen Beweis für den Wahrheitsgehalt von Schaalmans Behauptung hatte. Voll Panik holte er den Umschlag aus der Tasche und nahm den Zettel heraus. Kauderwelsch, sinnlose Wörter, ein Durcheinander hebräischer Buchstaben! Was für ein Dummkopf er gewesen war!

Er schwang die Beine aus der Koje und griff nach einer Petroleumlampe. Eine Hand auf den Bauch gedrückt, ging er rasch durch das Labyrinth der Kojen zur Treppe und hinunter in den Frachtraum.

Er brauchte fast zwei Stunden, um die Kiste zu finden, zwei Stunden, sich einen Weg durch die Kofferstapel und mit Schnur umwickelten Schachteln zu bahnen. In seinem Bauch brannte es, kalter Schweiß lief ihm in die Augen. Schließlich schob er einen zusammengerollten Teppich beiseite, und da war sie: seine Kiste und darin seine Braut.

Er fand ein Stemmeisen, brach den Deckel auf und nahm ihn ab. Mit klopfendem Herzen fischte er den Zettel aus der Tasche und sagte den Befehl unter der Überschrift *Den Golem wecken.*

Er hielt den Atem an und wartete.

Langsam erwachte der Golem zum Leben.

Als Erstes rührten sich ihre Sinne. Sie spürte das raue Holz unter ihren Fingerspitzen, die kalte, feuchte Luft auf ihrer Haut. Sie spürte, wie sich das Schiff bewegte. Sie roch Schimmel und Salzwasser.

Sie wurde wacher und wusste, dass sie einen Körper hatte. Die Fingerspitzen, die das Holz berührten, gehörten ihr. Die Haut, auf der sich die Luft kühl anfühlte, war ihre Haut. Sie bewegte einen Finger, um zu überprüfen, ob sie ihn bewegen konnte.

Neben ihr befand sich ein Mann und atmete. Sie wusste seinen Namen und wer er war. Er war ihr Meister, ihr einziger Daseinszweck; sie war sein Golem, an seinen Willen gebunden. Und in diesem Moment wollte er, dass sie die Augen öffnete.

Der Golem schlug die Augen auf.

Ihr Meister kniete neben ihr im dämmrigen Licht. Sein Gesicht und sein Haar waren schweißnass. Mit einer Hand hielt er sich am Rand der Kiste fest, die andere drückte er sich auf den Bauch.

»Hallo«, flüsterte Rotfeld. Eine absurde Schüchternheit schnürte ihm die Kehle zu. »Weißt du, wer ich bin?«

»Du bist mein Meister. Du heißt Otto Rotfeld.« Ihre Stimme klang klar und natürlich, wenn auch ein bisschen tief.

»Das stimmt«, sagte er, als wäre sie ein Kind. »Und weißt du, wer *du* bist?«

»Ein Golem.« Sie hielt inne und dachte nach. »Ich habe keinen Namen.«

»Noch nicht«, sagte Rotfeld und lächelte. »Ich muss mir einen ausdenken.«

Plötzlich zuckte er zusammen. Der Golem musste nicht fragen warum, denn sie spürte es ebenfalls, ein dumpfes Echo seiner Qualen. »Du hast Schmerzen«, sagte sie besorgt.

»Nicht der Rede wert«, wiegelte Rotfeld ab. »Setz dich auf.«

Sie setzte sich in der Kiste auf und schaute sich um. Die Petroleumlampe warf einen schwachen Lichtschein, der sich mit dem Schiff bewegte. Lange Schatten fielen auf Gepäckstapel und Kisten und zogen sich wieder zurück. »Wo sind wir?«, fragte sie.

»Auf einem Schiff, das über den Ozean fährt«, sagte Rotfeld. »Wir sind unterwegs nach Amerika. Du musst sehr vorsichtig sein. Es sind viele Menschen auf dem Schiff, und sie hätten Angst vor dir, wenn sie wüssten, was du bist. Womöglich würden sie dir sogar etwas antun. Du musst hier still liegen bleiben, bis wir an Land sind.«

Das Schiff neigte sich heftig, und der Golem hielt sich an den Rändern der Kiste fest.

»Ist schon in Ordnung«, flüsterte Rotfeld. Er hob eine zitternde Hand, um ihr übers Haar zu streichen. »Bei mir bist du sicher«, sagte er. »Mein Golem.«

Plötzlich schnappte er nach Luft, senkte den Kopf und begann zu würgen. Der Golem sah bekümmert zu. »Deine Schmerzen werden stärker«, sagte sie.

Rotfeld hustete und fuhr sich mit dem Handrücken über den Mund. »Ich hab's dir schon gesagt, es ist nicht der Rede wert.« Er versuchte, sich aufzurichten, schwankte und fiel auf die Knie. Panik überkam ihn, als ihm klar wurde, dass mit ihm ernsthaft etwas nicht stimmte.

»Hilf mir«, flüsterte er.

Der Befehl traf den Golem wie ein Pfeil. Rasch stieg sie aus der Kiste, beugte sich über Rotfeld und hob ihn hoch, als wöge er nicht mehr als ein kleiner Junge. Mit ihrem Meister auf den Armen ging sie zwischen den Kisten hindurch, die schmale Treppe hinauf und aus dem Frachtraum hinaus.

Im Zwischendeck brach Unruhe aus. Sie breitete sich aus, weckte die Schlafenden, die sich murrend in ihren Kojen umdrehten. Eine Schar sammelte sich neben einem Bett nahe der Luke, wo ein Mann zusammengebrochen war, sein Gesicht im Lampenlicht aschfahl. Ein Ruf wurde von Reihe zu Reihe weitergegeben: War ein Arzt hier?

Bald tauchte einer auf, in Schlafanzug und Mantel und mit einer ledernen Tasche in der Hand. Die Leute machten ihm Platz, als er sich der Koje näherte. Neben dem kranken Mann stand eine große Frau in einem braunen Kleid, die mit weit aufgerissenen Augen zusah, wie der Doktor das Hemd des jungen Mannes aufknöpfte und zur Seite schob. Vorsichtig tastete der Arzt Rotfelds Bauch ab und wurde mit einem kurzen Schrei belohnt.

Die Frau stürzte sich auf den Arzt und riss seine Hand weg. Erschrocken wich er zurück.

»Ist schon in Ordnung«, flüsterte der Mann auf dem Bett. »Er ist Arzt. Er will mir nur helfen.« Er griff nach ihrer Hand und hielt sie fest.

Argwöhnisch tastete der Arzt noch einmal Rotfelds Bauch ab, ohne die Frau aus den Augen zu lassen. »Es ist der Blinddarm«, sagte er. »Wir müssen ihn sofort zum Schiffsarzt bringen.«

Der Doktor fasste Rotfeld am Arm und zog ihn behutsam auf die Beine. Ein paar Männer halfen ihm, und gemeinsam hievten sie Rotfeld, der halb bewusstlos zwischen ihnen hing, durch die Luke. Die Frau folgte ihnen auf den Fersen.

Der Schiffsarzt war ein Mann, der nicht gern mitten in der Nacht geweckt wurde, erst recht nicht, um einen namenlosen Bauern aus dem Zwischendeck zu operieren. Ein Blick auf den Kranken, der sich auf dem Operationstisch wand, und er fragte sich, ob sich die Mühe lohnte. Dem fortgeschrittenen Stadium der Entzündung und dem hohen Fieber nach zu urteilen, war der Blinddarm wahrscheinlich durchgebrochen und hatte die Bauchhöhle mit Giften überflutet. Schon die Operation konnte tödlich verlaufen. Keiner der Ausländer, die ihn gebracht hatten, sprach auch nur ein Wort Englisch; nachdem sie ihn abgeliefert hatten, waren sie an der Luke stehen geblieben und dann wortlos wieder gegangen.

Tja, da war nichts zu machen. Er musste operieren. Er ließ seinen Assistenten holen und legte seine Instrumente bereit. Er suchte gerade nach dem Äther, als plötzlich die Luke aufgerissen wurde. Vor ihm stand eine Frau, groß und dunkelhaarig, die trotz der kalten Atlantikluft nur ein dünnes Kleidchen trug. Panisch eilte sie zu dem Mann auf dem Tisch. Seine Frau vermutlich oder seine Liebste.

»Wahrscheinlich ist es zu viel verlangt, wenn ich Sie bitte, Englisch zu sprechen«, sagte er, und natürlich starrte sie ihn nur verständnislos an. »Es tut mir leid, aber Sie können nicht hierbleiben. Im Operationssaal sind Frauen nicht zugelassen. Sie müssen gehen.« Er deutete zur Luke.

Das zumindest begriff sie: Sie schüttelte heftig den Kopf und begann, auf Jiddisch zu palavern. »Schauen Sie«, sagte der Arzt und fasste sie am Ellbogen, um sie hinauszubugsieren. Ebenso gut hätte er nach einem Lampenmast greifen können. Die Frau rührte sich nicht, ragte vor ihm auf, stark und plötzlich riesengroß, eine wahre Walküre.

Er ließ ihren Arm los, als hätte er sich verbrannt. »Wie Sie wollen«, murmelte er beunruhigt. Er machte sich am Ätherbehälter zu schaffen und versuchte, die bizarre Gestalt in seinem Rücken zu ignorieren.

Die Luke wurde geöffnet, und ein junger Mann torkelte schlaftrunken herein. »Doktor, ich bin – du meine Güte!«

»Beachten Sie sie nicht«, sagte der Arzt. »Sie weigert sich zu gehen. Wenn sie ohnmächtig wird, umso besser. Schnell jetzt, oder er stirbt, bevor wir ihn aufgeschnitten haben.« Und damit betäubten sie ihren Patienten und machten sich an die Arbeit.

Hätten die Männer von dem heftigen Kampf gewusst, den die Frau in ihrem Rücken mit sich ausfocht, wären sie fluchtartig aus dem Operationssaal und um ihr Leben gerannt. Jedes geringere Geschöpf hätte die beiden erdrosselt, als ihre Messer Rotfelds Haut durchschnitten. Aber der Golem erinnerte sich an den Doktor im Zwischendeck und an die Versicherung ihres Meisters, er wolle ihm helfen; und dieser Doktor hatte ihn hierhergebracht. Trotzdem zuckten ihre Hände unkontrolliert und ballten sich immer wieder zu Fäusten, während sie zusah, wie die Männer Rotfelds Haut zurückzogen und in seinem Inneren herumhantierten. Ihre Gedanken suchten nach ihrem Meister und fanden kein Bewusstsein, keine Bedürfnisse oder Wünsche. Sie verlor ihn, Stück für Stück.

Der Arzt holte etwas aus Rotfelds Körper und ließ es in eine Schale fallen. »Das verdammte Ding ist raus«, sagte er und blickte über die Schulter. »Noch immer auf den Füßen? Braves Mädchen.«

»Vielleicht ist sie einfältig«, murmelte der Assistent.

»Nicht unbedingt. Diese Bauern haben Mägen wie Pferde. Simon, halt die Klammer zu.«

»'tschuldigung, Sir.«

Doch der Mann auf dem Tisch kämpfte um sein Leben. Er atmete einmal ein und dann noch einmal –

bis der letzte Atemzug Otto Rotfelds Körper mit einem langen gurgelnden Seufzer verließ.

Der Golem schwankte, als die Verbindung zu ihm endgültig riss und sich auflöste.

Der Arzt horchte an Rotfelds Brust. Er nahm das Handgelenk des Mannes und legte es nach einem Moment wieder ab. »Todeszeitpunkt, bitte«, sagte er.

Der Assistent schluckte und blickte auf den Chronometer. »Zwei Uhr und achtundvierzig Minuten.«

Der Arzt notierte es mit bedauernder Miene. »Da war nichts mehr zu machen«, sagte er in bitterem Tonfall. »Er hat zu lange gewartet. Er muss seit Tagen starke Schmerzen gehabt haben.«

Der Golem konnte den Blick nicht von der reglosen Gestalt auf dem Tisch wenden. Vor einem Augenblick noch war er ihr Meister gewesen, ihr Daseinszweck; jetzt war er nichts mehr. Ihr war schwindlig, als habe ihr jemand den Boden unter den Füßen weggezogen. Sie trat vor und berührte sein Gesicht, den schlaffen Kiefer, die Augenlider. Seine Haut begann bereits zu erkalten.

Bitte, hören Sie auf damit.

Der Golem zog die Hand zurück und blickte zu den beiden Männern, die sie mit angstvollem Widerwillen beobachteten. Keiner von beiden hatte ein Wort gesagt.

»Es tut mir leid«, sagte der Arzt schließlich und hoffte, dass sie seinen Tonfall verstehen würde. »Wir haben unser Bestes getan.«

»Ich weiß«, sagte der Golem – und erst da wurde ihr klar, dass sie die Worte des Mannes verstanden und in derselben Sprache geantwortet hatte.

Der Arzt runzelte die Stirn und wechselte einen Blick mit seinem Assistenten. »Mrs. ... Es tut mir leid. Wie war sein Name?«

»Rotfeld«, sagte der Golem. »Otto Rotfeld.«

»Mein Beileid, Mrs. Rotfeld. Vielleicht ...«

»Sie wollen, dass ich gehe«, sagte sie. Es war keine Vermutung, ebenso war ihr mit einem Mal aufgegangen, dass ihre Anwesenheit hier unangemessen war. Sie *wusste* es einfach so sicher, wie sie die Leiche ihres Meisters auf dem Tisch liegen sah und die ekelhaft süßlichen Ätherdämpfe roch. Der Wunsch des Arztes, sein Wunsch, sie möge gehen, war in ihrem Kopf laut geworden.

»Nun, ja, das wäre vielleicht besser«, sagte er. »Simon, bitte begleite Mrs. Rotfeld zurück aufs Zwischendeck.«

Sie ließ sich von dem jungen Mann den Arm umlegen und aus dem Operationssaal führen. Sie zitterte. Ein Teil von ihr suchte noch immer nach Rotfeld. Und gleichzeitig vernebelten das verlegene Unbehagen des jungen Mannes und sein Wunsch, sie los zu sein, ihre Gedanken. Was geschah mit ihr?

An der Luke zum Zwischendeck drückte der junge Mann ihr schuldbewusst die Hand, und dann war er verschwunden. Was sollte sie tun? Hineingehen zu all diesen Menschen? Sie fasste mit der Hand nach dem Riegel der Luke, zögerte und öffnete sie.

Die Wünsche und Ängste von fünfhundert Passagieren überfluteten sie wie ein Mahlstrom.

Ich wünschte, ich könnte schlafen. Wenn sie nur aufhören würde, sich zu übergeben. Muss der Mann ununterbrochen schnarchen? Ich brauche ein Glas Wasser. Wie lange dauert es noch bis nach New York? Was, wenn das Schiff untergeht? Wenn wir allein wären, könnten wir uns lieben. O Gott, ich will zurück nach Hause.

Der Golem ließ den Riegel los, drehte sich um und lief davon.

Oben auf dem verlassenen Hauptdeck fand sie eine Bank, auf der sie bis zum Morgen sitzen blieb. Es begann zu regnen, und die kalten Tropfen durchnässten ihr Kleid, aber sie achtete nicht darauf, weil sie sich auf nichts konzentrieren konnte außer auf den Lärm in ihrem Kopf. Ohne Rotfelds Befehle, die sie leiteten, suchte ihr Geist offenbar nach einem Ersatz und stieß auf die achthundert Passagiere unter ihr. Da keiner von ihnen ihr Meister war, hatten ihre Wünsche und Ängste nicht die Macht von Befehlen – dennoch hörte sie sie und spürte ihre unterschiedliche Dringlichkeit, und ihre Glieder zuckten unwillkürlich, weil sie reagieren wollte. Es war, als würden zahllose kleine Hände sie am Ärmel zupfen: *Bitte, tu was.*

Sie stand an der Reling, als Rotfelds Leiche am nächsten Morgen dem Meer übergeben wurde. Es war ein stürmischer Tag, die Wellen schäumten und türmten sich hoch auf. Als Rotfelds Leiche auf das Wasser traf, spritzte es kaum, und einen Augenblick später hatte das Schiff ihn hinter sich gelassen. Vielleicht, dachte der Golem, wäre es das Beste, wenn sie sich über Bord stürzen und Rotfeld folgen würde. Sie neigte sich vor und spähte ins Wasser, versuchte, seine Tiefe zu schätzen; doch eilig traten zwei Männer vor, und sie ließ sich von ihnen zurückziehen.

Die kleine Schar der Zuschauer begann sich aufzulösen. Ein Mann in Schiffsuniform überreichte ihr einen kleinen Lederbeutel und erklärte, dass er alles enthalte, was Rotfeld zum Zeitpunkt seines Todes bei sich gehabt habe. Irgendwann hatte ihr ein mitfühlender Matrose eine Wolljacke um die Schultern gelegt, und sie steckte den Beutel in eine Tasche.

Ein paar Passagiere aus dem Zwischendeck standen noch in ihrer Nähe und fragten sich, was sie tun sollten. Sollten sie sie unter Deck bringen oder allein lassen? Die ganze Nacht waren Gerüchte von Koje zu Koje geschwirrt. Ein Mann hatte darauf bestanden, dass sie den toten Mann ganz allein in das Zwischendeck getragen hatte. Dann war da die Frau, die leise sagte, sie habe gesehen, wie Rotfeld – er war ihr aufgefallen, weil er die Matrosen dafür rügte, dass sie mit einer schweren Kiste nicht sorgfältig umgingen – in Danzig allein an Bord des Schiffes gegangen sei. Sie dachten daran, wie sie wie ein wildes Tier die Hand des Doktors gepackt hatte. Sie war einfach *komisch,* auf eine Weise, die sie sich nicht erklären konnten. Sie stand so still da, als wäre sie mit dem Deck verwurzelt, während alle anderen vor Kälte zitterten und sich den Bewegungen des Schiffs anpassten. Sie blinzelte kaum, auch wenn ihr die Gischt ins Gesicht wehte. Und niemand hatte sie eine einzige Träne vergießen sehen.

Sie beschlossen, sie anzusprechen. Doch der Golem spürte ihre Ängste und ihren Argwohn, wandte sich von der Reling ab und ging an ihnen vorbei, ihr aufrechter Rücken eine deutliche Bitte, allein gelassen zu werden. Den Leuten schlug Grabeskälte entgegen, und ihr Entschluss kam ins Wanken; sie ließen sie in Ruhe.

Der Golem ging zur Treppe auf dem Achterdeck. Sie stieg am Zwischendeck vorbei bis in die Tiefen des Frachtraums hinunter: der einzige Ort in ihrem kurzen Leben, an dem sie sich nicht bedroht gefühlt hatte. Sie fand die offene Kiste, legte sich hinein und zog den

Deckel über sich zu. In der Dunkelheit lag sie da und bedachte die wenigen Fakten, deren sie sich sicher war. Sie war ein Golem, und ihr Meister war tot. Sie befand sich auf einem Schiff mitten auf dem Ozean. Wenn die anderen auf dem Schiff wüssten, was sie war, hätten sie Angst vor ihr. Sie musste sich verstecken.

Von den Decks über ihr schwebten die dringlichsten Wünsche bis zu ihr herunter. Im Zwischendeck hatte ein kleines Mädchen sein Spielzeugpferd verloren und schrie jetzt untröstlich danach. Ein Mann in der zweiten Klasse hatte seit drei Tagen keinen Alkohol mehr getrunken, weil er neu anfangen wollte; jetzt ging er in seiner winzigen Kabine auf und ab, zitterte, raufte sich die Haare, unfähig, an etwas anderes zu denken als an ein Glas Weinbrand. Diese beiden und viele andere zerrten abwechselnd an ihr. Sie drängten sie, den Frachtraum zu verlassen und ihnen irgendwie zu helfen. Doch sie erinnerte sich an den Argwohn der Passagiere auf dem Vorderdeck und blieb in der Kiste.

Dort lag sie den Rest des Tages und die ganze Nacht, horchte auf das Ächzen und Stöhnen der Kisten um sie herum. Sie fühlte sich nutzlos, zwecklos. Sie hatte keine Ahnung, was sie tun sollte. Und der einzige Hinweis auf das Ziel ihrer Reise war ein Wort, das Rotfeld gesagt hatte. *Amerika.* Das konnte alles bedeuten.

Als das Schiff am nächsten Morgen zum Leben erwachte, war es wärmer geworden, und den Passagieren bot sich ein erfreulicher Anblick: Zwischen Ozean und Himmel zeichnete sich eine dünne graue Linie ab. Sie drängten aufs Deck und schauten nach Westen, wo die Linie dicker und länger wurde. Zumindest für den Augenblick waren alle ihre Wünsche erfüllt, alle ihre

Ängste vergessen; und unten im Frachtraum empfand der Golem eine unerwartete, wohlige Erleichterung.

Das beständige Dröhnen der Schiffsschrauben verminderte sich zu einem Schnurren. Das Schiff wurde langsamer. Und dann hörte sie das ferne Geräusch von Stimmen, Schreie und Jubelrufe. Schließlich trieb die Neugier sie dazu, aus der Kiste aufzustehen, und sie trat in der mittäglichen Sonne aufs Vorderdeck.

Auf dem Deck drängten sich die Menschen, und erst sah der Golem nicht, wem sie zuwinkten. Aber dann war sie da: eine graugrüne Frau, die mitten im Wasser stand, ein Tablett in der einen Hand und eine Fackel hocherhoben in der anderen. Ihr Blick war starr, und sie stand vollkommen reglos da. War sie auch ein Golem? Dann wurde ihr klar, wie weit entfernt und wie gigantisch groß die Frau war. Sie war also nicht lebendig; dennoch blickten ihre leeren, glatten Augen irgendwie verständnisvoll. Und die Leute auf dem Deck winkten ihr zu, jubelten und weinten, während sie lächelten. Das ist also auch eine gebaute Frau, dachte der Golem. Was immer sie den anderen bedeutete, sie wurde dafür geliebt und respektiert. Zum ersten Mal seit Rotfelds Tod verspürte der Golem so etwas wie Hoffnung.

Das Schiffshorn tutete und brachte die Luft zum Vibrieren. Der Golem wandte sich ab, um in den Frachtraum zurückzukehren, und erst da sah sie die Stadt. Sie ragte riesengroß am Rand einer Insel auf. Die hohen, breiten Gebäude schienen in Bewegung zu sein, in Reihen zu tanzen, während sich das Schiff näherte. Sie sah Bäume, Piers, einen Hafen, in dem kleinere Boote fuhren, Schlepper und Segelboote, die auf dem Wasser hüpften wie Insekten. Da war eine lange graue Brücke, die an einem Netz von Seilen hing und sich nach Osten bis zu einer anderen Küste erstreckte. Sie fragte sich, ob sie darunter hindurchfahren würden, doch stattdessen wandte sich der große Dampfer nach Westen und steuerte auf die Docks zu. Das Meer wurde zu einem schmalen Fluss.

Uniformierte Männer gingen über das Vorderdeck und riefen: *Holen Sie Ihre Sachen. Wir werden bald in New York anlegen, und Sie werden mit der Fähre nach Ellis Island gebracht. Ihr Gepäck aus dem Frachtraum wird Ihnen dort ausgehändigt.* Erst nachdem sie diese Botschaft ein halbes Dutzend Mal gehört hatte, wurde dem Golem klar, dass die Männer sie in unterschiedlichen Sprachen wiederholten und dass sie jede von ihnen verstand.

Innerhalb von Minuten war das Deck menschenleer. Sie stellte sich in den Schatten der Kommandobrücke und dachte nach. Sie besaß nichts außer der Jacke, die ihr der Matrose geschenkt hatte; die dunkle Wolle erwärmte sich im Sonnenschein. Sie tastete in der Tasche nach dem kleinen Lederbeutel. Der war zumindest noch da.

Ein paar Passagiere kamen die Treppe wieder herauf, und dann ganz viele, sie trugen Reisekleidung und hatten Taschen und Koffer in den Händen. Die uniformierten Männer begannen wieder zu rufen: *Bilden Sie eine ordentliche Reihe. Nennen Sie uns Namen und Staatsangehörigkeit. Kein Gedrängel. Achten Sie auf Ihre Kinder.* Der Golem stand unsicher ein Stück von den Leuten entfernt. Sollte sie sich auch anstellen? Sich irgendwo verstecken? Die Gedanken der Leute sprangen sie an, alle wollten Ellis Island so schnell wie möglich verlassen und brauchten dafür ein astreines Gesundheitszeugnis von den Ärzten.

Einer der uniformierten Männer sah den Golem allein und zaudernd abseits stehen und ging zu ihr. Ein Passagier hielt ihn auf, legte ihm die Hand auf die Schulter und flüsterte ihm etwas ins Ohr. Es war der Doktor aus dem Zwischendeck. Der Uniformierte hatte einen Stapel Papiere dabei und blätterte suchend darin. Er runzelte die Stirn und ließ den Doktor stehen, der sich wieder in die Schlange einreihte.

»Ma'am«, sagte der Mann und sah den Golem direkt an. »Bitte, kommen Sie her.« Um sie herum verstummten alle, als der Golem zu ihm ging. »Sie sind diejenige, deren Mann gestorben ist, ist das richtig?«

»Ja.«

»Mein Beileid, Ma'am. Wahrscheinlich ist es nur ein Versehen, aber Sie scheinen nicht auf der Liste zu stehen. Dürfte ich Ihre Fahrkarte sehen?«

Ihre Fahrkarte? Sie hatte selbstverständlich keine Fahrkarte. Sie könnte lügen und sagen, dass sie sie verloren hätte, aber sie hatte nie zuvor gelogen und traute sich nicht zu, es glaubhaft zu tun. Ihr war klar, dass sie entweder schweigen konnte oder die Wahrheit sagen musste.

»Ich habe keine Fahrkarte«, sagte sie und lächelte in der Hoffnung, dass es etwas nützen würde.

Der Mann seufzte müde und fasste den Golem am Arm, als wollte er sie daran hindern davonzulaufen. »Sie müssen mit mir kommen, Ma'am.«

»Wohin gehen wir?«

»Sie müssen eine Weile im Schiffsgefängnis bleiben, bis wir die Passagiere abgefertigt haben, und dann werden wir Ihnen ein paar Fragen stellen.«

Was sollte sie tun? Sie konnte keine Fragen beantworten, ohne sich zu erkennen zu geben. Schon starrten sie alle an. Beunruhigt wand sie den Arm, den der

Mann festhielt, und schaute sich nach einem Ausweg um. Sie fuhren noch immer in der Mitte des Flusses, kleinere Schiffe glitten an ihnen vorbei. Jenseits der geschäftigen Piers funkelte die Stadt sie einladend an.

Der Mann packte ihren Arm fester. »Ma'am. Ich will Sie nicht zwingen müssen.«

Er wollte sie nicht zwingen, das sah sie. Er wollte überhaupt nichts mit ihr zu tun haben. Mehr als alles andere wünschte sich der Mann, dass sie verschwinden würde.

Der Golem lächelte leise. Endlich ein Wunsch, den sie erfüllen konnte.

Mit einer abrupten Bewegung des Ellbogens befreite sie sich aus dem Griff des verdutzten Mannes und lief zur Reling. Bevor auch nur jemand schreien konnte, schwang sie sich darüber, sprang in den schimmernden Hudson und ging unter wie ein Stein.

Ein paar Stunden später sah ein Schauermann, der an der Ecke West und Gansevoort Street eine Zigarette rauchte, eine Frau an sich vorbeigehen, die vom Fluss kam. Sie war patschnass. Sie trug eine wollene Männerjacke und ein braunes Kleid, das unanständig an ihrem Körper klebte. Ihr Haar war an den Kopf geklatscht. Am meisten erstaunte ihn jedoch der dicke brackige Schlamm, der ihren Rock und ihre Schuhe bedeckte.

»He, Miss«, rief er ihr zu, »waren Sie schwimmen?«

Die Frau bedachte ihn mit einem merkwürdigen Lächeln. »Nein«, sagte sie. »Ich bin gegangen.«

Kapitel 2

In Little Syria, einem Viertel in Lower Manhattan, nicht weit von der Stelle entfernt, an der der Golem an Land ging, lebte ein Kupferschmied namens Boutros Arbeely. Arbeely war ein Maronit aus dem geschäftigen Dorf Zahleh, das sich in einem Tal unterhalb des Libanon-Gebirges befand. Aufgewachsen war er zu einer Zeit, als es schien, dass jedermann unter dreißig Großsyrien verließ, um sein Glück in Amerika zu suchen. Manche wurden angestachelt von den Erzählungen der Missionare oder von Verwandten, die die Reise gemacht hatten und Briefe voller Geldscheine schickten. Andere wollten dem Militärdienst und den hohen Steuern entgehen, die ihnen die osmanischen Machthaber auferlegten. Insgesamt waren so viele Menschen ausgewandert, dass in manchen Dörfern kein Markt mehr stattfand und die Trauben an den Weinstöcken platzten.

Arbeelys verstorbener Vater hatte fünf Brüder, und über Generationen war ihr Land immer wieder geteilt worden, bis die Parzellen so klein waren, dass es kaum die Mühe lohnte, etwas anzupflanzen. Arbeely selbst bekam als Lehrling eines Kupferschmieds nur einen Hungerlohn. Seine Mutter und die Schwestern züchteten Seidenraupen, um etwas dazuzuverdienen, aber es reichte einfach nicht. Die Auswanderungswelle nach Amerika war Arbeelys Chance. Er verabschiedete sich von seiner Familie und ging an Bord eines Dampfers nach New York, und bald darauf hatte er eine kleine Schmiede in der Washington Street gemietet, im Herzen des wachsenden syrischen Viertels.

Arbeely war ein guter und gewissenhafter Handwerker, und sogar in dem Überangebot in New York zeichneten sich seine Waren durch Qualität und Preis aus. Er fertigte Tassen und Teller, Töpfe und Pfannen, Küchenutensilien, Fingerhüte und Kerzenständer an. Hin und wieder brachte ihm ein Nachbar etwas zum Reparieren, einen beschädigten Topf oder eine verdrehte Türangel, und bekam es besser als neu zurück.

In diesem Sommer erhielt Arbeely einen reizvollen Auftrag. Eine Frau namens Maryam Faddoul kam mit einer alten, zerbeulten, aber ziemlich schönen Kupferflasche in seine Werkstatt. Die Flasche war im Besitz von Maryams Familie, seit sie sich erinnern konnte; ihre Mutter hatte Olivenöl darin aufbewahrt und sie Maryam geschenkt, als diese nach Amerika segelte. »Dann hast du immer ein Stück Zuhause bei dir«, hatte ihre Mutter gesagt.

Mit ihrem Mann Sayeed hatte Maryam ein Kaffeehaus in der Washington Street eröffnet, das rasch zum florierenden Mittelpunkt des Viertels wurde. Eines Nachmittags, während sie ihre betriebsame Küche überwachte, entschied Maryam, dass die geliebte Flasche ein bisschen zu pockennarbig und abgenutzt war. Wäre es möglich, fragte sie Arbeely, ein paar der Dellen auszubeulen? Und sie vielleicht wieder auf Hochglanz zu bringen?

Nachdem Maryam gegangen war, betrachtete Arbeely die Flasche. Sie war ungefähr siebenundzwanzig Zentimeter hoch, mit einem runden zwiebelförmigen Bauch, der sich rasch zu einem schmalen Hals verjüngte. Der

Schmied hatte sie mit einem Band sehr feiner und detaillierter Schnörkel verziert. Statt wie üblich ein bestimmtes Muster zu wiederholen, schlangen sich die Schleifen und Kringel scheinbar zufällig umeinander, bevor sie sich wieder mit sich selbst vereinigten.

Arbeely drehte die Flasche fasziniert in den Händen. Sie war eindeutig alt, älter vielleicht, als Maryam oder ihre Mutter ahnten. Kupfer wurde heutzutage kaum mehr unlegiert benutzt, weil es so weich war; Messing und Zinn waren viel haltbarer und leichter zu verarbeiten. Angesichts ihres Alters war die Flasche gar nicht so zerbeult, wie sie hätte sein können. Es war unmöglich, ihre Herkunft zu bestimmen, denn auf dem Boden befand sich kein Stempel eines Schmieds, nichts, womit man sie hätte zuordnen können.

Er untersuchte die tiefen Dellen in der Verzierung und stellte fest, dass eine Reparatur sichtbare Nähte hinterlassen würde. Es war wohl besser, beschloss er, das Kupfer zu glätten, die Flasche zu reparieren und die gesamte Verzierung neu zu arbeiten.

Er wickelte ein Blatt Pergamentpapier um den Bauch der Flasche, nahm ein Stück Holzkohle und rieb damit über die Verzierung, achtete darauf, einen genauen Abdruck zu erstellen. Dann befestigte er die Flasche in einem Schraubstock und nahm sein kleinstes Löteisen aus dem Feuer.

Als er dastand und das Eisen schon über die Flasche hielt, überkam ihn eine seltsame Vorahnung nahenden Unheils. Er hatte eine Gänsehaut auf den Armen und dem Rücken. Schaudernd legte er das Eisen weg und holte tief Luft. Was konnte ihm nur Sorgen machen? Der Tag war warm, und er hatte herzhaft gefrühstückt. Er war gesund, und das Geschäft lief gut. Er schüttelte den Kopf, nahm das Eisen, berührte damit die Verzierung und brachte eine Schlinge zum Schmelzen.

Ein gewaltiger Schlag warf ihn um, als hätte ihn der Blitz getroffen. Er flog durch die Luft und landete neben einer Werkbank. Benommen und mit einem klingenden Geräusch im Ohr, richtete er sich auf und schaute sich um.

Auf dem Boden seiner Werkstatt lag ein nackter Mann.

Während Arbeely ihn verwundert anstarrte, setzte sich der Mann auf und presste die Hände vors Gesicht. Dann ließ er sie sinken und blickte sich um, mit weit aufgerissenen, brennenden Augen. Er sah aus, als wäre er jahrelang im tiefsten, dunkelsten Verlies der Welt angekettet gewesen und dann brutal ins Tageslicht geschleudert worden.

Der Mann stand unsicher auf. Er war groß und gut gebaut, mit einem schönen Gesicht. Zu schön vielleicht – es war auf unheimliche Weise makellos, wie ein zum Leben erwecktes Gemälde. Sein dunkles Haar war kurz geschnitten. Er schien sich seiner Nacktheit nicht bewusst zu sein.

Sein rechtes Handgelenk war von einer breiten Schelle aus Eisen umschlossen. Der Mann schien es im selben Augenblick zu bemerken wie Arbeely. Er hob den Arm und schaute ihn entsetzt an. »Eisen«, sagte er. »Aber das ist nicht möglich.«

Schließlich fiel sein Blick auf Arbeely, der sich noch immer neben der Werkbank duckte und sich kaum zu atmen traute.

Mit unerwarteter, schrecklicher Gewandtheit stürzte sich der Mann auf Arbeely, packte ihn um den Hals und hob ihn mühelos vom Boden hoch. Ein dunkelroter Dunst benebelte Arbeelys Sicht, und er spürte, wie er mit dem Kopf an die Decke stieß.

»Wo ist er?«, rief der Mann.

»Wer?«, keuchte Arbeely.

»Der Hexer!«

Arbeely versuchte zu sprechen, konnte aber nur gurgeln. Der nackte Mann warf ihn mit einem Knurren zurück auf den Boden. Arbeely rang nach Luft. Er schaute sich nach irgendeiner Waffe um und sah das Löteisen leise schwelend auf einem Haufen Lumpen liegen. Er griff danach und stieß zu.

Eine vage Bewegung – und Arbeely lag wieder auf dem Boden, der Griff des Eisens drückte in die Mulde an seinem Halsansatz. Der Mann kniete auf ihm und hielt das Eisen an der rot glühenden Spitze. Aber es roch nicht nach verbranntem Fleisch, der Mann zuckte nicht einmal zusammen. Und während Arbeely entsetzt in das allzu vollkommene Gesicht schaute, spürte er, wie der kühle Griff des Eisens an seinem Hals langsam warm wurde, dann heiß und noch heißer – als würde der Mann es irgendwie erhitzen.

Das, dachte Arbeely, *ist schlechterdings unmöglich.*

»Sag mir, wo der Hexer ist«, forderte der Mann, »damit ich ihn umbringen kann.«

Arbeely glotzte ihn an.

»Er hat mich in menschlicher Gestalt eingeschlossen! Sag mir, wo er ist!«

Im Kopf des Kupferschmieds begann es zu rattern. Er blickte auf das Löteisen und dachte an die seltsame Vorahnung, die er verspürt hatte, bevor er damit die Flasche berührte. Er erinnerte sich an die Geschichten seiner Großmutter, Geschichten von Flaschen und Öllampen, in denen Geister gefangen waren.

Nein. Das war lächerlich. So etwas gab es nur in Märchen. Die einzige Alternative bestand darin, dass er verrückt geworden war.

»Sir«, flüsterte er, »sind Sie ein Dschinn?«

Der Mann kniff die Lippen zusammen und sah ihn argwöhnisch an. Aber er lachte Arbeely nicht aus oder nannte ihn verrückt.

»Sie sind es«, sagte Arbeely. »Lieber Gott, Sie sind tatsächlich ein Dschinn.« Er schluckte und wand sich, um dem schwelenden Eisen zu entkommen. »Bitte. Ich kenne diesen Hexer nicht, wer immer er ist. Ja, ich bin nicht mal sicher, ob es heute überhaupt noch Zauberer gibt.« Er hielt inne. »Vielleicht waren Sie sehr lange in dieser Flasche.«

Der Mann schien darüber nachzudenken. Langsam zog er das Eisen von Arbeelys Hals zurück. Er stand auf und drehte sich im Kreis, als würde er die Werkstatt zum ersten Mal sehen.

Durch das hohe Fenster drang der Lärm der Straße herein, das Klappern von Pferdehufen und die Schreie der Zeitungsjungen. Auf dem Hudson tutete lange und tief ein Dampfer.

»Wo bin ich?«, fragte der Mann.

»Sie sind in meiner Werkstatt«, sagte Arbeely. »In New York City.« Er versuchte, ruhig zu sprechen. »In einem Land namens Amerika.«

Der Mann ging zu Arbeelys Werkbank und nahm eines der langen, dünnen Eisen des Kupferschmieds in die Hand. Und blickte dabei sowohl entsetzt als auch fasziniert drein.

»Das ist real«, sagte der Mann. »Das ist alles real.«

»Ja«, gab Arbeely zu. »Leider ja.«

Der Mann legte das Eisen weg. Und biss die Zähne

zusammen. Er schien sich auf das Schlimmste gefasst zu machen.

»Zeigen Sie es mir«, sagte er schließlich.

Barfuß und nur mit einem alten Arbeitshemd von Arbeely und einer Latzhose bekleidet, stand der Dschinn am Geländer von Castle Garden an der Südspitze Manhattans und starrte auf die Bucht hinaus. Arbeely blieb in seiner Nähe, hatte jedoch Angst, sich direkt neben ihn zu stellen. Das Hemd und die Hose stammten aus einem Haufen alter Kleider in einer Ecke von Arbeelys Werkstatt. Die Hose wies Lötzinnflecken auf, und in die Hemdsärmel waren Löcher gebrannt. Arbeely hatte ihm zeigen müssen, wie man das Hemd zuknöpfte.

Der Dschinn lehnte am Geländer, fasziniert von dem Anblick. Er war ein Geschöpf der Wüste. Nie zuvor in seinem Leben war er so viel Wasser so nahe gekommen. Es schwappte gegen die Steine unter seinen Füßen, mal höher, mal tiefer. Gedämpfte Farben trieben auf der Oberfläche, die sich ständig verändernden Wellen reflektierten das Sonnenlicht. Dennoch hatte er Mühe zu glauben, dass es keine geschickte Illusion war, die ihn verwirren sollte. Er rechnete jeden Augenblick damit, dass sich die Stadt und das Wasser auflösen und stattdessen die vertrauten Steppen und Hochebenen der syrischen Wüste auftauchen würden, die fast zweihundert Jahre sein Zuhause gewesen war. Doch die Zeit verging, und der Hafen von New York blieb eigensinnig, was er war.

Wie, so fragte er sich, war er hierhergekommen?

Die syrische Wüste ist weder die grausamste noch die unfruchtbarste der arabischen Wüsten, dennoch ist sie ein unwirtlicher Ort für alle, die ihre Geheimnisse nicht kennen. Hier wurde der Dschinn zu einer Zeit geboren, die die Menschen später das siebte Jahrhundert nennen würden.

Von den vielen Typen von Dschinn – sie sind eine höchst unterschiedliche Rasse mit vielen verschiedenen Ausprägungen und Fähigkeiten – war er einer der mächtigsten und intelligentesten. Seine wahre Form war so wesenlos wie ein Hauch Luft und unsichtbar für das menschliche Auge. In dieser Gestalt konnte er Winde rufen und darauf über die Wüste fliegen. Aber er konnte auch die Gestalt irgendeines Tieres und somit eine feste Form annehmen, als wäre er aus Knochen und Muskeln. Dann sah er mit den Augen des Tieres, fühlte mit seiner Haut – aber sein wahres Wesen war immer das eines Dschinns, und die Dschinn sind Geschöpfe des Feuers, so wie es von den Menschen heißt, dass sie Geschöpfe der Erde sind. Und wie alle seine Artgenossen, von den widerlichen leichenfressenden Ghulen bis zu den trickreichen Ifrits, behielt er eine Gestalt nie sehr lange bei.

Die Dschinn sind für gewöhnlich Einzelgänger, und dieser war es noch mehr als die meisten anderen. In jungen Jahren hatte er bei den wilden Ritualen und Luftscharmützeln der Dschinngesellschaft mitgemacht. Kleinere Beleidigungen oder Streitereien wurden zum Anlass genommen, um die Winde zu rufen und auf ihnen in die Schlacht zu ziehen, Clan gegen Clan. Die gigantischen Wirbelwinde, die sie verursachten, erfüllten die Luft mit Sand, und die anderen Wüstenbewohner suchten Zuflucht in Höhlen und im Windschatten großer Felsen, bis der Sturm vorüber war.

Aber als er älter und reifer wurde, war der Dschinn

mit diesem Zeitvertreib nicht mehr zufrieden und machte es sich zur Gewohnheit, allein die Wüste zu durchstreifen. Er war von Natur aus neugierig – auch wenn nichts seine Aufmerksamkeit lange fesseln konnte – und flog mit dem Wind nach Westen bis in die libysche Wüste und nach Osten bis zu den Ebenen von Isfahan. Dabei riskierte er mehr, als vernünftig war. Sogar in der trockensten Wüste konnte unverhofft ein Regenschauer niedergehen, und ein vom Regen überraschter Dschinn war in Lebensgefahr. Denn gleichgültig, was für eine Form ein Dschinn annahm, ob Mensch oder Tier oder seine wahre gestaltlose Form, er blieb immer ein lebender Feuerfunken, der leicht ausgelöscht werden konnte.

Aber ob nun Glück oder sein Geschick ihn leitete, der Dschinn wurde nie erwischt und streifte herum, wo immer er wollte. Er suchte auf seinen Ausflügen nach Silber- und Goldadern, denn die Dschinn sind geborene Kunstschmiede, und dieser war besonders talentiert. Er konnte Gold und Silber zu haarfeinen Drähten oder Platten oder gewundenen Strängen verarbeiten. Das einzige Metall, das er nicht berühren durfte, war Eisen. Wie alle seiner Art hatte er schreckliche Angst vor Eisen und scheute vor Felsen mit Eisenerzadern zurück wie ein Mensch vor einer giftigen Schlange.

Man kann ewig durch die Wüste wandern, ohne einem anderen intelligenten Wesen zu begegnen. Aber die Dschinn waren alles andere als allein, denn seit Tausenden von Jahren lebten sie in der Nachbarschaft von Menschen. Da waren die Beduinen, die nomadischen Hirtenstämme, die ihre bescheidene Existenz dem wenigen verdankten, das die Wüste zu bieten hatte. Und weit im Westen und Osten befanden sich

Städte, die von Jahr zu Jahr wuchsen und Karawanen durch die Wüste schickten. Doch obwohl sie Nachbarn waren, hegten Menschen und Dschinn ein tiefes Misstrauen gegeneinander. Die Furcht der Menschen war vielleicht größer, denn die Dschinn konnten sich unsichtbar machen und verwandeln. Bestimmte Wasserstellen und Höhlen und mit Felsbrocken übersäte Pässe galten als Wohnorte der Dschinn, und sich ihnen zu nähern hieß, Unglück heraufzubeschwören. Die Beduinenfrauen steckten ihren Babys Amulette aus Eisenperlen an die Kleidung, um zu verhindern, dass ein Dschinn in sie fuhr oder sie entführte und zu Wechselbälgern machte. Angeblich hatte es einst Zauberer gegeben, Männer von großem und gefährlichem Wissen, die Dschinn befehlen und kontrollieren und sie in Lampen oder Flaschen gefangen halten konnten. Diese Zauberer, so die Geschichtenerzähler, gab es schon lange nicht mehr, und von ihrer Macht war nur die Andeutung eines Schattens geblieben.

Aber das Leben der Dschinn war sehr lang – acht- oder neunmal so lang wie das der Menschen –, und ihre Erinnerung an die Zauberer war noch nicht vollkommen verblasst. Die älteren Dschinn warnten vor Begegnungen mit Menschen und nannten sie hinterhältig und perfide. Das verlorene Wissen der Zauberer, so mahnten sie, konnte wiedergefunden werden. Besser war es, vorsichtig zu sein. Und so begegneten sich die zwei Arten nur selten, für gewöhnlich nur, wenn die minderen Dschinn, die Ghule und Ifrits, die immer Unfug im Sinn hatten, es provozierten.

Als Jugendlicher hatte der Dschinn auf die Warnungen der Älteren gehört und war vorsichtig gewesen. Er hatte die Beduinen und Karawanen gemieden, die sich langsam durch die Wüste bewegten, unterwegs zu den Märkten von Syrien und Dschasira, Irak und Isfahan. Aber als er eines Tages am Horizont eine Reihe von zwanzig oder dreißig Männern sah, ihre Kamele mit wertvollen Waren beladen, fragte er sich, warum er nicht einmal nachsehen sollte. Die Dschinn früherer Tage waren unvorsichtig und töricht gewesen und hatten sich einfangen lassen, aber er war weder das eine noch das andere. Es konnte wohl nicht schaden, sie nur zu beobachten.

Langsam näherte er sich der Karawane, passte sich ihrer Geschwindigkeit an und folgte ihr in sicherem Abstand. Die Männer trugen mehrere Schichten langer, weiter, von der Reise verstaubter Gewänder und schützten ihre Köpfe mit karierten Tüchern vor der Sonne. Der Wind trug dem Dschinn Gesprächsfetzen zu: die Zeit bis zum nächsten Etappenziel oder die Wahrscheinlichkeit eines Banditenüberfalls. Aus ihren Stimmen hörte er die Müdigkeit heraus und erkannte an ihren krummen Rücken, wie erschöpft sie waren. Das waren keine Zauberer! Wenn sie diese Macht hätten, würden sie sich den endlosen Weg ersparen und sich durch die Wüste zaubern.

Nach ein paar Stunden sank die Sonne immer tiefer, und die Karawane zog in einen ihm nicht vertrauten Teil der Wüste. Der Dschinn ermahnte sich zur Vorsicht und kehrte auf sicheres Terrain zurück. Aber dieser flüchtige Blick auf die Menschheit hatte seine Neugier geweckt. Immer öfter hielt er nach Karawanen Ausschau und folgte ihnen, wenn auch stets in sicherem Abstand; wenn er zu nahe kam, wurden die Tiere nervös und ungebärdig, und auch die Männer spürten ihn als Wind in ihrem Rücken. Nachts, wenn sie in einer Oase oder Karawanserei haltmachten, lauschte er ihren Gesprächen. Manchmal sprachen sie von den Entfernungen, die sie zurücklegen mussten, von ihren Mühen, Sorgen und Kümmernissen. Dann wieder erzählten sie von ihrer Kindheit und Geschichten, die sie am Lagerfeuer von ihren Müttern und Großmüttern gehört hatten. Sie tauschten abgedroschene Anekdoten aus, prahlten mit ihren eigenen Heldentaten oder denen von Kriegern, Königen, Kalifen und Wesiren aus längst vergangener Zeit. Sie alle kannten die Geschichten auswendig, aber sie erzählten sie immer anders und stritten heftig über Einzelheiten. Den Dschinn faszinierte besonders, wenn die Männer die Dschinn erwähnten, wenn sie von Suleiman erzählten, dem Menschenherrscher, der die Dschinn siebenhundert Jahre zuvor seiner Herrschaft unterworfen hatte, der erste und letzte König der Menschen, dem das gelungen war.

Der Dschinn beobachtete sie und hörte ihnen zu – sie waren ein faszinierendes Paradox. Was trieb diese kurzlebigen Geschöpfe an, so selbstzerstörerisch anstrengende Reisen und grausame Kämpfe auf sich zu nehmen? Und wie konnten sie mit achtzehn oder zwanzig schon so klug und schlau sein? Sie sprachen von erstaunlichen Errungenschaften in Städten wie al-Scham oder al-Quds: große Märkte und neue Moscheen, wundersame Bauwerke, wie sie die Welt noch nicht gesehen hatte. Die Dschinn, die sich nicht gern in geschlossenen Räumen aufhalten, hatten nie etwas Vergleichbares angestrebt; als Zuhause brauchten sie nur einen Unterschlupf gegen den Regen. Aber der Dschinn begeisterte sich für die Idee. In einem Tal suchte er eine passende Stelle aus, und wenn er nicht gerade Karawanen verfolgte, baute er sich einen Palast. Er erhitzte den Wüstensand und formte ihn zu undurchsichtigen blaugrünen Glasscheiben, baute daraus Wände und Treppenhäuser, Böden und Balkone. Um die Mauern webte er ein filigranes Netz aus glänzendem Silber und Gold. Er verbrachte Monate damit, je nach Laune Teile zu zerstören und neu zu errichten, und zweimal riss er frustriert den ganzen Palast bis auf die Grundmauern nieder. Auch als er fertig und bewohnbar war, wurde der Palast doch niemals wirklich vollendet. In manche Räume fiel das Sternenlicht, weil er ihre Decken anderswo zu Böden verarbeitet hatte. Das filigrane Netz wuchs, als er Edelmetalladern im Wüstengestein fand, und verschwand nahezu vollständig, als er es plünderte, um einen großen Saal damit auszukleiden. Wie er selbst war auch sein Palast in der Regel für andere Wesen unsichtbar; aber die Männer der Wüste erhaschten manchmal aus der Ferne einen Blick darauf, wenn die letzten Sonnenstrahlen das Glas trafen und den Palast glitzernd auflodern ließen. Dann wandten sie sich ab und gaben ihren Pferden die Sporen, und erst viele Meilen später, als sie in Sichtweite ihrer Kochfeuer waren, wagten sie es, sich erneut umzublicken.

Die Schatten in Castle Garden wurden länger, und noch immer konnte der Dschinn sich nicht vom Anblick des Hafens losreißen. Als Junge war er einmal in einer Oase auf einen Teich gestoßen. Tollkühn wie die Jugend überall auf der Welt, wollte er bis an seine Grenzen gehen und verwandelte sich in einen Schakal, watete bis zu den Oberschenkeln in den Teich und blieb dort so lange stehen, wie er es aushielt, während die Kälte durch seine Pfoten in seinen Körper aufstieg. Erst als seine Beine fast unter ihm nachgaben, sprang er wieder heraus. Nie zuvor und auch seitdem nie mehr war er dem Tod so nahe gekommen. Und der Teich war nur sehr klein gewesen.

Er könnte mühelos über das Geländer ins Wasser springen. Eine Minute würde genügen, und er wäre ausgelöscht.

Angewidert zwang er sich wegzusehen. Dampfer und Schlepper tuckerten vorbei, hinter ihnen breiteten sich die Wellen aus. Im Dämmerlicht war am Horizont eine wogende Küstenlinie zu sehen. Davor stand auf einer Insel eine riesige Frauenstatue aus grünlichem Metall. Ihre Größe war schwindelerregend. Wie viele Felsen mussten geschmolzen, wie viel Rohmaterial gesammelt worden sein, um sie zu erschaffen? Und warum brach sie nicht durch die dünne Scheibe Land und versank im Meer?

Laut Arbeely war diese Bucht nur ein winziger Teil eines Ozeans, dessen Ausdehnung unermesslich war. Selbst in seiner natürlichen Form hätte er ihn niemals überqueren können – und jetzt konnte er diese natürliche Form nicht mehr annehmen. In der Hoffnung, eine Schwachstelle übersehen zu haben, hatte er die Eisenschelle um sein Handgelenk gründlich studiert – aber es gab keine. Sie war breit, aber dünn, umschloss sein Handgelenk und hatte an einer Stelle ein Scharnier. Die untergehende Sonne ließ das Scharnier mit dem Stift darin matt schimmern. Er konnte den Stift nicht lösen, sosehr er es auch versuchte.

Er schloss die Augen und versuchte zum hundertsten Mal, seine Gestalt zu ändern, kämpfte gegen den Zauber der Eisenschelle an. Doch es war, als hätte er diese Fähigkeit nie besessen. Und noch erstaunlicher war, dass er sich überhaupt nicht daran erinnerte, wie sie um sein Handgelenk gekommen war.

Abgesehen von ihrer Langlebigkeit, sind die Dschinn mit einem erstaunlichen, nahezu fotografischen Gedächtnis gesegnet, und dieser Dschinn war keine Ausnahme. Die Erinnerungen eines Menschen wären ihm nur als ein zweifelhaftes Flickwerk von Bildern erschienen. Aber die Tage – Wochen? Monate? – vor seiner Gefangennahme und das Ereignis selbst blieben hinter einem dichten Nebel verborgen.

Er konnte sich noch deutlich daran erinnern, dass er in seinen Palast zurückgekehrt war, nachdem er zwei Tage lang einer besonders großen Karawane nach Osten gefolgt war. Es waren fast hundert Männer und dreihundert Kamele, und er horchte auf ihre Gespräche und lernte langsam, sie zu unterscheiden. Ein Kameltreiber, ein dünner alter Mann, sang gern leise vor sich hin. Die Lieder handelten von mutigen Beduinen auf schnellen Pferden und den tugendhaften Frauen, von denen sie geliebt wurden; die Stimme des Mannes klang traurig, auch wenn die Lieder es nicht waren. Zwei Wachen hatten sich über eine neue Moschee in der Stadt al-Scham unterhalten, die sie die Große Moschee nannten; offenbar war es ein ungeheures Bauwerk von atemberaubender Schönheit. Eine weitere junge Wache sollte bald heiraten, und alle anderen verspotteten ihn und meinten, er solle sich keine Sorgen machen, sie würden sich in der Hochzeitsnacht vor seinem Zelt verstecken und ihm zuflüstern, was er zu tun habe. Der junge Mann gab zurück, warum er sich ausgerechnet auf *ihren* Rat verlassen sollte, was Frauen anbelangte; woraufhin seine Peiniger phantastische Geschichten über ihre sexuellen Fähigkeiten zum Besten gaben und die gesamte Runde in brüllendes Gelächter ausbrach.

Er war ihnen gefolgt, bis er am Horizont einen

schmalen grünen Streifen erspähte. Es war Ghuta, die Oase, die von dem an al-Scham vorbeifließenden Fluss gespeist wird. Widerwillig hatte er haltgemacht und der Karawane nachgesehen, bis sie nur noch ein schmaler Keil am Horizont war, eine Speerspitze, die Ghuta durchbohrte. Der grüne Streifen mochte einladend wirken, aber der Dschinn war nicht so tollkühn, sich ihm zu nähern. Er war ein Dschinn der Wüste, und die üppigen Felder von Ghuta waren nicht sein Element. Es kursierten Geschichten von Geschöpfen, die für eigensinnige Dschinn nichts übrig hatten, sie in den Fluss lockten und sie unter Wasser tauchten, bis sie ausgelöscht waren. Er beschloss, ausnahmsweise Vorsicht walten zu lassen und nach Hause zurückzukehren.

Der Rückweg war lang gewesen, und als er in seinem Palast ankam, hatte sich eine seltsame Einsamkeit seiner bemächtigt. Vielleicht hatte sie etwas mit der Karawane zu tun. Er hatte sich an die Gespräche, die Lieder und Geschichten der Reisenden gewöhnt, aber er gehörte nicht dazu. Vielleicht war es zu lange her, dass er sich bei seinen Artgenossen aufgehalten hatte. Er beschloss, keine Karawanen mehr zu verfolgen, zu seinem Clan zurückzukehren und eine Weile dort zu bleiben. Vielleicht würde er sich sogar weibliche Gesellschaft suchen, eine Dschinniya, die sich seine Aufmerksamkeiten wünschte. Er war bei Sonnenuntergang in seinem Palast angekommen und hatte vorgehabt, am nächsten Morgen aufzubrechen – und da endeten seine Erinnerungen.

Danach durchbrachen nur zwei Bilder den Nebel. Im ersten legten die knorrigen braunen Hände eines Mannes die eiserne Fessel um sein Handgelenk, und dieses Bild wurde begleitet vom Eindruck eisiger Kälte und unermesslicher Angst, die natürliche Reaktion eines Dschinns auf Eisen – aber warum, so fragte er sich, verspürte er sie jetzt nicht? Und dann das zweite Bild: das ledrige Gesicht eines Mannes, aufgesprungene Lippen grinsten, die hervortretenden gelben Augen blickten triumphierend. *Hexer*, sagte ihm sein Gedächtnis. Und das war alles; im nächsten Augenblick lag er nackt und gefesselt auf dem Boden von Arbeelys Werkstatt.

Nur dass nicht bloß ein Augenblick vergangen war. Offenbar war er über tausend Jahre in der Flasche gefangen gewesen.

Arbeely hatte diese Zahl ausgerechnet, während er nach Kleidern für seinen nackten Gast suchte. Er hatte den Dschinn hartnäckig nach seinen Erinnerungen an die Welt der Menschen ausgefragt, um das Jahr seiner Gefangennahme annähernd bestimmen zu können. Nach ein paar Fehlstarts hatte sich der Dschinn an die Wachen der Karawane erinnert, die über die Große Moschee sprachen, das neue Gebäude in al-Scham. »Sie haben gesagt, dass in der Moschee der Kopf eines Mannes ist, aber nicht sein Körper«, sagte er. »Das kam mir unsinnig vor. Aber vielleicht habe ich es auch falsch verstanden.«

Doch Arbeely versicherte ihm, dass er richtig gehört hatte. Der Kopf gehörte einem Mann namens Johannes der Täufer, und die Moschee kannte man als Umayyaden-Moschee, und sie stand jetzt seit über tausend Jahren in der Stadt al-Scham.

Das schien unmöglich. Wie konnte er so lange Zeit eingesperrt gewesen sein? Dschinn lebten selten länger als achthundert Jahre, und er war schon auf die zweihundert zugegangen, als er begann, den Karawanen zu folgen. Aber seltsamerweise war er nicht nur äußerst lebendig, er fühlte sich zudem keinen Tag älter als zuvor. Als habe die Flasche nicht nur seinen Körper aufbewahrt, sondern auch die Zeit angehalten. Er vermutete, dass Zauberer auf diese Weise die Nützlichkeit ihrer Gefangenen so lange wie möglich strecken konnten.

Die Flasche lag noch auf dem Boden in Arbeelys Laden. Genau wie die Eisenfessel verriet sie nicht, wer sie gefertigt hatte. Arbeely hatte ihm die teilweise zerstörten Verzierungen rund um den Flaschenboden gezeigt, anscheinend eine Art magischer Verschluss, der ihn in der Flasche festgehalten hatte. *Aber wie hast du bloß zusammen mit dem Olivenöl da hineingepasst?*, hatte Arbeely gefragt, ein Rätsel, das den Dschinn sehr viel weniger interessierte als die Frage, wie er es überhaupt hatte zulassen können, dass er gefangen genommen und in menschliche Gestalt gebannt wurde. Vielleicht war ihm der Hexer zu seinem Clan gefolgt, oder er hatte ihm eine Falle gestellt. Er fragte sich, ob der Mann ihn wie einen von Suleimans Sklaven behandelt und ihn gezwungen hatte, Vergnügungspaläste zu bauen und auf Befehl seine Feinde abzuschlachten. Oder hatte der Zauberer ihn einfach vergessen, wie ein wertloses Schmuckstück, das seinen Reiz verliert, sobald man es besitzt?

Natürlich war der Mann mittlerweile tot. Die legendären Zauberer waren mächtig, aber dennoch sterblich gewesen. Der gelbäugige Mann war längst zu Staub zerfallen. Und mit welchem Zauber er den Dschinn auch belegt hatte, sein Tod hatte ihn nicht aufgehoben. Langsam schlich sich ein schrecklicher Gedanke in seinen Kopf: Womöglich wäre er für den Rest seines Lebens in einem Menschenkörper gefangen.

Nein. Er verscheuchte den Gedanken. Er würde seine Niederlage nicht einfach so hinnehmen.

Er blickte auf das Eisengeländer, fasste mit beiden Händen danach und konzentrierte sich. Er war erschöpft; die Gefangenschaft in der Flasche hatte offenbar seine Kräfte zerstört – dennoch glühte das Eisen innerhalb von ein paar Augenblicken dunkelrot. Er packte es noch fester, dann ließ er los. Seine Finger hatten einen Abdruck auf dem Metall hinterlassen. Nein, er war nicht hilflos. Er war trotz allem ein Dschinn, einer der Mächtigsten seiner Art. Und Mittel und Wege gab es immer.

Er begann zu zittern, achtete jedoch nicht darauf. Er wandte sich um und schaute auf die Stadt, die sich am Ufer erhob, riesige eckige Gebäude, die bis zum Himmel reichten, in den Fenstern perfekte Scheiben aus Glas. So phantastisch Städte wie al-Scham und al-Quds in den Erzählungen der Männer aus den Karawanen auch geklungen hatten, der Dschinn bezweifelte, dass sie auch nur halb so wundersam und furchterregend wie dieses New York gewesen waren. Wenn er schon in einem unbekannten Land gestrandet war, umgeben von einem tödlichen Ozean und in einer schwachen und unvollkommenen Gestalt gefangen, so lohnte es sich zumindest, diesen Ort zu erforschen.

Arbeely stand ein bisschen entfernt von ihm und sah zu, wie das Glühen des eisernen Geländers allmählich unter den Händen des Dschinns verblasste. Es erschien ihm immer noch unmöglich, dass so etwas passieren konnte, während der Rest der Stadt seinen Geschäften nachging, unverändert und ahnungslos. Am liebsten hätte er den nächstbesten Passanten gepackt und geschrien: *Schauen Sie sich diesen Mann an! Er ist über-*

haupt kein Mensch! Schauen Sie, was er mit dem Geländer gemacht hat! Er vermutete, dass es schwierigere Wege gab, in die Irrenanstalt verfrachtet zu werden.

Er blickte über die Bucht, versuchte, sie mit den Augen des Dschinns zu sehen. Er fragte sich, wie er selbst sich fühlen würde, wenn er erwachte und feststellen musste, dass über tausend Jahre vergangen waren. Das würde jeden in den Wahnsinn treiben. Aber der Dschinn stand nur da, mit geradem Rücken und grimmiger Miene, und starrte auf das Wasser. Er sah nicht aus wie ein Mann, der gleich Amok laufen würde. Die schmutzigen, zu kleinen Kleider bildeten einen lächerlichen Kontrast zu seiner Figur und seinem Gesicht, sie hingen an ihm herunter, als wollten sie sich entschuldigen. Jetzt drehte er sich um und betrachtete die Gebäude, die am Rand des Parks dicht an dicht aufragten. Erst da fiel Arbeely auf, dass er von Kopf bis Fuß zitterte.

Der Dschinn machte einen Schritt von dem Geländer weg. Seine Knie gaben nach, und er fiel.

Arbeely stürzte zu ihm und fing ihn auf, bevor er auf dem Boden landete, und richtete ihn wieder auf. »Sind Sie krank?«

»Nein«, murmelte der Dschinn. »Mir ist kalt.«

Auf dem Rückweg zur Werkstatt musste Arbeely seinen neuen Bekannten halb stützen und halb tragen. Kaum angekommen, schwankte der Dschinn zu der erhöhten Esse, brach zusammen und lehnte sich an ihre glühend heiße Seite. Das geliehene Arbeitshemd rauchte, wo es gegen das Eisen stieß, aber er schien es nicht zu bemerken. Er schloss die Augen und regte sich nicht mehr. Nach einer Weile hörte er auf zu zittern, und Arbeely entschied, dass er eingeschlafen war.

Der Mann seufzte und sah sich um. Die Kupferflasche lag noch auf dem Boden. Er hob sie auf und stellte sie in ein Regal. Im Augenblick wollte er nicht darüber nachdenken. Er brauchte eine einfache Aufgabe, etwas Unkompliziertes und Beruhigendes. Er schaute sich um und sah einen Wasserkessel mit einem Loch im Boden, den ihm ein Restaurantbesitzer aus dem Viertel gebracht hatte. Das war perfekt, einen Wasserkessel konnte er im Schlaf flicken. Er schnitt ein Stück Zinnblech zurecht, erhitzte es wie auch den Kessel und machte sich an die Arbeit.

Hin und wieder blickte er zu seinem Gast und fragte sich, was passieren würde, wenn er erwachte. Auch stumm und reglos hatte der Dschinn etwas Seltsames – als wäre er nicht ganz wirklich oder aber das einzig Wirkliche im Raum. Arbeely vermutete, dass auch andere es spüren würden, aber er bezweifelte, dass sie den Grund dafür hätten benennen können. Die jungen Mütter von Little Syria banden ihren Babys noch immer Eisenperlen ums Handgelenk und versuchten mit Gesten den bösen Blick abzuwehren, aber mehr aufgrund von liebgewonnenem Aberglauben als aus echter Angst: Diese neue Welt war weit entfernt von den Geschichten ihrer Großmütter. Das glaubten sie zumindest.

Nicht zum ersten Mal wünschte er, er hätte einen Vertrauten, jemanden, dem er auch die aberwitzigsten Geheimnisse erzählen könnte. Doch in der eng verwobenen Gemeinschaft von Little Syria war Arbeely so etwas wie ein Außenseiter, ein Einsiedler sogar, der in seiner Schmiede am glücklichsten war. Müßiges Geplauder war nicht seine Stärke, und bei Hochzeitsfeiern saß er oft allein am Tisch und studierte die Stempel auf dem Besteck. Seine Nachbarn grüßten ihn herzlich auf der Straße, blieben jedoch kaum stehen, um mit ihm zu reden. Er hatte viele Bekannte, aber wenige richtige Freunde.

Das war schon in Zahleh so gewesen. In einer von Frauen dominierten Familie war er ein schweigsamer, verträumter Junge gewesen. Das Schmieden hatte er dank eines glücklichen Zufalls entdeckt. Er hatte eine Besorgung zu erledigen und blieb vor der örtlichen Schmiede stehen und sah fasziniert zu, wie ein schwitzender Mann so lange auf einer Blechplatte herumhämmerte, bis ein Eimer daraus geworden war. Die Verwandlung fesselte ihn: von nutzlos zu nützlich, von nichts zu etwas. Wieder und wieder kam er, um zuzusehen, bis der Schmied, der genug davon hatte, ständig beobachtet zu werden, anbot, ihn als Lehrling aufzunehmen. Und so wurde das Schmieden zu Arbeelys nahezu ausschließlichem Lebensinhalt; und obwohl er irgendwie annahm, dass er eines Tages eine Frau finden und eine Familie gründen würde, war er auch so zufrieden, wie die Dinge waren.

Doch als er jetzt zu seinem schlafenden Gast blickte, ahnte er, dass etwas sich grundlegend ändern sollte. Genauso hatte er empfunden, als er sieben Jahre alt war und durch das offene Fenster das laute Wehklagen seiner Mutter gehört hatte, weil ihr Mann auf dem Nachhauseweg von Beirut von Banditen getötet worden war. Jetzt wie damals spürte er, dass sich die Fäden, die sein Leben zusammenhielten, lösten und neu zusammenfanden angesichts dieses überwältigenden Dings, das bei ihm gestrandet war.

»Was tun Sie da?«

Arbeely zuckte zusammen. Der Dschinn hatte sich nicht bewegt, aber seine Augen waren offen. Arbeely fragte sich, wie lange er ihm schon zusah. »Ich flicke einen Wasserkessel«, sagte er. »Sein Besitzer hat ihn zu lange auf dem Ofen stehen lassen.«

Der Dschinn machte eine Kopfbewegung in Richtung des Kessels. »Was ist das für ein Blech?«

»Es sind zwei Metalle«, sagte Arbeely. »Stahl in Zinn getaucht.« Er fand ein Stück auf dem Tisch, hielt es dem Dschinn hin und deutete auf die Schichten. »Zinn, Stahl, Zinn. Sehen Sie? Das Zinn allein ist zu weich, und Stahl rostet. Aber gemeinsam sind sie stark und vielseitig einsetzbar.«

»Ich verstehe. Genial.« Er setzte sich auf und langte nach dem Wasserkessel. »Darf ich?« Arbeely gab ihm den Kessel, der Dschinn studierte ihn und drehte ihn in den Händen, die aufgehört hatten zu zittern. »Ich nehme an, dass die Schwierigkeit darin besteht, die Kanten des Flickens zu glätten, ohne den Stahl bloßzulegen.«

»Genau so ist es«, sagte Arbeely überrascht.

Der Dschinn legte die Hand auf den Flicken. Nach ein paar Augenblicken begann er, vorsichtig an den Kanten zu reiben. Arbeely sah verblüfft zu, wie die Umrisse des eingesetzten Stücks verschwanden.

Der Dschinn gab Arbeely den Wasserkessel zurück. Es war, als hätte er nie ein Loch gehabt.

»Ich möchte Ihnen einen Vorschlag machen«, sagte der Dschinn.

Im Frühling kann es in der Wüste ganz plötzlich regnen. Am Morgen nachdem der Dschinn von der Verfolgung der Karawane nach Ghuta zurückgekehrt war, zog sich der Himmel zu, und die ersten Regentropfen begannen zu fallen und steigerten sich alsbald zu einem veritablen Schauer. Die ausgetrockneten Flussbetten und Rinnen füllten sich mit Wasser. Der Dschinn sah zu, wie der Regen an den Mauern und Krenelierungen seines Palastes herunterrann, und ärgerte sich. Er hatte vorgehabt, bei Tagesanbruch zur Siedlung der Dschinn aufzubrechen, doch jetzt musste er warten.

Und so streifte er durch die gläsernen Säle, betrachtete die Metallarbeiten und veränderte hier und da ein Detail, um sich die Zeit zu vertreiben. ... Seine Gedanken schweiften zu den Männern der Karawane, zu ihren Gesprächen und Scherzen. Er erinnerte sich an die Lieder des alten Mannes und fragte sich, ob die besungenen Beduinenmänner wirklich so mutig und die Frauen wirklich so schön waren. Oder waren es nur erfundene Legenden, die sich im Lauf der Zeit änderten und übertrieben?

Drei Tage lang regnete es immer wieder, es waren drei Tage ärgerlicher Gefangenschaft. Hätte der Dschinn nach draußen und bis ans Ende der Welt fliegen können, dann hätte sich seine wachsende Obsession mit der Welt der Menschen vielleicht gelegt und er wäre wie geplant zur Dschinnsiedlung seiner Jugend aufgebrochen. Doch als es aufhörte zu regnen und der Dschinn endlich hinaustrat in eine frisch gewaschene Landschaft, hatten sich nicht nur die Wolken aufgelöst, sondern auch sein Plan.

KAPITEL 3

Nach nur wenigen Stunden in New York begann der Golem, sich nach der relativen Ruhe des Schiffs zu sehnen. Der Lärm auf den Straßen war unglaublich; der Krach in ihrem Kopf war noch schlimmer. Wie gelähmt stellte sie sich unter eine Markise, während die verzweifelten Gedanken der Straßenhändler und Zeitungsjungen sie noch vor ihren Schreien erreichten: *Die Miete ist fällig, mein Vater wird mich schlagen, bitte, jemand soll die Kohlköpfe kaufen, bevor sie schlecht werden.* Am liebsten hätte sie sich die Ohren zugehalten. Wenn sie Geld gehabt hätte, hätte sie alles weggegeben, nur um den Krach zu beruhigen.

Passanten musterten sie von Kopf bis Fuß, bemerkten ihren starren Blick, das schmutzige, zerknitterte Kleid, die lächerliche Männerjacke. Die Frauen runzelten die Stirn; manche Männer grinsten anzüglich. Ein Mann, der um zehn Uhr morgens schon sturzbetrunken war, feixte und näherte sich ihr mit wollüstigen Gedanken. Zu ihrer Überraschung stellte sie fest, dass das ein Wunsch war, den sie nicht erfüllen wollte. Angewidert ging sie auf die andere Straßenseite. Eine Straßenbahn bog ratternd um die Kurve und hätte sie um ein Haar überfahren. Die Flüche des Schaffners folgten ihr, als sie davoneilte.

Sie wanderte stundenlang vom Zufall geleitet durch Straßen und Gassen. Es war ein feuchter Julitag, und die Stadt begann, beißend nach verrottendem Abfall und Mist zu stinken. Ihr Kleid war getrocknet, doch der Schlick aus dem Fluss klebte in abblätternden Schichten daran. In der Wolljacke fiel sie noch mehr auf, da der Rest der Stadt vor Hitze fast umkam. Auch ihr war heiß, aber nicht auf unangenehme Weise – sie fühlte sich vielmehr locker und beweglich, als würde sie wieder durch den Fluss waten.

Alles, was sie sah, war neu und unbekannt, und es schien kein Ende zu nehmen. Sie hatte Angst und war überwältigt; doch hinter der Angst verbarg sich eine drängende Neugier, die sie immer weiter führte. Sie schaute in eine Metzgerei und versuchte herauszufinden, was es mit den gerupften Vögeln, den Wurststrängen und den roten länglichen Gerippen, die an Haken hingen, auf sich hatte. Der Metzger sah sie und kam hinter dem Verkaufstisch hervor; sie lächelte ihn kurz freundlich an und ging weiter. Die Gedanken der Passanten trieben durch ihren Kopf, doch sie lieferten keine Antworten, nur weitere Fragen. Zum einen, warum brauchte jeder Geld? Und was genau war Geld? Sie sah die Münzen, die von Hand zu Hand gingen; aber es war so allgegenwärtig in den Ängsten und Wünschen, dass ein größeres Geheimnis dahinterzustecken schien, das sie erst noch aufdecken musste.

Sie gelangte in ein modischeres Viertel, und die Schaufenster waren jetzt voller Kleider und Schuhe, Hüte und Schmuck. Vor einem Putzmachergeschäft blieb sie stehen und betrachtete einen riesigen, phantastischen Hut auf einem Ständer, das breite Band war mit Netzgewebe, Stoffrosen und einer langen wackelnden Straußenfeder verziert. Fasziniert neigte sich der Golem vor und legte eine Hand auf das Glas – und die Scheibe zerbarst unter der Berührung.

Sie sprang zurück, als ein Scherbenregen aus dem Fenster auf den Boden fiel. Im Laden blickten zwei gut gekleidete Frauen zu ihr, die Hände vor den Mund geschlagen.

»Tut mir leid«, flüsterte der Golem und lief davon.

Voller Angst eilte sie jetzt durch Gassen und geschäftige Straßen und versuchte, mit niemandem zusammenzustoßen. Die Stadt veränderte sich von Block zu Block. Schmuddlige Männer und empörte Ladenbesitzer schrien sich an, machten ihrem Unmut in einem Dutzend Sprachen Luft. Kinder liefen von ihren Schuhputzständen und vom Baseballspielen nach Hause und dachten nur ans Abendessen.

Eine Art geistige Ermattung überkam sie und vernebelte ihre Gedanken. Sie wandte sich nach Osten, folgte den Spitzen der Schatten und gelangte in ein Viertel, in dem es weniger chaotisch zuging und die Menschen einen zielstrebigen Eindruck machten. Ladenbesitzer rollten ihre Markisen ein und schlossen ihre Geschäfte. Bärtige Männer gingen nebeneinander und unterhielten sich konzentriert. Frauen standen plaudernd an den Straßenecken, mit Schnur umwickelte Pakete in den Armen, Kinder zerrten an ihren Röcken. Sie sprachen dieselbe Sprache wie Rotfeld, die Sprache, die sie beim Erwachen gekannt hatte. Nach dem Tumult der Sprachen tröstete es sie ein wenig, sie wieder zu hören.

Sie ging langsamer und schaute sich um. Neben ihr lockte sie die Treppe eines Wohnhauses; sie hatte den ganzen Tag Männer und Frauen, Jung und Alt auf diesen Treppen sitzen sehen. Durch ihr Kleid fühlte sich der Stein warm an. Sie blickte den Leuten, die vorbeikamen, ins Gesicht. Die meisten waren müde und zerstreut, hingen ihren Gedanken nach. Männer kehrten mit erschöpften Mienen und hungrigen Bäuchen von der Arbeit nach Hause zurück. In ihren Köpfen sah sie das Essen, das sie sich schmecken lassen würden, die dicken dunklen Brotscheiben mit Schmalz, die Heringe und Essiggurken, die Krüge mit dünnem Bier. Sie sah ihre Hoffnung auf eine kühlende Brise, eine durchschlafene Nacht.

Einsamkeit überkam sie wie tiefe Erschöpfung. Sie konnte nicht ewig auf der Treppe sitzen bleiben, sie musste weiter; aber im Moment war es einfacher zu bleiben, wo sie war. Sie lehnte den Kopf an die Balustrade. Zwei kleine braune Vögel pickten im Schmutz am Fuß der Treppe, ohne auf die vorbeistapfenden Passanten zu achten. Ein Vogel flog die Treppe herauf und landete neben ihr. Er rieb den spitzen Schnabel am Mauerwerk, blickte zur Seite und hüpfte auf ihren Oberschenkel.

Sie war überrascht, hielt jedoch vollkommen still, als der Vogel auf ihren Schoß hüpfte und an den Überresten des Schlicks aus dem Fluss pickte, der noch an ihrem Kleid hing. Dürre, harte Füße kratzten sie durch den Stoff. Langsam, ganz langsam streckte sie eine Hand aus. Der Vogel hüpfte darauf und blieb stehen. Mit der anderen Hand strich sie ihm über den Rücken. Er saß geduldig da, und sie spürte die weichen, glatten Federn und den winzigen, flatternden Herzschlag und lächelte fasziniert. Er legte den Kopf schief und sah sie aus einem runden Auge unverwandt an, pickte dann plötzlich in ihren Finger, als wäre sie nur ein gewöhnlicher Klumpen Erde. Einen Augenblick lang schauten sie sich an, dann flog er fort.

Erschrocken blickte sie auf und verfolgte seine Flugbahn – und sah einen älteren Mann im Schatten eines Lebensmittelwagens stehen und sie beobachten. Wie sie trug der Mann trotz der Hitze eine schwarze Wolljacke. Unter dem Saum lugten weiße Fransen hervor. Er hatte einen weißen, gepflegten Bart, und sein Gesicht unter der Hutkrempe war von einem Netz tiefer Falten durchzogen. Er betrachtete sie still, aber der Gedanke, den sie aufschnappte, war bang: *Kann sie sein, was ich glaube, dass sie ist?*

Eilig stand sie auf und ging davon, ohne zurückzublicken. Vor ihr strömte eine Schar Männer und Frauen aus der Hochbahn der 2nd Avenue Line. Sie versuchte, sich unter sie zu mischen, folgte der Menge, aus der sich kleine Gruppen an Ecken und Eingängen lösten und abschwenkten. Schließlich bog sie in eine schmale Seitenstraße und wagte es, sich umzuschauen. Der Mann in der schwarzen Jacke war nirgendwo zu sehen.

Erleichtert verließ sie die Straße wieder und ging weiter nach Osten. Jetzt roch es wieder nach Meer, nach Salz und Kohlenrauch und Motorenöl. Die meisten Geschäfte waren geschlossen, und die Händler mit den Handwagen packten die Hosenträger und billigen Hosen ein, die Töpfe und Pfannen. Was würde sie tun, wenn es dunkel würde? Ein Versteck suchen und auf den nächsten Morgen warten.

Plötzlich spürte sie den großen Hunger, der jemand anderen plagte. Ein dürrer, verdreckter Junge trieb sich auf dem Gehweg vor ihr herum und lugte zu einem nahen Händler, der über seinem Wagen schwitzte. Ein Mann in Hemdsärmeln trat zu dem Händler und gab ihm eine Münze. Der Händler nahm ein Blatt Wachspapier, steckte die Hand in den Wagen und brachte eine faustgroße Teigkugel zum Vorschein. Der Mann biss hinein und blies Dampf aus dem Mund, während er sich dem Golem näherte. Der Hunger des Jungen wurde größer, verzweifelter, überwältigender.

Wäre der Junge nicht am Verhungern gewesen, wäre der Mann nicht so nah an ihr vorbeigegangen – hätten sie vor allem die Erfahrungen dieses Tages nicht so erschöpft –, hätte sie sich vielleicht beherrscht und wäre weitergegangen. Aber so viel Glück hatte sie nicht. Die Bauchschmerzen des Jungen hatten sie im Griff. Brauchte er nicht dringender etwas zu essen als der Mann?

Kaum hatte sie das gedacht, streckte sie die Hand aus, nahm dem Mann das Essen ab und reichte es dem Jungen. Der rannte im nächsten Augenblick so schnell er konnte auf der Straße davon.

Der Mann packte sie am Arm. »Was haben Sie sich dabei gedacht?«, knurrte er sie an.

»Es tut mir leid«, sagte sie und wollte es erklären, doch der Mann war rot im Gesicht und wütend. »Sie Diebin!«, rief er. »Dafür werden Sie bezahlen!«

Andere Leute wurden aufmerksam. Eine ältere Frau ergriff Partei für den Mann. »Ich habe alles gesehen«, sagte sie und schaute den Golem böse an. »Sie hat Ihren Knisch gestohlen und es dem Jungen gegeben. Also, Mädchen? Was hast du dazu zu sagen?«

Sie blickte sich verwirrt um. Männer und Frauen bildeten einen Kreis um sie, weil sie unbedingt sehen wollten, was passieren würde. »Zahl gefälligst«, rief jemand.

»Ich habe kein Geld«, sagte sie.

Die Leute lachten höhnisch. Sie wollten, dass sie bestraft wurde; sie sollte dafür bezahlen. Sie bombardierten sie mit ihren zornigen Wünschen wie mit Steinen.

Panik überkam sie – und ebbte merkwürdigerweise wieder ab. Sie hatte das Gefühl, als würde sich die Zeit verlangsamen, strecken. Farben wurden intensiver, sie sah schärfer. Die tief stehende Sonne schien so hell wie am Mittag. *Holt einen Polizisten*, rief jemand, und die Wörter klangen wie gelallt und in die Länge gezogen. Sie kam sich vor, als würde sie wankend am Rand eines Abgrunds stehen und gleich hineinstürzen.

»Das wird nicht nötig sein«, sagte eine Stimme.

Sofort wandten sie die Aufmerksamkeit von ihr ab – und der Golem spürte, wie der Abgrund verschwand. Erleichtert öffnete sie die Augen wieder.

Es war der alte Mann mit der schwarzen Jacke, der sie zuvor beobachtet hatte. Er trat rasch durch die Menge, seine Miene besorgt. »Reicht das für Ihren Knisch?«, fragte er und gab dem Mann eine Münze. Dann legte er ihr sehr langsam, als wollte er den Golem nicht erschrecken, eine Hand auf den Arm. »Kommen Sie mit, meine Liebe«, sagte er ruhig, aber bestimmt.

Hatte sie eine Wahl? Entweder er oder die Menge. Langsam trat sie auf den Mann zu, fort von ihrem Peiniger, der stirnrunzelnd die Münze betrachtete.

»Aber das ist zu viel«, sagte er.

»Dann tun Sie mit dem Rest etwas Gutes«, entgegnete der alte Mann.

Die Menge löste sich auf, manche hatten das Gefühl, um ein Vergnügen gebracht worden zu sein. Bald standen die beiden allein auf dem Gehweg.

Er betrachtete sie wieder so, wie er es im Schatten des Wagens getan hatte. Dann neigte er sich vor und schien an der Luft um sie herum zu schnüffeln. »Wie ich gedacht habe«, sagte er ein bisschen bedauernd. »Sie sind ein Golem.«

Entsetzt wich sie einen Schritt zurück, bereit davonzulaufen. »Nein, bitte«, sagte er. »Sie müssen mit mir kommen, Sie können nicht weiter so durch die Straßen wandern. Man wird Sie entdecken.«

Sollte sie davonlaufen? Aber andererseits hatte er sie gerade gerettet; und er schien weder missbilligend noch wütend zu sein, nur besorgt. »Wohin werden Sie mich bringen?«, fragte sie.

»Zu mir nach Hause. Es ist nicht weit.«

Sie wusste nicht, ob sie ihm vertrauen konnte – aber er hatte recht, sie konnte nicht ewig durch die Straßen wandern. Sie entschied, dass sie ihm vertrauen musste. Dass sie *irgendjemandem* vertrauen musste.

»Na gut«, sagte sie.

Sie gingen den Weg zurück, den sie gekommen war. »Und jetzt sagen Sie mir«, verlangte der alte Mann, »wo ist Ihr Meister?«

»Er ist auf See gestorben, vor zwei Tagen. Wir waren auf der Überfahrt von Polen.«

Der Mann schüttelte den Kopf. »Wie bedauerlich«, sagte er. Ob er Rotfelds Tod meinte oder die Situation insgesamt, wusste sie nicht. »Und Sie haben zuvor in Polen gelebt?«

»Nein, nur mein Meister«, antwortete sie. »Er hat mich erst auf der Überfahrt geweckt, kurz bevor er gestorben ist.«

»Wann war das?«

»Vor zwei Tagen.«

Er blickte überrascht drein. »Wollen Sie damit sagen, dass Sie erst zwei Tage alt sind? Erstaunlich.« Er bog um eine Ecke, der Golem folgte ihm. »Und wie haben Sie es allein durch Ellis Island geschafft?«

»Ich war nicht dort. Ein Mann auf dem Schiff wollte mich befragen, weil ich keine Papiere hatte. Da bin ich in den Fluss gesprungen.«

»Das zeugt von schnellem Reaktionsvermögen.«

»Ich wollte nicht entdeckt werden«, sagte sie.

»Trotzdem.«

Sie gingen weiter den Weg, den der Golem gekommen war. Die Sonne war längst hinter den Gebäuden verschwunden, aber der dunstige Himmel leuchtete noch messingfarben. Die Kinder kamen wieder aus den Häusern, auf der Suche nach einem letzten Abenteuer, bevor sie ins Bett mussten.

Der Mann schwieg. Sie wusste nicht einmal seinen Namen, doch sie zögerte, ihn zu fragen, weil er so tief in Gedanken versunken war. Sie hörte die Fragen in seinem Kopf, die sich alle um sie drehten: *Was soll ich mit ihr tun?* Und plötzlich sah sie vor sich, wie sie niedergeschlagen wurde und als formloser Haufen Erde und Lehm mitten auf der Straße liegen blieb.

Sie blieb stocksteif stehen. Doch statt Entsetzen empfand sie eine tiefe Erschöpfung. Vielleicht wäre es das Beste. Sie hatte hier niemanden, keinen Daseinszweck.

Er bemerkte, dass sie nicht länger neben ihm ging, und wandte sich besorgt um. »Stimmt etwas nicht?«

»Sie wissen, wie man mich zerstört«, sagte sie.

»Ja«, gab er nach einer Weile vorsichtig zu. »Das weiß ich. Heutzutage gibt es nicht mehr viele, die so etwas können. Woher wissen Sie es?«

»Ich habe es in Ihrem Kopf gesehen«, antwortete sie. »Sie haben daran gedacht. Einen Augenblick lang wollten Sie es tun.«

Verwirrt runzelte er die Stirn – und dann lachte er freudlos. »Wer immer Sie erschaffen hat«, sagte er, »war ein brillanter, unverantwortlicher und ziemlich unmoralischer Mensch.« Er seufzte. »Sie können die Wünsche anderer Leute spüren?«

»Und ihre Ängste«, sagte sie. »Seit mein Meister gestorben ist.«

»Haben Sie deswegen den Knisch für den Jungen gestohlen?«

»Ich wollte nicht stehlen«, protestierte sie. »Er war so – so furchtbar hungrig.«

»Das hat Sie überwältigt«, sagte er, und sie nickte. »Darum müssen wir uns kümmern. Vielleicht mit viel Übung ... Nun ja, das kann im Moment warten. Erst müssen wir ein paar praktische Dinge erledigen, zum Beispiel Kleider für Sie auftreiben.«

»Dann – werden Sie mich nicht zerstören?«

Er schüttelte den Kopf. »Vielleicht wünscht man sich einen Augenblick lang etwas, während man insgeheim den Wunsch zurückweist. Sie müssen lernen, die Menschen nach ihren Taten zu beurteilen, nicht nach ihren Gedanken.«

Nach einem Moment des Zögerns sagte sie: »Seitdem mein Meister gestorben ist, sind Sie der Erste, der freundlich zu mir ist. Wenn Sie es für das Beste halten, mich zu zerstören, werde ich mich Ihrer Entscheidung fügen.«

Er blickte entsetzt. »Waren die paar Tage so schwierig für Sie? Ja, das müssen sie gewesen sein.« Er legte ihr tröstlich die Hand auf die Schulter, seine dunklen Augen blickten freundlich. »Ich bin Rabbi Avram Meyer«, sagte er. »Wenn Sie gestatten, werde ich Sie beschützen und für Sie sorgen. Ich werde Ihnen ein Zuhause geben und Sie, soweit es mir möglich ist, unterweisen, und dann werden wir gemeinsam entscheiden, was das Beste ist. Einverstanden?«

»Ja«, sagte sie erleichtert.

»Gut.« Er lächelte. »Jetzt kommen Sie mit. Wir sind fast da.«

Rabbi Meyer wohnte in einem Gebäude, das aussah wie alle anderen, die steinerne Fassade von Schmutz und Rauch gefleckt. Der Eingang war dunkel und eng, aber sauber; die Treppe knarzte protestierend unter ihren Füßen. Der Golem bemerkte, dass der Rabbi umso mühsamer atmete, je weiter sie hinaufstiegen.

Der Rabbi wohnte im vierten Stock. Ein schmaler Flur führte in ein vollgestopftes Zimmer mit einer tiefen Spüle, einem Ofen und einem Eisschrank. Über der Spüle waren Unterwäsche und Socken zum Trocknen aufgehängt. Haufen von Schmutzwäsche lagen auf dem Boden. Auf dem Ofen stand schmutziges Geschirr.

»Ich habe nicht mit Besuch gerechnet«, sagte der Rabbi verlegen.

Ins Schlafzimmer passten gerade ein Bett und ein Kleiderschrank. Hinter der Küche war ein kleines Wohnzimmer mit einem tiefen, abgewetzten Sofa aus grünem Samt unter einem großen Fenster. Daneben standen ein kleiner Holztisch und zwei Stühle. Eine Wand war mit Büchern bedeckt, die Buchrücken gebrochen und verblasst. Mehr Bücher stapelten sich zufällig verteilt auf dem Boden.

Der Rabbi sagte: »Ich habe nicht viel, aber es ist ausreichend. Betrachten Sie es für den Augenblick als Ihr Zuhause.«

Der Golem stand mitten im Zimmer und wollte sich nicht mit dem schmutzigen Kleid auf das Sofa setzen. »Danke«, sagte sie.

Dann schaute sie zum Fenster. Der Himmel war dunkel, und die Gaslampen in der Wohnung des Rabbis brannten hell, sodass sie sich im Glas spiegelte. Sie sah das Bild einer Frau vor dem Gebäude auf der anderen Straßenseite. Sie hob eine Hand und ließ sie wieder sinken; die Frau im Fenster tat dasselbe. Sie trat fasziniert näher.

»Ah«, sagte der Rabbi leise. »Sie haben sich selbst noch nicht gesehen.«

Sie betrachtete ihr Gesicht, fuhr dann mit der Hand durch ihr Haar, spürte die vom Flusswasser verklebten Strähnen. Sie zog daran. Würde es wachsen oder für immer gleich lang bleiben? Sie fuhr sich mit der Zunge über die Zähne und streckte anschließend die Hände nach vorn. Ihre Fingernägel waren kurz und eckig. Der Nagel auf dem linken Zeigefinger war nicht ganz in der Mitte. Sie fragte sich, ob es außer ihr jemals irgendwer bemerken würde.

Der Rabbi sah ihr zu. »Ihr Schöpfer war sehr talentiert«, sagte er. Doch er konnte einen leisen Unterton der Missbilligung nicht unterdrücken. Sie schaute wieder auf ihre Fingerspitzen. Nägel, Zähne, Haar: Nichts davon war aus Lehm.

»Ich hoffe«, sagte sie und beobachtete, wie sie den Mund bewegte, »dass niemand zu Schaden kam, nur weil ich erschaffen wurde.«

Der Rabbi lächelte traurig. »Das hoffe ich auch. Aber was passiert ist, ist passiert, und Sie haben daran keinerlei Schuld, wie auch immer die Umstände waren. Jetzt muss ich los, um Ihnen saubere Kleider zu besorgen. Bitte, bleiben Sie hier – ich bin gleich wieder da.«

Als sie allein war, betrachtete sie noch eine Weile ihr Spiegelbild und dachte nach. Was, wenn der Rabbi nicht genau zum richtigen Zeitpunkt aufgetaucht wäre? Sie hatte in dem Kreis wütender Menschen gestanden und gespürt, wie sich die Welt von ihr zurückzog, hatte sich gefühlt, als würde sie gleich eine Schwelle übertreten – wohin? Sie wusste es nicht. Aber in diesem

Augenblick hatte sie sich ruhig gefühlt. Friedlich. Als würden ihr gleich alle Sorgen und Entscheidungen abgenommen. Als sie daran dachte, empfand sie eine Angst, die sie nicht verstand.

Es war spät, und die meisten Geschäfte hatten geschlossen; doch der Rabbi wusste, dass in der Nähe der Bowery Street noch ein paar Läden geöffnet waren, wo er einen Morgenrock und Unterwäsche für eine Frau kaufen konnte. Er konnte sich die Ausgaben kaum leisten – abgesehen von einem kleinen Ruhegeld von seiner früheren Gemeinde, bestritt er seinen Lebensunterhalt mit Hebräischunterricht für Jungen, die für die *Bar-Mizwa* lernten. Aber es musste sein. Vorsichtig überquerte er die lärmende Straße, ging betrunkenen Männern aus dem Weg und mied die Blicke der Frauen, die unter der Hochbahn auf Kundschaft warteten. In der Mulberry Street fand er einen offenen Kleiderladen und kaufte eine Hemdbluse und einen Rock, einen Morgenmantel, Unterröcke und Unterhosen und Strümpfe samt Strumpfgürtel. Nach kurzem Zögern legte er auch noch ein Nachthemd auf den Stapel. Zum Schlafen bräuchte sie es selbstverständlich nicht, aber die Auswahl an Frauenkleidern hatte ihn überwältigt; und außerdem konnte sie den Morgenmantel nicht ohne etwas darunter tragen. Der Verkäufer blickte stirnrunzelnd auf seine Jacke und die Fransen des Gebetsschals, steckte jedoch rasch das Geld ein.

Er trug das mit Schnur umwickelte Paket zurück über die Bowery und dachte nach. Es würde schwierig werden, mit jemandem zu leben, der seine Wünsche spüren konnte. Wenn er nicht aufpasste, würde er sich ständig ermahnen und sich in dem verrückten Spiel

Denk nicht daran verfangen. Er musste vollkommen ehrlich und unerschrocken sein und durfte nichts verbergen. Es würde nicht einfach werden. Aber mit falscher Höflichkeit täte er ihr keinen Gefallen. Die Welt würde ihr nicht so zuvorkommend begegnen.

Seine Taten, unter anderem, dass er ihr Obdach gab, hätten Folgen: Das hatte er schon in dem Augenblick gewusst, als er sie als Golem erkannt und beschlossen hatte, sie nicht zu zerstören. Rabbi Avram Meyer, kinderlos, im Ruhestand und seit fast zehn Jahren verwitwet, hatte sich ein ruhiges Alter und einen unspektakulären Tod vorgestellt. Doch wie es schien, hatte der Allmächtige andere Pläne mit ihm.

Im Flur eines unscheinbaren Mietshauses öffnete Boutros Arbeely die Wohnungstür und trat beiseite, um seinem Gast den Vortritt zu lassen. »Hier ist es. Mein Palast. Ich weiß, es macht nicht viel her, aber du darfst herzlich gern hierbleiben, bis du eine eigene Wohnung gefunden hast.«

Der Dschinn schaute sich beunruhigt um. Arbeelys *Palast* war ein winziges dunkles Zimmer, in das kaum ein Bett, ein kleiner Kleiderschrank und ein halbmondförmiger Tisch passten, den er vor die verschmutzte Spüle geschoben hatte. Die Tapete wellte sich und löste sich von den Wänden. Der Boden zumindest war sauber, neuerdings. Zu Ehren seines Gastes hatte Arbeely die schmutzige Wäsche in den Schrank gestopft und sich gegen die Tür gelehnt, bis sie zuschnappte.

Angesichts des Raums empfand der Dschinn eine so heftige Klaustrophobie, dass er kaum eintreten konnte. »Arbeely, dieses Zimmer ist nicht groß genug für zwei. Hier passt kaum einer rein.«

Sie kannten sich jetzt seit gut einer Woche, und Arbeely war bereits klar geworden, dass er sich von den flapsigen Bemerkungen des Dschinns nicht reizen lassen durfte, wenn ihr Arrangement funktionieren sollte. »Was brauche ich mehr?«, fragte er. »Ich bin den ganzen Tag in der Schmiede. Wenn ich hier bin, schlafe ich.« Er deutete auf die Wände und fuhr fort: »Wir könnten ein Laken spannen und ein Feldbett aufstellen. Dann müsstest du nicht mehr in der Werkstatt schlafen.«

Der Dschinn schaute Arbeely an, als hätte er ihn beleidigt. »Aber ich schlafe nicht in der Werkstatt.«

»Wo hast du denn dann geschlafen?«

»Arbeely. Ich schlafe überhaupt nicht.«

Arbeely blieb der Mund offen stehen; das hatte er nicht gewusst. Jeden Abend, wenn er die Werkstatt verließ, blieb der Dschinn noch und lernte, wie man die dünnen Zinnplatten bearbeitete. Und jeden Morgen bei seiner Rückkehr saß der Dschinn bereits an der Werkbank. Im Hinterzimmer stand eine Pritsche, für den Fall, dass Arbeely abends zu müde war, um sich noch nach Hause zu schleppen; er hatte angenommen, dass der Dschinn darauf schlief. »Du schläfst nicht«, sagte er. »Du meinst, du schläfst überhaupt nie?«

»Nein, und ich bin froh darüber. Schlaf scheint mir eine ungeheure Zeitverschwendung zu sein.«

»Ich schlafe gern«, widersprach Arbeely.

»Nur weil du müde wirst.«

»Und du nicht?«

»Nicht auf deine Art.«

»Wenn ich nicht schlafen würde«, dachte Arbeely laut nach, »würde ich die Träume vermissen.« Er runzelte die Stirn. »Du weißt doch, was Träume sind, oder?«

»Ja, ich weiß, was Träume sind«, antwortete der Dschinn. »Ich kann in sie hinein.«

Arbeely wurde blass. »Das kannst du?«

»Es ist eine seltene Fähigkeit. Nur ein paar Clans der höchsten Dschinn können es.« Wieder fiel Arbeely seine beiläufige, selbstverständliche Arroganz auf. »Aber ich kann es nur in meiner wahren Gestalt. Du brauchst dir also keine Sorgen zu machen, deine Träume sind vor mir sicher.«

»Ja, aber trotzdem, du kannst herzlich gern …«

Gereizt unterbrach ihn der Dschinn. »Arbeely, ich will hier nicht wohnen, weder wach noch schlafend. Ich bleibe lieber in der Werkstatt.«

»Aber du hast gesagt …« Arbeely hielt inne und sprach lieber nicht weiter. *Ich werde wahnsinnig, wenn ich noch länger hier eingesperrt bleibe*, hatte der Dschinn gesagt, und das hatte ihn getroffen. Ihr Plan erforderte, dass sich der Dschinn nicht in der Öffentlichkeit sehen ließ, bis Arbeely ihm genug beigebracht hatte, dass er als neuer Lehrling durchgehen konnte; doch das hieß, dass der Dschinn tagsüber im Hinterzimmer der Werkstatt bleiben musste – ein Raum, ungefähr so klein wie Arbeelys Wohnung. Arbeely verstand, dass der Dschinn unter dieser Einschränkung litt, aber es hatte ihn gekränkt, dass er ihm unterstellt hatte, sein Gefängniswärter zu sein.

»Ich würde mir vermutlich auch blöd vorkommen, wenn ich die ganze Nacht in einem Zimmer bleiben und einem Mann beim Schlafen zuschauen müsste«, räumte Arbeely ein.

»Genau.« Der Dschinn setzte sich auf die Bettkante und sah sich noch einmal um. »Und wirklich, deine Wohnung ist schrecklich.«

Sein Tonfall war so jämmerlich, dass Arbeely lachen musste. »Mir macht es nichts aus, wirklich nicht«, sagte er. »Aber du bist was anderes gewohnt.«

Der Dschinn nickte. »So ist es.« Zerstreut rieb er an der Schelle um sein Handgelenk. »Stell dir vor«, sagte er zu Arbeely, »dass du schläfst und deine Menschenträume träumst. Und dann wachst du auf und bist an einem völlig fremden Ort. Deine Hände und Füße sind gefesselt, und du bist an einen Pfahl gebunden. Du hast keine Ahnung, wer dir das angetan hat. Oder was eigentlich passiert ist. Du weißt nicht, ob du jemals wieder entkommen kannst. Du bist unvorstellbar weit weg von zu Hause. Und dann findet dich ein seltsames Wesen und sagt: ›Ein Arbeely! Aber ich dachte, Arbeelys gibt es nur in Gutenachtgeschichten! Schnell, versteck dich und tu so, als wärst du einer von uns, denn die Leute hier hätten Angst vor dir, wenn sie die Wahrheit wüssten.‹«

Arbeely runzelte die Stirn. »Du hältst mich für ein seltsames Wesen?«

»Du hast mich überhaupt nicht verstanden.« Der Dschinn streckte sich auf dem Bett aus und starrte an die Decke. »Und ja. Ich finde, dass Menschen seltsame Wesen sind.«

»Wir tun dir leid. In deinen Augen sind wir an Händen und Füßen gefesselt.«

Der Dschinn dachte einen Augenblick nach. »Ihr bewegt euch so langsam«, sagte er.

Sie schwiegen eine Weile, dann seufzte der Dschinn. »Arbeely, ich habe dir versprochen, dass ich die Werkstatt nicht verlassen werde, bis du die Zeit reif dafür hältst, und ich habe mein Versprechen gehalten. Aber ich habe ernst gemeint, was ich gesagt habe. Wenn ich meine Freiheit nicht wiederkriege, zumindest ein bisschen was davon, werde ich wahrscheinlich wahnsinnig.«

»Bitte«, beschwor Arbeely ihn. »Nur noch ein paar Tage. Wenn es funktioniert …«

»Ja«, sagte der Dschinn, »ja, ich weiß.« Er stand auf und ging zum Fenster. »Mein einziger Trost ist, dass ich in einer Stadt gelandet bin, wie ich sie mir nie hätte vorstellen können. Und ich will das Beste daraus machen.«

In Arbeelys Kopf schrillten die Alarmglocken: Es war nicht ratsam, nachts durch unbekannte Straßen voller Banden und Mordgesellen, Bordelle und Opiumhöhlen zu schlendern. Aber der Dschinn sah so sehnsüchtig aus dem Fenster und über die Hausdächer nach Norden. Er dachte daran, wie der Dschinn ihn, den Menschen, beschrieben hatte, an Händen und Füßen gefesselt. »Bitte«, sagte er nur. »Sei vorsichtig.«

Nach der erdrückenden Enge von Arbeelys Wohnung wirkte die Werkstatt nahezu riesig. Der Dschinn saß allein an der Werkbank und maß Lötzinn und -paste ab. Mit dem Zinn musste er vorsichtig sein; seine Hände waren so warm, dass es schmolz, wenn er es zu lange in den Fingern hielt. Arbeely hatte ihm geduldig gezeigt, wie er das Zinn entlang einer Lötstelle verteilen musste, doch als der Dschinn es versuchte, tropfte es ihm von den Fingern. Nach ein paar weiteren Versuchen machte er Fortschritte, aber seine Geduld wurde dabei auf eine harte Probe gestellt. Er sehnte sich danach, die Ränder einfach mit den Fingern zu schmelzen, doch das hätte dem Sinn der Übung widersprochen.

Es ärgerte ihn, dass er die einzige ihm noch verbliebene Fähigkeit nicht nutzen durfte. Nie zuvor hatte er wirklich bedacht, wie viele seiner Kräfte ihm außerhalb seiner natürlichen Gestalt versagt blieben. Hätte er es gewusst, hätte er sie häufiger ausprobiert, statt einfach nur Karawanen zu verfolgen. Die Fähigkeit, in Träume einzudringen zum Beispiel, hatte er kaum je ausgeübt.

Auch diese Fähigkeit variierte wie alle anderen heftig zwischen den unterschiedlichen Gattungen von Dschinn. Die minderen *Ghule* und *Ifrits* ergriffen brutal von einem Menschen Besitz, um sich zu amüsieren oder sich kleinlich zu rächen. Der Besessene wurde zu einer schlecht geführten Marionette, bis der Dschinn der Sache überdrüssig wurde und das Spiel aufgab. Wem das widerfuhr, der war auf Dauer geschädigt; manche starben sogar an dem Schock. Im schlimmsten Fall war der Dschinn im Kopf des Menschen gefangen. Dann wurden beide, Mensch und Dschinn, mit großer Wahrscheinlichkeit wahnsinnig. Wenn der Mensch großes Glück hatte, war ein Schamane oder Zauberer zur Hand, der den Dämon aus seiner Beute trieb. Einmal war der Dschinn einem seiner minderen Artgenossen begegnet, kurz nachdem dieser aus einem Menschen ausgetrieben worden war. Das Ding wand sich brennend auf einem verkrüppelten Baum, plapperte und heulte, während die Äste in seiner Nähe schwelten. Der Dschinn hatte mit einer Mischung aus Mitleid und Ekel zugesehen und schließlich einen weiten Bogen um den Baum gemacht.

Die Fähigkeiten des Dschinns waren nicht so primitiv wie diese simple Besitzergreifung. Er konnte schmerzlos in einen Kopf eindringen und die Gedanken beobachten, ohne selbst bemerkt zu werden. Doch diese Fähigkeit war mit Einschränkungen verbunden.

Aber dazu war er nur in seiner natürlichen Gestalt in der Lage und nur, wenn das Objekt schlief, sein Geist offen und ungeschützt war. Er hatte diese Fähigkeit lediglich ein paar Mal bei minderen Tieren ausprobiert. Schlangen, so lernte er, träumten in Gerüchen und Vibrationen, ihre Zungen schossen heraus und schmeckten die Luft, ihre langen Körper waren fest auf den Boden gepresst. Schakale träumten in Gelb, Ocker und duftenden Rottönen, erlebten im Schlaf noch einmal, wie sie ihre Beute rissen, und bewegten dabei Vorder- und Hinterpfoten. Nach diesen Experimenten hatte er damit aufgehört. Es war zwar einigermaßen amüsant, aber danach, während er wieder seine gestaltlose Gestalt annahm und er selbst wurde, war er verwirrt und desorientiert.

Er hatte nie versucht, in den Kopf eines Menschen einzudringen. Es hieß, die Träume von Menschen seien glitschig und gefährlich, voller wandelbarer Landschaften, die einen Dschinn in die Falle locken und festhalten konnten. Ein Hexer, warnten die Alten, konnte einen Dschinn im Kopf gefangen nehmen, ihn in ein Traumlabyrinth locken und zu Knechtschaft zwingen. Aus ihrem Mund klang es wie eine tolldreiste Verrücktheit, auch nur daran zu denken. Wahrscheinlich hatten sie die Gefahren übertrieben, aber er hatte sich an ihren Rat gehalten.

Hätte er es riskiert, wenn er gewusst hätte, dass er diese Fähigkeit verlieren würde? Vielleicht. Aber er bezweifelte, dass er groß von der Erfahrung profitiert hätte. Und in gewisser Weise, so dachte er, als er mehr Lötzinn abmaß, machte es nichts aus. Er verbrachte jetzt mehr Zeit als genug mit Menschen, um den Verlust auszugleichen.

In der syrischen Wüste versickerte der letzte Frühlingsregen in der Landschaft. Zwischen den Felsen und Disteln entfalteten sich zarte Blüten und tupften die Täler weiß und gelb.

Der Dschinn flog über das Tal und erfreute sich an dem Anblick. Der Regen hatte den Staub von seinem Palast gewaschen, und jetzt funkelte jeder Zentimeter. Hatte er wirklich daran gedacht, das alles zurückzulassen und zur Siedlung der Dschinn zurückzukehren? Wozu denn? Das hier war sein Reich: sein Palast und sein Tal, die warme Frühlingssonne und die blühenden Blumen.

Doch seine Gedanken eilten ihm bereits voraus zu seiner nächsten Begegnung mit Menschen. Nicht weit entfernt befand sich ein Beduinenlager, er hatte aus der Ferne die Schafherden und den Feuerschein gesehen und auch Männer, die auf Pferden ritten. Doch bislang hatte er sie gemieden. Er fragte sich, inwiefern sich ihr Leben von dem der Männer aus den Karawanen unterschied. Waren die Männer wirklich so edelmütig und die Frauen so tugendsam? Statt einer weiteren Karawane zu folgen, sollte er sich vielleicht einmal ihr Lager ansehen. Aber musste er sich wirklich damit zufriedengeben, sie aus der Ferne zu beobachten, wenn er eine viel intimere Möglichkeit hatte?

Eine Bewegung erregte seine Aufmerksamkeit. Als wäre sie von seinen Gedanken angezogen worden, war ein junges Beduinenmädchen am Rand des Grats über dem Tal aufgetaucht. Abgesehen von einer kleinen Ziegenherde, war es allein und schritt mit einer Energie den Grat entlang, die zu dem frischen Tag passte.

Der Dschinn hatte eine Idee. Er flog hinunter auf die Zinnen seines Palastes, streckte die Hand aus und berührte das weißlich blaue Glas.

Das Mädchen blieb erstaunt stehen, als der Palast des Dschinns einen Augenblick lang glitzernd vor ihm Gestalt annahm.

Der Dschinn sah zu, wie das Mädchen aufgeregt den Weg zurücklief, den es gekommen war, und die Ziegen vor sich her trieb. Er lächelte und fragte sich, wovon so ein Mädchen wohl träumte.

Kapitel 4

Langsam, im Lauf von Tagen und Wochen, lernten der Golem und Rabbi Meyer, miteinander auszukommen.

Es war nicht einfach. Die Wohnung war klein und vollgestopft, und der Rabbi hatte sich an seine Einsamkeit gewöhnt. Nicht dass das Zusammenleben auf Tuchfühlung mit einer Fremden eine neue Erfahrung für ihn gewesen wäre – als er nach Amerika gekommen war, hatte er auf weniger Raum mit einer fünfköpfigen Familie zusammengewohnt. Aber damals war er jünger und anpassungsfähiger gewesen. In den letzten Jahren war die Einsamkeit zu seinem einzigen Luxus geworden.

Wie er vorhergesehen hatte, spürte der Golem rasch sein Unbehagen. Bald schon entwickelte sie die Gewohnheit, sich ans andere Ende der Wohnung zurückzuziehen, als wollte sie gehen, ohne zu gehen. Schließlich sprach er sie darauf an und sagte, dass sie das Zimmer nicht verlassen sollte, nur weil er hereinkam.

»Aber das wollen Sie doch«, protestierte sie.

»Ja, aber gegen meinen eigenen Willen. Mein besseres Selbst weiß, dass Sie sitzen oder stehen können, wo immer Sie wollen. Sie müssen lernen, sich nach dem zu richten, was die Leute sagen oder tun, nicht nach dem, was sie sich wünschen oder wovor sie sich fürchten. Sie haben einen außergewöhnlichen Einblick in die Seele anderer Menschen und werden viele hässliche und unangenehme Dinge dort sehen, viel schlimmere als mein Wunsch, dass Sie woanders stehen sollen. Sie müssen darauf vorbereitet sein und lernen, sie nicht zu beachten.«

Sie hörte zu und nickte, aber es fiel ihr schwerer, als ihm klar war. Im selben Zimmer mit ihm zu sein und zu wissen, dass er sie fort wünschte, war für sie Folter. Ihr Instinkt, sich *nützlich* zu machen, riet ihr, ihm aus dem Weg zu gehen. Diesen Wunsch zu ignorieren war in etwa so, wie sich einer Straßenbahn entgegenzustellen. Sie rutschte nervös hin und her oder machte versehentlich Dinge kaputt – sie riss den Griff einer Schublade ab, als sie danach griff, trennte den Saum ihres Rockes auf, als sie am Stoff zog. Sie entschuldigte sich vielmals, und er entgegnete, das mache nichts; aber sein Unmut war schwer zu ignorieren, und so wurde alles nur noch schlimmer.

»Es wäre besser, wenn ich etwas zu *tun* hätte«, sagte sie schließlich.

Sofort sah der Rabbi seinen Fehler ein. Ohne nachzudenken, hatte er den Golem zum schlimmsten aller möglichen Leben verurteilt: einem Leben in Untätigkeit. Und deswegen gab er nach und gestattete ihr, die Wohnung zu putzen, was er bislang beharrlich selbst getan hatte.

Die Veränderung sowohl des Golems als auch der Wohnung war unübersehbar. Der Golem konzentrierte sich auf die Arbeit und lernte, die Ablenkungen zu ignorieren. Jeden Morgen spülte sie das Geschirr vom Frühstück und vom Abendessen, dann nahm sie den Herd in Angriff, entfernte eine weitere der vielen Schmutzschichten, die sich in den Jahren, seitdem die Frau des Rabbis gestorben war, angesammelt hatten. Anschließend machte sie das Bett des Rabbis, steckte das Laken fest zwischen die Matratze und den durchhängenden Rahmen. Die gesamte Schmutzwäsche im Korb – außer seiner Unterwäsche, die er sich hartnäckig weigerte, sie waschen zu lassen – trug sie zum Spülstein, wusch sie und hängte sie zum Trocknen auf. Die Sachen vom Vortag nahm sie ab, bügelte sie, legte sie zusammen und räumte sie weg.

»Ich habe einfach das Gefühl, Sie auszunutzen«, sagte der Rabbi bekümmert und sah zu, wie sie die Teller in den Schrank stellte. »Und meine Schüler werden glauben, dass ich ein Hausmädchen eingestellt habe.«

»Aber ich mache die Arbeit gern. Ich fühle mich besser. Und außerdem kann ich mich so für Ihre Großzügigkeit bedanken.«

»Ich habe keinen Dank erwartet, als ich Sie aufgenommen habe.«

»Aber ich will mich erkenntlich zeigen«, sagte sie und stellte weiteres Geschirr in den Schrank. Schließlich beschloss der Rabbi, die Situation zu akzeptieren, sie war ohnehin unumgänglich, und die frisch gebügelten Hosen waren eine Annehmlichkeit.

Wenn sie sich unterhielten, dann nur sehr leise. Im Haus war es laut, auch nachts, aber die Wände zwischen den Wohnungen waren dünn, und die Stimme einer jungen Frau hätte die Nachbarn des Rabbis allzu sehr fasziniert. Glücklicherweise musste sie das Etagenklo nicht aufsuchen. Einmal am Tag wusch sie sich an der Spüle, während der Rabbi in seinem Schlafzimmer oder am Tisch im Wohnzimmer saß und studierte oder betete.

Am härtesten war es, wenn ein Schüler des Rabbis zum Unterricht kam. Ein paar Minuten vor seiner

Ankunft ging der Golem in das Schlafzimmer des Rabbis und kroch unter sein Bett. Bald darauf klopfte es an der Tür, die Stühle im Wohnzimmer scharrten über die Dielenbretter, und dann erklang die Stimme des Rabbis: *Hast du deine Lektion gelernt?*

Der Golem passte kaum unter das Bett. Es war schmal und hing so durch, dass die Sprungfedern beinahe ihre Nase berührten. Unter so beengten Umständen reglos und still dazuliegen war nicht einfach. Ihre Finger und Beine fingen irgendwann an zu zucken, sosehr sie auch versuchte, sich zu entspannen. Und während sie so dalag, drang eine kleine Armee von Wünschen und Bedürfnissen in ihren Kopf ein: von dem Jungen und dem Rabbi, die beide alles dafür gegeben hätten, wenn die Zeit nur schneller vergangen wäre; von der Frau in der Wohnung unter ihr, die unter ständigen Hüftschmerzen litt; von den drei kleinen Kindern nebenan, die sich ihre wenigen Spielsachen teilten und immer das wollten, was sie gerade nicht hatten; und aus weiterer Entfernung vom Rest des Mietshauses, einer kleinen Stadt voller Anliegen und Lüste und Kümmernisse. Und mittendrin lag der Golem und hörte alles.

Der Rabbi hatte ihr geraten, sich auf ihre anderen Sinne zu konzentrieren, um den Lärm zu übertönen; und so drückte der Golem das Ohr auf den Boden und horchte auf das durch die Rohre gurgelnde Wasser, auf Mütter, die ihre Kinder in wütendem Jiddisch ausschimpften, das Klappern von Töpfen und Pfannen, Streitereien, Gebete, das Summen von Nähmaschinen. Vor allem aber hörte sie, wie der Rabbi den Jungen lehrte, seinen Text zu rezitieren, wobei sich seine heisere Stimme mit der piepsigen des Jungen abwechselte. Manchmal sprach sie lautlos mit, bis der Junge ging und sie wieder unter dem Bett hervorkriechen konnte.

Die Nächte waren fast genauso schwierig. Der Rabbi ging um zehn ins Bett und erwachte erst wieder um sechs; der Golem war demnach acht Stunden mit den verschwommenen, träumenden Gedanken der anderen allein. Der Rabbi schlug ihr vor, zum Zeitvertreib zu lesen; und so zog sie eines Nachts einen Band aus dem Regal, schlug ihn an einer zufälligen Stelle auf und las:

… Gekochte Nahrung darf auf einen Herd gestellt werden, der mit Stroh oder Stoppeln befeuert wird. Wenn der Herd mit den Schalen von Mohnsamen oder Holz befeuert wird, darf keine gekochte Nahrung daraufgestellt werden, außer die Glut wurde herausgenommen oder mit Asche bedeckt. Schammais Schüler sagen: Nahrung darf vom Herd genommen, aber nicht daraufgestellt werden. Die Schüler Hillels gestatten es.
Die Lehrer brachten eine Frage vor: »Bedeutet der Ausdruck ›darf nicht daraufgestellt werden‹, dass man sie nicht wieder daraufstellen darf, aber wenn sie nicht heruntergenommen worden ist, darf sie dann darauf stehen bleiben?«
Unsere Antwort besteht aus zwei Teilen …

Sie schlug das Buch zu und starrte auf den ledernen Einband. Waren alle Bücher so? Entmutigt und ein bisschen gereizt, schaute sie den Rest der Nacht aus dem Fenster und sah den Männern und Frauen nach, die vorbeigingen.

Am Morgen erzählte sie dem Rabbi von ihrem Versuch zu lesen. Später ging er aus, um Besorgungen zu machen, und kam mit einem dünnen, flachen Paket zurück. Darin befand sich ein schmales Buch mit einem farbenfroh illustrierten Einband. Ein großes Schiff mit Tieren darauf trieb über den Kamm einer gigantischen Welle. Im Hintergrund bildete ein Band aus Farben einen Halbkreis, dessen Spitze die Wolken streifte.

»Das ist ein besserer Anfang, glaube ich«, sagte der Rabbi.

In dieser Nacht lernte der Golem Adam und Eva und Kain und Abel kennen. Sie erfuhr von Noah und der Arche und dem Regenbogen, der das Zeichen für den Bund mit Gott war. Sie las von Abraham, der seinen Sohn Isaak auf dem Berg beinahe geopfert hätte. Sie fand das alles sehr merkwürdig. Die Geschichten waren leicht zu verstehen; aber sie wusste nicht, was sie von den Leuten halten sollte. Hatten sie wirklich existiert, oder waren sie erfunden? In den Geschichten hieß es, dass Adam und Noah viele Hundert Jahre alt wurden – aber war das nicht unmöglich? Der Rabbi war der älteste Mensch, den sie in ihrem kurzen Leben kennengelernt hatte, und er war bei weitem noch keine hundert. Hieß das, dass in dem Buch Lügen standen? Aber der Rabbi legte immer so viel Wert auf die Wahrheit! Wenn es Lügengeschichten waren, warum hatte der Rabbi sie dann gebeten, das Buch zu lesen?

Sie las das Buch dreimal und versuchte diese Menschen aus früheren Zeiten zu begreifen. Ihre Beweggründe, Bedürfnisse und Ängste waren offensichtlich, so einfach für sie zu verstehen wie die eines Passanten auf der Straße. *Und Adam und Eva schämten sich und versteckten sich, um ihre Nacktheit zu verbergen. Kain aber wurde eifersüchtig auf seinen Bruder und erhob sich und schlug ihn tot.* Wie anders sie waren als die Menschen in ihrer Umgebung, die ihre Wünsche für sich behielten. Sie erinnerte sich daran, was der Rabbi gesagt hatte: Sie solle einen Menschen nach seinen Taten, nicht nach seinen Gedanken beurteilen. Und wenn man die Menschen in dem Buch nach ihren Taten beurteilte, dann führte die Erfüllung von Wünschen und Begierden meistens zu Verbrechen und Unglück.

Aber war es immer falsch, sich etwas zu wünschen? Was war mit dem hungrigen Jungen, für den sie den Knisch gestohlen hatte? Konnte es falsch sein, sich etwas zu essen zu wünschen, wenn man am Verhungern war? Am anderen Ende des Hausflurs wohnte eine Frau, deren Sohn an einem Ort namens Wyoming als Hausierer arbeitete. Sie lebte in ständiger Erwartung eines Briefes von ihm, irgendeines Zeichens, dass er am Leben und gesund war. Auch das schien richtig und natürlich. Doch woher sollte sie das wissen?

Als der Rabbi sie am Morgen fragte, was sie von dem Buch hielt, zögerte sie und suchte nach den richtigen Worten. »Haben diese Menschen wirklich gelebt?«

Er zog eine Augenbraue hoch. »Würde meine Antwort Ihre Auffassung von ihnen ändern?«

»Ich weiß nicht. Sie wirken einfach zu *simpel*, um wirklich gelebt zu haben. Sobald sie sich etwas wünschten, handelten sie danach. Und es waren keine Kleinigkeiten wie ›Ich brauche einen neuen Hut‹ oder ›Ich will einen Laib Brot kaufen‹. Es waren große Dinge wie Adam und Eva und der Apfel. Oder Kain, der Abel umgebracht hat.« Sie runzelte die Stirn. »Ich weiß, ich lebe noch nicht lang, aber es erscheint mir so ungewöhnlich.«

»Sie haben doch Kinder auf der Straße spielen sehen, nicht wahr? Stellen die ihre Wünsche oft zurück?«

»Ich verstehe, was Sie meinen«, antwortete sie, »aber das sind keine Geschichten über Kinder.«

»Ich glaube, auf gewisse Weise sind sie es schon«, sagte der Rabbi. »Es waren die ersten Menschen auf der Welt. Alles, was sie taten und entschieden, war neu, es gab keine Gesetze. Sie konnten niemanden um Rat fragen, sie hatten keine Vorbilder für ihr Handeln. Nur der Allmächtige konnte ihnen sagen, was richtig und was falsch war. Und wie alle Kinder hörten sie bisweilen nicht auf ihn, wenn Seine Gebote ihren Wünschen zuwiderliefen. Und dann mussten sie lernen, dass ihre Taten Konsequenzen hatten. Aber sagen Sie – ich habe nicht den Eindruck, dass Ihnen das Lesen als Zeitvertreib Spaß gemacht hat.«

»Ich habe versucht, es zu mögen«, widersprach sie. »Aber es ist schwer, so lange still zu sitzen.«

Der Rabbi seufzte innerlich. Er hatte gehofft, dass das Lesen eine gute Lösung wäre, sogar eine Lösung auf Dauer. Aber jetzt sah er ein, dass das zu viel von ihr verlangt war. Es entsprach nicht ihrem Wesen.

»Wenn ich nachts nur draußen spazieren gehen könnte.« Ihre Stimme klang flehend.

Er schüttelte den Kopf. »Das ist leider nicht möglich. Frauen, die nachts allein draußen sind, gelten als unanständig. Sie wären Opfer unerwünschter Annäherungsversuche, sogar gewaltsamer Attacken. Ich wünschte, es wäre anders. Aber vielleicht ist es an der Zeit«, sagte er, »dass wir uns tagsüber hinauswagen. Wir könnten gemeinsam spazieren gehen, wenn ich mit dem Unterricht fertig bin. Würde das helfen?«

Der Golem strahlte vor Vorfreude und verbrachte den Morgen damit, mit erneuertem Eifer die makellos saubere Küche zu putzen.

Nachdem der letzte Schüler gekommen und wieder gegangen war, erklärte ihr der Rabbi seinen Plan für den Spaziergang. Er würde die Wohnung allein verlassen, und sie sollte ihm fünf Minuten später folgen. Sie würden sich an einer bestimmten Straßenecke ein paar Blocks entfernt treffen. Er gab ihr einen alten Schal seiner Frau und einen Strohhut sowie ein Paket, ein paar in Papier gewickelte Bücher. »Gehen Sie, als ob Sie etwas erledigen wollten und ein Ziel hätten«, sagte er. »Aber nicht zu schnell. Wenn nötig, nehmen Sie sich die Frauen in Ihrer Nähe zum Vorbild. Ich werde auf Sie warten.« Er lächelte aufmunternd und ging.

Der Golem wartete und schaute auf die Uhr auf dem Kaminsims. Drei Minuten vergingen. Vier. Fünf. Mit den Büchern in der Hand trat sie in den Hausflur, schloss die Tür und ging hinaus auf die mittägliche Straße. Zum ersten Mal, seit sie beim Rabbi lebte, verließ sie die Wohnung.

Diesmal war sie besser vorbereitet auf den Ansturm von Wünschen und Bedürfnissen, doch sie waren so intensiv, dass sie ihr Angst einjagten. Einen verzweifelten Augenblick lang wollte sie zurück in die Wohnung flüchten. Aber nein – der Rabbi wartete auf sie. Sie schaute auf den dichten Verkehr, die Fußgängerströme und Händler und Pferde, die alle aneinander vorbeidrängten. Sie umklammerte das Paket, als wäre es ihr Talisman, blickte noch einmal rasch nach links und rechts und ging los.

Unterdessen stand der Rabbi an der vereinbarten Ecke und wartete nervös. Auch er hatte Mühe, seine Gedanken unter Kontrolle zu bringen. Er hatte daran gedacht, den Golem zu verfolgen, um sicherzugehen, dass sie nicht in Schwierigkeiten geriet – aber es wäre ihr mühelos gelungen, seine Gedanken unter all den anderen herauszuhören, sowie er sich auf sie konzentrierte. Und er konnte es weder riskieren noch ertragen, ihr Vertrauen zu verlieren. Und so hatte er genau das getan, was er gesagt hatte, und war zu der Ecke gegangen, um auf sie zu warten. Es war auch für ihn eine Prüfung – ob er sie gehen lassen und mit dem Wissen leben konnte, dass sie dort draußen in der Welt war, jenseits seiner Kontrolle.

Er hoffte inbrünstig, dass sie beide die Prüfung bestehen würden, denn ihr derzeitiges Arrangement war schwer durchzuhalten. Sein Gast war anspruchslos, dennoch war ihre ständige Gegenwart ein wenig unheimlich. Er sehnte sich nach dem unverfrorenen Luxus, allein in Unterwäsche am Tisch zu sitzen, Tee zu trinken und die Zeitung zu lesen.

Und noch etwas musste er dringend überdenken. In der untersten Schublade seiner Kommode, versteckt unter seiner Winterkleidung, lag ein Beutel mit Kordelzug, den er in ihrer Jackentasche gefunden hatte. Darin befanden sich die Brieftasche eines Mannes mit ein paar Geldscheinen, eine elegante Taschenuhr aus Silber – das Uhrwerk hoffnungslos verrostet – und ein kleiner Umschlag aus Öltuch. Auf dem Umschlag standen in krakeligen, ungleichmäßigen hebräischen Buchstaben die Worte *Befehle für den Golem*. Er enthielt einen gefalteten quadratischen Zettel, der den Tauchgang zum Ufer glücklicher- oder unglücklicherweise überlebt hatte. Er hatte den Zettel gelesen; er wusste, was darauf stand.

In der Aufregung ihrer Ankunft in New York hatte sie den Beutel offenbar vergessen. Aber er gehörte ihr und war alles, was von ihrem einstigen Meister übrig geblieben war; in ihm regte sich ein vages Schuldgefühl, weil er den Beutel vor ihr versteckte. Andererseits, wenn ein Kind mit einer Pistole in der Tasche auf Ellis Island landen würde, wäre es dann nicht richtig, die Waffe zu konfiszieren? Im Augenblick zumindest war er entschlossen, ihr den Umschlag vorzuenthalten.

Aber er hatte ihn nachdenklich gemacht. Er nahm an, dass es für die missliche Lage des Golems nur zwei Lösungen gab: Er musste sie entweder zerstören oder sein Bestes tun, um sie zu erziehen und zu beschützen. Doch was, wenn es einen dritten Weg gab? Was, wenn er herausfinden könnte, wie man einen lebenden Golem an einen neuen Meister band?

Soweit er wusste, war so etwas nie zuvor getan worden. Und die meisten Bücher – und Köpfe –, die ihm dabei hätten helfen können, existierten längst nicht mehr. Aber er war nicht gewillt, diese Möglichkeit auszuschließen. Im Augenblick wollte er den Golem erziehen, so gut er konnte, bis sie in der Lage wäre, allein zu leben. Und dann würde er sich an die Arbeit machen.

Doch jetzt schob er diese Gedanken beiseite – denn er sah eine vertraute Gestalt auf sich zukommen, groß und aufrecht ging sie achtsam zwischen den anderen Passanten. Auch sie hatte ihn entdeckt und lächelte mit strahlenden Augen. Und er lächelte ebenfalls, ein bisschen benommen von dem großen Stolz, den er bei ihrem Anblick verspürte wie ein bittersüßes Gewicht auf seinem Herzen.

Weit weg auf der anderen Seite des Atlantiks, in der polnischen Stadt Konin, gingen die Menschen wie gewöhnlich ihren Geschäften nach, ohne dass Otto Rotfelds Abreise viel verändert hätte. Die einzig wirkliche

Veränderung bestand darin, dass ein Litauer die alte Möbelschreinerei gemietet und zu einem schicken Café umgewandelt hatte; die einhellige Meinung war, dass das Viertel dadurch ungemein gewonnen habe. Nur ein Bewohner Konins dachte häufig an Rotfeld, und das war Yehudah Schaalman, der geschmähte Einsiedler, der dem Mann einen Golem gemacht hatte. Während aus den Wochen Monate wurden und Rotfelds Leiche den Strömungen und dem Meeresgetier überlassen war, saß Schaalman abends an seinem Tisch, trank ein Glas Schnaps und dachte an den unsympathischen jungen Mann. Ob er wohl erfolgreich war in Amerika? Und ob er seine Braut aus Lehm zum Leben erweckt hatte?

Yehudah Schaalman war dreiundneunzig Jahre alt. Das war nicht allgemein bekannt, denn er sah aus und hielt sich wie ein Siebzigjähriger, und wenn er wollte, konnte er noch jünger wirken. So alt geworden war er mit Hilfe verbotener und gefährlicher Künste und dank seiner beträchtlichen Intelligenz sowie einer Angst vor dem Tod, die alles andere in den Schatten stellte. Er wusste, dass ihn eines Tages der Todesengel holen und vor die Bücher des Lebens und des Todes führen würde, wo er sich die Aufzählung seiner Verfehlungen anhören müsste. Dann würde das Tor sich öffnen, und er würde in die Feuer der Gehenna gestoßen und dort so lange und auf eine Weise bestraft, wie es seinen Verfehlungen entspräche. Und seine Verfehlungen waren viele und vielfältig.

Wenn er nicht gerade dummen Mädchen aus dem Dorf Liebeszaubermittel oder hohläugigen Ehefrauen nicht nachweisbare Gifte verkaufte, widmete Schaalman jeden Gedanken diesem Dilemma: Wie konnte er die Ankunft des Engels auf unbestimmte Zeit hinausschieben? Er war also kein Mann, der sich müßigen Träumereien hingab. Er vergeudete seine Zeit grundsätzlich nicht mit Spekulationen über die Leute, die seine Dienste in Anspruch nahmen. Warum also, so fragte er sich, hatte dieser glücklose Möbelschreiner sich in seinem Kopf eingenistet?

Yehudah Schaalmans Leben war nicht immer so gewesen.

Als Junge war er der vielversprechendste Schüler, der den Rabbis je untergekommen war. Er lernte, als wäre er nur dafür geboren. Mit fünfzehn war es die Regel, dass er seine Lehrer mit Argumenten in die Enge trieb und ein so feines Netz talmudischer Spitzfindigkeiten spann, dass sie Positionen einnahmen, die ihren Glaubensgrundsätzen konträr zuwiderliefen. Seine geistige Wendigkeit ließ sich nur messen mit seiner Frömmigkeit und seiner Liebe zu Gott, die so stark waren, dass neben ihm alle anderen Schüler wie dreiste Ketzer erschienen. Ein-, zweimal flüsterten sich seine Lehrer spätabends zu, dass sie vielleicht doch nicht so lange auf den Messias warten müssten, wie sie gedacht hatten.

Sie bildeten ihn so schnell wie möglich zum Rabbiner aus. Yehudahs Eltern waren hocherfreut; sie waren arme Bauern und hatten auf alles verzichtet, um ihm eine Ausbildung zu ermöglichen. Das Rabbinat überlegte, wie sie den Jungen einsetzen sollten. Wäre er am besten eingesetzt als Vorstand einer Gemeinde? Oder sollten sie ihn auf die Universität schicken, wo er die nächste Generation unterrichten würde?

Ein paar Wochen vor seiner Ordination hatte Yehudah Schaalman einen Traum.

Er ging auf einem steinigen Pfad durch eine graue Wildnis. Weit vor ihm erstreckte sich eine Mauer über den Horizont, die bis in den Himmel ragte. Er war erschöpft, und die Füße taten ihm weh; doch nach einem langen Marsch sah Yehudah am Ende des Wegs eine kleine Öffnung in der Mauer, kaum größer als ein mannshohes Loch. Plötzlich war er von einer merkwürdigen, bangen Freude erfüllt und rannte den Rest des Weges.

Vor der Öffnung blieb er stehen und spähte hindurch. Was immer sich hinter der Mauer befand, es verschwand im Nebel. Er berührte die Mauer: Sie war so kalt, dass es wehtat. Er drehte sich um und musste feststellen, dass der Nebel den Weg bis zu seinen Füßen verschluckt hatte. In der gesamten Schöpfung gab es nur ihn, die Mauer und die Öffnung darin.

Yehudah trat hindurch.

Nebel und Mauer lösten sich auf. Er stand auf einer Wiese. Die Sonne schien und wärmte ihn. Die Luft duftete nach Erde und Pflanzen. Und er war durchdrungen von einem so großen Frieden, wie er ihn nie zuvor empfunden hatte.

Jenseits der Wiese befand sich ein Wäldchen, goldgrün im Sonnenlicht. Er wusste, dass jemand, den er nicht sehen konnte, in dem Wäldchen auf ihn wartete. Eifrig machte er einen Schritt.

Sofort verdunkelte sich der Himmel und wurde gewitterschwarz. Yehudah spürte, wie er gepackt und festgehalten wurde.

In seinem Kopf hörte er eine Stimme: *Du hast hier nichts verloren.*

Wiese und Wäldchen verschwanden. Er wurde losgelassen – er fiel …

Und dann war er wieder auf dem Weg, auf Händen und Knien, umgeben von Steinen. Diesmal war da keine Mauer oder irgendetwas, was ihm eine Orientierungshilfe gewesen wäre, nur der steinige Weg, der bis zum Horizont durch die verfluchte Landschaft führte und nirgendwo Erholung bot.

Yehudah Schaalman erwachte im Dunkeln und wusste mit absoluter Gewissheit, dass er verdammt war.

Als er seinen Lehrern mitteilte, dass er weggehen und kein Rabbiner werden würde, weinten sie, als wäre er gestorben. Sie flehten ihn an zu erklären, warum ein so frommer Schüler seine Berufung aufgeben wollte. Doch er antwortete ihnen nicht, sagte kein Wort von dem Traum, aus Angst, dass sie mit ihm argumentieren und ihn weginterpretieren, ihm Geschichten von Dämonen erzählen würden, die die Rechtschaffenen mit falschen Visionen quälten. Er wusste, dass das, was er geträumt hatte, wahr war; er verstand nur nicht *warum*.

Und so gab Yehudah Schaalman sein Studium auf. Er verbrachte schlaflose Nächte damit, sein Gedächtnis zu durchforsten und herauszufinden, welche seiner Sünden ihn der Verdammnis anheimgegeben hatte. Er hatte kein makelloses Leben geführt – er wusste, dass er stolz und übereifrig gewesen war, und als Kind hatte er oft heftig mit seiner Schwester gestritten und sie an den Haaren gezogen –, aber er hatte alle Gebote nach bestem Wissen und Gewissen befolgt. Und hatte er seine Verfehlungen nicht durch seine guten Taten mehr als ausgeglichen? Er war ein hingebungsvoller Sohn, ein pflichtbewusster Gelehrter! Die klügsten Rabbis seiner Zeit hielten ihn für ein Wunder Gottes! Wenn Yehudah Schaalman der Liebe Gottes nicht würdig war, wer auf der ganzen Welt war es dann?

Gepeinigt von diesen Gedanken, packte Schaalman ein paar Bücher und Vorräte ein, verabschiedete sich von seinen weinenden Eltern und machte sich auf den Weg. Er war neunzehn Jahre alt.

Es war keine gute Zeit, um auf Wanderschaft zu sein. Yehudah wusste zwar, dass sein kleines Schtetl im Großherzogtum Posen lag, das seinerseits zum Königreich Preußen gehörte; doch für seine Lehrer waren diese Dinge weltliche Angelegenheiten gewesen und von geringer Bedeutung für ein spirituelles Wunderkind wie Yehudah, weswegen sie sich auch nicht damit aufgehalten hatten. Jetzt lernte er eine andere Wirklichkeit kennen. Er war ein naiver, mittelloser Jude, der kaum Polnisch und kein Deutsch sprach. Seine Studien waren nutzlos gewesen. Auf der Straße lauerten ihm Diebe auf, die ihn wegen seines schmalen Rückens und seines fein geschnittenen Gesichts für einen Kaufmannssohn hielten. Als sie feststellten, dass er nichts hatte, was das Stehlen lohnte, schlugen sie ihn und verfluchten ihn für die Umstände, die er ihnen bereitet hatte. Eines Abends beging er den Fehler und bat in einer wohlhabenden deutschen Siedlung um etwas zu essen; die Bürger ohrfeigten ihn und stießen ihn auf die Straße. Von da an trieb er sich in der Nähe von Bauerndörfern herum, wo er die Leute zumindest manchmal verstehen konnte. Er sehnte sich danach, wieder Jiddisch zu sprechen, mied jedoch die Schtetl, weil er Angst hatte, von Neuem in die Welt gezogen zu werden, aus der er geflüchtet war.

Er verdingte sich als Tagelöhner, bestellte Felder und hütete Schafe, aber die Arbeit lag ihm nicht. Er fand keine Freunde unter seinen Landsleuten, da er ein dünner, zerlumpter Jude war, der Polnisch sprach, als würde er sich dabei den Mund schmutzig machen. Oft konnte er dabei gesehen werden, wie er sich auf seinen Spaten stützte oder den Ochsen mit dem Pflug davonziehen ließ, während er über seine Sünden sinnierte. Je öfter er nachdachte, umso mehr schien ihm, als sei sein ganzes Leben eine einzige Aneinanderreihung von Verfehlungen. Stolz, Faulheit, Zorn, Hochmut, Wollust – aller dieser Sünden hatte er sich schuldig gemacht, und er konnte nichts in die Waagschale werfen, was sie ausgeglichen hätte. Seine Seele war wie ein mit spröden Mineralien durchzogener Stein, außen hui, innen pfui. Die Rabbis hatten sich täuschen lassen; nur der Allmächtige kannte die Wahrheit.

Eines heißen Nachmittags, während er wieder einmal grübelte, schalt ihn ein anderer Feldarbeiter der Faulheit; und Yehudah, in düsteren Gedanken versunken, vergaß seine Manieren und reagierte mit einer Antwort, die unverschämter ausfiel, als er beabsichtigt hatte. Augenblicklich stürzte sich der Mann auf ihn. Die anderen bildeten einen Kreis um die beiden und freuten sich, weil der hochmütige Junge endlich seine wohlverdiente Strafe erhielt. Seine Nase blutete in Strömen, er lag flach auf dem Rücken und sah, wie sein Gegner über ihm ausholte, um erneut zuzuschlagen. Hinter ihm ragten die johlenden Männer auf wie ein Dämonenkollegium, das lärmend ein Urteil fällte. In diesem Augenblick verhärteten sich all sein Kummer, sein Groll und sein Selbsthass zu einem harten Knoten aus Wut. Er sprang auf, stürzte sich auf seinen Gegner und schlug ihn zu Boden. Während die anderen entsetzt zuschauten, drosch Yehudah immer wieder gnadenlos auf seinen Kopf ein und wollte ihm gerade ein Auge ausreißen, als ihn endlich jemand packte und wegzerrte. Yehudah wand sich und biss wie rasend zu, bis der Mann ihn losließ. Und dann rannte Yehudah. Die Polizisten verfolgten ihn bis zur Dorfgrenze, aber Yehudah rannte immer weiter. Jetzt besaß er nichts mehr außer den Kleidern, die er auf dem Leib trug.

Er hörte auf, über sein Sündenregister nachzudenken. Die Verdorbenheit seiner Seele war jetzt eine erwiesene Tatsache. Dass er Gefangennahme und Gefängnis hatte vermeiden können, tröstete ihn nicht, denn jetzt begann er über das weitaus bedeutendere Urteil nachzusinnen, das ihn im Jenseits erwartete.

Er nahm keine Feldarbeit mehr an, wanderte von Ort zu Ort und suchte Gelegenheitsarbeiten. Er füllte Regale, wischte Böden, schnitt Stoffe zu. Sein Lohn war bestenfalls mager. Um zu überleben, begann er, Sachen zu stibitzen und dann hemmungslos zu stehlen. Bald stahl er auch, wenn er es gar nicht nötig hatte. In einem Dorf arbeitete er in einer Mühle, füllte Mehlsäcke und brachte sie in die Stadt, um sie zu verkaufen. Der Bäcker dort hatte eine Tochter mit leuchtend grünen Augen und einer wohlproportionierten Figur, und sie war gern dabei, wenn er die Säcke mit Mehl in die Vorratskammer ihres Vaters trug. Eines Tages wagte er, ihr mit den Fingern über die Schulter zu streichen. Sie schwieg und lächelte ihn an. Das nächste Mal, mutiger und entflammt, lockte er sie in eine Ecke und grapschte ungeschickt nach ihr. Sie lachte ihn aus, und er rannte aus der Vorratskammer. Doch das Mal darauf lachte sie nicht mehr. Sie kopulierten auf den schwankenden Säcken, ihre Münder voller Mehlstaub. Als es vorbei war, stieg er von ihr, ordnete mit zitternden Händen seine Kleidung, nannte sie eine Hure und ging. Bei der nächsten Mehllieferung reagierte sie nicht auf seine Avancen, und er schlug sie ins Gesicht. Als er zur Mühle zurückkehrte, warteten ihr Vater und die Polizei auf ihn.

Yehudah Schaalman wurde wegen Belästigung und Vergewaltigung zu fünfzehn Jahren Gefängnis verurteilt. Zwei Jahre waren seit seinem Traum vergangen; er war jetzt einundzwanzig Jahre alt.

Und so begann die dritte Phase seiner Ausbildung. Im Gefängnis wurde er abgehärtet und gerissen. Er lernte, beständig auf der Hut zu sein und jeden, der ihm begegnete, als möglichen Gegner zu taxieren. Die letzten Spuren seiner alten Sanftmut schliffen sich ab, aber seinen Intellekt konnte er nicht verheimlichen. Die anderen Häftlinge hielten ihn für eine Witzfigur – ein magerer gelehrter Jude, eingesperrt mit Mördern! Sie nannten ihn »Rabbi«, anfangs spöttisch, doch schon bald baten sie ihn, Streitigkeiten zu schlichten. Er ließ sich darauf ein und fällte Urteile, die talmudische Präzision mit dem strikten Moralkodex des Gefängnisses vereinten. Die Häftlinge respektierten seine Urteilssprüche, und schließlich beugten sich ihm sogar die Wärter.

Dennoch blieb er für sich, abseits der Hierarchie des Gefängnisses und seiner Banden. Er scharte keine Speichellecker um sich und bestach keinen Wärter. Die anderen hielten ihn für zimperlich und glaubten, er hätte Angst, sich die Hände schmutzig zu machen, er aber hatte begriffen, wer tatsächlich die Macht hatte, nämlich er selbst. Er war zur höchsten Instanz der Gerechtigkeit geworden, unvoreingenommener als die Gerichte. Die anderen Häftlinge hassten ihn dafür, ließen ihn jedoch in Ruhe. Auf diese Weise überlebte Schaalman fünfzehn lange Jahre, unversehrt und unangetastet, und nährte seine Verbitterung, während es um ihn herum im Gefängnis brodelte.

Mit fünfunddreißig wurde er schließlich entlassen und musste feststellen, dass er hinter Gittern sicherer gewesen wäre. Das Land stand in Flammen. Die Polen im Herzogtum Preußen hatten es satt, sich von den Machthabern ihr Land und ihre Kultur rauben zu lassen, erhoben sich gegen ihre Besatzer und wurden in militärische Kämpfe verwickelt, die zu gewinnen sie nicht hoffen konnten. Preußische Soldaten ritten von Dorf zu Dorf, brachen den letzten Widerstand und plünderten Synagogen und katholische Kirchen. Es war unmöglich, auf den Straßen nicht bemerkt zu werden. Eine Gruppe preußischer Soldaten stieß auf ihn und schlug ihn aus Spaß zusammen; noch bevor sich seine Wunden geschlossen hatten, verprügelte ihn eine Bande polnischer Rekruten. Er suchte nach Arbeit in den Dörfern, doch in seinen harten Zügen und seinem berechnenden Blick hatte das Gefängnis ein unsichtbares Mal hinterlassen, und niemand nahm ihn. Er stahl Essbares aus Lagerhäusern und den Futtertrögen in Ställen, schlief auf Feldern und bemühte sich, nicht gesehen zu werden.

Und so erwachte Schaalman, halb verhungert und fast wahnsinnig vor Todesangst, eines Nachts auf seinem schmutzigen Lager am Feldrand aus einem grauen traumlosen Schlaf und sah am Horizont ein merkwürdiges Licht, ein pulsierendes orangerotes Glühen, das größer wurde. Noch halb im Schlaf stand Schaalman auf, ließ seine wenigen Habseligkeiten auf dem Boden liegen und ging darauf zu.

Mitten durch das Feld war eine Furche gepflügt, ein Pfad, der direkt auf das Licht zuführte. Er stolperte über Erdklumpen, kaum bei Bewusstsein und krank vor Hunger. Die Nacht war warm und windig, und das

Korn neigte sich in der Brise, eine Million winziger Stimmen, die Geheimnisse flüsterten.

Das Glühen wurde heller und reichte hoch in den Himmel. Über dem Wispern des Korns hörte er Stimmen: Männer, die sich etwas zuriefen, Frauen, die voller Angst aufschrien. Er roch den Rauch von brennendem Holz.

Er gelangte ans Ende des Feldes, und vor ihm erhob sich eine Anhöhe. Das Glühen erfüllte jetzt sein ganzes Blickfeld. Der Rauch war beißend, die Schreie waren lauter geworden. Die Anhöhe wurde steiler, bis sich Schaalman auf Händen und Füßen hinaufziehen musste, am Ende seiner Kräfte und jenseits aller Grenzen der Vernunft. Er hatte vor Anstrengung die Augen geschlossen, aber das orangerote Licht drang durch seine Lider und zwang ihn weiterzukriechen. Nach einer schier endlosen Strecke gelangte er auf ebenes Gelände, und Schaalman, vor Erschöpfung schluchzend, begriff, dass er oben angekommen war. So schwach, dass er nicht einmal mehr den Kopf heben konnte, brach er zusammen und versank in einer Bewusstlosigkeit, die tiefer war als jeder Schlaf.

Er erwachte unter einem blauen Himmel. Eine sanfte Brise wehte, und sein Geist war seltsam klar. Sein Hunger war extrem, aber er empfand ihn aus der Distanz, als würde jemand anders verhungern und er ihn lediglich dabei beobachten. Er setzte sich auf und schaute sich um. Er befand sich mitten auf einer Lichtung. Von dem Hügel war nichts zu sehen; das Gelände war überall flach. Nichts zeigte an, aus welcher Richtung er gekommen war oder wohin er zurückkehren sollte.

Vor sich sah er die verbrannten Ruinen einer Synagoge.

Das Gras drumherum war ebenfalls versengt, ein schwarzer Kreis auf der Erde. Die Mauern hatte das Feuer bis auf die Fundamente verzehrt, der Innenraum war schutzlos den Elementen ausgeliefert, herabgestürzte Balken ragten aus den Reihen der verkohlten Bänke.

Vorsichtig stand er auf und betrat den Kreis aus verbranntem Gras. Vor der Stelle, wo die Tür gewesen war, blieb er stehen, dann machte er einen Schritt über die Schwelle. Es war das erste Mal seit siebzehn Jahren, dass er ein Gotteshaus betrat.

Nichts regte sich. Eine unheimliche Stille herrschte im Inneren, die Geräusche der Welt draußen, das Zwitschern der Vögel, das Rascheln des Grases und das Zirpen der Insekten klangen gedämpft. Im Gang hob Schaalman eine Handvoll Holzasche auf und ließ sie durch die Finger rieseln – und ihm wurde klar, dass die Synagoge nicht erst in der Nacht zuvor abgebrannt sein konnte, denn die Asche war kalt. Hatte er alles nur geträumt? Was hatte ihn dann hierhergeführt?

Langsam ging er den Gang bis ganz nach vorn. Ein paar Balken aus der Decke versperrten ihm den Weg. Er fasste danach, und sie zerfielen unter seinen Händen.

Das Lesepult war angesengt, aber nicht verbrannt. Von der Lade und der Thorarolle war nichts zu sehen; vermutlich waren sie gerettet oder aber zerstört worden. Auf dem Podium lagen verstreute Überreste von Gebetsbüchern herum. Er hob eine halbe braune Seite auf und las ein Fragment des *Kaddisch.*

Hinter dem Podium war eine Fläche, die einst ein kleiner Raum gewesen sein musste, wahrscheinlich das Studierzimmer des Rabbis. Er stieg über die halbhohe Mauer, die übrig geblieben war. Der Wind hatte verbranntes Papier über den Boden verteilt. Mitten im Raum stand als verkohlter ovaler Klotz der Schreibtisch des Rabbis. Auf der Vorderseite befand sich eine Schublade. Schaalman langte nach dem Griff und hielt den Beschlag samt Schloss in der Hand. Als er den Finger in das Loch steckte und zog, zerbrach die Vorderseite der Schublade in kleine Stücke. Er fasste hinein und holte die Überreste eines Buchs heraus.

Behutsam legte er es auf den Schreibtisch. Der Rücken des Buchs fehlte, sodass man es eigentlich nicht länger ein Buch nennen konnte, vielmehr war es ein Stapel angesengter Seiten. Am Einband hingen Lederfetzen. Er nahm den Einband ab und legte ihn auf die Seite.

Das Feuer hatte sich vom Schnitt nach innen gebrannt, sodass sich auf jeder Seite nur eine Insel unbeschädigter Schrift befand. Das Papier war dick wie Stoff, die Handschrift kritzelig und die Sprache ein altmodisches pompöses Jiddisch. Mit zunehmender Verwunderung hob er mit kalten, zitternden Fingern eine Seite nach der anderen an. Bruchstückhafte Textschnipsel zogen an seinen Augen vorbei:

... ein sicherer Zauber gegen Fieber ist das Aufsagen der von Galen entdeckten Formel, die weiterentwickelt wurde von ...

... sollte einundvierzig Mal wiederholt werden, um höchste Wirksamkeit ...

... Unterstützung für gute Gesundheit nach dem Fasten, sammle neun Zweige von einem Haselstrauch, jeder Zweig mit neun Blättern ...

... für eine verführerische Stimme, richte diesen Aufruf an den Engel des ...

... Steigerung der Manneskraft, mische diese sechs

Kräuter und verzehre sie um Mitternacht, während du den folgenden Namen Gottes aufsagst …

… spreche diesen Psalm, um teuflische Einflüsse abzuwehren …

… eines Golems ist nur in Zeiten größter Gefahr erlaubt, und Achtsamkeit muss walten, um sicher zu sein …

… wiederhole den Namen des Teufels und lasse jedes Mal einen Buchstaben weg, bis der Name auf einen Buchstaben geschrumpft ist, und gleicherweise wird der Teufel schrumpfen …

… um die schädliche Wirkung zu beheben, die eine zwischen zwei Männern hindurchgehende Frau ausübt …

… der aus sechzig Buchstaben bestehende Name Gottes ist besonders nützlich, er darf jedoch nicht im Monat Adar gesprochen werden …

Seite um Seite eröffneten sich ihm die Geheimnisse längst verstorbener Mystiker. Viele waren unwiederbringlich verloren, abgesehen von ein paar Wörtern, doch manche waren ganz und unbeschädigt erhalten, wieder andere waren auf quälende Weise nur fast vollständig. Vor ihm breitete sich das verbotene Wissen aus, das nur den Frömmsten und Gelehrtesten zugänglich war. Seine Lehrer hatten einst angedeutet, dass ihm eines Tages Wunder wie diese zuteilwürden; sie hatten ihm jedoch jeglichen Blick darauf verweigert mit der Begründung, dass er noch viel zu jung dafür sei. Wer einen der zahlreichen Namen Gottes, einen Zauber oder Exorzismus ausspreche, ohne ein reines Herz und gute Absichten zu haben, so hatten sie gesagt, riskiere, dass seine Seele in den Feuern der Gehenna schmoren werde.

Aber die Feuer der Gehenna waren für Schaalman schon seit langem eine ausgemachte Sache. Wenn sie seine Bestimmung waren, dann wollte er bis dahin das meiste aus dem Leben herausholen. Irgendeine Kraft, ob göttlich oder teuflisch, hatte ihn hierhergeführt und ihm unaussprechliche Geheimnisse in die Hand gegeben. Er würde diese Macht annehmen und sie für seine Zwecke nutzen.

Die Seiten lagen spröde und leise knisternd unter seinen Fingern. Schwindlig, wie ihm vor Hunger war, hätte er schwören können, dass sie vibrierten wie eine gezupfte Saite.

Kapitel 5

Nach ein paar weiteren Tagen Unterrichts in gereizter Atmosphäre entschied Arbeely, dass es an der Zeit war, den Dschinn dem Rest von Little Syria vorzustellen. Der Plan, den er dafür ausgearbeitet hatte, baute auf die Frau, die in gewisser Weise für das neue Leben des Dschinns in Manhattan verantwortlich war: Maryam Faddoul, die Kaffeehausbesitzerin, die Arbeely die Kupferflasche mit den Dellen zum Reparieren gebracht hatte.

Das Kaffeehaus der Faddouls war berühmt dafür, dass dort der beste Klatsch des Viertels serviert wurde, eine Auszeichnung, die völlig der weiblichen Hälfte der Geschäftsführung zu verdanken war. Maryam Faddouls große Gabe waren zwei unschuldig dreinblickende braune Augen und der tiefe Wunsch, allen ihren Bekannten zu Glück und Erfolg zu verhelfen. Ihre mitfühlende Natur machte sie zur beliebten Zuhörerin für alle Kümmernisse; sie stimmte aus ganzem Herzen jeder Ansicht zu und erkannte die Weisheit jeden Arguments. »Der arme Salim«, sagte sie seufzend, »man sieht auf hundert Meter, wie sehr er Nadia Haddad liebt! Das merkt sogar ein Blinder. Es ist eine Schande, dass ihre Eltern nichts von ihm halten.«

Und dann protestierte der Gast. »Aber, Maryam, erst gestern war ihr Vater hier, und du warst wie er der Meinung, dass Salim noch zu jung und nicht in der Lage ist, gut für eine Familie zu sorgen. Wie können da beide recht haben?«

»Wenn unsere Eltern alle gewartet hätten, bis sie zum Heiraten bereit waren«, entgegnete sie, »wie viele von uns wären dann hier?«

Maryam war eine Meisterin darin, Klatsch auf wohltätige Weise zu verbreiten. Wenn ein Geschäftsmann bei ihr Kaffee trank, eine Wasserpfeife rauchte und sich über seine zu kleine Werkstatt beschwerte – das Geschäft florierte, doch er brauchte mehr Platz für größere Aufträge! –, ging Maryam zu ihm, schenkte ihm mit einer kaum merklichen Bewegung ihres Handgelenks frischen Kaffee ein und sagte: »Du solltest George Shalhoub fragen, ob du seinen Mietvertrag übernehmen kannst, wenn er umzieht.«

»Aber George Shalhoub zieht nicht um.«

»Wirklich? Dann muss ich gestern mit einer anderen Sarah Shalhoub geredet haben. Ihr Sohn hat in Albany Arbeit gefunden, und sie erträgt es nicht, so weit weg von ihm zu sein, deswegen will sie George überreden, dass sie auch umziehen. Wenn jemand andeuten würde, dass er seinen Mietvertrag übernimmt, dann kann sich George vielleicht leichter an den Gedanken gewöhnen.« Und der Mann beglich eilig seine Rechnung und lief los, um George Shalhoub aufzusuchen.

Und währenddessen sah ihr Sayeed Faddoul von seiner kleinen Küche aus lächelnd zu. Ein anderer Mann wäre eifersüchtig geworden, nicht jedoch Sayeed. Er war ein stiller Mann – nicht unbeholfen, wie Arbeely sein konnte, sondern von einem ruhigen, gefestigten Naturell, das die herzliche Lebhaftigkeit seiner Frau ergänzte. Er wusste, dass Maryam sich nur aufgrund seiner Anwesenheit so ungezwungen verhalten konnte; eine unverheiratete Frau oder eine Frau, deren Mann nicht so sichtbar gewesen wäre, hätte ihren Überschwang zügeln müssen, oder sie hätte anzügliche Anspielungen riskiert und ihren Ruf ruiniert. Aber alle Welt konnte sehen, dass Sayeed stolz auf seine Frau und mehr als zufrieden war, sich im Hintergrund zu halten und ihr zu ermöglichen, ihr Licht leuchten zu lassen.

Schließlich setzte Arbeely seinen Plan in die Tat um. Ein Botenjunge wurde zu den Faddouls geschickt, um Maryam mitzuteilen, dass ihre Flasche repariert war. Am Nachmittag kam sie, die Schürze umgebunden, um sie herum der dunkle Duft gerösteten Kaffees. Wie immer machte Arbeelys Herz bei ihrem Anblick einen kleinen erfreuten Hüpfer, als wollte es sagen: *Ah, ja.* Wie viele Männer aus dem Viertel war er ein bisschen verliebt in Maryam Faddoul. Was für ein Glück Sayeed doch hatte, so die einhellige Meinung ihrer Verehrer, dass er immer im Strahlen dieser glänzenden Augen und dieses verständnisvollen Lächeln leben durfte! Aber keiner dachte auch nur im Traum daran, Annäherungsversuche zu machen, selbst die nicht, die die Konventionen des Anstands lediglich als Hindernisse betrachteten, die es zu überwinden galt. Alle wussten, dass Maryams Lächeln strahlte, weil sie an das Gute in den Menschen um sie herum glaubte. Mehr von diesem Lächeln für sich zu beanspruchen hätte es erlöschen lassen.

»Mein lieber Boutros!«, sagte sie. »Warum sehe ich dich nicht öfter im Kaffeehaus? Bitte, sag mir, dass sich deine Aufträge verdoppelt haben und du Tag und Nacht arbeiten musst, denn eine andere Entschuldigung akzeptiere ich nicht.«

Arbeely wurde rot, lächelte und wünschte, er wäre nicht so nervös. »Das Geschäft geht wirklich gut, und ich habe mehr Arbeit, als ich allein erledigen kann. Ja, ich muss dir meinen neuen Assistenten vorstellen. Er ist vor einer Woche angekommen. Ahmad!«, rief er ins Hinterzimmer. »Komm, ich möchte dir Maryam Faddoul vorstellen.«

Der Dschinn kam aus dem Lagerraum und zog den Kopf ein, als er über die Türschwelle trat. In der Hand hielt er die Flasche. »Guten Tag, Madam«, sagte er lächelnd und hielt ihr die Flasche hin. »Freut mich sehr, Sie kennenzulernen.«

Die Frau war eindeutig höchst erstaunt. Sie starrte den Dschinn an.

Einen Moment lang ließ Arbeely rasch den Blick zwischen ihnen hin und her wandern und vergaß seine Angst, weil er plötzlich eifersüchtig war. Schaute sie ihn nur so lange an, weil der Dschinn so gut aussah? Nein, da war noch etwas anderes, das Arbeely bei ihrer ersten turbulenten Begegnung ebenso empfunden hatte: ein unwiderstehlicher Magnetismus. Der Mensch stand vor etwas Neuem und wusste noch nicht, ob es Freund oder Feind war.

Dann wandte sich Maryam Arbeely zu und gab ihm einen Klaps auf die Schulter.

»Au!«

»Boutros, du bist schrecklich! Versteckst ihn vor uns und sagst kein Wort! Keine Ankündigung, kein Willkommen – er muss uns alle für fürchterlich unhöflich halten. Oder schämst du dich etwa für uns?«

»Bitte, Mrs. Faddoul, ich habe ihn darum gebeten«, sagte der Dschinn. »Ich bin auf der Überfahrt krank geworden und lag bis vor ein paar Tagen im Bett.«

Augenblicklich verwandelte sich ihre Empörung in Besorgnis. »Oh, Sie armer Mann«, sagte sie. »Sind Sie in Beirut in See gestochen?«

»Nein, Kairo«, antwortete er. »Auf einem Frachtschiff. Ich habe einem Mann Geld gegeben, der mich versteckt hat, und dann wurde ich krank. Wir haben in New Jersey angelegt, und dort konnte ich mich davonschleichen.« Er erzählte die auswendig gelernte Geschichte, ohne zu stocken.

»Aber wir hätten Ihnen helfen können! Es muss beängstigend gewesen sein, krank in einem fremden Land anzukommen und dann nur von Boutros als Krankenschwester gepflegt zu werden.«

Der Dschinn lächelte. »Er war eine hervorragende Krankenschwester. Und ich wollte niemand zur Last fallen.«

Maryam schüttelte den Kopf. »Sie müssen Ihren Stolz überwinden. Wir sind hier alle füreinander da, das ist unser Erfolgsrezept.«

»Da haben Sie natürlich recht«, sagte der Dschinn liebenswürdig.

Sie zog die Augenbrauen in die Höhe. »Und unseren geheimnistuerischen Mr. Arbeely hier, wie haben Sie ihn kennengelernt?«

»Letztes Jahr kam ich durch Zahleh und traf den Schmied, bei dem Arbeely gelernt hat. Als er gesehen hat, dass ich mich für das Handwerk interessiere, hat er mir von seinem Lehrling erzählt, der nach Amerika gegangen ist.«

»Und stell dir meine Überraschung vor«, mischte sich Arbeely ein, »als dieser halb tote Mann an meine Tür klopft und mich fragt, ob ich der Kupferschmied aus Zahleh bin!«

»Die Welt ist wirklich klein«, sagte Maryam kopfschüttelnd.

Arbeely musterte sie und suchte nach Anzeichen von Skepsis. Glaubte sie diese erfundene Geschichte tatsächlich? Viele Syrer waren auf seltsamen und verschlungenen Wegen nach New York gekommen – zu Fuß durch die kanadischen Wälder oder auf Lastkähnen aus New Orleans. Aber als er ihre Geschichte laut erzählt hörte, hielt Arbeely sie für zu außergewöhnlich. Und der Dschinn war weder so blass noch so schwach wie jemand, der ernsthaft krank gewesen war. Im Gegenteil, er sah aus, als könnte er schwimmend den East River durchqueren. Doch es war zu spät, um ihre Geschichte noch zu ändern. Arbeely lächelte Maryam an und hoffte, dass das Lächeln natürlich wirkte.

»Sind Sie aus der Gegend von Zahleh?«, fragte Maryam.

»Nein, ich bin Beduine«, antwortete der Dschinn. »Ich war in Zahleh, um meine Schaffelle auf dem Markt zu verkaufen.«

»Wirklich?« Sie betrachtete ihn eingehend. »Wie erstaunlich. Ein Beduine, der als blinder Passagier nach New York reist. Sie müssen in mein Kaffeehaus kommen, alle werden Sie kennenlernen wollen.«

»Es wäre mir eine Ehre«, sagte der Dschinn. Er verneigte sich vor Maryam und kehrte ins Hinterzimmer zurück.

»So eine verrückte Geschichte«, sagte Maryam zu Arbeely, als er sie zur Tür brachte. »Offenbar hat er die Zähigkeit seines Volkes, wenn er es bis hierher geschafft hat. Aber ich muss mich noch immer über dich wundern, Boutros. Du hättest vernünftiger sein sollen. Was, wenn er in deiner Obhut gestorben wäre?«

Arbeely wand sich vor ungeheuchelter Verlegenheit. »Er hat darauf bestanden«, sagte er. »Ich wollte seinen Wunsch respektieren.«

»Dann hat er dich in eine schwierige Lage gebracht. Aber andererseits ist niemand stolzer als die Beduinen.« Sie warf ihm einen Blick zu. »Ist er wirklich Beduine?«

»Ich glaube schon«, antwortete Arbeely. »Er weiß wenig über Städte.«

»Wie merkwürdig«, sagte sie nahezu zu sich selbst. »Er scheint nicht …« Sie hielt inne, und ihr Gesicht umwölkte sich, doch gleich darauf war sie wieder ganz sie selbst und dankte Arbeely lächelnd für die Reparatur. Die Flasche sah in der Tat viel besser aus als zuvor; Arbeely hatte die Dellen geglättet, das Kupfer poliert und dann das verschnörkelte Band bis auf das kleinste Detail reproduziert. Sie zahlte und verabschiedete sich. »Du musst unbedingt mit Ahmad ins Kaffeehaus kommen. Alle werden wochenlang über nichts anderes reden.«

Doch der sofort einsetzenden Flut von Besuchern in Arbeelys Werkstatt nach zu urteilen, hatte Maryam keine Zeit verloren und die Geschichte von Arbeelys neuem Lehrling auf der Stelle verbreitet. Arbeelys kleine Kaffeekanne blubberte ständig auf dem Feuer, während das gesamte Viertel kam und ging und dem frisch angekommenen Beduinen vorgestellt wurde.

Gott sei Dank spielte der Dschinn seine Rolle gut. Er unterhielt seine Besucher mit Geschichten seiner angeblichen Überfahrt und der anschließenden Krankheit, sprach jedoch nie so lange, als dass er sich in Widersprüche verwickelt hätte. Stattdessen malte er mit groben Pinselstrichen das Bild eines Nomaden, der eines Tages aus einer Laune heraus beschloss, sich nach Amerika aufzumachen. Die Besucher verließen Arbeelys Werkstatt und schüttelten den Kopf angesichts dieses seltsamen Neuankömmlings, den Gott anscheinend mit dem Glück beschützte, das er Narren und kleinen Kindern vorbehielt. Viele wunderten sich, dass Arbeely einen Lehrling aufnahm, der so wenig vorzuweisen hatte. Aber andererseits galt auch Arbeely als ein bisschen seltsam, und Gleich und Gleich gesellt sich bekanntlich gern.

»Außerdem«, sagte ein Mann im Kaffeehaus und drehte einen Backgammon-Stein zwischen den Fingern, »klingt es so, als ob Arbeely ihm das Leben gerettet hätte oder zumindest fast. Die Beduinen haben Grundsätze, wenn es darum geht, Schulden zurückzuzahlen.«

Sein Mitspieler kicherte. »Hoffen wir für Arbeely, dass der Mann wirklich schmieden kann.«

Arbeely war von Herzen froh, als die Besucherflut abebbte. Abgesehen von dem Druck, ihre erfundene Geschichte aufrechtzuerhalten, hatte er so viel Zeit mit seinen Nachbarn verbracht, dass er mit der Arbeit weit im Rückstand war. Und es schien, als hätte jeder Besucher etwas mitgebracht, was geflickt werden musste, und die Werkstatt stand voller verbeulter Lampen und verbrannter Töpfe. Viele Reparaturen waren nur kosmetisch, und es lag auf der Hand, dass der Auftrag mehr als nachbarschaftliche Unterstützung gedacht, als tatsächlich notwendig war. Arbeely war dankbar und fühlte sich dabei ein bisschen schuldig. Wenn man die Reihen beschädigter Dinge sah, mochte man glauben, in Little Syria sei plötzlich die Tollpatschigkeit ausgebrochen.

Den Dschinn amüsierte die Aufmerksamkeit. Er

hatte keine Mühe, bei seiner Geschichte zu bleiben; die meisten Besucher waren zu höflich, um nach vielen Einzelheiten zu fragen. Laut Arbeely hatte die Beduinengeschichte etwas Glamouröses, das sich zu seinen Gunsten auswirken würde. »Sei ein bisschen vage«, hatte Arbeely zu ihm gesagt, als sie ihren Plan ausarbeiteten und die Geschichte einübten. »Erzähl von der Wüste. Das wird ihnen gefallen.« Dann war ihm ein Gedanke gekommen. »Du brauchst einen Namen.«

»Was schlägst du vor?«

»Etwas weit Verbreitetes, würde ich sagen. Mal sehen – Bashir, Ibrahim, Ahmad, Haroun, Hussein ...«

Der Dschinn runzelte die Stirn. »Ahmad?«

»Gefällt er dir? Das ist ein guter Name.«

Es war nicht so sehr, dass er ihm gefiel, vielmehr fand er ihn weniger unangenehm als die anderen. In den beiden As hörte er den Wind, ein fernes Echo seines früheren Lebens. »Wenn du meinst, dass ich einen Namen brauche, dann ist er vermutlich so gut wie jeder andere.«

»Du brauchst auf jeden Fall einen Namen. Dann also Ahmad. Vergiss nur bitte nicht, darauf zu reagieren.«

Der Dschinn vergaß es nicht, aber es war das einzige Detail von Arbeelys Plan, das ihm missfiel. Der neue Name schien nahezulegen, dass die Veränderungen, die er hinter sich hatte, so drastisch und tiefgreifend waren, dass er zu einem anderen Wesen geworden war. Er versuchte, diese düsteren Gedanken zu verscheuchen, und konzentrierte sich stattdessen darauf, höflich zu antworten und seine Geschichte aufrechtzuerhalten – doch hin und wieder, wenn er auf das Geplauder der Besucher hörte, sagte er sich in Gedanken seinen wahren Namen vor und ließ sich von seinem Klang trösten.

Von all den Leuten, denen Maryam Faddoul von dem Neuankömmling erzählte, reagierte nur ein Mann mit Gleichgültigkeit: Mahmoud Saleh, der Eisverkäufer von der Washington Street. »Hast du schon gehört?«, sagte sie zu ihm. »Boutros Arbeely hat einen neuen Lehrling.«

Saleh gab einen Laut wie »Mhm« von sich und schöpfte Eis aus seiner Maschine in eine kleine Schale. Sie unterhielten sich auf dem Gehweg vor Maryams Kaffeehaus. Kinder mit Münzen in den Händen standen vor ihm Schlange. Saleh hielt eine Hand hin, ein Kind legte eine Münze darauf. Er steckte das Geld ein und reichte ihm die Eiscremeschale, darauf bedacht, weder dem Kind noch Maryam ins Gesicht zu schauen oder überhaupt irgendwohin zu blicken außer auf seine Maschine oder den Gehweg. »Danke, Mister Mahmoud«, sagte das Kind – eine Höflichkeit, die, wie er wusste, nur Maryams Anwesenheit geschuldet war. Es klapperte, als das Kind einen Löffel aus dem Becher nahm, der an der Seite seines kleinen Wagens befestigt war.

»Er ist Beduine«, erzählte Maryam. »Und ziemlich groß.«

Saleh sagte nichts. Er sprach aus Prinzip wenig. Doch Maryam ließ sich – anders als die meisten im Viertel – von seinem Schweigen nicht aus der Ruhe bringen. Sie schien zu wissen, dass er ihr zuhörte.

»Kanntest du Beduinen in Homs, Mahmoud?«, fragte sie.

»Ein paar«, sagte er und streckte die Hand aus. Eine

weitere Münze und eine weitere Schale. Er hatte die Beduinen gemieden, die am Rand von Homs, nahe der Wüste lebten. Er hielt sie für ein hartes Volk, arm und abergläubisch.

»Ich habe noch nie einen Beduinen getroffen«, sagte Maryam. »Er ist ein interessanter Mann. Er sagt, dass er sich auf dem Schiff versteckt hat, als wäre es ein Scherz, aber ich habe das Gefühl, es steckt mehr dahinter. Die Beduinen sind ein verschwiegenes Volk, stimmt's?«

Saleh brummte etwas. Er mochte Maryam Faddoul – ja, man könnte sagen, dass sie seine einzige Freundin war –, aber er wünschte, sie würde aufhören, über den Beduinen zu reden. Sie weckte damit unangenehme Erinnerungen. Er kontrollierte die Eismaschine. Es waren nur noch drei Portionen übrig. »Wie viele noch?«, fragte er laut. »Abzählen, bitte.«

Kinderstimmen wurden laut: *Eins, zwei, drei, vier, hör auf zu drängeln. Ich war zuerst da, fünf, sechs.*

»Nummern vier bis sechs, bitte kommt später wieder.«

Er hörte seine Möchtegern-Kunden aufstöhnen und ihre Schritte, als sie davonliefen. »Vergesst eure Plätze in der Schlange nicht«, rief Maryam ihnen nach.

Saleh bediente die restlichen Kinder und horchte auf das Geräusch, als sie die billigen Blechschälchen an ihren Platz auf dem Wagen zurückstellten, oben auf den Sack mit Steinsalz.

»Ich muss wieder hineingehen«, sagte Maryam. »Sayeed wird meine Hilfe brauchen. Guten Tag, Mahmoud.« Sie drückte seinen Arm – er sah kurz ihre Rüschenbluse und das dunkle Gewebe ihres Rocks –, und dann war sie verschwunden.

Er zählte die Münzen in seiner Tasche: genug, um die

Zutaten für eine weitere Ladung Eis zu kaufen. Doch es war schon später Nachmittag, und vor die Sonne hatten sich Wolken geschoben. Bis er Milch und Eis gekauft und die Eiscreme hergestellt hätte, wären die Kinder nicht mehr so wild darauf. Am besten wartete er bis morgen. Er band die Sachen auf dem Wagen fest und begann langsam und mit gesenktem Kopf die Straße entlangzutrotten. Er schaute auf seine Füße, schwarze Schemen auf grauem Grund.

Seine Nachbarn wären schockiert gewesen, hätten sie erfahren, dass der Mann, den sie Eiscreme-Saleh oder den verrückten Mahmoud oder einfach *diesen komischen Muslim, der Eis verkauft*, nannten, einst Doktor Mahmoud Saleh gewesen war, einer der geachtetsten Ärzte in der Stadt Homs. Als Sohn eines erfolgreichen Kaufmanns war Saleh mit allen Annehmlichkeiten aufgewachsen, konnte lernen und studieren. Seine Schulnoten waren ausgezeichnet, und er wurde an der medizinischen Universität von Kairo angenommen, wo sich gerade die gesamte Disziplin unter seinen Augen zu verändern schien. Ein Engländer hatte entdeckt, dass man postoperativen Wundbrand vermeiden konnte, indem man die chirurgischen Instrumente einfach in eine Lösung aus Karbolsäure tauchte. Ein anderer Engländer konnte den unwiderlegbaren Zusammenhang von Cholera und verseuchtem Trinkwasser nachweisen. Salehs Vater, der sein Studium von ganzem Herzen unterstützt hatte, wurde zornig, als er erfuhr, dass sein Sohn in Kairo Leichen sezierte. Begriff Mahmoud denn nicht, dass am Tag des Jüngsten Gerichts diese entweihten Menschen unvollständig wiederauferstehen würden, mit aufgeschnittenen Körpern und sichtbaren Organen? Sein Sohn entgegnete trocken, falls

Gott die Wiederauferstehung so wörtlich nähme, müsse die ganze Menschheit in einem so fortgeschrittenen Stadium der Verwesung zurückkommen, dass die Sektionsschnitte im Vergleich kaum auffallen würden. Tatsächlich hatte jedoch auch er Skrupel, was er aus Stolz aber nicht zugab.

Nach Abschluss seines Studiums kehrte Saleh nach Homs zurück und eröffnete eine Praxis. Die Lebensbedingungen seiner Patienten waren ihm ein immerwährender Dorn im Auge. Nicht einmal die wohlhabendsten Familien wussten etwas von moderner Hygiene. Krankenzimmer wurden nicht gelüftet, die Luft darin war verbraucht und stickig; er riss die Fenster auf und ignorierte den Protest. Manchmal kamen ihm sogar Patienten unter, die Verbrennungen an Armen oder Brust aufwiesen, eine längst in Verruf gekommene Praxis, die dem Körper schädliche Flüssigkeiten entziehen sollte. Dann behandelte und verband er die Wunden und beschimpfte die Familie, beschrieb ihnen die Gefahren von Entzündungen und Sepsis.

Auch wenn es ihm manchmal schien, er würde einen aussichtslosen Kampf führen, war Doktor Salehs Leben nicht ohne Freuden. Die Halbschwester seiner Mutter pries ihm ihre Tochter an, die zu einer jungen, schönen und sanftmütigen Frau herangewachsen war. Sie heirateten und bekamen bald eine Tochter, ein süßes Mädchen, die ihre kleinen Füße auf Salehs große stellte, damit er mit ihr durch den Hof ging und wie ein Löwe brüllte. Als sein Vater starb und neben seiner Mutter ins Grab gelegt wurde, tröstete sich Saleh mit dem Wissen, dass der Mann trotz ihrer Meinungsverschiedenheiten stolz auf ihn gewesen war.

Und so vergingen die Jahre, bis eines Abends ein

reicher Landbesitzer an seine Tür klopfte. Er erklärte Saleh, dass eine Tochter der Beduinen-Familie, die sein Land bestellte, krank sei. Statt eines Arztes hätten die Eltern eine alte zahnlose Heilerin geholt, die die absonderlichsten Hausmittel verwende. Der Mann ertrug nicht, das Kind leiden zu sehen, und war bereit, Salehs Honorar zu übernehmen, wenn er das Mädchen untersuchte.

Die Beduinen-Familie lebte in einer Hütte am Stadtrand, wo die sorgfältig bestellten Felder in Gestrüpp und Staub übergingen. Die Mutter des Mädchens begrüßte Saleh an der Tür. Sie war in mehrere Schichten schwarzer Kleidung gehüllt, Wangen und Kinn waren, wie bei ihrem Volk üblich, tätowiert. »Es ist ein *Ifrit*«, sagte sie. »Er muss ausgetrieben werden.«

Saleh erwiderte, das Mädchen müsse gründlich medizinisch untersucht werden. Er hieß sie einen Topf mit abgekochtem Wasser holen und trat in die Hütte.

Das Mädchen lag zuckend da. Die alte Heilerin hatte Kräuter im Zimmer verstreut, saß im Schneidersitz neben dem Mädchen und murmelte etwas vor sich hin. Saleh ignorierte sie und versuchte, das Mädchen so lange festzuhalten, dass er ein Augenlid zurückschieben konnte – und das gelang ihm in dem Moment, als die alte Frau ihren Singsang beendete und dreimal auf den Boden spuckte.

Einen Augenblick lang glaubte er, in dem Auge des Mädchens etwas zu sehen, das ihn ansprang …

Und dann war das Ding in seinem Kopf und versuchte herauszukrabbeln …

Ein unerträglicher Schmerz durchfuhr seinen Kopf, und es wurde dunkel.

Als Saleh wieder zu sich kam, hatte er Schaum vor

dem Mund und einen Lederriemen zwischen den Zähnen. Er würgte und spuckte ihn aus. »Damit Sie sich nicht die Zunge abbeißen«, hörte er die Heilerin mit einer Stimme sagen, die hohl und weit entfernt klang. Er schlug die Augen auf – und sah neben sich eine Frau knien, deren Gesicht schmal und leer wirkte wie eine Zwiebelschale mit schwarzen Löchern, wo ihre Augen hätten sein sollen. Er schrie auf, wandte den Kopf ab und erbrach sich.

Der Landbesitzer holte einen Kollegen von Saleh. Gemeinsam luden sie den halb bewusstlosen Mann auf einen Karren und brachten ihn nach Hause, wo der Arzt ihn gründlich untersuchte. Die Diagnose war nicht eindeutig: vielleicht eine Gehirnblutung oder eine latente Krankheit, die irgendwie zum Ausbruch gekommen war. Er konnte es nicht mit Sicherheit sagen.

Von da an war es, als hätte Saleh sich aus der Welt zurückgezogen. Alles erschien ihm unwirklich. Seine Augen konnten nicht länger Entfernungen einschätzen: Er langte nach etwas, und es war nicht einmal annähernd in Reichweite. Seine Hände zitterten, und er konnte die Instrumente nicht ruhig halten. Gelegentlich hatte er einen Anfall, dann brach er zusammen und hatte Schaum vor dem Mund. Am schlimmsten aber war, dass er in kein menschliches Gesicht mehr blicken konnte, sei es das eines Mannes oder einer Frau, eines Fremden oder Vertrauten, ohne von überwältigendem Entsetzen gepackt zu werden.

Wochen und Monate vergingen. Er versuchte, wieder als Arzt zu arbeiten, hörte sich Beschwerden an und stellte einfache Diagnosen. Doch er konnte seine Erkrankung nicht verbergen und verlor nach und nach alle Patienten. Die Familie lebte sparsam, aber nach ein paar Monaten waren ihre Ersparnisse aufgebraucht. Ihre Kleidung wurde schäbiger, das Haus verkam. Saleh verbrachte die Tage allein in einem abgedunkelten Zimmer und suchte in seinen Büchern, die er kaum noch lesen konnte, nach einer Erklärung.

Seine Frau wurde krank. Anfangs versuchte sie es zu verheimlichen, doch dann bekam sie hohes Fieber. Saleh saß hilflos daneben, als seine früheren Kollegen ihre Hilfe anboten. Trotzdem ging es ihr immer schlechter. Eines Nachts verwechselte sie ihn im Fieberwahn mit ihrem längst verstorbenen Vater und bat um Eiscreme. Was sollte er tun? Im Schrank stand eine Eismaschine, die sie in besseren Zeiten gekauft hatten. Er rollte sie in die Küche und reinigte sie von Schmutz und Staub. Die Hühner seiner Tochter hatten am Morgen Eier gelegt. Zucker, Salz, Eis und Milch von der Ziege des Nachbarn hatten sie noch. Unter Mühen stellte er die Zutaten bereit, langsam, um nichts zu verschütten. Das Eis zerkleinerte er mit einem Hammer, vermischte dann Eier, Zucker und Ziegenmilch, fügte Eis und Steinsalz hinzu und gab die Mischung in die Eismaschine. Wann hatte er das eigentlich gelernt? Er hatte gesehen, wie seine Frau Eis als Leckerei für ihre Tochter und deren Freundinnen gemacht hatte, aber er hatte nie wirklich aufgepasst. Jetzt schien ihm, als hätte er sein Leben lang nichts anderes getan. Er legte den Deckel auf die Maschine und drehte die Kurbel. Die Arbeit fühlte sich gut an. Die Mischung wurde langsam hart. Schweiß bildete sich auf seiner Stirn und in seinen Achseln. Er hörte auf zu kurbeln, als er das Gefühl hatte, dass das Eis fertig war.

Er kehrte mit einer kleinen Schale Eis ins Schlafzimmer zurück und sah, dass seine Frau jetzt Schüttelfrost hatte. Er stellte die Schale ab und hielt ihre zitternde Hand. Sie erlangte das Bewusstsein nicht wieder und starb, als der Morgen dämmerte. Saleh hatte nicht erkannt, dass der Todeskampf eingesetzt hatte, und seine Tochter nicht geweckt, sodass sie sich nicht hatte verabschieden können.

Am nächsten Nachmittag saß Saleh allein in der Küche, während die Schwestern seiner Frau ihre Leiche vorbereiteten. Jemand kam herein und kniete sich neben ihn. Es war seine Tochter. Sie schlang die Arme um ihn. Er schloss die Augen, um sich daran zu erinnern, wie er sie früher gesehen hatte, ihr dunkles Haar und ihre leuchtenden Augen, die niedlichen Sommersprossen auf den Wangen. Da bemerkte sie die Eismaschine.

»Vater«, sagte sie, »wer hat das Eis gemacht?«

»Ich«, antwortete er. »Für deine Mutter.«

Sie kommentierte diese Merkwürdigkeit nicht, steckte nur zwei Finger in die Maschine und dann in den Mund. Ihre rot geränderten Augen blinzelten überrascht.

»Es ist ausgezeichnet«, sagte sie.

Danach stellte sich die Frage, welchen Weg er einschlagen sollte, nicht mehr. Er musste sich und seine Tochter ernähren. Das Haus wurde verkauft, und die Familie des Bruders seiner Frau nahm sie auf; doch sie waren nicht reich, und Saleh wollte ihre Barmherzigkeit nicht überfordern. Und so wurde aus Dr. Mahmoud Eiscreme-Saleh, der sich zum Schutz vor der Sonne ein weißes Tuch um den Kopf band. Bald gewöhnten sich die Leute in Homs daran, wie er seine Eismaschine auf einem Wägelchen, dekoriert mit einer Glöckchenkette, hinter sich her durch die Straßen zog und *Eiscreme!*

Eiscreme! rief. Türen wurden geöffnet, und Kinder mit Münzen in der Hand liefen heraus. Saleh hielt den Kopf abgewandt, damit er nicht die abgrundtiefen Löcher in ihren Augen und das Licht sehen musste, das durch ihre Körper drang.

Bald war Saleh der erfolgreichste Eisverkäufer des Viertels. Das war zum einen seinem Eis zu verdanken. Einhellig herrschte die Ansicht, dass es aufgrund seiner glatten Konsistenz besser war als jedes andere Eis. Andere Eisverkäufer benutzten zu viel Eisstückchen, die Creme gefror zu schnell und wurde körnig und hart. Oder sie kurbelten nicht lange genug, und die Kinder bekamen einen enttäuschenden, halb flüssigen Brei. Salehs Eis aber war perfekt. Zum anderen trug auch seine tragische Geschichte zu seinem Erfolg bei – *da geht Eiscreme-Saleh, wusstest du, dass er früher ein berühmter Arzt war?* –, und die Kinder warteten jeden Tag gespannt, ob Eiscreme-Saleh auf die Straße stürzen und Schaum vor dem Mund haben würde. Sie waren immer enttäuscht, wenn es nicht passierte, aber dann trösteten sie sich mit dem Eis. Wenn er tatsächlich einen Anfall hatte, versuchte er, die Kinder zu warnen: »Habt keine Angst«, sagte er und hörte die Worte selbst kaum mehr. Dann wurde es dunkel, und er befand sich in einer anderen Welt, in einer Welt der Halluzinationen, geflüsterter Worte und seltsamer Empfindungen. Wenn er erwachte, das Gesicht im Staub, die Kinder verschwunden, konnte er sich nie an diese Visionen erinnern.

Und so verbrachte er Jahre auf der Straße, die Füße wund, die Stimme heiser, das Haar ergraut. Das wenige Geld, das er sparen konnte, legte er für die Zukunft seiner Tochter beiseite, da sie nicht mehr mit einem großzügigen Brautpreis rechnen konnten. Doch zu seiner großen Überraschung sprach ihn ein Ladenbesitzer aus dem Viertel an und machte ihm ein Angebot, das er nicht mehr zu erhoffen gewagt hatte. Salehs Tochter, so sagte der Mann, beeindrucke ihn als seltenes Beispiel einer respektvollen Tochter, und genau so eine Frau wünsche er sich als Ehefrau und Mutter seiner Kinder. Niemand schien viel von ihm zu halten – er war vor allem dafür bekannt, dass er ungefragt seine Meinung über die menschlichen Schwächen seiner Nachbarn kundtat –, doch er verdiente einen guten Lebensunterhalt und schien nicht herzlos zu sein.

»Wenn Gott mir einen Wunsch erfüllen würde«, sagte Saleh zu seiner Tochter, »würde ich mir wünschen, dass Er alle Prinzen dieser Welt vor dir aufreiht und sagt: ›Wähle, wen immer du möchtest, denn keiner ist zu reich oder zu gut.‹« Während er sprach, hielt er die Augen geschlossen; seit acht Jahren hatte er seine Tochter nicht mehr angesehen.

Sie küsste ihn auf die Stirn und sagte: »Dann danke ich Gott, dass er dir den Wunsch nicht erfüllen kann, denn soweit ich weiß, sind Prinzen die schlechtesten Ehemänner.«

Im Sommer wurde der Ehevertrag unterschrieben. Ein knappes Jahr später war sie tot: Während der Geburt war eine unstillbare Blutung aufgetreten, das Baby wurde im Geburtskanal stranguliert. Die Frau, die bei der Geburt dabei war, konnte weder Mutter noch Kind retten.

Ihre Tanten bereiteten ihren Leichnam für die Beerdigung vor, so wie sie auch ihre Mutter vorbereitet hatten, sie wuschen und parfümierten sie und wickelten sie in fünf weiße Tücher. Bei der Beerdigung stand Saleh im ausgehobenen Grab und ließ sich seine Tochter in die Arme legen. Die Schwangerschaft hatte ihren Körper schwerer und weicher gemacht. Ihr Kopf lag an seiner Schulter, und er blickte hinunter auf ihre bedeckten Gesichtszüge, den Rücken ihrer Nase, die Augenhöhlen. Er legte sie auf die rechte Seite, das Gesicht in Richtung Kaaba. Der Duft der Leichentücher vermischte sich mit dem sauberen, scharfen Geruch des feuchten Lehms. Er wusste, dass die anderen auf ihn warteten, machte jedoch keine Anstalten, aus dem Grab zu steigen. Hier war es still und kühl. Er streckte die Hand und fuhr mit den Fingern über die Erde, spürte mit seinen gedämpften Sinnen die Furchen, die die Spaten der Totengräber hinterlassen hatten, der Lehm glatt und körnig zugleich zwischen seinen Fingern. Er setzte sich neben die Leiche seiner Tochter und hätte sich neben ihr ausgestreckt, wenn ihn nicht in diesem Augenblick jemand unter den Achseln gepackt und herausgezogen hätte. Sein Schwiegersohn und der Imam hatten beschlossen, das Schauspiel zu beenden, bevor es noch schlimmer wurde.

In diesem Sommer hatte er weniger Kunden, obwohl es so heiß war wie immer. Er hörte, wie Eltern, wenn sie an ihm vorbeigingen, ihren Kindern zuflüsterten: *Nein, mein Schatz, nicht bei Herrn Saleh.* Er verstand: Er war jetzt nicht mehr nur eine tragische Gestalt, sondern auch eine verfluchte.

Er konnte nicht erklären, wie er auf die Idee kam, sein letztes Geld zu nehmen und nach Amerika zu gehen, jedenfalls blieb es nicht lange bei der bloßen Idee. Die Familie seiner Frau glaubte, nun sei er endgültig verrückt geworden. Wie sollte er allein in Amerika überleben, wenn er es kaum in Homs schaffte? Sein

Schwiegersohn wies ihn darauf hin, dass es in Amerika keine Moscheen gebe und er nicht richtig würde beten können. Saleh erwiderte, dass er nicht beten müsse, da er und Gott getrennte Wege gingen.

Niemand verstand seine Beweggründe. Amerika sollte kein Neuanfang sein. Saleh wollte nicht überleben. Er würde mit seiner Eismaschine den Ozean überqueren und in Amerika sterben, aufgrund von Krankheit oder Hunger oder reinem Zufall. Er würde sein Leben beenden, weit weg von ihrem Mitleid und ihrer Barmherzigkeit und ihrem Glotzen, in Gesellschaft von Fremden, die ihn nur als das kannten, was er war, und nicht als den, der er gewesen war.

Und so ging er in Beirut an Bord eines Dampfers. Er verbrachte die schreckliche Überfahrt in der stickigen Luft des Zwischendecks, horchte auf das Husten der Passagiere und fragte sich, was er sich zuziehen würde. Typhus? Cholera? Doch er gelangte unversehrt nach Amerika, nur um die demütigende Befragung und Untersuchung auf Ellis Island über sich ergehen zu lassen. Er bezahlte zwei junge Brüder mit seinem letzten Geld, damit sie ihn als ihren Onkel ausgaben, und sie hielten Wort und versprachen dem Einwanderungsbeamten, dass sie Saleh unterstützen und vor Armut bewahren würden. Die medizinische Untersuchung überstand er nur, weil der Arzt keine körperlichen Leiden feststellen konnte. Die Brüder nahmen ihn mit nach Little Syria, und bevor der desorientierte Saleh protestieren konnte, hatten sie eine Unterkunft für ihn gefunden. Sie kostete nur ein paar Pennys pro Woche: ein winziges Zimmer in einem feuchten Keller, der nach fauligem Gemüse roch. Das einzige Licht fiel durch ein kleines Gitterfenster hoch oben in der Mauer. Die jungen Männer führten ihn durch das Viertel und zeigten ihm, wo er Milch, Eis, Salz und Zucker kaufen konnte. Dann deckten sie sich mit Säcken voller Kurzwaren zum Hausieren ein, wünschten ihm viel Glück und brachen auf in eine Stadt namens Grand Rapids. An diesem Abend fand Saleh zwei Dollarmünzen in seiner Tasche, die zuvor nicht da gewesen waren. Nach Wochen der Seekrankheit und Erschöpfung hatte er nicht einmal mehr die Kraft, zornig zu werden.

Und so wurde er wieder zu Eiscreme-Saleh. Die Straßen New Yorks waren verkehrsreicher und gefährlicher als die von Homs, aber seine Runde war kleiner und einfacher, eine schmale Schleife: auf der Washington Street nach Süden bis zur Cedar Street, dann die Greenwich Street nach Norden bis zur Park Avenue und zurück zur Washington Street. Die Kinder hier lernten genauso schnell wie ihre Cousins und Cousinen in Homs, die Münze in seine ausgestreckte Hand zu legen und ihm niemals in die Augen zu schauen.

Eines sengend heißen Nachmittags löffelte er Eis in die kleinen Blechschälchen, als ihn eine weiche Hand am Ellbogen berührte. Erschrocken wandte er sich um und sah den Wangenknochen einer Frau. Sofort blickte er weg. »Sir?«, sagte eine Stimme. »Hier ist etwas Wasser für Sie, wenn Sie möchten. Es ist so heiß heute.«

Einen Moment lang wollte er ablehnen. Aber es war wirklich unglaublich heiß, feucht und schwül, wie er es nie zuvor erlebt hatte. Seine Kehle war ausgetrocknet, sein Kopf schmerzte. Er hatte nicht die Kraft zu verzichten. »Danke«, sagte er schließlich und streckte eine Hand in Richtung der Stimme.

Sie musste verwirrt dreingeblickt haben, denn er

hörte eine Kinderstimme sagen: »Sie müssen ihm das Glas geben, er schaut nie jemandem ins Gesicht.«

»Oh, ach so«, sagte die Frau. Vorsichtig reichte sie ihm das Glas mit Wasser. Es war kalt und sauber, und er trank es in einem Zug aus. »Danke«, sagte er noch einmal und hielt ihr das Glas hin.

»Aber gern. Darf ich fragen, wie Sie heißen?«

»Mahmoud Saleh. Aus Homs.«

»Mahmoud, ich bin Maryam Faddoul. Hinter uns ist mein Kaffeehaus, mein Mann und ich wohnen im ersten Stock. Wenn Sie etwas brauchen – mehr Wasser oder einen Stuhl im Schatten –, kommen Sie bitte herein.«

»Danke, Madam«, sagte er.

»Bitte nennen Sie mich Maryam«, bat sie ihn und klang, als würde sie freundlich lächeln. »Alle nennen mich so.«

Wenn ihn sein langsamer Trott an ihrem Kaffeehaus vorbeiführte, kam Maryam von nun an oft auf die Straße und sprach mit ihm und den Kindern. Die Kinder schienen Maryam zu mögen: Sie nahm sie ernst, wusste ihre Namen und Einzelheiten aus ihrem Leben. Wenn Maryam neben ihm stand, wurde er von Kunden überrannt, nicht nur von Kindern, sondern auch von ihren Müttern und sogar von Ladenbesitzern und Fabrikarbeitern, die von ihrer Schicht nach Hause gingen. Seine Runde war viel kleiner, als sie es in Homs gewesen war, aber er verkaufte genauso viel Eis, wenn nicht mehr. Auf gewisse Weise war es ärgerlich; er war nicht nach Amerika gekommen, um Erfolg zu haben, aber wie es schien, wollte Amerika ihn nicht scheitern lassen.

Jetzt ging er mit der Eismaschine im Schlepptau an Arbeelys Werkstatt vorbei und dachte an das, was

Maryam ihm über den Beduinen-Lehrling erzählt hatte. Er war noch nie in der Werkstatt gewesen, hatte immer nur durch die offene Tür die heiße Luft gespürt. Einen Augenblick überlegte er hineinzugehen. Doch dann ärgerte er sich über die Erinnerungen, und er beschloss, keinen Gedanken mehr an den Beduinen zu verschwenden; er blickte auf die schwarzen Schemen seiner Füße, die sich unaufhaltsam seinem Kellerzimmer näherten.

In der syrischen Wüste hörte es nach drei Tagen auf zu regnen. Das Wasser versickerte in der Erde, und bald bedeckten grüne Triebe das flache Land und kletterten die Hügel hinauf. Für die Beduinenstämme waren diese wenigen Tage von großer Bedeutung. Jetzt konnten ihre Tiere weiden und sich vollfressen, bevor es wieder heiß wurde und das Grün verdorrte.

Und so geschah es, dass eines Morgens ein Beduinenmädchen namens Fadwa al-Hadid eine kleine Ziegenherde in das Tal nahe dem Lager ihrer Familie trieb. Sie sang leise vor sich hin und scheuchte streunende Ziegen mit einem dünnen Zweig zurück in die Herde. Sie erklomm einen kleinen Grat – als sie plötzlich unten im Tal einen riesigen Palast aus Glas glitzern sah.

Sie starrte ihn einen Moment lang mit weit aufgerissenen Augen an und entschied dann, dass er wirklich da war. In höchster Aufregung trieb sie ihre Ziegen zurück ins Lager, rannte in das Zelt ihres Vaters und rief, dass im Tal plötzlich ein glänzender Palast aufgetaucht sei.

»Das muss eine Fata Morgana gewesen sein«, sagte ihr Vater, Jalal ibn Karim al-Hadid, der von seinem Clan Abu Yusuf genannt wurde. Ihre Mutter Fatim schnaubte nur kopfschüttelnd und stillte weiter ihren Jüngsten.

Doch das Mädchen, das fünfzehn Jahre alt, eigensinnig und dickköpfig war, zerrte seinen Vater aus dem Zelt und flehte ihn an, mit ihm zu kommen und den Palast anzuschauen.

»Tochter, du kannst einfach nicht gesehen haben, was du glaubst, dass du gesehen hast«, sagte Abu Yusuf.

»Hältst du mich für ein Kind? Ich erkenne eine Fata Morgana, wenn ich eine sehe«, beharrte sie. »Er stand genauso wirklich vor mir wie du.«

Abu Yusuf seufzte. Er kannte den Blick in den Augen seiner Tochter, das empörte Funkeln, das jedem Versuch, sie zur Vernunft zu bringen, widerstand. Schlimmer noch, er wusste, dass er daran schuld war. Das Glück war seinem Clan in letzter Zeit gewogen gewesen, und das hatte ihn zur Nachsicht verleitet. Der Winter war mild gewesen, und der Regen war zur richtigen Zeit gekommen. Die Frauen seiner Brüder hatten beide gesunde Söhne zur Welt gebracht. Als Abu Yusuf zur Jahreswende in der Wärme des glühenden Feuers gesessen und die Mitglieder seines Clans betrachtet hatte, wie sie um ihn herum aßen, spielten und plauderten, hatte er sich gesagt, dass Fadwas Verheiratung vielleicht noch warten könnte. Sollte das Mädchen noch ein Jahr bei seiner Familie bleiben, bevor er es wegschickte. Aber jetzt fragte sich Abu Yusuf, ob seine Frau nicht recht hatte: Möglicherweise hatte er seine einzige Tochter zu sehr verwöhnt.

»Ich habe keine Zeit, mich wegen dieses Unsinns zu streiten«, sagte er streng zu ihr. »Deine Onkel und ich bringen die Schafe zum Weiden. Wenn es dort einen Zauberpalast gibt, werden wir ihn sehen. Jetzt geh und hilf deiner Mutter.«

»Aber ...«

»Mädchen, tu, was ich dir sage!«

Er wurde nur selten laut. Sie wich gekränkt zurück. Dann drehte sie sich um und lief zum Zelt der Frauen.

Fatim, die alles gehört hatte, schnalzte mit der Zunge. Fadwa schniefte und wich ihrem Blick aus. Sie setzte sich vor den niedrigen Tisch, auf dem der Teig ging, und begann ihn in Stücke zu reißen und flach zu klopfen, mit mehr Kraft, als nötig gewesen wäre. Ihre Mutter seufzte über den Lärm, sagte jedoch nichts. Es war besser, dass sich das Mädchen müde arbeitete, statt den ganzen Morgen herumzusitzen und die anderen Frauen mit seinem schwelenden Ärger zu zermürben.

Die Frauen kochten und melkten und flickten, während die Sonne auf ihrer gewohnten Bahn über den Himmel zog. Fadwa badete ihre kleinen Cousins, ertrug ihr Geheul und Gezanke. Die Sonne ging unter, und noch immer waren die Männer nicht zurück. Fatims Miene verdüsterte sich. Durch das Tal zogen nur selten Banditen, dennoch waren drei Männer und eine große Schafherde leichte Beute. »Jetzt reicht's«, fuhr sie Fadwa an, die sich bemühte, den strampelnden Jungen anzuziehen. »Lass mich das machen, du kannst es ja nicht. Geh und näh an deinem Hochzeitskleid.«

Fadwa gehorchte, obwohl sie alles andere lieber getan hätte. Sie war nicht gut darin, feine Stiche zu sticken, sie hatte keine Geduld dafür; sie konnte gut weben und ein Zelt so schnell flicken wie Fatim, aber Stickerei? Kleine, so und nicht anders angeordnete Stiche? Es war langweilig, und sie begann bald zu schielen. Mehr als einmal hatte Fatim die Fortschritte ihrer Tochter begutachtet und sie angewiesen, alles wieder aufzutrennen. In einem so schlampigen Kleid, erklärte sie, würde ihre Tochter nicht heiraten.

Wenn es nach Fadwa ginge, würde sie das Kleid ins Feuer werfen und laut singen, während es verbrannte. Mit jedem Tag wurde das Leben im Lager ihres Clans erdrückender, aber das war nichts, verglichen mit der Vorstellung, heiraten zu müssen. Sie wusste, dass sie ein verwöhntes Kind war; sie wusste, dass ihr Vater sie liebte und nicht so grausam wäre, einen Mann auszuwählen, der brutal oder dumm wäre, nur um eine vorteilhafte Allianz zu schmieden. Aber jeder konnte sich täuschen, sogar ihr Vater. Und alle verlassen zu müssen, die sie bislang in ihrem Leben gekannt hatte, und bei einem fremden Mann zu leben, sich zu ihm ins Bett zu legen und sich von seiner Familie herumkommandieren zu lassen – war das nicht fast wie sterben? Auf jeden Fall wäre sie nicht mehr Fadwa al-Hadid. Sie wäre jemand anders, eine völlig andere Frau. Aber sie konnte nichts dagegen tun. Sie würde heiraten, und zwar bald. Das war so sicher wie der Sonnenaufgang.

Sie blickte auf, als ihre Mutter freudig aufschrie. Die Männer kamen ins Lager und trieben die Schafe vor sich her. Die Schafe rempelten einander, erschöpft von dem langen Weg und mit vollen Bäuchen. »Es war ein guter Tag«, rief einer von Fadwas Onkeln. »Bessere Weiden hätten wir nicht finden können.«

Bald setzten sich die Männer zum Abendessen, aßen Brot und Käse. Die Frauen bedienten sie und zogen sich anschließend in ihr Zelt zurück, um zu essen, was übrig geblieben war. Da ihr Mann sicher zu Hause war, besserte sich Fatims Stimmung; sie lachte mit ihren Schwägerinnen und turtelte mit dem Baby an ihrer Brust. Fadwa aß schweigend und schaute immer wieder zum Zelt der Männer, auf den starken Rücken ihres Vaters.

Später am Abend nahm Abu Yusuf seine Tochter beiseite. »Wir waren an der Stelle, von der du gesprochen hast«, sagte er. »Ich habe wirklich genau geschaut, aber nichts gesehen.«

Fadwa nickte niedergeschlagen, aber nicht überrascht. Mittlerweile hatten sich auch bei ihr Zweifel eingeschlichen.

Abu Yusuf lächelte ihr gesenktes Gesicht an. »Habe ich dir erzählt, dass ich einmal eine ganze Karawane gesehen habe, die nicht da war? Ich war ungefähr so alt wie du. Eines Morgens war ich mit den Schafen unterwegs und habe eine riesengroße Karawane gesehen, die über einen Pass in den Bergen kam. Es waren mindestens hundert Männer, die sich näherten. Ich konnte die Augen der Männer sehen, sogar das Prusten der Kamele. Ich bin nach Hause gerannt, um die anderen zu holen. Und habe die Schafe zurückgelassen.«

Fadwa riss die Augen auf. So eine Nachlässigkeit hätte sie ihm nicht zugetraut, nicht einmal als Junge.

»Als ich mit meinem Vater an die Stelle zurückkam, war die Karawane spurlos verschwunden. Genau wie die meisten Schafe. Es dauerte den ganzen Tag, bis wir sie wieder eingefangen hatten, und manche lahmten, weil sie über Felsen gestolpert waren.«

»Was hat dein Vater gesagt?« Sie hatte ein bisschen Angst, die Frage zu stellen. Karim ibn Murhaf al-Hadid war viele Jahre vor Fadwas Geburt gestorben, aber die Geschichten über seinen strengen Charakter waren legendär in ihrem Stamm.

»Zuerst hat er nichts gesagt, sondern mich nur geschlagen. Später hat er mir dann eine Geschichte erzählt. Wie er als kleiner Junge im Zelt der Frauen spielte, hinausschaute und eine fremde Frau sah, die ganz in Blau gekleidet war. Sie stand gleich neben dem Lager, lächelte ihn an und streckte die Hände nach ihm aus. Er hörte sie rufen, ihn bitten, zu ihr zu kommen und mit ihr zu spielen. Das Mädchen, das auf ihn hätte aufpassen sollen, war eingeschlafen. Er folgte der Frau in die Wüste – allein, mitten an einem Sommernachmittag.«

Fadwa staunte. »Und er hat überlebt!«

»Es war knapp. Sie haben ihn erst nach Stunden gefunden, und da kochte sein Blut schon. Es hat lange gedauert, bis er wieder gesund war. Aber er hätte beim Namen seines Vaters geschworen, dass die Frau wirklich da gewesen war. Und jetzt«, er lächelte, »hast du eine Geschichte, die du *deinen* Kindern erzählen kannst, wenn sie angelaufen kommen und schwören, dass sie einen See aus klarem Wasser mitten in einem trockenen Tal oder eine über den Himmel fliegende Horde Dschinn gesehen haben. Du kannst ihnen von dem wunderschönen glitzernden Palast erzählen, den du gesehen hast, und dass dein grausamer und schrecklicher Vater dir nicht glauben wollte.«

Sie lächelte. »Du weißt, dass ich das nicht sagen werde.«

»Vielleicht nicht, vielleicht schon. Aber jetzt«, er küsste sie auf die Stirn, »beende deine Hausarbeiten, Kind.«

Er sah ihr nach, wie sie ins Zelt der Frauen zurückging. Sein Lächeln wurde kleiner und erlosch. Er war nicht ehrlich zu seiner Tochter gewesen. Die Geschichten von der Karawane und dem Missgeschick seines Vaters entsprachen der Wahrheit – doch früher an diesem Tag, als er die Schafe den Grat entlangtrieb, hatte ihn für einen ganz kurzen Augenblick die glänzende

Vision eines Palastes unten im Tal geblendet. Ein Blinzeln – und er war verschwunden. Er hatte lange Zeit in das leere Tal gestarrt und sich eingeredet, dass das Sonnenlicht an dieser Stelle in einem bestimmten Winkel auf die Augen getroffen war und so die Illusion erschaffen hatte. Dennoch war er erschüttert. Wie seine Tochter gesagt hatte, war es keine verschwommene flirrende Fata Morgana gewesen – er hatte unglaubliche Details gesehen, Türme und Zinnen und glitzernde Höfe. Und neben dem offenen Tor die Gestalt eines Mannes, der zu ihm heraufschaute.

Kapitel 6

Der September war fast vorbei, doch die Sommerhitze dauerte erbarmungslos an. Mittags leerten sich die Straßen, und die Fußgänger sammelten sich unter den Markisen. Die Ziegel und Steine der Lower East Side saugten die Hitze auf und setzten sie bei Sonnenuntergang wieder frei. Die wackligen Feuerleitern auf der Rückseite der Häuser wurden zu vertikalen Freiluftschlafzimmern, als die Bewohner ihre Matratzen auf die Absätze zerrten und auf den Hausdächern ihr Lager aufschlugen. Die Luft war eine übelriechende Brühe, und das Atmen fiel schwer.

An den Hohen Feiertagen wurde es unerträglich. Die Synagogen blieben halb leer, da viele es vorzogen, zu Hause zu beten, wo sie zumindest ein Fenster öffnen konnten. Rotgesichtige Kantoren sangen vor ein paar unglücklichen Gläubigen. An Jom Kippur, dem wichtigsten Sabbat des Jahres, wurden nicht wenige Synagogengänger ohnmächtig, weil ihnen das Fasten die letzten Kräfte geraubt hatte.

Zum ersten Mal, seitdem er ein Bar-Mizwa war, fastete Rabbi Meyer an diesem Jom Kippur nicht. Obwohl die Alten vom Fasten ausgenommen sind, hatte es der Rabbi bislang nicht aufgeben wollen. Das Fasten war der Höhepunkt der spirituellen Arbeit der Hohen Feiertage, eine Säuberung und Reinigung der Seele. Dieses Jahr musste er sich allerdings eingestehen, dass sein Körper zu hinfällig geworden war. Trotzdem zu fasten wäre Eitelkeit und damit eine Sünde und eine Weigerung, das Altern zu akzeptieren. Hatte er seinen Gemeindemitgliedern früher nicht davon abgeraten? Dennoch schmeckte ihm das Mittagessen an Jom Kippur nicht, und er hatte das Gefühl, sich irgendwie schuldig gemacht zu haben.

Aber er tröstete sich damit, dass es viel zu essen gab – denn der Golem hatte zum Zeitvertreib angefangen zu backen.

Es war die Idee des Rabbis gewesen, und er ärgerte sich, dass er nicht früher daran gedacht hatte. Der Einfall kam ihm, als er eines Morgens in die Bäckerei ging und einen jungen Mann bei der Arbeit sah, er rollte und flocht Teig für die Sabbat-Challas. Ein Zopf nach dem anderen nahm unter seinen Händen Gestalt an. Seine flinken mechanischen Bewegungen verrieten, dass er lange Jahre an diesem Ort und mit dieser Aufgabe verbracht hatte; und einen Augenblick lang wirkte er auf den Rabbi fast wie ein Golem.

Am Nachmittag kam er mit einem dicken englischen Buch nach Hause und gab es dem Golem.

»Das Kochbuch der Bostoner Kochschule«, las sie perplex. Ängstlich schlug sie das Buch auf – doch zu ihrer Überraschung war es einfach, sachlich und klar geschrieben. Es enthielt nichts, was sie verwirrte, nur geduldige und logische Anweisungen. Sie wiederholte die Namen der Rezepte für den irritierten Rabbi, zuerst auf Englisch, dann auf Jiddisch, und war erstaunt, als er erklärte, dass ihm viele Rezepte völlig unbekannt waren. Er hatte nie Finnan Haddie gegessen – offenbar ein Fisch – oder Gnocchi à la romaine oder Kartoffeln Delmonico oder irgendeines der zahllosen kompliziert klingenden Eier-

gerichte. Sie beschloss, ein Essen für ihn zu kochen. Vielleicht einen gebratenen Truthahn mit Süßkartoffeln und Bohnen-Mais-Eintopf? Oder Hummersuppe gefolgt von Porterhouse Steaks und Erdbeerkuchen zum Nachtisch? Der Rabbi stellte nicht ohne Bedauern klar, dass diese Gerichte für ihren Haushalt zu extravagant waren – und außerdem war Hummer *trejf.* Vielleicht könnte sie klein anfangen und sich nach oben arbeiten. Nichts mochte er mehr, so sagte er, als frisch gebackenen Kuchen zum Kaffee. Wäre das für den Anfang in Ordnung?

Und so verließ der Golem allein die Wohnung und ging in das Lebensmittelgeschäft an der Ecke. Mit dem Geld des Rabbis kaufte sie Eier, Zucker, Salz, Mehl, ein paar Gewürze und eine kleine Schachtel geschälter Walnüsse. Es war das erste Mal seit ihrer Ankunft, dass sie wirklich allein ausging. Sie gewöhnte sich allmählich an das Viertel; ein paar Nachmittage in der Woche gingen der Rabbi und sie spazieren. Der Rabbi hatte entschieden, dass ihr Bedürfnis, die Welt zu erleben, bei weitem wichtiger war als die Klatschgeschichten, die daraus resultieren mochten. Dennoch ließ er sie nicht aus dem Auge. Seit kurzem träumte er immer wieder, dass er sie in einer Menschenmenge verlor, in wachsender Panik nach ihr suchte und schließlich ihre große Gestalt inmitten eines lärmenden Mobs entdeckte, der sie zerstören wollte.

Der Golem spürte diese Albträume natürlich, nicht so klar wie wache Gedanken, aber klar genug, um zu begreifen, dass der Rabbi Angst um sie hatte und auch Angst vor ihr. Das machte sie traurig, aber sie versuchte, nicht daran zu denken. Es nützte schließlich niemandem, wenn sie über seine Ängste oder ihre eigene Einsamkeit nachdachte.

Sie backte den Kuchen, befolgte leidenschaftlich genau die Anweisungen, und bereits ihr erster Vesuch war von Erfolg gekrönt. Sie war angenehm überrascht, wie leicht es war und auf welch magische Weise der Backofen den zähen Teig in etwas völlig anderes verwandelte, etwas Festes, Warmes, Duftendes. Der Rabbi aß zwei Stück zu seinem morgendlichen Tee und erklärte den Kuchen zu einem der besten, die er je gegessen hatte.

Am Nachmittag ging sie aus und kaufte weitere Zutaten. Am nächsten Morgen erwachte der Rabbi und fand auf dem Wohnzimmertisch eine ganze Backstube voller Gebäck. Muffins und Kekse, eine Phalanx süßer Brötchen und einen Turm aus Pfannkuchen. Einen dichten, stark gewürzten Laib von etwas, was sich Pfefferkuchen nannte.

»Ich hätte nicht gedacht, dass man in einer Nacht so viel backen kann!« Er sagte es leichthin, aber sie sah seine Betroffenheit.

»Sie wünschten, ich hätte es nicht getan«, stellte sie fest.

Er lächelte. »Vielleicht nicht so viel. Ich bin nur ein einziger Mann mit nur einem Magen. Es wäre eine Schande, wenn etwas verderben würde. Und wir sollten nicht übertreiben, wir beide. Das Gebäck reicht für eine Woche.«

»Es tut mir so leid. Natürlich habe ich nicht nachgedacht …« Sie schämte sich und wandte sich vom Tisch ab. Sie war so stolz auf ihre Backkunst gewesen! Und es hatte sich so gut angefühlt zu arbeiten, die ganze Nacht in der Küche Zutaten abzuwiegen und zu mischen, vor dem kleinen Ofen zu stehen, der die bereits stickige Wohnung noch weiter aufheizte. Und jetzt konnte sie ihr

Werk kaum mehr ansehen. »Ich mache so viel falsch!«, brach es aus ihr heraus.

»Meine Liebe, seien Sie nicht so hart zu sich«, sagte der Rabbi. »Das ist alles neu für Sie. Und ich lebe seit Jahrzehnten damit!« Er hatte eine Idee. »Außerdem muss nichts verderben. Würden Sie etwas davon weggeben? Ich habe einen Neffen, Michael, der Sohn meiner Schwester. Er leitet ein Heim für Immigranten und muss viele Münder ernähren.«

Sie wollte widersprechen: Sie hatte die Sachen für den Rabbi gebacken, nicht für Fremde. Doch sie sah, dass er ihr eine elegante Möglichkeit bot, ihren Fehler wiedergutzumachen, und hoffte, dass sie sein Angebot annehmen würde.

»Natürlich«, sagte sie. »Ich helfe ihm sehr gern.«

Er lächelte. »Gut. Wir bringen die Sachen zusammen zu ihm. Es ist an der Zeit, dass Sie sich mit jemand unterhalten, der kein Metzger oder Lebensmittelhändler ist.«

»Glauben Sie, dass ich so weit bin?«

»Ja, das glaube ich.«

Aufgeregt und nervös konnte sie kaum still stehen. »Ihr Neffe. Was für ein Mann ist er? Was soll ich zu ihm sagen? Was wird er von mir denken?«

Der Rabbi hob lächelnd die Hände, als wollte er ihre Flut an Fragen abwehren. »Erstens, Michael ist ein guter Junge – ein guter Mann, sollte ich sagen, er ist fast dreißig. Ich respektiere und bewundere seine Arbeit, obwohl wir nicht immer einer Meinung sind. Ich wünschte nur …« Er hielt inne, doch dann fiel ihm ein, dass der Golem seine Gedanken sehen konnte. Es war besser, ihr die Sachlage zu erklären, als ihr ein vages, verwirrendes Bild zu vermitteln. »Wir standen uns früher näher, Michael und ich. Meine Schwester starb, als er noch klein war, und meine Frau und ich haben ihn großgezogen. Viele Jahre lang war er wie ein Sohn für mich. Aber dann – nun, es fielen unschöne Worte. Ein Streit, wie er vorkommt zwischen Alten und Jungen. Der Schaden wurde leider nie ganz behoben. Und jetzt treffen wir uns seltener.«

Der Golem sah, dass der Rabbi ihr zwar nicht auswich, dass aber noch mehr dahintersteckte – unausgesprochene, weitreichende Details, Wünsche und ein großes Bedauern. Nicht zum ersten Mal spürte sie, dass sie ein Abgrund an Erfahrungen trennte: Er hatte sieben Jahrzehnte gelebt, und sie war gerade einmal einen Monat alt.

»Und was eure Unterhaltung angeht«, fuhr der Rabbi in leichterem Tonfall fort, »so muss sie nicht lang dauern. Sie können erklären, um was für Gebäck es sich handelt. Zweifellos wird er Sie fragen, woher Sie kommen und wie lange Sie schon in der Stadt sind. Vielleicht sollten wir uns eine Geschichte ausdenken. Sie können ihm erzählen, dass Sie eine junge Witwe aus Polen sind und dass ich mich als Ihr Betreuer betätige. Was der Wahrheit ja ziemlich nahe kommt.« Er lächelte, aber mit einer Spur Bedauern; und sie wusste, dass er etwas sagte, was er selbst nicht ganz glaubte.

»Es tut mir leid«, sagte sie. »Sie sollten Ihren Neffen nicht anlügen müssen. Nicht meinetwegen.«

Der Rabbi schwieg einen Augenblick. Dann sagte er: »Meine Liebe, mir wird allmählich klar, dass ich viele Dinge tun werde – um Ihretwillen tun *muss.* Aber das ist meine Entscheidung. Sie müssen mir gestatten, eine kleine Lüge im Dienst eines übergeordneten Wohls zu bedauern. Und Sie müssen lernen, das Gleiche zu tun, ohne sich deswegen unbehaglich zu fühlen.« Er hielt inne und fuhr dann fort: »Ich weiß noch nicht, ob Sie jemals ein normales Leben unter Menschen werden führen können. Aber Sie müssen wissen, dass Sie dafür jeden in Ihrer Bekanntschaft werden anlügen müssen. Sie dürfen niemandem erzählen, was Sie in Wirklichkeit sind, niemals. Das ist eine Belastung und Verantwortung, die zu tragen ich keinem wünsche.«

Sie schwiegen eine Weile bedrückt.

»Daran habe ich auch schon gedacht«, sagte der Golem schließlich. »Vielleicht war es mir nicht so klar. Vermutlich wollte ich es nicht glauben.«

Die Augen des Rabbis waren feucht geworden; doch er sprach mit fester Stimme. »Vielleicht wird es Ihnen mit der Zeit und mit Übung leichter fallen. Und ich werde Ihnen helfen, so gut ich kann.« Er wandte sich ab und wischte sich mit der Hand über die Augen; als er sie wieder ansah, lächelte er. »Aber jetzt wollen wir von etwas Erfreulicherem reden. Wenn ich Sie meinem Neffen vorstellen soll, muss ich ihm Ihren Namen nennen.«

Sie runzelte die Stirn. »Ich habe keinen.«

»Genau. Wir hätten Ihnen schon längst einen Namen geben sollen. Wollen Sie sich einen aussuchen?«

Sie überlegte einen Moment. »Nein.«

Der Rabbi erschrak. »Aber Sie brauchen einen Namen.«

»Ich weiß.« Sie lächelte. »Aber Sie sollen ihn für mich aussuchen.«

Der Rabbi wollte widersprechen; er hatte gehofft, dass der Akt, sich einen Namen zu geben, ihr zu mehr Selbstständigkeit verhelfen würde. Doch dann ermahnte er sich. Sie war auf so vielfältige Weise noch ein Kind, und von einem Kind erwartete man nicht, dass es sich einen Namen gab. Diese Ehre gebührte den Eltern. In dieser Hinsicht hatte sie die Bedeutung der Angelegenheit besser begriffen als er.

»Nun gut«, sagte er. »Für ein Mädchen hat mir immer der Name Chava gut gefallen. Meine Großmutter, die ich sehr mochte, hieß so.«

»Chava«, wiederholte der Golem. Das *Ch* war ein weicher, rollender Laut in der Kehle, das *ava* wie ein gesprochener Seufzer. Sie sagte ihn sich lautlos vor, prüfte ihn, während der Rabbi ihr amüsiert zusah.

»Gefällt er Ihnen?«, fragte er.

»Ja«, sagte sie, und es stimmte.

»Dann gehört er Ihnen.« Er hob die Hände über ihren Kopf und schloss die Augen. »Gesegneter, der du unsere Vorväter beschützt und uns aus der Sklaverei geführt hast, wache über deine Tochter Chava. Mögen ihre Tage friedvoll und glücklich sein. Möge sie allen eine Hilfe, ein Trost und eine Beschützerin sein. Möge sie so klug und mutig sein, um auf dem Weg weiterzuschreiten, den du für sie auserwählt hast. Das sei der Wille des Allmächtigen.«

Und der Golem flüsterte: »Amen.«

Alles in allem war es keiner von Michael Levys besseren Tagen.

Er stand hinter seinem mit Papieren übersäten Schreibtisch und fühlte sich gehetzt, weil er gleichzeitig auf ein Dutzend Krisen reagieren musste. In der Hand hielt er einen Brief, in dem er mit Bedauern davon in Kenntnis gesetzt wurde, dass die Damen, die sonntags immer ehrenamtlich putzten, selbiges nicht länger tun würden; ihre Frauenarbeitsliga hatte sich erst gespalten und dann aufgelöst und mit ihr das Mildtätige Aktionskomitee. Zehn Minuten zuvor hatte ihn die Haushälterin informiert, dass etliche Bewohner in dieser Woche mit Durchfall eingetroffen waren und sie in beunruhigendem Maße Bettwäsche verbrauchten. Und wie immer spürte er nahezu physisch den Druck der fast zweihundert neuen Immigranten auf ihm lasten, die über ihm in den Schlafsälen einquartiert waren. Und solange sie sich unter seinem Dach aufhielten, war Michael für ihr Wohlergehen verantwortlich.

Das Jüdische Wohnheim war eine Durchgangsstation, in der frisch aus der Alten Welt eingetroffene Männer eine Pause einlegen und zur Besinnung kommen konnten, bevor sie sich kopfüber in den weit aufgerissenen Rachen der Neuen Welt stürzten. Sie durften fünf Tage im Wohnheim bleiben, wo sie verpflegt und eingekleidet wurden und auf Feldbetten schliefen. Danach mussten sie das Heim wieder verlassen. Manche zogen zu entfernten Verwandten oder wurden Hausierer; andere ließen sich von Fabriken anwerben und schliefen in schäbigen Absteigen für fünf Cent pro Nacht in Hängematten. Wenn möglich versuchte Michael die Männer von den schlimmsten Ausbeuterbetrieben fernzuhalten.

Michael Levy war siebenundzwanzig Jahre alt. Er hatte ein rosiges pausbäckiges Gesicht, das zu ewiger Jugend verdammt war. Nur seinen Augen waren die Jahre anzusehen; sie waren vom Lesen und vor Erschöpfung von Falten und dunklen Ringen umgeben. Er war größer als sein Onkel Avram und sah ein bisschen aus wie eine Vogelscheuche, weil er sich weder ausruhte noch die Zeit nahm, regelmäßig zu essen. Seine Freunde scherzten, dass er mit seinen tintenfleckigen

Manschetten und müden Augen nicht wie ein Sozialarbeiter, sondern wie ein Gelehrter aussah. Er antwortete darauf, dass das seine Richtigkeit habe, da seine Arbeit besser bilde als jeder Schulunterricht.

In seiner Antwort klang sowohl Stolz als auch Abwehr. Seine Lehrer, die Tante und der Onkel, seine Freunde, sein nahezu abwesender Vater, sie alle hatten damit gerechnet, dass er an der Universität studieren würde. Und sie waren entsetzt und betroffen gewesen, als der junge Michael verkündete, dass er sich der Sozialarbeit und der Verbesserung der Lebensumstände seiner Mitmenschen widmen wollte.

»Alles gut und schön«, sagte ein Freund. »Wer hat sich nicht diesem Ziel verschrieben? Aber du bist ein kluger Kopf – benutz deine Intelligenz, um den Menschen zu helfen. Warum willst du deine Gaben brachliegen lassen?« Der Freund schrieb für eine Zeitung der Sozialistischen Arbeiterpartei. Jede Woche stand sein Name über einem bewegenden Lobgesang auf den Arbeiter, der mit einer Szene brüderlicher Solidarität endete – der er für gewöhnlich passenderweise genau einen Tag vor Redaktionsschluss beigewohnt hatte.

Michael war ein bisschen gekränkt, blieb jedoch eisern. Seine Freunde schrieben ihre Artikel, sie nahmen an Demonstrationen und Versammlungen teil, sie diskutierten bei Kaffee und Strudel über die Zukunft des Marxismus – doch Michael hörte aus ihren Reden eine luftige Leere heraus. Er warf seinen Freunden nicht vor, sich für einen leichteren Weg entschieden zu haben, aber ebenso wenig konnte er ihnen folgen. Er war eine zu ehrliche Haut; er hatte nie gelernt, sich selbst hinters Licht zu führen.

Der Einzige, der ihn verstand, war sein Onkel Avram.

Aber in Michaels Leben hatte sich noch etwas verändert, und das konnte der Rabbi nicht gutheißen.

»Wo steht geschrieben, dass man seinem Glauben den Rücken kehren muss, um Gutes zu tun?«, hatte der Rabbi gefragt und entsetzt auf den entblößten Kopf seines Neffen gestarrt, auf die kurzen Koteletten, wo früher Schläfenlocken gewesen waren. »Wer hat dir das beigebracht? Diese Philosophen, die du liest?«

»Ja, und ich bin ihrer Meinung. Vielleicht nicht mit allem, aber zumindest damit, dass wir unseren Platz in der modernen Welt nie finden werden, solange wir an unserem alten Glauben festhalten.«

Sein Onkel lachte. »Natürlich, diese wunderbare moderne Welt, die uns von allen Übeln befreit hat, von Armut und Verderbtheit! Was sind wir doch für Dummköpfe, wenn wir unsere Fesseln nicht abwerfen!«

»Selbstverständlich muss noch viel verändert werden! Aber es hat keinen Sinn, uns an eine rückständige …« Er unterbrach sich. Das Wort war ihm herausgerutscht.

Die Miene seines Onkels wurde noch düsterer. Michael wusste, dass er entweder widerrufen und sich entschuldigen oder zu dem stehen musste, was er gesagt hatte.

»Es tut mir leid, Onkel, aber so denke ich nun mal«, sagte er. »Ich schaue mir an, was wir Glauben nennen, und sehe nichts als Aberglauben und Knechtschaft. In *allen* Religionen, nicht nur im Judaismus. Sie spalten die Menschen und machen uns zu Sklaven von Phantasien, wenn wir uns doch auf das Hier und Jetzt konzentrieren müssen.«

Die Miene seines Onkels war versteinert. »Du hältst mich für ein Instrument der Knechtschaft.«

Instinktiv wollte er widersprechen – *natürlich nicht! Du doch nicht, Onkel!* –, aber er hielt sich zurück. Er wollte nicht auch noch Scheinheiligkeit auf die Liste seiner Vergehen setzen.

»Ja«, sagte er. »Ich wünschte, es wäre anders. Ich weiß, wie viel Gutes du getan hast – wie könnte ich die vielen Krankenbesuche vergessen? Und als der Laden der Rosens abbrannte? Aber gute Taten sollten aus unserem natürlichen Instinkt zur Brüderlichkeit erfolgen, nicht aus Stammesdenken! Was ist mit den Italienern, denen die Metzgerei neben dem Laden der Rosens gehörte? Was haben wir für *sie* getan?«

»Ich kann mich nicht um alle kümmern!«, fuhr der Rabbi ihn an. »Vielleicht habe ich mich schuldig gemacht, weil ich mich nur um die meinen gesorgt habe. Auch das ist ein natürlicher Instinkt, was immer deine Philosophen sagen.«

»Aber den müssen wir überwinden! Warum die Unterschiede verstärken und uns an uralte Gesetze halten und nie unsere Nachbarn an unseren Tisch bitten?«

»Weil wir Juden sind!«, brüllte sein Onkel. »Und weil wir so leben! Unsere Gesetze erinnern uns daran, wer wir sind, und sie geben uns Kraft! Und du, der du unbedingt deine Vergangenheit abwerfen willst – was willst du an ihre Stelle setzen? Womit willst du das Böse im Menschen davon abhalten, die Oberhand über das Gute zu gewinnen?«

»Mit Gesetzen, die für alle gelten«, sagte Michael. »Vor denen alle Menschen gleich sind. Ich bin kein Anarchist, Onkel, falls du das befürchtest.«

»Aber ein Atheist? Bist du *das*?«

Er sah keinen Weg, der daran vorbeiführte. »Ja, ich glaube, das bin ich«, sagte er und blickte weg, um den

Schmerz in den Augen seines Onkels nicht sehen zu müssen. Noch lange hatte Michael das unglückliche Gefühl, dass er seinem Onkel genauso gut ins Gesicht hätte schlagen können.

Die Versöhnung zog sich lange hin. Auch jetzt noch, Jahre später, sahen sie sich nur ungefähr einmal im Monat. Sie plauderten herzlich über Nichtigkeiten und vermieden schmerzhafte Themen. Der Rabbi gratulierte Michael zu jedem Erfolg und sprach tröstliche Worte, wenn er eine Niederlage erlitten hatte – was oft der Fall war, denn Michaels Arbeit war alles andere als einfach. Als der frühere Leiter des Wohnheims aufhörte, hätte das Wohnheim wegen Geldmangel kurz darauf schließen müssen, denn der Mann hatte darauf bestanden, Geld nur von jüdisch-sozialistischen Gruppen anzunehmen. Michael wurde der Posten angeboten, und er schaute sich die Schlafsäle mit den vielen Dutzend Männern an. Ihre Kleidung, der Schnitt ihrer Bärte und ihre leicht verwirrten Mienen verrieten, dass sie gerade erst angekommen waren. Sie waren die verletzlichsten Einwanderer, die am leichtesten zu betrügen und beschwindeln waren. Er studierte die Buchhaltung des Hauses, die sich in einem chaotischen Zustand befand. Er nahm die Stelle an, schluckte seinen Stolz hinunter und ging zu den örtlichen jüdischen Gemeinden und Räten und bat um Geld. Als Gegenleistung hängte er an das schwarze Brett im Flur neben die Ankündigungen von Parteitreffen Anzeigen für die Sabbatgottesdienste.

Was er seinem Onkel gesagt hatte, glaubte er noch immer. Er ging nicht in die Synagoge, betete nicht und hoffte, dass alle Menschen eines Tages ihr Bedürfnis nach Religion verlören. Aber er wusste, dass sich tiefgreifende Veränderungen nur langsam vollzogen, und er kannte den Wert des Pragmatismus.

Wenn er Michael besuchte, sah der Rabbi die religiösen Ankündigungen, sagte jedoch nichts dazu. Auch er schien ihr Zerwürfnis zu bedauern. Sie hatten beide praktisch keine andere Familie – Michaels Vater hatte sich vor langem nach Cincinnati davongemacht und ein Dutzend frustrierter Gläubiger hinterlassen –, und in einem Viertel, in dem überwiegend Großfamilien wohnten, spürte Michael das deutlich. Und als der Rabbi an diesem Nachmittag an Michaels Bürotür klopfte, freute sich Michael aufrichtig, ihn zu sehen.

»Onkel! Was führt dich her?« Die Männer umarmten sich ein wenig steif. Michael hatte sich an seinen unbedeckten Kopf gewöhnt, an das Fehlen der Fransen unter dem Hemd; aber in Gegenwart seines Onkels fühlte er sich noch immer nackt. Dann fiel sein Blick auf die Frau im Schatten der Tür.

»Ich möchte dir eine neue Freundin vorstellen«, sagte der Rabbi. »Michael, das ist Chava. Sie ist vor kurzem aus Polen gekommen.«

»Freut mich, Sie kennenzulernen«, sagte die Frau. Sie war groß, vielleicht drei Zentimeter größer als er. Einen Augenblick lang wirkte sie wie eine hoch aufragende dunkle Statue; doch dann betrat sie den Raum und war nur noch eine Frau in einem schlichten grauen Kleid, die eine Schachtel in den Händen hielt.

Michael merkte, dass er sie anstarrte; er riss sich zusammen. »Ebenfalls! Wie lange sind Sie schon in New York?«

»Erst einen Monat.« Sie lächelte verlegen, als wollte sie sich dafür entschuldigen.

»Chavas Mann ist auf der Überfahrt gestorben«, sagte

sein Onkel. »Sie hat keine Familie in Amerika. Ich bin so etwas wie ihr Betreuer.«

Michael schaute sie ernst an. »Mein Gott, wie schrecklich. Das tut mir leid.«

»Danke«, flüsterte sie.

Nach einem kurzen verlegenen Schweigen schien sich die Frau an die Schachtel in ihren Händen zu erinnern. »Die habe ich gemacht«, sagte sie ein wenig abrupt. »Sie sollten für Ihren Onkel sein, aber es sind zu viele. Er hat vorgeschlagen, dass ich sie Ihnen bringe für die Männer, die hier wohnen.« Sie hielt Michael die Schachtel hin.

Er öffnete sie, und ein himmlischer Duft nach Butter und Gewürzen stieg ihm in die Nase. Die Schachtel war voll verschiedener Sorten Gebäck: Butterhörnchen, Mandelmakronen, Gewürzplätzchen, Rosinenbrötchen, Ingwerwaffeln. »Sie haben die *alle* gebacken?«, fragte er ungläubig. »Sind Sie Bäckerin?«

Die Frau zögerte, und dann lächelte sie. »Ja, vermutlich.«

»Da werden sich die Männer bestimmt freuen. Wir werden dafür sorgen, dass jeder etwas abbekommt.« Er schloss die Schachtel und kämpfte gegen die Versuchung an. Vor allem die Mandelmakronen ließen ihm das Wasser im Mund zusammenlaufen; seit seiner Kindheit waren sie seine Lieblingsplätzchen. »Danke, Chava. Das sind großartige Leckerbissen. Ich bringe sie gleich in die Küche.«

»Sie sollten eine Makrone probieren«, bat sie ihn.

Er lächelte. »Das werde ich. Die mag ich am liebsten.«

»Ich …« Sie schien zu überlegen, dann sagte sie: »Da bin ich froh.«

»Chava«, sagte der Rabbi, »vielleicht möchten Sie im Aufenthaltsraum auf mich warten.«

Die Frau nickte. »Es hat mich gefreut, Sie kennenzulernen«, sagte sie zu Michael.

»Mich auch«, erwiderte er. »Und wirklich vielen Dank. Im Namen aller Männer.«

Die Frau lächelte und ging hinaus auf den Flur. Für eine so große Frau bewegte sie sich erstaunlich leise.

»Mein Gott, wie tragisch!«, sagte Michael, als sie außer Hörweite war. »Ich bin überrascht, dass sie in New York geblieben ist, statt wieder nach Hause zu fahren.«

»Dort wartet niemand auf sie«, sagte sein Onkel. »In gewisser Weise hatte sie gar keine Wahl.«

Michael runzelte die Stirn. »Sie wohnt doch nicht etwa bei *dir*?«

»Nein, nein«, entgegnete sein Onkel rasch. »Sie wohnt im Moment bei einem früheren Gemeindemitglied. Einer alten Witwe. Aber ich muss ihr etwas Dauerhaftes zum Wohnen suchen und auch eine Arbeit.«

»Das sollte nicht schwer sein. Sie scheint tüchtig zu sein, wenn auch etwas still.«

»Ja, sie ist sehr tüchtig. Aber gleichzeitig ist sie allzu naiv. Ich habe Angst um sie. Sie muss lernen, sich selbst zu beschützen, um in dieser Stadt leben zu können.«

»Du zumindest passt ja auf sie auf.«

Sein Onkel lächelte grimmig. »Ja. Im Augenblick.«

Eine Idee hatte sich in Michaels Kopf geschlichen; endlich wurde er auf sie aufmerksam. »Du sagst, du suchst Arbeit für sie?«

»Ja. Aber wenn möglich nicht in einer Fabrik.«

»Hast du noch Kontakt zu Moe Radzin?«

»Wenn wir uns auf der Straße begegnen, grüßen wir

uns.« Er runzelte die Stirn. »Meinst du, dass Moe Radzin eine Stelle für Chava hätte?«

»Ich war gestern dort. Es war das reine Chaos, und Moe war außer sich. Eine seiner Hilfen ist davongelaufen, Gott weiß wohin, und eine andere hört auf, um sich um ihre Schwester zu kümmern.« Er lächelte und deutete auf die Schachtel. »Wenn die so gut schmecken, wie sie aussehen, dann können sie sie in der Bäckerei bestimmt gebrauchen. Du solltest mit ihm reden.«

»Ja«, sagte der Rabbi bedächtig. »Das wäre eine Möglichkeit. Aber Moe Radzin ...«

»Ich weiß. Er ist so sauertöpfisch und unzufrieden wie eh und je. Aber zumindest ist er fair, und wenn er will, kann er auch großzügig sein. Wir kriegen unser gesamtes Brot billiger von ihm. Und seine Angestellten scheinen ihn zu respektieren. Außer Thea natürlich.«

Der Rabbi schnaubte. Thea Radzin war eine große Nörglerin, die Sorte Frau, die ein Gespräch mit der Aufzählung ihrer Zipperlein begann. Ihren weiblichen Angestellten vergraulte sie jeden Verehrer, indem sie ihm die Mängel des Mädchens auflistete.

Michael beharrte auf seinem Vorschlag, weil es sein Gewissen ein wenig erleichterte, wenn er seinem Onkel half. »Es gibt schlimmere Chefs als Moe Radzin. Und vielleicht wird er sich verpflichtet fühlen, Chava anständig zu behandeln, wenn er weiß, dass du ein Auge auf sie hast.«

»Vielleicht. Ich werde mit ihm sprechen. Danke, Michael.« Er drückte seinem Neffen die Schulter; und Michael sah mit plötzlicher Besorgnis, dass sein Onkel nie zuvor so erschöpft und müde ausgesehen hatte, nicht einmal als er noch mit der Last einer ganzen Gemeinde hatte fertigwerden müssen. Er hatte nie auf sich Rücksicht genommen. Und statt sich auszuruhen, hatte er sich jetzt das Wohlergehen einer jungen Witwe zum Anliegen gemacht. Michael wollte ihm schon vorschlagen, dass eine der vielen Frauengruppen sich um sie kümmern könnte. Aber die Wohltätigkeitseinrichtungen für jüdische Frauen hatten noch weniger Mittel zur Verfügung als die für Männer.

Er verabschiedete sich von seinem Onkel und setzte sich an den Schreibtisch. Trotz der Sorge um die Gesundheit seines Onkels hatte die Frau ihn fasziniert. Sie hatte ruhig und schüchtern gewirkt, aber ihr Blick hatte ihn aus der Fassung gebracht. Sie hatte ihm direkt in die Augen geschaut, ohne zu blinzeln, ein tiefer freimütiger Blick. Er verstand, was sein Onkel damit meinte, dass sie sich schützen musste, doch zugleich hatte Michael das Gefühl, dass *er* seine Seele offenbart hatte, nicht sie die ihre.

Der Aufenthaltsraum des Wohnheims war überraschend geräumig. Der Golem stand in der Ecke neben einem schäbigen Ohrensessel. Es war schon Vormittag, und die meisten Männer waren ausgegangen, um nach Arbeit oder einem Ort zum Beten zu suchen. Aber fast sechzig waren in den Schlafsälen zurückgeblieben, und von oben drückte das Gewicht ihrer Sorgen auf den Golem. Es erinnerte sie stark an die erste Nacht auf der *Baltika*, als die ungewohnte Umgebung die Ängste und Sehnsüchte der Passagiere verstärkt hatte. Sie hörte die gleichen wilden Hoffnungen, die gleichen Befürchtungen. In Michaels Büro war es nicht so schlimm gewesen, weil sie vollkommen auf die Herausforderung konzentriert gewesen war, mit einem Fremden zu sprechen und sich nicht zu verraten.

Sie wurde nervös. Wie lange brauchte der Rabbi noch? Gegen ihren Willen blickte sie zur Decke. Dort oben waren Hunger, Einsamkeit, Angst zu versagen, Hoffnung auf Erfolg, Heimweh oder Hunger auf einen riesigen Teller mit Roastbeef – und ein Mann, der vor der Toilette Schlange stand, wünschte sich nichts so sehr wie eine Zeitung, mit der er sich die Wartezeit verkürzen könnte …

Sie schaute zu dem Tisch im Raum. Eine Ausgabe des *Forverts* lag darauf und wollte genommen werden.

»Nein«, sagte sie zu sich selbst, lauter als beabsichtigt. Sie verließ den Aufenthaltsraum und ging den langen dämmrigen Flur entlang. Sie würde an Michaels Tür klopfen und dem Rabbi sagen, dass sie gehen müssten, weil sie sich nicht wohlfühlte …

Zu ihrer Erleichterung wurde die Tür geöffnet, und der Rabbi und Michael kamen heraus und wechselten ein paar letzte Worte. Der Rabbi sah ihre angestrengte Miene und verabschiedete sich eilig. Endlich gingen sie den dunklen Flur entlang, an dessen Ende sie ein Rechteck voller Sonnenschein erwartete.

»Alles in Ordnung?«, fragte der Rabbi auf der Straße.

»Die Männer«, setzte sie an und konnte nicht weitersprechen: Ihre Gedanken waren zu schnell und bruchstückhaft. Sie versuchte, sich zu entspannen. »Sie wollen alle so viel«, sagte sie schließlich.

»War es zu viel für Sie?«

»Nein. Fast. Wenn wir noch länger geblieben wären.«

Das lautlose Getöse des Wohnheims wurde leiser und ging in den diffusen Geräuschen der Stadt unter. Ihre Gedanken verlangsamten sich. Sie schüttelte die Finger aus und spürte, wie die Anspannung nachließ. »Oben war ein Mann«, sagte sie, »der unbedingt eine

Zeitung wollte. Ich habe im Aufenthaltsraum eine gesehen und hätte sie ihm beinahe gebracht.«

»Da wäre er aber überrascht gewesen.« Der Rabbi versuchte, einen lockeren Tonfall anzuschlagen. »Sie konnten sich aber zurückhalten.«

»Ja. Aber es war schwierig.«

»Ich glaube, Sie machen Fortschritte. Obwohl Sie sich mit den Makronen beinahe verraten hätten.«

»Ich weiß.« Beim Gedanken daran zuckte sie zusammen, und der Rabbi lächelte. »Chava«, sagte er, »es ist eine grausame Ironie, dass Sie genau dann die größten Schwierigkeiten haben, wenn die Menchen in Ihrer Nähe sich von ihrer besten Seite zeigen. Wahrscheinlich wäre es viel einfacher für Sie, wenn wir alle Höflichkeit über Bord werfen und uns nehmen würden, wonach uns der Sinn steht.«

Sie überlegte. »Am Anfang wäre es einfacher. Aber dann würden die Leute sich gegenseitig wehtun, um zu kriegen, was sie wollen, und hätten Angst voreinander und würden sich wieder etwas anderes wünschen.«

Er nickte zustimmend. »Sie werden zur Studentin der menschlichen Natur. Glauben Sie, dass Ihre Fortschritte groß genug sind und Sie regelmäßig allein ausgehen könnten – sagen wir, um zu arbeiten?«

Angst überkam sie, vermischt mit Aufregung. »Ich weiß es nicht. Ich bin nicht sicher, *wie* ich es herausfinden soll, außer indem ich es versuche.«

»Michael hat mir erzählt, dass Radzins Bäckerei Gehilfinnen sucht. Ich kenne Moe Radzin seit vielen Jahren und habe gedacht, dass ich versuchen könnte, Ihnen dort eine Stelle zu verschaffen. Oder zumindest ein Vorstellungsgespräch.«

»In einer Bäckerei?«

»Es wäre harte Arbeit, und Sie wären viele Stunden mit Fremden zusammen. Sie müssten ständig auf der Hut sein.«

Sie versuchte sich vorzustellen, wie es wäre, den ganzen Tag mit den Händen zu arbeiten, eine Schürze umgebunden und eine gestärkte Haube auf dem Kopf. Die Laibe ordentlich aufzureihen, ihre Unterseite noch staubig vom Mehl, und zu wissen, dass sie sie gebacken hatte.

»Ich würde es gern probieren«, sagte sie.

KAPITEL 7

An einem warmen Samstag im September stand der Dschinn ganz hinten in einem überfüllten Saal und sah zu, wie ein Mann und eine Frau nach maronitischem Ritus getraut wurden. Trotz der spürbaren Freude aller Anwesenden war er nicht gerade bester Stimmung.

»Warum soll ich hingehen, wenn ich sie nicht einmal kenne?«, hatte er Arbeely am Morgen gefragt.

»Du gehörst jetzt zur Gemeinde. Man erwartet, dass du bei diesen Anlässen dabei bist.«

»Du hast doch gesagt, ich soll mich zurückhalten, solange ich noch lerne.«

»Zurückhaltung ist eine Sache. Unhöflichkeit eine andere.«

»Warum ist es unhöflich, wenn ich sie nicht einmal kenne? Und ich verstehe den Zweck einer Hochzeit immer noch nicht. Was um alles in der Welt veranlasst ein freies Wesen, sich für den Rest des Lebens einem einzigen Partner zu verpflichten?«

Von da nahm das Gespräch einen unschönen Verlauf. Arbeely, aufgeregt und fassungslos, verteidigte die Institution Ehe und führte jedes Argument an, das ihm einfiel: Vaterschaft und legitime Kinder, den zivilisierenden Einfluss der Ehe, das Gebot, dass Frauen keusch und Männer treu sein sollten. Der Dschinn spottete über alles und bestand darauf, dass Dschinn keinerlei Sorgen dieser Art kannten und er nicht einsah, warum Menschen sich um so etwas scheren mussten. Worauf Arbeely sagte, es sei eben so, gleichgültig, was der Dschinn davon halte, und dass er zur Hochzeit mitkommen und seine Ansichten für sich behalten müsse. Und der Dschinn entgegnete, von allen Wesen, die er kennengelernt habe, seien sie aus Fleisch oder Feuer, habe ihn keins so zur Verzweiflung getrieben wie der Mensch.

Vorn im Saal knieten Braut und Bräutigam, während der Priester ein Weihrauchfass über ihren Köpfen schwang. Der duftende Rauch hing schwer in der Luft. Die Braut, achtzehn Jahre alt, hieß Leila, wurde jedoch Lulu genannt, was auf eine Keckheit schließen ließ, die dem zierlichen, schüchtern lächelnden Mädchen nicht einmal ansatzweise anzusehen war. Ihr Bräutigam, Sam Hosseini, war ein rundlicher, in der Gemeinde wohlbekannter, freundlicher Mann. Er war einer der ersten Kaufleute gewesen, die sich in der Washington Street niedergelassen hatten, und sein Laden mit Importwaren zog Kunden aus weit entfernten Stadtteilen an. Im Lauf der Jahre war er wohlhabend geworden, unterstützte seine Landsleute jedoch großzügig, sodass nur wenige ihm den Erfolg neideten. Während der Priester predigte, strahlte Sam vor Glück und blickte immer wieder verstohlen auf Lulu hinunter, als wollte er sich seines großen Glücks vergewissern.

Nach der Zeremonie begab sich die Gesellschaft in Faddouls Kaffeehaus zur Hochzeitsfeier. Auf den Tischen standen Platten mit Kebabs und Reis, Pasteten mit Spinat und Fleisch sowie mit Schleifen verschlossene Tüten mit gezuckerten Mandeln. Die Frauen drängten sich auf der einen Seite des Kaffeehauses, aßen und plauderten. Auf der anderen Seite schenkten sich die Männer Arrak ein und tauschten Neuigkeiten aus. Sam und Lulu saßen an einem kleinen Tisch in der Mitte und nahmen Glückwünsche entgegen. Sie wirkten glücklich und benommen. Auf dem Tisch für Geschenke neben der Tür häuften sich Schachteln und Umschläge.

Der Dschinn jedoch befand sich nicht unter den Feiernden. Er saß im Schneidersitz auf einer leeren Holzkiste in der schmalen Straße hinter dem Kaffeehaus. Die Atmosphäre im Saal war erdrückend gewesen, die Luft stickig vor Schweiß und Rauch und Parfum, und er war noch immer verärgert über die Zeremonie, die ihm sinnlos erschien. Er wollte nicht mit lauter Fremden im Kaffeehaus eingepfercht sein. Außerdem war es ein schöner Tag; der Himmel zwischen den Gebäuden leuchtete strahlend blau, und eine leichte Brise wehte den Abfallgeruch aus der Straße.

Aus seiner Tasche zog er eine Handvoll goldener Halsketten, die er in einem schäbigen kleinen Laden in der Bowery gekauft hatte. Arbeely war mit ihm dort hingegangen, weil es der einzige ihm bekannte Ort war, wo man billig Gold kaufen konnte; doch ihm war unbehaglich zumute gewesen angesichts der niedrigen Preise, und später meinte er, dass die Sachen gestohlen sein mussten. Die Ketten waren mittelmäßig gearbeitet – die einzelnen Glieder waren nicht gleichmäßig, und die Ketten hingen irgendwie schief –, doch das Gold war von guter Qualität. Der Dschinn schloss die Hände darum, um sie zu schmelzen, und begann dann müßig, das Gold zu formen. Als seine Finger wieder still hielten, hatte er eine goldene Miniaturtaube in der Hand. Mit einem dünnen, spitzen Draht fügte er ein paar Details hinzu – angedeutete Federn und Augen –

und umgab den Vogel dann mit einem filigranen Käfig. Es tat gut, mit den Händen zu arbeiten statt mit den klobigen Werkzeugen, von denen Arbeely verlangte, dass er sie benutzte.

Die Küchentür des Kaffeehauses wurde geöffnet. Es war Arbeely. »Da bist du ja«, sagte er. In der Hand hielt er einen kleinen Teller und eine Gabel.

Gereizt antwortete der Dschinn: »Ja, hier bin ich und genieße einen Augenblick der Ruhe.«

Arbeely blickte gekränkt drein. »Ich habe dir ein Stück Knafeh gebracht«, sagte er. »Es gibt gleich keins mehr. Ich habe befürchtet, dass du nichts davon abkriegst.«

Der Dschinn bekam ein schlechtes Gewissen. Er wusste, dass Arbeely viel tat, um ihm zu helfen, doch er fühlte sich unterdrückt und beobachtet, und es fiel ihm schwer, nicht die Nerven zu verlieren. Er steckte den Vogel im Käfig in die Tasche und nahm den Teller, auf dem ein Viereck lag, das schwer aussah und aus braunen und cremefarbenen Schichten bestand. Er runzelte die Stirn. »Was genau ist das?«

Arbeely grinste. »Das Himmlischste, was es auf Erden gibt.«

Der Dschinn aß vorsichtig einen Bissen. Das Essen war noch immer schwierig für ihn. Nicht der Vorgang als solcher – Kauen und Schlucken waren einfach genug, und das Essen in seinem Bauch verbrannte zu nichts. Aber nie zuvor hatte er etwas geschmeckt, und die ersten Geschmackserfahrungen hatten ihn vollkommen überrascht. Die Empfindungen von süß und herzhaft, salzig und würzig waren faszinierend, ja überwältigend. Er hatte gelernt, nur kleine Bissen zu essen und bedächtig zu kauen. Dennoch war das Knafeh ein Schock. Süße explodierte auf seiner Zunge, und dünne

Teigfasern zersplitterten zwischen seinen Zähnen, das Geräusch löste ein lautes Echo tief in seinen Ohren aus. Eine cremige Säure ließ ihn die Zähne zusammenbeißen.

»Schmeckt es dir?«, fragte Arbeely.

»Ich weiß nicht. Es ist ... erstaunlich.« Er aß vorsichtig einen zweiten Bissen. »Ich glaube, es schmeckt mir.«

Arbeely lächelte und sah sich dann in der Gasse um. »Was machst du hier?«

»Ich habe einen Augenblick Ruhe gebraucht.«

»Ahmad«, sagte Arbeely – und der Dschinn zuckte zusammen, es war sein Name und doch nicht sein Name –, »das verstehe ich, wirklich. Gott weiß, bei diesen Dingen bin ich genau wie du. Aber wir wollen doch nicht, dass die Leute dich für einen Einsiedler halten. Bitte, komm mit und begrüße die Leute. Lächle einoder zweimal. Mir zuliebe.«

Widerwillig kehrte der Dschinn mit Arbeely zur Feier zurück.

Die Tische waren an die Wände geschoben worden, und eine Gruppe Männer tanzte in einem schnellen Kreis, die Arme um die Schultern der Nachbarn gelegt. Die Frauen scharten sich um sie, feuerten sie an und klatschten. Der Dschinn hielt sich im Hintergrund und schaute zwischen den Leuten hindurch zur Braut. Von allen Leuten auf der Feier erregte ausgerechnet sie sein Interesse. Sie war jung und hübsch und eindeutig sehr nervös. Das Essen auf ihrem Teller rührte sie kaum an, doch sie lächelte und sprach mit den Gratulanten, die zu ihrem Tisch kamen. Sam Hosseini saß neben ihr, aß, als wäre er am Verhungern, und stand immer wieder auf, um jeden mit einer Umarmung und einem Händedruck zu begrüßen. Sie hörte zu, wenn ihr Bräutigam sprach, und blickte voller Zuneigung zu ihm auf; aber gelegentlich sah sie sich um, als wollte sie beruhigt oder gerettet werden. Der Dschinn dachte daran, was Arbeely ihm erzählt hatte, dass sie erst ein paar Wochen in Amerika war und Hosseini ihr bei einem Besuch in der Heimat einen Antrag gemacht hatte. Und jetzt, dachte der Dschinn, war sie an einem neuen Ort, unsicher und umgeben von Fremden. Auf gewisse Weise wie er selbst. Eine Schande, dass sie laut Arbeely jetzt ausschließlich zu diesem Mann gehörte.

Die Braut blickte sich noch immer im Raum um; die tanzenden Männer wirbelten zur Seite, und sie sah, dass der Dschinn sie beobachtete. Einen langen Augenblick schaute er ihr in die Augen. Dann blickte sie weg; und als sie den nächsten Gast begrüßte, waren ihre Wangen gerötet.

»Ahmad, möchten Sie Kaffee?«

Er drehte sich erschrocken um. Es war Maryam. Sie trug ein Tablett mit winzigen Tassen, gefüllt mit starkem, mit Kardamon gewürztem Kaffee. Sie lächelte ihr gewohntes gastfreundliches Lächeln; aber ihr Blick hatte etwas Warnendes. Sie hatte sein Interesse bemerkt. »Dann können Sie auf das Glück des Brautpaars trinken«, sagte sie.

Er nahm eine Tasse vom Tablett. »Danke.«

»Gern«, sagte sie und ging weiter.

Er betrachtete die kleine Tasse mit Kaffee. So eine winzige Menge Flüssigkeit konnte ihm nicht schaden, und sie roch höchst interessant. Er trank sie mit einem Schluck aus, wie er es bei den anderen beobachtet hatte, und wäre fast erstickt. Der Kaffee war unglaublich bitter; es fühlte sich an, als hätte ihn jemand angegriffen.

Er zuckte zusammen und stellte die Tasse auf einen

Tisch. Für heute hatte er genug von menschlichen Festivitäten. Er sah zu Arbeely, schaute ihm in die Augen und deutete auf die Tür. Arbeely hob die Hand, als wollte er sagen, *warte noch einen Augenblick*, und wies auf den Tisch des frisch verheirateten Paars.

Aber der Dschinn wollte dem neu vermählten Paar kein Glück wünschen. Er war nicht in der Stimmung, etwas zu sagen, was er nicht fühlte. Als Arbeely versuchte, ihn zu dem Tisch zu winken, tauchte er in der Menge unter, verließ das stickige Kaffeehaus und ging hinaus in die Stadt.

Der Dschinn marschierte auf der Washington Street nach Norden und fragte sich, ob er jemals wieder wirklich allein sein würde. Die Wüste war ihm manchmal zu leer erschienen, aber dieses andere Extrem war noch schwerer zu ertragen. Die Straße war genauso bevölkert wie das Kaffeehaus. Familien drängten sich auf den Gehwegen und genossen das warme Wochenende. Und wo keine Menschen waren, standen Pferde, eine ganze stillstehende Parade davon: jedes Pferd vor einen Wagen gespannt, auf jedem Wagen saß ein Mann, jeder Mann schrie die anderen an, ihm den Weg frei zu machen – und das alles in zahllosen Sprachen, die der Dschinn nie zuvor gehört hatte, jedoch verstand. Allmählich wurde er seiner scheinbar unerschöpflichen Fähigkeit zu verstehen überdrüssig.

Er hatte ein Ziel im Sinn. Ein paar Tage zuvor hatte Arbeely ihm eine Landkarte von Manhattan gezeigt und nebenbei auf ein langes grünes Loch in der Mitte der Insel gedeutet. »Central Park«, hatte Arbeely gesagt. »Er ist riesengroß, nichts außer Bäumen, Wiesen und Wasser. Eines Tages wirst du ihn sehen.« Dann hatte sich der Kupferschmied anderen Themen zugewandt wie zum Beispiel, wo man in die Hochbahn steigen konnte und welche Viertel besser zu meiden waren. Doch die offene grüne Fläche hatte die Aufmerksamkeit des Dschinns erregt. Er musste nur auf der Sixth Avenue eine Haltestelle finden, und dann würde ihn die Bahn offensichtlich zum Park bringen.

An der 14th Street wandte er sich nach Osten, und die Passanten veränderten sich. Es waren weniger Kinder, dafür aber mehr Männer in Anzügen und mit Hüten unterwegs. Auf den Straßen wechselten sich elegante Kutschen mit Brauerei- und Lieferwagen ab. Auch die Häuser waren anders, höher und breiter. Hoch über der Sixth Avenue verlief ein schmales Eisenband, und darauf fuhr eine Kette von Eisenschachteln, von denen Funken auf die Straße darunter fielen. Durch die winzigen Fenster sah er kurz die zufriedenen Gesichter von Männern und Frauen vorbeirauschen.

Er stieg eine Treppe zum Bahnsteig hinauf und gab dem Fahrkartenverkäufer ein paar Münzen. Bald fuhr ein Zug ein, der schrecklich kreischte, als er anhielt. Er stieg ein und setzte sich. Mehr und mehr Menschen kamen herein, bis alle Plätze besetzt waren und sich die Nachzügler in den Gängen aneinanderdrängen mussten. Der Dschinn schauderte, während sich der Wagen über alles vernünftige Maß hinaus füllte.

Die Türen wurden geschlossen, und die Hochbahn setzte sich in Bewegung. Er hatte gedacht, dass es sich wie Fliegen anfühlen würde, doch von dieser Vorstellung musste er sich bald verabschieden. Der Zug vibrierte, als wollte er ihm die Zähne aus dem Kopf schütteln. Gebäude zogen so nah am Fenster vorbei, dass er zurückwich. Er überlegte, ob er an der nächsten Haltestelle wieder aussteigen und den Rest des Weges zu Fuß zurücklegen sollte, doch die Gelassenheit der anderen Fahrgäste provozierte ihn. Er biss die Zähne zusammen und schaute mit grimmiger Miene hinunter auf die vorbeirasenden Straßen.

Die Bahn endete an der 59th Street. Er stieg die Treppe hinunter, ihm war ein bisschen schlecht. Es war jetzt später Nachmittag, und der Himmel bezog sich, wurde zu einem grauweißen Laken.

Gegenüber dem Bahnhof ragte eine Mauer aus Grün auf. Ein hoher Eisenzaun verlief davor, als wollte er etwas Wildes eindämmen. Mitten im Zaun befand sich eine breite Lücke, in der die Sixth Avenue verschwand, einen Bogen machte und nicht mehr zu sehen war. Ein beständiger Strom von Fußgängern und Kutschen war unterwegs. Er überquerte die Straße und ging in den Park.

Sofort verstummte der Verkehrslärm, und Stille senkte sich herab. Zu beiden Seiten des Weges standen Bäume, die die Luft kühlten. Kies knirschte unter seinen Füßen. Offene Kutschen fuhren langsam vorbei, die Hufe der Pferde klapperten in einem angenehmen Rhythmus. Von dem Weg zweigten kleinere Wege ab, manche breit und gepflastert, andere kaum mehr als Pfade, gesäumt von üppiger Vegetation.

Bald war das schattige Wäldchen zu Ende, und vor ihm eröffnete sich eine weite geschwungene Fläche grüner Wiesen. Verblüfft blieb der Dschinn stehen und blickte über das Meer aus Gras. Bäume begrenzten es, sodass die Stadt nicht zu sehen war. In der Mitte weidete gemächlich eine Herde plumper staubig weißer Schafe. An dem Weg standen Bänke, und hier und da saßen Leute darauf, zu zweit oder dritt oder gelegentlich ein einzelner Herr – Frauen begaben sich nie allein in die Öffentlichkeit, das war ihm schon aufgefallen –, und schauten den Kutschen nach.

Er trat kurz vom Weg auf die Wiese und spürte, wie die Erde unter seinen Füßen leicht nachgab. Er federte ein paarmal auf den Fersen auf und ab, ohne zu merken, dass er dabei lächelte. Er überlegte, ob er die Straße verlassen und über die große Wiese gehen sollte, womöglich sogar barfuß; aber dann sah er ein kleines, in den Boden gestecktes Schild, auf dem »Bitte die Wege nicht verlassen« stand. Und tatsächlich sahen ihn ein paar Passanten stirnrunzelnd an. Er hielt die Vorschrift für absurd, wollte jedoch nicht auffallen. Deswegen kehrte er auf den Weg zurück und schwor sich, nachts wiederzukommen, wenn er hoffentlich tun konnte, was ihm beliebte.

Die Droschkenstraße machte eine Kurve nach Osten, und der Dschinn folgte ihm über eine hübsche Holzbrücke. Durch eine Gruppe hoher Bäume erspähte er einen langen geraden Weg, der grauweiß schimmerte. Er verließ die Straße, um nachzuforschen, und der grauweiße Weg entpuppte sich als breite Promenade aus großen Steinplatten, beschattet von hohen Bäumen. Hier waren mehr Menschen unterwegs als auf der Droschkenstraße, doch das Ausmaß der Anlage war so enorm, dass er die Leute kaum bemerkte. Kinder liefen an ihm vorbei, und der Reifen eines Jungen rollte vor dem Dschinn über den Weg. Überrascht hob er ihn auf und gab ihn dem Jungen zurück, der hinter seinen Freunden herlief. Der Dschinn ging weiter und fragte sich, wozu der Reifen wohl dienen mochte.

Schließlich fiel die Promenade zu einem Tunnel ab, der unter einer Droschkenstraße hindurchführte. Auf der anderen Seite des Tunnels befand sich ein breiter Platz aus roten Ziegeln, der sich bis zum geschwungenen Ufer eines Sees erstreckte. In der Mitte des Platzes erhob sich eine riesige Frau mit Flügeln, die über einem schäumenden Wasserfall schwebte. Nein, es war keine Frau – sondern die Statue einer Frau, die auf einem Sockel stand. Das Wasser floss in eine flache Schale zu ihren Füßen und von dort in ein Becken, das fast so breit war wie der Platz.

Er ging zum Rand des Beckens und betrachtete fasziniert den Springbrunnen. Nie zuvor hatte er auf diese Weise fließendes Wasser gesehen, breite Flächen und Bäche, die ständig die Form änderten. Es war nicht so furchterregend wie die unermessliche Weite des New Yorker Hafens, dennoch empfand er eine etwas unangenehme Aufregung. Fein zerstäubtes Wasser sprühte ihm ins Gesicht, und es fühlte sich an wie winzige Nadelstiche.

Die Frau schwebte heiter über ihm. In einer Hand hielt sie einen kleinen Blumenstrauß, die andere hatte sie ausgestreckt. Die Flügel auf ihrem Rücken waren entfaltet, breit und geschwungen. Eine menschliche Frau mit der nichtmenschlichen Fähigkeit zu fliegen – wenn er Arbeely glauben konnte, müssten die Menschen so eine Frau dann nicht fürchten? Und doch sah man ihr an, dass der Künstler sie voller Respekt und nicht voller Angst gestaltet hatte.

Neben ihm bewegte sich jemand: eine junge Frau, die ihn beobachtete. Er blickte zu ihr, und sie wandte rasch den Kopf ab und tat so, als würde auch sie den Brunnen betrachten. Sie trug ein in der Taille eng geschnittenes dunkelblaues Kleid und einen großen Hut mit eingerollter Krempe und Pfauenfeder. Ihr gelocktes braunes

Haar war im Nacken zusammengefasst. Der Dschinn hatte mittlerweile genug menschliche Kleidung gesehen, um zu wissen, dass alles an ihr Reichtum ausstrahlte. Merkwürdigerweise schien sie allein zu sein.

Als könnte sie nicht anders, schaute sie wieder zu ihm, und ihre Blicke trafen sich. Sofort sah sie wieder weg. Aber dann lächelte sie, als wollte sie ihre Niederlage eingestehen, und wandte ihm das Gesicht zu.

»Entschuldigen Sie«, sagte sie. »Sie scheinen so fasziniert zu sein von dem Brunnen. Aber es war unhöflich von mir, Sie anzustarren.«

»Überhaupt nicht«, erwiderte er. »Ich bin tatsächlich fasziniert, weil ich so etwas noch nie gesehen habe. Können Sie mir sagen, wer die Frau mit den Flügeln ist?«

»Sie wird Engel über den Gewässern genannt. Sie segnet das Wasser, und wer es trinkt, wird geheilt.«

»Geheilt? Wovon?«

Die Frau zuckte die Schultern, eine Geste, die sie noch jünger wirken ließ, als er gedacht hatte. »Woran immer sie leiden vermutlich.«

»Und was«, fragte der Dschinn, »ist ein Engel?«

Diese Frage erstaunte sie. Sie schaute ihn an, als wollte sie sich eine neue Meinung über ihn bilden. Wahrscheinlich hatte sie bereits den schlechten Schnitt seiner Kleidung und seinen Akzent bemerkt – aber seine Frage musste eine größere Fremdheit als seine Erscheinung impliziert haben.

Sie sagte: »Also, Sir, ein Engel ist ein Bote Gottes. Ein himmlisches Wesen, von höherem Rang als der Mensch, aber immer noch ein Diener.«

»Ich verstehe.« Tatsächlich ergab das, was sie sagte, wenig Sinn, doch er spürte, dass es falsch wäre nachzuhaken. Er würde Arbeely fragen müssen. »Und so sehen Engel aus?«

»Vermutlich«, sagte sie. »Oder vielleicht ist es eine Möglichkeit, sich einen Engel vorzustellen. Es hängt ganz davon ab, was man glaubt.«

Sie standen nicht ganz nebeneinander und schauten auf den Brunnen.

Er musste etwas sagen, damit das Mädchen sich nicht von ihm entfernte. »So etwas wie sie habe ich noch nie gesehen.«

»Sie müssen von *sehr* weit weg sein, wenn es in Ihrem Land keine Engel gibt«, sagte sie.

Er lächelte. »Oh, aber in meinem Land gibt es Engel. Ich wusste nur nicht, was das Wort bedeutet.«

»Und Ihre Engel sind nicht so wie sie?« Sie machte eine Kopfbewegung zu der Frau, die über ihnen aufragte.

»Nein, sie sind nicht wie sie. In meinem Land sind die Engel aus immerwährendem Feuer. Sie können jede Gestalt annehmen, die ihnen gerade in den Sinn kommt, und in dieser Form plötzlich vor einem Menschen stehen, so wie der Wind plötzlich den Sand aufwirbelt.«

Sie hörte ihm zu und ließ ihn nicht aus den Augen. Er fuhr fort: »Die Engel in meinem Land dienen niemandem, weder einer höheren noch einer niedrigeren Macht. Sie treiben sich herum, wo sie wollen, und lassen sich nur von ihren Launen leiten. Wenn sie sich begegnen, reagieren sie manchmal gewalttätig oder aber leidenschaftlich. Und wenn sie Menschen begegnen« – er lächelte hinunter in ihre staunenden Augen –, »ist es oft genauso.«

Sie blickte verschämt weg. Eine Weile waren nur das Geräusch des Wassers und entfernte Stimmen zu hören.

»Ihr Land«, sagte sie schließlich, »klingt wie ein wilder Ort.«

»Das kann es manchmal sein.«

»Und gilt es in Ihrem Land als schicklich, in einem öffentlichen Park so mit einer Frau zu sprechen?«

»Vermutlich nicht«, sagte er.

»Oder vielleicht sind die Frauen in Ihrem Land auch anders, dass Sie sich solche Freiheiten herausnehmen können.«

»Nein, sie sind nicht so anders«, erwiderte er amüsiert. »Obwohl ich bis heute behauptet hätte, dass sie die Frauen hier sowohl an Schönheit als auch an Stolz weit übertreffen. Doch soeben stelle ich fest, dass meine Annahme erschüttert ist.«

Sie riss die Augen auf und holte Luft, um ihm zu antworten – und er wollte unbedingt hören, was immer sie sagen würde –, doch plötzlich blickte sie nach links und rückte einen Schritt von ihm ab. Eine alte Frau in einem steifen schwarzen Kleid und mit einem Hut mit Schleier kam auf sie zu. Gleich darauf stand sie neben der jungen Frau, die mit Mühe eine neutrale Miene aufgesetzt hatte.

»Danke, dass du so geduldig gewartet hast, meine Liebe«, sagte die alte Frau. »Die Schlange war schrecklich lang. Du musst gedacht haben, dass ich dich im Stich gelassen habe.«

»Überhaupt nicht. Ich habe den Brunnen angeschaut.«

Die alte Frau blickte grimmig über den Kopf des Mädchens zu dem Dschinn hinüber und flüsterte ihr dann etwas ins Ohr.

»Natürlich nicht«, antwortete die junge Frau kaum hörbar. »Tante, du weißt, dass ich das nie tun würde.

Er hat nur versucht, mir eine Frage zu stellen, aber ich habe ihn nicht verstanden. Ich glaube, er spricht kein Englisch.«

Sie warf ihm rasch einen flehentlichen Blick zu: *Bitte, verraten Sie mich nicht.* Amüsiert senkte er den Kopf ein wenig, die Andeutung eines Nickens.

»So eine Unverschämtheit«, murmelte die alte Dame und blickte den Dschinn aus zusammengekniffenen Augen an. Sie sprach jetzt lauter, weil sie dachte, er verstünde sie nicht, obwohl ihr Tonfall unmissverständlich war. »Bitte entschuldige, Sophia, ich hätte dich nicht allein lassen dürfen.«

»Wirklich, Tante, das macht doch nichts«, sagte die junge Frau, und ihrer Stimme war die Verlegenheit anzuhören.

»Versprich mir, dass du deinen Eltern kein Wort davon erzählst, oder sie werden mir ewig Vorwürfe machen.«

»Ich verspreche es.«

»Gut. Und jetzt gehen wir nach Hause. Deine Mutter wird außer sich sein, wenn du nicht rechtzeitig fertig bist.«

»Ich kann diese Feste nicht ausstehen, sie sind so langweilig.«

»Sag das nicht, meine Liebe, die Saison fängt gerade erst an.«

Die ältere Frau hakte sich bei der jüngeren unter – Sophia hatte sie sie genannt. Sophia blickte zum Dschinn. Sie sah aus, als wollte sie etwas sagen. Stattdessen ließ sie sich von der Frau vom Brunnen fort und über den Platz aus roten Ziegeln führen. Sie stiegen die Treppe zur Droschkenstraße hinauf und waren nicht mehr zu sehen.

Der Dschinn lief schnell über den Platz und drängte

erschrockene Passanten zur Seite, nahm zwei oder drei Stufen auf einmal und blieb stehen, bevor er ganz oben angekommen war. Ohne selbst gesehen zu werden, beobachtete er, wie die beiden Frauen zu einer glänzenden Kutsche mit offenem Verdeck gingen, die auf der Straße wartete. Ein Mann in Livree hielt ihnen den Verschlag auf. »M'Lady. Miss Winston.«

»Danke, Lucas«, sagte die junge Frau, als er ihr beim Einsteigen half.

Der Mann stieg auf den hohen Kutschbock und schnalzte, und die Kutsche rollte auf der Straße davon. Der Dschinn schaute ihr nach, bis sie um eine Baumgruppe gefahren und nicht mehr zu sehen war.

Er überlegte. Es war schon spät und wurde allmählich kalt. Der Himmel war noch immer bewölkt und drohte mit Regen. Jetzt wäre es an der Zeit, sich nach Süden zu wenden und nach Hause zurückzukehren. Zweifellos fragte Arbeely sich schon, wo er abgeblieben war.

Aber die junge Frau hatte ihn fasziniert. Zudem meldete sich die dunkle, ziellose Sehnsucht wieder, die er schon auf der Hochzeitsfeier empfunden hatte, und er handelte normalerweise nicht gegen seine Impulse. Arbeely, entschied er, konnte noch ein bisschen länger warten.

Außer ihrem Namen hatte er keine Anhaltspunkte, doch letztlich war es überhaupt nicht schwierig herauszufinden, wo Sophia Winston wohnte. Er ging einfach Richtung Osten bis zum Ende des Parks entlang der Strecke, die die Kutsche gefahren war; und dann, als er das Tor hinter sich gelassen hatte und wieder auf den Straßen der Stadt stand, fragte er den erstbesten Mann, der an ihm vorbeikam.

»Winston? Sie meinen Francis Winston? Sie machen Witze.« Der Mann, den er angehalten hatte, hatte Hängebacken, war stämmig und angezogen wie ein Arbeiter. »Er wohnt in dem großen neuen Haus Ecke 62nd Street. Ein Haufen weißer Steine, so groß wie das Haus der Astors. Kann man nicht übersehen.« Er deutete mit einem fleischigen Finger nach Norden.

»Danke.« Der Dschinn marschierte los.

»He!«, schrie ihm der Mann hinterher. »Was wollen Sie eigentlich von den Winstons?«

»Ich will ihre Tochter verführen«, rief der Dschinn, und das laute Lachen des Mannes folgte ihm die Avenue entlang.

Er fand das Anwesen der Winstons mühelos, genau wie der Mann gesagt hatte. Es war ein riesiger zweistöckiger Palast aus Kalkstein mit hohen dunklen Giebeln, die spitz zuliefen. Es war von der Straße zurückgesetzt, hinter einer ordentlich geschnittenen Rasenfläche und einem mit Spitzen bewehrten Eisenzaun, der den Garten vom Bürgersteig trennte. Im Gegensatz zu seinen älteren Nachbarn war es noch nicht mit einer dicken Schmutzschicht bedeckt und wirkte, so neu, wie es war, auf stille Weise selbstzufrieden.

An der Vorderseite des Hauses befand sich ein großer Säulengang, der von Lampen erleuchtet wurde. Der Dschinn ging weiter und folgte dem Eisenzaun um die Ecke. Hinter den hohen Fenstern brannte Licht. Er sah, wie sich Menschen hinter den Vorhängen bewegten. Auf der Rückseite des Hauses reichte eine dichte Hecke bis zum Gehweg, und aus dem Eisenzaun wurde eine imposante Ziegelmauer, die den Garten vor neugierigen Blicken abschirmte.

Der Dschinn betrachtete den Zaun. Die Stäbe waren

stark, aber nicht allzu dick. Er schätzte den Abstand zwischen den Stäben. Zwei hielt er für genug. Er umfasste mit den Händen zwei benachbarte Stäbe und konzentrierte sich.

Sophia saß im Morgenrock in ihrem Schlafzimmer, ihr Haar feucht vom Baden. Sie war untröstlich. Die Gäste würden in einer knappen Stunde eintreffen. Wie ihre Tante vorhergesagt hatte, befand sich Sophias Mutter am Rande eines Nervenzusammenbruchs, flatterte durchs Haus wie ein entfleuchter Wellensittich und erteilte jedem Dienstboten, der sich in Hörweite befand, einen Befehl. Ihr Vater hatte sich in die Bibliothek zurückgezogen, seine übliche Zufluchtsstätte. Sophia wünschte, sie könnte sich zu ihm setzen oder dabei helfen, ihren Bruder George ins Bett zu bringen. Aber Georges Kindermädchen verbat sich Sophias »Einmischung« und behauptete, sie würde ihre Autorität untergraben. Und wenn Sophias Mutter sie dabei erwischte, wie sie in der Bibliothek verträumt Reisejournale las, gäbe es Streit.

Sophia war achtzehn Jahre alt und einsam. Als Tochter einer der reichsten und berühmtesten Familien in New York – ja, im ganzen Land – hatte man ihr sowohl subtil als auch offen unmissverständlich klargemacht, dass von ihr nicht viel mehr erwartet wurde, als zu existieren, abzuwarten und ihre Manieren zu vervollkommnen, bis sich eine gute Partie fand und sie die nächste Generation der Familie in die Welt setzen konnte. Ihre Zukunft entfaltete sich vor ihr wie ein schrecklicher Wandbehang, das Muster festgelegt und unveränderlich. Erst gäbe es eine Hochzeit und ein Haus in der Nähe mit einem Trakt für Kinder, die selbstverständlich zwingend vorgeschrieben waren. Sie würde nicht enden wollende Sommer auf dem Land verbringen, von einem Anwesen zum nächsten reisen, endlos Tennis spielen und unter der Anstrengung leiden, ständig Gast im Haus eines anderen zu sein. Dann kämen die mittleren Jahre, und sie müsste sich einem wohltätigen Zweck widmen, der Abstinenzbewegung oder Armutsbekämpfung oder Bildung – es war nicht wichtig, solange es tugendhaft und unumstritten war und Gelegenheiten bot, mit drögen, streng gekleideten Rednerinnen Mittag zu essen. Danach Alter und Altersschwäche, die langsame Verwandlung zu einem Häufchen schwarzen Tafts in einem Rollstuhl, der bei Festlichkeiten kurz hereingeschoben und dann außer Sichtweite gebracht wurde; ihre letzten Tage würde sie verwirrt vor dem Kamin verbringen und sich fragen, wohin ihr Leben verschwunden war.

Sie wusste, dass sie sich nicht gegen ihr Schicksal auflehnen würde. Sie hatte nicht das Durchhaltevermögen, um einen langen Familienstreit auszutragen, oder die Stärke, um ihren eigenen Weg zu gehen. Und um zu entkommen, schwelgte sie in Phantasien von Rebellion und Abenteuer, angeregt von den Büchern in der Bibliothek ihres Vaters, von Journalen, die ihre Gedanken mit Geschichten über exotische Länder und alte Zivilisationen beflügelten. Sie träumte davon, mit einem mongolischen Stamm durch die Steppe zu reiten oder auf dem Amazonas ins Herz des Urwalds zu treiben oder in leinerner Tunika und Hose über die farbenfrohen Märkte Bombays zu spazieren. Die unvermeidlichen Unannehmlichkeiten so einer Reise wie zum Beispiel, auf ein richtiges Bett oder fließendes Wasser zu verzichten, spielten keine Rolle, weil sie passenderweise nicht Bestandteil dieser Träume waren.

Vor kurzem hatte sie einen Artikel über den verstorbenen Heinrich Schliemann und seine Entdeckung der untergegangenen griechischen Stadt Troja gelesen. Alle Kollegen Schliemanns hatten darauf bestanden, dass die Stadt nur ein homerischer Mythos sei, dass Schliemann einer Phantasie nachjage. Aber Schliemann hatte triumphiert. Den Artikel illustrierte das Foto einer wunderschönen dunkeläugigen Frau, geschmückt wie eine Kriegerkönigin mit uraltem Schmuck, der an der Ausgrabungsstätte gefunden worden war. Es war Schliemanns griechische Frau, die ihm bei den Ausgrabungen geholfen hatte. Und als Sophia las, dass die Frau auch Sophia hieß, empfand sie einen bitteren Stich, als hätte das Schicksal sie übergangen. Wenn nur Sophia Winston den alten Schmuck getragen hätte, wenn nur Sophia Winston neben ihrem unerschrockenen Mann an der Ausgrabungsstätte gestanden und auf das goldene Gesicht Agamemnons geblickt hätte!

Sie konnte diesen Träumen stundenlang nachhängen. Erst an diesem Nachmittag, während des Spaziergangs im Park, hatte sie sich immer wieder einer dieser Phantasien hingegeben, um sich von dem scharfzüngigen Klatsch ihrer Tante und dem schrecklichen Fest, das ihr bevorstand, abzulenken. Der fremde Mann am Brunnen schien diesem Tagtraum entstiegen zu sein: ein großer, gut aussehender Fremder, der in perfektem Englisch mit ihr sprach. Jetzt, im vertrauten Lichtschein ihres Schlafzimmers, zuckte sie zusammen, als sie sich an ihre Unterhaltung erinnerte. Er hatte sie dazu gebracht, sich aufgeregt, jung und völlig unerfahren zu fühlen.

Ihr blieb nichts anderes übrig, als sich mit dem Fest abzufinden; also setzte sie sich vor den Spiegel und begann, ihr Haar zu bürsten. Ihr Mädchen hatte bereits das neue Kleid aus weinroter Seide herausgelegt. Sie musste zugeben, dass sie sich darauf freute, es zu tragen; die diesjährige Mode schmeichelte ihrer Figur.

Am Rand ihres Sichtfelds bewegte sich etwas. Sie drehte sich erschrocken um. Ein Mann stand auf dem Balkon vor den Fenstertüren und spähte durch das Glas herein.

Sie sprang auf und hätte fast geschrien. Sie zog den Bademantel fest um sich. Der Mann hob die Hände und sah sie flehentlich an, bat sie ganz eindeutig, nicht Alarm zu schlagen. Sie blinzelte, um jenseits ihres Spiegelbilds etwas erkennen zu können, und sah, dass er es war, der Mann aus dem Park.

Sie starrte ihn an. Wie war er auf das Anwesen gekommen? Ihr Zimmer befand sich im zweiten Stock – war er an der Mauer hochgeklettert und dann über die Balkone gestiegen? Sie zögerte einen Augenblick, nahm dann die Lampe und ging zur Balkontür, um ihn besser sehen zu können. Er beobachtete, wie sie sich näherte. Das Glas verzerrte seine Gestalt, und er stand unnatürlich still. Einen Meter vor der Tür blieb sie stehen und überlegte. Sie konnte immer noch schreien.

Der Mann lächelte und streckte einen Arm aus. Eine Aufforderung – zum Reden?

Mit klopfendem Herzen holte sie ein Schultertuch und trat hinaus auf den Balkon. Der Abend war kühl, und es roch nach Regen. Sie schloss die Tür nicht hinter sich, wickelte das Tuch jedoch fest um sich. »Was tun Sie hier?«

»Ich bin gekommen, um mich zu entschuldigen«, sagte er.

»Zu *entschuldigen*?«

»Ich fürchte, ich habe Sie vorhin gekränkt.«

»Sie dringen auf unser Anwesen und in meine Privatsphäre ein, um sich zu entschuldigen?«

»Ja.«

»Ich könnte schreien. Ich könnte Sie verhaften lassen.«

Er stimmte dem schweigend zu. Sie starrten einander an.

Schließlich gab sie nach. »Na gut. Wenn Sie so viel riskieren, um sich zu entschuldigen, dann ist es vermutlich nur fair, wenn ich Ihnen verzeihe. So, also. Ich verzeihe Ihnen. Sie können wieder gehen.«

Er nickte, verneigte sich vor ihr und griff dann mit der elegantesten Bewegung, die Sophia je gesehen hatte, nach dem Geländer und sprang darauf. Er schaute zum nächsten Balkon, und ihr wurde klar, dass er sich zum Sprung bereit machte.

»Warten Sie!«, rief sie.

Er erstarrte, schwankte etwas und streckte die Hand, um sein Gleichgewicht wiederzufinden; und sie schauderte bei dem Gedanken, dass sie ihn beinahe umgebracht hätte.

»Entschuldigen Sie«, sagte sie, »es ist nur ... ich möchte nur wissen ... wie Sie heißen.«

Er schien einen Augenblick über die Frage nachzudenken und sagte dann: »Ahmad.«

»Ahmad«, wiederholte sie. »Woher kommen Sie?«

»Sie kennen das Land unter dem Namen Syrien.«

»*Ich* kenne es als Syrien? Wie würden *Sie* Ihr Land nennen?«

»Heimat«, antwortete er.

Er stand lässig auf der breiten Brüstung und schien den Abgrund unter sich nicht zu bemerken. Wieder schlich sich bei ihr das Gefühl ein, dass alles irreal war, als wäre er einfach aus einer Geschichte getreten. Als wäre alles nicht wirklich.

»Ahmad. Können Sie mir etwas sagen? Und um Himmels willen kommen Sie herunter, bevor Sie stürzen.«

Er lächelte und sprang zurück auf den Balkon. »Was soll ich Ihnen sagen?«

»Erzählen Sie mir, wie es in Ihrer Heimat ist. Wo haben Sie gelebt?«

Sie erwartete, dass er eine Stadt nannte, stattdessen sagte er: »In der Wüste.«

»In der Wüste! Ist das nicht gefährlich?«

»Nur wenn man nicht aufpasst. Die Wüste ist wild, aber nicht unbezwingbar.«

»Ich habe Bilder davon gesehen«, sagte sie, »in den Zeitschriften meines Vaters. Aber sie werden ihr bestimmt nicht gerecht.«

Beide erschraken über ein plötzliches Geräusch. Jemand klopfte an ihre Schlafzimmertür. Der Mann duckte sich, als wollte er wieder auf die Brüstung springen.

»Warten Sie«, flüsterte sie.

Leise schlich sie zurück ins Schlafzimmer. Sie legte sich aufs Bett, brachte die Laken durcheinander, damit es aussah, als hätte sie geschlafen. »Einen Moment«, rief sie, ließ den Kopf nach unten hängen und schüttelte ihn heftig, zerzauste sich dabei das Haar und hoffte, dass sich ihre Wangen röteten. Sie stand wieder auf, setzte eine lustlose, leidende Miene auf und öffnete die Tür.

Ein Mädchen mit einem Armvoll Bettwäsche stand vor der Tür. Sie schaute auf Sophia, die noch immer Morgenrock und Schultertuch trug, und riss beunruhigt die Augen auf. »Miss Sophia, Ihre Mutter sagt, dass in einer halben Stunde die Gäste kommen.«

»Maria, leider fühle ich mich nicht wohl.« Sophia stöhnte. »Ich habe schreckliche Kopfschmerzen. Würden Sie meiner Mutter bitte ausrichten, dass ich mich ein wenig ausruhen muss. Ich verspreche, dass ich dann zum Fest hinunterkommen werde.«

»Was?«, rief eine Stimme. Beide Frauen zuckten zusammen, als Julia Hamilton Winston, eine der respekteinflößendsten Doyennen der New Yorker Gesellschaft, in einem weiten blauen Kleid den Flur entlanggesegelt kam, das Haar noch auf Stoffbänder gewickelt.

»Mutter«, bat Sophia, als die Frau sich ihnen näherte, »ich fühle mich wirklich nicht wohl. Es tut mir leid.«

»So ein Unsinn. Beim Abendessen ging es dir hervorragend.«

»Es kam ganz plötzlich, mein Kopf platzt gleich.«

»Dann nimm ein Aspirin«, fuhr ihre Mutter sie an. »Ich habe weiß Gott genügend Feste über mich ergehen lassen mit Kopfschmerzen, morgendlicher Übelkeit und allen möglichen Krankheiten. Du hältst einfach nichts aus, Sophia. Und du drückst dich vor deinen Verpflichtungen.«

»Bitte«, sagte Sophia. »Nur eine halbe Stunde, länger brauche ich nicht. Wenn ich ein bisschen schlafen kann, wird es mir besser gehen. Und wenn ich hier noch lange stehen muss, werde ich mich übergeben müssen.«

»Hmm.« Ihre Mutter legte Sophia die Hand auf die Stirn. »Du fühlst dich wirklich ein bisschen heiß an.« Sie nahm die Hand fort und seufzte, ihre Miene noch immer misstrauisch. »Aber nur eine halbe Stunde. Hast du verstanden? Sonst wird dich Maria aus dem Bett werfen.«

»Ja, Mutter. Danke.«

Sie schloss die Tür und horchte auf die Schritte, die sich im Flur entfernten, dann ging sie wieder auf den

Balkon. Er stand noch da, wo sie ihn zurückgelassen hatte, und blickte amüsiert drein.

»Sehr geschickt«, sagte er. »Machen Sie das oft?«

Sie errötete in der Dunkelheit. »Meine Mutter und ich sind meist unterschiedlicher Meinung«, antwortete sie. »Wir sind sehr verschieden. Wir wollen verschiedene Dinge vom Leben.«

»Und was wollen Sie vom Leben?«, fragte er.

Sie rührte sich nicht, zwang sich jedoch dazu, ihm in die Augen zu schauen. Sie würde nicht noch einmal erröten, sagte sie sich; sie würde nicht wegblicken. »Warum sind Sie gekommen? In Wahrheit, meine ich. Nicht diesen Unsinn, dass Sie sich entschuldigen wollten.«

»Weil Sie mich faszinieren und weil Sie schön sind«, sagte er.

Daraufhin errötete sie wieder, wandte sich ab und trat einen Schritt von ihm weg. »Sie sind viel direkter als die meisten Männer.«

»Und das missfällt Ihnen?«

»Nein. Nicht unbedingt. Aber ich bin nicht daran gewöhnt.« Sie seufzte. »Um die Wahrheit zu sagen, ich habe alle Männer satt, die nicht direkt sind. Und heute Abend wird das Haus voll davon sein.« Sie schaute wieder zu ihm. »Ihre Heimat, die Wüste. Wollen Sie mir mehr darüber erzählen?«

»Man kann tagelang, monatelang, jahrelang durch die Wüste ziehen, ohne einer anderen Seele zu begegnen«, sagte er leise. »Oder, wenn man will, sucht man die Gesellschaft der Wüstenvölker, oder man versucht, die Geschöpfe aufzuspüren, die nicht gesehen werden wollen – obwohl das« – er lächelte geheimnisvoll – »ziemlich schwierig ist. Wenn Sie fliegen könnten, könnten Sie mit den Vögeln, den Falken fliegen. Wie sie könnten Sie im Flug schlafen.« Er hielt inne. »Jetzt werde ich *Ihnen* eine Frage stellen. Warum wird Ihr Haus voller Männer sein, die nicht direkt sind?«

Sie seufzte erneut. »Weil ich jetzt alt genug bin, um zu heiraten. Und weil mein Vater sehr, sehr reich ist. Sie sind alle auf der Suche nach einer guten Partie. Sie werden mir Komplimente zu meinem Aussehen und meinen Ansichten machen. Sie werden sich bei meinen Freundinnen nach meinem Geschmack erkundigen und ihn als ihren eigenen ausgeben. Ich bin die Jagdbeute, und dabei wollen sie nicht einmal mich. Ich bin einfach nur ein Mittel zum Zweck.«

»Sind Sie sich da so sicher? Wenn ein Mann Ihnen sagt, dass Sie schön sind, zweifeln Sie dann an seiner Aufrichtigkeit?«

Sie zögerte, holte tief Luft und sagte: »Vermutlich hängt das von dem Mann ab.«

Sie rückten wieder näher zueinander. Die Zypressen am Rand des Gartens waren hoch genug, um die Umgebung des Anwesens auszublenden; wenn sie sich nicht bewegte und den Kopf ein wenig gesenkt hielt, war es, als wäre sie nicht in New York, sondern in einem Garten am Mittelmeer. Die leisen Geräusche von der Straße waren die ferne Brandung. Der Mann neben ihr war ein Fremder. Irgendwer.

Sie spürte, wie die ihr zugestandenen Sekunden eine nach der anderen vergingen. Er wartete, geduldig und achtsam, beobachtete sie. Sie schauderte.

»Ist Ihnen kalt?«, fragte er.

»Ihnen nicht?«

»Mir ist nur selten kalt.«

Er blickte durch die Balkontür in das Schlafzimmer, fragte jedoch nicht, ob sie sich im Haus wohler fühlen würde. Stattdessen näherte er sich ihr, ganz langsam – so langsam, dass sie genug Zeit hätte, um zu protestieren, sich zurückzuziehen, sollte sie das nicht wollen –, und legte ihr eine Hand auf die Taille.

Sobald er sie berührte, erfüllte Wärme ihren Bauch und breitete sich aus. Sie spürte die Hitze seiner Hand durch den Stoff des Morgenrocks und des Schultertuchs hindurch. Sie schloss die Augen. Endlich trat sie näher und hielt ihm das Gesicht entgegen.

Später überlegte sie, dass er nichts zu ihrer Kühnheit sagte oder sie fragte, ob sie es wirklich wollte, oder andere schickliche Einwände erhob, wie es ein Mann tun musste, um sich von jeglicher Verantwortung reinzuwaschen. Irgendwann schien er sie hochzuheben und durch die Tür zu ihrem Bett tragen zu wollen, aber sie schüttelte den Kopf, *nein*, weil sie die Nacht und den schattigen Garten nicht verlassen wollte und Angst hatte, dass sie in ihrem nur allzu vertrauten Kinderzimmer der Mut verlassen würde. Und so fand ihr Rendezvous in einer dunklen Ecke des Balkons statt, die Steinmauer kalt in ihrem Rücken. Sie wickelte das Schultertuch um sie beide und zog ihn an sich. Seine Hände schienen überall gleichzeitig zu sein, seine Lippen waren heiß auf ihrer Haut, als er sie wieder und wieder in den Nacken und die Mulde an ihrem Hals küsste. Je erregter sie wurde, desto ängstlicher dachte sie daran, diesen Augenblick zu verlieren, zu ihrem Leben zurückkehren und die Folgen erdulden zu müssen; und als schließlich Sterne hinter ihren Augenlidern explodierten und ihr gesamter Körper in Flammen stand, vergrub sie vor abgrundtiefer Traurigkeit und Freude ihren Kopf an seiner Schulter und unterdrückte einen Schrei.

Schließlich konnte sie wieder auf ihren eigenen Beinen stehen. Sie spürte seine zärtlichen Finger in ihrem Haar, seine Lippen auf ihrer Stirn. Sie konnte nicht zu ihm aufschauen. Tränen standen ihr in den Augen. Wenn sie sich nicht rührte, wenn sie vollkommen stillhielt, könnte sie vielleicht verhindern, dass die Zeit voranschritt …

Wieder wurde an ihre Schlafzimmertür geklopft.

»Ich muss gehen«, flüsterte sie, befreite sich von ihm und flüchtete.

Am nächsten Tag erklärten die Gesellschaftsspalten der Zeitungen die Soiree der Winstons zu einem denkwürdigen Triumph. Und in der Tat war es einer dieser seltenen Abende gewesen, an denen dank einer zufälligen Kombination von Gästen, Wein und Geplauder echte Lebhaftigkeit aufkam und es unvorstellbar war, dass ein anderes Haus in der Stadt ebenso von Frohsinn und Wohlgefühl erfüllt sein könnte. Doch die wahre Überraschung des Abends war der umwerfende Auftritt der Tochter des Hauses. Bislang war die allgemeine Meinung gewesen, dass Sophia Winston zwar sehr hübsch war, sich jedoch kein bisschen bemühte. Ihre verträumte, distanzierte Haltung, der Mangel an einem engen Freundeskreis wurden als Snobismus aufgefasst. Viele der gleichaltrigen Mädchen kamen aus wohlhabenden Familien, doch aus Erbschafts- oder Geschäftsgründen war ihre Zukunft nicht so abgesichert wie Sophias. Und deswegen nahmen sie ihr ihr offensichtliches Desinteresse am Spiel der romantischen Kalkulationen übel, das zu spielen sie selbst gezwungen waren.

Aber an diesem Abend wirkte Sophia Winston vor den Augen der Besten der Stadt wie verwandelt. Sie erschien spät, schritt vor Hunderten von Gästen die große Treppe herunter. Ihre Wangen waren gerötet und komplementierten wunderbar ihr eng anliegendes burgunderrotes Kleid. Und obwohl ihre desinteressierte Miene nicht vollkommen verschwunden war, wirkte sie jetzt auf vorteilhafte Weise zerstreut, als würde sie auf jemanden warten, der jeden Augenblick auftauchen könnte. Zahlreiche junge Männer nahmen sie zum ersten Mal richtig wahr und freundeten sich mit dem Gedanken an, dass es gar nicht so schrecklich wäre, wegen des Geldes zu heiraten. Sophias Mutter sah ihnen diese Überlegungen an und hätte nicht erfreuter sein können.

Sophia selbst verbrachte den Abend hin- und hergerissen zwischen Aufregung, Schuldgefühlen und wachsender Ungläubigkeit über das, was sie hatte geschehen lassen. Alles hätte nur ein Traum sein können, würde sich ihr Körper nicht hartnäckig erinnern. Wenn sie daran dachte, wurde sie benommen und panisch, deswegen schob sie den Gedanken in die hinterste Ecke ihres Kopfes. Doch mitten in einer Unterhaltung drängte er sich wieder in den Vordergrund, ließ sie erröten und stammeln und den nächsten jungen Mann bitten, ihr ein Eis zu holen.

Am Ende des Abends war sie erschöpft. Sie stand pflichtbewusst neben ihren Eltern, als sich die letzten Gäste in die Nacht aufmachten, und zog sich dann in ihr Zimmer zurück. Sie rechnete nicht damit, dass er noch da wäre, aber sie war überaus nervös, als sie ihr Schlafzimmer betrat.

Der Balkon war dunkel und leer. Der Regen, der sich den ganzen Tag lang angekündigt hatte, fiel endlich in einem steten Plätschern in den Garten.

Auf der Brüstung glänzte etwas. Auf dem polierten

Granit schlief eine winzige goldene Taube in einem filigranen Käfig.

Der Regen verwandelte die Stadt. Er wusch den Schmutz von den Gehwegen, und das Licht der Gaslampen spiegelte sich in Pfützen aus sauberem Wasser. Er trommelte auf die fest gespannten Markisen und strömte aus Regenrinnen und von Überständen auf die nahezu menschenleeren Straßen. Es war lange nach Mitternacht, und selbst die, die kein Zuhause hatten, waren in Kellereingängen oder dunklen Treppenhäusern untergeschlüpft.

Der Dschinn lief allein durch die Straßen von New York.

Er musste sich dieser Gefahr nicht aussetzen, sondern hätte sich jeden Augenblick in einen Hauseingang stellen und warten können, bis der Regen aufhörte. Aber mehr als alles andere wollte er laufen. Er beschloss, dass er laufen würde, bis er die Washington Street erreichte oder bis ihn die Kraft verließ, was immer zuerst passierte.

Nachdem Sophia ihn verlassen hatte, hatte er eine Weile auf ihrem Balkon gestanden und in den Garten geschaut. Er empfand einen Frieden, der zu zerbrechlich war, um darüber nachzudenken. Im Moment genügte es, dass er lebte, obwohl er in seiner Gestalt gefangen war.

Der Lärm des Festes drang aus dem Ballsaal im Erdgeschoss zu ihm herauf. An einem anderen Abend wäre er versucht gewesen, das opulente Herrenhaus zu erkunden, während sich seine Bewohner in anderen Räumen aufhielten; doch er spürte, dass er sein Glück an diesem Abend schon genug herausgefordert hatte.

Einem Impuls folgend, holte er den goldenen Vogelkäfig aus der Tasche und stellte ihn auf die Brüstung, wo Sophia ihn gewiss finden würde. Warum nicht? Er hing nicht daran, und es war ein würdiges Geschenk, auch für eine Tochter aus reichem Haus. Dann kletterte er auf demselben Weg hinunter, auf dem er hinaufgeklettert war, trat auf die Straße und wandte sich nach Süden. Als er zur Hochbahn kam, musste er feststellen, dass sie ihren Dienst für die Nacht bereits eingestellt hatte. Er würde den Rückweg zu Fuß zurücklegen müssen.

Egal. Er war gut gelaunt, und das Gehen würde ihn nicht ermüden.

Der Regen setzte ein, als er die Madison Avenue nach Süden marschierte. Anfänglich fühlte er sich kräftigend an und ganz anders als die fürchterliche Vorstellung von einem kompletten Eintauchen in Wasser. Doch dann regnete es heftiger, und jeder Tropfen traf ihn wie ein kleiner Schlag, und ihm wurde klar, dass er die Entfernung zur Washington Street unterschätzt hatte. Er schritt schneller aus und begann schließlich zu laufen; und bald lief er durch den Regen mit einer Miene, die sowohl Vergnügen als auch Schmerz hätte ausdrücken können. Wo der Regen auf seine nackte Haut traf, zischte es leise. Wenn die unglücklichen Obdachlosen und Polizisten, die noch draußen waren, sich die Zeit genommen und genau hingeschaut hätten, hätten sie einen Mann gesehen, der schnell und lautlos lief und kleine Dampfwölkchen hinter sich herzog.

Schneller und schneller rannte er, kurz nach Westen und dann wieder nach Süden. Allmählich schlich sich eine Schwäche ein, eine köstliche Trägheit, die ihm zuflüsterte, sich auf die Straße zu legen und sich dem Regen auszuliefern. Doch er kämpfte dagegen an und rannte weiter, dachte an Arbeelys Werkstatt und die immer heiße Esse.

Endlich fand er die Washington Street und raste an dem leeren Marktplatz an der Fulton vorbei. Der Regen ließ nicht nach. Er begann zu taumeln und wäre einmal beinahe gestürzt, aber er fing sich wieder. Mit letzter Kraft lief er die verbliebenen Blocks zu Arbeelys Werkstatt entlang.

Sams und Lulus Feier war längst zu Ende. Die Tische waren abgeräumt, und in Faddouls Kaffeehaus herrschte wieder die gewohnte angenehme Ordnung. Arbeely war in seine Schmiede zurückgekehrt und arbeitete, um sich von seiner Sorge um den verschwundenen Dschinn abzulenken. Er kam sich ein wenig lächerlich vor, wie eine alte Glucke. Aber als der Nachmittag in den Abend überging, wurde aus seiner Unruhe Verdruss, dann Zorn und schließlich, als es zu regnen begann, unverhohlene Angst. Er redete sich ein, dass der Dschinn, wo immer er war, nicht so dumm wäre, sich dem Regen auszusetzen.

Die Tür zur Werkstatt flog krachend auf. Der Dschinn stolperte über die Schwelle und die wenigen Stufen hinunter und landete bäuchlings auf dem Boden.

»Mein Gott!« Arbeely lief zu ihm. Der Dschinn lag reglos da. Von seiner Kleidung stiegen Dampfwölkchen auf. Arbeely packte ihn panisch an den Schultern und drehte ihn auf den Rücken.

Der Dschinn öffnete die Augen und grinste seinen Arbeitgeber schwach an. »Hallo, Arbeely«, krächzte er. »Ich hatte einen wunderbaren Abend.«

KAPITEL 8

Anfang Oktober verabschiedete sich das Sommerwetter endgültig. Das Laub im Central Park verfärbte sich von einem Tag auf den anderen, bevor es abfiel, von Gärtnern zu nassen Haufen gerecht und weggebracht wurde. Aus einem grauen Himmel fiel unablässig kalter Nieselregen.

Die geschäftige Kreuzung von Allen und Delancey Street, wo Radzins Bäckerei stand, war ein bewegliches Muster aus Grau- und Brauntönen. Fußgänger mit Schultertüchern und in Mänteln trampelten Abfallhaufen platt, den Rücken gegen den Wind gerundet. Schmieriger Rauch stieg aus den Tonnen am Straßenrand, wo Lumpensammler und Botenjungen ihre Hände wärmten, bevor sie weiterzogen. Doch in der Bäckerei herrschte eine ganz andere Atmosphäre. Der kalte Wind wurde an der Tür zurückgehalten von der enormen Hitze, die die beiden Backöfen am Ende des Ladens ausstrahlten. Während die Kunden zitternd und mit den Füßen stampfend eintraten, arbeitete Moe Radzin in Hemdsärmeln und mit Schürze an den Öfen, sein breiter Rücken vom Schweiß dunkel gefärbt. In der Mitte des Ladens standen zwei große Holztische, die immer mit Mehl bestäubt waren. Hier mischten, kneteten, rollten und flochten Thea Radzin und ihre Gehilfinnen den Teig. Die Verkaufstheke erstreckte sich fast über die gesamte Breite der Bäckerei, und die Auslage war voll mit Roggen- und Weizenlaiben und Brötchen, süßem Gebäck und Makronen, honigsüßem Strudel, gefüllt mit Rosinen. Die allgemeine Meinung war, dass Radzins Brot seinen Preis wert war, doch das Gebäck galt als das beste im ganzen Viertel.

Die Bäckerei hatte ihren täglichen Rhythmus. Um fünf Uhr morgens schloss Moe Radzin die Vordertür auf, kehrte die Asche aus den Öfen, legte Kohle nach und schürte an. Um halb sechs kam Thea mit den beiden Kindern, Selma und dem kleinen Abie, die ganz verschlafen herumwankten. Sie deckten den Teig ab, der die Nacht über gegangen war, klopften ihn platt und formten die ersten Laibe des Tages. Um sechs kamen die Gehilfinnen: die junge Anna Blumberg und Chava, das neue Mädchen.

Anna Blumberg stürzte ihre Arbeitgeber des Öfteren in Fassungslosigkeit. Sie war die Tochter eines Schneiders, hatte mit sechzehn Cincinnati verlassen und war allein nach New York gefahren. Sie hatte vor, dem Jiddischen Theater beizutreten und die nächste Sara Adler zu werden, doch die eigentliche Attraktion war die Stadt selbst; nachdem sie zweimal erfolglos vorgesprochen hatte, zuckte sie die Achseln, gab auf und suchte sich eine Arbeit. Die Radzins hatten sie genommen, und sie hatte schnell Freundschaft mit den beiden anderen Gehilfinnen geschlossen. Es war ein größerer Schlag für Anna, als die jungen Frauen gekündigt hatten, eine gleich nach der anderen.

Was Radzin anbelangte, waren die Kündigungen ein zweifelhafter Segen: Ihm fehlten einerseits Arbeitskräfte, andererseits musste er nicht länger die endlosen Klatschgeschichten und Koketterien der Mädchen ertragen. Als bald darauf sein alter Rabbi mit einem großen, ernst dreinblickenden Mädchen kam, das einen Teller mit hausgemachtem Gebäck trug, war er nicht sicher, ob er diese neue Entwicklung als Segen oder als Fluch betrachten sollte.

Radzin war niemand, der sich lange mit Zweifeln aufhielt. Er blickte von dem Mädchen zum Rabbi und entschied, dass Meyers Geschichte zumindest teilweise gelogen war. Das Mädchen schien tatsächlich in finanziellen Schwierigkeiten zu stecken – ihre Kleidung war billig und saß schlecht, sie trug überhaupt keinen Schmuck –, aber der tote Ehemann war erfunden oder aber unerheblich. Aller Wahrscheinlichkeit nach war sie die verarmte Geliebte des Rabbis. Doch spielte das eine Rolle? Männer hatten Bedürfnisse, auch heilige Männer. Wichtiger war, dass der Rabbi ihm einen Gefallen schuldete, wenn er sie einstellte. Und außerdem war ihr Gebäck ausgezeichnet.

Bald war klar, dass das Mädchen ein Glücksfall war. Sie arbeitete hingebungsvoll und schien nie müde zu werden. Anfangs mussten sie sie daran erinnern, hin und wieder eine Pause zu machen. »Wir sind keine Sklaventreiber, meine Liebe«, sagte Thea Radzin am ersten Tag zu ihr, nachdem das Mädchen sechs Stunden ohne Pause durchgearbeitet hatte. Das Mädchen hatte verlegen gelächelt und gesagt: »Entschuldigung. Mir gefällt die Arbeit einfach so gut, dass ich gar nicht aufhören will.«

Thea, die normalerweise schnell etwas an den von ihrem Mann eingestellten Mädchen auszusetzen hatte, mochte sie von Anfang an. Thea Radzin war eine Frau mit harter Schale und weichem Kern, und die Geschichte der jungen Witwe sprach ihre empfindsame Seele heftig an. Eines Abends machte Moe Radzin den

Fehler, seinen Verdacht zu äußern, das Mädchen und der Rabbi hätten ein Verhältnis, woraufhin seine Frau ihn lange und vehement tadelte für seinen Zynismus, sein Misstrauen und anschließend für seinen Charakter im Allgemeinen. Danach behielt Radzin seine Theorie für sich. Doch auch er bewunderte die unermüdliche Energie des Mädchens. Manchmal bewegten sich ihre Hände geradezu unwahrscheinlich schnell und formten mit unheimlicher Präzision Brötchen und Brezeln, die alle absolut gleich aussahen. Er hatte die zweite Stelle ebenfalls neu besetzen wollen, doch ein paar Tage nachdem das Mädchen in der Bäckerei angefangen hatte, stellten sie so viele Waren her wie zuvor. Eine Arbeiterin weniger bedeutete mehr Bewegungsfreiheit, und sie sparten fast elf Dollar Lohn in der Woche. Radzin entschied, dass seine früheren Gehilfinnen noch mehr Zeit verschwendet hatten, als er gemutmaßt hatte.

Nur Anna ließ sich nicht überzeugen. Sie war in eine Depression verfallen, als ihre beiden Vertrauten kündigten, und jetzt schien dieses neue Mädchen zu glauben, dass es alle beide ersetzen konnte. Natürlich war die Geschichte des Mädchens wunderbar tragisch, aber sie verblasste angesichts seines verlegenen Schweigens und seines großtuerischen Eifers. Anna beobachtete sie bei der Arbeit und wusste, dass jetzt sie es war, die nicht mithalten konnte.

Anna wäre erfreut gewesen, hätte sie gewusst, dass der Golem nicht annähernd so selbstsicher war, wie sie wirkte. Sich als Mensch auszugeben war eine permanente Anstrengung. Als sie nach ein paar wenigen Wochen auf den ersten Arbeitstag zurückblickte, an dem sie sechs Stunden durchgearbeitet hatte, fragte sie sich, wie sie so sorglos, so naiv hatte sein können. Es fiel ihr allzu leicht, sich vom Rhythmus der Bäckerei, den Faustschlägen auf den Teig, dem Klingeln der Glocke über der Tür einlullen zu lassen. Es war zu einfach, sich einzufügen und anzupassen. Sie lernte, hin und wieder vorsätzlich einen Fehler zu machen und die Abstände zwischen den Gebäckstücken zu variieren.

Und dann waren da noch die Kunden, die einen eigenen Rhythmus hatten und eigene Komplikationen mitbrachten. Jeden Morgen um halb sieben wartete bereits eine kleine Schar, dass die Bäckerei öffnete. Ihre Gedanken zerrten am Golem: Sehnsucht nach dem Bett, das sie gerade verlassen hatten, oder nach den warmen Armen eines schlafenden Geliebten; die Angst vor dem beginnenden Tag, den Befehlen der Vorgesetzten und der mörderisch harten Arbeit. Und darunter die schlichte Vorfreude auf ein warmes Brötchen oder einen Bagel und vielleicht ein gezuckertes Plätzchen für später. Mittags kamen die Stammkunden auf der Suche nach einem Bialy mit Zwiebeln oder einer dicken Scheibe Brot. Frauen mit Kopftüchern und kleinen Kindern im Schlepptau blieben vor dem Fenster stehen und überlegten, was sie für das Abendessen kaufen sollten. Botenjungen mit schwer verdienten Pennys in der Hand schauten vorbei, um sie gegen eine Makrone oder ein Stück Honigkuchen zu tauschen. Junge Männer und Frauen bandelten in der Warteschlange heimlich miteinander an, erwähnten beiläufig eine Tanzveranstaltung, die eine Gewerkschaftsgruppe oder eine Landsmannschaft organisierte: *Wenn du nichts vorhast, kannst du ja auch kommen; na ja, ich habe heute Abend wahnsinnig viel zu tun, Frankie, aber vielleicht komme ich doch.*

Der Golem hörte alles, die Worte und Bedürfnisse, die Wünsche und Ängste, die einfach oder kompliziert, schwierig oder leicht zu lösen waren. Die ungeduldigen Kunden waren am schlimmsten, die gehetzten Mütter, die nur einen Laib Brot und schnell wieder wegwollten, bevor ihre Kinder anfingen, um etwas Süßes zu betteln. Ein paarmal trat der Golem sogar vom Arbeitstisch zurück, um zu holen, was immer diese Frauen wollten, nur damit sie wieder gingen. Aber dann bremste sie sich, streckte die Finger und zog sie wieder ein – so wie eine andere Frau tief Luft holen würde – und ermahnte sich, achtsamer zu sein.

Anna und Mrs. Radzin wechselten sich an der Kundentheke ab. Insbesondere Mrs. Radzin war von beispielhafter Effizienz an der Theke und plauderte kurz mit den Kunden – *hallo, Mrs. Leib, heute eine Challa für Sie, und Ihre Mutter, geht's ihr besser, oh, die Arme, mit Mohn oder ohne?* Sie arbeitete die Bestellungen ab, nahezu ohne hinzusehen, behielt die gläserne Auslage im Blick, während die Backwaren weniger wurden, und wusste im Voraus, was am Nachmittag neu aufgefüllt werden musste. Nach zehn Jahren in der Bäckerei hatte die Frau ein so gut wie unfehlbares Gespür dafür, was an einem bestimmten Tag gefragt war und was nicht.

Anna dagegen konnte sich kaum merken, was im Angebot war, geschweige denn welche Waren zu Ende gingen. Ihr Talent war ein vollkommen anderes. Sie hatte festgestellt, dass die Arbeit hinter der Kundentheke auf ihre Weise so befriedigend war wie ein Auftritt auf der Bühne. Sie schenkte jedem ein Lächeln, machte den Frauen Komplimente, bewunderte die Männer und schnitt den Kindern Grimassen. Der Golem bemerkte, wie sich die Laune der Kunden besserte, wenn Anna sie bediente, und da wurde sie neidisch. Wie schaffte das Mädchen das? Hatte sie es gelernt, oder war es ihr angeboren? Sie versuchte sich vorzustellen, wie sie selbst in einem Raum voller Fremder plauderte und lachte und sich vollkommen wohl dabei fühlte. Es erschien ihr wie eine unerfüllbare Phantasie, wie wenn ein Kind sich Flügel wünscht.

Thea Radzin hatte bestimmt, dass das neue Mädchen erst einmal backen lernen musste, bevor es an der Theke arbeiten durfte, und deswegen musste der Golem in den ersten Wochen keine Kunden bedienen. Doch es kam unvermeidlicherweise ein Nachmittag, an dem Mrs. Radzin eine unerwartete Erledigung zu verrichten hatte und Anna die Toilette aufsuchen musste. Mr. Radzin wandte sich von den Öfen ab und machte eine Kopfbewegung. *Na los.*

Unsicher ging sie zur Theke. Eigentlich wusste sie, was zu tun war. Die Preise waren deutlich ausgezeichnet, und die Frage, ob sie mit Zahlen umgehen konnte, stellte sich überhaupt nicht: Sie konnte mit einem Blick sagen, wie viele Plätzchen auf einem Backblech lagen oder welchen Wert eine beliebige Anzahl Münzen in einer Hand hatte. Aber sie fürchtete sich davor zu sprechen. Sie stellte sich vor, wie sie einen schrecklichen unverzeihlichen Fehler beging und davonlief, um sich unter dem Bett des Rabbis zu verkriechen.

Die Erste in der Schlange war eine stämmige Frau mit einem selbstgestrickten Schultertuch, die den Blick über die Brotlaibe schweifen ließ. Hinter ihr drängten sich ein Dutzend Kunden, die alle auf den Golem schauten. Einen Augenblick lang verließ sie der Mut; doch dann riss sie sich zusammen und wandte ihre Aufmerksamkeit der Frau mit dem Schultertuch zu. Sofort wusste sie, was die Frau wollte, als hätte sie es bereits ausgesprochen: *ein Roggenbrot und ein Stück Strudel.*

»Was wünschen Sie?«, fragte sie die Frau und kam sich dabei etwas lächerlich vor, da sie die Antwort bereits wusste.

»Ein Roggenbrot«, sagte die Frau.

Der Golem zögerte und wartete auf die zweite Hälfte der Bestellung. Doch die Frau sagte nichts weiter. »Und vielleicht noch ein Stück Strudel?«, fragte der Golem schließlich.

Die Frau lachte. »Sie haben bemerkt, dass ich hingeschaut habe, nicht wahr? Nein, ich muss auf meine Figur achten. Ich bin nicht mehr so schlank, wie ich einmal war.«

Ein paar andere Kunden lächelten. Verlegen holte der Golem das Roggenbrot. Anscheinend konnte sie nichts als gegeben voraussetzen – noch nicht einmal eine simple Bestellung in der Bäckerei.

Sie reichte der Frau das Brot und gab ihr das Wechselgeld. Die Frau fragte: »Sie sind neu, stimmt's? Ich habe Sie hinten arbeiten sehen. Wie heißen Sie?«

»Chava«, antwortete der Golem.

»Sie sind erst kurz hier, nicht wahr? Keine Sorge, Sie werden bald eine richtige Amerikanerin sein. Nimm sie nicht so hart ran, Moses«, rief sie Mr. Radzin zu. »Sie sieht nicht so aus, aber sie ist ein zartes Persönchen. Ich sehe so was auf den ersten Blick.«

Radzin schnaubte. »Zartes Persönchen, so ein Quatsch. Sie kann in fünf Minuten ein Dutzend Challas flechten.«

»Wirklich?« Die Frau zog die Augenbrauen in die Höhe. »Dann musst du sie erst recht gut behandeln, oder?«

Er schnaubte noch einmal, sagte jedoch nichts mehr.

Die Frau lächelte freundlich. »Passen Sie auf sich auf, Chavaleh«, sagte sie und verließ mit ihrem Brot die Bäckerei.

Mit einem schweren Ranzen auf dem Rücken ging Rabbi Meyer langsam die Hester Street entlang nach Hause und ignorierte die schmutzigen Pfützen, in denen seine Schuhe zu versinken drohten. Es war später Nachmittag, und die Kälte und Feuchtigkeit hatten etwas Winterliches angenommen. Als es kalt geworden war, hatte er sich einen Husten geholt, der ihn plagte, als er jetzt die Treppen hinaufstieg. Noch besorgniserregender war, dass er bisweilen von einem merkwürdigen Schwindel befallen wurde, und ihm schien, als wäre der Boden unter seinen Füßen verschwunden und er würde durch die Luft wirbeln. Es dauerte nur ein paar Sekunden, aber danach zitterte er und war erschöpft. Seine Kräfte verließen ihn genau in dem Augenblick, als er sie am dringendsten brauchte.

Seine Wohnung war leer und kalt, in der Spüle stapelte sich das Geschirr. Seit der Golem in einer Pension ein paar Blocks entfernt wohnte, war wieder der frühere Zustand der Vernachlässigung eingekehrt. Wie schnell er sich an die Anwesenheit einer Frau gewöhnt hatte. Er fühlte sich auf eigenartige Weise allein, ging jeden Abend zu Bett, ohne sie auf der Couch sitzen und durch das Fenster die Passanten betrachten zu sehen.

Trotzdem. Immer wieder fragte er sich, ob er nicht einen schrecklichen Fehler begangen hatte. In letzter Zeit lag er nachts wach und überlegte, was passieren würde, wenn der Golem dank seiner Sorglosigkeit jemanden verletzte oder entdeckt werden würde. Er stellte sich einen Mob vor, der über die Lower East Side hereinbrach und jüdische Familien auf die Straße trieb, Synagogen plünderte und alte Männer am Bart herumzerrte. Genau so ein Pogrom, wie sie für immer hinter sich gelassen zu haben glaubten.

In diesen Momenten, versunken in diese entsetzlichen Gedanken, war er versucht, zu ihrer Pension zu gehen und sie zu zerstören.

Es wäre ein Leichtes: ein einziger, laut ausgesprochener Satz. Aber es gab nur noch wenige, die diesen Satz wussten, und er hatte ihn durch reinen Zufall gelernt. In seiner Jeschiwa hatte ein alter Kabbalist gelebt, der halb verrückt war und vertraut mit althergebrachten Überlieferungen. Der alte Mann mochte den sechzehnjährigen Avram und nahm ihn heimlich als Schüler an, deckte ihm Geheimnisse auf, die die anderen Rabbis zwar hin und wieder andeuteten, aber nicht wirklich zu behandeln wagten. Der junge Avram war zu aufgeregt gewesen über seinen Sonderstatus, um darüber nachzudenken, ob dieses Wissen nicht eine Last statt eines Geschenks werden könnte.

In einer der letzten Unterrichtsstunden hatte der alte Mann Avram einen Klumpen rotbraunen Lehm gegeben und ihn angewiesen, einen Golem zu erschaffen. Avram formte den Lehm annäherungsweise zu einem zwanzig Zentimeter großen Mann mit wurstförmigen Armen und Beinen, einem runden, schweren Kopf, stecknadelkopfgroßen Augen und einem flachen Strich als Mund. Der alte Rabbi gab Avram einen Zettel, auf dem ein kurzer Satz stand. Avram sprach mit klopfendem Herzen die Worte. Sofort setzte sich das dunkle kleine Ding auf, schaute sich um, stand auf und begann zügig auf dem Tisch herumzugehen. Seine Beine waren krumm und hatten keine Gelenke, ein Bein war länger als das andere, und der kleine Golem bewegte sich torkelnd wie ein Matrose, der gerade erst an Land gegangen war. Er verströmte den nicht unangenehmen Geruch frisch umgegrabener Erde.

»Gib ihm Befehle«, forderte der alte Rabbi ihn auf.

»Golem!«, sagte Avram, und das marionettenartige Ding nahm augenblicklich Habachtstellung ein. »Spring dreimal auf und ab.« Der Golem machte drei kleine Hüpfer und erhob sich dabei ungefähr drei Zentimeter über die Tischplatte. Avram grinste vor Aufregung. »Fass dir mit der linken Hand an den Kopf«, sagte er, und der Golem tat es, ein Spielzeugsoldat, der vor seinem Befehlshaber salutiert.

Avram sah sich nach etwas anderem um, was der Golem tun könnte. In einer Ecke neben dem Tisch spann eine braune Spinne träge ein Netz zwischen zwei leeren Flaschen. »Bring die Spinne um«, sagte er und deutete darauf.

Der Golem sprang vom Tisch und fiel auf den Boden. Er rappelte sich auf und humpelte in die Ecke. Avram folgte ihm mit einer Kerze in der Hand. Die Spinne, die den Golem spürte, versuchte davonzukriechen; doch mit einem Satz war der Golem über der Spinne, warf die Flaschen um und erschlug die Spinne mit seiner kruden Faust. Avram sah zu, wie sein Geschöpf wieder und wieder auf die Spinne eindrosch, bis sie kaum mehr als ein feuchter Fleck auf dem Boden der Jeschiwa war. Und der Golem schlug immer noch zu.

»Golem, hör auf«, sagte Avram mit zitternder Stimme. Der Golem blickte kurz zu ihm auf, doch dann fuhr er fort, die Überreste der Spinne zu malträtieren. *»Hör* *auf«*, wiederholte er lauter, aber jetzt blickte der Golem nicht einmal mehr zu ihm auf. Avram fühlte Panik in sich aufsteigen.

Schweigend reichte ihm der alte Rabbi einen weiteren Zettel mit einem anderen Satz darauf. Dankbar nahm er ihn und las den Satz vor.

Der kleine Golem zerbarst mitten in der Bewegung. Lehmbröckchen rieselten zwischen den Flaschen auf die tote Spinne herunter. Dann herrschte wohltuende Stille.

»Wenn ein Golem Gefallen an Zerstörung entwickelt«, sagte der alte Rabbi, »kann ihn nichts aufhalten außer den Worten, die ihn zerstören. Nicht alle Golems sind so brutal oder dumm wie dieser, aber alle haben im Prinzip das gleiche Wesen. Sie sind Marionetten des Menschen, und sie sind gefährlich. Wenn sie ihre Feinde erledigt haben, wenden sie sich gegen ihren Meister. Einen Golem zu erschaffen darf nur ein letzter Ausweg sein. Vergiss das nicht.«

Lange Zeit danach hatte er über seinen plumpen Golem nachgedacht, heimgesucht von dem Bild der kleinen, rasend gewalttätigen Gestalt. War es falsch gewesen, ihn zum Leben zu erwecken? Wie viel war in den Augen Gottes das Leben einer Spinne wert? Sein ganzes Leben war er auf Spinnen getreten; warum fühlte sich der Tod dieser Spinne so anders an? In diesem Jahr und noch Jahre danach hatte er an Jom Kippur für den Golem und die Spinne Abbitte geleistet. Allmählich verdrängten die alltäglichen Kränkungen, die er Verwandten und Kollegen zugefügt hatte, den Vorfall aus seinen Gebeten, aber er hatte ihn nie ganz vergessen. In jenem Zimmer hatte er über Leben und Tod entschieden, und später fragte er sich, warum der

Allmächtige es ihm gestattet hatte. Doch der Zweck dieser Lektion wurde ihm klar, als er eines Tages durch die dichte Menschenmenge in der Orchard Street ging und eine große Frau in einer Wolljacke und einem schmutzigen Kleid erspähte, die den Geruch nach frisch umgegrabener Erde verströmte.

Sosehr er auch versucht war, er wusste, dass er sie nicht zerstören konnte. Sie war unschuldig und nicht verantwortlich für ihre Existenz. Das glaubte er, sosehr ihn auch seine Furcht vom Gegenteil zu überzeugen versuchte. Das war der wahre Grund, warum er sie Chava genannt hatte: Der Name leitete sich von *chai* ab, und das bedeutete Leben. Um sich daran zu erinnern.

Nein, er konnte sie nicht zerstören. Aber vielleicht gab es eine andere Möglichkeit.

Er setzte sich an den Wohnzimmertisch, öffnete den ledernen Ranzen und holte einen Stapel Bücher und Papiere heraus. Die Bücher waren alt und von der Zeit gezeichnet, die Einbände und Rücken gebrochen. Die losen Blätter waren mit Notizen beschrieben, die der Rabbi aus Büchern übertragen hatte, die zu empfindlich waren, um sie mitzunehmen. Er hatte den Morgen – wie mittlerweile jeden Morgen in den letzten Wochen – damit verbracht, von Synagoge zu Synagoge zu gehen. Unter einem Vorwand besuchte er alte Freunde, Rabbis, die er seit Jahren nicht mehr gesehen hatte. Er trank Tee mit ihnen, erkundigte sich nach ihren Familien, hörte sich Geschichten über ihre nachlassende Gesundheit und Skandale in ihrer Gemeinde an. Und dann bat er stets um einen kleinen Gefallen. Dürfte er ein paar Minuten in der privaten Bibliothek des Freundes verbringen? Nein, er war nicht auf der Suche nach einem speziellen Buch – es handelte sich um ein überaus heikles Thema, um eine Frage der Auslegung, die zu beantworten ihn ein früheres Gemeindemitglied gebeten hatte. Eine etwas diffizile Angelegenheit.

Natürlich schöpften sie Verdacht. Als Rabbiner waren sie mit allen schwierigen Fragen konfrontiert gewesen, auf die eine Gemeinde verfallen konnte; es gab wenige Probleme, über die nicht in aller Vertraulichkeit gesprochen werden konnte, zumindest in hypothetischer Form. Rabbi Meyers ausweichende Erklärung legte etwas anderes nahe, etwas Verstörendes.

Aber sie entsprachen seiner Bitte und ließen ihren Freund in ihren Büros allein; und als sie zurückkehrten, war er nicht mehr da. Er ließ auf dem Schreibtisch oder dem Stuhl einen gefalteten Zettel zurück, auf dem stand, dass er eine Verabredung vergessen habe und sich für seinen überstürzten Aufbruch entschuldige. Außerdem habe er ein interessantes Buch gefunden, das Licht auf seine Situation werfe, und sei so dreist gewesen, es auszuleihen. Er würde es in ein paar Wochen zurückbringen. Und als die Rabbis in ihren Regalen nach dem fehlenden Buch suchten, stellten sie stets – und keineswegs zu ihrer Überraschung – fest, dass er das gefährlichste Buch mitgenommen hatte, das sie besaßen und seit langem schon hatten vernichten wollen. Oft war das Buch versteckt gewesen, aber der Rabbi hatte es trotzdem gefunden.

Sie waren alle zutiefst beunruhigt. Was für eine Verwendung hatte Meyer bloß für dieses Wissen? Doch kein Einziger sagte ein Wort. Meyers Ausflüchte und Quasi-Diebstähle hatten etwas Verzweifeltes, und sie fühlten sich mit schlechtem Gewissen erleichtert, dass er sie nicht ins Vertrauen gezogen hatte. Wenn ihm das Buch eine Hilfe war, umso besser. Sie konnten nur darum beten, dass Meyers schreckliches Problem schnellstmöglich gelöst würde.

Der Rabbi stellte Wasser für seinen Tee auf und machte sich ein karges Abendessen: Challa mit Schmalz, ein Stückchen Hering, ein bisschen süßsauer eingelegtes Gemüse, einen Tropfen Schnaps für später. Er hatte eigentlich keinen Hunger, doch er brauchte Kraft. Er aß langsam, klärte seine Gedanken, bereitete sich vor. Dann stellte er das Geschirr beiseite, schlug das erste Buch auf und begann zu arbeiten.

Um sechs Uhr drehte Thea Radzin das Schild im Fenster der Bäckerei von *Geöffnet* auf *Geschlossen.* Der Teig für den nächsten Tag war vorbereitet, der Boden gewischt, die Tische waren gesäubert. Die übrig gebliebenen Waren waren beiseitegeräumt; sie würden morgen billiger verkauft. Endlich verließen die Radzins, Anna und der Golem die Bäckerei durch die Hintertür und gingen ihrer Wege.

Die Pension, in der der Golem wohnte, war ein knarzendes Haus aus Holz, das dem Abriss irgendwie entgangen war. Es stand zwischen den modernen Wohnblocks in der Broome Street, eine alte Dame eingezwängt zwischen zwei schwergewichtigen Rowdys. Der Golem öffnete leise die Haustür, ging an dem feuchten, ungemütlichen Wohnzimmer vorbei und die Treppe hinauf. Ihr Zimmer befand sich im zweiten Stock und überblickte die Straße. Es war nicht größer als das Wohnzimmer des Rabbis, aber es war ihr Zimmer, was sie aufgeregt, stolz und zugleich einsam machte. Es standen ein schmales Bett darin, ein kleiner Tisch zum Schreiben, ein Rohrstuhl und ein winziger Kleiderschrank. Sie hätte lieber ein Zimmer ohne Bett gehabt, da sie es nicht brauchte, aber ein Zimmer ohne Bett hätte sicherlich Fragen aufgeworfen.

Für das Zimmer zahlte sie sieben Dollar in der Woche. Für jedes andere arbeitende Mädchen mit ihrem Lohn wäre das so gut wie unmöglich gewesen. Aber der Golem hatte keine anderen Ausgaben. Sie kaufte nichts zu essen und ging nie aus, außer in die Bäckerei und einmal in der Woche zum Rabbi. Nur ihre Garderobe hatte sie aufgefüllt. Neben ihrem alten grauen Wollkleid besaß sie jetzt ein paar Blusen und Röcke. Zudem hatte sie einen Satz Damenunterwäsche gekauft und, als es kälter wurde, einen wollenen Umhang. Sie fühlte sich seltsam schuldig, nicht nur, weil sie Geld für die Kleidung ausgegeben hatte, sondern auch, weil ihre Vermieterin sie für sie wusch. Sie brauchte die Sachen nicht wirklich. Vor allem der Umhang diente nur dazu, den Schein zu wahren. Sie spürte zwar die feuchte Oktoberkälte, aber sie machte ihr nichts aus; es war nur eine weitere Empfindung. Der Umhang jedoch juckte sie im Nacken und schränkte die Beweglichkeit ihrer Arme ein. Sie wäre lieber nur in Rock und Bluse auf die Straße gegangen.

Alle Pensionsgäste erhielten jeden Morgen ein kleines Frühstück, das vor der Tür abgestellt wurde: eine Tasse Tee, zwei Scheiben Toast und ein gekochtes Ei. Den Tee goss sie ins Waschbecken im Bad, wenn niemand in der Nähe war, den Toast und das Ei wickelte sie in Wachspapier und gab sie dem ersten hungrigen Kind, dem sie auf dem Weg in die Bäckerei begegnete. Sie musste das nicht tun; sie konnte nämlich essen, wie sie festgestellt hatte. An einem der letzten Abende in der Wohnung des Rabbis hatte sie aus Langeweile und Neugier ein kleines Stück Brot gegessen.

Sie saß am Tisch und starrte es an, nahm allen Mut zusammen und schob es sich vorsichtig in den Mund. Es lag seltsam schwer auf ihrer Zunge. Wasser lief ihr im Mund zusammen. Es schmeckte, wie es roch, nur intensiver. Sie öffnete und schloss den Mund, und das Brot wurde feucht und zerfiel in kleine Stückchen. Es schien zu funktionieren, aber wie konnte sie sicher sein? Sie kaute, bis außer Brei nichts übrig war, schob es im Mund ganz nach hinten und bemühte sich, es zu schlucken. Das Brot glitt in ihrem Hals hinunter, ohne auf Widerstand zu stoßen. Sie blieb stundenlang am Tisch sitzen, etwas nervös in Erwartung von *irgendetwas.* Doch zu ihrer leichten Enttäuschung verging die Nacht ohne Zwischenfälle. Am nächsten Nachmittag spürte sie allerdings einen merkwürdigen Krampf im Unterleib. Sie wollte die Wohnung nicht verlassen – in den Fluren hielten sich immer die Nachbarn auf, und der Rabbi war ausgegangen –, holte eine große Schüssel aus der Küche, hob den Rock hoch, zog die Unterhose herunter und schied in die Schüssel ein wenig Brotbrei aus, der sich anscheinend auf der Reise durch ihren Körper nicht verändert hatte. Als sie später dem Rabbi aufgeregt schilderte, was passiert war, wurde er ein bisschen rot, beglückwünschte sie zu ihrer Entdeckung und bat sie dann, es nicht wieder zu tun.

Dass sie essen konnte, erwies sich als nützlich in der Bäckerei, als sie lernte, aufgrund von Geschmacksproben die Teigmischung zu verändern, und sie aß wie die anderen gelegentlich ein süßes Teilchen. Aber es fiel ihr schwer, diese Requisiten, den Umhang, den Toast und die schnell gegessenen Süßigkeiten, nicht als schmerzhaften Stich zu empfinden, als ständige Erinnerung an ihr Anderssein.

Es war noch früh am Abend. Eine ganze Nacht erstreckte sich vor ihr. Sie öffnete den Kleiderschrank und nahm ihr graues Kleid heraus. Dann holte sie unter dem Bett ein Nähkästchen und eine Schere hervor. Sie setzte sich auf den Rohrstuhl und begann, das Kleid an den Nähten aufzutrennen. Innerhalb von Minuten war es zu einem Häufchen Stoff geworden. Die Knöpfe reihte sie gewissenhaft auf dem Tisch auf, um sie bis zum Schluss aufzuheben. Diese Beschäftigung hatte sie sich gesucht, kurz nachdem sie in die Pension gezogen war und einen so langweiligen Abend verbracht hatte, dass sie sich mit dem Zählen von Dingen die Zeit vertrieb. Sie zählte die Troddeln an ihrem Lampenschirm (achtzehn), die Bretter des Holzbodens (zweihundertsiebenundvierzig) und öffnete den Schrank auf der Suche nach weiteren zählbaren Dingen, als ihr Blick auf das Kleid fiel. Sie nahm es aus dem Schrank und studierte, wie es genäht war. Es erschien ihr einfach: die langen Streifen, die durch Nähte verbunden waren, die Abnäher, die dem Busen Form gaben. Ihre scharfen Augen betrachteten jedes Element, und dann machte sie sich an die Arbeit, trennte es auf und nähte es wieder zusammen.

Das Nähen war eine angenehme Beschäftigung. Sie nähte das Kleid bedächtig wieder zusammen, damit sie länger zu tun hatte, ihre Stiche so klein und regelmäßig wie die einer Maschine. Als sie fertig war, war es fast vier Uhr morgens. Sie zog sich bis auf die Unterwäsche aus, schlüpfte in das Kleid und knöpfte es mit flinken Fingern zu. Sie strich es glatt und betrachtete sich im Fenster. Das Kleid war nicht sehr schmeichelhaft – es hing ihr locker von den Schultern, als wäre es für eine dickere Frau bestimmt –, aber es hatte wenig gekostet und schien sie angemessen zu kleiden. Sie zog es wieder aus, hängte es zurück in den Schrank und zog eine frische Bluse und einen neuen Rock an. Dann blies sie das Licht aus, legte sich aufs Bett, schloss die Augen und wartete, dass der Tag begann.

Kapitel 9

Der Dschinn brauchte fast eine Woche, um sich von seinem Lauf durch den Regen zu erholen. Er arbeitete in der Werkstatt, als ob nichts geschehen wäre, aber er war blasser als gewöhnlich, bewegte sich langsamer und blieb immer in der Nähe der heißen Esse. Er erklärte, das Abenteuer sei die Tortur wert gewesen. Arbeely jedoch war wütend.

»Du hättest erwischt werden können!«, brüllte der Kupferschmied. »Die Dienstboten des Mädchens hätten dich sehen können oder, schlimmer noch, ihre Familie! Was, wenn sie dich festgehalten und die Polizei gerufen hätten?«

»Ich wäre geflüchtet«, sagte der Dschinn.

»Ja, wahrscheinlich beeindrucken dich Handschellen oder eine Gefängniszelle wenig. Aber denk wenigstens an mich, wenn schon nicht an dich. Was, wenn dich die Polizei bis in meine Werkstatt verfolgt hätte? Dann hätten sie mich auch ins Gefängnis gesteckt. Und ich kann keine Eisengitter schmelzen, mein Freund.«

Der Dschinn runzelte die Stirn. »Warum sollten sie denn *dich* verhaften?«

»Verstehst du denn nicht? Die Polizei würde ganz Little Syria hinter Gitter sperren, wenn die Winstons es verlangen.« Er schlug die Hände vors Gesicht. »Mein Gott, Sophia Winston! Die ganze Stadt wird hinter uns her sein.« Ein Gedanke schoss ihm durch den Kopf. »Du willst doch nicht etwa noch einmal dorthin?«

Der Dschinn lächelte. »Vielleicht. Ich weiß es noch nicht.« Arbeely stöhnte auf.

Aber es war nicht zu leugnen, dass sich die Laune des Dschinns erheblich verbessert hatte. Er arbeitete schnell und begeistert. Nach der Begegnung – und möglicherweise der Gefahr – war er wieder mehr er selbst. Bald standen keine verbeulten Krüge und verbrannten Töpfe mehr in den Regalen des Hinterzimmers. Da sein Lehrling die Reparaturen erledigte, konnte Arbeely größere Aufträge für neues Kochgeschirr annehmen. Es wurde kühler, die Nächte wurden länger; und eines Tages, während Arbeely die Einnahmen und Ausgaben des Oktobers in seine Bücher eintrug, musste er mit großem Schrecken feststellen, dass er nicht länger arm war.

»Da«, sagte er und gab dem Dschinn ein paar Geldscheine. »Die sind für dich.«

Der Dschinn starrte auf das Papier in seiner Hand. »Aber das ist mehr, als wir vereinbart haben.«

»Nimm es. Du hast genauso einen Anteil am Erfolg wie ich.«

»Aber was soll ich damit machen?«, fragte der Dschinn verblüfft.

»Es ist längst Zeit, dass du dir eine eigene Wohnung suchst. Nichts zu Protziges – keinen Glaspalast, wenn ich bitten darf.«

Der Dschinn befolgte Arbeelys Rat und mietete ein Zimmer in einem nahen Wohnblock. Es war größer als Arbeelys Wohnung – wenn auch nicht viel – und befand sich im obersten Stock, sodass er zumindest über die Dächer schauen konnte. Er richtete das Zimmer mit einem niedrigen Diwan und ein paar großen Kissen ein, die er auf dem Boden verstreute. An die Wände hängte er zahllose kleine Spiegel und Kerzenhalter, sodass das Kerzenlicht nachts von Wand zu Wand reflektiert wurde und das Zimmer größer wirkte, als es war. Aber er konnte sich nicht wirklich hinters Licht führen; auch wenn sich seine Augen täuschen ließen, spürte er die Enge des Zimmers wie ein Jucken auf der Haut.

Er verbrachte jetzt öfter seine Abende damit, die Straßen zu erkunden. Wenn er sich auf der Straße zu eingeengt fühlte, spazierte er über die Dächer, die wie eine eigene Stadt waren. Männer scharten sich um Tonnen, in denen Feuer brannten, rauchten Zigaretten und tranken Whiskey. Meist mied er ihre Gesellschaft und nickte nur, wenn sie ihn grüßten; aber eines Abends gewann seine Neugier die Oberhand, er vergaß seine Zurückhaltung und fragte einen irischen Arbeiter, ob er an seiner Zigarette ziehen dürfe. Der Mann zuckte die Achseln und gab sie ihm. Der Dschinn steckte sich die Zigarette in den Mund und inhalierte einen Schwall Luft. Die Zigarette verwandelte sich in Asche. Die Männer glotzten und brachen dann in Lachen aus. Der Ire rollte eine neue Zigarette und bat den Dschinn, den Trick noch einmal vorzuführen; aber der Dschinn zuckte nur die Schultern und inhalierte weniger heftig, und die neue Zigarette brannte wie die der anderen Männer. Alle waren einhellig der Meinung, dass mit der ersten Zigarette irgendwas nicht gestimmt hatte.

Danach hatte der Dschinn meistens Tabak und Zigarettenpapier dabei. Der Tabak schmeckte ihm, und die Wärme des Rauchs in seinem Körper gefiel ihm. Aber zur Verwunderung aller, die ihn auf der Straße anhielten und um Feuer baten, hatte er nie Zündhölzer dabei.

Eines Abends kehrte er in den Park von Castle Garden zurück, wo er am ersten Nachmittag mit Arbeely am Geländer gestanden hatte, und entdeckte das Aquarium. Es war ein Ort wie nicht von dieser Welt, der ihn sowohl faszinierte als auch nervös machte. Nachdem er das Vorhängeschloss vom Schließband abgeschmolzen hatte, stand er stundenlang vor den riesigen Wasserbecken und starrte die langen dunklen Geschöpfe an, die darin vorüberglitten. Nie zuvor hatte er Fische gesehen, und er schlenderte von Becken zu Becken, verzaubert von der Mannigfaltigkeit – der eine Fisch lang und grau und mit schmalen Flossen, der andere platt wie eine Münze und farbenprächtig gestreift. Er betrachtete die Kiemen und versuchte, ihren Zweck zu erraten. Er legte die Hand auf das glatte Glas und spürte das Gewicht des Wassers dahinter. Wenn er das Glas so lange erhitzte, dass es zerbarst, würde ihn das Wasser augenblicklich töten; ein Schauder durchfuhr ihn, wie ihn ein Mensch empfinden mochte, der am Rand einer hohen Klippe steht und versucht ist zu springen. Eine Woche lang kam er jede Nacht wieder, bis eine Wache vor dem Aquarium aufgestellt wurde. Der merkwürdige Einbrecher schien zwar nichts zu stehlen, aber man hatte es satt, jeden Tag ein neues Schloss anbringen zu müssen.

Er wurde zu einer vertrauten Erscheinung für die Nachtschwärmer des südlichen Manhattans: ein großer, gut aussehender Mann, der weder Hut noch Mantel trug und seine Umgebung mit einer distanzierten, amüsierten Miene betrachtete wie ein Würdenträger auf Besuch. Insbesondere den Polizisten war er ein Rätsel. Ihrer Erfahrung nach war ein Mann, der nachts durch die Straßen streift, auf der Suche nach Alkohol, Streit oder einer Frau, aber für diese drei Dinge schien er sich überhaupt nicht zu interessieren. Vielleicht hielten sie ihn für einen feinen Herrn aus Uptown, der verkleidet durch die Armenviertel zog, was bisweilen vorkam; doch wenn er sie ansprach, was nur selten der Fall war, dann mit einem Akzent, der von dem eines New Yorker Dandys weit entfernt war. Jemand meinte, dass er vielleicht ein Edelgigolo war, aber warum sollte er dann wie eine billige Hure durch die Straßen schleichen? Ihre Spekulationen führten zu keinem Ergebnis, er war einfach ein komischer Kauz. Einer nannte ihn Sultan, und der Spitzname blieb an ihm hängen.

Wenn es regnete, saß der Dschinn in seiner Wohnung und übte seine Kunstschmiedefertigkeiten. Er suchte regelmäßig den Laden in der Bowery auf, wo er Gold und Silber kaufte, das er zu allen möglichen kleinen Vögeln verarbeitete. Er machte einen Falken mit ausgebreiteten Flügeln, modellierte ihn von unten nach oben, um das Gewicht gleichmäßig zu verteilen. Er formte einen Pfau aus Silber und vergoldete seine Schwanzfedern, indem er das geschmolzene Gold mit einem Reisigstöckchen aus Arbeelys Besen auf das erkaltete Silber auftrug. Bald hatte er ein halbes Dutzend Vögel in unterschiedlichen Stadien der Vollendung angesammelt.

Der Monat zog sich in die Länge, und es regnete fast jeden Abend. Der Dschinn, der Vögel mittlerweile überdrüssig geworden, arbeitete bald die ganze Nacht in der Schmiede oder tigerte in seinem Zimmer auf und ab und wartete auf den Sonnenaufgang. Warum, so fragte er sich, war er aus der Flasche entkommen, wenn er jetzt in einem anderen Käfig saß?

An einem Abend Anfang November hörte es endlich auf zu regnen, der Himmel klärte sich, und ein paar müde Sterne hingen über den Gaslampen. Der Dschinn marschierte erleichtert durch die Straßen. Er ging planlos Richtung Norden und Osten und genoss die kühle Luft auf seinem Gesicht. Die ruhelosen Nächte in seiner Wohnung oder in der Schmiede hatten ihn einsam gemacht; und so näherte er sich jetzt, ohne es geplant zu haben, dem Anwesen der Winstons.

Die Hochbahn fuhr noch. Der Dschinn kaufte sich eine Fahrkarte und wartete auf den Zug; als er einfuhr, stieg er jedoch nicht in einen Wagen, sondern sprang auf die Eisenplattform über der Kupplung zwischen zwei Wagen. Er spannte sich an und hielt sich fest, als sich der Zug langsam in Bewegung setzte. Es war eine wilde, schwindelerregende Fahrt. Der Lärm war ohrenbetäubend, ein Rattern und Kreischen, das seinen ganzen Körper durchdrang. Funken flogen an ihm vorbei, fortgetrieben vom heftigen Fahrtwind. Erleuchtete Fenster blitzten als helle, in die Länge gezogene Vierecke auf. An der 59th Street sprang er zitternd ab.

Es war jetzt nach Mitternacht, und die vornehme Fifth Avenue war nahezu menschenleer. Er gelangte zum Anwesen der Winstons und stellte fest, dass das Loch, das er in den Zaun geschmolzen hatte, wieder geschlossen war. Er fragte sich, was sie davon gehalten hatten, und lächelte, als er sich ihre Verwirrung vorstellte.

Er entfernte noch einmal dieselben Gitterstäbe und betrat den Garten. Es war dunkel und still hier, hinter den Fenstern in den oberen Stockwerken brannte kein Licht. Auf Sophias Balkon zu klettern war jetzt noch einfacher, da er den Weg wusste. Nach ein paar Minuten stand er auf ihrem Balkon und spähte durch das geschliffene Glas.

Sophia lag im Bett und schlief. Er sah, wie sich ihre Brust hob und senkte unter den Decken, die sie gegen die nächtliche Kühle über sich gezogen hatte. Er legte die Hand auf die Klinke. Zu seiner Überraschung öffnete sich die Tür. Sie hatte sie offen gelassen – nur einen Spaltbreit, aber offen.

Die Angeln waren geölt und gaben keinen Laut von sich. Langsam schob er die Tür so weit auf, dass er eintreten konnte, und schloss sie von innen. Seine Augen gewöhnten sich an die Dunkelheit des Zimmers. Sophia wandte ihm das Gesicht zu, ihr Haar lag zerzaust auf dem Kissen. Bei dem Gedanken, sie zu wecken, hatte er überraschenderweise ein schlechtes Gewissen.

Nachdem er so lange Zeit in seiner kleinen Wohnung verbracht hatte, kam ihm ihr Zimmer erschreckend groß und opulent eingerichtet vor. Die Wände waren mit einem feinen taubengrauen Stoff bezogen. Ein riesiger verschnörkelter Kleiderschrank nahm fast eine ganze Wand ein. Auf einem Tisch mit marmorner Platte neben dem Bett standen eine Waschschüssel und ein Wasserkrug aus Porzellan. Unter seinen Füßen befand sich ein weißer Teppich aus dem Fell von einem großen Tier. Er erschrak über eine nahe Bewegung – aber es war sein eigenes, in einem dreiteiligen Spiegel reflektiertes Bild. Der Spiegel befand sich auf einer schmalen Frisierkommode, auf der vergoldete Bürsten lagen, Fläschchen, kleine zierliche Schachteln und anderer Schnickschnack standen – darunter der Vogel, den er für sie dagelassen hatte und der in dem Durcheinander etwas verloren wirkte.

Er ging zu der Kommode und betrachtete den Spiegel. Er war von makelloser, außergewöhnlicher Qualität und verzerrte nicht. Er bewunderte die Technik;

auch wenn er über alle seine Kräfte verfügt hätte, wäre er zu solcher Präzision nicht in der Lage gewesen. Dann wandte er seine Aufmerksamkeit seinem eigenen Gesicht zu. Er hatte es natürlich schon früher gesehen, aber nie so deutlich. Eine breite Stirn. Dunkle Augen unter dunklen Augenbrauen. Ein Kinn, das in einer abgerundeten Spitze auslief. Eine stark gebogene Nase. Seltsam, dass das wirklich er war. In seinem alten Leben hatte er sich nie Gedanken über seine körperliche Erscheinung gemacht; er hatte nur *Schakal* gedacht und war zu einem geworden, ohne sich um die Einzelheiten zu kümmern. Er hatte nichts gegen das Gesicht im Spiegel; er nahm an, dass es angenehm anzusehen war, und er war sich durchaus der Wirkung bewusst, die es auf andere hatte. Warum also hatte er das Gefühl, als hätte man ihm eine ganz wesentliche Wahlmöglichkeit genommen?

In seinem Rücken bewegte sich etwas, dann schnappte jemand nach Luft: Sophia setzte sich im Bett auf und starrte ihn an, ihr Gesicht leichenblass. »Ich bin's«, flüsterte er rasch.

»Ahmad.« Sie hatte erschrocken eine Hand erhoben. Jetzt seufzte sie und ließ sie auf die Bettdecke sinken. »Was machst du hier?«

»Deine Tür war offen.« Es klang verlegen, wie eine Entschuldigung.

Sie blickte zur Tür, als ob sie sie im Stich gelassen hätte. »Ich habe sie geöffnet. Nachdem …« Sie rieb sich die Augen, holte tief Luft und setzte neu an. »Eine Woche lang habe ich fast gar nicht geschlafen. Ich habe die Tür jede Nacht offen gelassen. Und dann habe ich entschieden, dass du nicht wiederkommen würdest. An manchen Tagen habe ich versucht, mich davon zu überzeugen, dass ich mir alles nur eingebildet habe.« Sie sprach leise und tonlos. »Aber es ist mir nicht gelungen.«

»Soll ich wieder gehen?«

»Ja«, sagte sie. »Nein. Ich weiß nicht.« Sie rieb sich wieder die Augen, als würde ihr das helfen, einen inneren Konflikt zu lösen. Dann stand sie auf und schlüpfte in einen Morgenrock, darauf bedacht, Abstand zu ihm zu halten. Sie betrachtete ihn. »Warum bist du jetzt zurückgekommen, nach so langer Zeit?«

»Um dich wiederzusehen.« Selbst in seinen Ohren klang das unzureichend.

Sie lachte einmal leise auf. »Um mich zu *sehen*. Ich dachte, es ginge um etwas anderes.«

Er runzelte die Stirn. Allmählich wurde es lächerlich. »Wenn du willst, dass ich gehe, dann musst du es nur sagen ...«

Doch im Nullkommanichts war sie bei ihm, legte die Arme um ihn und küsste ihn, sodass er zuerst nicht mehr sprechen und dann nicht mehr denken konnte.

Diesmal ließ sie sich von ihm ins Bett tragen.

Danach lagen sie nebeneinander unter den zusammengeknüllten Laken, und er hielt sie fest. Ihr Schweiß prickelte auf seiner Haut. Langsam setzten die Gedanken wieder ein. Es war seltsam: Dieses zweite Rendezvous war körperlich befriedigender gewesen – sie hatten mehr Zeit, ihre Körper zu erforschen und aufeinander zu reagieren, ihr Verlangen größer werden zu lassen –, aber er musste feststellen, dass ihm das erste Mal lieber gewesen war. Gefahr und Heimlichkeit hatten die erste Begegnung aufgeladen. Während er jetzt in diesem gigantischen Bett mit den vielen Kissen und Decken lag, seine Geliebte halb schlafend in den Armen, kam er sich fehl am Platz vor.

»Du bist so warm«, murmelte sie. Er fuhr ihr sanft mit der Hand über die Hüfte und schwieg. Er hörte leise Geräusche im Haus – einen Dienstboten, der die Treppe hinunterging, das Pfeifen der Heizungsrohre. Draußen, jenseits des Gartens trabte langsam ein Pferd vorbei, seine Hufe klapperten leise auf den Pflastersteinen. Er spürte, wie die Ruhelosigkeit zurückkehrte.

Sie drehte sich in seinen Armen um, schmiegte sich an seine Brust. Ihr Haar kitzelte ihn an der Schulter; er schob ein paar Strähnen fort. Sie hob die Hand, um seine zu nehmen, und berührte die eiserne Schelle. Er erstarrte.

»Das Ding war mir noch nicht aufgefallen«, sagte sie. Sie hob den Kopf von seiner Brust, um sie zu begutachten. Er spürte, wie sie an der dünnen Kette zog, an der der Stift hing. »Er hat sich verklemmt«, sagte sie.

»Man kann ihn nicht herausziehen.«

»Dann hast du es immer um?«

»Ja.«

»Aber es sieht aus wie etwas, was ein Sklave tragen würde.«

Er sagte nichts darauf. Er wollte nicht darüber sprechen, nicht in diesem Zimmer, nicht mit ihr.

Sie stützte sich auf den Ellbogen, ihre Miene besorgt und neugierig. »Ahmad, warst du ein Sklave? Ist das die Bedeutung von diesem Ding?«

»Das geht dich nichts an!«

Die Worte klangen hart. Sie zuckte zusammen und zog sich zurück.

»Es tut mir leid«, sagte sie etwas gekränkt. »Ich wollte nicht neugierig sein.«

Er seufzte innerlich. Sie war noch ein Kind, und es war nicht ihre Schuld. »Komm her«, sagte er und zog sie an sich. Nach einem Moment gab sie nach, schmiegte sich wieder an ihn und legte den Kopf an seine Brust.

»Hast du schon mal von den Dschinn gehört?«

»Du hast das Wort schon einmal gebraucht«, erinnerte sie sich. »Ist das dasselbe wie ein Geist? Als Kind hatte ich ein Bilderbuch über einen Geist, der in einer Flasche gefangen war. Ein Mann hat ihn freigelassen, und der Geist hat ihm dafür drei Wünsche erfüllt.«

Gefangen. Freigelassen. Wenn er bei diesen Worten zusammenzuckte, so merkte sie es nicht. Er sagte: »Ja, man kann einen Dschinn gefangen nehmen. Und manche Dschinn haben die Macht, Wünsche zu erfüllen, aber das ist sehr selten. Jeder Dschinn besteht aus einem Funken Feuer, so wie Menschen aus Fleisch und Blut bestehen. Sie können Tiergestalt annehmen. Und manche, die stärksten, sind in der Lage, in die Träume eines Menschen einzudringen.« Er blickte auf sie hinunter. »Soll ich weitererzählen?«

»Ja«, sagte sie, ihr Atem warm an seiner Brust. »Erzähl mir die Geschichte.«

Er fuhr fort: »Vor vielen, vielen Jahren lebte ein Mann, ein König der Menschen, namens Suleiman. Er war sehr mächtig und sehr schlau. Er sammelte das Wissen der menschlichen Zauberer und vermehrte es zehnfach, und bald hatte er genug gelernt, um die Kontrolle über alle Dschinn zu erlangen, von den höchsten und mächtigsten bis zum niedersten, gemeinsten Ghul. Er konnte sie heraufbeschwören und ihnen Aufgaben auferlegen. Ein Dschinn musste ihm die schönsten Juwelen im ganzen Land bringen, ein anderer musste endlos Behälter mit Wasser holen, um die Gärten seiner Paläste zu wässern. Wenn er reisen wollte, setzte er sich auf einen wunderschönen gewebten Teppich, und vier der schnellsten Dschinn hoben ihn hoch und trugen ihn zwischen sich, während sie flogen.«

»Der fliegende Teppich«, murmelte Sophia. »Der kam auch in der Geschichte vor.«

Er sprach weiter, flüsternd, seine Worte in der Stille des Raums gerade noch hörbar. »Die Menschen verehrten Suleiman und sprachen noch lange nach seinem Tod von ihm als dem größten König. Aber die Dschinn grollten ihm, weil er die Macht über sie hatte. Als er starb und sein Wissen in alle vier Himmelsrichtungen verstreut wurde, jubelten sie über ihre Freiheit. Aber unter den ältesten Dschinn ging das Gerücht um, dass das verlorene Wissen eines Tages wiedergefunden werden würde. Die Menschen, so sagten sie, wären dann wieder fähig, noch den mächtigsten Dschinn ihrem Willen zu unterwerfen. Es sei nur eine Frage der Zeit.«

Er hielt inne. Die Geschichte war aus ihm herausgesprudelt – er konnte sich nicht erinnern, jemals so lange gesprochen zu haben.

Sophia bewegte sich. »Und dann?«, flüsterte sie. »Ahmad, und was geschah dann?«

Er starrte an die flache weiße Decke. Ja, dachte er, *und was geschah dann*? Wie sollte er erklären, wie er besiegt worden war, wenn er es selbst nicht wusste? Er hatte es sich oft genug vorgestellt: ein spektakulärer Kampf, das Tal erbebte, die Wände seines Palastes splitterten, während er mit seinem Feind Schläge austauschte. Er stellte sich vor – er *hoffte* –, dass es ein knapper Kampf gewesen war, dass er den Zauberer sogar ernsthaft verwundet hatte. Konnte er sich deswegen nicht mehr daran erinnern? Hatte er am Ende, aber zu spät gewonnen? Das frustrierende Gefühl, nicht zu wissen, was passiert war, rollte sich in ihm ein wie eine Viper. Und wie sollte Sophia es je verstehen? Für sie war es eine Kindergeschichte. Eine tote Legende aus uralten Zeiten.

»Das ist alles«, sagte er schließlich. »Ich weiß nicht, wie die Geschichte ausgeht.«

Stille. Er spürte ihre Enttäuschung, spürte, wie sich ihr Körper anspannte, der Atem veränderte. Als ob es irgendeine Bedeutung für sie gehabt hätte.

Nach einer Weile zog sie sich von ihm zurück und legte sich auf den Rücken. »Es tut mir leid, aber du kannst nicht bis zum Morgen bleiben«, sagte sie.

»Ich weiß. Ich werde gleich gehen.«

»Ich bin verlobt«, sagte sie unvermittelt.

»Verlobt?«

»Und werde heiraten.«

Er dachte darüber nach. »Magst du ihn?«

»Vermutlich. Alle sagen, dass er eine gute Partie ist. Wir werden im Frühling heiraten.«

Er wartete, dass er eifersüchtig würde, aber nichts dergleichen geschah.

Sie lagen noch ein paar Minuten nebeneinander; ihre Körper berührten sich nicht, nur ihre Hände streiften sich. Ihr Atem wurde gleichmäßiger; er nahm an, dass sie eingeschlafen war. Vorsichtig stand er auf und zog sich an. Es würde erst in ein paar Stunden hell werden, aber er wollte weg. Der Gedanke, stundenlang reglos neben ihr zu liegen, war ihm unerträglich. Der Knopf an seinem Hemdsärmel verfing sich an der Fessel um sein Handgelenk, und er fluchte leise.

Als er sich aufrichtete, sah er, dass sie ihn anschaute. »Wirst du wiederkommen?«, fragte sie.

»Willst du, dass ich wiederkomme?«

»Ja.«

»Dann komme ich wieder«, sagte er und wandte sich ab, um zu gehen. Er wusste nicht, ob sie beide logen oder nur einer von ihnen.

Es wurde Nacht in der syrischen Wüste, eine kalte Frühlingsnacht. Am Tag hatten ein Beduinenmädchen und sein Vater beide in ein Tal hinabgeblickt und einen funkelnden Palast gesehen, der nicht dort sein konnte. Und jetzt, als sie im Zelt ihrer Familie unter Decken und Fellen lag, träumte Fadwa einen ungewöhnlichen Traum.

Er begann mit einem Gemisch aus Bildern und Gefühlen, die sowohl ominös als auch sinnlos waren. Sie sah vertraute Gesichter, ihre Mutter, ihren Vater, ihre Cousins und Cousinen. Dann schien sie über die Wüste zu fliegen und jemanden zu verfolgen. Oder wurde sie verfolgt? Und dann war sie mitten in einer riesengroßen Karawane, Hunderte von Männern zogen durch die Wüste, zu Fuß und zu Pferd, ihre Blicke düster und streng. Sie hüpfte zwischen ihnen auf und ab und rief etwas; aber sie hörten sie nicht, und ihre Stimme war nur ein leises Echo. Sie wusste, dass es die Karawane war, die ihr Vater als kleiner Junge gesehen hatte. Sie war die ganze Zeit auf ihrem endlosen Weg durch die Wüste gezogen. Aber jetzt war sie und nicht die Karawane das Phantom.

Eine namenlose Angst überkam sie. Sie musste die Karawane aufhalten und trat direkt vor einen der Männer, wappnete sich und ballte die Fäuste. Der Aufprall warf sie so mühelos um, als bestünde sie aus Luft.

Sie wirbelte herum und stürzte. Ihr wurde schwindlig. Schließlich schlug sie dumpf auf den Boden, zwischen den Fingern spürte sie kühlen Sand. Sie wartete, bis sich der Schwindel gelegt hatte, und öffnete die Augen.

Ein Mann ragte vor ihr auf.

Sie rappelte sich auf und machte ein paar Schritte zurück, wischte sich den Sand von den Händen. Er gehörte nicht zu der Karawane und trug keine Reisekleider, sondern ein makelloses weißes Gewand. Er war noch größer als ihr Vater. Sie betrachtete sein Gesicht, erkannte ihn jedoch nicht. Sein Gesicht war nackt, keine Spur von einem Bart; das machte ihn in ihren Augen trotz seiner Männlichkeit zu einer auffallend androgynen Erscheinung. Konnte er sie im Gegensatz zu den Männern der Karawane sehen? Er lächelte sie an, es war ein wissendes Lächeln, dann drehte er sich um und ging davon.

Ihr war klar, dass sie ihm folgen sollte, und sie tat es, ohne sich zu bemühen, ihre Schritte zu dämpfen. Der Vollmond stieg über dem Tal auf, obwohl sie eigentlich wusste, dass das nicht sein konnte – in der wachen Welt nahm der Mond ab, war fast schon ein Neumond.

Sie folgte ihm einen kleinen Hügel hinauf, wo er stehen blieb und auf sie wartete. Sie stellte sich neben ihn und bemerkte, dass sie auf dem Grat standen, von dem aus sie die Fata Morgana gesehen hatte. Und tatsächlich, unten im Tal stand der Palast, unversehrt, massiv und wunderschön, die Bögen und Türmchen glühten im Mondschein.

»Das ist ein Traum«, sagte sie.

»Stimmt«, gab der Mann zu. »Aber der Palast ist trotzdem da. Du hast ihn heute Morgen gesehen. Und dein Vater auch.«

»Aber er hat behauptet, dass er nichts gesehen hat.«

Der Mann legte den Kopf schief, als würde er nachdenken. Wieder drehte sich die Welt – und dann stand sie unten im Tal und schaute zum Grat hinauf, wo sie gerade noch gewesen war. Es war Tag. Dort oben stand ihr Vater. Selbst aus der Entfernung wusste sie, dass er es war; und sie sah mit Augen, die irgendwie scharfsichtiger waren als ihre eigenen, den Schrecken und die Angst in seinem Gesicht. Er blinzelte und trat zurück; und Fadwa fühlte sich gekränkt, weil er sie angelogen hatte.

Sie wandte sich zu dem großen Mann um, und aus dem Tag wurde wieder Nacht. In dem unwirklichen Mondlicht betrachtete sie ihn unverhohlen, wie sie es wach nie gewagt hätte. In seinen dunklen Augen sah sie winzige Flecken, die rotgolden flackerten.

»Was bist du?«, fragte sie.

»Ein Dschinn«, sagte er.

Sie nickte. Es war die einzige Antwort, die ihr sinnvoll erschien.

»Hast du keine Angst?«, fragte er.

»Nein«, antwortete sie, obwohl sie wusste, dass sie Angst haben sollte. Es war ein Traum und doch kein Traum. Sie blickte hinunter und sah ihre Hände, sie spürte die kühle Erde unter ihren nackten Füßen; aber sie spürte auch ihren anderen Körper, ihren schlafenden Körper in der Wärme unter den Decken und Fellen. Sie existierte an zwei Orten zugleich, und beide schienen gleich wirklich.

»Wie heißt du?«, fragte er.

Sie richtete sich gerade auf. »Ich bin Fadwa, Tochter von Jalal ibn Karim von den Hadid.«

Er verneigte sich vor ihr ebenso feierlich, wie sie gesprochen hatte, doch mit der Andeutung eines Lächelns.

»Was willst du von mir?«, fragte sie.

»Ich will nur mit dir reden. Ich will dir nichts Böses. Du interessierst mich, du und deine Artgenossen.«

Er lehnte sich auf einem großen Polster zurück und ließ sie nicht aus den Augen. Sie schaute sich überrascht um. Sie befanden sich in einem riesigen Saal aus Glas. Der Mond schien durch die geschwungenen Wände und tauchte den Boden in ein helles blausilbriges Licht. Teppiche und Schaffelle lagen verstreut darauf. Sie und der Mann saßen sich auf wunderbar gewebten Polstern gegenüber.

»Das ist dein Palast«, sagte sie, als sie begriff. »Er ist wunderschön.«

»Danke.«

»Aber warum hast du mich hierhergebracht? Ich dachte, die Dschinn hätten Angst vor den Menschen.«

Er lächelte. »Wir haben Angst, aber nur weil man es uns eingebläut hat.«

»Auch uns bringt man bei, euch zu fürchten«, sagte Fadwa. »Nach Einbruch der Dunkelheit dürfen wir nicht pfeifen, weil man euch damit anlocken könnte. Wir stecken Amulette aus Eisen an unsere Kleider und legen Babys zum Schutz blau angemalte Eisenperlen um den Hals.«

»Warum ausgerechnet blau?«, fragte er verwirrt.

Sie überlegte. »Ich weiß nicht. Habt ihr Angst vor Blau?«

Er lachte. »Nein. Blau ist eine schöne Farbe. Vor Eisen allerdings« – und er verneigte sich vor ihr mit einem leichten Senken des Kopfes – »habe ich Angst.«

Sie lächelte amüsiert über die Doppeldeutigkeit, denn das arabische Wort für Eisen ist *hadid*.

Ihr Gastgeber – ihr Gast? – betrachtete sie. »Erzähl

mir von dir«, sagte er. »Wie sieht dein Leben aus? Wie verbringst du deine Tage?«

Die Intensität seines Blicks verwirrte sie. »Das solltest du meinen Vater fragen oder einen meiner Onkel«, sagte sie. »Ihr Leben ist viel interessanter.«

»Das werde ich eines Tages vielleicht tun«, sagte er. »Aber jetzt interessiert mich alles. Alles ist neu für mich. Also, bitte, erzähl.«

Er wirkte aufrichtig. Das beruhigende Mondlicht, die kuschelige Wärme ihres anderen schlafenden Körpers, die schmeichelhafte Aufmerksamkeit eines gut aussehenden Mannes – alles zusammen ließ ein behagliches Gefühl in ihr aufsteigen. Sie entspannte sich auf dem Polster und sagte: »Ich stehe früh morgens auf, bevor die Sonne aufgeht. Die Männer gehen los und kümmern sich um die Schafe, und meine Tanten und ich melken die Ziegen. Aus der Milch machen wir Käse und Joghurt. Tagsüber webe ich, flicke Kleider und backe Brot. Ich hole Wasser und sammle Feuerholz. Ich passe auf meinen Bruder und meine Cousins auf, bade sie und ziehe sie an und schaue, dass sie keinen Ärger machen. Abends helfe ich meiner Mutter mit dem Abendessen und trage es auf, wenn die Männer zurückkommen.«

»So viele Sachen! Und wie oft machst du das?«

»Jeden Tag«, sagte sie.

»*Jeden* Tag? Dann gehst du nie einfach nur spazieren und schaust dir die Wüste an?«

»Natürlich nicht!«, sagte sie, überrascht von seiner Unwissenheit. »Die Frauen müssen sich zu Hause um alles kümmern, während die Männer mit den Schafen und Ziegen herumziehen. Allerdings«, fügte sie ein wenig stolz hinzu, »lässt mein Vater mich ein paar Ziegen hüten, wenn das Wetter gut ist. Und manchmal müssen wir Frauen zu unserer eigenen Arbeit auch noch Männeraufgaben übernehmen. Wenn ein Zelt im Wind zusammenbricht, kann es eine Frau ebenso gut mit ihren Armen wieder aufrichten wie ein Mann. Und wenn wir unsere Zelte abbrechen, dann müssen alle zusammenarbeiten.«

Sie hielt inne. Weit weg rührte sich dieser andere Körper, ihr schlafendes Selbst. In der Ferne hörte sie die morgendlichen Geräusche, das Gähnen eines Kindes, Schritte, ein vor Hunger weinendes Kind. Die Glasmauern des Palastes wurden dunkel und rückten in die Ferne.

»Ich muss jetzt wohl gehen«, sagte der Mann. »Wirst du wieder mit mir reden?«

»Ja«, antwortete sie, ohne zu zögern. »Wann?«

»Bald«, sagte er. »Und jetzt wach auf.«

Er neigte sich über sie und streifte mit den Lippen ihre Stirn. Sie spürte es sowohl mit ihrem wachen als auch mit ihrem schlafenden Selbst; und ein Schauder durchfuhr sie bis in die Knochen.

Dann war sie wach und starrte auf die vertrauten Wände des Zelts. Sie bauschten sich in einer Brise, die sich für einen Frühlingsmorgen erstaunlich warm anfühlte.

Die Einzelheiten des Traums verblassten rasch, doch bestimmte Dinge vergaß sie nicht. Das Gesicht ihres Vaters, als er den Palast erblickte, der nicht existieren konnte. Die vom Mondschein erhellten Züge des Mannes. Die heiße Berührung seiner Lippen auf ihrer Haut. Und sein Versprechen, dass er wiederkommen würde.

Wenn Fadwa an diesem Tag öfter als üblich vor sich hin lächelte – so wie es ein Mädchen tut, wenn es an ein Geheimnis denkt –, so bemerkte es ihre Mutter nicht.

Kapitel 10

Feuchte Winde bliesen durch den Wald um Konin. Yehudah Schaalman saß in einem uralten Sessel in seiner baufälligen Hütte, eine alte Decke um die Schultern gelegt. Laub und Papierfetzen wehten über den Lehmboden. Das Feuer im Kamin flackerte und knisterte, und Schaalman fragte sich, wie wohl das Wetter in New York war. Saßen Otto Rotfeld und sein Golem auch vor einem Feuer und verbrachten dort wonnigliche Stunden? Oder war der Möbelschreiner seiner Lehmfrau bereits überdrüssig geworden und hatte sie zerstört?

Er riss sich zusammen und machte ein finsteres Gesicht. Warum dachte er immer wieder über Rotfeld nach? Normalerweise vergaß er seine Kunden und ihre verbotenen Vorhaben sofort. Er nahm ihr Geld, gab ihnen, was sie wollten, und knallte ihnen die Tür vor der Nase zu. Warum war es mit Rotfeld so anders?

Vielleicht lag es an dem Golem. Er hatte sich große Mühe gegeben mit diesem Geschöpf, wesentlich mehr Mühe, als er normalerweise für einen Kunden aufwandte. Es war ein spannendes Geduldspiel gewesen, Rotfelds disparate Wünsche in einer Kreatur zu vereinen, und er hatte bedauert, nicht mitzuerleben, wie sie zum Leben erwachte. Obwohl es andererseits wahrscheinlich besser war angesichts der unvorhersehbaren Natur von Golems im Allgemeinen. Es war weit sicherer, hier auf dieser Seite des Ozeans zu sein und nicht bei Rotfeld in New York, wenn er seine Braut zum Leben erweckte.

Mürrisch widerstand er dem Impuls, wie ein Hund den Kopf zu schütteln. Er hatte keine Zeit für Grübeleien. Rotfelds Geld war fast aufgebraucht, und trotz langer Studien war er seinem Ziel nicht näher gekommen, das Geheimnis ewigen Lebens zu ergründen.

Unter seiner mit Stroh gefüllten Matratze in einer Ecke der Hütte stand eine verschlossene Kiste, und in der Kiste befand sich das zerfledderte Buch, das er vor langer Zeit aus der verbrannten Synagoge mitgenommen hatte. Zwischen den mürben Überresten steckten jetzt ganze Seiten Papier, auf denen Schaalman in dem Versuch, seine Wissenslücken zu füllen, Formeln, Schaubilder, Beobachtungen notiert hatte. Es war sowohl eine Chronik seiner Studien wie auch ein Tagebuch seiner Reisen. Nach jenem Tag in der Synagoge war er von Stadt zu Stadt, von Schtetl zu Schtetl, durch Polen, Russland, Westpreußen und wieder zurück gewandert auf der Suche nach den fehlenden Teilen. In Krakau ging er zu einer Frau, die angeblich eine Hexe war, stahl ihr Wissen und machte sie stumm, damit sie ihn nicht mit einem Fluch belegen konnte. Einmal wurde er aus einem russischen Dorf gejagt, nachdem im Frühjahr jedes schwangere Mutterschaf innerhalb von drei Wegstunden ein Lamm mit zwei Köpfen zur Welt gebracht hatte. Jemand war auf den Gedanken gekommen, den fremden Juden der Hexerei zu verdächtigen – zu Recht, doch in ihrem Eifer vertrieben sie auch eine harmlose alte Hebamme und den Dorfdeppen. In Lemberg stattete er einem alten Rabbi, der im Sterben lag, einen Besuch ab, und zwar in Gestalt eines *Sched*, eines Dämonenkindes der Lilith, der aus der Gehenna geflohen war, um den armen Mann zu foltern. Auf diese Weise zwang er den entsetzten Rabbi zu dem Geständnis, dass er einst eine Formel für das sogenannte Wasser des Lebens gesehen hatte. Doch als Schaalman weiter in ihn drang, barst das Herz des alten Mannes. Schaalman sah zu, wie die Seele des Rabbis aus seiner Reichweite trieb, und er heulte vor Zorn und Enttäuschung laut auf, sodass er noch mehr wie ein Dämon aus der Hölle aussah.

Danach war er nicht mehr so viel unterwegs und blieb meist in der Nähe von Konin. Er wurde zu alt; auf den Straßen lauerten Gefahren, denen er nicht immer entgehen konnte. Aber immer, ständig, von Tag zu Tag rückte der Tod näher, den er unbedingt vermeiden wollte.

Er starrte ins Feuer und fällte eine Entscheidung. Er konnte es sich nicht leisten, den ganzen Winter über einen ungehobelten Möbelschreiner nachzudenken. Besser war es, die juckende Stelle zu kratzen und die Sache damit zu erledigen.

Er stand auf, zog einen alten Mantel an und zuckte zusammen, als seine Knochen knackten. Dann nahm er eine große Schale von seinem Arbeitsplatz und ging vor die Hütte. Ungewöhnlich früh im Jahr war in der Nacht Schnee gefallen. Er kniete sich auf den Boden, kratzte Schnee zusammen und häufte ihn in die Schale. Wieder in der Hütte, stellte er die Schale auf die Feuerstelle und sah zu, wie der Schnee zusammenfiel und schmolz. Er wünschte, es wäre nicht so weit gekommen. Als sich die letzten Kristalle aufgelöst hatten, zog Schaalman die Schale vom Feuer. Er holte das zerfledderte Buch aus der Kiste, blätterte es durch und überprüfte, ob er sich richtig an die Formel erinnerte. Aus einem Lederbeutel nahm er eine der Münzen, mit denen Rotfeld ihn bezahlt hatte, und setzte sich im Schneidersitz vor der Schale mit Wasser auf den Boden. Er schloss die linke Hand fest um die Münze und murmelte einen langen Zauberspruch. Mit der Rechten hob er vorsichtig die Schale an. Noch ein Spruch, ein tiefes Luftholen – dann lehnte er sich zurück und goss die Schale über seinem Kopf aus.

Der Schock des eiskalten Wassers auf seinem Gesicht …

Und dann war er fort, er war woanders.

Ein ungeheures Gewicht lastete auf seiner Brust. Endlose Wassermassen befanden sich über ihm, drückten ihn nach unten, zerquetschten seinen Körper, zermalmten seine Knochen. Nie zuvor hatte er so gefroren. Er spürte das Nagen von Tausenden winziger Zähne. In jeder Richtung erstreckte sich eine Schwärze, die jedes Licht aufsaugte.

Der Winkel seines Geistes, der noch Schaalman war, begriff, dass Rotfeld es nicht bis nach Amerika geschafft hatte. Alle diese Mühe für nichts. Nicht erweckt, wäre der Golem mittlerweile zerfallen, eine nicht abgeholte Kiste voll bröckelnder Erde und einem schmutzigen Kleid. Ein Jammer.

Und dann veränderte sich überraschenderweise die Szenerie.

Das drückende Gewicht des Wassers war verschwunden. Jetzt war er nicht mehr unter dem Ozean begraben, sondern flog darüber hinweg, tief und schnell, schneller als jeder Vogel. Meile für Meile verschwand wogendes Wasser hinter ihm. Der Wind rauschte in seinen Ohren.

Am Horizont erwuchs eine Stadt, ragte schließlich vor ihm auf.

Als er näher kam, stieg er höher, bis er weit oben über ihr schwebte. Die Stadt erstreckte sich auf einer Insel, die zwischen dem Festland eingeklemmt war. Türme und Kirchtürme deuteten wie Lanzen zu ihm herauf.

Er schaute hinunter auf die schmalen Straßen und sah, dass die Stadt ein Labyrinth war. Und wie alle Labyrinthe versteckte sie etwas Kostbares in ihrem Innersten. Was versteckte sie?

Eine Stimme flüsterte lautlos die Antwort.

Ewiges Leben.

Schaalman tauchte hustend wieder auf. Die Schale lag umgestürzt auf dem Boden. Gefrierendes Wasser tropfte von seinem Gesicht und seinen Kleidern. Seine linke Faust brannte. Die Münze war kälter als Eis geworden.

Den restlichen Tag über lag er zitternd im Bett, eingewickelt in alle Decken und Teppiche, die er besaß. Seine Gelenke schmerzten, und die Handfläche mit der erfrorenen Stelle sandte Blitze aus Feuer in seinen Arm. Aber er war ruhig, und seine Gedanken waren klar.

Am nächsten Morgen stand er auf, fuhr sich mit den Fingern durch den Bart und ging in die Stadt, um eine Schiffspassage nach New York zu kaufen.

Als Michael Levy an einem nasskalten Herbstmorgen ins Wohnheim kam, war die ganze Treppe übersät mit Flugblättern auf Jiddisch, gedruckt von einer Gruppe, die sich »Jüdische Mitglieder des republikanischen Wahlkomitees« nannte. Die Flugblätter drängten alle Juden, die etwas auf sich hielten, ihr Schicksal in die Hände von Gouverneur Roosevelt zu legen. Schließlich hatte Roosevelt die Spanier in San Juan Hill vernichtend geschlagen – und waren die Juden nicht einst von den Spaniern beraubt und aus dem Land gejagt und von spanischen Inquisitoren verfolgt worden? *Geht zur Wahl und zeigt, dass Ihr die spanische Niederlage billigt!*, forderten die Flugblätter marktschreierisch. Michael nahm sie von den rauen Steinen und wrang sie aus, bevor er sie in seinem Büro in den Papierkorb warf. Anzeigen der Synagogen konnte er dulden, aber nicht schamlosen Stimmenfang von republikanischen Eliten.

Der Herbst war schwierig gewesen für Michael. Er streckte das Budget des Wohnheims so weit wie möglich und wusste dennoch nicht, wie sie den Rest des Jahres durchstehen sollten. Kohle wurde immer teurer; das Dach war undicht, und die Decke im obersten Stock war feucht und schimmlig. Am schlimmsten war, dass sich vor kurzem ein junger Russe namens Gribow im zweiten Stock ins Bett gelegt hatte und nicht mehr aufgestanden war. Michael hatte das Gesundheitsamt gerufen, und dem Wohnheim hatten zwei Wochen Quarantäne gedroht. Letztlich hatte sich der Inspektor, der die Leiche des Einwanderers mit distanziertem Widerwillen flüchtig angesehen hatte, dagegen entschieden – es gab keine Anzeichen von Typhus oder Cholera, und niemand erinnerte sich, dass der Mann über Beschwerden geklagt hätte. Doch in der darauffolgenden Woche war die Stimmung im Haus angespannt und düster, und Michael konnte vor Sorgen kaum schlafen. Ihm schien, als hinge das Schicksal des Wohnheims an einem seidenen Faden.

Seine Freunde bemerkten die neuen Ringe unter seinen Augen und meinten, dass sie ihn bald zu Grabe tragen müssten, wenn er so weiterarbeite. Sein Onkel wäre der gleichen Ansicht gewesen, aber Michael hatte ihn nicht mehr gesehen, seitdem er ihn mit der Frau namens Chava aufgesucht hatte. Er fragte sich bisweilen, ob er sich Sorgen machen sollte. War sein Onkel krank? Oder war etwas anderes passiert? Michael erinnerte sich an die große Frau mit der Schachtel voller Gebäck und an die liebevolle und beschützende Haltung, die sein Onkel ihr gegenüber eingenommen hatte. Konnte sie ...? Und er ...? Aber nein, das war lächerlich. Er schüttelte den Kopf und beschloss, demnächst nach seinem Onkel zu sehen.

Aber eins führte zum anderen, die Decke im obersten Stock drohte einzustürzen, und Michael dachte nicht mehr daran. Bis eines Morgens die Köchin des Wohnheims in Michaels Büro kam und eine Schachtel mit Mandelmakronen auf seinen Schreibtisch stellte.

»Das neue Mädchen in der Bäckerei hat gesagt, dass ich Ihnen die geben soll«, sagte sie sichtbar amüsiert. »Sie sind ein Geschenk, falls Sie das glauben können. Sie hat herausgefunden, dass ich im Wohnheim arbeite, und darauf bestanden.«

Das neue Mädchen? Nach einem Augenblick begriff er und lächelte. Die Köchin zog die Augenbrauen in die Höhe.

»Eine große Frau?«, fragte er, und die Köchin nickte. »Sie ist eine Freundin meines Onkels. Ich habe vorgeschlagen, dass sie sich wegen Arbeit an Radzin wenden soll. Damit will sie sich bestimmt bedanken.«

»Oh, bestimmt«, erwiderte sie leichthin.

»Dora, ich habe sie nur ein einziges Mal gesehen. Sie ist verwitwet. Und das erst seit kurzem.«

Die Köchin schüttelte den Kopf über seine Naivität und nahm auf dem Weg hinaus ein Plätzchen aus der Schachtel.

Er legte sich eine Makrone auf die Handfläche. Sie war dick und gewölbt, fühlte sich aber federleicht an. Sie war mit Mandelblättchen rundherum wie mit Blütenblättern verziert. Er steckte sie in den Mund und war zum ersten Mal seit Wochen zufrieden.

Langsam gewöhnte sich der Golem an die Bäckerei und ihre Routinen. Der Dienst hinter der Kundentheke machte ihr nicht mehr so große Angst. Sie lernte, welche Kunden jeden Tag das Gleiche kauften und wer es zu schätzen wusste, wenn sie die Bestellung bereits vorbereitet hatte. Sie bedachte alle mit einem Lächeln, auch wenn ihr nicht danach war. Sie orientierte sich an hundert kleinen Hinweisen und versuchte gewissenhaft, jedem genau das zu geben, was er sich von ihr wünschte. Und wenn es ihr gelang, verließen die Kunden die Bäckerei mit einem leichteren Herzen und freuten sich, dass an diesem Tag zumindest eine Sache, diese schlichte Besorgung, gut gegangen war.

Es gab noch immer Probleme, die gelöst werden mussten. Sie neigte dazu, zu schnell zu arbeiten, und die Kunden wurden ängstlich oder gereizt, weil sie glaubten, sie wolle sie zu etwas drängen. Und so übte sie, sich zu bremsen, sich nach der Gesundheit und den Familien der Leute zu erkundigen, auch wenn die Schlange lang war. Sie lernte sogar, mit den Kunden umzugehen, die stets unschlüssig waren, an der Theke standen und die Vorteile von diesem oder jenem erörterten. Der Durchbruch ereignete sich eines Tages, als eine Frau sie bat, für sie zu entscheiden und ihr zu geben, was sie selbst am liebsten mochte. Aber sie hatte keine Präferenzen – sie hatte alles probiert und konnte ein Gebäck vom anderen unterscheiden, aber für sie gab es kein Mögen oder Nichtmögen. Es war bloß eine andere Erfahrung. Zuerst wollte sie nach dem Zufallsprinzip vorgehen – doch dann fiel ihr plötzlich etwas ein, und sie tat, was sie sich nur selten gestattete. Sie konzentrierte sich auf die Frau und sichtete das Durcheinander ihrer im Widerstreit liegenden Wünsche. *Etwas Billiges wäre am besten, aber sie wollte auch etwas Süßes ... sie war so niedergeschlagen diese Woche, weil der Hausbesitzer die Miete erhöht hatte, und dann war da noch der schreckliche Streit mit ihrem Sammy gewesen, hatte sie sich nicht etwas Nettes verdient? Aber wenn sie es aufgegessen hätte, würde sie sich nicht besser, sondern nur ärmer fühlen ...*

»An einem Tag wie heute mag ich eine Challa mit Rosinen«, sagte der Golem. »Sie ist süß, macht aber satt. Und eine Challa hält lange vor.«

Sofort strahlte die Frau. »Genau«, sagte sie. »Das ist genau, was ich will.« Und sie bezahlte die Challa und ging in gehobener Stimmung.

Erfreut über ihren Erfolg, wandte der Golem diese Methode auch bei anderen unschlüssigen Kunden an. Sie traf öfter ins Schwarze als daneben und versuchte, die Misserfolge nicht persönlich zu nehmen. Mit der Zeit wurde ihr klar, dass manche Leute aus was für einem Grund auch immer nie zufrieden waren.

Gelegentlich machte sie noch Fehler, vor allem am Ende des Tages, wenn sie zerstreut wurde und ihre Gedanken abschweiften. Sie griff nach der falschen Sache oder nannte jemanden beim falschen Namen oder machte einen anderen albernen kleinen Fehler. Hin und wieder ging ein Kunde mit dem falschen Gebäck hinaus und kam zurück, um sich zu beschweren. Dann entschuldigte sie sich vielmals, erschrocken über ihre schlechte Leistung – aber andererseits war es gut, denn sonst hätten ihre Arbeitgeber sie vielleicht für unfehlbar gehalten. Mr. Radzin war ein pedantischer Buchhalter und war die Zahlen wiederholt durchgegangen. Aber es gab keinen Zweifel: Sie verkauften aus keinem ersichtlichen Grund mehr, während auf der anderen Seite des Buches die Ausgaben sanken. Intuitiv wusste er, dass es mit dem neuen Mädchen zu tun hatte. Sie machte kleine Fehler im Verkauf, aber sie verstand nie ein Rezept falsch oder salzte den Teig aus Versehen zweimal oder ließ ein Blech mit Plätzchen zu lange im Ofen. Sie war nie krank, arbeitete nie langsam, kam nie zu spät. Sie war ein Wunder an Produktivität.

Doch es passierte immer mal wieder, dass sie sich verhielt, als wäre sie von einem anderen Stern. Eines Morgens sah Mrs. Radzin, wie sie eingehend ein Ei betrachtete. »Was ist los, Chavaleh? Ist es schlecht?«

Ohne den Blick von dem Ei abzuwenden, erwiderte das Mädchen gedankenverloren: »Nichts – aber wie schaffen sie es nur, dass es immer die gleiche Größe und Form hat?«

Mrs. Radzin runzelte die Stirn. »Wie schafft es *wer*, Liebes? Die Hühner?«

Am Arbeitstisch lachte Anna schnaubend.

Das Mädchen legte vorsichtig das Ei ab und sagte »Entschuldigen Sie mich« und verschwand nach hinten.

»Hänsel sie nicht, Anna«, schimpfte Mrs. Radzin.

»Aber was für eine komische Frage!«

»Hab Mitgefühl, sie ist eine trauernde Witwe. Das kann einen durcheinanderbringen.«

Radzin ignorierte die Frauen und ging nach hinten, um Mehl zu holen. Die Toilettentür war geschlossen.

Er horchte, ob sie weinte – aber stattdessen hörte er sie flüstern: »Du musst besser aufpassen. *Du musst besser aufpassen.*« Er holte das Mehl und ging wieder nach vorn. Ein paar Minuten später kehrte sie zurück, als wäre nichts geschehen, nahm wortlos die Arbeit wieder auf und ignorierte Annas gelegentliches Kichern.

»Was glaubst du stimmt nicht mit ihr?«, fragte Radzin seine Frau am Abend.

»Mit Chava ist alles in Ordnung«, antwortete sie ärgerlich.

»Ich habe Augen im Kopf, Thea, und du auch. Irgendwie ist sie anders.«

Sie lagen im Bett. Neben ihnen an der Wand schliefen Abie und Selma in ihrem Stockbett so tief, wie nur Kinder schlafen können.

»Als Kind kannte ich einen Jungen«, sagte Thea, »der nicht aufhören konnte, Dinge zu zählen. Grashalme, Ziegeln in einer Mauer. Die anderen Jungen bildeten einen Kreis um ihn und riefen ihm Zahlen zu, denn wenn er sich verzählte, musste er von vorn anfangen. Er stand einfach nur da und zählte, und dabei sind ihm Tränen übers Gesicht gelaufen. Ich war so wütend. Ich habe meinen Vater gefragt, warum er nicht aufhören kann zu zählen, und er hat gesagt, dass der Junge von einem Dämon besessen ist. Und dass ich mich von ihm fernhalten soll für den Fall, dass er etwas Gefährliches tut.«

»Und hat er? Etwas Gefährliches getan?«

»Natürlich nicht. Aber er ist gestorben, ein Jahr bevor wir weggegangen sind. Ein Maultier hat ihn an den Kopf getreten.« Sie hielt inne und fuhr dann fort: »Ich habe mich immer gefragt, ob er es provoziert hat. Mit Absicht.«

Radzin schnaubte. »Selbstmord durch Maultier?«

»Alle haben gewusst, dass das Tier unberechenbar ist.«

»Es gibt ein Dutzend bessere Wege, sich umzubringen.«

Seine Frau drehte sich von ihm weg. »Ach, ich weiß nicht, warum ich überhaupt mit dir rede. Wenn ich sage, etwas ist schwarz, ist es deiner Ansicht nach weiß.«

»Wenn ich Chava bei einem Maultier stehen sehe, sage ich dir Bescheid.«

»Du bist ein schrecklicher Mann. Eine Rübe ist zu mehr zu gebrauchen als dein Kopf.« Sie schwiegen einen Moment. »Ich möchte sehen, wie ein Maultier versucht, sie zu treten. Sie würde seine Beine flechten wie eine Challa.«

Radzin lachte in dem kleinen Zimmer laut auf. Der Junge murmelte etwas. Seine Schwester rührte sich in dem Bett. Ihre Eltern warteten angespannt – aber die Kinder beruhigten sich wieder.

»Schlaf jetzt«, flüsterte Thea. »Und lass mir ausnahmsweise etwas Decke.«

Radzin lag lange Zeit wach und horchte auf das Atmen seiner Kinder und seiner Frau. Am nächsten Morgen nahm er seine neue Angestellte beiseite und erklärte ihr, dass er ihren Lohn um zehn Cent pro Tag erhöhen würde. »Du hast es verdient«, sagte er barsch. »Aber ein Wort zu Anna, und du musst die zehn Cent mit ihr teilen. Ich will nicht, dass sie um Geld zetert, das ihr nicht zusteht.« Er erwartete, dass sie sich bedanken würde, doch stattdessen blickte sie betrübt drein. »Also? Ich habe gerade deinen Lohn erhöht, Mädchen. Freust du dich nicht?«

»Doch«, sagte sie sofort. »Doch, natürlich. Danke. Und ich werde Anna nichts erzählen.« Aber an diesem Tag schien sie nachdenklicher als üblich; und ein-, zweimal sah er sie schuldbewusst zu Anna blicken.

»Aber es ist nicht fair, dass er Anna weniger zahlt als mir«, sagte der Golem zu Rabbi Meyer. »Sie kann nicht so hart arbeiten wie ich! Es ist nicht ihre Schuld!«

Der Golem schritt im Wohnzimmer des Rabbis auf und ab. Es war Freitagabend, und das Geschirr des bescheidenen Abendessens stand noch auf dem Tisch. Der Golem freute sich jedes Mal auf den Sabbatabend – es war die einzige Gelegenheit in der Woche, dass sie Fragen stellen und frei von der Leber weg sprechen konnte. Aber an diesem Abend drängte ihr Dilemma alle anderen Gedanken in den Hintergrund. Der Rabbi sah sie besorgt an.

»Ich *brauche* das Geld nicht«, murmelte sie. »Es gibt nichts, wofür ich es ausgeben könnte.«

»Warum kaufst du dir nicht etwas Hübsches, als Belohnung für die Arbeit? Einen neuen Hut vielleicht?«

Sie runzelte die Stirn. »Ich habe schon einen Hut. Stimmt mit dem etwas nicht?«

»Nein, nein«, sagte er und dachte, dass ihr Schöpfer sie definitiv nicht mit dem bei jungen Frauen üblichen Sinn für Frivolität ausgestattet hatte. »Chava, ich verstehe, warum du dich empörst, und es spricht für dich. Aber in Radzins Augen bist du mehr wert als Anna. Aus seiner Sicht wäre es nicht richtig, euch beide gleich zu bezahlen. Nehmen wir an, ich müsste einen neuen Suppentopf kaufen und könnte zwischen einem großen und einem kleinen wählen. Ich muss davon ausgehen, dass der größere mehr kostet, oder?«

Der Golem sagte: »Aber was, wenn der Mann, der den kleineren Topf gemacht hat, ärmer ist und eine größere Familie zu versorgen hat? Würde das Ihre Entscheidung nicht beeinflussen?«

Der Rabbi seufzte. »Ja, ich nehme an, das würde es. Aber wenn ich diese Dinge nicht wüsste, wie es oft der Fall ist, dann sehe ich nur zwei Töpfe vor mir, einen großen und einen kleinen. Und mehr weiß Radzin auch nicht. Und bitte, Chava, hör auf, hin und her zu gehen. Mir wird schwindlig davon.«

Sie blieb auf der Stelle stehen, setzte sich auf einen Stuhl und schaute auf ihre Hände, die in ihrem Schoß zuckten. »Vielleicht sollte ich verschenken, was ich nicht brauche«, sagte sie. »Oder« – ihre Miene hellte sich auf – »ich könnte es Ihnen geben.«

Sofort sah sie, wie der Rabbi zurückschreckte. »Nein, Chava. Es ist dein Geld, nicht meins.«

»Aber ich brauche es nicht!«

»Vielleicht jetzt nicht, aber man muss immer an die Zukunft denken. Ich lebe lang genug, um zu wissen, dass du es irgendwann brauchen wirst, wahrscheinlich dann, wenn du überhaupt nicht damit rechnest. Geld ist ein Mittel zum Zweck, und du kannst viel Gutes damit tun, für andere und für dich.«

Das klang wie ein guter Rat, aber der Golem war noch nicht völlig beschwichtigt. In letzter Zeit waren alle Antworten des Rabbis so gewesen – zwar betrafen sie ihre konkreten Fragen, bezogen sich jedoch noch dazu auf etwas Größeres, das erst noch kommen sollte. Ihr war nicht wohl dabei. Sie hatte das Gefühl, als ob er versuchte, ihr so viel wie möglich in kürzester Zeit beizubringen. Sein Husten war nicht schlimmer geworden, aber auch nicht besser, und ihr war aufgefallen, dass die

Kleider an ihm herunterhingen, als wäre er geschrumpft. Der Rabbi beharrte darauf, dass alles war, wie es sein sollte. »Ich bin ein alter Mann, Chava«, hatte er gesagt. »Der menschliche Körper ist wie ein Stück Stoff. Sosehr man ihn auch pflegt, mit dem Alter franst er aus.«

Und was ist mit dem Körper eines Golems?, wollte sie fragen. *Angeblich werde ich nicht altern – aber werde ich ausfransen?* Doch sie hatte sich zurückgehalten. Sie befürchtete, dass Fragen wie diese sie beide zu sehr belasten würden.

»Und nach allem, was du mir über diese Anna erzählt hast, klingt sie nicht wie eine sehr ernsthafte Person. Vielleicht kann sie von dir etwas lernen, auch wenn es ihr nicht leichtfällt.«

»Vielleicht«, sagte der Golem. »Sie scheint mir nicht mehr so übelzuwollen wie zuvor. Aber zurzeit denkt sie vor allem an ihren neuen Verehrer. Sie hofft, dass er sie von der Bäckerei abholen und nach Hause bringen wird, damit sie …« Sie biss sich gerade noch auf die Zunge.

»Ja.« Der Rabbi war ein bisschen rot geworden. »Sie ist ein dummes Mädchen, falls sie sich ihm vor der Hochzeit hingegeben hat. Oder zumindest vor einem Eheversprechen.«

»Warum?«, fragte der Golem.

»Weil sie alles zu verlieren hat. Die Ehe hat viele Vorteile, und einer davon ist der Schutz des Kindes, und sie wird aufgrund … ihres Verhaltens wahrscheinlich eins bekommen. Ein unverheirateter Mann kann eine Frau verlassen, in welchem Zustand sie sich auch befinden mag, ohne dass er die Folgen fürchten muss. Und die Frau? Sie muss die Last eines Kindes tragen und kann vielleicht weder sich selbst noch das Kind ernähren. Frauen in so einer Situation haben aus Verzweiflung die schrecklichsten Verbrechen begangen und allen Anstand verloren, den sie vielleicht noch hatten. Und dann ist es nicht mehr weit zu Krankheit, völliger Verarmung und Tod. Es ist nicht übertrieben zu behaupten, dass eine Nacht des Vergnügens eine junge Frau das Leben kosten kann. Als Rabbi habe ich das viel zu oft erlebt, sogar in den besten Familien.«

Aber sie wirkt so glücklich, dachte der Golem.

Der Rabbi stand auf und räumte den Tisch ab, hustete ein-, zweimal. Der Golem half ihm, und gemeinsam und schweigend spülten sie das Geschirr. »Rabbi, darf ich Sie etwas fragen?«, sagte sie nach einer Weile. »Es könnte Sie in Verlegenheit bringen.«

Der Rabbi lächelte. »Ich werde mein Bestes tun, aber erwarte keine Wunder von mir.«

»Wenn der Liebesakt so gefährlich ist, warum riskieren die Menschen dann so viel dafür?«

Der Rabbi schwieg eine Zeit lang. Dann sagte er: »Wenn du raten müsstest, was würdest du sagen?«

Der Golem dachte an alles, was sie über dieses Verlangen wusste, die nächtliche Lust der Passanten auf den Straßen. »Die Gefahr erregt sie, und es ist aufregend, vor dem Rest der Welt ein Geheimnis zu haben.«

»Das ist ein Aspekt, aber nicht alles«, erwiderte der Rabbi. »Du hast die Einsamkeit vergessen. Wir sind alle irgendwann einmal einsam, gleichgültig, wie viele Menschen um uns sind. Und dann begegnen wir jemandem, der das zu verstehen scheint. Sie lächelt, und für einen Augenblick ist die Einsamkeit weg. Dazu kommt die Wirkung körperlichen Verlangens – die Erregung, von der du gesprochen hast –, und man wirft den gesunden Menschenverstand und sein Urteilsvermögen über

Bord.« Der Rabbi hielt inne und fuhr dann fort: »Aber Liebe, die nur auf Einsamkeit und Verlangen gründet, brennt nieder wie ein Strohfeuer. Eine gemeinsame Geschichte, Traditionen und Werte verbinden zwei Menschen dauerhafter als ein körperlicher Akt.«

Sie schwiegen eine Weile, und der Golem dachte über das Gesagte nach. »Dann versteht man das unter wahrer Liebe?«, fragte sie. »Traditionen und Werte?«

Der Rabbi kicherte. »Das ist vielleicht zu einfach. Ich bin ein alter Mann, Chava, und Witwer. Ich habe das alles vor Jahren hinter mir gelassen. Aber ich erinnere mich noch, wie es war, jung zu sein und zu glauben, dass es außer der Geliebten niemanden sonst auf der Welt gibt. Erst im Rückblick habe ich begriffen, was einen Mann und eine Frau wirklich verbindet.«

Er versank in Erinnerungen und schaute auf das Geschirrtuch in seiner Hand. Im Licht der Küchenlampe sah seine Haut bleich und fleckig aus, dünn wie eine Eierschale. War er schon immer so zerbrechlich gewesen? Rotfeld hatte so ausgesehen, dachte sie, blass und schweißbedeckt im Schein der Petroleumlampe. Sie hatte immer gewusst, dass sie den Rabbi überleben würde, aber jetzt traf sie die nackte Wahrheit eiskalt. Ein schmerzhafter Stich durchfuhr sie, und das Glas, das sie in der Hand hielt, zerbrach.

Beide erschraken über das Geräusch. Durchsichtige Scherben fielen glitzernd zu Boden.

»Oh, nein«, sagte der Golem.

»Das macht nichts«, beruhigte der Rabbi sie. Er bückte sich, um mit dem Geschirrtuch die Scherben zusammenzuschieben, doch der Golem nahm es ihm ab und sagte: »Ich habe es zerbrochen. Und Sie könnten sich schneiden.«

Der Rabbi sah zu, wie sie die Splitter zusammenfegte und das Geschirr in der Nähe noch einmal spülte. »Ist irgendetwas passiert?«, fragte er leise.

Sie schüttelte den Kopf. »Ich habe einfach nicht aufgepasst. Es war ein langer Tag.«

Er seufzte. »Es ist spät. Wenn wir mit dem Geschirr fertig sind, bringe ich dich nach Hause.«

Es war fast elf, als sie zu ihrer Pension aufbrachen. Die Luft war frisch, und es wehte ein schneidender Wind. Der Golem hielt sich aufrecht, als wäre es kaum mehr als eine Brise. Der Rabbi ging mit hochgezogenen Schultern neben ihr und hustete hin und wieder in seinen Schal.

»Kommen Sie mit hinein, um sich aufzuwärmen«, sagte sie an der Treppe.

Er schüttelte lächelnd den Kopf. »Ich muss zurück. Gute Nacht, Chava.«

»Gute Nacht, Rabbi.« Und sie sah ihm nach, einem kleinen alten Mann auf einer windigen Straße.

Der Heimweg war eine Qual für den Rabbi. Der Wind blies ihm ins Gesicht und drang durch seinen Mantel und seine dünne Hose. Er zitterte wie ein halb erfrorenes Tier. Aber zumindest war er erfolgreich gewesen. Den ganzen Abend lang hatte er kein einziges Mal an den Ranzen mit den Büchern und Papieren gedacht, den er unter seinem Bett versteckt hatte. Was wäre passiert, hätte sie auch nur die Andeutung von Angst oder eines Wunsches gespürt? *Hoffentlich geht sie bald, damit ich mich wieder meinen Texten widmen und eine Möglichkeit finden kann, sie zu kontrollieren!* Hätte sie ihn angegriffen, aus einem Selbsterhaltungstrieb heraus? Oder wäre sie bereitwillig einverstanden gewesen, hätte seine Nachforschungen sogar ermuntert? Er hatte sie nie gefragt, ob sie gern wieder einen Meister hätte, und jetzt schnürte ihm der Gedanke an so ein Gespräch die Kehle zu. Es wäre, als ob man jemanden fragen würde, ob er sich nicht umbringen wolle, um seinen momentanen Schwierigkeiten zu entkommen.

Ständig musste er sich daran erinnern, dass sie kein Mensch war. Sie war ein Golem und hatte keinen Meister. Er zwang sich, an seinen kleinen Golem in der Jeschiwa zu denken und wie er rasend und vollkommen gleichgültig auf die Spinne eingedroschen hatte. Sie waren zwei verschiedene Geschöpfe; aber ihr innerstes Wesen war gleich. Diese kalte Unbarmherzigkeit existierte irgendwo auch in ihr.

Aber hatte sie auch eine *Seele*?

Oberflächlich betrachtet, lautete die Antwort schlichtweg nein. Nur der Allmächtige konnte eine Seele verleihen, so wie Er Adam mit seinem göttlichen Atem beseelt hatte. Und der Golem war das Geschöpf eines Menschen, nicht Gottes. Sollte sie eine Seele haben, konnte sie nur unvollständig, ein Fragment sein. Wenn er sie in Staub verwandelte, wäre es ein unbefugter Akt der Zerstörung; es wäre jedoch kein Mord.

Doch was ihm die Schriften versicherten, verblasste, wenn er es mit dem Golem in Person zu tun hatte: ihre Enttäuschungen und Triumphe, ihre deutliche Sorge über seine schlechte Gesundheit. Sie sprach angeregt über ihre Arbeit in der Bäckerei und ihre wachsende Selbstsicherheit gegenüber den Kunden; und er sah keinen lebenden Klumpen Lehm vor sich, sondern eine junge Frau, die lernte, in der Welt zu leben. Wenn es ihm gelänge, sie an einen neuen Meister zu binden, würde er ihr alles nehmen, was sie erreicht hatte. An die Stelle ihres freien Willens würden die Befehle ihres Meisters treten. War das nicht auch eine Art Mord? Und wenn es wirklich darauf ankäme, hätte er die Kraft, es zu tun?

Als er sein Haus erreichte, waren seine Schritte nur noch ein Schlurfen. Die Treppe reichte weit hinauf in die Dunkelheit. Eine Stufe nach der anderen stieg er hinauf, hielt sich mit der feuchten Hand am Geländer fest. Auf halber Höhe begann er zu husten, und als er vor seiner Tür stand, konnte er nicht mehr damit aufhören.

Mit Mühe steckte er den Schlüssel ins Loch, mit zitternden Händen zündete er die Lampe an. Er ging in die Küche, um Wasser zu trinken, doch der Husten wurde stärker und schüttelte seinen ganzen Körper. Er beugte sich vor, schlug sich dabei fast den Kopf an der Spüle an. Schließlich ließen die Krämpfe nach und hörten auf. Er setzte sich auf den Boden und atmete flach, den Geschmack von Blut im Mund.

Er hatte seinen Arzt vor nicht einmal einer Woche gebeten, bei ihm vorbeizuschauen. *Ein bisschen Husten*, hatte der Rabbi gesagt. *Ich wollte nur, dass Sie nachsehen.* Der Doktor hatte minutenlang die Brust und den Rücken des Rabbis mit seinem kalten Stethoskop abgehört, und seine Miene wurde dabei immer undurchdringlicher. Schließlich hatte er das Instrument wortlos in einer abgewetzten Ledertasche verstaut. *Wie lange noch?*, hatte der Rabbi gefragt. *Höchstens ein halbes Jahr*, hatte der Doktor erwidert und sich weinend abgewandt. Noch eine Angst, die er vor dem Golem verbergen musste.

Er trank einen kleinen Schnaps, um sich zu beruhigen, und stellte Wasser für Tee auf. Seine Hände zitterten nicht mehr ganz so heftig. Gut. Er hatte zu arbeiten.

Kapitel 11

Die lange Serie verregneter Nächte war unerträglich geworden, und der Dschinn gab nach und tat, was er geschworen hatte, nie zu tun: Er kaufte einen Regenschirm.

Arbeely hatte ihm diesen Vorschlag gemacht, in erster Linie, um selber nicht wahnsinnig zu werden. Nach fast drei Wochen Regen war der Dschinn als Mitarbeiter unerträglich geworden; er war mürrisch und zerstreut und neigte dazu, schwelende Eisen herumliegen zu lassen. »Du siehst aus, als wolltest du gleich aus der Haut fahren«, sagte Arbeely. »Warum kaufst du dir nicht einfach einen Regenschirm, statt jeden Abend in deiner Wohnung zu sitzen?«

»Ich dachte, du siehst nicht gern, wenn ich nachts unterwegs bin«, sagte der Dschinn.

»Stimmt. Aber das ist immer noch besser, als wenn du die Werkstatt abfackelst oder wir uns gegenseitig an die Kehle gehen. Kauf dir einen Regenschirm.«

»Ich brauche keinen und werde keinen kaufen«, sagte der Dschinn.

Arbeely lachte. »Wenn jemand einen Schirm braucht, dann du.«

Dennoch war er schockiert, als der Dschinn ein paar Tage später aus dem morgendlichen Nieselregen in die Werkstatt spazierte und einen mitternachtsblauen Seidenschirm ausschüttelte, der einem West-Side-Dandy besser angestanden hätte als einem syrischen Immigranten.

»Woher hast du denn *den*?«, fragte Arbeely.

»Aus einem Pfandhaus in der Bowery«, antwortete der Dschinn.

Arbeely seufzte. »Das hätte ich mir denken können. Haben sie das Blut abgewaschen?«

Der Dschinn ignorierte diese Bemerkung, drehte den Schirm um und hielt ihn Arbeely hin. »Schau«, sagte er. »Was hältst du davon?«

Der Griff war aus einem dunklen feinkörnigen Hartholz gefertigt. Die letzten zwanzig Zentimeter waren mit filigranem Silber ummantelt, ein spiralförmiges Gitterwerk aus Blättern und Ranken.

»Es ist wunderschön«, sagte Arbeely und hielt den Griff ins Licht. »Das hast du gemacht? Wie lange hast du dafür gebraucht?«

Der Dschinn lächelte. »Zwei Nächte. Ich habe so einen in einem Schaufenster gesehen, schlichter als dieser, aber er hat mich auf die Idee gebracht.«

Arbeely schüttelte den Kopf. »Er ist viel zu fein. Die Leute werden glauben, dass du dich für was Besseres hältst.«

Der Dschinn erstarrte. »Sollen sie«, sagte er. Er nahm Arbeely den Schirm wieder ab und stellte ihn in eine Ecke – vorsichtig, um die Seide nicht zu zerknittern.

An diesem Abend kehrte der Dschinn in die Bowery zurück. Es war eine faszinierende Gegend, anziehend und abstoßend zugleich: ein weitläufiges kakophones Labyrinth, das sich durch das südliche Ende der Stadt schlängelte. Er hatte das Gefühl, dass er es bald satthaben würde; aber bis dahin war es eine gute Möglichkeit, einen unterhaltsamen Abend zu verbringen.

Er musste sich erst noch an den Schirm gewöhnen. Wenn er darunter ging, fühlte er sich eingeschlossen, eingeengt. Die Tropfen prasselten auf die gespannte Seide, dass sie summte wie ein Schwarm Fliegen.

Der Regen ließ nach, und es nieselte nur noch leicht. Vorsichtig schloss er den Schirm – der Mechanismus klemmte manchmal – und rollte ihn ein, um die Seide vor verirrten Funken der Hochbahn zu schützen. Er hatte etwas zu erledigen.

Der Laden, in dem er Gold und Silber kaufte, war auf halber Höhe der Bowery, kurz bevor sie sich mit der Bond Street kreuzte. Er befand sich neben einer Kneipe und unter einem Bordell und wirkte von außen wie ein ganz normaler Tabakladen. Die meisten Transaktionen wurden vom Rhythmus quietschender Betten im Stockwerk darüber begleitet. Ein Hehler namens Conroy, ein kleiner adretter Ire, führte den Laden. Hinter den runden Brillengläsern blickten Conroys Augen scharf und schlau, und er war überaus akkurat. Er schien eine Sammlung muskelbepackter Männer zu beschäftigen. Manchmal tauchte einer von ihnen auf und flüsterte Conroy etwas ins Ohr. Conroy dachte dann kurz nach und nickte oder schüttelte den Kopf, immer mit der gleichen Miene milden Bedauerns. Anschließend verschwand der harte Bursche, um einen unheilvollen Auftrag zu erledigen.

Zwei betrunkene Männer kauften Tabak und Zigarettenpapier, als der Dschinn den Laden betrat. Conroy freute sich, ihn zu sehen. Als die beiden Männer gingen, schloss Conroy die Tür ab und drehte das Schild im Fenster um. Dann langte er unter den Verkaufstisch und holte ein Sortiment schöner silberner Gegenstände hervor: Besteck, Anhänger, Halsketten und einen kleinen Kerzenständer.

Der Dschinn griff nach dem Kerzenständer und betrachtete ihn. »Massives Silber?«

»Durch und durch.«

Er sah keine Kerben oder Kratzer, die bewiesen, dass Conroy es überprüft hätte, aber der Mann hatte sich bislang nie getäuscht. »Wie viel?«

Conroy nannte einen Preis. Der Dschinn halbierte ihn, und so ging es immer weiter, bis sie bei einer Summe anlangten, die der Dschinn für nur leicht übertrieben hielt. Er zahlte, und Conroy verpackte den Kerzenständer in Papier, um das er eine Schnur wickelte wie um ein Stück Fleisch. »Wenn Sie hinaufgehen möchten«, sagte er ungerührt, »für Sie wäre es umsonst.«

»Danke, nein«, entgegnete der Dschinn. Er nickte ihm zum Abschied zu und ging.

Draußen steckte er den Kerzenständer in die Manteltasche, rollte sich eine Zigarette und blickte zu den Fenstern des Bordells hinauf. *Das*, so entschied er, war etwas, wofür er nie und nimmer zahlen würde. Das einzige Vergnügen bei der Sache wäre rein physischer Natur, und wozu dann das Ganze?

Er hatte seine Besorgungen erledigt und beschloss, die Bowery bis zum Ende zu gehen. Er kam an Tätowiersalons vorbei, an Bestattungsunternehmen, an geschlossenen Theatern und schmuddligen Cafés. Aus einem Spielcasino drang laute blecherne Musik auf die Straße. Ratten wuselten in den Rinnsteinen und verschwanden unter der Hochbahn in der Dunkelheit. Frauen mit zu stark geschminkten Gesichtern sahen sich nach Opfern um und entdeckten ihn, einen einsamen, gut aussehenden gepflegten Mann. Sie winkten ihn zu sich und blickten verärgert drein, als er weiterging, ohne stehen zu bleiben.

Plötzlich riss dem Dschinn die Geduld mit der Bowery. Es schien, als hätte sie alles Schöne des Verlangens in etwas Hässliches verwandelt.

Er fand eine Feuerleiter und stieg hinauf, den Regenschirm unter den Arm geklemmt. Der silberne Griff stieß gegen eine Sprosse, und der Schirm wäre beinahe hinuntergefallen. Er verfluchte die Sprosse, verfluchte den Schirm, verfluchte den Umstand, auf beides angewiesen zu sein.

Auf dem Dach drehte er sich eine Zigarette, rauchte und schaute hinunter auf die Straße. Es ärgerte ihn, dass er der Bowery so schnell überdrüssig geworden war. Bald würde die Sonne aufgehen; dann wollte er in die Washington Street zurückkehren.

In seinem Rücken knirschten Schritte auf der Dachpappe, und einen unbedachten Augenblick lang freute er sich über die Gesellschaft.

»Das ist ein schöner Schirm, Sir.«

Eine junge Frau, fast noch ein Mädchen, stand vor ihm. Sie trug ein schäbiges Kleid voller Flecken, das einst von guter Qualität gewesen war. Sie hielt den Kopf seltsam schief, als wäre er zu schwer für ihren Hals. Ihr Haar war lang und dunkel und hing wie ein Vorhang vor ihrem Gesicht, doch dahinter ließ sie ihn nicht aus den Augen.

Sie hob eine matte Hand und strich sich das Haar aus dem Gesicht; diese Geste erinnerte den Dschinn an irgendetwas. Einen langen Moment war er überzeugt, dass er sie kannte und sie wiedererkennen würde, sobald er ihr Gesicht sah.

Aber sie war nur ein unauffälliges Mädchen, eine Fremde. Sie lächelte ihn verträumt an. »Suchen Sie Gesellschaft, Sir?«, fragte sie.

»Eigentlich nicht«, antwortete er.

»Ein so hübscher Mann wie Sie sollte nicht allein sein.« Sie sagte den Satz, als hätte sie ihn auswendig gelernt. Langsam schloss sie die Augen. Stimmte etwas nicht mit ihr? Und warum hatte er geglaubt, dass er sie kannte? Er sah ihr ins Gesicht. Sie deutete seine Aufmerksamkeit als Zustimmung und drückte sich an ihn. Sie schlang die Arme um seine Taille. Er spürte ihr Herz schlagen, ein unruhiges schnelles Flattern in ihrer Brust. Sie seufzte, als würde sie es sich für die Nacht bequem machen. Er blickte auf ihren Kopf hinunter und war seltsam verunsichert. Er hob eine Hand und sah zu, wie seine Finger durch ihr Haar glitten.

Sie flüsterte: »Für zwanzig Cent bekommen Sie, was immer Sie wollen.«

Nein. Er stieß sie zurück, und sie schwankte. Eine kleine Flasche fiel vor ihr auf den Boden. Er neigte sich vor und hob sie auf. Sie war mit einem Korken verschlossen und halb gefüllt mit einer öligen Flüssigkeit. *Opiumtinktur* stand auf dem Etikett.

Das Mädchen kreischte auf, streckte die Hand aus und entriss ihm das Fläschchen. »Das gehört mir«, fuhr sie ihn an, drehte sich um und lief auf unsicheren Beinen davon.

Er sah ihr nach, dann stieg er vom Dach und ging nach Hause. Er wusste nicht, warum ihn das Mädchen so durcheinandergebracht hatte. Allerdings war ihm die Bewegung ihrer Hand, als sie sich den dunklen Haarschleier aus dem Gesicht strich, so überaus vertraut vorgekommen.

Im Ziegenpferch ihres Vaters richtete sich Fadwa al-Hadid auf dem Melkschemel auf und strich sich den

Vorhang aus dunklem Haar aus dem Gesicht. Sie hatte es im Nacken zusammengefasst, aber es löste sich immer, wenn sie die Ziegen melkte. Wohl wegen der rhythmischen Bewegung.

Die Ziege meckerte und schaute sich zu ihr um, verdrehte die Augen mit den senkrechten Pupillen. Fadwa streichelte über ihren Rücken und flüsterte ihr beruhigende Worte ins ledrigweiche Ohr. Die Ziegen waren ungebärdig, weigerten sich stillzustehen, wechselten von einem Bein aufs andere, sodass der Eimer umzufallen drohte. Vielleicht spürten sie den kommenden Sommer. Es war noch Vormittag, dennoch brannte die Sonne auf sie herunter, erhitzte die Luft und färbte den Himmel messingfarben. Sie trank aus dem Eimer und löste ihr Haar vollständig.

Nicht weit entfernt von ihr sah der Dschinn zu, wie sie ihr Haar im Nacken neu zusammenfasste. Es war eine hübsche Geste, unbefangen und intim.

Seit Tagen beobachtete er das Mädchen und ihre Familie und versuchte, ihre Lebensweise zu verstehen. Innerhalb der sorgfältig begrenzten Welt, deren Mittelpunkt das Lager bildete, herrschte ein ständiges Kommen und Gehen. Die Männer entfernten sich weiter als die Frauen, aber auch sie stießen an Grenzen. Sie waren nicht mehr in Sichtweite des Palastes gewesen, und er fragte sich, ob es damals einen besonderen Anlass dafür gegeben hatte.

Er sah zu, wie Fadwa die Ziege losband und zur nächsten ging. Ihr Leben war wirklich so, wie sie es beschrieben hatte, eine endlose Wiederholung derselben Aufgaben. Die Männer in einer Karawane hatten zumindest ein Ziel vor Augen, ein Ziel jenseits des Horizonts. Fadwas Leben bestand, soweit er es überblicken konnte, aus Melken, Putzen, Kochen und Weben. Er fragte sich, wie sie es aushielt.

Nachdem sie die letzte Ziege gemolken hatte, band Fadwa sie los und überprüfte das Wasser im Trog. Dann hob sie vorsichtig den randvollen Eimer mit Milch an und trug ihn zur Feuerstelle.

»Du verschüttest Milch«, sagte ihre Mutter. Sie arbeitete am Mahlstein, zog mit dem Arm einen Kreis nach dem anderen. Weizenmehl sickerte zwischen den beiden flachen Steinen hervor. Fadwa antwortete nicht, goss die Milch in eine gehämmerte Schale und stellte sie auf die glühenden Kohlen. Schweiß lief ihr in die Augen, und sie wischte ihn irritiert weg.

»Du hast den ganzen Morgen keine drei Sätze gesagt«, beklagte sich ihre Mutter. »Sind deine Tage im Anzug?«

»Alles in Ordnung, Mama«, antwortete sie gedankenverloren. »Ich habe nicht gut geschlafen, das ist alles.«

Die Milch begann zu kochen, und sie nahm die Schale vom Feuer und rührte ein paar Löffel voll Joghurt hinein, den sie vom Frühstück zurückbehalten hatte. Dann bedeckte sie die Schale mit einem Tuch und ließ die Milch stocken.

»Geh mit den Mädchen zur Höhle und hol noch mehr Wasser«, sagte ihre Mutter. »Wir werden es brauchen.«

Der Weg zur Höhle schien endlos. Der leere Wasserkrug wog schwer auf ihrem Kopf. Ihre Cousinen lachten und liefen vor ihr her, spielten ein Spiel, bei dem sie versuchten, auf den Schatten der anderen zu treten, ohne dass ihnen die Krüge herunterfielen. Was sie zu ihrer Mutter gesagt hatte, stimmte: Sie hatte nicht gut geschlafen. Ihr seltsamer Besucher war in der nächsten Nacht nicht wiedergekommen und auch nicht in der

Nacht danach; und jetzt, fast eine Woche später, begann sie sich zu fragen, ob sie sich die ganze Sache nicht eingebildet hatte. Aber es war ihr so anschaulich, so real erschienen; doch nach ein paar Tagen begann alles wie ein gewöhnlicher Traum zu verschwimmen.

Würde er sein Versprechen halten und vielleicht diese Nacht zurückkommen? Oder gab es ihn gar nicht und auch kein Versprechen, das zu halten war? Wie sollte sie wissen, ob er wirklich zu ihr kam oder ob sie nur träumte? Ihre Gedanken drehten sich im Kreis. Sie schlief ein, nur um aufgeregt wieder zu erwachen und sich anschließend zu schelten, dass sie aufgewacht war. Und wenn sie wirklich schlief, träumte sie nur gewöhnlichen Unsinn.

Die Quelle, an der der Hadid-Clan Wasser holte, entsprang in einer Höhle, die Menschen vor langer Zeit zu einem Tempel umgebaut hatten. Der Eingang war eine viereckige Öffnung in der Flanke eines Hügels. Fadwa fand, dass es aussah, als hätte ein Riese mit einem Messer die Kante des Hügels abgeschnitten. In einem unbekannten eckigen Alphabet waren Worte über den Eingang geschrieben. Sand und Wind hatten ganze Arbeit geleistet, sodass sie kaum noch zu erkennen waren. Ihr Vater hatte ihr erzählt, dass die Gestalter des Tempels aus der Welt jenseits der Wüste stammten. *Sie ziehen in jeder Epoche hier durch*, hatte er gesagt. *Sie versuchen, die Wüste zu erobern. Sie hinterlassen Zeichen, als wollten sie ihren Anspruch deutlich machen, aber dann verschwinden sie. Doch wir Beduinen harren hier aus.*

Die Luft im Inneren war kühl und feucht. In den steinernen Höhlenboden war eine Mulde gehauen; ein Spalt darin verband sie mit der unterirdischen Quelle.

Zum Höhepunkt der Regenzeit trat das Wasser über die Ränder der Mulde, strömte durch die Höhlenöffnung und den Pfad hinunter. Jetzt war die Mulde halb voll. Fadwa wusste, dass die Quelle bald nur noch ein Rinnsal wäre und dann ganz versiegen würde. Sie würden von der Milch ihrer Tiere leben, bis das Wasser zurückkehrte.

Ihre Cousinen standen am Rand und füllten ihre Krüge. Sie watete ins Wasser und sah zu, wie die dunkle Flüssigkeit in ihren Krug floss. In einer Nische oberhalb der Mulde waren Gesicht und Gestalt einer Frau in den Felsen gemeißelt. Eine Wassergöttin, hatte ihr Vater gesagt, eine Frau mit hundert Namen. Die Erbauer des Tempels hatten geglaubt, dass sie die Göttin in die Wüste gebracht hatten, während sie tatsächlich schon immer hier gewesen war. Ihr Haar umfloss sie wie Wellen. Sie starrte mit leerem, heiterem Blick aus dem Felsen, da die Jahre ihre Gesichtszüge abgeschliffen hatten.

Glaubst du, dass es sie wirklich gibt?, hatte Fadwa ihren Vater gefragt. Und er hatte gelächelt und gesagt: *Wenn so viele andere an sie glauben, wer bin ich, um ihnen zu widersprechen?*

Ihre Cousinen spritzten einander an. Fadwa runzelte die Stirn und watete mit ihrem Wasserkrug ein Stück weiter.

Heute Nacht, sagte sie sich. Wenn er heute Nacht nicht käme, würde sie sich mit der Wahrheit abfinden. Dann hatte sie sich alles nur eingebildet.

Bitte, mach, dass er kommt, bat sie lautlos die Frau in der Nische. *Sonst fange ich vielleicht an, mich für verrückt zu halten.*

Der Dschinn sah zu, wie Fadwa aus dem Tempel kam und den Wasserkrug mühelos auf dem Kopf balancierte. Um sein Gewicht auszugleichen, machte sie kleine Schritte, schwang die Hüfte von einer Seite zur anderen. Eine Hand lag locker seitlich auf dem Krug, um ihn im Gleichgewicht zu halten. Alles in allem ein überaus erfreulicher Anblick. Das Wasser enthielt zudem ein Moment der Gefahr.

Er lächelte. Er hatte sein Versprechen nicht vergessen. Vielleicht, so dachte er, würde er ihr heute Nacht einen Besuch abstatten.

Ein paar Tage später, am Freitagmorgen, fand der Rabbi die Formel, um einen Golem an einen neuen Meister zu binden.

Es war eine lange, schreckliche Woche gewesen. Langsam, aber sicher war er zu der unerschütterlichen Überzeugung gelangt, dass es Zeit war, die Sache zu einem Ende zu bringen, dass die Umstände und seine Gesundheit keinen Aufschub mehr duldeten. Deswegen hatte er den Familien seiner Schüler die Nachricht zukommen lassen, dass er sich eine Woche lang freinahm, um zu beten und zu fasten. (Er konnte nicht einfach sagen, dass er krank war; die Mütter hätten sonst mit Schüsseln voller Suppe vor seiner Tür gestanden.) Und wie es das Schicksal wollte, wurde aus der Lüge Wahrheit: Das Unterfangen nahm immer mehr die Form eines langen, schleppenden Gebets an, und seit Mittwoch hatte er schlichtweg vergessen zu essen.

Bücher und Papiere bedeckten den Wohnzimmerboden mit einem Muster, das eher zufällig wirkte als durchdacht. Hin und wieder schlief er eine Stunde auf der Couch. Seine Träume waren ein Gedämmer aus Gebeten, Schaubildern und dem Namen Gottes. Dazwischen schwebten bekannte und unbekannte Gesichter: seine Frau, die Unsinn redete, ein alter gebeugter Mann, sein Neffe Michael, der sich vor etwas Unsichtbarem fürchtete, und der lächelnde Golem, in dessen Augen ein schreckliches Feuer brannte. Der Husten weckte ihn aus diesen Träumen, und er machte sich noch halb im Schlaf wieder an die Arbeit.

Er vermutete, dass er seiner Seele Schaden zufügte. Aber diesen Gedanken schob er beiseite. Er hatte damit angefangen, und er würde es zu Ende bringen.

Als er sich dem Ende näherte, hatte er keinen Anfall fiebriger Inspiration, sondern zählte ruhig und gründlich alles zusammen, als würde ein Buchhalter die Abrechnungen eines Jahres in Einklang miteinander bringen. Er blickte auf die kurzen Zeilen, die er unten auf eine Seite geschrieben hatte, und sah zu, wie die Tinte ins Papier sickerte. Ein Teil von ihm wünschte, er könnte stolz auf sein Werk sein. Denn trotz ihrer Kürze war die Formel ein elegantes und kompliziertes Meisterwerk. Einen Golem an einen neuen Meister zu binden, ohne ihn zu zerstören, war allein schon eine beispiellose Leistung. Doch der Rabbi war noch einen Schritt weitergegangen. Damit die Formel wirkte, musste der Golem damit einverstanden sein, dass ihm der eigene Wille genommen wurde. Das war der Kompromiss, den er mit sich selbst geschlossen hatte, die Vereinbarung, die er mit seinem Gewissen getroffen hatte. Er würde ihr nicht wie ein Mörder in einer dunklen Gasse das Leben nehmen. Er würde ihr die Entscheidung überlassen.

Sie könnte sich natürlich weigern. Oder die Frage

nicht ertragen. Könnte er sie wenn nötig bezwingen? Sein übermüdeter Geist schreckte vor dem Gedanken zurück, dass er so weit gekommen war, nur um sie schließlich doch zu zerstören.

Er schaute sich um, blinzelte und zuckte zusammen: Seine Wohnung sah aus wie die Höhle eines verrückten Mystikers. Wacklig auf den Beinen, sammelte er die Bücher und Papiere auf dem Boden ein. Die Bücher steckte er in seinen Ranzen, um sie nach dem Sabbat ihren Eigentümern zurückzubringen und sich zu entschuldigen. Die Papiere ordnete er zu einem Stapel, abgesehen von der letzten Seite, die er separat ablegte. Er musste sich waschen; er fühlte sich schmutzig. Draußen war ein ausnahmsweise wolkenloser Morgen angebrochen. Der Himmel jenseits des rußverschmierten Wohnzimmerfensters färbte sich saphirblau.

Er machte Feuer im Herd und stellte einen Topf mit Wasser darauf, sah sich dabei selbst wie aus der Ferne zu, nahezu amüsiert. Er erinnerte sich an diese schwebende Distanziertheit aus seinen Tagen in der Jeschiwa, an das nächtliche Lernen, als ihm schien, er würde in den Talmud eintauchen und mit ihm verschmelzen. Er sah zu, wie sich auf dem Topfboden Blasen bildeten, doch vor Müdigkeit und, wie er jetzt erst bemerkte, hartnäckigem Hunger verschwamm ihm das Bild vor Augen. Er suchte in den Schränken, fand jedoch nur uralte Brotkanten und ein fragwürdiges Glas mit Schmalz. Nachdem er sich gewaschen und gebetet hatte, würde er ausgehen und für das Abendessen einkaufen müssen. Auch die Wohnung musste er aufräumen, bevor der Golem kam.

Schließlich war das Wasser heiß. Er zog sich in der kalten Küche aus und rieb sich zitternd mit einem

Waschlappen ab. Er versuchte, den Husten zu unterdrücken. Zum ersten Mal überlegte er, wer als potenzieller Meister infrage käme. Meltzer? Ein guter Rabbi, aber zu alt und zu festgefahren in seinem bequemen Leben. Das Gleiche galt für Teitelbaum, was jammerschade war. Kaplan war eine Möglichkeit; er war jünger, aber dennoch ein Kind der alten Welt und würde daher die Idee wahrscheinlich nicht sofort ablehnen. Aber vielleicht fehlte es dem sehr gelehrten Kaplan an Mitgefühl.

Er würde sich jedem von ihnen behutsam nähern müssen. Als Erstes müsste er sie überzeugen, dass ihn das Alter und die Einsamkeit nicht in den Wahnsinn getrieben hatten. Und selbst dann war mit Widerstand zu rechnen. *Warum zerstörst du sie nicht einfach?*, würden sie fragen. *Warum hast du dein Leben ruiniert und bittest jetzt mich, auch noch meins aufs Spiel zu setzen und diese Bedrohung am Leben zu lassen?*

Würde er antworten, dass er sie über die Maßen ins Herz geschlossen hatte? Dass sie ihn mit ihrem Eifer zu lernen, ihrer Entschlossenheit und Geduld so stolz gemacht hatte wie einen Vater? Arrangierte er ihre Zukunft oder ihr Ende?

Tränen stiegen ihm in die Augen und schnürten ihm die Kehle zu, sodass er husten musste.

Er ging ins Schlafzimmer, um sich saubere Kleidung anzuziehen. In der untersten Schublade der Kommode fiel sein Blick auf den Lederbeutel. Mit zitternden Fingern – er *musste* wirklich bald etwas essen – öffnete er ihn und nahm den kleinen Umschlag aus Ölpapier heraus, auf dem *Befehle für den Golem* stand. Er gehörte zu den anderen Papieren, entschied er. Die Uhr und die Geldscheine würde er dem Golem geben und sich dafür entschuldigen, dass er sie so lange behalten hatte.

Aber den Umschlag würde er entweder weitergeben oder verbrennen. Sobald er entschieden hätte, was zu tun war.

Als er den Umschlag ins Wohnzimmer trug, setzte der Anfall ein. Er beugte sich hustend vor; und dann ging ihm gänzlich die Luft aus. Es war, als hätte ihm jemand ein Stahlband um die Brust gelegt und zöge es enger und enger zu. Er schnappte nach Luft und hörte ein leises Keuchen. Sein Arm wurde taub.

Das Wohnzimmer wurde länger und verfärbte sich an den Rändern grau, legte sich auf die Seite und drehte sich. Er spürte den alten Wollteppich unter der Wange. Er versuchte aufzustehen, rollte aber nur auf den Rücken. Eine leises knisterndes Geräusch: Er hatte den Umschlag aus Ölpapier noch in der Hand.

In den letzten Augenblicken, die ihm noch blieben, erkannte Rabbi Meyer, dass er es nie hätte tun können. Der kleine Mord mit seiner neuen Formel oder die totale Zerstörung mit dem Spruch im Umschlag: Er wäre zu keinem von beiden in der Lage gewesen, solange sie seine Chava war, die unschuldige, neugeborene Frau, die er zum ersten Mal mit einem Spatzen in der Hand gesehen hatte.

Er versuchte, den Umschlag unter den Tisch zu werfen. War er dort gelandet? Er wusste es nicht. Sie würde ihren Weg allein gehen müssen, er hatte getan, was er konnte. Sein Körper fühlte nichts mehr, alle Empfindungen zogen sich aus seinen Gliedern in seinen Bauch zurück. Ihm ging durch den Sinn, dass er die *Widduj* sagen müsste, das Sündenbekenntnis vor dem Tod. Er versuchte, sich daran zu erinnern: *Gesegnet seist Du, der Du mir so viele Segnungen hast zuteilwerden lassen. Möge mein Tod die Buße sein für alles, was ich getan habe ... und möge ich in der nächsten Welt im Schatten Deiner Flügel Schutz finden.*

Er starrte auf den Himmel jenseits des Wohnzimmerfensters. Das strahlende Blau erstreckte sich so hoch, dass es schien, als würde es ihn in sich hineinziehen, rein und weit und allumfassend.

Am Abend ging der Golem mit einem sorgfältig eingewickelten Apfelstrudel zum Rabbi. Sie schritt weit aus, streckte die Beine und spürte, wie die kalte Nachtluft in ihren Körper drang. In den Fenstern glühten Lampen.

Niemand öffnete, als sie an die Tür des Rabbis klopfte.

Sie klopfte noch einmal und wartete. Wahrscheinlich war er eingeschlafen. Sie stellte sich vor, wie er im Wohnzimmer in einem Sessel schlief, und musste lächeln. Er würde sich ärgern, dass er eingeschlafen war und sie warten ließ.

Sie klopfte ein drittes Mal, lauter. Immer noch nichts. Sie stand eine Weile da und wusste nicht so recht, was sie tun sollte. Sie fragte sich, was der Rabbi ihr raten würde, und die Antwort war so klar, als hätte er sie ihr ins Ohr geflüstert: *Du weißt, dass ich die Tür tagsüber nicht abschließe. Die Wohnung ist genauso dein wie mein Zuhause. Komm rein!*

Sie öffnete die Tür.

In der Wohnung war es dunkel, keine Lampe brannte. Sie schaute ins Schlafzimmer. Das Dämmerlicht warf Schatten auf das ordentlich gemachte Bett. Sie ging in die Küche, stellte den Strudel ab und entzündete eine Lampe. Jetzt hatte sie Angst. Das Feuer im Herd war erloschen. Es war kalt, und die Luft roch muffig wie schmutzige Wäsche.

Sie ging ins Wohnzimmer, und dort fand sie ihn.

Seine Beine waren verdreht. Seine Augen starrten blind auf das Fenster hinter ihm.

Zuerst empfand sie keinen Schrecken, keinen Schock, sondern einfach nur Ungläubigkeit. Das war nicht real. Es war ein gemaltes Bild, eine Sinnestäuschung. Wenn sie die Hand ausstreckte, könnte sie es mit den Fingern wegwischen.

Zitternd ging sie neben ihm in die Hocke und berührte sein Gesicht. Es fühlte sich kalt und hart an.

Entfernt – nahezu desinteressiert – spürte sie, wie sich etwas in ihr aufbaute, und sie wusste, dass es stark genug wäre, um Gebäude einzureißen, wenn es durch die Oberfläche brach.

Sein Haar war zerzaust, und die Kippa war verrutscht. Das würde ihm nicht gefallen. Sie strich sein Haar glatt und rückte die Kippa zurecht, bemühte sich, ihn nur ganz leicht zu berühren. Ein Arm stand in einem merkwürdigen Winkel von seinem Körper ab. Ein Umschlag war ihm aus der Hand gerutscht, eine Ecke berührte noch seine Fingerspitzen. Sie sah, dass etwas darauf stand. Sie neigte sich vor und las:

Befehle für den Golem.

Sie hob den Umschlag auf. Das glatte Papier knisterte in ihrer Hand; in der Stille des Zimmers klang es so laut wie ein Feuerwerk. Sie steckte ihn in die Tasche ihres Umhangs.

Noch immer rührte er sich nicht. Doch jetzt hörte sie etwas, einen abgehackten, hohen wehklagenden Laut. Zuerst leise, dann immer lauter. Und lauter. Jemand klopfte an die Tür, und sie merkte, dass sie selbst den Laut von sich gab, vor und zurück schaukelte, die Hände vor dem Mund, laut aufschrie, und dann hörte sie Worte. *Rabbi, Rabbi!*

Jemand fasste sie an der Schulter, jemand sagte etwas zu ihr. Weitere Schreie, jetzt nicht mehr ihre eigenen.

Schritte im Flur und im Treppenhaus. Sie ließ sich von ihm wegziehen und zu einem Stuhl führen. Jemand reichte ihr ein Glas Wasser. Und jetzt gingen Nachbarinnen ein und aus, kümmerten sich still, wischten sich die Tränen ab und sprachen leise miteinander, nickten und gingen auseinander. Ein Mann mit einer ledernen Arzttasche stürzte herein; in seinem Gürtel steckte noch die Serviette vom Abendessen. Er neigte sich über den Rabbi, zog ein Lid zurück, legte das Ohr auf seine Brust. Dann schüttelte er den Kopf. Er richtete sich auf, nichts war jetzt mehr dringlich.

Eine Frau legte ein Laken über den Rabbi. Es bauschte sich im Luftzug, bevor es auf seiner Leiche zu liegen kam. Ein zweites hängte sie über den Spiegel im Wohnzimmer.

Gemurmel. Und jetzt blickten die Frauen verstohlen zum Golem. Wer war sie? Was tat sie in der Wohnung eines verwitweten alten Rabbis? Der Golem wusste, dass sie Mut sammeln würden, sie zu fragen, wer sie war. Und sie könnte sie nicht anlügen. Nicht, solange der Rabbi unter dem Laken auf dem Boden lag. Sie musste gehen. Sie spürte ihre neugierigen Blicke, als sie an ihnen vorbeiging, hörte das Geflüster, das ihr folgte. Aber es war ihr gleichgültig. Sie fühlte noch immer diese Dunkelheit in sich aufsteigen; sie musste nach Hause.

Draußen war es stockfinster, und der Wind hatte aufgefrischt. Er zerrte an ihrer Kleidung und wehte ihr beinahe den Hut vom Kopf. Sie nahm ihn ab und trug ihn in der Hand. Passanten blieben stehen, um ihr nachzusehen, einer großen blassen Frau in dunklem Kleid und Umhang, die ausschritt, als würde sie von einer schrecklichen Kraft getrieben. Ein betrunkener Mann beschloss, die einsame Frau auf ihrem nächtlichen Spaziergang anzusprechen und sie um ihre Gesellschaft zu bitten. Als er sich ihr näherte, erkannte der Golem die Absicht in seinen Augen und Gedanken und dachte, wie einfach es wäre, ihn zu Boden zu schlagen. Sie würde nicht einmal stehen bleiben müssen. Doch als sie näher kam, schaute der Mann ihr ins Gesicht, trat zur Seite und bekreuzigte sich. Später erzählte er seinen Freunden, dass er auf der Orchard Street den Todesengel gesehen hatte, wie er die Seelen einsammelte.

Ihr Zimmer in der Pension erschien ihr noch kleiner als sonst. Sie setzte sich auf die Bettkante. Sie blickte auf ihre Hände hinunter und sah, dass sie dunkle Filz- und Bandfetzen festhielten. Was war das? Dann verstand sie, dass das ihr Hut war, den sie zerrissen hatte, ohne es zu merken.

Sie warf die Fetzen auf den Boden und legte den Umhang ab. Wenn sie die Nacht wie gewohnt verbrachte, würde sie sich vielleicht beruhigen.

Sie nahm das Kleid aus dem Schrank, zog den Stuhl ans Fenster und begann, die Stiche aufzutrennen. Aber die Passanten auf der Straße lenkten sie ab. Es war die übliche bunte Mischung von Betrunkenen, kichernden Mädchen, Arbeitern und jungen Paaren, die heimlich einen Spaziergang machten, die gleichen Ängste und Hoffnungen wie immer; aber jetzt erschienen sie ihr obszön. Sie spazierten herum, als wäre nichts geschehen! Wussten sie denn nicht, dass der Rabbi tot war? Hatte es ihnen niemand gesagt?

Ihre Hände bewegten sich zu schnell, die Schere

rutschte ihr aus der Hand und machte einen Riss in den Stoff, so lang wie ihr Finger.

Der Golem schrie auf und warf das Kleid auf den Boden. Sie schlug die Hände vors Gesicht und begann stöhnend vor und zurück zu schaukeln. Die Wände schienen sie zu bedrängen. Sie konnte nicht länger hierbleiben. Sie musste raus. Sie musste sich bewegen. Oder sie würde die Kontrolle über sich verlieren.

Ohne Hut, Umhang oder Plan lief der Golem aus der Pension. Sie ging ziellos herum, ohne auf ihre Umgebung zu achten. Der Abend war jetzt richtig kalt, Frost lag in der Luft. Ein fast voller Mond hing über den Gaslampen und ließ ihr gelbes Licht fahl und kränklich aussehen.

Sie lief von einer Straße zur nächsten. Die Viertel gingen ineinander über, die Sprachen auf den Ladenschildern änderten sich. Sie lief durch Chinatown und bemerkte kaum die roten Wimpel, die über ihr im Wind flatterten. Wieder änderte sich die Sprache auf den Schildern, und noch immer blieb sie nicht stehen. Sie marschierte ihren Schmerz in Grund und Boden.

Es dauerte lange, bis sie sich beruhigte, bis ihre Gedanken flüssiger, zusammenhängender wurden. Sie verlangsamte den Schritt, blieb schließlich stehen und schaute sich um. Eine Straße mit Wohnblocks zu beiden Seiten erstreckte sich vor ihr. Die Ziegelfassaden waren baufällig und schmutzig, und die Luft stank. Sie drehte sich um: Sie sah nichts, was ihr vertraut gewesen wäre, keine Brücke, keinen Fluss, nichts, woran sie sich hätte orientieren können. Sie hatte sich verlaufen.

Zögernd ging sie weiter. Die nächste Straße wirkte noch trostloser und endete in einem kleinen Park, kaum größer als ein Flecken totes Gras. Sie stellte sich in die

Mitte und drehte sich um die eigene Achse, versuchte, sich zu orientieren. Nicht weniger als sechs Straßen führten auf den Park zu. Sollte sie den Weg zurückgehen, den sie gekommen war? Wie sollte sie jemals wieder nach Hause finden?

Und dann tauchte in einer Straße ein merkwürdiges Licht auf, das auf Kopfhöhe zu schweben schien. Sie blieb beunruhigt stehen. Das Licht kam auf sie zu. Als es nicht mehr weit entfernt war, sah sie, dass es kein Licht war, sondern ein Gesicht; und das Gesicht gehörte zu einem Mann. Er war groß, größer als sie, und trug keine Kopfbedeckung. Sein dunkles Haar war kurz geschnitten. In seinem Gesicht – und auch seinen Händen, wie sie jetzt bemerkte – glühte ein warmes Licht, wie eine mit dünnem Stoff umwickelte Lampe.

Sie sah zu, wie er näher kam, und konnte den Blick nicht von ihm abwenden. Sie sah, wie er sie einmal anblickte und dann noch einmal. Dann blieb er stehen. Auch aus dieser Entfernung spürte sie seine Neugier und die Angst dahinter, ein Spiegel ihrer eigenen Gefühle. Was, fragte er sich, ist *sie*?

Der Schock lähmte sie. Nur der Rabbi war bislang in der Lage gewesen, sie als das zu erkennen, was sie war.

Sie wusste, dass sie kehrtmachen und davonlaufen sollte. Davonlaufen vor diesem Mann, der bereits zu viel wusste, weil er sie gesehen hatte, sie wirklich gesehen hatte. Aber sie konnte es nicht. Sie vergaß die Welt um sich herum. Sie musste wissen, wer er war. *Was* er war.

Und deshalb rührte sich der Golem nicht von der Stelle und wartete, als der Mann sich ihr langsam und vorsichtig näherte.

Bis jetzt war der Abend für den Dschinn ziemlich enttäuschend verlaufen. Er hatte das trockene Wetter genutzt und war ausgegangen, aber ohne große Begeisterung. Da ihm nichts Besseres eingefallen war, hatte er sich auf den Weg zum Aquarium gemacht, doch stattdessen fand er sich im City Hall Park wieder, einer unauffälligen Rasenfläche, die von breiten, sich kreuzenden asphaltierten Wegen in Stücke geschnitten wurde. Von dort marschierte er zum Wagendepot in der Park Row, ein langes, niedriges Gebäude, das auf massiven Eisenträgern stand. Er ging darunter hindurch und blickte hinauf zu den Zügen, die auf den Gleisen schliefen und darauf warteten, am Morgen neue Fahrgäste über die Brooklyn Bridge zu bringen.

Er war noch nicht in Brooklyn gewesen und wollte auch nicht dorthin, noch nicht. Er musste sich die neuen Erfahrungen sorgfältig einteilen, damit sie ihm nicht ausgingen. Er sah flüchtig vor sich, wie er in zehn, zwanzig, dreißig Jahren immer weitere Kreise zog, um jede nur mögliche Quelle der Zerstreuung zu nutzen. Er rieb an dem Eisen um sein Handgelenk, merkte, was er tat, und hörte auf damit. Er würde sich nicht, auf gar keinen Fall, von Selbstmitleid überwältigen lassen.

Er schlenderte die Park Row in nordöstlicher Richtung entlang, bis ihm klar wurde, dass er sich der Bowery näherte. Da er sie meiden wollte, bog er in die nächste Straße ein, die von schmutzigen Wohnblocks gesäumt war. Auch nicht besser, dachte er.

Die Gebäude verjüngten sich zu Keilen vor einer großen Kreuzung, einer Ödnis aus Pflastersteinen. Jenseits davon befand sich ein schmaler, kleiner Park. In der Mitte stand eine einzelne Frau.

Zuerst sah er nur, dass sie eine ehrbar wirkende Frau war, die mitten in der Nacht allein unterwegs war. Das war zwar merkwürdig, ließ sich aber vermutlich erklären. Doch sie trug weder Hut noch Umhang, sondern nur Rock und Bluse. Und warum starrte sie ihn an und verfolgte jede seiner Bewegungen? War sie verrückt, oder hatte sie sich nur verlaufen?

Er hatte die Mitte der Kreuzung erreicht und blickte erneut beunruhigt zu ihr; da sah er, dass sie kein Mensch war, sondern ein lebendes Stück Erde.

Er blieb wie angewurzelt stehen. Was war sie?

Jetzt starrte er sie an. Zögernd ging er bis zur Grasfläche. Als er nur noch wenige Meter von ihr entfernt war, schien sie zurückweichen zu wollen. Er blieb sofort stehen. Ein feiner Dunst umgab sie, und sie roch nach etwas Dunklem, Reichhaltigem.

»Was bist du?«, fragte er.

Sie schwieg, ließ nicht erkennen, ob sie ihn verstanden hatte. Er versuchte es noch einmal. »Du bist kein Mensch. Du bist aus Erde.«

Endlich sprach sie. »Und du bist aus Feuer.«

Der Schock traf ihn wie ein Schlag vor die Brust, und dann verspürte er große Angst. Er wich einen Schritt zurück. »Woher weißt du das?«, fragte er.

»Dein Gesicht glüht. Als ob es von innen beleuchtet wäre. Kann es sonst niemand sehen?«

»Nein«, sagte er. »Niemand.«

»Aber du kannst mich sehen«, sagte sie.

»Ja.« Er legte den Kopf schief und versuchte zu verstehen. Wenn er sie auf eine Weise betrachtete, war sie nur eine große, dunkelhaarige Frau. Und dann veränderte sich seine Sichtweise irgendwie, und er sah ihre Züge in Lehm gemeißelt. Er sagte: »Meine Art kann die wahre Natur aller Wesen sehen, so erkennen wir uns, wenn wir uns begegnen, in was für einer Gestalt auch immer. Aber ich habe noch nie …«

Er streckte gedankenlos die Hand aus, um ihr Gesicht zu berühren. Sie machte einen Satz nach hinten.

»Ich sollte nicht hier sein«, keuchte sie. Sie schaute sich hektisch um, als sähe sie zum ersten Mal, wo sie sich befand.

»Warte! Wie heißt du?«, fragte er. Sie schüttelte den Kopf und wich zurück wie ein verängstigtes Tier.

»Wenn du mir deinen Namen nicht sagst, sage ich dir meinen!« Gut. Sie war stehen geblieben, zumindest für den Augenblick. »Ich heiße Ahmad, aber das ist nicht mein wahrer Name. Ich bin ein Dschinn. Ich wurde vor tausend Jahren in einer Wüste auf der anderen Seite der Welt geboren. Ich bin durch Zufall hierhergekommen, gefangen in einer Ölflasche. Ich wohne in der Washington Street, westlich von hier, bei einer Kupferschmiede. Bis zu diesem Augenblick kannte nur eine einzige andere Person in New York meine wahre Natur.«

Es war, als hätte er eine Schleuse geöffnet. Ihm war nicht klar gewesen, wie sehr er sich danach gesehnt hatte, es jemandem, irgendjemandem zu erzählen.

Ihr Gesicht spiegelte einen Kampf wider, eine innere Schlacht, die sie mit sich austrug. Schließlich sagte sie: »Ich heiße Chava.«

»Chava«, wiederholte er. »Chava, was bist du?«

»Ein Golem«, flüsterte sie. Dann riss sie die Augen auf und hielt sich die Hand vor den Mund, als hätte sie gerade das gefährlichste Geheimnis der Welt preisgegeben. Sie taumelte rückwärts, drehte sich um, um davonzulaufen; und in ihren Bewegungen erkannte er ihre ungeheure körperliche Kraft und wusste, dass sie mühelos Arbeelys beste Blechplatten auseinanderbrechen könnte.

»Warte!« Aber sie rannte jetzt, ohne zurückzublicken. Sie flitzte um eine Ecke und war verschwunden.

Er stand eine Weile allein auf dem Gras und wartete. Dann folgte er ihr.

Es war nicht schwer, sie aufzuspüren. Wie er vemutet hatte, hatte sie sich verirrt. Sie blieb zögernd an Kreuzungen stehen, schaute die Gebäude und Straßenschilder an. Das Viertel war ein Gewirr von Elendsquartieren, und öfter als einmal wechselte sie die Straßenseite, um einem Mann auszuweichen, der ihr entgegenschwankte. Der Dschinn hielt sich in sicherer Entfernung, musste sich jedoch mehrmals hinter ein Gebäude ducken, wenn sie im Kreis gegangen war.

Schließlich schien sie den Weg gefunden zu haben und schritt sicherer aus. Sie überquerte die Bowery, und er folgte ihr in ein etwas saubereres und ehrbareres Viertel. Hinter einer Ecke sah er zu, wie sie in einem schmalen Haus verschwand, das zwischen zwei riesigen Gebäuden eingequetscht war. In einem Fenster ging das Licht an.

Bevor sie hinausblicken und ihn entdecken konnte, entfernte er sich Richtung Westen, prägte sich dabei die Straßen, die Abzweigungen und Wahrzeichen ein. Er fühlte sich merkwürdig beschwingt und frohgemuter als seit Wochen. Diese Frau, dieser ... *Golem?* ... war ein Rätsel, das darauf wartete, gelöst zu werden, ein Geheimnis, das besser war als jede bloße Zerstreuung. Er würde ihre nächste Begegnung nicht dem Zufall überlassen.

In seiner feuchten Kellerwohnung wälzte sich Mahmoud Saleh in seinem Bett hin und her. Diese Schlaflosigkeit war neu. Im Sommer war Saleh am Ende jeden Tages so erschöpft gewesen, dass er kaum mehr die Kraft gehabt hatte, sich nach Hause zu schleppen. Aber jetzt ging der Herbst zu Ende, und die Kinder kauften schon lange kein Eis mehr. Nachdem es kühl geworden war, hatte er weiter jeden Morgen seine Eismaschine in Betrieb genommen und war durch die verregneten Straßen gezogen, obwohl die Kundschaft ausblieb. Er hatte keine Überlebensstrategie, denn er wollte den Winter gar nicht überleben.

Aber dann mischte sich die Welt in Gestalt von Maryam Faddoul wieder ein. Sie hielt ihn eines Morgens vor ihrem Kaffeehaus an und erklärte ihm, dass alle syrischen Café- und Restaurantbesitzer, Maroniten wie Orthodoxe, beschlossen hätten, während der Wintermonate Eis von Saleh zu kaufen und es ihren Gästen anzubieten.

»Das ist etwas Neues«, sagte sie. »Ein sommerlicher Geschmack, der uns daran erinnert, dass es wieder Sommer werden wird.«

Bestimmt würden sie bei der Kälte lieber etwas Warmes essen, dachte er. Aber er wusste auch, dass er mit Logik nicht weiterkam, wenn Maryam sich dieses Vorhaben in den Kopf gesetzt hatte. Die meisten Idealisten leben in ihrer eigenen Welt, hermetisch abgeschlossen von der Wirklichkeit; doch Maryam schien mühelos andere in ihre Welt hineinziehen zu können. Ihre aufrichtige Güte beeinträchtigte das Urteilsvermögen anderer so sehr, dass sie mitten im Winter große Mengen Eiscreme kauften.

Lass mich in Ruhe, hätte er am liebsten gesagt.

Lass mich in Frieden sterben. Aber da war nichts zu machen. Sie hatte einfach beschlossen, dass ein notleidender, halb verrückter Eisverkäufer den mörderischen Winter überleben würde, weil sie es so wollte. Er hätte sie gern gehasst, aber er empfand nur gereizte Verwirrung.

Deswegen war Saleh nun nicht mehr so viel unterwegs. Er ging von Restaurant zu Restaurant, machte Eis im Tausch gegen eine Handvoll Münzen. Und ihm wurde noch mehr Wohltätigkeit zuteil. Die Nachbarn hinterließen ihm ihre alten Kleider, zu ordentlichen, anonymen Stapeln gefaltet, auf der Kellertreppe. Er nahm sie ebenso mürrisch an wie Maryams Großzügigkeit. Manche davon zog er an, eine Schicht über der anderen; andere nähte er mit einer großen Nadel und dickem Zwirn zu einer unregelmäßigen Decke zusammen.

Doch sein Körper, der an harte Arbeit gewöhnt war, rebellierte gegen diese neue Wärme und Bequemlichkeit. Er schlief zur gewohnten Zeit ein und erwachte mitten in der Nacht und sah in den Ecken ekelhafte Schatten herumkriechen. Um sie von sich fernzuhalten, hatte er seine Pritsche mit konzentrischen Kreisen aus Mausefallen und Karbolpulver umgeben. Der winzige Raum sah aus wie der Altar von Ungläubigen mit ihm selbst als Opfer in der Mitte.

Er drehte sich unter der Decke um und versuchte eine bequemere Lage zu finden. Diese Nacht war besonders schlimm. Er lag seit Stunden wach und zählte jeden Schlag seines eigensinnigen Herzens. Schließlich hielt er es nicht länger aus. Er stand auf, zog einen zerrissenen Mantel an, wickelte sich einen Schal um den Kopf und ging hinaus auf die Straße.

Die Nacht war kalt und klar, auf den Fenstern lag eine Spur Reif. Selbst in seinen defekten Augen hatte er auf unheimliche Weise etwas Schönes. Er atmete die frische Luft ein und große Wolken aus Dampf aus. Vielleicht sollte er eine Weile herumlaufen, bis er müde würde.

Aus den Augenwinkeln bemerkte Saleh ein Glühen. Er blinzelte, um besser sehen zu können. Auf der Straße kam ein Mann auf ihn zu. Sein Gesicht war aus Feuer.

Saleh blieb der Mund offen stehen. Das war unmöglich! Warum verbrannte der Mann nicht? Hatte er keine Schmerzen? Er wirkte jedenfalls nicht so: Seine glühenden Augen blickten nonchalant, und er lächelte leise vor sich hin.

Seine *Augen*. Sein *Mund*.

Mahmoud Salehs Knie gaben beinahe nach, als ihm klar wurde, dass er dem Mann ins Gesicht starrte.

Der Mann ging in ein paar Metern Entfernung an ihm vorbei und bedachte ihn kurz mit einem angewiderten Blick. Einen halben Block weiter lief der Mann die Stufen zu einem unauffälligen Gebäude hinauf – ein Gebäude, an dem Saleh jeden Tag vorbeikam! – und war verschwunden.

Zitternd kroch Saleh in sein Kellerzimmer zurück. Er würde diese Nacht nicht mehr schlafen können. Er hatte dem Mann ins Gesicht gesehen und nicht dafür büßen müssen. Einem großen Mann mit arabischen Gesichtszügen, die glühten, als wären sie von innen beleuchtet. Er war das einzig Reale in einer Straße voller Schatten gewesen, und jetzt, da er nicht mehr da war, wirkte die Welt noch geisterhafter.

Der Morgen dämmerte schon fast, als der Golem in die Pension zurückkehrte. Ihr Kleid lag noch auf dem Boden, der Riss im Stoff klaffte auf wie ein zeternder Mund.

Wie hatte sie bloß so unvorsichtig sein können? Sie hätte nicht allein auf die Straße gehen dürfen! Sie hätte sich nie so weit von der Pension entfernen dürfen! Und als sie den glühenden Mann gesehen hatte, hätte sie davonlaufen müssen! Auf keinen Fall hätte sie mit ihm sprechen und ihm schon gar nicht ihre wahre Natur enthüllen dürfen!

Das alles war nur passiert, weil der Rabbi gestorben war. Seitdem war sie schwach. Sie war dem glühenden Mann im allerschlechtesten Augenblick begegnet. Und seine drängende Neugier, sein Wunsch, mehr über sie zu wissen, hatte ihr letztes bisschen Selbstbeherrschung überwältigt.

Sie musste von jetzt an stärker sein. Sie konnte sich nur wenige Fehler erlauben. Der Rabbi war nicht mehr. Niemand passte mehr auf sie auf.

Der Verlust traf sie erneut wie ein Schlag. Was sollte sie tun? Es gab niemanden, mit dem sie reden, an den sie sich wenden konnte. Was taten die Menschen, wenn diejenigen starben, die sie brauchten? Sie lag zusammengerollt auf dem Bett und fühlte sich, als wäre ihre Brust eine offene Wunde, weil sie jemand brutal ausgehöhlt hatte.

Schließlich riss sie sich zusammen und stand auf. Es war Zeit, in die Bäckerei zu gehen. Die Welt hatte nicht aufgehört zu existieren, sosehr sie es sich auch wünschte, und sie konnte sich nicht in ihrem Zimmer verstecken. Als sie mit bleiernen Armen ihren Umhang anzog, hörte sie etwas in der Tasche knistern.

Es war der Umschlag. *Befehle für den Golem.* Sie hatte ihn vergessen.

Sie öffnete ihn und nahm ein dickes, zweimal gefaltetes Blatt Papier heraus. Sie glättete die erste Falte. Eine zitternde Hand hatte dort geschrieben: *Der erste Befehl bringt Leben. Der zweite zerstört.*

Die zweite Falte stand ein wenig offen, als wollte sie ihre Geheimnisse unbedingt preisgeben. Sie sah die Schatten hebräischer Buchstaben.

Die Versuchung waberte in ihr wie Nebelschwaden.

Rasch faltete sie das Papier wieder zusammen und steckte es zurück in den Umschlag. Sie legte ihn in die Schublade des kleinen Tisches, ging ein paar Minuten auf und ab, holte ihn wieder heraus, steckte ihn zwischen Matratze und Bett und setzte sich darauf.

Warum hatte der Rabbi ihr den Umschlag gegeben? Und was sollte sie damit *tun*?

Im Hafen von Danzig drängten sich die Reisenden und ihre Angehörigen. Die *Baltika* war am Ende des Docks vertäut, ein riesiges Schiff, bereit, im morgendlichen Dunst zu verschwinden.

Yehudah Schaalman, der so lange allein in seiner Hütte gelebt hatte, empfand den Lärm des Hafens als unerträglich. Er packte den Griff seines abgenutzten kleinen Koffers und versuchte, sich durch die Menschenmenge zu drängen. Als das Schiff warnend tutete, erstarrte er vor Schreck. Das Schiff war das größte Ding, das er jemals gesehen hatte; er merkte, dass er es angaffte wie ein Schwachsinniger.

Die Menge lichtete sich, und er ging mit den Verbliebenen den Landungssteg hinauf. Vom Deck sah er zu, wie sie sich vom Land entfernten. Die zum Abschied winkenden Verwandten im Hafen schrumpften und verschwanden. Der Nebel wurde dichter, und die polnische Küste war bald nur noch ein schmaler brauner Strich. Dann war auch der Strich nicht mehr zu sehen, verschluckt von Nebel und Wasser. Und Schaalman verstand die Tränen nicht, die ihm übers Gesicht strömten.

Kapitel 12

Am Morgen, nachdem Rabbi Meyer gestorben war, wurde Michael Levy früh von einem Mitbewohner geweckt, der ihn sachte an der Schulter schüttelte. An der Tür sei ein Mann, der aussehe wie ein Rabbiner und ihn sprechen wolle. Michael ging zur Tür und erkannte einen alten Freund seines Onkels. Er sah den Kummer im Gesicht des Mannes und wie schwer ihm seine Aufgabe fiel, und Michael begann zu weinen, ohne dass ein Wort gesagt werden musste.

Wir wissen nicht genau, wann es passiert ist, sagte der Rabbi. *Eine Frau hat ihn gefunden. Niemand weiß, wer sie ist. Die Nachbarn kennen sie nicht.* Daraufhin schwieg der Mann, und sein Schweigen enthielt eine Botschaft: Sein Onkel hätte nicht allein mit einer fremden Frau sein dürfen, aber das würden sie für sich behalten. Michael dachte an Chava, die Freundin seines Onkels, sagte jedoch nichts.

Den ganzen Morgen lang weinte Michael und versank in Schuldgefühlen. Er hätte ihn besuchen sollen, wie er es vorgehabt hatte. Er hätte sich Mühe geben, sich entschuldigen, ihre Meinungsverschiedenheiten aus der Welt schaffen sollen. Er hätte ihm *helfen* sollen. Hatte er nicht geahnt, dass etwas nicht stimmte?

Am Nachmittag ging er in die Wohnung seines Onkels. Jemand hatte bereits schwarzen Krepp am Rahmen der Tür angebracht. Im Schlafzimmer saß ein junger Mann mit schwarzem Hut und Schläfenlocken auf einem Stuhl neben dem Bett, auf dem sein Onkel Avram lag. Michael blickte zu der reglosen Gestalt und sofort wieder weg. Sein Onkel sah steif aus, geschrumpft. Nicht so, wie Michael ihn in Erinnerung behalten wollte.

Der junge Mann nickte Michael kurz zu, dann wandte er sich wieder dem Toten zu: Er saß Schiwe, hielt die Totenwache. An jedem anderen Wochentag wäre die Wohnung von großer Aktivität erfüllt gewesen, von Männern, die gemeinsam beteten, die Leiche seines Onkels wuschen, sie in das Leichentuch nähten. Aber es war Sabbat, der Tag der Ruhe. Ein Begräbnis vorzubereiten war verboten.

Er wollte seine Hilfe anbieten, aber das kam nicht infrage. Er war vom Glauben abgefallen. Er durfte nicht helfen. Wäre er der Sohn gewesen, nicht nur der Neffe, hätten die Kollegen seines Onkels vielleicht Mitleid gehabt und ihm erlaubt, eine kleine Aufgabe zu übernehmen. So wie die Dinge standen, war er überrascht, dass er die Wohnung überhaupt hatte betreten dürfen.

Jemand klopfte leise an die Tür. Der junge Mann ging, um zu öffnen. Aus dem Hausflur drang die Stimme einer Frau. Der junge Mann kehrte zurück und schüttelte den Kopf. Hier war endlich etwas, was Michael tun konnte. »Lassen Sie mich das machen«, sagte er und eilte in den Flur. Dort stand, wie ein Häufchen Elend, die Freundin seines Onkels.

»Michael«, sagte sie. »Ich bin so froh, dass Sie da sind. Ich hätte mir denken können, dass ich nicht hinein darf, ich hätte wissen müssen …«

»Ist schon in Ordnung«, beschwichtigte er sie.

Aber sie schüttelte den Kopf, schlang die Arme um sich. »Ich würde ihn so gern sehen«, sagte sie.

»Ich weiß«, Michael spürte, wie sich hinter dem Schmerz der vertraute Zorn auf die religiösen Beschränkungen aufbaute. Wie gut hatte der Mann in der Wohnung seinen Onkel eigentlich gekannt? Warum durfte er die Totenwache halten und nicht Michael? »Sie haben ihn gefunden«, sagte er, und sie nickte. »Tut mir leid«, fuhr er fort und hasste sich dafür, aber er musste es wissen, »es geht mich nichts an, aber waren Sie und er ...«

»Nein, nein, überhaupt nicht«, sagte sie rasch. »Wir waren ... nur gute Freunde. Er war sehr freundlich zu mir. Freitags haben wir immer zusammen zu Abend gegessen.«

»Ich hätte Sie nicht fragen dürfen.«

»Doch, doch«, sagte sie und fuhr dann leiser fort: »Alle anderen glauben es auch.«

Sie standen in der Tür unter dem Krepp, zwei Verstoßene.

»Ich habe mich nie bei Ihnen bedankt«, sagte er. »Für die Makronen.«

Die Andeutung eines Lächelns. »Ich freue mich, dass sie Ihnen geschmeckt haben.«

»Dann gefällt es Ihnen in der Bäckerei?«

»Ja. Sehr gut.«

Schweigen.

»Wann ist die Beerdigung?«, fragte sie.

»Morgen.«

»Ich werde nicht kommen dürfen«, sagte sie, als wollte sie von ihm eine Bestätigung.

»Nein.« Er seufzte. »Frauen dürfen nicht dabei sein. Ich wünschte, es wäre anders.«

»Dann sagen Sie ihm bitte von mir Lebewohl«, murmelte sie und wandte sich zum Gehen.

»Chava«, sagte er. Sie blieb stehen, einen Fuß auf

der Treppe, und Michael wurde klar, dass er sie fragen wollte, ob sie mit ihm einen Kaffee trinken würde. Sofort schämte er sich: Nur ein paar Meter entfernt lag sein toter Onkel. Sie trauerten beide um ihn. Es wäre unschicklich.

»Möge Gott dich mit allen Trauernden Zions und Jerusalems trösten«, zitierte er den alten Spruch, an den er sich unwillkürlich erinnert hatte.

»Und dich auch«, sagte sie. Und dann ließ sie ihn allein mit seinen Gedanken in der Dunkelheit des Flurs.

»Ich habe gestern Abend eine interessante Frau kennengelernt«, sagte der Dschinn zu Arbeely.

»Ich will es gar nicht wissen«, entgegnete Arbeely. Sie schmiedeten gemeinsam Bratpfannen. Arbeely formte sie, der Dschinn glättete sie und gab ihnen den letzten Schliff. Die langweiligen Handgriffe wiederholten sich endlos, aber allmählich fanden sie einen Rhythmus.

»Es war nicht, wie du denkst«, sagte der Dschinn. Nach einer Pause fragte er: »Was ist ein Golem?«

»Ein was?«

»Ein Golem. So hat sie sich bezeichnet. Sie hat gesagt: ›Ich bin ein Golem.‹«

»Ich habe keine Ahnung«, sagte Arbeely. »Bist du sicher, dass sie nicht *Polin* gesagt hat?«

»Nein, Golem.«

»Da kann ich dir nicht weiterhelfen.«

Sie arbeiteten eine Weile schweigend weiter. Dann fuhr der Dschinn fort: »Sie ist aus Lehm.«

»Wie bitte?«

»Ich habe gesagt, sie ist aus Lehm.«

»Dann habe ich doch richtig gehört.«

»Ist das merkwürdig? Hast du so was noch nie gehört?«

Arbeely schnaubte. »Merkwürdig? Es ist unmöglich!«

Der Dschinn hob eine Augenbraue und packte mit der bloßen Hand Arbeelys Eisen am glühend heißen Ende.

Arbeely seufzte. Er hatte verstanden. »Bist du ganz sicher? Wie sah sie aus?«

»Helle Haut. Dunkles Haar. Ungefähr so groß wie du, schlicht gekleidet.«

»Dann sah sie also nicht aus wie eine Frau aus Lehm?«

»Nein. Dir wäre nichts Ungewöhnliches aufgefallen.«

Arbeely holte tief Luft, um zu widersprechen, aber der Dschinn sagte: »Es reicht, Arbeely, sie ist aus Lehm. Ich weiß es so sicher, wie ich weiß, dass ich aus Feuer bin und du aus Fleisch und Blut.«

»Na gut, aber so etwas ist schwer zu glauben. Was hat sie dir noch erzählt, diese Lehmfrau?«

»Sie hat gesagt, dass sie Chava heißt.«

Arbeely runzelte die Stirn. »Das ist kein syrischer Name. Wo hast du sie getroffen?«

»In einem Elendsviertel nahe der Bowery. Dort sind wir uns über den Weg gelaufen.«

»Was hast du in der ... egal, ich will es gar nicht wissen. War sie allein?«

»Ja.«

»Dann ist sie sehr unvorsichtig. Oder sie hat vielleicht keinen Grund zur Vorsicht.«

»Sie war keine Prostituierte, falls du das meinst.«

»Vielleicht solltest du mir die ganze Geschichte erzählen.«

Der Dschinn schilderte seine Begegnung mit der Frau aus Lehm von Anfang bis Ende. Arbeely hörte zu und fühlte sich zunehmend unbehaglich. »Und sie hat dich auch als … anders erkannt?«

»Ja, aber sie wusste nicht, was ein Dschinn ist.«

»Und du hast es ihr *erklärt*? Warum?«

»Damit sie nicht davonläuft. Aber das hat sie trotzdem getan.«

»Und du bist ihr nach Hause gefolgt? Wo wohnt sie?«

»Östlich der Bowery.«

»Ja, aber in welchem *Viertel*? Woher kommt sie?«

»Ich habe keine Ahnung. Die Schrift auf den meisten Schildern sah so aus.« Der Dschinn nahm einen Bleistift und einen Fetzen Papier und zeichnete ein paar Buchstaben, wie er sie auf den Markisen und Schaufenstern gesehen hatte.

»Das sind hebräische Buchstaben«, sagte Arbeely. »Du warst in einem jüdischen Viertel.«

»Kann sein.«

»Das gefällt mir nicht«, murmelte Arbeely. Er war kein politischer Mensch, und die wenigen Vorurteile, die er hatte, waren harmlos und abstrakt; aber der Gedanke, dass der Dschinn in einem jüdischen Viertel für Ärger sorgen könnte, machte ihm Angst. Die osmanischen Herren im Libanon-Gebirge hatten die christliche und jüdische Bevölkerung lange gegeneinander ausgespielt und sie gezwungen, um die Gunst der Muslime zu konkurrieren. Die Streitigkeiten waren bisweilen blutig und gewaltsam ausgetragen worden, angefacht von Gerüchten über christliches Blut in jüdischem Brot – was Arbeely von vornherein für lächerlich gehalten hatte, obwohl er wusste, dass viele die Gerüchte glaubten. Die Juden in der Lower East Side kamen aus Europa, nicht aus Syrien; aber hier waren sie bei weitem die größere Gemeinde, und es schien mehr als plausibel, dass sie den christlichen Syrern wegen ihrer Glaubensgenossen zürnten.

»Du hast ihr zu viel erzählt«, sagte Arbeely.

»Wenn sie es weitererzählt, wird ihr sowieso niemand glauben.«

»Das heißt nicht, dass sie nicht für Ärger sorgen kann. Was, wenn sie hierherkommt und Gerüchte in die Welt setzt? Oder schlimmer noch, wenn sie den Juden in der Lower East Side erzählt, dass sie ein gefährliches und schreckliches Wesen entdeckt hat, das bei den Syrern in der Washington Street lebt?«

»Dann lachen wir sie aus und behaupten, dass sie verrückt ist.«

»Willst du einen ganzen Mob auslachen? Wirst du lachen, wenn sie Sams Laden plündern oder Faddouls Kaffeehaus anzünden?«

»Aber warum sollten sie …«

»Sie brauchen keinen Grund!«, rief Arbeely. »Warum verstehst du das bloß nicht? Die Leute brauchen keinen Grund, um Unheil anzurichten, eine Ausrede genügt! Du lebst hier unter guten Menschen, die hart arbeiten, und deine Sorglosigkeit bringt sie in Gefahr. Um Himmels willen, zerstör ihr Leben nicht aus einer Laune heraus.«

Der Dschinn war erschrocken über Arbeelys Ausbruch. Nie zuvor hatte er ihn so wütend erlebt. »Na gut«, lenkte er ein. »Entschuldige bitte. Ich werde nicht wieder dorthin gehen.«

»Gut«, sagte Arbeely überrascht, denn er hatte mit einem Streit gerechnet. »Das ist gut. Danke.« Und sie wandten sich beide wieder ihrer Arbeit zu.

Ein paar Abende später schneite es zum ersten Mal richtig. Der Dschinn stand am Fenster seiner Wohnung und sah zu, wie die Stadt lautlos verschwand. Er hatte früher schon Schnee gesehen, der trocken und weiß durch die Wüste trieb oder auf den hohen Gipfeln glitzerte. Aber dieser Schnee dämpfte alles, worauf er fiel, rundete die scharfen Kanten von Gebäuden und Dächern ab. Er sah zu, bis es aufhörte, und dann machte er sich auf.

Er ging durch den unberührten Schnee zu den Docks, spürte, wie die Flocken unter seinen Füßen nachgaben. Vertäute Boote schaukelten auf dem schwarzen Wasser, die Decks und Takelagen verschneit. In der Nähe befand sich eine Kneipe; die Stimmen und das Gelächter der Männer trieben in der Stille zu ihm.

Eine solche Ruhe hatte er in dieser Stadt noch nicht erlebt, doch sie fühlte sich zerbrechlich an. Es war ein gestohlener Moment. Am Morgen würde er wieder Bratpfannen schmieden und den Beduinen-Lehrling spielen. Im Verborgenen leben. Er erinnerte sich an die Freude, die er empfunden hatte, als er der Frau erzählte, was er wirklich war. Als wäre er einen Augenblick lang befreit gewesen.

Gelegentlich sagte eine leise Stimme in ihm, *du bist ein Dummkopf, wenn du nicht nach Hause zurückkehrst.* Aber kaum war der Gedanke aufgetaucht, begrub er ihn unter tausend Ängsten und Einwänden. Selbst wenn er die Überquerung des Ozeans überlebte, konnte er nicht zurück in seinen Glaspalast, zu seinem früheren Leben, solange er in Menschengestalt gefangen war. Er wäre gezwungen, Zuflucht zu suchen in der Siedlung der Dschinn, bei seinesgleichen, aber als Außenseiter, bedauert und gefürchtet, ein abschreckendes Beispiel für die ungezogene Jugend. *Meidet die Menschen, Kinder, oder ihr werdet enden wie er.*

Nein, wenn er entfremdet von den Seinen leben musste, dann lieber in New York. Er würde einen Weg finden, sich zu befreien. Und wenn nicht? Dann würde er wohl hier sterben.

Der Golem saß am Fenster und sah zu, wie der Schnee fiel. Kalte Luft drang durch das undichte Fenster, und sie zog den Umhang fester um sich. Obwohl ihr die Kälte als solche nichts ausmachte, ließ sie den Lehm ihres Körpers härter werden, und davon wurde sie ruhelos und gereizt. Sie trug den Umhang jetzt auch in ihrem Zimmer, aber er nützte nicht viel. Obwohl es erst zwei Uhr morgens war, taten ihr bereits die Beine weh.

Der Schnee war allerdings wunderschön. Sie wünschte, sie könnte hinausgehen und ausprobieren, wie er sich anfühlte, solange er noch unberührt und frisch war. Sie dachte an das Grab des Rabbis jenseits des Flusses in Brooklyn, das jetzt unter einer weißen Decke verborgen war. Sie wollte ihn bald besuchen, aber erst musste sie herausfinden, wie das zu bewerkstelligen war. Sie war noch nie in Brooklyn gewesen, hatte die Lower East Side kaum verlassen. Und durften Frauen überhaupt auf einen Friedhof? Wie sollte sie jemanden fragen, ohne ihre Unwissenheit preiszugeben?

Der Tod des Rabbis hatte ihr gezeigt, wie wenig sie von der Kultur wusste, in der sie lebte. Nach ihrer schrecklichen Entdeckung hatten die Nachbarinnen sofort ihre Rollen übernommen und die Vorschriften befolgt, die sie alle auswendig kannten: Sie hatten den Arzt geholt und den Spiegel bedeckt. Als ihr am nächsten Tag der Mann öffnete, der die Totenwache hielt, war sie über seinen heftigen Widerwillen und ihren eigenen Fehler erschrocken. Michaels Zorn über die Vorschriften hatte ihr gutgetan; aber er wusste wenigstens, wogegen er sich auflehnte, während sie im Dunkeln tappte.

Michael. Sie nahm an, dass sie auch ohne ihre Fähigkeit, Gedanken zu erspüren, gewusst hätte, was er sie im Flur hatte fragen wollen. Sie war dankbar, dass er es nicht getan hatte. *Sie müssen lernen, die Menschen nach ihren Taten zu beurteilen, nicht nach ihren Gedanken.* Der Rabbi hatte recht: Michael war ein guter Mensch, und sie war froh, dass sie ihm noch einmal begegnet war. Vielleicht würden sie sich gelegentlich auf der Straße oder in der Bäckerei wiedersehen. Sie könnten Bekannte, Freunde sein. Sie hoffte, dass er das akzeptieren würde.

Unterdessen ging das Leben weiter. Mrs. Radzin hatte ihr in der Bäckerei ihr Beileid ausgesprochen und erwähnt, dass Mr. Radzin seinen Respekt bei der Schiwe in der Wohnung des Rabbis bezeugen würde. (Der Golem fragte sich, ob Mrs. Radzin zu Hause blieb, weil Frauen nicht mitkommen durften oder weil sie auf die Kinder aufpassen musste. Woher sollte sie diese Dinge *wissen*?) Anna und Mrs. Radzin boten an, ihre Schichten an der Verkaufstheke zu übernehmen, sodass sie ungestört hinten arbeiten konnte. Das war sehr freundlich von ihnen, und sie nahm dankbar an.

Die Einsamkeit erlaubte ihr, gründlich über die Ereignisse der vergangenen Tage nachzudenken und zu begreifen, dass das alles wirklich passiert war. Vor allem die Begegnung mit dem glühenden Mann schien wie etwas, was sie sich eingebildet haben könnte.

Außer in ihrem Gedächtnis hatte er kein Zeichen, keine Spur seiner Existenz hinterlassen.

Sie zuckte zusammen, wenn sie daran dachte, dass sie ihm ihr Geheimnis enthüllt hatte. Aber sie hatte nicht anders gekonnt. Er hatte ihr seine Geschichte so vorbehaltlos erzählt, dass ihr ihre eigene Vorsicht einen Moment lang übertrieben, sogar albern erschienen war. Und dann hatte er gefragt: *Was bist du?*, und die aufrichtige, unverhohlene Neugier seiner Frage hatte ihr den Rest gegeben.

Zumindest war sie vor ihm davongelaufen, bevor sie noch mehr Schaden anrichten konnte. Es war eine zufällige Begegnung gewesen, die sich nicht wiederholen würde.

Doch in unbedachten Momenten, wenn sie Teig anrührte oder Stiche zählte, schweiften ihre Gedanken zu ihm zurück und zu dem, was er gesagt hatte. Er war ein Dschinn – aber was war das? Warum glühte sein Gesicht? Wie war er *durch Zufall* hierhergekommen?

Manchmal dachte sie sogar daran, ihn zu suchen, in die Washington Street zu gehen und ihm diese Fragen zu stellen. Aber dann zügelte sie ihre Gedanken und widmete sich anderen Dingen. Diese Phantasie war zu gefährlich, um sich lange damit zu beschäftigen.

Und über noch etwas aus jener Nacht musste sie sich den Kopf zerbrechen. Sie hatte lange über den Umschlag mit dem kleinen gefalteten Stück Papier darin nachgedacht, den sie dem Rabbi aus der Hand genommen hatte. Sie hatte ihn nicht wieder geöffnet, weil sie Angst davor hatte, das Papier ganz zu entfalten. Jetzt fragte sie sich, ob der Rabbi überhaupt beabsichtigt hatte, ihr den Umschlag zu geben. Hätte er dann nicht zumindest ihren Namen darauf geschrieben oder seinen Inhalt irgendwie besser verborgen? Doch diese Spekulationen waren sinnlos; sie würde es nie erfahren. Kurz dachte sie daran, ihn zu verbrennen, aber bei dem Gedanken umklammerten ihre Finger ihn nur noch fester. Was immer die Absichten des Rabbis gewesen sein mochten, der Umschlag war in ihre Hände gelangt, und sie konnte ihn nicht vernichten.

Es blieb die Frage, wo sie ihn aufbewahren sollte. Sie durfte ihn nicht in der Pension lassen. Ihre Vermieterin könnte ihn finden, das Haus könnte abbrennen. Die Bäckerei war noch riskanter. Am besten schien es ihr, ihn bei sich zu tragen. Und so nahm sie etwas Geld aus der Keksdose unter ihrem Bett, ging zu einem Juwelier und kaufte ein großes Medaillon aus Messing, das an einer langen, stabilen Kette hing. Das Medaillon war schlicht und länglich mit abgerundeten Ecken. Darin war gerade genug Platz für den zusammengefalteten Zettel. Sie schloss das Medaillon, hängte sich die Kette um den Hals und schob es unter die Bluse. Der Kragen war hoch genug, um die Kette fast vollständig zu verbergen; man musste schon genau hinschauen, um sie an ihrem Nacken durchschimmern zu sehen. Während sie jetzt in das Schneetreiben hinausschaute, spürte sie das Medaillon auf ihrer Haut, kühl und geheimnisvoll. Es war eine merkwürdige Empfindung, doch sie gewöhnte sich bereits daran. Bald, so dachte sie, würde sie es kaum mehr bemerken.

Am letzten Abend der Schiwe stand Michael Levy im Wohnzimmer seines Onkels in einer Ecke und hörte zu, wie das Kaddisch noch einmal gesprochen wurde. Sein trauriger, wiegender Rhythmus ging ihm seit der Beerdigung nicht mehr aus den Ohren. Er fühlte sich krank.

Er fuhr sich mit der Hand über die Stirn; er schwitzte sogar in der kalten Wohnung. Die Männer im Wohnzimmer bildeten eine Mauer aus schwarzen Mänteln, ihre Jarmulka hüpften auf und ab, während sie mit tiefen quäkenden Stimmen den Singsang anstimmten.

Auf dem Friedhof in Brooklyn hatte er vor dem offenen Grab gestanden und eine Handvoll gefrorener Erde aufgehoben, dann den Arm gestreckt und die Hand geöffnet. Die gefrorenen Klumpen waren mit einem trockenen, hohlen Laut auf den schlichten Fichtensarg gefallen. Der Sarg war ihm zu klein vorgekommen, zu weit entfernt wie etwas auf dem Grund eines Brunnens.

Möge Gott dich mit allen Trauernden Zions und Jerusalems trösten. Die vorgeschriebenen Worte der Trauer, die Worte, die ihm im Flur für Chava über die Lippen gekommen waren: Er hatte sie während der letzten Tage Dutzende Male gehört, und allmählich begannen sie, ihm auf die Nerven zu gehen. Warum »mit allen Trauernden Zions und Jerusalems«? Warum nicht »mit allen Trauernden der Welt«? So provinziell, so kleingeistig. Als wäre der uralte Verlust des Tempels der einzige Verlust von Bedeutung und als wären andere Verluste nur ein Nachklang von diesem. Er wusste, dass die Trauernden daran erinnert werden sollten, dass sie noch immer Teil einer Gemeinde waren und unter den Lebenden weilten. Aber Michael hatte seine eigene Gemeinde: seine Freunde aus der Schule, seine Kollegen im Wohnheim, seine Brüder und Schwestern in der Sozialistischen Arbeiterpartei. Er brauchte diese frommen Fremden nicht. Ihre schrägen Blicke, die dem abtrünnigen Neffen galten, hatte er wohl bemerkt. *Sollen sie doch über mich urteilen*, dachte er. Es war der letzte Abend. Sie wären einander bald los.

Die Männer mit den schwarzen Hüten kamen und gingen. Sie standen neben dem Wohnzimmertisch und aßen hartgekochte Eier und Brotscheiben und unterhielten sich leise. Ein paarmal sah Michael, wie ältere Rabbis, Männer, an die er sich vage als Freunde seines Onkels erinnerte, das Bücherregal abschritten, als suchten sie etwas. Als sie das Ende des Regals erreichten, runzelten sie enttäuscht die Stirn, schauten sich schuldbewusst um und gingen weiter. Suchten sie wertvolle Bücher, die sie an sich nehmen wollten? Berufliche Begehrlichkeiten sogar bei der Schiwe? Er grinste, ohne sich zu freuen. So viel zur reinen Trauer.

Nun, sie konnten alles haben. Er war der designierte Erbe des wenigen, was da war, aber er wollte das meiste verschenken. Für die Möbel hatte er keinen Platz, für die religiösen Dinge keine Verwendung. Er ging mit einer Kiste durch die kleine Wohnung und legte hinein, was er behalten wollte. Das versilberte Teeservice, auf das seine Tante so stolz gewesen war. Ihre Schultertücher und ihren Schmuck, den er in einer Kommodenschublade fand. In derselben Schublade lag ein Beutel mit einer wasserfleckigen Brieftasche und einer kaputten Uhr. Die Uhr war einmal schön gewesen; er hatte sie nie an seinem Onkel gesehen. In der Brieftasche befand sich sowohl amerikanisches als auch polnisches Geld. Er legte beides in die Kiste und fragte sich, ob es Andenken an die Überfahrt seines Onkels waren. Briefe, die wenigen gerahmten Daguerreotypien der Familie, darunter – versteckt in einer Schublade – das Hochzeitsfoto seiner Eltern. Seine Mutter ein pausbäckiges Mädchen unter einem Spitzenschleier, der mit Blumen besetzt war. Groß und schlank und mit einem Zylinder auf dem Kopf sein Vater, der nicht in die Kamera oder auf seine junge Frau schaute, sondern zur Seite, als würde er bereits die Flucht planen. Der alte Zorn auf seinen Vater flammte kurz wieder auf, bevor er sich im Meer all seiner Sorgen auflöste. Unter dem Bett fand er einen Ranzen, halb voll mit zerfledderten alten Büchern. Er stellte sie zu den anderen ins Regal. Er wusste von einer Wohltätigkeitsorganisation, die Bücher an neue jüdische Gemeinden im Mittleren Westen schickte – sie wären zweifellos daran interessiert.

Unter dem Tuch auf dem Wohnzimmertisch fand er einen dünnen Stapel Papiere mit der Handschrift seines Onkels. In ihrer Eile, die Wohnung für die Trauergäste aufzuräumen, hatten die Freunde seines Onkels sie übersehen. Neben dem Stapel lag ein Blatt, als wäre es wichtiger als die anderen. Es war mit zwei Zeilen in einem fremdartigen, nicht entzifferbaren Hebräisch beschrieben. Es sah alles sehr geheimnisvoll aus, und er überlegte, ob er die Papiere nicht dem erstbesten Rabbi aushändigen sollte, der ihm über den Weg lief; aber die Handschrift seines Onkels übte einen starken Sog auf ihn aus. Er konnte sie nicht weggeben, noch nicht. Es war noch alles zu frisch. Müde warf er die Papiere in den leeren Ranzen. Er würde sie später sortieren, wenn er wieder klar denken konnte.

Er schleppte die Kiste und den Ranzen in seine Wohnung und schob sie unter einen Tisch. Er schwitzte noch immer, und ihm war schlecht, obwohl er seit Tagen kaum etwas gegessen hatte. Er erbrach sich in die Toilette und sank dann auf sein Bett.

Am Morgen fand ihn ein Mitbewohner schweißgebadet und zitternd. Ein Arzt wurde geholt. Vielleicht eine leichte Grippe, sagte der Doktor; und innerhalb weniger

Stunden stand das gesamte Gebäude unter Quarantäne, seine Türen unpassierbar.

Michael wurde in das Swinburne-Island-Krankenhaus gebracht, wo er zwischen den verängstigten und verzweifelten Immigranten lag, die auf Ellis Island abgelehnt worden waren, zwischen den Sterbenden und falsch Diagnostizierten. Sein Fieber stieg. Er halluzinierte und sah ein Feuer an der Zimmerdecke und dann ein Nest sich windender triefender Schlangen. Er wollte vor ihnen davonlaufen und musste feststellen, dass er ans Bett gebunden war. Er schrie auf, und eine kühle, teilnahmslose Hand legte sich auf seine Stirn. Jemand hielt ihm ein Glas Wasser an die Lippen. Er trank, so viel er konnte, und versank wieder in schrecklichen Visionen.

Nicht nur Michael schrie im Delirium auf dieser Station. In einem Bett in seiner Nähe lag ein Pole in den Vierzigern, der in Danzig wohlauf und gesund an Bord der *Baltika* gegangen war. Er schaffte es ohne Zwischenfälle nach Ellis Island und stand ganz vorn in der Schlange für die Gesundheitsprüfung, als ihm jemand auf die Schulter klopfte. Der Mann drehte sich um und sah hinter sich einen kleinen, verhutzelten Greis in einem zu großen Mantel. Der alte Mann winkte ihn zu sich, er wollte offenbar etwas sagen. Er neigte sich zu ihm hinunter, um ihn in der vollen Halle besser verstehen zu können, woraufhin ihm der Greis stammelnd eine Reihe bedeutungsloser Wörter ins Ohr flüsterte.

Der Mann schüttelte den Kopf, weil er nichts verstanden hatte – und dann schüttelte er den Kopf heftiger, denn die gemurmelten Wörter hatten sich in ihm eingenistet. Sie wurden lauter, schossen von der einen Seite seines Schädels zur anderen, summten wie

Wespen. Er steckte die Finger in die Ohren. *Bitte helft mir*, versuchte er zu sagen, aber in dem Krach konnte er seine eigene Stimme nicht hören. Der alte Mann blickte unschuldig und verwirrt drein. Die Leute in der Schlange starrten ihn bereits an. Er hielt sich den Kopf – der Lärm war unerträglich, er versank darin –, und dann fiel er auf die Knie und schrie zusammenhangloses Zeug. Schaum bildete sich vor seinem Mund. Jetzt packten ihn Ärzte und Männer in Uniform, zogen ihm die Augenlider zurück und schoben ihm einen Ledergürtel in den Mund. Das Letzte, was er sah, bevor sie ihn in eine Zwangsjacke steckten und nach Swinburne brachten, war der alte Mann, der vor dem verlassenen Schreibtisch stehen blieb, sich selber seine Papiere stempelte und dann in der Menge auf der anderen Seite untertauchte.

Der Beamte von der Einwanderungsbehörde blickte auf die Papiere in seiner Hand und dann zu dem Mann, der vor ihm stand. Er sah definitiv älter als vierundsechzig aus, aber er hatte ein verwittertes Bauerngesicht, und das hieß, dass er alles unter hundert sein konnte.

»In welchem Jahr sind Sie geboren?« Auf der anderen Seite des Schreibtisches beugte sich der Jiddisch-Dolmetscher hinunter und murmelte dem alten Mann etwas ins Ohr. *Achtzehnhundertfünfunddreißig*, lautete die Antwort. Der Rücken des Mannes war gerade, seine Augen waren klar, und der Stempel der Gesundheitsuntersuchung trocknete noch auf dem Papier. Er hatte bereits seine Brieftasche vorgezeigt, die zwanzig amerikanische Dollar und ein paar Münzen enthielt. Genug, um anderen nicht zur Last zu fallen. Es gab keinen Grund, ihn nicht einreisen zu lassen.

Da war allerdings noch der Name. »Wir geben Ihnen einen amerikanischeren Namen«, sagte er. »Das ist besser.« Und während der alte Mann zusah und immer verwirrter dreinblickte, strich der Beamte *Yehudah Schaalman* durch und schrieb darüber in großen schwarzen Buchstaben *Joseph Schall.*

KAPITEL 13

Die Weihnachtszeit brach mit voller Pracht und all ihren Festlichkeiten über Little Syria herein. Arbeely schien plötzlich ständig in der Kirche zu sein. »Ich gehe zu den Weihnachtsnovenen«, sagte er zum Dschinn. Oder: »Wir feiern die Unbefleckte Empfängnis.« Oder: »Heute ist Josefs Traum.« »Aber was *bedeutet* das alles?«, fragte der Dschinn. Und Arbeely gab dem Dschinn mit einem Gefühl großer Angst eine Kurzfassung von Christi Leben und der Gründung Seiner Kirche. Darauf folgte ein langer, verwickelter, bisweilen erbitterter Streit.

»Mal sehen, ob ich richtig verstanden habe«, unterbrach der Dschinn an einer Stelle. »Du und deine Verwandten glaubt, dass ein Geist, der im Himmel lebt, eure Wünsche erfüllen kann.«

»Das ist eine grobe Vereinfachung, und das weißt du auch.«

»Und trotzdem gibt es uns Dschinn eurer Meinung nach nur in Ammenmärchen.«

»Das ist was anderes. Im Moment geht es um Religion und Glauben.«

»Und wo genau liegt der Unterschied?«

»Fragst du aus aufrichtiger Neugier oder weil du mich beleidigen willst?«

»Aus aufrichtiger Neugier.«

Arbeely hielt eine fertige Bratpfanne in einen Bottich mit Wasser – mittlerweile hatten sie beide Bratpfannen aus ganzem Herzen satt – und wartete, bis sich der Dampf verzogen hatte. »Glaube heißt, an etwas glauben, auch wenn man keinen Beweis dafür hat, weil man im Innersten weiß, dass es stimmt.«

»Ich verstehe. Und bevor du mich aus der Flasche befreit hast, hast du *im Innersten gewusst*, dass Dschinn nicht existieren?«

Arbeely runzelte die Stirn. »Ich hätte es für sehr, sehr unwahrscheinlich gehalten.«

»Und schau mich an. Hier stehe ich und mache Bratpfannen. Veranlasst dich das nicht, deinen Glauben in Zweifel zu ziehen?«

»Ja! Schau dich an! Du bist der lebende Beweis, dass etwas, was man Aberglauben nennt, nicht notwendigerweise Aberglauben sein muss!«

»Aber mich gibt es schon immer. Dschinn vermeiden es, gesehen zu werden, aber das heißt nicht, dass wir Phantasiewesen sind. Und wir wollen definitiv nicht angebetet werden. Außerdem«, sagte er genussvoll – er hatte sich dieses Argument für den richtigen Augenblick aufgehoben –, »hast du selbst gesagt, dass du manchmal unsicher bist, ob es Gott wirklich gibt.«

»Das hätte ich niemals sagen dürfen«, murmelte Arbeely. »Ich war betrunken.«

Um zu feiern, dass ihre Geschäfte immer besser liefen, hatte Arbeely eines Abends beschlossen, seinen Lehrling mit Arrak bekannt zu machen. Der Anisschnaps hatte keinerlei Wirkung auf den Dschinn, aber er fand den Geschmack angenehm und die plötzliche Wärme, die er in seinem Bauch verbreitete. Er war fasziniert, wie sich die Farbe des Arraks veränderte, als Arbeely etwas Wasser in das kleine Glas goss und die klare Flüssigkeit wolkig weiß wurde. Er bestand darauf, es wieder und wieder zu versuchen, verwässerte den Arrak Tropfen um Tropfen und sah zu, wie sich die milchigen Tentakel im Glas ausstreckten.

»Aber wie ist das möglich?«, hatte er Arbeely gefragt.

»Weiß nicht«, hatte Arbeely grinsend geantwortet und ein weiteres Experiment des Dschinns geschluckt. »Es ist einfach so.«

»Nur weil du betrunken warst, stimmt es heute nicht mehr?«, fragte der Dschinn.

»Ja. Alkohol hat einen schlechten Einfluss. Und selbst wenn ich nicht glauben würde, was würde es ändern? Du hast ohne meinen Glauben existiert. Das Gleiche gilt für Gott, ohne dass du an ihn glaubst.«

Aber in Wahrheit stand Arbeelys Glauben auf unsicheren Beinen. Schlimmer noch, der Streit zwang ihn dazu, seine wackligen Glaubensgrundsätze zu überprüfen, obwohl er sich eigentlich nur nach dem Trost des Vertrauten sehnte. Nachts, wenn er allein in seinem Bett lag, lasteten Zweifel und Heimweh auf seinem Herzen, und am liebsten hätte er geweint.

Nichtsdestotrotz besuchte er an Heiligabend die Messe. In dem von Kerzen erhellten Saal ging er mit seinen Nachbarn zur Kommunion. Das in Wein getränkte Brot lag ihm schwer auf der Zunge, und er bemühte sich, etwas von dem Wunder der Geburt des Jesuskindes zu empfinden. Anschließend saß er bei dem Abendessen, das die Damen der Gemeinde organisiert hatten, an einem langen Tisch bei den anderen unverheirateten Männern und aß Taboulé, Fladenbrot und Kibbeh, und nichts schmeckte so gut wie früher bei seiner Mutter. Zwei Männer holten eine Oud und eine Trommel, und alle zusammen tanzten sie die Dabke. Auch Arbeely tanzte, nicht aus wirklicher

Begeisterung, sondern weil es zu schmerzhaft gewesen wäre, es nicht zu tun.

Bald darauf machte er sich auf den Heimweg. Es war eine kalte, frostige Nacht; die Luft tat ihm in der Lunge weh. Vielleicht, so dachte er, würde er ein Glas Arrak trinken – nur eins – und früh ins Bett gehen. Dann sah er, dass in der Werkstatt noch Licht brannte. Seltsam. Normalerweise streifte der Dschinn um diese Uhrzeit durch die Stadt, verführte junge Erbinnen oder was immer er sonst tat.

Arbeely fand die Werkstatt leer vor. Der Dschinn wusste doch, dass er die Lampe nicht brennen lassen sollte! Gereizt wollte er sie löschen.

Auf der Werkbank stand im Lichtschein eine kleine silberne Eule.

Arbeely nahm sie in die Hand und betrachtete sie von allen Seiten. Die Eule saß auf einem Baumstumpf und schaute ihn aus riesengroßen, weit auseinanderstehenden Augen an. Der Dschinn hatte mit einer winzigen Klinge eine Halskrause aus aufgestellten Federn und einen schmalen spitzen Schnabel modelliert. Insgesamt hatte er die am empörtesten dreinblickende Eule geschaffen, die Arbeely je gesehen hatte.

Er lachte vor Vergnügen laut auf. Das war doch nicht etwa ein Weihnachtsgeschenk? War sie als Entschuldigung gedacht oder nur einer Laune entsprungen? Vielleicht von beidem etwas? Lächelnd steckte er die Eule ein und ging ins Bett.

Die Eule war tatsächlich als Entschuldigung gedacht, aber für etwas, von dem Arbeely nichts wusste.

Das Gezänk über Religion hatte auch vom Dschinn seinen Tribut gefordert. Nie zuvor waren ihm die Menschen so fremd vorgekommen. Er begriff vage, dass es Arbeely schwerfiel, das Thema zu erklären, da es mit seinen Gefühlen für sein Zuhause und seine Familie verbunden war. Aber dann sagte Arbeely etwas so Lächerliches, wie zum Beispiel, dass sein Gott irgendwie drei Götter und gleichzeitig doch nur einer war. Woraufhin der Dschinn in einem Meer der Verzweiflung versank.

Der Mann meinte es gut, aber der Dschinn wollte mit jemand anderem sprechen, mit jemandem, der vielleicht seine Frustration verstand, womöglich sogar ebenso frustriert war. Jemandem, der wie er seine Kräfte verbergen musste.

Er hatte keine Ahnung, ob sie überhaupt mit ihm sprechen würde. Aber er musste wissen, wer sie war. Und als Arbeely seine Werkstatt betrat und die wartende Eule fand, ging der Dschinn bereits den Weg, den er sich eingeprägt hatte, auf der Suche nach der Frau aus Lehm.

Im Lauf der Wochen war es kälter geworden und der Golem von Nacht zu Nacht ruheloser. Am Ende jeden Arbeitstages stellte sie sich noch ein, zwei Minuten vor die abkühlenden Backöfen und saugte ihre letzte Hitze auf. Der Heimweg war ein unglücklicher Marsch in eine scheinbar endlose Gefangenschaft. Eines Abends legte sie sich in ihr Bett, unter die Daunendecke, in der Hoffnung, dass sie sie wärmen würde, doch ihre rastlosen Glieder ließen es nicht zu. Als sie hastig wieder aufstand, hätte sie beinahe die Bettwäsche zerrissen.

An Samstagen, ihren freien Tagen, kämpfte sie gegen die Steifheit, indem sie die Grenzen ihres Viertels abschritt, immer wieder die allzu bekannten Straßen auf und ab. *Rivington Street, Delancey, Broome, Grand, Hester, Forsyth, Allen, Eldridge, Orchard und Ludlow Street.* In ein paar Fenstern waren Fichtenkränze und rote Samtschleifen aufgetaucht; sie wusste, dass sie mit irgendwelchen Feiertagen zu tun hatten, aber das war eine Angelegenheit der Nichtjuden und ging sie nichts an. Sie kam an den zahllosen Synagogen vorbei, an Versammlungen in bescheidenen Läden und an den großen Gebäuden in der Eldrigde und der Rivington Street. Vor jeder Synagoge spürte sie, wie die Gebete ihren Sog bis auf die Straße entfalteten, wie ein tiefer Fluss mit mächtiger Strömung. Manchmal war er so stark, dass sie die Straße überqueren musste, wenn sie nicht riskieren wollte, darin unterzugehen. Jetzt begriff sie, warum der Rabbi sie nie in einen Gottesdienst mitgenommen hatte. Für sie wäre es, als würde sie ein Hurrikan erfassen.

An der westlichen Grenze ihres Viertels blieb sie jedes Mal stehen und blickte den Block entlang zur Bowery. Die Straße war eine Art Grenzland für sie, ein Tor in die riesige gefährliche Weite der Stadt. Sie war nur einmal darüber hinausgekommen – an dem Abend, als sie dem glühenden Mann begegnet war.

Sie fragte sich, wo er war. Spürte er die Kälte wie sie? Oder konnte er sie einfach vertreiben, indem er heftiger brannte?

Hin und her marschierte sie und hätte am liebsten die Sonne am Untergehen gehindert. Aber die Erde bestand darauf, sich zu drehen, und bald war sie wieder zu Hause und wappnete sich für die Nacht. Da es sie langweilte, ihr einziges Kleid immer wieder neu zu nähen, hatte sie angefangen, Kleider von anderen zu flicken oder zu ändern. Ihre Kundinnen waren meist auch Pensionsgäste, Sekretärinnen und Buchhalterinnen, die nie gelernt hatten, einen Faden einzufädeln. Sie hielten sie für unbeholfen und altjungfernhaft, wenn sie überhaupt einen Gedanken an sie verschwendeten; doch auch sie bemerkten die Präzision ihrer Stiche, die nahezu unsichtbaren Flickstellen. Die Frauen empfahlen sie ihren Freundinnen, und bald hatte sie mehr als genug Arbeit, um ihre Finger zu beschäftigen, wenn auch nicht ihre Gedanken.

Als sie an einem besonders kalten Abend einen Riss in einer Hose flickte, fiel ihr die Nadel aus den steifen Fingern. Sie versuchte sie aufzufangen, griff daneben, und die Nadel war verschwunden. Sie tastete die Hose ab, ihre eigenen Kleider, den Boden, konnte sie jedoch nicht finden. Schließlich blitzte etwas im Kerzenlicht auf: Da war sie. Sie steckte bis zur Hälfte in ihrem rechten Unterarm.

Sie schaute verdutzt genauer hin. Wie war das passiert? Sie hatte sie aus Versehen in ihren Arm getrieben und es nicht einmal gemerkt!

Vorsichtig zog sie die Nadel aus ihrem Arm und schlug den Ärmel zurück. Sie sah ein winziges dunkles Loch, der Rand leicht erhoben, wo die Nadel den Lehm verdrängt hatte. Sie drückte mit dem Daumen auf die Stelle und empfand ein kurzes Unbehagen. Doch der Stich schloss sich bereits, Lehm füllte das winzige Loch; und als sie den Daumen wieder wegnahm, war fast nichts mehr zu sehen.

Sie war fasziniert. Bisher hatte sie ihren Körper für unveränderlich gehalten. Sie bekam keine blauen Flecken, wenn sie gegen den Arbeitstisch stieß, und verstauchte sich nie den Knöchel auf dem Eis, wie es Mrs. Radzin passiert war. Ihr Haar wuchs nicht. Aber das hier war etwas Neues, Unbekanntes.

Ihr Blick fiel auf das Nadelkissen aus Satin und auf die vielen langen silbernen Stecknadeln.

Innerhalb von Minuten hatte sie sie alle unterschiedlich tief in ihren Arm gestochen, manche fast bis zum Kopf. Sie brauchte große Kraft dazu. Der Lehm, aus dem sie gemacht war, war kräftig und dicht und gab nicht leicht nach. Nachdem sie sich den Daumen an den Nadelköpfen eingedellt hatte, zog sie einen Stiefel aus und benutzte ihn als Hammer.

Schließlich betrachtete sie ihr Werk und berührte jede einzelne Stecknadel. Sie hatte sie in Form eines akkuraten Gitters in ihren linken Unterarm getrieben, vom Handgelenk bis zum Ellbogen. Alle saßen fest. Sie ballte ihre Hand zur Faust, öffnete sie wieder und spürte, wie sich der Lehm um die Nadeln nahe ihrem Handgelenk zusammenzog. Es schien sich keine andere Struktur darunter zu befinden, keine Knochen, keine Muskeln oder Nerven: Sie war durch und durch aus Lehm.

Sie zog eine Nadel mit den Fingernägeln heraus. Bald darauf hatte sich das Loch von selbst geschlossen. Sie zog eine weitere Nadel heraus und blickte auf die Uhr: Es dauerte nur drei Minuten, bis von dem Loch nichts weiter übrig war als ein dunkler Punkt. Was, wenn das Loch größer wäre? Sie nahm die Nadel und steckte sie direkt neben einer anderen in den Arm, sodass ein doppelt so großes Loch entstand. Ihr Unbehagen wuchs, aber sie ignorierte es. Dann zog sie beide Nadeln heraus und sah zu. Es dauerte acht Minuten, bis das Loch vollständig geschlossen war.

Wie interessant! Aber was, wenn sie ein Loch aus drei oder vier Nadeln machte? Oder sie konnte etwas anderes benutzen, etwas Breiteres – die kleine Schere!

Sie nahm sie aus dem Nähkörbchen, schloss die Faust darum und hielt sie wie einen Dolch über ihr Handgelenk, bereit zuzustoßen.

Doch dann legte sie die Schere langsam, als wollte sie sich nicht erschrecken, wieder weg. Was um alles in der Welt tat sie da? Sie hatte keine Ahnung, wie viel ihr Körper ertragen konnte, wie weit sie es mit ihm treiben konnte. Was, wenn sie sich für immer verstümmelt hätte? Und selbst wenn sich das Loch wieder geschlossen hätte, was hätte sie als Nächstes getan? Würde sie sich aus Langeweile einen Arm abschneiden? Sinnlos, sich zu sorgen, dass andere sie entdecken und zerstören könnten. Sie hätte sich bald Stück für Stück selbst zerstört.

Sie zog alle Nadeln aus ihrem Arm und steckte sie wieder ins Nadelkissen. Bald war nur noch ein schwaches Gitter aus Punkten zu sehen. Sie blickte auf die Uhr. Erst zwei Uhr morgens. Sie hatte noch Stunden vor sich. Und ihre Finger begannen bereits zu zucken.

Wie lange konnte sie so weitermachen? Jahre, Monate, Wochen? Tage? *Du wirst bald verrückt werden*, sagte eine Stimme in ihrem Kopf, *und alles in Gefahr bringen.*

Ihre Hand wollte nach dem Medaillon fassen und hielt auf halber Höhe inne. Sie schüttelte zerstreut den Kopf. Dann zog sie den Umhang fester um sich und schaute hinaus auf die Straße.

Auf dem Gehweg ging der glühende Mann auf ihre Pension zu.

Sie traute ihren Augen nicht. Was tat er in ihrer Straße? War er ihr in jener Nacht nach Hause gefolgt? Nein. Vielleicht war es Zufall, und er wollte woandershin.

Argwöhnisch sah sie zu, wie er näher kam. Er trug einen dunklen Mantel, aber keinen Hut, trotz der frostigen Kälte. Er wurde langsamer und blieb vor der Pension stehen. Er schaute sich um, als wollte er kontrollieren, ob ihn jemand beobachtete. Dann hob er den Kopf und sah direkt zu ihrem Fenster hinauf.

Ihre Blicke trafen sich.

Sie sprang vom Fenster zurück und stieß beinahe gegen ihr Bett. Sie war entdeckt, zur Strecke gebracht worden! Sie umklammerte ihr Medaillon, wartete auf das Hämmern an der Tür, den wütenden Mob.

Aber alles blieb still auf der Straße. Niemand klopfte an ihre Tür, keine wütende Welle schwappte über sie hinweg.

Sie schlich zurück zum Fenster und spähte hinaus. Er war noch da, lehnte an einem Laternenpfahl. Während sie hinunterschaute, drehte er sich eine Zigarette und zündete sie an – nicht etwa mit einem Streichholz, er berührte einfach das Ende mit der Fingerspitze und inhalierte. Und alles, ohne zu ihr emporzublicken. Er war sich sicher, dass sie zuschaute. Und er *gefiel* sich in seiner Rolle.

Ihre Panik ebbte ab, und Zorn stieg in ihr auf. Wie konnte er es wagen, ihr nach Hause zu folgen? Woher nahm er das Recht? Andererseits – wie oft hatte sie daran gedacht, zur Washington Street zu gehen und ihn zu suchen? Und jetzt war er hier, stand unter ihrem Fenster, und sie hatte keine Ahnung, was sie tun sollte.

Fast eine Stunde lang schaute sie zu, wie er dastand, sichtbar für alle Welt, als hätte er nichts Besseres zu tun, als die Laterne aufrecht zu halten und Zigaretten zu rauchen. Den wenigen Passanten, die alle auf seinen hutlosen Kopf und den dünnen Mantel blickten, nickte er zu.

Dann, als wäre ihm plötzlich etwas eingefallen, holte er etwas aus der Manteltasche. Es hatte ungefähr die Größe eines Apfels, wenn auch nicht ganz so rund, und glitzerte im schwachen Licht der Gaslaterne. Er hielt es in Händen, und ein paar Sekunden lang strahlten sie so hell, dass das Hinsehen fast schmerzte. Dann holte er aus einer anderen Tasche einen langen dünnen Stock, der am Ende so spitz wie eine Nadel war. Er hielt den Gegenstand hoch, betrachtete ihn und begann, vorsichtig mit dem Stock darauf einzustechen.

Schließlich war ihre Neugier größer als ihre Vorsicht, und sie trat näher ans Fenster und sah ihm bei der Arbeit zu. Hin und wieder runzelte er die Stirn und rieb mit dem Daumen, über was immer er da machte, als wollte er einen Fehler korrigieren. Sie bemerkte, dass das Licht in ihm nicht über seinen Körper hinausstrahlte; denn obwohl seine Hände fast so hell waren wie die Lampe, blieb das Ding, das er hielt, im Dunkeln.

Schließlich arbeitete er langsamer und hielt inne. Er hob den Gegenstand hoch, betrachtete ihn, drehte ihn in alle Richtungen, bevor er sich vorbeugte und ihn neben dem Laternenpfahl abstellte. Und dann, ohne sich auch nur einmal umzublicken, ging er auf der Straße in die Richtung davon, aus der er gekommen war.

Der Golem wartete zehn Minuten. Dann wartete sie noch einmal fünf Minuten. Bald würde der Tag beginnen. Der Gehsteig belebte sich bereits. Ein, zwei, drei Leute gingen an der Straßenlaterne vorbei. Jemand würde bemerken, was immer er dort zurückgelassen hatte, und es mitnehmen. Oder es würde in den Rinnstein gestoßen und wäre verloren. Und dann würde sie nie erfahren, was es war.

Sie griff nach ihrem Umhang und lief die Treppe hinunter. An der Haustür blieb sie stehen: War er zurückgekehrt, um auf sie, die Beute in seiner Falle zu warten? Sie öffnete die Tür einen Spaltbreit und steckte den Kopf hinaus, sah kein glühendes Gesicht, nur gewöhnliche Männer und Frauen. Sie ging zur Laterne, hob den Gegenstand auf und betrachtete ihn im Licht der Gaslaterne.

Es war ein kleiner silberner Vogel, der sich noch warm anfühlte. Er hatte ihn geformt, als würde er auf dem Boden sitzen, die Beine unter den Körper gezogen. Der runde Rumpf lief in kurzen Schwanzfedern aus. Kleine Striche und Einkerbungen deuteten das Gefieder an. Der Kopf war zur Seite geneigt, und er sah sie konzentriert aus glatten halbrunden Augen an.

Er hatte diesen Vogel mit bloßen Händen gemacht, während er unter ihrem Fenster gestanden hatte.

Gründlich verwundert, nahm sie den Vogel mit auf ihr Zimmer, setzte ihn auf den Tisch und betrachtete ihn, bis es Zeit war, zur Arbeit zu gehen.

An diesem Morgen verbrannte sie zum ersten Mal ein Blech mit Plätzchen. An der Verkaufstheke gab sie zwei Kunden falsch heraus und reichte einer Frau ein Stück Plunder mit Pflaumen statt mit Quark. Sie schämte sich für ihre Fehler, aber alle anderen waren amüsiert – sie wurde so für ihre Genauigkeit gepriesen, dass es wie ein glückverheißendes Ereignis schien, sie bei einem Fehler zu erwischen, wie wenn man eine Sternschnuppe sieht.

Anna war überglücklich. »Wie heißt er?«, flüsterte sie, als der Golem an ihrem Arbeitstisch vorbeikam.

»Was?« Erschrocken starrte der Golem das Mädchen an. »Wie heißt wer?«

»Ach, niemand.« Anna lächelte wie eine zufriedene Katze. »Vergiss es einfach.«

Daraufhin ging der Golem auf die Toilette, um sich zu sammeln. Sie würde sich von dem glühenden Mann nicht verunsichern lassen. Sie musste ruhig sein und beherrscht, ihr bestes Selbst. Sie würde sich verhalten, wie der Rabbi es gewünscht hätte.

Als sie am Abend nach Hause kam, stellte sie sich ans Fenster und wartete. Endlich, es war schon fast zwei Uhr morgens, kam er um die Ecke. Wieder war er allein. Er blieb neben dem Laternenpfahl stehen, offenbar in der Absicht, erneut die Nacht dort zu verbringen.

Genug, dachte sie. Sie zog ihren Umhang an, ging auf Zehenspitzen die Treppe hinunter und öffnete leise die Tür.

Die Straße war verlassen, und durch die kalte Nachtluft klapperten ihre Schuhe laut auf der Treppe zur Pension. Er blickte überrascht drein; doch als sie sich ihm näherte, nahm er erneut eine selbstsichere, nonchalante Pose ein. Schweigend sahen sie einander an.

»Geh fort«, sagte sie.

Er lächelte. »Warum sollte ich? Mir gefällt es hier.«

»Du bist eine Nervensäge.«

»Wie ist das möglich? Ich steh doch nur auf dem Gehweg.«

Sie starrte ihn an, steif und streng. Schließlich sagte er: »Was hätte ich denn sonst tun sollen? Du hast dich geweigert, zu bleiben und mit mir zu sprechen.«

»Ja, weil ich nicht mit dir reden will.«

»Das glaube ich nicht«, erwiderte er.

Sie verschränkte die Arme. »Du bist mir nach Hause gefolgt und nennst mich jetzt eine Lügnerin?«

»Du bist vorsichtig. Das verstehe ich. Solche Überlegungen sind mir nicht fremd.«

»Hast du jemandem von mir erzählt?«

»Niemandem.« Dann zuckte er zusammen, weil ihm etwas eingefallen war. »Doch. Einem Mann.«

Sie drehte sich um und ging zurück.

»Nein, warte!«, rief er und folgte ihr. »Er ist der, von dem ich dir erzählt habe, der Kupferschmied. Er kennt mein Geheimnis und hat es niemandem erzählt. Er wird auch deins für sich behalten.«

»Sprich leiser!«, zischte sie. Sie blickte an der Pension hoch, aber in keinem Fenster brannte Licht.

Er seufzte und bemühte sich, nicht die Geduld zu verlieren. »Bitte. Du bist die Einzige, die ich hier kenne, die nicht ... wie *sie* ist. Ich will nur mit dir reden. Nichts anderes.«

Sagte er die Wahrheit? Sie runzelte die Stirn und versuchte, in ihn hineinzusehen. Sie spürte seine Neugier, aber sie wurde verdunkelt von etwas anderem, tief in seinem Innersten, wie ein riesiger schwarzer Schatten.

Sie versuchte, ihn zu erreichen – und wurde beinahe hineingezogen von einer Sehnsucht, wie sie sie nie zuvor verspürt hatte. Als wäre ein Teil seiner Seele gefangen und würde in einem endlosen Moment festgehalten. Dieser Teil konnte sich nicht rühren, nicht sprechen oder irgendetwas anderes tun, außer lautlos gegen seine Gefangenschaft anzuschreien.

Sie schauderte und wich zurück. Er sah sie verwirrt an. »Was ist los?«, fragte er.

Sie schüttelte den Kopf. »Ich kann nicht. Ich kann nicht mit dir sprechen.«

»Glaubst du, dass ich dir Böses will? Den Mann möchte ich sehen, der das versuchen würde. Ich weiß, wie stark du bist, Chava.«

Sie erschrak – aber natürlich, sie hatte ihm an jenem Abend ihren Namen genannt. Unbedacht, viel zu unbedacht!

»Na gut«, sagte er. »Machen wir es so. Eine Frage. Beantworte mir aufrichtig eine Frage, und ich werde dir auch eine beantworten. Und ich lasse dich in Ruhe, wenn du es so willst.«

Sie überlegte. Er wusste bereits zu viel. Aber wenn er dann gehen würde ... »In Ordnung«, sagte sie. »Eine Frage. Stell sie.«

»Hat dir der Vogel gefallen?«

Das war seine Frage? Sie suchte nach einer verborgenen Falle oder einer versteckten Bedeutung, aber sie fand nichts. »Ja«, sagte sie. »Er ist wunderschön.« Und dann fügte sie etwas verspätet hinzu: »Danke.«

Er nickte erfreut. »Nicht gerade meine beste Arbeit«, sagte er. »Das Licht hier ist zu schlecht. Du hast mich darauf gebracht. Es ist ein Wüstenvogel, der schnell erschrickt.« Er lächelte. »Jetzt bist du dran.«

Sie hatte tatsächlich eine Frage, über die sie den ganzen Tag nachgedacht hatte. »Woher wusstest du, dass ich nicht schlafe?«

Jetzt war er es, der erschrak. »Was meinst du?«

»Du bist letzte Nacht gekommen und hast unter meinem Fenster gestanden. Und du hast gewusst, dass ich nicht im Bett liege und schlafe. Woher?«

Die Frage machte ihn ratlos, und er lachte überrascht. »Ich weiß es nicht«, sagte er. »Ich habe nicht darüber nachgedacht.« Er überlegte eine Weile und sagte dann: »In der Nacht, als wir uns begegnet sind, hast du dich nicht wie jemand bewegt, der zu Hause im Bett liegen sollte. Vielleicht wusste ich es daher. Die Menschen gehen nachts anders als tagsüber. Ist dir das auch aufgefallen?«

»Ja!«, rief sie. »Als ob sie gegen den Schlaf ankämpfen oder davor davonlaufen, auch wenn sie hellwach sind.«

»Du jedoch nicht«, sagte er. »Du hattest dich verirrt, aber du bist gegangen, als wäre es helllichter Tag.«

Kaum etwas anderes hätte ihren Widerstand so gründlich brechen können. Über genau diese Art von Beobachtungen hätte sie mit niemand anderem sprechen können, nicht einmal mit dem Rabbi. Er hätte die Erkenntnis gewürdigt, aber er hätte ihre Wahrheit nicht mit dem gleichen Gefühl der Entfremdung, der Distanz zu allem um sie herum empfunden.

Er schaute ihr ins Gesicht, als wollte er ihre Reaktion beurteilen. »Bitte«, sagte er. »Ich will nur mit dir reden. Dir wird nichts geschehen. Ich gebe dir mein Wort.«

Vorsicht befahl ihr, ihm den Rücken zu kehren und in die Pension zurückzugehen. Doch sie spürte die kalte belebende Luft im Gesicht und den Schmerz in ihren steifen Gliedern. Sie blickte zu ihrem Fenster hinauf; und plötzlich war ihr der Gedanke, den Rest der Nacht in ihrem Zimmer zu verbringen und zu nähen, unerträglich.

»Versprichst du mir«, sagte sie, »nie wieder jemandem von mir zu erzählen?«

»Ich verspreche es.« Er zog eine Augenbraue in die Höhe. »Versprichst du mir das Gleiche?«

Was sollte sie tun? Bislang hatte er kein falsches Spiel gespielt; sie durfte es auch nicht. »Ja. Ich verspreche es.

Aber wir müssen woandershin gehen. Irgendwohin, wo wir allein sind und uns niemand hört.«

Er lächelte erfreut über seinen Erfolg. »In Ordnung. Irgendwo, wo wir allein sind.« Er überlegte und sagte dann: »Warst du schon einmal im Aquarium?«

»Erstaunlich«, flüsterte der Golem eine halbe Stunde später.

Sie standen im großen Saal des Aquariums vor einem Becken mit kleinen Haifischen. Die langen eleganten Geschöpfe schwammen träge durch das dunkle Wasser, ihre weit geöffneten Augen verfolgten jede Bewegung ihrer Besucher.

Der Dschinn betrachtete sie, während sie von Becken zu Becken schlenderten. Auf dem Weg in den Battery Park hatte sie aufmerksam umhergeschaut, und als er das Vorhängeschloss an der Tür schmolz, hatte er gespürt, wie sich ein Paar Augen missbilligend in seinen Rücken bohrten. (Der Wachmann musste seines Arbeitsplatzes überdrüssig geworden sein, oder aber das Wetter war zu kalt geworden, denn er war nirgendwo zu sehen.) Ihr Äußeres war angenehm, aber keineswegs verlockend. Wäre sie ein Mensch gewesen, wäre er auf der Straße an ihr vorbeigegangen, ohne sie wirklich zu bemerken.

»Ich habe den Ozean überquert«, sagte sie, »ohne zu wissen, dass sich solche Wesen unter mir befanden.«

»Ich habe den Ozean nie gesehen, nur die Bucht«, erwiderte der Dschinn. »Wie ist der Ozean?«

»Riesengroß. Kalt. Er hat sich in jeder Richtung endlos erstreckt. Wenn ich es nicht besser gewusst hätte, hätte ich gedacht, dass die ganze Welt aus diesem Ozean besteht.«

Er schauderte bei dieser Vorstellung. »Das klingt schrecklich.«

»Nein, es war sehr schön«, sagte sie. »Das Wasser hat sich immer verändert.«

Sie standen schweigend und angespannt nebeneinander. Seltsam, dachte er – jetzt, da sie zugestimmt hatte, mit ihm zu sprechen, wusste er kaum, wie er es anstellen sollte.

»Ich wurde auf dem Ozean zum Leben erweckt«, sagte sie. Dann hielt sie inne, als horchte sie auf das Echo ihrer Worte, ungläubig, dass sie sie laut ausgesprochen hatte.

»Zum Leben erweckt«, wiederholte er.

»Im Frachtraum eines Schiffs. Von einem Mann. Er war für kurze Zeit mein Meister. Für sehr kurze Zeit.« Jeder Satz schien mit Anstrengung tief aus ihrem Innersten hervorzudringen, als müsste sie mit sich ringen, ihn zu sagen. »Er ist bald darauf gestorben.«

»Hast du ihn umgebracht?«

»Nein.« Sie schaute ihn entsetzt an. »Er war krank! So etwas hätte ich nie getan!«

»Ich habe es nicht böse gemeint«, sagte er. »Du hast ihn deinen *Meister* genannt. Ich habe angenommen, dass er dich gezwungen hat, ihm zu Diensten zu sein.«

»So war es nicht«, murmelte sie.

Wieder herrschte argwöhnisches Schweigen. Sie sahen eine Zeit lang den Haien zu und wurden von ihnen beobachtet.

»Auch ich hatte einen Meister«, sagte der Dschinn. »Einen Zauberer. Ich hätte ihn von Herzen gern umgebracht.« Er runzelte die Stirn. »Ich hoffe, dass ich ihn tatsächlich umgebracht habe. Aber ich kann mich nicht erinnern.« Und er erzählte seine Geschichte, erzählte vom Leben in der Wüste, von seinem Gedächtnisverlust, der Gefangennahme und seiner unvollständigen Befreiung, der eisernen Schelle, die ihn an menschliche Form fesselte.

Während er sprach, wurden ihre Züge weicher. »Wie schrecklich«, sagte sie, als er geendet hatte.

»Ich habe es nicht erzählt, damit du mich bemitleidest«, sagte er gereizt. »Ich wollte mich nur erklären, damit du nicht wie ein verängstigtes Kind vor mir davonläufst.«

»Wenn ich übervorsichtig bin, dann aus gutem Grund«, entgegnete sie. »Ich muss auf der Hut sein.«

»Und in der Nacht, als wir uns begegnet sind? Wenn du so vorsichtig bist, wie konntest du dich dann verlaufen?«

»Ich war nicht ich selbst«, murmelte sie. »Es war die Nacht, in der der Rabbi starb.«

»Ich verstehe.« Er hatte den Anstand, ein bisschen verlegen zu sein. »Wer war er?«

»Ein guter Mensch. Mein Beschützer. Er hat mich aufgenommen, nachdem mein Meister gestorben war.«

»Du hattest Pech mit deinen Meistern und Beschützern.«

Gekränkt zuckte sie zurück. »Mein Meister war krank, und mein Beschützer war alt.«

»Und bist du so hilflos, dass du entweder den einen oder den anderen brauchst?«

»Du verstehst nicht«, sagte sie und schlang die Arme um sich.

»Dann erklär's mir.«

Sie sah ihn an. »Noch nicht«, sagte sie. »Ich traue dir noch nicht ganz.«

Langsam ärgerte er sich. »Was soll ich dir denn noch erzählen?«

»Erzähl mir, was du nachts tust, wenn die Menschen schlafen.«

Er machte eine ausholende Bewegung. »Das tue ich. Ich gehe durch die Stadt. Ich gehe, wohin ich will.«

Ihre Augen blickten sehnsüchtig. »Das klingt wunderbar.«

»Du sagst das, als würde dich irgendetwas davon abhalten, das Gleiche zu tun.«

»Natürlich kann ich das nicht! Wie könnte ich nach Einbruch der Dunkelheit allein ausgehen? Ich würde auffallen, eine Frau ohne Begleitung auf der Straße. Das einzige Mal, dass ich nachts allein draußen war, war die Nacht, als wir uns begegnet sind.«

»Heißt das, dass du jede Nacht in deinem Zimmer bleibst? Aber was machst du die ganze Zeit?«

Sie zuckte unsicher die Achseln. »Ich flicke Kleider. Und schaue die Leute an, die vorbeigehen.«

»Aber für dich wäre es doch überhaupt nicht gefährlich!«

»Nehmen wir an, jemand nähert sich mir, ein Mann, der mich angreifen oder bestehlen will. Was, wenn ich mich ihm entwinde und er meine Kraft bemerkt? Oder schlimmer noch, wenn ich ihn verletze? Es würde sich herumsprechen – und was dann? Ich würde gejagt, bis sie mich finden. Unschuldige Menschen kämen zu Schaden.«

Ihre Ängste spiegelten das Szenario wider, das Arbeely ihm geschildert hatte; aber sie fügte sich widerstandslos und nahm die Gefangenschaft hin, gegen die er kämpfte. Er bedauerte sie und hätte sie doch am liebsten weggestoßen. »Aber – wie hältst du das aus?«

»Es ist schwierig«, sagte sie still. »Vor allem jetzt, wo die Nächte so lang sind.«

»Und so willst du dein ganzes Leben verbringen?«

Sie wandte sich von ihm ab. »Ich will nicht darüber nachdenken«, sagte sie. Sie wrang die Hände und blickte drein, als suchte sie nach einem Fluchtweg.

»Aber warum kannst du nicht …«

»Ich kann einfach nicht!«, rief sie. »Was immer du vorschlägst, ich habe schon darüber nachgedacht! Alles andere würde mich und andere in Gefahr bringen, und wie könnte ich so egoistisch sein? Aber es gibt Nächte, in denen ich nichts anderes will als fortlaufen! Ich weiß nicht, wie lange ich es noch …« Sie unterbrach sich und hob die Hand vor den Mund.

»Chava …« Das Mitleid siegte, und er legte ihr die Hand auf den Arm.

Sie stieß sie weg. »Fass mich nicht an!«, rief sie, wandte sich um und lief davon in die Dunkelheit des nächsten Saals.

Er stand etwas verdattert da. Sie hatte sich mit erstaunlicher Kraft von ihm befreit. Damit hatte sie zumindest recht: Wenn andere ihre Stärke bemerkten, wäre sie bereits aufgefallen.

Er fragte sich, ob es klug gewesen war, ihre Bekanntschaft zu suchen. Als sie sich zum ersten Mal begegnet waren, hatten ihre Angst und ihre Verschlossenheit seine Neugier geweckt; jetzt schienen sie nur Zeichen ihrer Schwäche, ihrer großen Probleme zu sein. Dennoch folgte er ihr in den nächsten Saal. Sie stand vor einem der größten Becken voller winziger farbenprächtiger Fische. Er ging zu ihr, hielt jedoch Abstand.

»In diesem Becken sind fast hundert Fische«, murmelte sie. »Ich kann sie nicht richtig zählen, sie halten nicht still.«

»Ich wollte dir nur helfen«, sagte er.

»Ich weiß.«

»Arbeely – der Kupferschmied, von dem ich dir erzählt habe – sagt auch, dass ich vorsichtig sein muss. Und ich weiß, dass er recht hat, bis zu einem gewissen Grad. Aber wenn ich mich für alle Zeit verstecke, werde ich wahnsinnig. Und keiner von uns beiden sollte jede Nacht allein mit seinen Ängsten verbringen.« Während er sprach, war ihm eine Idee gekommen. »Warum gehst du stattdessen nicht mit mir durch die Stadt?«

Sie riss überrascht die Augen auf – und sofort fragte er sich, was ihn geritten hatte. Sie war so vorsichtig, so ängstlich! Sie würde ihn bestimmt zurückhalten wollen. Aber der Gedanke, wie sie eingesperrt in ihrem Zimmer saß, erfüllte ihn mit solchem Entsetzen – als wäre es sein Schicksal und nicht ihres –, dass er ihn ausgesprochen hatte, ohne wirklich darüber nachzudenken.

Unsicher fragte sie: »Du bietest mir deine Gesellschaft an?«

Er hielt sein Angebot resigniert aufrecht. »Sagen wir, eine Nacht in der Woche. Das ginge doch, oder? Eine Frau allein zieht Aufmerksamkeit auf sich, aber mit mir wärst du nicht allein.«

»Und wohin genau willst du mit mir gehen?«

Langsam erwärmte er sich für die Idee und versuchte, sie zu überzeugen. »Ich könnte dir vieles zeigen. Orte wie diesen.« Er deutete auf das Glas und das Wasser dahinter. »Die Parks, die Flüsse. Selbst wenn wir die ganze Nacht gehen, würden wir nur einen winzigen Bruchteil der Stadt sehen. Wenn du nicht mehr als dein eigenes Viertel kennst, hast du keine Vorstellung.« Zu seiner Überraschung musste er feststellen, dass seine Begeisterung nicht mehr geheuchelt war.

Sie wandte sich wieder den Fischen zu, als erhoffte sie von ihnen eine Antwort oder eine Bestätigung. »Na gut«, sagte sie schließlich. »Erstmal nur eine Nacht. Heute in einer Woche. Aber da ist etwas, was du zuvor wissen musst. Sonst wäre es nicht fair dir gegenüber.« Sie nahm unübersehbar allen Mut zusammen und fuhr fort: »Als du mir erzählt hast, was mit dir passiert ist – mit dem Zauberer –, hast du damit eine Frage beantwortet. In dir ist ein *Bedürfnis.*« Er sah sie fragend an, doch sie sprach weiter. »Ein Golem wird normalerweise von einem Meister beherrscht. Ein Golem spürt die Gedanken seines Meisters und reagiert darauf, ohne nachzudenken. Mein Meister ist tot. Aber diese Fähigkeit ist mir geblieben.«

Er brauchte einen Augenblick, bis er begriff, was sie sagte. Er spürte, wie er vor ihr zurückschreckte. »Du kannst Gedanken lesen?«

Sie schüttelte rasch den Kopf. »So eindeutig ist es nicht. Ängste, Wünsche. Bedürfnisse. Wenn ich nicht aufpasse, überwältigen sie mich. Aber – du bist anders.«

»Inwiefern anders?«

»Schwerer zu erkennen.« Sie sah ihm jetzt ins Gesicht; er unterdrückte den Impuls zurückzuweichen. »Ich sehe dein Gesicht, als wäre es von innen hell und von außen schattig. Mit deinen Gedanken ist es genauso. Als ob ein Teil von dir ständig darum kämpft, frei zu sein. Das überschattet alles.«

Damit hatte er nicht gerechnet. Er verstand jetzt ihre unheimliche Ausstrahlung, ihre Fähigkeit, etwas Unhörbares zu hören; doch ihre Erklärung dafür war noch beunruhigender.

»Ich wollte nur, dass du es weißt«, sagte sie. »Ich verstehe, wenn du dein Angebot zurückziehen willst.«

Er überlegte. Es ging nur um eine Nacht. Wenn sie sich als zu gruselig erweisen sollte, würde er sich von ihr trennen.

»Mein Angebot steht«, sagte er. »Eine Nacht. Heute in einer Woche.« Und sie lächelte.

Sie verließen das Aquarium und gingen zurück in ihr Viertel. Die Straßen waren ungewöhnlich still, nur hier und da durchbrach der Schein eines erleuchteten Fensters die Dunkelheit. Er merkte, dass er seine eigenen Gedanken überprüfte; er fand keine Wünsche, deren er sich hätte schämen müssen, sollte sie sie spüren. Und seine Ängste? Gefangenschaft, Langeweile, Entdeckung. Nichts, was sie nicht auch kannte.

Vielleicht wird es doch nicht so schrecklich, dachte er. Sie würden durch die Stadt gehen und miteinander reden. Zumindest würde er etwas Neues erleben.

Sie blieben in der Straße einen Block vor ihrer Pension stehen, sie hatte es so gewollt, damit ihre Nachbarn sie nicht sehen konnten. Er fragte: »Habe ich dich wenigstens davon überzeugt, dass ich dir nichts Böses will?«

Sie lächelte leise. »So gut wie.«

»Das muss reichen. Bis nächste Woche.« Er drehte sich um.

»Warte.« Sie berührte seinen Arm. »Bitte, vergiss dein Versprechen nicht. Ich darf nicht entdeckt werden. Auch wenn du mich gefunden hast, niemand sonst darf mich finden.«

»Ich halte meine Versprechen«, sagte er. »Und ich vertraue darauf, dass das auch für dich gilt.«

Sie nickte. »Selbstverständlich.«

»Dann sehe ich dich in sieben Nächten.«

»Auf Wiedersehen«, sagte sie und verschwand ohne weitere Umstände um die Ecke.

Er ging nach Hause, unsicher, was er gerade in sein Leben gelassen hatte. Es war noch früh, gegen vier Uhr morgens. Er wollte an einer seiner Figuren arbeiten – an einem halb fertigen Ibis, dessen Proportionen falsch waren, der Schnabel stimmte nicht, die Beine waren zu dick.

Als er die Treppe zu seinem Haus hinaufging, stellte sich ihm eine Gestalt in den Weg. Es war ein alter, hagerer Mann, der in Schichten von Lumpen und einen schmutzigen Mantel gewickelt war. Um seinen Kopf trug er einen schmuddligen Schal. Die Haltung des Mannes, sein düsterer vorwurfsvoller Blick ließen darauf schließen, dass er auf ihn gewartet hatte.

»Was bist du?«, krächzte der Mann.

Der Dschinn runzelte die Stirn. »Wie bitte?«

»Ich kann dich ansehen«, sagte der Mann. »Der Tod ist nicht in deinem Gesicht.« Sein Tonfall war hysterisch, seine Augen so weit aufgerissen, dass das Weiße darin leuchtete. Er packte den Dschinn am Mantel und schrie ihm ins Gesicht. »Ich kann dich sehen! Du bist aus Feuer! *Sag mir, was du bist!*«

Der Dschinn erstarrte entsetzt. Zwei Jungen, früh auf den Beinen und von dem Tumult angezogen, schoben sich aus der Tür, um den Vorfall zu beobachten. Der alte Mann schrie auf, wandte sich ab und ließ den Dschinn los. Der Dschinn wollte noch etwas sagen, doch der Mann lief schon die Treppe hinunter, eine Hand vor den Augen, und schwankte auf der Straße davon.

»Alles in Ordnung, Mister?«, fragte einer der Jungen.

»Ja, natürlich.« Das war gelogen. Er hatte solche Angst gehabt, dass er kurz überlegt hatte, den Mann die Treppe hinunterzustoßen.

»Das war Eiscreme-Saleh«, sagte der andere Junge. »Er ist nicht ganz richtig im Kopf.«

»Aha«, erwiderte der Dschinn. »Ein Verrückter. Und warum darf er hier leben?«

»Er hält sich wohl an die Gesetze. Und er macht das beste Eis. Aber er kann niemandem ins Gesicht schauen. Dann wird ihm schlecht.«

»Interessant«, sagte der Dschinn. »Danke.« Er fand zwei Pennys in seiner Manteltasche und gab jedem Jungen einen. Zufrieden liefen sie die Treppe hinunter.

Der Dschinn war zutiefst verstört. Wenn dieser Mann – wer immer er war – ihn wirklich sehen konnte, war er dann noch sicher? Er konnte Arbeely nicht davon erzählen, der würde nur in Panik geraten und verlangen, dass der Dschinn bei zugezogenen Vorhängen in seiner Wohnung blieb. Und wenn der Fremde außerdem als wahnsinnig galt – und er sah eindeutig wie ein Irrer aus –, dann konnte alles, was er sagte, als Unsinn abgetan werden, dachte der Dschinn und beruhigte sich. Im Augenblick genügte es, wenn er wachsam war.

Arbeely war gut gelaunt an diesem Morgen – eine weitere große Bestellung war eingegangen, diesmal waren es Suppentöpfe –, und er begrüßte den Dschinn freudig. »Guten Morgen! Hattest du eine aufregende Nacht? Hast du noch mehr Frauen aus Lehm getroffen? Oder Frauen, die aus etwas anderem gemacht sind?«

Einen Augenblick lang dachte der Dschinn daran, mit ihm über den Golem zu sprechen. Arbeely wusste schließlich bereits von ihr; er hatte nur versprochen, niemandem sonst von ihr zu erzählen. Aber ihm gefiel die Vorstellung, ein Geheimnis vor Arbeely zu haben, etwas, weswegen der Mann nicht mit ihm schimpfen konnte.

»Nein«, sagte der Dschinn. »Ich habe niemand Besonderen getroffen.« Dann nahm er sein Werkzeug und band sich die Schürze um. Arbeely wuselte in der Werkstatt herum – und war so klug wie zuvor.

Kapitel 14

Nach drei Tagen im Krankenhaus von Swinburne Island fiel Michael Levys Fieber. Die Ärzte behielten ihn noch zwei Wochen da, gaben ihm Brühe und zerdrücktes Gemüse zu essen, stützten ihn, während er in den zugigen Fluren auf und ab ging. Er sei unterernährt, erklärten sie, und gefährlich anämisch. »Heiraten Sie«, rieten sie ihm. »Sie brauchen eine Frau, die Sie mästet.«

Er aß und schlief, und sein Körper heilte. Vom Wohnheim kam ein Brief mit Wünschen zu einer raschen Genesung, was er so interpretierte, dass das Personal ohne ihn nicht zurechtkam. Eines Nachts erwischten ihn die Krankenschwestern dabei, wie er durch die Station ging und mit den Patienten sprach, sie ermutigte, noch einmal die Einreise zu versuchen. Sie scheuchten ihn zurück ins Bett und drohten damit, ihn wieder ans Bett zu fesseln.

Kurz vor Silvester wurde Michael entlassen. Er stand an der Reling der Fähre, dick eingepackt gegen den eisigen Wind, der das Wasser dunkel färbte und aufwühlte. Er hatte fünf Pfund zugenommen und sich seit Monaten nicht mehr so gut gefühlt. Er hielt die Krankheit mittlerweile für ein seltsames Abschiedsgeschenk seines Onkels, eine Gelegenheit, sich auszuruhen und umsorgen zu lassen. Vielleicht nicht ganz so erholsam wie das Wasser von Saratoga, aber das Beste, was er bekommen konnte.

Die Fähre legte ab und kämpfte gegen die Strömung an. Es war bereits Nacht. Staten Island und Brooklyn schlummerten zu beiden Seiten, die Holzhäuser am Ufer waren für den Winter geschlossen. Am nördlichen Ende der Bucht tauchte die Spitze von Manhattan auf, und Michaels Gleichmut geriet ins Wanken. Was für ein Chaos erwartete ihn im Wohnheim? Der Wind frischte auf, aber er blieb an Deck und sah zu, wie die Freiheitsstatue vorüberglitt, und versuchte, Kraft aus ihrer Ruhe und ihrem mitfühlenden Blick zu ziehen.

Im Wohnheim war das Licht gerade gelöscht worden. Einhundertfünfzig Männer lagen auf ihren Pritschen unter dünnen Decken. Manche waren wach, hatten Angst vor ihrem neuen Leben; andere schliefen erschöpft nach der langen Reise oder einem Tag auf der Suche nach Arbeit.

Auf einer Pritsche nahe dem Fenster im zweiten Stock schlief der Mann, der jetzt unter dem Namen Joseph Schall bekannt war, so tief und friedlich wie ein kleines Kind.

Der reine Zufall hatte Schaalman in das Wohnheim geführt. Nachdem der Bürokrat auf Ellis Island seinen Namen geändert hatte – zahllose rachsüchtige Verwünschungen lagen ihm auf der Zunge, doch er schluckte sie alle hinunter –, war er die breite Treppe hinuntergegangen, und hinter den großen Fenstern am Ende des Flurs hatte sich die Skyline von Manhattan vor ihm ausgebreitet. Es war ein furchteinflößender und majestätischer Anblick, und er blieb wie angewurzelt stehen. Seitdem er von der Stadt geträumt hatte, wusste er, dass die vor ihm liegende Aufgabe schwierig war; aber jetzt, da er das Häusermeer jenseits der Bucht vor sich sah, erschien sie ihm schlechterdings unlösbar. Er sprach kein Englisch, war nicht an Menschen und Menschenmengen gewöhnt, wusste nicht einmal, wo er schlafen sollte. Gab es in New York Gasthäuser? Oder Ställe? Ställe musste es doch wohl geben?

Eine Hand berührte ihn am Arm, und er wandte sich erschrocken um. Es war eine junge Frau mit pausbäckigem Gesicht. Sie fragte: »Sprechen Sie Jiddisch, Sir?«

»Ja«, antwortete er argwöhnisch.

Sie erklärte, dass sie ehrenamtlich für den Hilfsverein für jüdische Immigranten arbeitete. Brauchte er irgendetwas? Durfte sie ihm ihre Hilfe anbieten?

Zu jeder anderen Zeit und an jedem anderen Ort hätte er nach ihren Schwächen gesucht, um sie auszunutzen, oder sie verwirrt und dann ausgeraubt. Aber jetzt, müde, deprimiert und ratlos, griff er zu einem ihm verhassten Schachzug: der Wahrheit. »Ich habe keine Unterkunft«, sagte er.

Sie nannte ihm einen Ort namens Jüdisches Wohnheim und erklärte ihm, dass er mit einem Boot dorthin kommen könne. Widerspruchslos folgte er ihr hinaus zu den Docks und klammerte sich an seinen Koffer wie ein erschrockenes kleines Kind.

Doch nach einem Tag im Wohnheim hatte er sein altes Selbstvertrauen wiedergefunden. Auf gewisse Weise entsprach das Leben dort dem Leben im Gefängnis. Die Pritschen, die Schlafsäle, die schmutzigen Toiletten, die gemeinsamen Mahlzeiten, die ständig wechselnden Gesichter: Es war ein Ort, den er verstand, mit Personal, das er manipulieren konnte, und Regeln, die er für seine Zwecke zurechtbiegen oder brechen konnte. Alles in allem der perfekte Schlupfwinkel.

Im Wohnheim gab es nur zwei Regeln, die absolut

verbindlich waren: Die Mahlzeiten mussten im Speisesaal zu den vorgesehenen Zeiten eingenommen werden, und kein Mann durfte länger als fünf Tage bleiben. Die zweite Regel zu brechen erwies sich als noch einfacher, als die erste zu umgehen. Dank eines glücklichen Zufalls war der Direktor des Wohnheims erkrankt. Die Köchin und die Haushälterin übernahmen seine Pflichten und rannten den ganzen Tag hektisch hin und her in dem Versuch, die Ordnung aufrechtzuerhalten. An Schaalmans drittem Tag gingen vierzig Neuankömmlinge von Bord der Fähre und klopften an die Tür. Da es nur achtzehn freie Betten gab, standen die Männer verunsichert im Flur, während die Köchin und die Haushälterin nach der Liste suchten, die alles geklärt hätte. Da die Liste unauffindbar blieb, gingen sie, den Tränen nahe, in jeden Schlafsaal und baten alle Männer, sich freiwillig zu melden, wenn sie schon länger als fünf Tage da waren. Alle starrten sie ausdruckslos an, niemand meldete sich. Da ständig so viele Männer kamen und gingen und viel Zeit damit verbrachten, nach Arbeit oder einer Wohnung zu suchen, wussten selbst die, die Rechtsbrecher verraten hätten, nicht, auf wen sie deuten sollten.

Aber Schaalman beobachtete sie seit seiner Ankunft. Jetzt schaute er sich um und sah eine Anzahl Männer, die schon da gewesen waren, als er eingetroffen war. Während die Frauen um Meldung baten, erkannte er die verräterischen Zeichen des schlechten Gewissens und der Renitenz in ihren Gesichtern. Er nahm die Frauen für ein kurzes Gespräch beiseite. Mit seiner Hilfe wählten sie aus dem Kreis der Neuankömmlinge zwei starke Männer aus, die dann von Schlafsaal zu Schlafsaal gingen und unter den Augen von Schaalman, einem strengen, doch gnädigen Richter, die Übeltäter hinauswarfen.

Die Köchin und die Haushälterin konnten ihm nicht genug danken. Er helfe gern, erwiderte er – die Ordnung musste selbstverständlich aufrechterhalten werden, alle hatten die Regeln zu befolgen –, und stehe ihnen zur Verfügung, sollten sie ihn noch einmal brauchen. Sie küssten seine Wangen wie dankbare Töchter. Später am Abend holte Schaalman die vermisste Liste unter seiner Matratze hervor und brachte sie zurück ins Büro, wo er sie zwischen die Seiten einer Zeitung legte.

Am nächsten Tag bot er an, bei der Aufnahme der Neuankömmlinge zu helfen. Während die Frauen die Namen abhakten und hin und her eilten, führte er die Männer zu ihren Pritschen und erklärte ihnen die Vorschriften des Hauses. Nachdem alles erledigt war, baten ihn die Frauen ins Büro, wo sie ihm ein Glas Schnaps reichten.

»Was Mr. Levy nicht weiß, macht ihn nicht heiß«, flüsterte die Haushälterin und strich Joseph Schall von der Auszugsliste für den nächsten Tag.

Im Laufe der folgenden Woche konsolidierte Schaalman seine Position. Er räumte den Aufenthaltsraum auf, faltete die Zeitungen zusammen und füllte die Teekanne auf. Zu den Essenszeiten kontrollierte er die Schlange und teilte der Köchin mit, wie viele Männer noch warteten. Er schien überall gleichzeitig zu sein, half hier und dort, schlichtete sogar die läppischen Streitigkeiten der Männer.

Wenn er sich nicht gerade in die Routinen des Wohnheims einschlich, war er unterwegs und schaute sich das Viertel an. Zu Beginn hatte ihn das Leben auf den Straßen, das brodelnde Durcheinander von Menschen,

Fuhrwerken und Tieren überwältigt; doch nach einer Woche reihte er sich nahtlos in die Menschenmenge ein, ein weiterer alter Jude in einem dunklen Mantel. Er ging stundenlang herum, merkte sich die Straßen und die Geschäfte, die Grenzen des Viertels, wo das Jiddisch von den Schaufenstern verschwand. Er machte sich im Geist eine Liste von den größten orthodoxen Synagogen, in denen es aller Wahrscheinlichkeit nach anständige Bibliotheken gab. Dann kehrte er rechtzeitig ins Wohnheim zurück, um dabei zu helfen, die nächste Gruppe Neuankömmlinge aufzunehmen.

Die Köchin reservierte das beste Essen für ihn, dicke Essiggurken und ganze Stücke Pastrami. Die Haushälterin nannte ihn einen vom Himmel gesandten Engel und versorgte ihn mit zusätzlichen Decken. Und unter seiner Pritsche schlummerte währenddessen das fragmentarische Buch in seinem abgenutzten Koffer. Wäre einer seiner Mitbewohner darauf gestoßen, hätte er nichts Auffälliges gesehen – nur ein altes, zerfleddertes Gebetbuch.

Ein paar Minuten nach Mitternacht tauchte der Dschinn unter dem Fenster des Golems auf. Seit fast einer Stunde schritt sie auf und ab – sie wusste, dass die Nachbarn sie hören würden, aber sie konnte nicht anders, ihr ganzer Körper schmerzte vor Kälte und ängstlicher Anspannung. Am Fenster blieb sie jedes Mal stehen und schaute hinaus. Würde er wie angekündigt kommen? Wäre es besser, wenn er es nicht täte? Und was war in sie gefahren, dass sie mit seinem Plan einverstanden gewesen war?

Als sie ihn endlich sah, war sie sofort erleichtert und hatte zugleich ein ungutes Gefühl. Sie war so aufgelöst, dass sie die halbe Treppe hinuntergelaufen war, bis sie merkte, dass sie Umhang und Handschuhe vergessen hatte, und zurückgehen musste, um sie zu holen.

»Du bist gekommen«, sagte sie, als sie auf der Straße vor ihm stand.

Er zog eine Augenbraue in die Höhe. »Hast du daran gezweifelt?«

»Du hättest es dir anders überlegen können.«

»Und du hättest nicht herunterkommen können. Aber nachdem wir beide da sind, habe ich mir gedacht, dass wir in den Madison Square Park gehen könnten. Bist du damit einverstanden?«

Der Name des Parks sagte ihr nichts, und auf gewisse Weise waren alle möglichen Ziele gleich: unbekannte Orte, unbekannte Risiken. Sie hatte zwei Möglichkeiten. Sie konnte zustimmen oder in die Pension zurückgehen.

»Ja«, sagte sie. »Gehen wir.«

Und ohne weitere Diskussion gingen sie die Hester Street entlang. Plötzlich hätte sie am liebsten laut gelacht. Sie war draußen, sie ging spazieren! Ihre Beine waren so steif, dass ihre Gelenke nahezu knarzten, aber die Bewegung fühlte sich köstlich an, als würde sie endlich eine schon lange juckende Stelle kratzen. Er schritt rasch aus, aber sie hielt mühelos mit ihm mit. Er bot ihr nicht an, sich bei ihm unterzuhaken, wie sie es bei anderen Männern gesehen hatte, und sie war froh darüber. Sie hätten sonst langsamer und zu nahe nebeneinander gehen müssen.

An der Chrystie Street wandte er sich nach Norden, und sie folgte ihm. Sie waren jetzt am Rand ihres Viertels, der Grenze dessen, was sie kannte. Die Kakophonie der Bowery einen Block weit entfernt drang bis zu ihnen. Ein paar Männer kamen ihnen entgegen, und sie zog die Kapuze ihres Umhangs tiefer ins Gesicht.

»Tu das nicht«, sagte der Dschinn.

»Warum nicht?«

»Es sieht aus, als ob du etwas zu verbergen hättest.«

Aber hatte sie das nicht? Die vom Gehen hervorgerufene Euphorie ließ nach; die Angst kehrte zurück, und sie erschrak über die Freiheiten, die sie sich herausgenommen hatte. Sie erreichten die Houston Street, und sie warf von der Seite einen Blick auf ihren Begleiter. War es nicht komisch, dass sie nicht miteinander sprachen? Die Leute, die sie nachts auf der Straße sah, redeten normalerweise miteinander. Andererseits war er für gewöhnlich allein unterwegs. Und das Schweigen war nicht unangenehm.

Sie kamen zur Great Jones Street und stießen dann auf den weiten, elektrisch beleuchteten Broadway. Die Gebäude hier waren höher und breiter, und sie schob die Kapuze zurück, um besser sehen zu können. Statt Ziegel und Sandstein waren hier Marmor und Glas verbaut. Schaufenster lockten mit Kleidern und Stoffen, Hüten mit Federn, Schmuck, Halsketten und Ohrringen. Wie hypnotisiert ließ sie Ahmad weitergehen und betrachtete eine Schneiderpuppe, die ein weites, raffiniertes Kleid aus saphirblauer Seide trug. Wie lange es gedauert haben musste, etwas so Schönes, so Kompliziertes zu nähen! Sie folgte den Nähten mit dem Blick, um zu verstehen, wie das Kleid gemacht war; der Dschinn wartete ungeduldig auf dem Gehweg, bis er schließlich kam, um sie anzutreiben.

An der 14th Street gelangten sie zu einem großen Park mit der riesigen Statue eines Mannes, der auf einem Pferd saß, und sie fragte sich, ob sie ihr Ziel erreicht hatten. Doch der Dschinn ging an der Westseite des Parks entlang, bis sie wieder am Broadway waren. Auf den Straßen, die sich abgesehen von gelegentlichen geschlossenen Einspännern verlassen in alle Richtungen erstreckten, war es jetzt unheimlich still. Sie kamen an einem schmalen Dreieck unbebauten Lands an der 23rd Street vorbei, auf dem verstreute, mit Schnee bedeckte Zeitungen im Wind raschelten. Das Dreieck befand sich an einer Stelle, wo mehrere breite Straßen aufeinanderstießen; in einer Straße stand ein prächtiger weißer Triumphbogen und eine Kolonnade. In dem großen Torbogen brannten elektrische Lichter, die die Kolonnade in breite Streifen aus Licht und Schatten tauchten und einen schwachen Schein in den düsteren Himmel warfen.

Der Madison Square Park erstreckte sich vor ihnen, ein dunkles Wäldchen kahler Bäume. Sie gingen hinein und spazierten über die Wege. Der Park war menschenleer. Sogar die Obdachlosen hatten sich warme Eingänge oder Treppenhäuser gesucht. Nur der Golem und der Dschinn bewegten sich durch die Stille. Der Golem schaute an, was immer ihr ins Auge stach: dunkle Denkmäler von Männern mit ernsten Gesichtern, den eisernen Schnörkel an einer Parkbank. Sie machte ein paar Schritte über den Schnee, um die Hand auf die raue Rinde eines Baums zu legen, dann blickte sie hinauf zu den kahlen Ästen, die sich über den Himmel erstreckten.

»Das ist besser, als die ganze Nacht in deinem Zimmer zu sitzen, oder?«, fragte Ahmad, als sie weitergingen.

»Ja«, gab sie zu. »Sind alle Parks so groß?«

Er lachte. »Es gibt noch viel größere.« Er schaute sie

von der Seite an. »Wie ist es möglich, dass du noch *nie* in einem Park gewesen bist?«

»Vermutlich, weil ich noch nicht sehr lange am Leben bin«, sagte sie.

Er runzelte verwirrt die Stirn. »Wie alt bist du?«

Sie dachte nach. »Sechs Monate. Und ein paar Tage.«

Der Dschinn blieb stehen. »Sechs *Monate*?«

»Ja.«

»Aber …« Er machte eine schwungvolle Handbewegung, die ihre erwachsene Gestalt und Erscheinung umfasste.

»Ich wurde so erschaffen, wie du mich siehst«, sagte sie etwas verlegen, da sie es nicht gewohnt war, über sich zu sprechen. »Ein Golem altert nicht, wir leben weiter, so wie wir sind, außer wir werden zerstört.«

»Und ihr seid alle so?«

»Ich glaube schon. Aber ich bin nicht sicher. Ich bin nie einem anderen Golem begegnet.«

»Wie, keinem einzigen?«

»Vielleicht bin ich der einzige«, sagte sie.

Höchst erstaunt schwieg der Dschinn. Sie gingen am Rand des Parks entlang.

»Und wie alt bist du?«, fragte der Golem, um das Schweigen zu brechen.

»Ein paar Hundert Jahre«, antwortete er. »Wenn mir kein Unglück zustößt, lebe ich noch mal fünf- oder sechshundert Jahre.«

»Dann bist du für deine Art auch jung.«

»Nicht so jung wie manche andere«, sagte er lächelnd.

Sie runzelte die Stirn. »Du wirfst mir mein Alter vor?«

»Nein, aber es erklärt viel. Deine Ängstlichkeit zum Beispiel.«

Darüber regte sie sich auf. »Ich entschuldige mich nicht dafür, dass ich vorsichtig bin. Ich muss es sein. Genau wie du.«

»Ja, aber man kann vorsichtig und man kann übervorsichtig sein. Schau uns an. Wir gehen nachts durch einen Park, weit weg von zu Hause. Und trotzdem fällt der Mond nicht vom Himmel, und die Erde bebt auch nicht.«

»Nur weil bislang nichts passiert ist, heißt das nicht, dass nicht noch etwas passieren *wird.*«

Er lächelte. »Stimmt. Vielleicht werde ich dann überrascht sein. Und du kannst darauf bestehen, dass du recht gehabt hast.«

»Das wäre nur ein kleiner Trost.«

»Bist du immer so humorlos?«

»Ja. Treibst du einen immer so zur Verzweiflung?«

Er kicherte. »Du solltest Arbeely kennenlernen. Ihr würdet euch wunderbar verstehen.«

Darüber musste sie lächeln. »Du erwähnst ihn häufig. Magst du ihn sehr?«

Sie hatte erwartet, dass er seinen Freund in den höchsten Tönen loben würde, doch er sagte nur: »Der Mann meint es gut. Und er hat mir geholfen, so viel steht fest.«

»Aber?«, hakte sie nach.

Der Dschinn seufzte. »Ich bin ihm weniger dankbar, als ich eigentlich sein sollte. Er ist ein guter und großzügiger Mensch, aber ich bin es nicht gewohnt, auf andere angewiesen zu sein. Dabei komme ich mir schwach vor.«

»Wie kann es eine Schwäche sein, wenn man auf andere angewiesen ist?«

»Was sollte es sonst sein? Wenn Arbeely morgen aus

irgendeinem Grund sterben sollte, wäre ich gezwungen, eine andere Arbeit zu finden. Ich hätte keine Kontrolle über das Ereignis, aber ich wäre auf Gedeih und Verderb davon abhängig. Ist das keine Schwäche?«

»Vermutlich schon. Aber wenn man deinen Maßstab anlegt, ist jeder schwach. Warum sollte man es Schwäche nennen, wenn die Dinge nun mal so sind?«

»Weil es früher anders war!«, sagte er mit plötzlicher Heftigkeit. »Ich war von niemandem abhängig! Ich habe mich bewegt, wie ich wollte, und habe gemacht, was ich wollte. Ich habe kein Geld, keinen Arbeitgeber, keine Nachbarn gebraucht. Nicht dieses ständige *Guten Morgen* und *Wie geht es Ihnen*, ob einem nun danach ist oder nicht.«

»Aber warst du nie einsam?«

»Doch, manchmal. Aber dann habe ich meine Artgenossen gesucht und mich eine Weile in ihrer Gesellschaft aufgehalten. Und wenn es genug war, haben sich unsere Wege wieder getrennt.«

Sie versuchte, es sich vorzustellen: ein Leben ohne Arbeit oder Nachbarn, ohne die Bäckerei, die Radzins, Anna. Ohne vertraute Gesichter, ohne einen geregelten Tagesablauf. Das kam ihr schrecklich vor, und sie sagte: »Ich glaube, Golems sind nicht für diese Art Unabhängigkeit geschaffen.«

»Das sagst du nur, weil du keine andere Lebensweise kennst.«

Sie schüttelte den Kopf. »Du hast mich falsch verstanden. Jeder Golem wird erschaffen, um einem Meister zu dienen. Als ich erwachte, war ich bereits an meinen Meister gebunden. An seinen Willen. Ich habe jeden seiner Gedanken gehört, und ich habe ihm, ohne zu zögern, gehorcht.«

»Das ist furchtbar«, sagte der Dschinn.

»Für dich vielleicht. Für mich war es so, wie es sein musste. Und als er starb – als ich an niemand mehr gebunden war –, hatte ich keinen Lebenssinn mehr. Jetzt bin ich an *alle* gebunden, wenn auch nur ein wenig. Ich muss dagegen ankämpfen, ich kann nicht alle Wünsche erfüllen. Aber wenn ich in der Bäckerei, in der ich arbeite, jemandem einen Laib Brot gebe, erfüllt das ein Bedürfnis. Und einen Augenblick lang ist diese Person mein Meister, und in diesem Augenblick bin ich zufrieden. Wenn ich so unabhängig wäre, wie du es gern wärst, dann hätte ich das Gefühl, überhaupt keinen Daseinszweck zu haben.«

Er runzelte die Stirn. »Warst du so glücklich, als du von einem anderen beherrscht wurdest?«

»Glücklich ist nicht das richtige Wort«, sagte sie. »Es hat sich *richtig* angefühlt.«

»Na gut, dann will ich dir folgende Frage stellen. Wenn du durch einen Zufall oder durch Zauberei deinen Meister wiederhaben könntest, würdest du dir das wünschen?«

Die Frage lag auf der Hand, aber sie hatte sie sich nie gestellt. Sie hatte Rotfeld kaum gekannt, sodass sie nicht genau wusste, was für ein Mann er gewesen war. Aber konnte sie es sich nicht denken? Was für eine Sorte Mann nahm sich einen Golem zur Frau, so wie ein Lieferant sich ein neues Fuhrwerk kauft?

Aber andererseits – wieder in dieser Sicherheit zu leben! Die Erinnerung daran stieg in ihr auf, deutlich und betörend. Und sie hätte nicht das Gefühl, benutzt zu werden. Eine Wahl, eine Entscheidung – und dann, nichts.

»Ich weiß es nicht«, sagte sie schließlich. »Vielleicht. Obwohl es sich wohl anfühlen würde wie sterben. Aber vielleicht wäre es am besten. Auf mich allein gestellt, mache ich so viele Fehler.«

Ahmad gab einen Laut von sich, der nicht ganz ein Lachen war. Sein Mund war ein harter Strich; er starrte auf die Bäume, als würde er es nicht ertragen, sie anzusehen.

»Ich habe etwas gesagt, was dich gekränkt hat«, stellte sie fest.

»Tu das nicht«, fuhr er sie an. »Schau nicht in mich hinein.«

»Das war gar nicht nötig«, entgegnete sie. Ein ungewohnter Trotz stieg in ihr auf. Sie hatte ihm eine ehrliche Antwort gegeben, und offenbar hatte sie ihn damit vor den Kopf gestoßen. Nun, dann war es eben so. Wenn er ihre Gesellschaft nicht wollte, dann fand sie auch allein ihren Weg nach Hause. Sie war kein Kind, gleichgültig was er dachte.

Sie war kurz davor, zum Broadway zurückzugehen, als er sagte: »Weißt du noch, was ich dir erzählt habe? Dass ich gefangen genommen wurde, mich aber nicht daran erinnere?«

»Ja, natürlich weiß ich das noch.«

»Ich habe keine Ahnung«, sagte er, »wie lang ich der Knecht dieses Mannes war. Sein *Sklave.* Ich weiß nicht, wozu er mich gezwungen hat. Vielleicht habe ich entsetzliche Dinge getan. Vielleicht habe ich für ihn getötet. Womöglich habe ich sogar meine Artgenossen umgebracht.« Seine Stimme klang angespannt, und es war quälend, ihm zuzuhören. »Aber noch schlimmer wäre es, wenn ich das alles auch noch *gern* getan hätte. Wenn er mir meinen Willen geraubt und mich umgedreht hätte. Hätte ich die Wahl, würde ich mich lieber in den Ozean stürzen und umbringen.«

»Aber wenn diese fürchterlichen Dinge wirklich passiert sind, dann waren sie die Schuld des Zauberers, nicht deine«, sagte sie.

Wieder dieses merkwürdige Lachen. »Hast du Kollegen in der Bäckerei, in der du arbeitest?«

»Natürlich«, sagte sie. »Moe und Thea Radzin und Anna Blumberg.«

»Stell dir vor, dass dein geschätzter Meister zurückkehrt und du dich wieder an ihn bindest, was du, wie du gesagt hast, ja vielleicht tun würdest. Weil du so viele *Fehler* machst. Und er sagt: ›Bitte, mein lieber Golem, bring die netten Leute in der Bäckerei um, die Radzins und Anna Blumberg. Reiß ihnen Arme und Beine aus.‹«

»Aber warum …«

»Ach, aus irgendeinem Grund! Sie haben ihn beleidigt oder bedrohen ihn oder einfach, weil es ihm gefällt. Stell es dir einfach vor. Und dann sag mir, ob dich der Gedanke tröstet, dass es nicht deine Schuld ist.«

Das war eine Möglichkeit, die sie nie bedacht hatte. Und jetzt konnte sie nicht anders, als es sich vorzustellen: Wie sie Moe Radzin am Arm packte und zog, bis er abriss. Sie hatte die Kraft dazu. Sie konnte es tun. Und währenddessen würde sie sich zufrieden und sicher fühlen.

Nein, dachte sie – aber die Gedanken ließen sich nicht mehr aufhalten. Was, wenn Rotfeld heil und gesund mit ihr in Amerika angekommen wäre und der Rabbi sie eines Tages auf der Straße bemerkt hätte? Sie sah vor sich, wie der Rabbi Rotfeld konfrontierte – und dann zerrte sie den Rabbi in eine Seitenstraße und brachte ihn um.

Am liebsten hätte sie laut aufgeschrien. Sie presste

die Handflächen auf die Augen, um die Bilder zu verscheuchen.

»Verstehst du mich jetzt?«, fragte der Dschinn.

»Lass mich in Ruhe!«

Der Schrei hallte über den Platz und wurde von den steinernen Fassaden zurückgeworfen. Erschrocken wich der Dschinn mit erhobenen Händen zurück – um sie zu beschwichtigen oder einen Angriff abzuwehren.

Dann herrschte wieder Stille. Sie spreizte die Finger, versuchte, sich zu beruhigen. Die Dinge, die sie sich vorgestellt hatte, waren eingebildet. Sie hatte den Radzins oder Anna nichts getan. Es gab keinen Grund, warum sie ihnen etwas antun sollte. Rotfeld war tot; seine Leiche lag auf dem Grund des Ozeans. Sie würde nie wieder einen Meister haben.

»Ja«, sagte sie. »Ja. Ich verstehe, worauf du hinauswillst.«

»Ich wollte dich nicht beunruhigen«, sagte der Dschinn.

»Nein?«, murmelte sie.

Eine Pause. »Wenn doch, dann war es falsch von mir.«

»Nein, du hattest recht. So habe ich noch nie darüber nachgedacht.« Sie blickte von ihm weg, fühlte sich schuldig und verlegen.

Sie hörten die Schritte zur gleichen Zeit. Zwei Polizisten liefen auf sie zu, ihre wollenen Wintermäntel schlugen gegen die Stiefel.

Auf dem leeren Platz, auf dem sie ganz allein waren, traf ihre Besorgnis den Golem nahezu wie ein physischer Schlag.

»Abend, Miss«, einer der beiden hob die Hand an seine Kappe. »Belästigt Sie dieser Mann?«

Sie schüttelte den Kopf. »Nein, überhaupt nicht. Es tut mir leid, Sie hätten nicht kommen müssen.«

»Sie haben schrecklich laut geschrien, Miss.«

»Es war meine Schuld«, gestand der Dschinn. »Ich habe etwas gesagt, was ich nicht hätte sagen sollen.«

Die Polizisten blickten von einem zum anderen und versuchten, die Lage zu eruieren: ein Mann und eine Frau, eindeutig keine Stadtstreicher, um diese Uhrzeit unterwegs, in der eisigen Kälte ...

Sie hatte sie in diese Situation gebracht. Wenn sie das Richtige sagte, könnte sie sie vielleicht wieder herausholen.

»Liebster«, sagte der Golem und legte dem Dschinn eine Hand auf den Arm, »wir sollten jetzt nach Hause gehen. Es ist wirklich kalt.«

Seine Augen flackerten überrascht auf, aber er hatte sich sofort wieder unter Kontrolle. »Natürlich«, sagte er und schob ihre Hand in seine Ellbogenbeuge. Er lächelte die Männer an. »Ich bitte um Entschuldigung. Es war ganz und gar meine Schuld. Gute Nacht.«

Und sie drehten um und gingen davon.

»Gute Nacht«, rief ihnen ein Polizist halbherzig nach.

Schweigend und angespannt gingen sie durch den Park zurück. Erst als sie den Broadway erreicht hatten, wagte es der Dschinn, sich umzublicken. »Wir sind allein«, sagte er und ließ ihre Hand los.

»Ich weiß. Sie sind uns nicht gefolgt. Sie wollten zurück in ihr Revier und sich aufwärmen.«

»Das ist eine seltsame Gabe, die du da hast«, sagte er und schüttelte den Kopf. Dann grinste er sie an. *»Liebster?«*

»So nennt Mrs. Radzin ihren Mann, wenn sie wütend auf ihn ist.«

»Ich verstehe. Das war clever.«

»Es war riskant.«

»Aber es hat funktioniert. Und der Himmel ist noch immer nicht eingestürzt.«

Nein, das ist er nicht, dachte sie. Es war kein bleibender Schaden entstanden. Sie hatte im richtigen Moment das Richtige gesagt.

Sie gingen weiter, zurück Richtung Süden. Der spärliche Verkehr auf dem Broadway hatte sich verändert: Es waren nicht länger elegante Einspänner unterwegs, sondern von Pferden gezogene Fuhrwerke, die die Waren für den nächsten Tag in das Herz der Stadt brachten. Ein junger Schuhputzer baute an einer Straßenecke seinen Stand auf, beugte sich vor und blies auf seine bloßen Finger.

Sie hatten gerade den Union Square hinter sich gelassen, als es zu schneien begann. Zuerst war es nur Graupel, aber dann wurden schwere Flocken daraus, die ihnen ins Gesicht wehten. Der Golem zog den Umhang fester um sich und bemerkte, dass Ahmad den Schritt beschleunigt hatte. Sie konnte kaum mehr mit ihm mithalten. Sie wollte ihn gerade fragen, was los war, als sie sah, dass sein Gesicht trotz des dichten Schneefalls nicht nass war. Die Flocken landeten auf seinem Gesicht und verdampften sofort. Sie erinnerte sich, was er während ihres Streits gesagt hatte: *Ich würde mich lieber in den Ozean stürzen und umbringen.*

»Alles in Ordnung?«, fragte sie.

»Alles in Ordnung«, erwiderte er. Doch sein zerstreuter Tonfall sagte etwas anderes. Und sie hätte schwören können, dass sein Gesicht jetzt schwächer glühte als zuvor.

Leise fragte sie: »Schwebst du in Gefahr?«

Er biss die Kiefer zusammen, aus Zorn oder Irritation; doch dann entspannte er sich und lächelte sie betrübt an. »Nein. Noch nicht. Siehst du es, oder hast du es erraten?«

»Ich glaube, beides.«

»Von jetzt an werde ich immer daran denken, dass du viel zu aufmerksam bist.«

»Der Winter muss schrecklich für dich sein.«

»Er ist jedenfalls kein Vergnügen.«

Sie gingen jetzt unter dem Schutz der Markisen, dennoch war er blass, als sie die Bond Street erreichten. Der Golem warf ihm immer wieder besorgte Blicke zu.

»Du musst mich nicht so ansehen«, sagte er. »Ich werde nicht sterben.«

»Aber warum trägst du keinen Hut oder nimmst einen Schirm mit?«

»Weil ich beides nicht ausstehen kann.«

»Sind alle deine Artgenossen so eigensinnig?«

Er lächelte. »Die meisten von uns, ja.«

Kurz vor der Hester Street blieben sie unter der Markise eines italienischen Lebensmittelgeschäfts stehen; im Schaufenster hingen riesige rote Würste an Schnüren neben geflochtenen Zöpfen aus Knoblauchknollen. Ein warmer beißender Geruch drang aus der offenen Tür. »Den Rest des Wegs kann ich allein gehen«, sagte sie.

»Bist du sicher?«

Sie nickte. Sie waren nur noch ein paar Blocks von der Bowery entfernt, und dahinter begann ihr Viertel. »Das ist in Ordnung«, sagte sie.

Sie standen nebeneinander, beide ein wenig nervös.

»Ich weiß nicht, ob wir uns wiedersehen sollten«, sagte sie.

Er runzelte die Stirn. »Misstraust du meinen Absichten immer noch?«

»Nein, aber deiner Großmut. Wir haben einander geärgert.«

»Ich vertrage ein bisschen Ärger«, sagte er. »Und du?«

Es war eine Herausforderung, aber auch ein Angebot. Er hatte sie wirklich geärgert und sie dazu gebracht, dass sie sich schämte; aber sie hatte auch zum ersten Mal seit dem Tod des Rabbis frei von der Leber weg geredet. Sie spürte, wie sich etwas in ihr entspannte, das nichts mit ihrem steifen Körper zu tun hatte.

»In Ordnung«, sagte sie. »Unter einer Bedingung.«

»Und die wäre?«

»Wenn Schnee oder Regen droht, musst du einen Hut tragen. Ich will nicht die Verantwortung für deine Gesundheit übernehmen.«

Er verdrehte die Augen. »Wenn es sein muss«, sagte er, und sie bemerkte die Andeutung eines Lächelns. »Nächste Woche zur selben Zeit?«

»Ja. Und jetzt geh bitte ins Trockene. Auf Wiedersehen.« Sie wandte sich ab und marschierte davon.

»Bis nächste Woche«, rief er ihr nach. Doch sie war bereits um die Ecke, und er konnte nicht mehr sehen, wie sie lächelte.

»Ich habe doch gesagt, dass ich wiederkommen werde«, sagte der Dschinn zur träumenden Fadwa. »Hast du daran gezweifelt?«

In ihrem Traum standen sie auf dem Grat nahe dem Lager ihrer Familie, von wo aus sie zum ersten Mal seinen Palast gesehen hatte. Es war Nacht, aber immer noch warm. Der Boden unter ihren Füßen war weich.

Sie trug nur ein dünnes, langes Hemd, doch sie war nicht verlegen.

»Nein«, sagte sie. »Nur – es ist so lange her, seitdem ich dich gesehen habe. Viele Wochen.«

»Für dich ist das vielleicht eine lange Zeit«, sagte er. »Aber wir Dschinn sehen uns oft jahrelang nicht, ohne uns dabei etwas zu denken.«

»Ich dachte, du hättest dich vielleicht über mich geärgert. Oder …« Sie hielt inne, und dann brach es aus ihr heraus: »Irgendwann war ich überzeugt davon, dass du nur ein Traum bist! Und dann habe ich geglaubt, dass ich verrückt werde!«

Er lächelte. »Ich bin sehr wirklich, da kann ich dich beruhigen.«

»Ja, aber wie kann ich sicher sein?«

»Du hast doch meinen Palast gesehen.« Er deutete hinunter ins Tal. »Wenn du in diese Richtung gehst und Glück hast, stößt du auf eine Lichtung ohne Gestrüpp und Felsen. Dort steht mein Palast.«

»Könnte ich ihn wieder sehen?«

»Nein – er ist unsichtbar, außer ich wollte es anders.«

Sie seufzte. »Du musst wirklich *völlig* anders leben, wenn du glaubst, dass mich das beruhigt.«

Er musste lachen. Seltsam, dass ihn ein Menschenmädchen zum Lachen bringen konnte! Doch sie runzelte immer noch unzufrieden die Stirn. Vielleicht hatte er doch zu lange gewartet. Er hatte noch viel zu lernen, was das kurze Leben der Menschen und ihr ständiges Gefühl der Dringlichkeit betraf.

Er streckte die Hand, wusste immer noch nicht genau, wie er es machte. Ein Wirbel aus Sternen und Wüste – und dann waren sie wieder in seinem Palast, zwischen den dunklen Mauern aus Glas und den bestickten Kissen. Diesmal stand auf den Kissen ein Festmahl: Platten mit Reis, Lammfleisch und Joghurt, Fladenbrot und Käse und Krüge mit kristallklarem Wasser.

Fadwa lachte entzückt.

»Das ist für dich«, sagte er. »Bitte iss.«

Und sie aß und plauderte, erzählte ihm von kleinen Erfolgen, von einem kranken Lamm, das sie gesund gepflegt hatte, vom Sommer, der bisher relativ mild gewesen war. »In der Quelle ist sogar noch Wasser«, meinte sie. »Mein Vater sagt, dass es für diese Jahreszeit ungewöhnlich ist.«

»Dein Vater«, sagte der Dschinn. »Erzähl mir mehr über ihn.«

»Er ist ein guter Mann«, versicherte sie ihm. »Er ist für uns alle verantwortlich. Meine Onkel schauen zu ihm auf, und mein ganzer Stamm respektiert ihn. Wir sind einer der kleinsten Hadid-Clans, aber wenn wir uns alle versammeln, fragen ihn andere um Rat, bevor sie dem Scheich eine wichtige Sache vorlegen. Wenn sein Vater der erste Sohn meines Urgroßvaters gewesen wäre und nicht der dritte, dann wäre heute mein Vater der Scheich.«

»Wäre dein Leben dann anders?« Er konnte dem Gerede von Stämmen, Clans und Scheichs nicht ganz folgen, doch ihr liebevoller Tonfall und Blick faszinierten ihn.

Sie lächelte. »Wenn mein Vater der Scheich wäre, würde es mich nicht geben! Er wäre einer anderen Frau aus einem bedeutenderen Clan als dem meiner Mutter versprochen worden.«

»Versprochen worden?«

»Mit ihr verlobt worden. Der Vater meines Vaters und der Vater meiner Mutter haben es ausgemacht, als meine Mutter geboren wurde.« Sie sah seine Verwirrung und kicherte. »Heiraten Dschinn nicht? Hast du keine Eltern?«

»Natürlich haben wir Eltern«, sagte er. »Wir müssen ja *irgendwoher* kommen. Aber verloben, heiraten – nein, so etwas kennen wir nicht. Wir sind viel freier in unseren Gefühlen.«

Sie riss die Augen auf, als er das sagte.

»Du meinst ... man kann mit *jedem*?«

Er lachte über ihren erstaunten Gesichtsausdruck. »Mir gefallen Frauen, doch ja, im Prinzip ist es so, wie du sagst.«

Sie wurde rot. »Und mit ... *Menschen*frauen?«

»Bislang noch nicht.«

Sie blickte weg. »Ein Beduinenmädchen, das so etwas tut, wird verstoßen.«

»Eine harte Strafe dafür, dass man seinen natürlichen Bedürfnissen folgt«, sagte er. Die Sache wurde immer spannender – nicht die menschlichen Vorstellungen, die lächerlich, rigide und überflüssig waren, sondern ihre Unterhaltung und wie das Mädchen errötete, wenn er eine simple Tatsache auch nur erwähnte.

»So sind wir eben«, sagte sie. »Unser Leben wäre viel schwieriger, wenn wir uns wegen Affären und Eifersüchteleien Gedanken machen müssten. Ich glaube, so ist es besser.«

»Und du?«, fragte er. »Bist du auch jemandem versprochen? Oder wirst du dir deinen Mann selbst aussuchen?«

Sie zögerte. Er spürte, dass ihr das Thema unangenehm war. Und dann – ein heftiger Ruck, als würde die Erde unter ihnen beben.

Fadwa klammerte sich an ihr Kissen. »Was war das?«

Es war Morgen. Er war zu lange geblieben. Jemand versuchte, sie zu wecken.

Noch eine Erschütterung. Er fasste ihre Hand und drückte sie kurz an seine Lippen. »Bis zum nächsten Mal«, sagte er und ließ sie gehen.

Jemand rief ihren Namen. Sie schlug die Augen auf – aber waren sie nicht schon offen gewesen? –, und da stand ihre Mutter, die sich über sie neigte.

»Mädchen, was ist mit dir? Bist du krank? Ich musste dich schütteln und rütteln.«

Fadwa schauderte. Einen Augenblick lang hatte sich das Gesicht ihrer Mutter verdüstert, waren ihre Augen zu dunklen Löchern geworden.

Eine heiße Brise wehte durchs Zelt. Davor plötzlich Lärm: Die Ziegen meckerten in ihrem Pferch. Ihre Mutter schaute sich um, und als sie sich ihr wieder zuwandte, sah Fadwa ihr normales Gesicht, die tiefen sonnenverbrannten Furchen, und ihre Verwirrung.

»Steh jetzt auf, Mädchen! Die Ziegen müssen gemolken werden, hör nur!«

Fadwa setzte sich auf und rieb sich das Gesicht, rechnete halb damit, im Glaspalast zu erwachen, als wäre er die Wirklichkeit und das Zelt der Traum. Den ganzen Morgen über schloss sie während der Arbeit immer wieder die Augen und stellte sich vor, sie wäre dort, spürte seine Lippen auf ihrer Hand und das Glühen, das sich daraufhin weit unten in ihrem Bauch ausgebreitet hatte.

Kapitel 15

Der Golem stand auf einem Friedhof in Brooklyn vor einer länglichen Aufschüttung frisch umgegrabener Erde. Hinter dem Grab befand sich ein Stein mit Elsa Meyers Namen und Daten auf einer Hälfte. Die andere Seite war leer, als wäre die schreckliche Nachricht noch nicht bis zu ihr vorgedrungen.

Michael Levy hatte sie hierhergebracht, und jetzt stand er hinter ihr, versunken in Trauer und Schuldgefühlen. Ein paar Tage zuvor war er gegen Ladenschluss in die Bäckerei gekommen und hatte sich dafür entschuldigt, dass er sie nicht früher besucht hatte. »Ich war ein paar Wochen in Swinburne«, sagte er. »Ich hatte Grippe.«

Sie wusste, dass es stimmte, aber Michael sah gesünder aus als je zuvor. Seine Wangen waren leicht gerötet und die dunklen Ringe unter seinen Augen verblasst. Die Augen selbst jedoch blickten schwermütig und betrübt, sie waren zu alt für sein Gesicht. Michael hatte die Augen seines Onkels.

Er sagte: »Ich wollte mich nur erkundigen, ob Sie irgendetwas brauchen. Ich weiß nicht, ob mein Onkel Ihnen mit Geld ausgeholfen hat, aber ich kenne ein paar Leute beim Hilfsverein für jüdische Immigranten …«

»Danke, Michael, aber es ist alles in Ordnung«, versicherte sie ihm. »Ich habe alles, was ich brauche.«

»Vermutlich sind Ihre Bedürfnisse die gleichen wie

meine«, sagte er mit einem verlegenen Lächeln. »Ein bisschen essen, ein bisschen schlafen und dann wieder arbeiten.«

Ihr eigenes Lächeln wurde ein wenig kleiner, aber er bemerkte es nicht und fuhr fort: »Morgen will ich das Grab meines Onkels besuchen. Ich weiß nicht, ob Sie den Sabbat einhalten, aber ich dachte, wenn Sie mitkommen wollen …«

Seine Nervosität und unausgesprochenen Hoffnungen waren ihr unangenehm, aber sie wollte von ganzem Herzen das Grab des Rabbis sehen. »Ja«, sagte sie. »Ich wäre Ihnen sehr dankbar.«

Sie verabredeten sich für zehn Uhr morgens vor ihrer Pension. Als er ging, klang das Läuten der Türglocke misstönend durch die stille Bäckerei.

Sie war erleichtert, als er gegangen war. Wenn es nur anders zwischen ihnen sein könnte! Es wäre schön, einen Freund zu haben, jemanden, der den Rabbi gekannt hatte. Aber dass er sich zu ihr hingezogen fühlte, komplizierte die Angelegenheit, vor allem weil sie sah – vielleicht deutlicher als er –, dass seine Zuneigung zu ihr mit Schuldgefühlen und Gewissensbissen verwoben war. Und aus einer vorübergehenden Vernarrtheit war eine dunkle Faszination geworden. Sie würde mit ihm sprechen müssen. Freundlich, wenn möglich.

Anna hatte sich im Hintergrund aufgehalten und an ihren Schnürsenkeln herumgefummelt. Als der Golem jetzt ihren Umhang nahm, lächelte sie durchtrieben.

»Schau mich nicht so an«, murmelte der Golem. »Er ist ein Freund, nichts weiter.«

»Möchtest du, dass mehr daraus wird?«

»Nein, das will ich nicht!« Sie hielt inne und zwang

sich, die Hände stillzuhalten; sie war drauf und dran gewesen, eine Schnalle von ihrem Umhang zu reißen. »Ich habe keine solchen Gefühle für ihn. Aber er für mich.« Sie wandte sich wehleidig an Anna. »Warum können wir nicht nur Freunde sein? Warum muss es immer kompliziert werden?«

»So ist es nun mal«, sagte Anna und zuckte die Achseln.

»Es ist ärgerlich.«

»Als ob ich das nicht wüsste! All die Männer, die ich schon abweisen musste! Aber Chava, du kannst nicht den Rest deines Lebens allein verbringen. Das ist nicht normal!«

»Wäre es besser, Michael anzulügen und Dinge zu sagen, die ich nicht empfinde?«

»Nein, natürlich nicht. Aber Gefühle brauchen Zeit, um sich zu entwickeln. Und ich denke nicht gern daran, wie du mit all diesen verstaubten Jungfern in der Pension sitzt und ihre Schlüpfer flickst.«

»Ich flicke nicht ihre *Schlüpfer*, Anna.«

Das Mädchen kicherte. Nach einem Augenblick lachten sie beide. Sie war noch immer unsicher, was sie von Anna mit ihren stürmischen Affären und Schwärmereien halten sollte; doch die junge Frau wurde überraschenderweise zu einer Quelle des Trosts.

Am nächsten Morgen wartete Michael Levy zur vereinbarten Zeit vor der Pension. Sie fuhren mit der Straßenbahn zur Park Row und stiegen dort in den Zug nach Brooklyn. Die vielen Fahrgäste machten sie nervös, und sie sagte: »Ich bin noch nie über die Brücke gefahren.«

»Machen Sie sich keine Sorgen.« Er lächelte. »Es ist nicht so gefährlich, wie den Ozean zu überqueren.«

Der Zug ruckelte aus dem Depot und auf die Rampe. Sie kamen an Fuhrwerken und Fußgängern vorbei. Schornsteine spukten zu beiden Seiten Ruß und Rauch aus und fielen zurück, als sie sich der Brücke näherten. Sie hatte gehofft, auf das Wasser schauen zu können, aber das Gleis befand sich in der Mitte der Brücke hinter einem Zaun aus Pfosten und Brückenträgern. Durch diesen Zaun gesehen, schienen sich die Pferde und Wagen auf den äußeren Spuren holperig und lahm zu bewegen.

Der Zug kam kreischend in Brooklyn zu stehen. Ohne große Worte führte Michael sie zur Straßenbahn. Sie mussten noch ein paarmal umsteigen. Und dann gingen sie endlich einen langen, breiten Weg auf ein großes verschnörkeltes Tor zu.

Die Welt schien zu verstummen, als sie hindurchgingen. Aus dem breiten Weg wurde ein gewundener Pfad, der schließlich den Blick freigab auf schneebedeckte Hügel mit Reihen von Grabsteinen.

»Es ist wunderschön hier«, sagte sie überrascht.

Sie kamen an großen Grabmalen, efeubewachsenen Mausoleen und auf Säulen stehenden Büsten ernster Männer vorbei. Dann führte Michael sie eine Reihe von Gräbern entlang, und da waren sie: die längliche Aufschüttung weiß gepuderter Erde und der zur Hälfte beschriftete Stein.

Sie stand vor dem Grab und fragte sich, was sie jetzt tun sollte. Erwartete Michael, dass sie ihren Schmerz zeigte? Dass sie weinte?

Michael räusperte sich. »Ich lasse Sie einen Augenblick allein.«

»Danke«, sagte sie. Er schlenderte den Pfad entlang, bis er nicht mehr zu sehen war, und sie war allein mit dem Rabbi.

»Ich vermisse Sie«, murmelte sie. Sie ging neben dem Grab in die Hocke und versuchte sich vorzustellen, wie er unter der Erde lag. Es erschien ihr unmöglich, auch wenn alle ihre Sinne ihr sagten, dass er von dieser Welt verschwunden war.

Sie überlegte, was sie ihm erzählen sollte. »Allen in der Bäckerei geht es gut«, sagte sie. »Anna hat einen neuen Verehrer und scheint glücklich zu sein, aber ich weiß, dass Sie es missbilligen würden. Ich habe angefangen, Kleider zu flicken, damit ich nachts etwas zu tun habe. Die Nächte sind noch immer am schwierigsten. Aber diese Woche bin ich nachts ausgegangen – mit einem Mann. Er muss sich verstecken, wie ich. Nächste Woche werde ich ihn wiedersehen. Es tut mir leid, Rabbi. Ich weiß, ich sollte so etwas nicht tun. Aber ich glaube, sie werden mir helfen, die Spaziergänge mit ihm.«

Sie fuhr mit einer Hand durch den Schnee, als würde sie auf ein Zeichen warten: ein Zittern der Erde, eine vorwurfsvolle Geste. Aber nichts passierte. Alles blieb still.

Ein paar Minuten später kehrte Michael zurück und stellte sich neben sie. »Ich sollte Ihnen auch Zeit lassen«, sagte sie und wandte sich ab, um sich zu entfernen; aber er legte ihr die Hand auf den Arm. »Bitte bleiben Sie«, sagte er. »Ich bin nicht gern allein auf Friedhöfen.« Er sagte die Wahrheit: Leises, unbestimmtes Entsetzen und Unbehagen breiteten sich in ihm aus.

»Selbstverständlich«, beruhigte sie ihn und blieb neben ihm stehen.

»Er war ein wunderbarer Mann«, sagte Michael, und dann begann er zu weinen. »Entschuldigen Sie«, sagte er und wischte sich die Tränen weg. »Ich hätte etwas unternehmen sollen, um seinen Tod zu verhindern.«

»Sie haben keine Schuld daran«, widersprach sie.

»Aber wenn ich nicht so stur gewesen wäre … wenn *er* nicht …«

»Dann wären sie alle beide andere Menschen gewesen«, sagte der Golem in der Hoffnung, dass es das Richtige war. »Und er hat sehr viel von Ihnen gehalten. Er hat Sie einen guten Menschen genannt.«

»Wirklich?«

»Warum überrascht Sie das, wo Sie so vielen Menschen helfen?«

»Ich wollte nichts mehr mit Religion zu tun haben. Wahrscheinlich hat er geglaubt, dass ich auch mit *ihm* nichts mehr zu tun haben wollte.«

»Ich glaube, auf seine Weise hat er es verstanden«, sagte sie zögernd. Sie war nicht sicher, ob es stimmte – aber Michael schien zu trösten, was sie sagte, und das hätte der Rabbi gewollt, davon war sie überzeugt.

Michael seufzte und fuhr sich mit der Hand über das Gesicht. Beide schauten auf den Grabstein. »Ich muss die Inschrift machen lassen«, sagte er. »Später im Jahr.« Er blickte zu ihr. »Normalerweise bete ich nicht, aber wenn Sie möchten …«

»Ist schon in Ordnung«, sagte der Golem. »Ich habe schon gebetet, allein.«

Mit Straßenbahn und Zug gelangten sie zurück in die Lower East Side. Die Sonne stand tief am Himmel; feiner Schnee fegte durch die Straßen.

»Darf ich Sie in ein Café einladen?«, fragte Michael und fügte hinzu: »Natürlich nur, wenn Sie Zeit haben. Ich will nicht Ihren ganzen Tag für mich beanspruchen.«

Sie hatte sich darauf gefreut, nach Hause zu gehen;

die Straßenbahnen waren überfüllt gewesen mit Menschen und ihren Wünschen. Aber es fiel ihr auf die Schnelle keine Ausrede ein, und seine hoffnungsvollen Gefühle zerrten an ihr. »Na gut«, sagte sie. »Wenn Sie möchten.«

Sie gingen in ein dunkles Café voller junger Männer, die alle miteinander zu streiten schienen. Er bestellte Kaffee und Mandelkekse, und sie saßen nebeneinander und horchten auf die Diskussionen, die um sie herum ausgetragen wurden.

»Ich hatte vergessen, wie laut es hier ist«, sagte er, als wollte er sich entschuldigen.

Die Stimmen stritten auch in ihrem Kopf und baten um abstrakte Dinge: *Frieden, Rechte, Freiheit.* »Sie klingen alle sehr zornig«, sagte sie.

»Oh, absolut. Jeder von ihnen hat eine andere Theorie über das, was nicht stimmt auf der Welt.«

Sie lächelte. »Und haben Sie auch eine Theorie?«

»Ich hatte eine«, sagte er. Er dachte einen Augenblick lang nach, dann fuhr er fort: »Jede Woche sehe ich Hunderte Männer im Wohnheim. Sie brauchen alle das Gleiche – eine Unterkunft, Arbeit, Englischunterricht. Aber manche sind zufrieden mit allem, was sich ihnen bietet, und andere sind mit nichts zufrieden. Und dann gibt es noch ein paar, die nur auf ihren Vorteil aus sind. Wenn meine Freunde darüber reden, wie man die Welt verbessern kann, kommen sie mir fürchterlich naiv vor. Als könnte es eine einzige Lösung für alle unsere Probleme geben, die uns zu Unschuldigen im Garten Eden macht. Aber in Wirklichkeit werden wir unsere schlechten Eigenschaften nie ablegen können.« Er schaute sie an. »Was denken *Sie*?«

»Ich?«, fragte sie erschrocken.

»Glauben Sie, dass wir alle im Grunde gut sind? Oder dass wir nur beides sein können, gut und böse?«

»Ich weiß nicht«, sagte sie und versuchte, unter seinem Blick nicht nervös herumzuzappeln. »Aber ich glaube, die Menschen wollen manchmal nur deshalb etwas, was sie nicht haben, *weil* sie es nicht haben. Auch wenn alle teilen würden, würden sie nur den Teil wollen, der ihnen nicht gehört.«

Er nickte. »Genau. Und ich sehe nicht, wie sich das ändern sollte. Die menschliche Natur ist immer gleich, egal in welchem System.« Dann schmunzelte er. »Entschuldigen Sie, ich will mit Ihnen eigentlich gar nicht über Politik sprechen. Reden wir über etwas anderes.«

»Worüber sollen wir reden?«

»Erzählen Sie mir von sich. Ich weiß nur sehr wenig über Sie.«

Der Mut verließ sie. Sie müsste ihre Worte sorgfältig wählen. Sie müsste lügen und sich ihre Lügen gut merken, um sich später nicht zu verraten. »Ich war verheiratet«, sagte sie unsicher.

»Ach, ja.« Michael machte ein langes Gesicht. »Das wusste ich. Sie müssen ihn vermissen.«

Sie könnte sagen, *Ja, ich habe ihn sehr geliebt*, und alle weiteren Nachfragen unterbinden. Aber verdiente Michael nicht wenigstens ein bisschen Aufrichtigkeit? »Ja, manchmal«, sagte sie. »Aber ... um ehrlich zu sein, wir haben uns nicht sehr gut gekannt.«

»War es eine arrangierte Ehe?«

»Vermutlich, in gewisser Weise.«

»Und Ihre Eltern haben Ihnen keine Wahl gelassen?«

»Ich hatte keine Eltern«, sagte sie tonlos. »Und er war ein wohlhabender Mann und hat sich gekauft, was er wollte.« Das zumindest stimmte: Sie erinnerte sich an Rotfelds Stolz auf das, was er sich mit seinem Geld hatte kaufen können, eine perfekte Frau in einer hölzernen Kiste.

»Kein Wunder, dass mein Onkel Ihnen helfen wollte«, sagte Michael. »Es tut mir leid. Ich kann mir nicht einmal entfernt vorstellen, wie einsam Sie gewesen sein müssen.«

»Es ist schon in Ordnung.« Sie fühlte sich bereits ein wenig schuldig. Was für Geschichten dachte er sich jetzt aus, um die Einzelheiten zu ergänzen? Es war Zeit, das Gespräch, wenn möglich, wieder auf ihn zu bringen. »Aber jedes Leben muss einsam erscheinen verglichen mit Ihrem. Sie sind jeden Tag von Hunderten Männern umgeben.«

Er lachte. »Das stimmt. Obwohl ich sie nicht gut kennenlerne, weil sie nur fünf Tage im Wohnheim bleiben. Obwohl – da ist ein Mann, der jetzt schon seit ein paar Wochen bei uns ist, seitdem ich krank war.« Er lächelte. »Ich konnte mein Glück gar nicht fassen. Ich kam zurück und hatte damit gerechnet, das absolute Chaos vorzufinden, doch da war dieser nette alte Mann, der sich um alles gekümmert und für Ordnung gesorgt hat. Meine Mitarbeiter essen ihm praktisch aus der Hand. Ich bestehe darauf, ihm ein bisschen was zu zahlen, wenn auch längst nicht so viel, wie er verdienen würde.«

»Es klingt, als ob Sie Glück gehabt hätten«, sagte der Golem.

Er nickte. »Sie sollten ihn kennenlernen. Er erinnert mich an meinen Onkel. Ich glaube, er war früher Rabbi – er hat so etwas an sich. Als würde er mehr wissen, als er zugibt.«

Es war spät geworden. Die Männer verließen langsam das Café, alle Streitigkeiten blieben wie gewöhnlich unentschieden. Draußen ging ein Junge vorbei, der die Gaslaternen anzündete, seine Stange über der schmalen Schulter wie ein Bajonett. »Ich sollte jetzt nach Hause gehen«, sagte der Golem. Sie hatte eine vage Angst davor, dass er sie begleiten wollte.

»Natürlich«, sagte er. »Ich bringe Sie nach Hause.«

»Ich möchte nicht, dass Sie sich meinetwegen Umstände machen.«

»Nein, ich bestehe darauf.«

Als sie sich ihrer Pension näherten, wurde sich der Golem bewusst, dass sie wie ein Paar wirkten, das in der Abenddämmerung spazieren geht. Michael, das sah sie, sammelte den Mut, um sie zu fragen, ob sie sich wiedersehen, vielleicht einmal gemeinsam abendessen könnten.

»Ich kann nicht«, sagte sie, blieb stehen und nahm die Hand von seinem Arm.

Überrascht blieb auch er stehen. »Was ist los?«, fragte er.

Die Worte purzelten ihr nur so aus dem Mund. »Es tut mir leid, Michael. Ich weiß, dass Sie sich für mich interessieren.«

Er wurde blass, versuchte es dann mit einem schiefen Lächeln. »Ist es so offensichtlich?«

»Sie sind ein sehr guter Mensch«, sagte sie unglücklich. »Aber ich kann nicht. Ich kann einfach nicht.«

»Natürlich«, sagte er. »Es ist zu früh. Natürlich. Entschuldigen Sie. Wenn ich Sie irgendwie in Bedrängnis gebracht habe …«

»Nein, nein, bitte, entschuldigen Sie sich nicht!« Sie fühlte, wie Verzweiflung in ihr aufstieg. »Ich möchte, dass wir Freunde sind, Michael. Können wir nicht einfach Freunde sein? Wäre das nicht in Ordnung?«

Sofort wusste sie, dass sie das Falsche gesagt hatte.

»Selbstverständlich!«, entgegnete er. »Ja, natürlich. Das ist schließlich das Wichtigste. Freundschaft.«

Sie konnte nur nicken, traute sich nicht zu, noch etwas zu sagen.

»Gut!« Seine Stimme klang hohl. »Abgemacht.« Er legte ihre Hand wieder auf seinen Arm, als wollte er beweisen, dass sich nichts geändert hatte; und so gingen sie den letzten Block bis zu ihrer Pension, ein perfekt zusammenpassendes Paar, während sie sich beide bei jedem Schritt verzweifelt wünschten, woanders zu sein.

Mitternacht war lange vorbei, und der Vollmond sank langsam auf den East River hinunter, zwischen Brückenkabeln und Wassertanks hindurch, um in die Fenster des Wohnheims zu scheinen. Das Licht kroch über die triste graue Wolle der Decken auf den Pritschen und traf auf die offenen Augen von Yehudah Schaalman, der genau darauf gewartet hatte. Er brauchte das Mondlicht, um zu schreiben.

Bislang entwickelte sich alles besser, als Schaalman zu hoffen gewagt hatte. Er hatte vermutet, dass die Rückkehr des Direktors eine Hürde wäre, dass er den Mann mit einem Zauber belegen oder seinen Verstand benebeln müsste; doch Levy war ein noch leichterer Gegner als sein Personal. Zuerst hatte Schaalman die angebotene Entlohnung abgelehnt, aber dann nahm er sie an. Niemand war *so* altruistisch, nicht einmal der Mann, der er vorgab zu sein.

Er hatte seine Stellung gestärkt und das Vertrauen

aller Mitarbeiter gewonnen. Es war Zeit, den nächsten Teil seines Plans in die Tat umzusetzen. Sein Traum hatte ihm versprochen, dass New York das Geheimnis *ewigen Lebens* bereithalte, aber er musste einen Weg finden, seine Suche einzuengen, eine Wünschelrute, die ihm die Richtung wies. Und was war besser, als sich selbst in eine Wünschelrute zu verwandeln?

Er griff unter seine Matratze und holte den zerfledderten Packen verbrannter Papiere hervor. Er sortierte sie im Mondschein und legte die Blätter zur Seite, die Bedeutung für sein Vorhaben hatten. Bald hatte er einen dünnen Stapel.

Er nahm ein leeres Blatt Papier und einen Bleistift und begann, sich Notizen zu machen. Wenn er diesen Spruch mit dem Namen Gottes kombinierte ... Er notierte Formeln und strich sie durch, zeichnete Schaubilder von verästelten Bäumen, deren Blätter die Buchstaben des Alphabets waren. Er arbeitete stundenlang, bis er endlich, kurz vor Tagesanbruch, in einen Rausch geriet, als plötzlich alles klar erschien, die Schaubilder, Formeln und Sprüche zu einem Ganzen verschmolzen. Sein Bleistift tanzte ekstatisch über das Papier. Schließlich kam seine Hand zur Ruhe, und er betrachtete, was er geschrieben hatte, und spürte bis ins Mark seiner Knochen, dass es ihm gelungen war. Der altvertraute Schmerz durchfuhr ihn – was hätte er nicht werden können, hätte er die Chance gehabt! Oh, was er hätte erreichen können!

Er schaute sich um, aber alle seine Nachbarn schliefen. Er holte tief Luft und begann leise zu lesen, was er geschrieben hatte.

Eine lange, ununterbrochene Reihe von Silben strömte aus Schaalmans Mund. Manche waren weich und träge wie ein breiter Fluss. Andere waren hart und abgehackt, und Schaalman stieß sie zwischen den Zähnen hervor. Selbst einer der alten Weisen, der nicht nur Hebräisch und Aramäisch beherrschte, sondern sich auch mit jahrhundertealten mystischen Überlieferungen auskannte, hätte sich schwergetan, den Sinn zu erfassen. Er hätte hier und da Bruchstücke verstanden: Teile von Gebeten, Namen Gottes, die Buchstabe um Buchstabe zusammengesetzt waren. Doch der Rest wäre ein furchterregendes Geheimnis geblieben.

Er nahm Schwung auf, als er den Scheitelpunkt der Formel erreichte, den Buchstaben genau in der Mitte: das *Aleph*, den lautlosen Laut, der der Beginn aller Schöpfung war. Und dann, als wäre das *Aleph* ein Spiegel, kehrte sich die Formel um, und Schaalman purzelte Buchstabe um Buchstabe auf der anderen Seite hinunter.

Er näherte sich dem Ende, fast war er da. Er wappnete sich und sprach den letzten Laut …

… und plötzlich durchströmte ihn die gesamte Schöpfung. Er war unendlich, er war das Universum, es gab nichts, was er nicht in sich umfasste.

Doch dann blickte er nach oben und sah, dass er nichts war, eine Milbe, ein bedeutungsloser Punkt unter dem starren Blick des Einen.

Es dauerte ewig; es war nur ein Augenblick. Schaalman erwachte, blinzelte die Tränen zurück und fuhr sich mit der feuchten Hand über die Stirn. So war es immer, wenn er etwas Neues und Mächtiges ausprobierte.

Der Mond verschwand aus dem Fenster, nur noch die Gaslaternen verbreiteten weiter ihr gelbliches Licht. Erschöpft sank Schaalman bis zum Morgen in einen traumlosen Schlaf und erwachte erst, als der Lärm im Schlafsaal zu laut war, als dass er ihn noch hätte ignorieren können. Männer zogen sich an für den neuen Tag, glätteten die zerknautschten Federkissen mit der nervösen Höflichkeit von Gästen. Manche beteten neben ihren Betten, Gebetsriemen um die Stirn und den Arm gebunden. Im Flur bildete sich eine Schlange vor dem Bad, jeder Mann hielt verschlafen Seife und Handtuch in der Hand. Schaalman zog sich an und nahm seinen Mantel. Er hatte einen Mordshunger. Unten stellte er fest, dass ihm die Köchin ein paar Scheiben Brot und Marmelade zum Frühstück vorbereitet hatte; er verschlang sie, ohne innezuhalten. Er widerstand dem Impuls, sich die Marmelade von den Fingern zu lecken – die Gewohnheiten eines Lebens als Einzelgänger waren nicht leicht abzulegen –, ging am Aufenthaltsraum vorbei und zur Tür des Wohnheims hinaus. Es war Zeit zu überprüfen, was er erreicht hatte.

Fünf Stunden später kehrte er niedergeschlagen und wütend ins Wohnheim zurück. Er war durch die gesamte Lower East Side gewandert, an allen Rabbis, Schriftgelehrten, Synagogen und Jeschiwas vorbei, die er finden konnte, und dennoch – nichts. Nichts hatte ihn in eine bestimmte Straße gezogen, er hatte nicht gespürt, dass er vielleicht durch *diesen* Eingang treten oder mit *jenem* Mann dort drüben sprechen sollte. Aber seine Formel war richtig gewesen, davon war er überzeugt!

Wieder einmal mahnte er sich zur Geduld. Es gab noch private Bibliotheken, die riesige Jeschiwa in der Upper West Side, von der er gehört hatte, ganz zu schweigen von den weltgewandten deutschen Juden in Manhattans Norden – nicht so bewandert in esoterischen Wundern wie ihre russischen und polnischen Verwandten, dennoch könnte er bei ihnen etwas finden. Er würde nicht aufgeben.

Aber er war nervös. In der Delancey Street war er an einem Trauerzug vorbeigekommen: Der Anzahl der Trauergäste und ihrem beredten Schweigen nach zu urteilen, war eine bedeutende Persönlichkeit gestorben. Höchstwahrscheinlich ein verehrter und geachteter Rabbi, verschieden nach einem langen und friedlichen Lebensabend, seines Platzes in der nächsten Welt sicher. Schaalman war beiseitegetreten, hatte weggeschaut und dem kindischen Drang widerstanden, sich zu verstecken, damit der Todesengel ihn in seinem Versteck unter den New Yorker Juden nicht entdeckte.

Im Wohnheim blieb er vor der offenen Tür des Direktors stehen. Levy saß an seinem Schreibtisch, anders als sonst schwebte der Stift in seiner Hand reglos über dem Papier. Seine Augen blickten ins Leere. Schaalman runzelte die Stirn. Hatte ihn jemand verzaubert oder verwandelt? War hier eine andere Kraft am Werk? Er klopfte an die Tür. »Michael?«

Der Mann zuckte schuldbewusst zusammen. »Joseph, hallo. Stehen Sie schon lange hier?«

»Nein, nicht lange«, sagte Schaalman. »Geht es Ihnen gut? Sie sind doch hoffentlich nicht wieder krank?«

»Nein, nein. Also, nicht wirklich.« Er lächelte müde. »Eine Angelegenheit des Herzens.«

»Ah«, sagte Schaalman, und sein Interesse erlosch.

Doch jetzt sah ihn der Direktor nachdenklich an. »Darf ich Sie etwas Persönliches fragen?«

Schaalman seufzte lautlos. »Natürlich.«

»Waren Sie jemals verheiratet?«

»Nein, dieser Segen wurde mir nie zuteil.«

»Verliebt?«

»Natürlich«, log Schaalman. »Welcher Mann in meinem Alter wäre das nicht gewesen?«

»Aber es hat nicht geklappt.« Es war keine Frage.

»Das war vor langer Zeit. Ich war damals ein anderer Mann.«

»Was ist passiert?«

»Sie ist weggegangen. Sie war da, und dann war sie fort. Ich weiß bis heute nicht, warum.« Die Worte waren ihm einfach eingefallen; er hatte sie ausgesprochen, ohne nachzudenken.

Levy nickte unangenehm mitfühlend. »Haben Sie sich später nicht gefragt, was Sie hätten anders machen sollen?«

Jeden Tag. Jeden Tag meines Lebens frage ich mich.

Er zuckte die Achseln. »Vielleicht war es zu schwierig, mich zu lieben.«

»Oh, das kann ich mir überhaupt nicht vorstellen.«

Genug, dachte er. »Brauchen Sie irgendetwas? Sonst schaue ich nach, wie die Köchin mit dem Abendessen vorankommt.«

Levy blinzelte. »Natürlich. Danke, Joseph, dass Sie mir Ihr Ohr geliehen haben.«

Schaalman lächelte und entfernte sich.

Kapitel 16

»Du trägst einen Hut«, sagte der Golem. »Danke.«

Sie entfernten sich von ihrer Pension Richtung Norden. Graupel fiel vom Himmel, fein wie gefrorener Nebel. Es war der dritte Ausflug seit der Nacht im Madison Square Park. Zwei Wochen zuvor waren sie im Battery Park gewesen – nicht im Aquarium, da sie ihm untersagt hatte, noch einmal das Schloss zu schmelzen – und auf der West Street nach Norden zum Pier an der Barrow Street gegangen. Im Sommer war der Pier eine überlaufene Freizeitpromenade, doch jetzt lag er verlassen da, und vom Geländer hingen Eiszapfen. Der Dschinn misstraute dem glatten Holz und blieb bei den mit Brettern vernagelten Buden zurück und sah zu, wie der Golem mit im Wind flatterndem Umhang bis ans Ende des Piers hinausmarschierte. »Dort draußen ist es ganz still«, sagte sie, als sie zurück war. Sie gingen weiter die West Street entlang, doch bald versperrten ihnen Lagerhallen und Büros der Dampfschifffahrtsgesellschaften den Blick auf das Wasser und ferne Lichter. Sie wollten schon umkehren, als er ein paar Piers entfernt ein Glühen am Himmel entdeckte und sie hinter sich herzog, um es zu erkunden. Die Mannschaft eines Frachtschiffs hatte das Deck mit elektrischen Lichtern beleuchtet, sie arbeitete die ganze Nacht über, um mit der Flut am Morgen in See zu stechen. Schauermänner liefen mit Fracht beladen herum, weiße Dampfwolken stiegen von ihren Mündern auf. Der Dschinn und der Golem sahen zu, bis der Vorarbeiter sie auf Norwegisch anschrie, sie sollten verschwinden, sie hätten keine Zeit für Gaffer. Der Golem entschuldigte sich gedankenlos in derselben Sprache, und sie traten hastig den Rückzug an, bevor der Mann seine vorgeblichen Landsleute fragen konnte, aus welcher Stadt sie stammten.

Eine Woche später waren sie durch die nördliche Lower East Side gegangen, einer Melange aus jüdischen und böhmischen Geschäften, dazwischen immer wieder verblasste deutsche Schilder: Die Überreste von *Kleindeutschland* in einem osteuropäischen Meer. Bei diesem Treffen war Chava schlecht gelaunt, zerstreut und unglücklich gewesen. Sie erklärte nicht warum, sagte nur, dass sie mit einem Bekannten, einem Mann namens Michael in Brooklyn auf dem Friedhof gewesen war. Der Dschinn hatte den Eindruck, dass dieser Michael sich mehr von ihrer Beziehung erhoffte als sie.

»Ich bedaure jeden, der versucht, dir den Hof zu machen«, sagte er. »Sie sind dir gegenüber schwer im Nachteil.«

»Ich will nicht, dass man mir den Hof macht«, murmelte sie.

»Niemand? Oder nur er nicht?«

Sie schüttelte den Kopf, als wollte sie die ganze Frage abtun. Sie war schwer zu verstehen, diese Frau. Sie hatte etwas Prüdes, was in Einklang mit ihrer Vorsicht und ihrer Ernsthaftigkeit stand. Sie war zwar so neugierig wie er, zögerte jedoch, etwas zu erkunden. Gelegentlich lächelte sie, doch sie lachte nur selten. Insgesamt war sie das Gegenteil dessen, was er sich bei einer Frau wünschte. Sie wäre eine schreckliche Dschinniya.

Sie gingen Richtung Nordwesten durch die schlafende Stadt. »Wie fühlt sich das an?«, fragte er. »Alle diese Wünsche und Ängste zu spüren?«

»Wie viele kleine Hände, die nach mir greifen«, sagte sie.

Er wand sich nahezu, als er es sich vorstellte. Vermutlich gäbe er einen schrecklichen Golem ab.

»Es fällt mir leichter, nicht mehr darauf zu reagieren«, sagte sie. »Aber es ist immer noch schwierig. Vor allem wenn ich es bin, vor der jemand Angst hat. Oder von der jemand etwas will.«

»Wie dein Freund Michael?«, fragte er.

Sie nickte, schwieg jedoch, ihre Miene bemüht ausdruckslos. Also war es ein empfindliches Thema. Vielleicht sorgte sie sich, dass sich *sein* Verlangen auf sie richten würde. Aber dem war nicht so, nicht einmal ansatzweise, was wiederum erstaunlich war. Er war nur selten aus einem anderen Grund so lange in Gesellschaft einer Frau gewesen.

Er mochte sie. Es machte ihm Spaß, sie herumzuführen, vertraute Orte durch ihre Augen neu zu sehen. Ihr fielen andere Einzelheiten auf als ihm: Er nahm eine Landschaft als Ganzes auf, bevor er sich den Details widmete, während sie jedes Element für sich betrachtete und sie erst dann zu einem Bild zusammenfügte. Sie konnte schneller gehen als er, aber normalerweise blieb sie hinter ihm zurück und schaute fasziniert in ein Schaufenster oder auf ein buntes Schild.

Und zumindest schien sie keine Angst mehr vor ihm zu haben. Als er zum vierten Mal vor ihrer Pension angekommen war, musste er nur Sekunden warten, bis sie neben ihm stand. Und sie hatte aufgehört, sich an seiner Seite auffällig zu verstecken, obwohl sie noch immer die Kapuze aufsetzte, bis sie sich ein paar Blocks von ihrer Pension entfernt hatten.

Sie gingen weiter im Zickzack nach Nordwesten, wie gewohnt schweigend. Er ärgerte sich mittlerweile über sein Versprechen, einen Hut zu tragen. Der Graupel stellte keine Gefahr dar, kaum eine Irritation; der Hut war viel schlimmer. Er hatte ihn von einem Straßenhändler gekauft, ohne ihn zu probieren, ein Fehler, den er nicht noch einmal machen würde. Die billige Wolle kratzte ihn an der Stirn, und dank der Krempe kam er sich vor wie ein Pferd mit Scheuklappen.

»Hör auf, dir immer wieder an den Hut zu fassen«, murmelte der Golem.

»Ich kann das Ding nicht ausstehen«, sagte er. »Es fühlt sich an, als hätte ich etwas auf dem Kopf.«

Sie schnaubte. Es war fast ein Lachen. »Du hast ja auch etwas auf dem Kopf.«

»Du bestehst darauf, dass ich ihn trage. Und es *juckt.*«

Ärgerlich nahm sie ihm den Hut vom Kopf und zog ein Taschentuch aus dem Ärmel. Sie faltete es auseinander und kleidete den Hut damit aus. Dann setzte sie ihm den Hut wieder auf und schob die Ränder des Taschentuchs unter die Krempe. »Ist das besser?«, fragte sie.

»Ja«, antwortete er erstaunt.

»Gut«, entgegnete sie grimmig. »Dann kann ich mich jetzt ja vielleicht darauf konzentrieren, wohin wir gehen.«

»Ich dachte, du könntest meine Gedanken nicht sehen?«

»Das war auch nicht nötig. Du hast so an dem Hut herumgefummelt, dass es die ganze Straße hätte sehen können.«

Sie gingen weiter. Die Temperatur war gesunken, der Graupel ging in Schnee über. Die seit langem verstopften Rinnsteine ließen an jeder Straßenecke einen kleinen Teich entstehen. Sie mussten darum herumgehen, bis der Dschinn sich an einer Ecke umschaute, ob sie allein auf der Straße waren, Anlauf nahm und über die schwarze Wasserlache sprang. Es war eine ziemlich große Distanz; nur wenige Männer hätten es geschafft. Er grinste selbstzufrieden.

Chava stand stirnrunzelnd an der Ecke. Er wartete ungeduldig, bis sie um die große Pfütze herumgegangen war.

»Was, wenn jemand dich gesehen hätte?«, fragte sie.

»Es war das Risiko wert.«

»Wofür? Für ein paar Augenblicke mehr Zeit?«

»Es hat mich daran erinnert, dass ich noch am Leben bin.«

Schweigend gingen sie zum Washington Square Park. Er hatte sich darauf gefreut, ihr den hell erleuchteten Torbogen zeigen zu können, doch das Wetter hatte die Stadt gezwungen, die Lichter auszuschalten, um keinen Kurzschluss zu riskieren, und der Torbogen ragte in die Dunkelheit auf, seine Konturen hart und klar vor den Wolken.

»Eigentlich sollte er erleuchtet sein«, sagte er enttäuscht.

»Nein, mir gefällt er so.«

Sie gingen darunter hindurch, und er wunderte sich wieder einmal über seine Ausmaße. Es gab so viele größere Gebäude in der Stadt, und doch war es der Torbogen, der ihn faszinierte. In der Dunkelheit schienen sich die riesigen Gravuren im Marmor zu verändern und sich wie Wellen zu kräuseln.

»Er erfüllt keinen Zweck«, sagte er in dem Versuch, sowohl sich selbst als auch ihr seine Faszination zu erklären. »Häuser und Brücken haben einen Nutzen. Aber warum dieser Bogen? Ein gigantischer Torbogen, der nichts verbindet.«

»Was steht dort oben?« Sie stand auf der anderen Seite und blickte zu der Inschrift empor.

Er zitierte auswendig: »›*Lasst uns einen Maßstab festlegen, auf den die Weisen und Aufrichtigen sich stützen können. Das Geschehen ist in der Hand Gottes.*‹ Das hat jemand namens Washington gesagt.«

»Ich dachte, Washington wäre eine Stadt«, murmelte der Golem unsicher.

»Egal. Was *bedeutet* es?«

Sie antwortete nicht, sondern schaute weiter hinauf zu den Buchstaben, die sie nicht genau erkennen konnte. Dann fragte sie: »Glaubst du an Gott?«

»Nein«, antwortete er, ohne zu zögern. »Gott ist eine menschliche Erfindung. Meine Art glaubt an nichts Vergleichbares. Und nichts, was ich erlebt habe, deutet darauf hin, dass ein allmächtiger Geist im Himmel Wünsche erfüllt.« Er lächelte und erwärmte sich für das Thema. »Vor langer Zeit, während der Herrschaft von Suleiman, konnten die mächtigsten Dschinn Wünsche erfüllen. Aus der Zeit gibt es auch Geschichten von Dschinn, die von Zauberern gefangen genommen wurden. Um freigelassen zu werden, erfüllte der Dschinn dem Zauberer im Gegenzug drei Wünsche. Aber der Zauberer wünschte sich weitere Wünsche und zwang den Dschinn damit in immerwährende Sklaverei. Bis er endlich einen schlecht formulierten Wunsch äußerte und sein Gefangener ihm eine Falle stellen konnte. Und dann war der Dschinn wieder frei.« Sie betrachtete noch immer den Bogen, aber sie hörte ihm zu. »Also ist der Gott der Menschen vielleicht ein Dschinn wie ich, gefangen im Himmel und dazu gezwungen, Wünsche zu erfüllen. Oder er ist schon seit langem frei, nur hat es niemand den Menschen erzählt.«

Schweigen. »Was glaubst *du*?«, fragte er. »Glaubst du an ihren Gott?«

»Ich weiß nicht«, antwortete sie. »Der Rabbi hat an ihn geglaubt. Und er war der weiseste Mensch, dem ich bislang begegnet bin. Also ja, vielleicht glaube ich an ihn.«

»Ein Mensch sagt dir, du sollst glauben, und du tust es?«

»Das hängt von dem Menschen ab. Du glaubst ja auch an die Geschichten, die *dir* erzählt wurden. Oder kennst du einen Dschinn, der Wünsche erfüllen kann?«

»Nein. Diese Fähigkeit ist vor langer Zeit verloren gegangen.«

»Also sind es jetzt nur noch Geschichten. Und vielleicht haben sich die Menschen ihren Gott tatsächlich nur ausgedacht. Aber ist er deshalb weniger wirklich? Nimm diesen Torbogen. Sie haben ihn erschaffen. Jetzt existiert er.«

»Ja, aber er erfüllt keine Wünsche«, sagte er. »Er tut überhaupt nichts.«

»Das stimmt«, sagte sie. »Aber ich schaue ihn an und empfinde etwas dabei. Vielleicht ist das sein Zweck.«

Er wollte sie fragen, wozu ein Gott gut sei, der nur existierte, um einen etwas *empfinden* zu lassen. Aber er sagte lieber nichts. Sie waren einem Streit wieder einmal gefährlich nahegekommen.

Sie wandten sich vom Bogen ab und gingen in den Park. Schlittenspuren kurvten um die Inseln schneebedeckter Rasenflächen. Der ovale Springbrunnen war über den Winter abgestellt und das Becken eine flache Schüssel Eis. Schlafende Männer lagen auf den Bänken, kaum sichtbar unter vielen Schichten von Decken. Der Golem blickte zu ihnen, wandte rasch den Blick ab und schien bekümmert.

»Sie brauchen so viel«, murmelte sie. »Und ich gehe einfach an ihnen vorbei.«

»Ja, aber was willst du tun? Ihnen allen was zu essen geben, sie mit nach Hause nehmen? Du bist nicht für sie verantwortlich.«

»Leicht zu sagen, wenn man sie nicht hört.«

»Was ich sage, stimmt trotzdem. Du bist allzu großzügig, Chava. Ich glaube, du würdest dich selbst aufgeben, wenn jemand dich darum bittet.«

Sie schlang die Arme um sich und blickte unglücklich drein. Der Wind hatte ihr die Kapuze aus dem Gesicht geweht. Schneeflocken klebten auf ihren Wangen und der Nase. Sie sah aus wie eine lebende Statue, ihr Gesicht weiß und glitzernd.

Er streckte die Hand und wischte ihr den Schnee von den Wangen. Die Kristalle schmolzen sofort unter seiner Hand. Sie zuckte erschrocken und überrascht zusammen, dann verstand sie. Verzagt fuhr sie sich mit der Hand übers Gesicht.

Er sagte: »Wenn du dich auf eine Bank legen würdest, wärst du am Morgen unter Schnee und Tauben begraben.« Sie lachte. Es war schön, dieses seltene Lachen zu hören. Er meinte, es sich verdient zu haben.

Als sie sich dem Ende des Parks näherten, hörten sie in der Ferne Gebimmel. Ein Schlitten fuhr durch den Torbogen, die zwei eingespannten Pferde trabten gehorsam. Die Zügel hielt nicht ein Kutscher in der Hand, son dern ein elegant gekleideter Herr mit Zylinder. Neben ihm saß eine blonde Frau in einem modischen Mantel und lachte, als er den Schlitten neben dem Brunnen eine enge Acht fahren ließ. Der Schlitten neigte sich bedrohlich zur Seite, und die Frau vergrub das Gesicht in ihrem Schal und kreischte vor Vergnügen.

Der Golem sah ihnen lächelnd zu. Als sich der Schlitten näherte, trat der Dschinn einen Schritt zurück auf den Rasen, um den Pferden nicht im Weg zu stehen. Das Paar auf dem Schlitten bemerkte sie, und der Mann hob die Hand zu einem schwungvollen Gruß. Sie freuten sich über das Publikum, waren froh, dass jemand sie sah, wie sie gesehen werden wollten: jung und draufgängerisch, glücklich, am Leben zu sein, und verliebt.

Die zwei Pferde, die offenbar gut trainiert waren, schüttelten sich nur leicht, als sie den Dschinn erreichten. Einen Augenblick lang schauten sich die beiden Paare an, als blickten sie in einen Spiegel; und dann sah der Dschinn den einsetzenden Schrecken, ja, die Angst in den Augen der Frau. Die gleiche aufkeimende Unsicherheit zeichnete sich auf dem Gesicht des Mannes ab – er nahm die Zügel fester in die Hand –, und dann glitt der Schlitten vorbei, die Pferde zogen sie fort von ihrem unheimlichen Spiegelbild, dem zu gut aussehenden Mann und der merkwürdig glitzernden Frau.

Das Lächeln des Golems war erloschen.

Das neue Jahrhundert erwies sich als lukrativ für Boutros Arbeely. Seit der Ankunft des Dschinns hatten sich die Aufträge mehr als verdoppelt. Die Kunde von Arbeelys guter und rascher Arbeit hatte die Grenzen der syrischen Gemeinde überschritten, und während der letzten Wochen hatte eine Reihe ungewöhnlicher

Besucher den Kupferschmied aufgesucht. Der erste war ein irischer Schankwirt, der die Griffe an seinen alten Bierflaschen ersetzen lassen wollte. Die Flaschen lösten sich leicht von den Henkeln, insbesondere weil seine Gäste sie gern als Knüppel benutzten. Dann kam ein italienischer Stallbesitzer auf der Suche nach Hufeisen. Arbeelys beschränkte Englischkenntnisse hätten die Gespräche erschwert, doch die Kunden mussten nur dem nächstbesten syrischen Jungen ein paar Pennys in die Hand drücken und ihn bitten zu dolmetschen.

Der merkwürdigste Besucher kam Ende Februar, ein syrischer Landsmann und Hausbesitzer namens Thomas Maloof. Er stammte aus einer reichen orthodoxen Landbesitzerfamilie und war nicht auf dem Zwischendeck, sondern in einer möblierten Kabine nach Amerika gekommen – mit einem beträchtlichen Geldscheinbündel und jeder Menge Kredit. Als er bei seiner Ankunft in New York sah, wie sich Welle über Welle von Immigranten auf die Fähren ergossen, entschied er, dass jeder Mann mit einem Fünkchen gesundem Menschenverstand gut daran täte, so schnell wie möglich Immobilien in Manhattan zu kaufen. Daraufhin hatte er einen Wohnblock in der Park Street erworben. Er selbst wohnte in einer Zimmersuite in einem vornehmen Hotel im Norden der Stadt und setzte nur selten einen Fuß in das Gebäude. Mit seinen Landsleuten unterhielt er sich kaum und war Orthodoxen wie Maroniten gegenüber gleichermaßen herablassend. Die Beziehungen zwischen den beiden Glaubensgemeinschaften waren bestenfalls kühl, doch der egalitäre Maloof hielt zu beiden gehörigen Abstand.

Maloof betrachtete sich als Kunstkenner und Mäzen.

Demgemäß beschloss er, nachdem er sich kurz in seinem neuen Gebäude umgesehen hatte, dass nicht die schlechten Rohrleitungen oder die dunklen, engen Räume sein größter Defekt waren, sondern die erbärmliche Qualität der Deckenverkleidung aus gepresstem Blech im Eingangsbereich. Er beschloss, eine neue Decke anbringen zu lassen, um seine Eigentümerschaft zu feiern. Bald war er in allen Fabriken in Brooklyn und in der Bronx gewesen und hatte ihre Muster an gepresstem Blech begutachtet. Doch zu seiner Enttäuschung hatten sie nur alltägliche Blumen, Medaillons und französische Lilien im Angebot, denen es an wahrem künstlerischen Wert mangelte. Seine Mieter waren brave, hart arbeitende Leute, erklärte er Arbeely, die ein richtiges Kunstwerk im Hauseingang verdienten.

Arbeely hörte sich seinen Vorschlag skeptisch, aber höflich an. Im Gegensatz zu Maloof wusste er, warum nur Fabriken Weißblechplatten herstellten: Ihre Produktion erforderte teure Maschinen, und der Profit war so gering, dass man sie an ein ganzes Viertel von Mietshäusern verkaufen musste, damit sich die Investition lohnte. Und als Arbeely Maloof fragte, welche Art von Kunst er denn im Sinn habe, musste er feststellen, dass der Hausbesitzer überhaupt keine Vorstellung hatte. »Sie sind doch der Kunsthandwerker, nicht ich!«, rief Maloof. »Ich bitte Sie doch nur, mir etwas zu machen, was mich inspiriert!« Und nachdem er geschworen hatte, in einer Woche wiederzukommen, um Arbeelys Vorschläge zu prüfen, ging er.

»Mein Gott«, sagte Arbeely zum Dschinn und stöhnte, »der Mann ist wahnsinnig! Wir sollen einen Hauseingang mit einer Weißblechdecke verkleiden, nur du und ich, und sie muss auch noch außergewöhnlich sein.

Wir können unsere andere Arbeit nicht einen Monat lang liegen lassen, während wir die Decke machen. Wenn er wiederkommt – *falls* er wiederkommt –, werden wir ihm erklären, dass wir nicht dazu in der Lage sind, und damit hat es sich.«

Es graupelte oder schneite nahezu ununterbrochen, und als der Dschinn die Werkstatt verließ, hatte er sich damit abgefunden, den Abend zu Hause zu verbringen. Dort angekommen, blieb er eine Weile im Eingang stehen und blickte zur Decke empor. Und tatsächlich, sie bestand aus Blech, und die Platten waren so unauffällig, wie Maloof sie beschrieben hatte: knapp vierzig Zentimeter im Quadrat, ein schlichtes Medaillon aus konzentrischen Kreisen darauf geprägt. Jedes Quadrat war mit Ruß und Schmutz verschmiert; die Kanten waren verrostet. Je länger der Dschinn hinaufschaute, umso mehr wünschte er sich, er hätte gar nicht erst hingesehen.

Er schloss sich in seiner Wohnung ein und arbeitete an den kleinen Figuren, doch er war zu zerstreut, um wirklich etwas zustande zu bringen. Er blickte von der Arbeit auf und schaute aus dem Fenster. Es graupelte noch immer, schlimmer als zuvor.

Er brauchte etwas Neues, etwas Interessanteres als Falken und Eulen. Etwas, an dem er sich noch nicht ausprobiert hatte.

Er ging noch einmal in die Eingangshalle hinunter und blinzelte in dem schwachen Licht zur Decke hinauf. Wenn er den Blick unscharf werden ließ, kam es ihm fast so vor, als würde er darüberfliegen und auf eine Reihe runder Hügel hinunterblicken, die merkwürdig regelmäßig angeordnet waren …

Eine Idee schoss ihm durch den Kopf. Wer sagte,

dass eine Blechdecke aus quadratischen Platten bestehen musste? Warum konnte man nicht eine große Platte schmieden, die die gesamte Decke einnahm? Und vielleicht auch noch die Wände?

Und als wäre es immer schon da gewesen und hätte auf diesen Moment gewartet, sah er mit einem aufwallenden Glücksgefühl das Bild der fertigen Decke vor sich. Er lief hinauf in sein Zimmer, um seinen Mantel zu holen, dann rannte er über die Straße in Arbeelys Werkstatt. Er fachte das Feuer in der Esse an und machte sich an die Arbeit.

Am nächsten Morgen ging Arbeely nicht sofort in die Werkstatt, denn er hatte ein paar Dinge zu erledigen: eine Bestellung bei einem Lieferanten, dann der Werkzeugladen, wo er sich die neuen Kataloge ansah. Anschließend leistete er sich noch rasch ein Gebäckstück und ein Glas Tee in einem Café. Auf dem Rückweg blieb er vor dem Schaufenster eines Herrenausstatters stehen und betrachtete sehnsüchtig eine schicke schwarze Melone mit einer Feder im Hutband. Er nahm seinen eigenen Hut ab und betrachtete den dünnen Filz, das ausgefranste Band und die durchhängende Krempe. Die Geschäfte liefen gut. Konnte er sich nicht ausnahmsweise etwas gönnen?

Er kam erst zur Mittagszeit in die Werkstatt, etwas verlegen, weil es schon so spät war. Die Tür war nicht verschlossen, doch der Dschinn schien nicht da zu sein. Vielleicht war er im Hinterzimmer?

Er ging um die Werkbank und wäre beinahe über seinen Lehrling gestolpert. Der Dschinn befand sich auf Händen und Knien vor etwas, was auf den ersten Blick aussah wie ein riesiger Teppich aus Blech.

Der Dschinn blickte auf. »Arbeely! Ich habe mich schon gefragt, wo du bleibst.«

Arbeely starrte auf den merkwürdigen glänzenden Teppich. Er war mindestens zweieinhalb Meter lang und eineinhalb Meter breit. Über das Blech schien eine Welle zu rollen, die in kleinere Wellen zerfiel, die ihrerseits umeinander wirbelten, während sie sich über die ganze Fläche ausbreiteten. Es gab Stellen, an denen der Dschinn das Blech zu gezackten Erhebungen gebogen und gewölbt hatte. Andere Stellen waren nahezu vollkommen platt, nur hier und da leicht eingedellt, um die Illusion von Schatten zu schaffen.

»Es ist erst halb fertig«, sagte der Dschinn. »Arbeely, hast du mehr Weißblech bestellt? Wir haben keins mehr, und ich muss noch die Verkleidung für die Wände machen. Ich konnte mich nicht erinnern, ob Maloof dir die Maße gesagt hat, deswegen benutze ich meinen eigenen Eingang als Vorlage.«

Arbeely starrte. »Das ist – du machst das für Maloof?«

»Natürlich«, sagte der Dschinn in einem Tonfall, der darauf schließen ließ, dass er Arbeely für ziemlich begriffsstutzig hielt. »Ich brauche mindestens noch zwei Tage, bis ich fertig bin. Ich habe eine Idee, wie man die Teile für die Wände mit der Decke verbinden kann, aber das muss ich erst noch ausprobieren. Ich will keine Schweißnähte. Eine Naht würde die Wirkung ruinieren.« Er schaute Arbeely genauer an. »Ist der Hut neu?«

Arbeely hörte kaum, was der Dschinn sagte; eine Sache erforderte seine ganze Aufmerksamkeit. »Du hast das *gesamte* Blech verbraucht?«

»So eine Decke ist sehr groß. Und ich brauche noch mehr. Wenn möglich, heute Nachmittag.«

»Das ganze Blech«, sagte Arbeely tonlos und setzte sich auf einen Schemel.

Endlich bemerkte der Dschinn die Not des Mannes. »Gibt es ein Problem?«

»Hast du auch nur eine vage Vorstellung«, sagte Arbeely zunehmend zornig, »wie viel Geld du mich gekostet hast? Du hast den Blechvorrat für vier Monate verbraucht! Und wir haben keine Garantie, dass Maloof nächste Woche kommen wird. Und selbst wenn er kommt, wird er dieses Ding bestimmt nicht wollen – er hat nach Platten gefragt, nicht nach einem einzigen riesigen Teil. Wie konntest du ...« Er fand keine Worte mehr und starrte auf den Blechteppich. »Blech für vier Monate«, murmelte er. »Das könnte mich ruinieren.«

Der Dschinn runzelte die Stirn. »Aber es wird funktionieren. Arbeely, du hast es dir noch nicht einmal richtig angeschaut.«

Der lähmende Schock machte Verzweiflung Platz. »Ich hätte es wissen müssen«, sagte Arbeely. »Du verstehst nicht, wie man ein Geschäft führt. Letztlich ist es mein Fehler. Es tut mir leid, aber ich muss unsere Vereinbarung überdenken. Vielleicht werde ich dich nicht mehr zahlen können. Allein die Einbußen wegen des Blechs.«

Der gekränkte Gesichtsausdruck des Dschinns verwandelte sich in Ärger. Er blickte auf sein Werk aus Blech und dann zu Arbeely. Zu wütend, um noch etwas zu sagen, griff er nach seinem Mantel, ging an Arbeely vorbei – der keinen Finger rührte, um ihn aufzuhalten – und verließ die Werkstatt mit einem lauten Knallen der Tür.

In der darauffolgenden Stille wägte Arbeely seine Optionen ab. Er hatte etwas Geld gespart; er könnte sich noch etwas leihen. Er würde nur noch Reparaturen annehmen, und die meisten Neubestellungen müsste er stornieren. Sein Ruf würde sich möglicherweise nie wieder erholen.

Er ging an dem Blechteppich vorbei – etwas an den Wellen und Falten forderte seine Aufmerksamkeit, aber er wollte sich nicht ablenken lassen – und ins Hinterzimmer, wo er rasch Inventur machte. Es stimmte: Das ganze Blech war weg. Auf den Regalen befanden sich nur kleine Stücke und unfertige Bestellungen.

Er kehrte in den vorderen Raum zurück, um sich noch einmal das vergeudete Blech anzusehen – vielleicht konnte er Teile davon für die Arbeit der nächsten Tage noch gebrauchen. Während er den Teppich betrachtete, filterte Licht aus dem hohen Fenster die staubige Luft und fiel auf den Blechteppich, hob die Erhebungen und Schrägen hervor, erfüllte die kleinen Vertiefungen mit Schatten. Und plötzlich realisierte Arbeely mit einem schwindelerregenden Schock, was der Dschinn erschaffen hatte: das Bild einer weiten Wüstenlandschaft, aus der Luft gesehen.

Es war kein guter Tag, um Eiscreme zu verkaufen.

Wind und Graupelschauer hatten nachgelassen, aber auf den Gehwegen lag gefrorener Schneematsch und blendete im fahlen Licht Mahmoud Salehs Augen. Gewissenhaft zog er seinen kleinen Wagen von Restaurant zu Café, klopfte an eine Tür nach der anderen, löffelte sein Eis in jeden Behälter, den man ihm hinhielt, und steckte die Münzen ein, die er dafür bekam. Er zweifelte nicht daran, dass sein Eis sofort im Mülleimer landete, denn wer würde an einem Tag wie diesem Eis essen? Er hörte die kaum unterdrückten Seufzer und das beredte Schweigen der Besitzer, das gemurmelte Gott-sei-mit-dir, das mehr nach Aberglauben als nach Höflichkeit klang, als wäre Saleh ein ungezogener Geist, der beschwichtigt werden musste.

Er zog den schmutzigen Mantel fester um sich und war schon fast bei Maryams Kaffeehaus, als die Straße von einem zweiten Sonnenaufgang erhellt wurde. Verdutzt hielt er sich eine Hand vor die Augen.

Es war der Mann, der glühende Mann! Er kam aus einer Kellerwerkstatt, seine Miene wutentbrannt. In einer Hand hielt er seinen Mantel. Nur ein dünnes Hemd und eine Arbeitshose schützten ihn vor der eiskalten Luft, doch das schien ihm nichts auszumachen. Die Leute auf dem Gehweg machten einen Bogen um ihn. Er marschierte nach Norden zum Gemüsemarkt.

Saleh hatte ihn noch nie zuvor bei Tag gesehen. Und wenn er zu lange wartete, würde er ihn aus den Augen verlieren.

So schnell wie möglich zog er seinen Wagen zu Maryam. Sie musste ihn gesehen haben, denn sie stand schon vor der Tür, als er ankam.

»Mahmoud! Was ist los?«

»Maryam«, keuchte er, »ich bitte dich – bitte pass für mich auf meinen Wagen auf. Kannst du das?«

»Natürlich!«

»Danke.« Und dann wandte er sich nach Norden und nahm die Verfolgung des glühenden Mannes auf.

Nie zuvor war der Dschinn so wütend gewesen. Er hatte kein bestimmtes Ziel, er wollte nur weg von seinem kleingeistigen Arbeitgeber. Nach allem, was der Dschinn für ihn getan hatte, nachdem er Tag für Tag Töpfe geflickt hatte, bis er glaubte, er würde vor Langeweile sterben, hatte der Mann nichts anderes im Sinn, als sich darüber zu beschweren, wie viel Blech er verbraucht hatte! Die Aufträge, die er ihm gebracht hatte, das Geld, das er für ihn verdient hatte, und jetzt diese fristlose Entlassung?

Der Verkehr wurde dichter, als er sich dem Markt näherte, und zwang ihn, langsamer zu gehen und sich zu überlegen, wohin er wollte. Sein Zorn verlangte jetzt nach einem Ziel. Seit Wochen hatte er nicht mehr an Sophia Winston gedacht, doch jetzt sah er ihr Gesicht vor sich, ihre stolzen und schönen Züge. Und warum denn nicht? Vielleicht wäre sie wegen seiner Dreistigkeit wütend auf ihn; aber vielleicht stünde ihm ihre Tür auch offen wie zuvor.

Er dachte daran, die Hochbahn zu nehmen, aber er wollte nicht eingezwängt zwischen Fremden sitzen und sich ihre Zeitungen aus dem Gesicht schieben müssen. Eine Stimme flüsterte ihm ein, dass es nicht gut wäre, zu Sophia zu laufen, dass er danach immer noch nichts mit sich anzufangen wüsste, aber er ignorierte sie und beschleunigte den Schritt.

Einen halben Block hinter ihm kämpfte Mahmoud Saleh darum, den glühenden Mann nicht aus den Augen zu verlieren. Es war nicht leicht: Der Mann hatte lange Beine und wurde von Wut getrieben. Um Schritt zu halten, musste Mahmoud fast rennen, stieß gegen Menschen, Handwagen, Mauern, entschuldigte sich murmelnd bei allem und jedem. Er schlängelte sich durch ein Gewirr von Pferden, Fuhrwerken und Fußgängern und trat in Pfützen aus halb gefrorenem Matsch. An jeder Kreuzung rechnete er mit einem tödlichen Zusammenstoß mit einem Fuhrwerk und trampelnden Pferdehufen, doch seltsamerweise passierte es nie. An einer Ecke machte er einen falschen Schritt, stürzte und landete auf der Schulter. Schmerz durchfuhr seinen Arm, aber er stand auf und lief weiter, drückte den Arm fest an den Körper.

Allmählich dämmerte ihm, dass er ohne Hilfe nie wieder nach Hause finden würde. Er konnte nicht einmal die Schilder lesen. Die einzigen englischen Wörter, die er außer *Entschuldigung* kannte, waren *Hallo, danke* und *Eiscreme*.

Fast erleichtert fand er sich mit seinem Schicksal ab. Entweder würde ihn der glühende Mann nach Hause führen, oder er würde seinen letzten Tag auf Erden in einer unbekannten Straße, umgeben von Fremden verbringen. Am nächsten Morgen wäre er nur noch ein erfrorener Bettler, namenlos und unbeweint. Er war darüber nicht traurig, sondern fragte sich nur, was Maryam mit seiner Eismaschine machen würde.

Thomas Maloof aufzuspüren war letztlich keine große Mühe. Arbeely ging in den Wohnblock des Hausbesitzers – stellte im Vorübergehen fest, dass die fragliche Decke tatsächlich in ziemlich schlechtem Zustand war – und klopfte an Türen. Er entschuldigte sich bei den Frauen, die öffneten, und fragte, ob sie wüssten, wo Thomas Maloof wohnte. Sie wussten es nicht, da er nur selten vorbeikam, sondern einen Jungen schickte, um die Miete zu kassieren. Nach einer Weile kam Arbeely auf die Idee, nach dem Jungen zu fragen.

Der Junge hieß Matthew Mounsef und wohnte im vierten Stock. Seine Mutter, eine müde wirkende Frau, die mit ihren dunklen Augenhöhlen und der blassen Haut krank aussah, erklärte, dass Matthew in der

Schule sei und um drei Uhr nach Hause komme. Die Zeit bis dahin verbrachte Arbeely nervös und frustriert in seiner Werkstatt. Jetzt, da er wusste, was die Blechdecke darstellte, musste er ständig darauf schauen. Während der Tag voranschritt, tauchte die Wintersonne sie in unterschiedliches Licht – hüllte sie in Schatten, erhellte sie mit brillanten weißen Punkten, wenn die Sonnenstrahlen auf eine Hügelkette fielen.

Endlich war es drei Uhr, und er kehrte in das Mietshaus zurück. Ein sieben- oder achtjähriger Junge öffnete die Tür. Er hatte die Züge seiner Mutter geerbt, sah jedoch gesünder aus als sie. Der Junge blickte Arbeely geduldig unter dichten, zerzausten schwarzen Locken hervor an und drehte dabei den Türknauf hin und her.

»Hallo«, sagte Arbeely zögernd. »Ich heiße Boutros. Deine Mutter hat mir erzählt, dass du manchmal Aufträge für Thomas Maloof erledigst.«

Zustimmendes Nicken.

»Weißt du, wo er wohnt?«

Noch ein Nicken.

»Kannst du mich zu ihm bringen?« Er hielt ihm ein Zehn-Cent-Stück hin.

Beunruhigend flink nahm der Junge die Münze aus Arbeelys Hand und verschwand in der Wohnung. Er hörte Gemurmel und den leisen Schmatzer eines Kusses, und dann sauste der Junge an Arbeely vorbei die Treppe hinunter, eine Kappe auf die Locken gedrückt, seine dünnen Arme in den Ärmeln eines zu großen Mantels.

Arbeely folgte dem Jungen, der zielgerichtet Richtung Irishtown ging. Er kam sich im Schlepptau dieser kleinen wollenen Vogelscheuche albern vor, doch wenn er ihn einholte, schritt Matthew schneller aus.

Sie kamen an einer Gruppe älterer Jungen vorbei, die müßig auf einer Treppe saßen und Zigaretten rauchten. Einer von ihnen rief etwas auf Englisch, sein Tonfall war spöttisch. Matthew reagierte nicht darauf, und die anderen Jungen kicherten.

»Was hat er gesagt?«, fragte Arbeely, aber der Junge antwortete nicht.

Das Gebäude, zu dem Matthew ihn führte, wirkte sauberer und heller als seine Nachbarn. Die Tür öffnete sich in eine große Eingangshalle. Eine dicke Frau mit teigigem Gesicht starrte sie an. Der Junge flüsterte nahezu unhörbar eine Frage auf Englisch; die Frau nickte, warf Arbeely einen misstrauischen Blick zu und schloss die Tür. Arbeely und der Junge standen nebeneinander auf der Treppe und vermieden es, sich anzusehen.

Ein paar Minuten später kam Maloof heraus. »Der Kupferschmied!«, rief er. »Und der kleine Matthew! Stimmt irgendetwas nicht?«

»Nein, alles in Ordnung«, sagte Arbeely – was natürlich nicht ganz der Wahrheit entsprach. »Ich habe etwas in der Werkstatt, was ich Ihnen zeigen muss.« Maloof runzelte die Stirn, und Arbeely fügte rasch hinzu: »Ich würde Sie nicht bemühen, wenn ich es nicht für wichtig hielte. Mein Lehrling hatte eine Idee für Ihre Decke, und ehrlich gesagt, sie ist unglaublich. Aber Sie müssen sie selbst sehen, um es zu verstehen.«

Die Aufregung des Kupferschmieds musste ansteckend gewesen sein, denn Maloof holte seinen Mantel und folgte den beiden zu der Werkstatt. Matthew wartete geduldig, bis Arbeely die Tür aufgeschlossen hatte, bevor er sich hinter ihm in die Werkstatt schob, als stünde auch für ihn etwas auf dem Spiel.

Das nachmittägliche Licht war jetzt schwächer, aber

noch stark genug, hoffte Arbeely. Er sagte nichts, sondern blieb im Hintergrund stehen, während Maloof die Blechskulptur argwöhnisch umrundete.

»Also, groß ist es«, sagte der Hausbesitzer. »Aber ich bin etwas verwirrt. Was genau schaue ich da an?«

Einen Augenblick später blieb er stehen. Er blinzelte und verlagerte das Gewicht abrupt auf die Fersen. Arbeely lächelte – ihm war es ebenso ergangen, als die Perspektive sich verändert hatte, als ob man ihm den Boden unter den Füßen weggezogen hätte. Maloof lachte.

»Erstaunlich!« Er ging in die Hocke und betrachtete das Blech aus der Nähe, dann richtete er sich wieder auf und lachte erneut. Er umrundete das Blech, studierte es aus verschiedenen Winkeln. »Erstaunlich«, sagte er noch einmal. Der Junge war in die Hocke gegangen, hatte die Arme um die Knie geschlungen und schaute das Blech aus weit aufgerissenen Augen an.

Maloof kicherte noch eine Weile vor sich hin, dann sah er, dass Arbeely ihn beobachtete. Sofort setzte er eine geschäftsmäßige, neutrale Miene auf. »Aber ich muss sagen, es ist nicht genau das, was ich mir vorgestellt habe«, sagte er. »Ich wollte einzelne Platten mit einem sich wiederholenden Muster, nicht ein großes Teil, und ich habe etwas Klassischeres erwartet. Ich bin überrascht und, ja, unzufrieden, dass Sie so weit gegangen sind, ohne mich zu fragen.«

»Ich muss mich entschuldigen. Nicht ich habe dieses Teil gemacht, sondern mein Lehrling. Und um ehrlich zu sein, ich bin ebenso überrascht wie Sie. Ich habe es erst vor ein paar Stunden zum ersten Mal gesehen.«

»Der große Mann? Er hat das gemacht, ganz allein? Aber es ist doch gerade erst ein Tag vergangen!«

»Er hat gesagt, dass er … inspiriert war.«

»Unglaublich«, sagte Maloof. »Aber warum ist er nicht hier, um es mir selbst zu zeigen?«

»Ich fürchte, das ist meine Schuld. Als ich gesehen habe, was er getan hat, bin ich wütend geworden. Wie Sie sagen, es ist nicht das, was Sie wollten. Er ist zu weit gegangen, ohne Ihre oder meine Zustimmung einzuholen. So macht man keine Geschäfte. Aber er ist ein Künstler und vergisst bisweilen geschäftliche Belange. Leider haben wir gestritten, und er ist gegangen.«

Maloof blickte beunruhigt drein. »Für immer?«

»Nein, nein«, sagte Arbeely rasch. »Ich glaube, er war in seinem Stolz verletzt und wird zurückkommen, sobald er entschieden hat, dass ich genug gelitten habe.« *Bitte, lass es so sein*, dachte er flehentlich.

»Ich verstehe«, sagte Maloof. »Das klingt, als wäre es nicht leicht, mit ihm zusammenzuarbeiten. Aber so sind Künstler nun eben, oder? Und ohne Künstler keine Kunst.«

Gemeinsam betrachteten die Männer die Skulptur. Sie war so detailliert, dass Arbeely sich vorstellen konnte, wie winzige Schakale und Hyänen hinter den Felsen hervorkamen oder ein kleines Wildschwein, kräftig und breitbrüstig, auf dessen blechernen Hauern die letzten Sonnenstrahlen aufblitzten.

»Es ist nicht das, worum ich gebeten habe«, sagte Maloof.

»Nein«, stimmte ihm Arbeely betrübt zu.

»Und wenn ich nein sage? Was passiert dann damit?«

»Da es zu groß ist, um es in der Werkstatt liegen zu lassen, und es keine anderen Käufer gibt, werde ich von dem Material retten, was davon zu retten ist, und den Rest wegwerfen. Eine Schande, aber so ist es eben.«

Maloof zuckte zusammen, als hätte er plötzlich Schmerzen. Er fuhr sich mit der Hand durchs Haar und wandte sich dann an das Kind zu seinen Füßen. »Also, Matthew, was meinst du? Soll ich dieses gigantische Stück Blech kaufen und es in deinem Haus aufhängen?«

Der Junge nickte.

»Auch wenn es nicht das ist, was ich wollte?«

»Das ist besser«, sagte der Junge. Es war das erste Mal, dass Arbeely ihn sprechen hörte.

Maloof lachte überrascht auf. Er steckte die Hände in die Taschen und kehrte der Weißblechdecke den Rücken. »Das ist absurd«, sagte er. »Wenn ich ja sage, kaufe ich etwas, was ich nicht wollte. Und wenn ich mich weigere, bin ich wie ein Mann, der sich beschwert, dass ihm jemand die Eier aus dem Hühnerstall gestohlen und Rubine dafür hingelegt hat.« Er wandte sich Arbeely zu. »Ich werde das Ding unter einer Bedingung kaufen. Ihr Lehrling muss zurückkommen und mir in allen Einzelheiten erklären, was er abgesehen von dieser Platte noch vorhat. Noch eine Überraschung, und ich ziehe mein Angebot zurück. Einverstanden?«

Arbeely war erleichtert. »Einverstanden.«

Die Männer schüttelten sich die Hände. Maloof blickte noch einmal melancholisch auf seine neue Decke und ging.

Matthew saß noch auf dem Boden neben der Wüste aus Blech, die jetzt fast ganz im Schatten lag. Der Junge hob die Hand und fuhr damit über die Bergkette, die ihm am nächsten war, knapp über dem Blech, als hätte er Angst, es zu berühren – oder, dachte Arbeely, als würde er sich vorstellen, dass seine Finger Habichte oder Falken waren, die über den Berggipfeln schwebten, über das Rückgrat der Erde flogen.

»Danke, Matthew«, sagte Arbeely. »Du warst mir heute eine große Hilfe.«

Matthew schwieg. Arbeely folgte einem Impuls: Er musste diesen seltsamen ernsten Jungen zum Lächeln bringen! Er sagte: »Möchtest du meinen Mitarbeiter Ahmad kennenlernen? Der diese Decke gemacht hat?«

Das brachte ihm die ganze Aufmerksamkeit des Jungen ein.

»Dann komm morgen nach der Schule vorbei, wenn deine Mutter nichts dagegen hat. Wirst du kommen?«

Ein heftiges Kopfnicken, und dann stand Matthew auf und stieg die Treppe hinauf. Er lächelte nicht wirklich, aber seine kleine Gestalt hatte etwas Leichtes und Kraftvolles, das vorher nicht da gewesen war. Dann war er verschwunden, und die Tür krachte hinter ihm ins Schloss.

»Also«, sagte Arbeely allein in seiner Werkstatt. »Also, also, also.«

Es wurde Nacht, und nach wie vor verfolgte Saleh den glühenden Mann. Unglaublich, dass sie noch immer in New York waren. Der eisige Wind drang durch seine Kleidung. Der geprellte Arm war taub geworden, und seine Beine zitterten vor Erschöpfung. Eine Erinnerung stieg in ihm auf: ein aus Holz geschnitztes Lämmchen an einer Schnur und mit Rädern unter den Beinen. Das Lieblingsspielzeug seiner Tochter. Sie zog es stundenlang durch den Hof und rief »Määh, määh«. Er grinste mit steifen Lippen, fixierte den Blick auf den glühenden Mann und ging weiter. *Määh.*

Weiter und weiter marschierten sie, bis in den Gebäuden zu beiden Seiten keine Geschäfte mit Schaufenstern mehr waren, sondern sich gigantische Klinkerhäuser hinter hohen schwarzen Zäunen verbargen. Trotz seiner verschatteten Sicht sah er die glänzenden Marmorsäulen und die Reihen der erhellten Fenster. Was wollte der Mann hier bloß?

Vor dem vielleicht prächtigsten Haus von allen wurde der Mann langsamer, ging daran vorbei und bog ab. Saleh folgte ihm, steckte den Kopf um die Ecke und sah gerade noch, wie der glühende Mann durch den Eisenzaun trat. Vertrocknetes Laub raschelte.

Er stolperte bis zu der Stelle, an der der Mann verschwunden war. Zwei Gitterstäbe des Zauns fehlten. Dahinter wuchs Gestrüpp, dicht wie eine abweisende Mauer.

Der glühende Mann hatte sich durchgequetscht, oder? Dann sollte auch Saleh dazu in der Lage sein.

Er stieg über die unterste Strebe und wäre fast in die Hecke gestürzt. Zwischen Zaun und Hecke war ein kleiner Zwischenraum, und er zwängte sich seitlich hindurch, bis er auf der anderen Seite stand, am Rand eines riesigen Gartens, in dem ein ebenso riesiges Haus stand und der von einer hohen Ziegelmauer abgeschlossen wurde. Selbst mitten im Winter zeugte der Garten von herrschaftlicher Eleganz. Dunkle immergrüne Einfassungen säumten leere Blumenbeete. Neben der hohen Mauer wuchsen strenge, kahle Bäume, die Äste beschnitten in Form von Kandelabern. Neben dem Haus befand sich eine Terrasse, in der Mitte ein marmorner Springbrunnen, dessen Becken mit totem Laub gefüllt war.

Wie es schien, war der glühende Mann verschwunden. Doch als Saleh nach oben blickte, sah er, wie er das Haus hinaufkletterte, sich von Abflussrohr zu Geländer schwang. Saleh fielen fast die Augen aus dem Kopf.

Selbst in seiner Jugend hätte er so etwas nicht zustande gebracht. Der Mann sprang jetzt auf einen der größeren Balkone im obersten Stock und war nicht mehr zu sehen.

Der Dschinn stand auf Sophias Balkon, der Türgriff in seiner Hand rührte sich nicht. Abgeschlossen. Er legte eine Hand ans Glas und spähte hinein.

Das Zimmer sah dunkel und verlassen aus. Der Schreibtisch und die Kommode waren mit weißen Tüchern bedeckt. Das Bett war nicht bezogen. Sophia Winston, so schien es, wohnte hier nicht mehr.

Auf den Gedanken, dass sie nicht da sein könnte, wäre er im Traum nicht gekommen. Für ihn war sie eine Prinzessin gewesen, gefangen in einem Palast aus Ziegeln und Marmor, in dem sie auf ihre Befreiung wartete. Aber natürlich war es nicht so. Sie war eine reiche junge Frau. Wahrscheinlich konnte sie hingehen, wohin immer sie wollte.

Sein Zorn und seine Vorfreude verrauchten. Wäre er besser gelaunt gewesen, hätte er über sich selbst gelacht. Was sollte er jetzt tun? Mit eingezogenem Schwanz in die Washington Street zurückkehren?

Während er dastand und überlegte, wurde die Tür auf der anderen Seite von Sophias Zimmer geöffnet. Eine Frau in einem schlichten schwarzen Kleid mit Schürze trat ein, in der Hand einen großen Staubwedel.

Sie sah den Dschinn und erstarrte. Der Staubwedel fiel ihr aus der Hand.

Der gellende Schrei des Dienstmädchens rüttelte am Fensterglas, der Dschinn fluchte, sprang auf die Brüstung und fasste nach dem Abflussrohr.

Saleh stand schwankend mitten im Garten.

Vielleicht, dachte er, *sollte ich mich setzen und warten.*

Im nächsten Augenblick knickten seine Beine ein wie Strohhalme. Der gefrorene Boden nahm ihn auf und saugte die Wärme aus ihm. Die dunklen Fenster und Balkone starrten auf ihn herunter. Sein Blick schweifte zum Dach, auf dem über den Giebeln vier Schornsteine in einer Reihe standen. Aus einem stieg grauweißer Rauch auf. So viele Schornsteine für ein einziges Haus.

Ihm fielen die Augen zu, und der Lärm der Welt wurde leiser. Wellen der Erschöpfung rollten über ihn hinweg, fast wie die Wehen einer gebärenden Frau. Als wäre dieser Gedanke Wirklichkeit geworden, glaubte er, den Schrei einer Frau zu hören. Schließlich stieg in seiner Mitte langsam eine schläfrige Wärme auf und breitete sich in seinem ganzen Körper aus.

Jemand versuchte, eins seiner Lider zurückzuschieben.

Gereizt wollte er die Hand wegschlagen, doch seine Arme gehorchten ihm nicht. Er öffnete das andere Auge und blinzelte in ein grelles Licht.

Der glühende Mann kniete vor Saleh. »Was machst *du* hier?«

Lass mich in Ruhe, sagte Saleh, *ich versuche zu sterben.* Es kam nur ein Krächzen heraus.

Es folgten ein Ruf und entfernte aufgeregte Geräusche. Der glühende Mann zischte etwas Unverständliches. »Kannst du aufstehen? Nein – du bist zu langsam ...«

Nahezu mühelos beugte sich der glühende Mann vor und hievte Saleh über seine Schulter. Dann drehte er sich um und rannte los.

Alle Hoffnung auf einen friedvollen Tod erlosch, während Saleh über der Schulter des glühenden Mannes hing und sein Kopf hin und her rollte und gegen seinen Rücken schlug. Das Haus verschwand, als der glühende Mann Saleh durch das Loch im Zaun zerrte. Saleh sah die Männer nicht, die ihnen folgten, aber er hörte ihre Schritte und ihre wütenden Schreie auf Englisch.

Der glühende Mann rannte schneller, huschte in Seitenstraßen, bog links und rechts ab. Saleh baumelte über der Schulter des Mannes und schrie vor Schmerz auf. Für einen langen Augenblick verschwand die Welt. Als er die Augen wieder öffnete, war aus den Pflastersteinen Waldboden geworden. Die Luft roch nach kaltem Wasser. Bald erstreckte sich über ihnen offener Himmel, und unter den Schritten des glühenden Mannes befand sich der Kies einer Droschkenstraße – und dann waren sie wieder im Wald.

Die Zeit streckte sich, wurde elastisch; und schließlich hob ihn der glühende Mann vorsichtig von seiner Schulter und lehnte ihn an etwas, was sich wie eine Holzwand anfühlte.

»Bleib hier«, sagte der glühende Mann. »Beweg dich nicht.« Und dann war er verschwunden, leise Schritte entfernten sich.

Saleh richtete sich an der Wand auf und schaute sich um. Nur wenige Zentimeter von seiner Nase entfernt befand sich ein staubiges Fenster. Dahinter sah er einen großen Lagerraum, in dem hölzerne Ruderboote in ordentlichen Reihen auf der Seite lagen, dicke Ketten waren durch die Dollen geführt. Er drehte den Kopf in die andere Richtung. Seine Sinne mussten ihn tatsächlich im Stich gelassen haben – oder er war schließlich doch gestorben und hatte es einfach nur nicht bemerkt –, denn vor ihm erstreckte sich ein Anblick von unglaublicher Schönheit. Er befand sich am Rand eines zugefrorenen Sees, der sich in alle Richtungen ausdehnte, sein Ufer geschwungen und dicht mit kahlen Bäumen bestanden. Auf der anderen Seite des Sees – er blinzelte und rieb sich die Augen, aber sie war noch immer da – schwebte eine große geflügelte Gestalt über dem gefrorenen Wasser. Ein Engel.

Er lachte heiser auf. *Endlich.*

Doch der Engel rührte sich nicht. Er schwebte, als würde er warten. Und überlegen.

Schritte und dann die Stimme des glühenden Mannes. »Sie suchen uns noch immer – kannst du gehen?« Aber er konnte nicht antworten, Dunkelheit überkam ihn.

Er erwachte wieder, als der glühende Mann ihn auf die Füße stellte. See und Wald waren verschwunden; sie standen wieder auf einer Straße. »Du musst gehen«, sagte der Mann ungeduldig. »Es ist zu auffällig, wenn ich dich trage.«

»Wo sind wir?«, krächzte Saleh.

»Westlich des Central Park.«

Saleh machte ein paar Schritte, auf den Arm des Mannes gestützt. Der Schmerz in seinen Beinen war unvorstellbar. Er würgte einmal, aber nichts kam heraus. Er sah, wie der glühende Mann angewidert das Gesicht verzog.

»Wegen dir hätten sie mich beinahe erwischt«, sagte der Mann. »Ich hätte dich dort lassen sollen.«

»Warum hast du es nicht getan?«

»Weil du sie womöglich zu mir geführt hättest.«

Saleh machte noch einen Schritt, und seine Beine

gaben nach. Der glühende Mann fing ihn auf, bevor er auf der Straße aufschlug.

»So geht das nicht«, murmelte der Mann.

»Dann lass mich hier.«

»Nein. Du hast mich einmal angesprochen, und heute bist du mir gefolgt. Ich möchte wissen warum.«

Saleh schluckte. »Weil ich dich sehen kann.«

»Ja, das hast du schon mal gesagt. Was soll das heißen?«

»Mit meinen Augen stimmt etwas nicht«, sagte Saleh. »Ich kann niemandem ins Gesicht sehen. Außer dir.« Er blickte zu dem Mann, auf das flackernde Licht hinter seinen Zügen. »Du siehst aus, als würdest du brennen, aber außer mir scheint es niemand zu bemerken.«

Der glühende Mann betrachtete ihn argwöhnisch und schweigend. Schließlich sagte er: »Und du siehst aus, als wärest du halb tot. Vermutlich brauchst du was zu essen.«

»Ich habe kein Geld«, murmelte Saleh.

Der glühende Mann seufzte. »Ich zahle.«

Sie fanden eine schlichte, saubere Imbissstube voller Männer, die von der Spätschicht kamen. Der glühende Mann kaufte zwei Schüsseln Suppe. Saleh aß langsam aus Angst, seinen Magen zu überfordern, und drückte den verletzten Arm fest an sich. Die Suppe wärmte ihn, es war eine ehrliche Wärme. Der glühende Mann rührte seine Suppe nicht an, sondern sah Saleh zu. Schließlich fragte er: »Waren deine Augen schon immer so?«

»Nein. Es hat vor zehn Jahren angefangen.«

»Und du kannst überhaupt keine Gesichter sehen?«

Saleh schüttelte den Kopf. »Nein, so ist es nicht. Ich sehe die Gesichter nicht so – wie sie wirklich sind. Sie haben Löcher.« Die Kehle schnürte sich ihm zu. »Wie

Totenschädel. Wenn ich sie ansehe, wird mir schlecht, und ich habe einen Anfall. Und es sind nicht nur die Gesichter – die ganze Welt ist verzerrt. Es ist eine Art Epilepsie, die mein Sehvermögen in Mitleidenschaft zieht.«

»Wie ist das passiert?«

»Nein«, sagte Saleh. »Ich habe dir genug erzählt. Jetzt erzähl du mir, warum ich dich sehen kann.«

»Vielleicht weiß ich es nicht.«

Saleh lachte hart. »Oh, du weißt es. Das kann ich sehen.« Er aß noch einen Löffel Suppe. »Ist es eine Krankheit?«

Die Miene des Mannes wurde finster. »Wie kommst du darauf, dass ich *krank* bin?«

»Es erscheint mir logisch. Wenn gesunde Menschen in meinen Augen tot aussehen, dann sieht ein kranker Mensch vielleicht heil und glühend aus.«

Der Mann schnaubte beleidigt. »Wozu ist Logik gut, wenn sie dich weit in die falsche Richtung führt?«

»Dann sag es mir«, verlangte Saleh, der allmählich gereizt wurde.

Es folgte ein langes Schweigen, während der glühende Mann ihn eingehend betrachtete. Dann neigte er sich vor, schaute tief in Salehs Augen, als suchte er nach etwas. Saleh erstarrte, und ihm war mulmig zumute, als das glühende Gesicht sein gesamtes Sichtfeld einnahm. Er spürte, wie sich seine Pupillen verengten.

Der Mann nickte und lehnte sich zurück. »Ich kann es sehen«, sagte er. »Ganz schwach, aber es ist da. Vor zehn Jahren warst du noch in Syrien, nicht wahr?«

»Ja. In Homs. *Was* kannst du sehen?«

»Das Ding, das von dir Besitz ergriffen hat.«

Saleh erstarrte erneut. »Das ist absurd. Ein Mädchen

hatte Fieber. Ich habe sie behandelt und es mir geholt. Das Fieber war die Ursache für die Epilepsie.«

Der glühende Mann schnaubte verächtlich. »Du hast dir mehr geholt als nur Fieber.«

»Beduinen wie du neigen vielleicht zu dieser Art Aberglauben, aber es ist einfach nicht möglich.«

Der glühende Mann lachte, als hätte er ein Geheimnis in der Jackentasche und wartete nur auf den richtigen Augenblick, um es herauszuziehen.

»Also gut«, sagte Saleh. »Du behauptest, dass etwas in mich gefahren ist. Ein Kobold wahrscheinlich oder ein Dschinn.«

»Kein Dschinn. Wahrscheinlich ein niederer Ifrit.«

»Ah, ich verstehe. Und hast du auch Beweise dafür?«

»Tief in deinem Kopf ist ein Funken. Ich kann ihn sehen.«

»Ein *Funken*?«

»Ein winzig kleines Schwelen, das übrig geblieben ist. Das Zeichen von etwas Flüchtigem.«

»Und ich nehme an«, sagte Saleh sarkastisch, »dass das halbe Dutzend Ärzte, die mich untersucht haben, es nicht sehen konnten.«

»Sehr wahrscheinlich nicht, ja.«

»Aber du kannst es sehen.« Saleh lachte auf. »Und wer bist *du*, dass du dazu in der Lage bist?«

Der Mann lächelte, als hätte er darauf gewartet, dass Saleh diese Frage stellte. Er nahm seinen Suppenlöffel, der genauso aussah wie Salehs: dickes hässliches Blech, dazu gemacht, jahrelang den Gästen zu trotzen. Er schaute sich um, als wollte er sichergehen, dass niemand sie beobachtete. Dann zerknüllte er den Löffel in der Hand, als wäre er ein Stück Papier. Seine Hand glühte heller – und geschmolzenes Metall tropfte in die

Suppenschüssel des Mannes, die er nicht angerührt hatte. Die Suppe zischte und dampfte.

Saleh schob sich so heftig vom Tisch zurück, dass sein Stuhl umfiel. Die anderen Gäste blickten zu ihm, als er schwankend aufstand. Der glühende Mann wischte sich nonchalant die Hand an der Serviette ab.

Das Gerüst aus Vernunft und Verstand, das Saleh all diese Jahre aufrechterhalten hatte, begann an den Fundamenten zu wanken.

Er drehte sich um und schlurfte zur Tür, wagte es nicht zurückzublicken. Erst als er auf der Straße stand, fiel ihm ein, wie kalt es war und dass er nie allein nach Hause zurückfinden würde. Aber das alles war gleichgültig. Wichtig war nur, dass er so weit wie möglich von diesem *Ding*, von diesem Ungeheuer – was immer es war – fortkam, das ihm gegenüber am Tisch gesessen und wie ein Mensch gesprochen hatte.

Er stieß mit dem geprellten Arm gegen einen Laternenpfahl, und dann sah er nur noch Sterne. Ein vertrauter, schrecklicher Schwindel überkam ihn.

Als er erwachte, lag er auf dem Gehweg und hatte Schaum vor dem Mund. Männer gingen um ihn herum, andere beugten sich über ihn und sprachen ihn an. Rasch blickte er weg von ihren Gesichtern und starrte stattdessen auf den Gehweg. Ein Paar Schuhe trat in sein Sichtfeld. Ihr Besitzer ging vor ihm in die Hocke; das schöne schreckliche Gesicht des glühenden Mannes befand sich nur Zentimeter vor seinem.

»Um Gottes willen«, keuchte Saleh, »lass mich einfach sterben.«

Der Dschinn schwieg, als würde er ernsthaft darüber nachdenken. »Ich glaube nicht«, sagte er. »Noch nicht.«

Hätte er die Kraft gehabt, hätte er den Mann abgewehrt. Doch wieder wurde er hochgehoben und getragen, diesmal wie ein Kind und nicht wie ein Sack Getreide, fest an die Brust seines Entführers gedrückt. Er schloss vor Scham die Augen. Erschöpfung ließ ihn das Bewusstsein verlieren.

In der Hochbahn erwachte er kurz. Er stöhnte und versuchte aufzustehen, wurde jedoch von einem Paar glühender Hände festgehalten und versank wieder in Bewusstlosigkeit. Die anderen Fahrgäste blickten über den Rand ihrer Zeitungen und fragten sich, was diese beiden merkwürdigen Männer wohl für eine Geschichte hatten. Als Saleh wieder erwachte, lag er in einem Eingang in Sichtweite von Maryams Kaffeehaus. Unter Schmerzen stand er auf und torkelte die Stufen hinunter. Auf der Straße leuchtete wie ein zweiter Mond der Kopf des glühenden Mannes und verschwand in der Ferne.

Als er Saleh im Hauseingang in der Washington Street ablegte, fragte sich der Dschinn, ob auch er verrückt geworden war. Warum hatte er nicht getan, worum Saleh gebeten hatte, und ihn sterben lassen? Schlimmer noch, warum hatte er ihm sein Wesen enthüllt?

Er ging an Arbeelys dunkler Werkstatt vorbei, und erst da fiel ihm der Grund für die Missgeschicke dieses langen Tages wieder ein. Erneut stieg Zorn in ihm auf, frisch und schmerzhaft. Arbeely hatte die Decke mittlerweile bestimmt auseinandergenommen. Er ertrug es nicht, hineinzugehen und nachzuschauen; er hatte zu viel Herzblut in die Decke gesteckt, um sie zerstört, in Schrott verwandelt zu sehen.

Er war so in diese Gedanken vertieft, dass er den Mann, der vor seiner Wohnungstür lag, erst bemerkte, als er fast über ihn gestolpert wäre. Es war Arbeely. Der Kupferschmied lag eingerollt auf dem Boden, sein Kopf ruhte auf einem zusammengefalteten Schal. Leises Schnarchen drang aus seinem halb geöffneten Mund.

Der Dschinn blickte hinunter auf den schlafenden Besucher. Dann trat er den Mann unsanft in die Seite.

Arbeely schoss hoch, blinzelte und stieß sich den Kopf am Türrahmen an. »Da bist du ja.«

»Ja«, sagte der Dschinn, »und ich würde gern in meine Wohnung gehen. Soll ich die Losung erraten, oder willst du mir ein Rätsel stellen?«

Arbeely rappelte sich hoch. »Ich habe auf dich gewartet.«

»Das sehe ich.« Er öffnete die Tür, und Arbeely folgte ihm. Der Dschinn dachte nicht daran, die Lampe anzuzünden; er sah gut genug und wollte es dem Mann nicht zu gemütlich machen.

Arbeely schaute sich in der Düsternis um. »Hast du keine Stühle?«

»Nein.«

Arbeely zuckte die Achseln, setzte sich auf ein Kissen und grinste den Dschinn an. »Maloof hat die Decke gekauft.«

Der Dschinn hatte sich schon so mit seinem Verlust abgefunden, dass es ihm die Sprache verschlug. »Ich habe nicht lang gebraucht, um ihn zu finden«, fuhr Arbeely gut gelaunt fort. »Ich musste einem Jungen namens Matthew zehn Cent zahlen. Er erledigt Aufträge für Maloof, sammelt die Miete ein und so. Du wirst ihn morgen kennenlernen.« Er schaute sich in der Wohnung des Dschinns um. »Warum ist es so dunkel hier?« Ohne eine Antwort abzuwarten, ging er zur nächsten Lampe. »Wo hast du Streichhölzer?«

Entnervt starrte der Dschinn ihn nur an.

Arbeely lachte. »Natürlich! Wie dumm von mir.« Er deutete auf die Lampe. »Könntest du?«

Der Dschinn hob das Glas ab, drehte am Ventil und schnalzte mit den Fingern über der Düse. Das Gas brannte mit blauer Flamme. »Da hast du Licht«, sagte er. »Und jetzt erzählst du mir alles von Anfang bis zum Ende, oder ich rufe hundert Dämonen aus allen sechs Himmelsrichtungen der Erde herbei, damit sie dich bis ans Ende deiner Tage quälen.«

Arbeely starrte ihn an. »Sapperlot! Könntest du das wirklich?«

»Arbeely!«

Schließlich kam die ganze Geschichte heraus. Während der Dschinn zuhörte, verwandelten sich sein Zorn und seine Enttäuschung in glühenden Stolz. Arbeely höchstpersönlich hatte seine verletzte Ehre wiederhergestellt!

»Ich glaube nicht, dass deine Geschichte vollständig ist – ohne eine Entschuldigung«, sagte er, nachdem Arbeely geendet hatte.

»Ach, wirklich?« Arbeely verschränkte die Arme. »Bitte. Ich würde sie gern hören.«

»*Ich* soll mich entschuldigen? Du warst es, der die Decke zerstören wollte! Du hast gesagt, dass Maloof sie nicht kaufen wird.«

»Ich habe gesagt, dass er sie höchstwahrscheinlich nicht kaufen wird, und beinahe hätte er es auch nicht getan. So etwas darf nie wieder passieren. Ich habe zu hart gearbeitet, um dabei zuzuschauen, wie du aufgrund einer Laune meinen Lebensunterhalt verspielst.«

Der Dschinn wurde wieder zornig. »Unsere Vereinbarung gilt also nach wie vor nicht mehr? Oder lässt du mich zurückkommen, solange ich Töpfe und Bratpfannen flicke?«

Es war unglaublich, aber Arbeely grinste. »Nein, verstehst du denn nicht? Das war mein Fehler, von Anfang an. Maloof hat gesehen, was ich nicht gesehen habe – du bist kein Lehrling, sondern ein Künstler! Ich habe darüber nachgedacht und eine Lösung gefunden. Von jetzt an bist du mein voller und gleichberechtigter Partner im Geschäft.« Er hielt inne und wartete auf eine Reaktion. »Und? Klingt das nicht sinnvoll? Ich kann mich um die alltäglichen Finanzen, die Buchhaltung und so weiter kümmern. Wir legen einen bestimmten Betrag für dein Material fest, und du kannst die Aufträge übernehmen, die dich interessieren. Die Decke wird Reklame für uns machen. Wir schreiben sogar deinen Namen auf das Schild. Arbeely und Ahmad!«

Verblüfft versuchte der Dschinn seine Gedanken zu ordnen. »Aber – was ist mit den Aufträgen, die wir schon angenommen haben?«

Arbeely winkte nonchalant ab. »Du kannst mir helfen, wenn du zwischendurch Zeit hast, wenn du gerade nicht mit eigenen Aufträgen beschäftigt bist. Natürlich nur, wenn du Lust hast.«

Während der nächsten Stunde schmiedete Arbeely Pläne – irgendwann würden sie eine größere Werkstatt brauchen, und sie mussten natürlich auch an Anzeigen denken –, und allmählich wurde der Dschinn von Arbeelys Begeisterung angesteckt. Er begann sich eine eigene Werkstatt voller Schmuck und Figürchen vorzustellen, phantastische Dekorationen aus Gold und Silber und funkelnden Steinen. Doch später am Abend, nachdem Arbeely endlich gegangen war, schlich sich ein leises Unbehagen in seine Gedanken. War das wirklich, was er wollte? Er war aus Verzweiflung Arbeelys Lehrling geworden, weil er ein Obdach in dieser fremden Stadt brauchte. Und einen Anteil am Geschäft besitzen – das bedeutete Verantwortung und Beständigkeit.

Wir schreiben sogar deinen Namen auf das Schild, hatte Arbeely gesagt. Aber Ahmad war nicht sein Name. Er hatte ihn aus einer Laune heraus gewählt, ohne im Traum daran zu denken, dass er sich eines Tages damit identifizieren müsste. War es das? War er jetzt Ahmad und nicht mehr sein wahres Selbst, dessen Namen er nicht mehr aussprechen konnte? Er versuchte, sich daran zu erinnern, wann er das letzte Mal, ohne nachzudenken, die Gestalt geändert hatte. Seine Reflexe vertrauten jetzt auf Muskeln und Sehnen, er ging mit großen Schritten über Hausdächer, benutzte die Werkzeuge eines Kupferschmieds – Werkzeuge aus Stahl, die er einst nie hätte berühren können.

Im Stillen nannte er sich seinen Namen, und sein Klang beruhigte ihn. Er war schließlich noch immer ein Dschinn, gleichgültig, wie lang er die eiserne Schelle um sein Handgelenk tragen müsste. Er tröstete sich mit dem Gedanken, dass er zwar gezwungen sein mochte, wie ein Mensch zu leben, dass er jedoch nie und nimmer ein Mensch sein würde.

KAPITEL 17

An einem wolkenlosen tintenblauen Abend, an dem der Mond als Sichel am Himmel hing, gingen der Golem und der Dschinn auf den Dächern der Prince Street spazieren. Der Golem war noch nie zuvor auf einem Dach gewesen. Sie protestierte kurz, als der Dschinn vor ihrer Pension ankam und ihr Ziel bekannt gab. »Aber ist es dort oben nicht gefährlich?«

»So gefährlich wie überall in dieser Stadt um diese Uhrzeit.«

»Das ist nicht sehr beruhigend.«

»Für dich und mich ist es vollkommen sicher. Komm schon.«

An seiner Haltung und seinem Tonfall erkannte sie, dass er wieder einmal ruhelos und starrsinnig gestimmt war. Widerstrebend folgte sie ihm und entschied, dass sie ihn dazu zwingen würde umzukehren, wenn es ihr zu bedrohlich erschien.

Sie stiegen eine Hintertreppe hinauf. Als der Golem das hohe, mit Teerpappe bedeckte Dach des Mietshauses betrat, wusste sie, dass er gewonnen hatte: Das Geschehen war zu faszinierend, als dass sie wieder hätte gehen können. Die Dächer waren wie eine verborgene Straße mit geschäftigem nächtlichen Verkehr. Männer, Frauen und Kinder kamen und gingen, erledigten Aufträge, gaben Nachrichten weiter oder waren einfach nur unterwegs nach Hause. Arbeiter in schmutzigen Overalls hatten sich um Aschetonnen versammelt und diskutierten lautstark, ihre Gesichter rot im flackernden Feuerschein. Jungen mit wachsamen Augen trieben sich in Ecken herum. Der Golem hatte den Eindruck, dass sie alle auf der Hut waren, aber den Dschinn schienen sie zu kennen. Das Misstrauen richtete sich vielmehr gegen sie: eine fremde Frau, groß, sauber und anständig angezogen. Ein paar der jüngeren Jugendlichen hielten sie für eine Frau von der Fürsorge und verkrochen sich in den Schatten.

Ihr wurde klar, dass man durch die ganze Lower East Side gehen konnte, ohne auch nur einmal den Fuß auf den Boden zu setzen, wenn man sich auf den Dächern auskannte. Viele Dächer erstreckten sich über einen ganzen Block, unterteilt nur von niedrigen Mauern, wo ein Wohnhaus ans nächste grenzte. Dort, wo ein Haus höher als das andere war, waren Strickleitern aufgehängt. An manchen Stellen überbrückten Planken die Abgründe, wo tief unten schmale Gassen verliefen. Der Dschinn überquerte gleichmütig die erste Brücke, ohne die vier Stockwerke hinunterzublicken, dann drehte er sich um und wartete auf sie. Zum Glück erwies sich die Brücke als stark und stabil genug, sodass sie ohne Angst hinübergehen konnte. Er zog beeindruckt die Augenbrauen in die Höhe, und sie schüttelte den Kopf. Sie wusste nicht, ob es sie mehr irritierte, dass er die Aufgabe für zu schwierig für sie gehalten hatte oder dass sie so verrückt gewesen war, sich von ihm ködern zu lassen.

Sie gingen gerade über ein besonders bevölkertes Dach, als ein Schrei alle veranlasste, sich umzusehen: Ein Mann rannte über die Dächer auf sie zu, gejagt von einem uniformierten Polizisten. Der Polizist war schnell, aber der Gejagte war schneller, setzte über Simse und Schornsteine wie ein Pferd bei einem Springreiten. Alle traten zur Seite, als der Mann vorbeirannte. Er hechtete über eine Brücke, lief zur Tür eines Treppenhauses, riss sie auf und verschwand. Der Polizist blieb keuchend neben ihnen stehen, eindeutig nicht erfreut über die Vorstellung, dem Mann die Treppe hinunter in ein dunkles Mietshaus zu folgen. Mürrisch blickte er sich um, und alle Zuschauer wandten ihre Aufmerksamkeit plötzlich anderen Dingen zu. Dann bemerkte er den Dschinn, lächelte und tippte sich zum Spaß an die Mütze. »Da ist ja der Sultan. Ich wünsche einen guten Abend.«

»Wachtmeister Farrely«, sagte der Dschinn.

»Du wirst im Alter auch nicht schneller, Farrely«, höhnte ein grauhaariger, betrunkener Mann, der an eine Mauer gelehnt in ihrer Nähe saß.

»Für dich bin ich noch immer schnell genug, Scotty.«

»Na los, nimm mich fest. Eine warme Mahlzeit käme mir gerade recht.«

Der Polizist ignorierte ihn, nickte den Umstehenden zu und ging den Weg zurück, den er gekommen war.

»He, Sultan«, sagte der Mann namens Scotty. »Wer ist deine Freundin?« Seine wässrigen Augen schauten zum Golem, und ohne auf eine Antwort zu warten, fuhr er fort: »Also, Fräulein, wenn Ihr Freund da der Sultan ist, dann sind Sie wahrscheinlich eine Sultanine!« Und er keuchte vor Lachen, während sie weitergingen.

Schließlich erreichten sie ihr Ziel: ein besonders gut platziertes Dach mit einem großen Wasserturm in einer Ecke. Um etwaige Interessenten abzuschrecken, endete die Leiter knapp zwei Meter über dem Boden; der Dschinn hüpfte, fasste nach der untersten Sprosse und zog sich hoch, eine Sprosse nach der anderen, bis er auf einem breiten Sims stand, der in der Mitte um den Turm führte. Er neigte sich über das Geländer. »Kommst du?«

»Wenn nicht, wirst du sagen, dass ich mich nicht traue, und wenn ich es mache, wirst du dir weitere Verrücktheiten einfallen lassen.«

Er lachte. »Komm trotzdem. Der Ausblick wird dir gefallen.«

Sie sah sich um, um sich zu vergewissern, dass niemand sie beobachtete, dann sprang sie hoch und griff nach der Leiter. Sie kam sich lächerlich vor, als sich ihr Rock bauschte, aber der Aufstieg war einfach, und bald stand sie neben dem Dschinn auf dem Sims. Er hatte recht, der Blick war wunderschön. Die Dächer erstreckten sich eins nach dem anderen in die Ferne wie eine Reihe beleuchteter Spielkarten. Dahinter war gerade noch das schwarze Band des Hudson zu erkennen, das die Lichter des Hafens von den Lichtern am anderen Ufer trennte.

Sie deutete auf den Fluss. »Ich glaube, dort bin ich an Land gegangen. Oder weiter im Süden. Ich weiß es nicht genau.«

Er schüttelte den Kopf. »Am Grund eines Flusses zu gehen. Daran will ich gar nicht denken. So etwas würde ich niemals tun.«

»Du wärst zweifellos auf eine andere Weise entkommen.«

Er grinste. »Zweifellos.«

Ein kalter, beständiger Wind wehte ihr das Haar ins Gesicht, trug den Geruch von Kohlenstaub und Schlick, den Rauch von tausend Schornsteinen heran. Sie sah zu, wie sich der Dschinn eine Zigarette rollte, die Spitze mit den Fingern berührte und inhalierte. »Dieser Polizist«, sagte sie. »Kennst du ihn?«

»Nur dem Namen nach. Die Polizei lässt mich in Ruhe, und ich lasse sie in Ruhe.«

»Er hat dich Sultan genannt.«

»Ich kann nicht behaupten, dass ich ihn darum gebeten hätte. Aber es ist genauso wenig mein richtiger Name wie Ahmad.« Eine bittere Note hatte sich in seinen Tonfall geschlichen; das Thema schien aus irgendeinem Grund schmerzhaft zu sein. »Und du hast jetzt auch einen zweiten Namen. Obwohl ich glaube, dass der Mann es im Scherz gemeint hat, aber ich verstehe nicht ganz warum.«

»Eine Sultanine ist eine Art Rosine«, sagte sie.

Der Dschinn schnaubte. »Eine *Rosine*?«

»Wir verwenden sie in der Bäckerei.«

Er lachte auf, lehnte sich zurück und betrachtete sie. »Darf ich dir eine Frage stellen?«

Sie zog eine Augenbraue in die Höhe. »Natürlich.«

»Du hast so erstaunliche Fähigkeiten. Ärgert es dich nicht maßlos, dass du deine Tage damit verbringst, Brot zu backen?«

»Sollte es das? Ist das Backen von Brot weniger wert als andere Arbeit?«

»Nein, aber ich würde behaupten, dass es nicht unbedingt deinen Talenten entspricht.«

»Ich bin sehr gut darin«, sagte sie.

»Chava, ich zweifle nicht daran, dass du die beste Bäckerin in der ganzen Stadt bist. Aber du könntest so viel mehr tun! Warum den ganzen Tag Brot backen, wenn du mehr als das Gewicht eines Mannes heben und auf dem Grund eines Flusses gehen kannst?«

»Und wie sollte ich diese Fähigkeiten einsetzen,

ohne Aufmerksamkeit auf mich zu ziehen? Soll ich auf einer Baustelle arbeiten und Steine schleppen? Oder mich als Schleppkahn anstellen lassen?«

»Na gut, da gebe ich dir recht. Aber was ist mit deiner Fähigkeit, die Ängste und Wünsche anderer Menschen zu sehen? Das ist ein unauffälligeres Talent und könnte eine Menge Geld einbringen.«

»Nie und nimmer«, sagte sie entschieden. »Daraus würde ich nie einen Vorteil ziehen.«

»Warum nicht? Du wärst eine ausgezeichnete Wahrsagerin oder sogar Hochstaplerin. Ich kenne ein Dutzend Läden in der Bowery, die …«

»Kommt nicht infrage!« Erst da bemerkte sie das kleine Lächeln, das sich in seinen Mundwinkeln versteckte. »Du nimmst mich auf den Arm«, sagte sie.

»Natürlich nehme ich dich auf den Arm. Du wärst eine elende Hochstaplerin. Du würdest deine Opfer vorher warnen.«

»Das nehme ich als Kompliment. Außerdem gefällt mir meine Arbeit. Sie passt zu mir.«

Er lehnte sich ans Geländer und stützte das Kinn auf die Hand; sie fragte sich, ob er wusste, wie sehr er wie ein Mensch aussah. »Und wenn du machen könntest, was du wolltest, ohne dich verstecken zu müssen? Würdest du dann trotzdem in der Bäckerei arbeiten?«

»Ich weiß nicht«, sagte sie. »Vielleicht. Aber ich kann nicht tun, was auch immer ich will, warum also darüber reden? Es macht mich nur zornig.«

»Und du legst dir lieber Scheuklappen an, als zornig zu werden?«

»Wie üblich drückst du es auf die schlimmste aller möglichen Arten aus, aber ja, es stimmt.«

»Warum nicht zornig werden? Es ist eine unverfälschte, ehrliche Reaktion.«

Sie schüttelte den Kopf und überlegte, wie sie es ihm am besten erklären könnte. »Ich erzähle dir eine Geschichte«, sagte sie. »Ich habe einmal etwas gestohlen, an dem Tag, an dem ich in New York angekommen bin.« Und sie erzählte ihm von dem hungernden Jungen, dem Mann mit dem Knisch, den aufgebrachten Menschen. »Ich wusste nicht, was ich tun sollte. Ich wusste nur, dass sie wütend waren, sie wollten, dass ich zahlte. Ich habe mir das alles angesehen, und dann ... war ich nicht mehr da.« Sie runzelte die Stirn, als sie sich daran erinnerte. »Ich stand neben mir und habe mich beobachtet. Ich war ruhig. Ich habe nichts gefühlt. Aber ich wusste, dass etwas Schreckliches passieren würde und dass ich es wäre, die es tun würde. Ich war erst ein paar Tage alt. Ich wusste nicht, wie ich mich unter Kontrolle halten sollte.«

»Und was ist dann passiert?«

»Letztlich nichts. Der Rabbi hat mich gerettet und dem Mann seinen Knisch bezahlt. Ich war wieder bei mir selbst. Aber wenn er sich nicht eingemischt hätte – ich will gar nicht darüber nachdenken.«

»Aber es ist nichts passiert«, sagte der Dschinn. »Und jetzt hast du dich besser unter Kontrolle, das hast du selbst gesagt.«

»Ja, aber reicht das? Ich weiß nur, dass ich nie jemandem wehtun darf. Niemals. Zuvor würde ich mich, wenn nötig, selbst zerstören.«

Sie hatte es nicht sagen wollen. Aber jetzt, da sie es ausgesprochen hatte, war sie froh darüber. Sollte er begreifen, wie ernst sie es meinte, wie wichtig es ihr war.

»Das ist nicht dein Ernst.« Er schien entsetzt. »Chava, das kannst du nicht tun.«

»Ich meine es vollkommen ernst.«

»Was, beim ersten Anzeichen von Zorn? Ein Mann rempelt dich auf der Straße an, und du zerstörst dich?«

Sie schüttelte den Kopf. »Nein, ich will deine Spitzfindigkeiten nicht hören. Ich werde mich nicht davon abbringen lassen.«

Sie standen in angespanntem Schweigen da, der Wind pfiff ihnen um die Ohren.

»Ich dachte, du wärst unzerstörbar«, sagte er.

»Ich glaube, dass ich das auch bin, fast.«

Sein Blick schweifte zu ihrem Hals – und sie merkte, dass sie gedankenlos nach dem Medaillon gegriffen hatte. Sofort ließ sie die Hand sinken. Beide blickten verlegen weg. Es wurde kälter; der Wind hatte aufgefrischt.

»Manchmal vergesse ich«, sagte er, »wie unterschiedlich wir sind. Ich würde nie in Erwägung ziehen, mich selbst zu zerstören. Das käme mir vor, als würde ich aufgeben.«

Sie wollte fragen: *Und es gibt nichts, wofür du dich aufgeben würdest?* Aber vielleicht ging das zu weit, war zu indiskret. Er drehte mit der freien Hand an der Schelle um sein Handgelenk. Sie sah ihre Konturen unter dem Hemdsärmel. »Tut es weh?«, fragte sie.

Er blickte überrascht hinunter. »Nein«, sagte er. »Nicht körperlich.«

»Kann ich sie sehen?«

Er zögerte einen Moment – schämte er sich etwa? Dann zuckte er die Achseln und schob den Ärmel zurück. Sie blickte in dem dämmrigen Licht auf die Schelle. Das breite Eisenband schloss sich um sein Handgelenk, als wäre es nach Maß gefertigt. Es bestand aus zwei Halbkreisen, die von zwei Scharnieren zusammengehalten wurden. Das eine Scharnier war dick und solide; das andere war wesentlich dünner und mit einem schmalen, nahezu dekorativen Nagel verschlossen. Der Nagelkopf war dünn und rund wie eine Münze. Sie versuchte ihn herauszuziehen, aber er saß fest.

»Er rührt sich nicht«, sagte der Dschinn. »Glaub mir, ich habe es versucht.«

»Der Nagel sollte die schwächste Stelle sein.« Sie blickte zu ihm auf. »Wenn du möchtest, kann ich versuchen, es zu zerbrechen.«

Er riss die Augen auf. »Unbedingt.«

Vorsichtig nahm sie die Kanten des Bandes in die Finger. Seine Haut war erschreckend warm. Er zuckte bei ihrer Berührung zusammen und sagte: »Sind deine Hände immer so kalt?«

»Verglichen mit deinen, ja.« Sie packte das Eisen mit den Fingerspitzen. »Sag mir, wenn ich dir wehtue.«

»Das wirst du nicht«, erwiderte er, doch sie spürte, wie er sich verkrampfte.

Sie begann zu ziehen, beständig und mit zunehmender Kraft, gewöhnliches Eisen wäre längst gebrochen. Aber sowohl Nagel als auch Schelle gaben nicht nach, nicht einen Millimeter. Der Dschinn leistete ihrer Kraft Widerstand, mit der freien Hand hielt er sich am Geländer fest; allmählich wurde ihr klar, dass entweder das Geländer oder aber der Dschinn brechen würde, bevor es das Band täte.

Sie gab nach und hörte auf zu ziehen, blickte in sein Gesicht und sah, wie die Hoffnung darin erlosch. »Tut mir leid«, sagte sie.

Seine dunklen Augen starrten blind ins Leere – doch

dann entzog er ihr seine Hand und wandte sich ab. »Ich bezweifle, ob schiere Kraft dafür ausreichen wird«, sagte er. »Aber danke, dass du es versucht hast.« Er rollte eine weitere Zigarette. »Es wird spät«, sagte er. »Du willst bestimmt nach Hause.«

»Ja«, murmelte sie.

Gemeinsam gingen sie über die Dächer zurück, vorbei an Männern, die ein frühes Frühstück aus Brot und Bier zu sich nahmen, an Jungen, die sich unter Decken zusammengerollt hatten, an Scotty, der an die Mauer gelehnt schlief. In der Nähe ihrer Pension fanden sie eine Feuerleiter und stiegen hinunter, duckten sich unter Wäscheleinen und balancierten über fehlende Stufen. Unten in der Gasse verabschiedeten sie sich wie gewöhnlich. Als sie um die Ecke bog, blickte sie zurück und war überrascht, dass er immer noch dastand und ihr nachsah, als wäre er zutiefst verwirrt: ein großer Mann mit einem leuchtenden Gesicht, der fremdeste und vertrauteste Anblick in der ganzen Stadt.

Arbeely hatte richtiggelegen, was das Aufsehen betraf, das die geschmiedete Decke erregte. Im Viertel hatte sich die Nachricht verbreitet, dass Arbeelys Lehrling eine bizarre Blechskulptur erschaffen hatte, die er in Maloofs Hauseingang aufhängen wollte. Bald drängten sich die Besucher in der Werkstatt. Der Dschinn war nicht begeistert über die ständigen Unterbrechungen und wahrte bald nicht einmal mehr den Anschein von Höflichkeit. Schließlich ließ Arbeely nur noch zahlende Kunden in die Werkstatt.

Die einzige Person, der ausnahmslos Zugang gewährt wurde, war der junge Matthew Mounsef. Der Junge kam mittlerweile jeden Tag nach der Schule in die Werkstatt und sah dem Dschinn bei der Arbeit zu. Wider alle Erwartungen schien der Dschinn Matthew zu mögen, vielleicht weil der Junge meistens schwieg. Gelegentlich beauftragte ihn der Dschinn mit kleinen Aufgaben und Besorgungen, damit er seine Hände benutzen konnte, solange Matthew nicht hinsah. Für diese Dienste zahlte der Dschinn dem Jungen ein paar Pennys, hin und wieder fünf Cent, und wenn er sehr milde gestimmt war, schenkte er ihm ein kleines Blechtier, das er aus einem Stück Abfall geformt hatte.

In der ersten Begeisterung und Ekstase hatte der Dschinn geglaubt, dass er in vier, höchstens fünf Tagen mit der Decke fertig wäre, doch er wurde eines Besseren belehrt. Nie zuvor hatte er so anspruchsvolle Besonderheiten erfüllen müssen. Er konnte die Decke nicht einfach annäherungsweise ausmessen; sie musste nahezu auf den Millimeter genau gearbeitet sein, sonst würde sie nicht passen. Einen ganzen Tag verbrachte er auf einer Leiter im Eingang des Hauses, maß aus, überprüfte und rief Matthew Zahlen zu, die dieser gewissenhaft in einem kleinen Büchlein notierte. Anschließend riss er die alten Blechplatten herunter, eine schmutzige Arbeit, nach der er mit Spinnweben und Gipsstaub bedeckt war. Dann wurde die Eingangsdecke neu verputzt und sorgfältig geglättet. Alles in allem eine mühsame, beschwerliche Plackerei. Mehrmals dachte der Dschinn daran, das Projekt aufzugeben, das Blech einzuschmelzen, aber irgendetwas hielt ihn immer ab. Die Decke schien jetzt allen zu gehören – Maloof, Matthew, Arbeely, den Hausbewohnern, den Wohlwollenden, die ihn auf der Straße ansprachen und sich erkundigten, wie es voranging. Auf merkwürdige Weise hatte er nicht mehr das Recht, sie zu zerstören.

Endlich waren die Vorbereitungen beendet. Arbeely sah mit zum Zerreißen gespannten Nerven zu, wie der Dschinn die fertige Decke entlang den Linien von Tälern und steilen Abhängen in große, unregelmäßig geformte Teile zu einem gigantischen Puzzle aus Blech zerschnitt. Sie luden die Einzelteile auf einen mit Stroh gepolsterten Wagen und zogen ihn zu Maloofs Haus. Matthew erwartete sie so aufgeregt, dass Arbeely es nicht über sich brachte, ihn zu fragen, ob er nicht eigentlich in der Schule sein sollte. Bald darauf kam auch Maloof. Der Dschinn war überrascht, als der Hausbesitzer die Ärmel hochkrempelte und mit anpackte.

Die Decke anzubringen dauerte fast den ganzen Tag. Die größte Schwierigkeit bestand darin, die Teile so ruhig festzuhalten, dass sie angenagelt werden konnten. Der Dschinn, Arbeely und Maloof standen jeder auf einer Leiter, die sie ständig verrücken mussten, was zu Streit und Zornausbrüchen führte. Jedes Mal wenn jemand hereinkam, mussten zwei Leitern aus dem Weg geräumt werden, während der Dschinn das halb befestigte Gebilde festhielt. Im Lauf des Tages versammelten sich immer mehr Menschen, um ihnen bei der Arbeit zuzusehen. Sogar Matthews Mutter kam langsam die Treppe herunter, eine Hand auf dem Geländer. Offenbar hatte sich ihr Gesundheitszustand nicht gebessert.

Schließlich schlug der Dschinn unter spontanem donnernden Applaus den letzten Nagel ein. Eine halbe Stunde lang schüttelte er, wie ihm schien, jedem in New York lebenden Syrer die Hand. Danach gingen die Leute im Eingang umher und blickten hinauf zu der Decke. Viele lachten und streckten die Hände über die Köpfe, als wollten sie die Berge berühren. Ein paar ältere Mieter klagten über Schwindelgefühle und zogen sich zum Abendessen in ihre Wohnungen zurück. Die Kinder liefen mit nach oben gerichteten Gesichtern herum und stießen mit den Beinen ihrer Eltern zusammen. Schließlich verschwand einer nach dem anderen, bis Arbeely und der Dschinn allein waren.

Plötzlich fühlte sich der Dschinn bis auf die Knochen erschöpft. Es war vorbei, vollendet. Er blickte hinauf zu seinem Meisterwerk, versuchte herauszufinden, was er damit erreicht hatte.

»Alle lieben sie«, sagte Arbeely neben ihm. »Es ist nur eine Frage der Zeit, bis du eine eigene Werkstatt haben wirst.« Dann bemerkte er den Gesichtsausdruck des Dschinns. »Was ist los?«

»Mein Palast«, sagte der Dschinn. »Er ist nicht darauf.«

Arbeely schaute sich rasch um, aber sie waren allein. »Du kannst ihn noch hinzufügen«, flüsterte er. »Nenn es eine künstlerische Laune oder so.«

»Du verstehst nicht«, sagte der Dschinn. »Ich habe ihn absichtlich weggelassen. Es ist nur gut, dass du ihn nicht sehen kannst, dass niemand ihn sehen kann. Aber *ich* sollte ihn sehen. Er sollte dort sein.« Er deutete auf eine Stelle ungefähr in der Mitte der Decke. »Jenseits von diesem Grat. Das Tal sieht leer aus ohne meinen Palast.«

In Arbeelys Kopf bahnte sich eine Erkenntnis an. »Du willst sagen, dass das eine *Landkarte* ist?«

»Natürlich ist es eine Landkarte. Was hast du denn geglaubt?«

»Ich weiß nicht – ein Werk der Phantasie.« Er blickte mit neuer Wertschätzung hinauf. »Und sie ist präzise?«

»Ich war über zweihundert Jahre lang in dieser Gegend. Ich kenne jeden Zentimeter. Ja, sie ist präzise.« Er deutete auf einen Berg in der Ecke neben dem Treppenaufgang. »In diesem Berg habe ich einmal eine Silbermine abgebaut. Eine Truppe Ifrits wollte mir das Silber stehlen. Ich habe sie in die Flucht geschlagen, was allerdings einen Tag und eine Nacht gedauert hat.« Sein Finger wanderte zu einer schmalen Ebene tief im Schatten. »Dort bin ich auf eine Karawane gestoßen, die nach al-Scham unterwegs war. Ich bin ihr bis zur Oase Ghuta gefolgt. Das ist das Letzte, woran ich mich aus meinem früheren Leben noch erinnern kann.«

Arbeely hörte ihm bekümmert zu. Er hatte gehofft, dass sich der Dschinn mittlerweile irgendwie getröstet hatte, mit der Arbeit, mit dem Leben, das er sich aufgebaut hatte, mit den nächtlichen Wanderungen, die Arbeely immer noch Herzklopfen verursachten. Aber wie konnte das alles ein Ersatz sein für das Leben, das er jahrhundertelang geführt hatte? Er legte seinem Partner die Hand auf die Schulter. »Komm, mein Freund«, sagte Arbeely. »Wir machen eine Flasche Arrak auf und trinken auf deinen Erfolg.«

Der Dschinn ließ sich nach draußen in die abendliche Dämmerung führen. Und in ihrem Rücken schlich Matthew die Treppe herunter und starrte erneut zur Decke hinauf, seine Augen groß vor Staunen über das, was er gerade gehört hatte.

Pessach rückte näher, und das tägliche Angebot in der Bäckerei der Radzins änderte sich: Statt geflochtener Zöpfe gab es flache Matzen, statt Rugelach Makronen. Doch trotz der Auswahl für Pessach und umfangreicher Bestellungen gab es in der Bäckerei jämmerlich wenig zu tun. Da Mr. Radzin nicht wollte, dass seine Angestellten einen müßigen Eindruck machten, mussten sie so langsam wie möglich arbeiten und jede Aufgabe absurd in die Länge ziehen. Für den Golem war es, als würde sie durch Klebstoff waten. Kleine Widrigkeiten nahmen ungewohnte Ausmaße an: das Klingeln der Glocke über der Tür, das Schlurfen und Husten der Kunden. In der Stille klangen ihre Gedanken laut, hoffnungslos eintönig und selbstsüchtig.

Nach solchen Tagen waren die langen Nächte sowohl eine Erholung als auch eine Tortur. Sie freute sich darauf, allein zu sein, doch ihre Anspannung fand kein Ventil. Sie hätte gern lautlos Leibesübungen gemacht – als sie einmal vor Langeweile nicht mehr wusste, was sie tun sollte, hatte sie wie ein Kraftmeier im Zirkus eine Stunde lang ihren Tisch über den Kopf gehoben –, doch sie brauchte jede Minute zum Nähen. Anna hatte den Kundinnen erzählt, dass Chava eine hervorragende Schneiderin sei, und jetzt wurde sie mit Flickarbeiten überhäuft. Sie lagerte die auszubessernde Kleidung als schwankenden Haufen in einer Ecke ihres Zimmers, bis sich ihre Vermieterin beschwerte, dass sie nicht mehr richtig putzen könne – »und außerdem, Chava, sind wir eine ehrbare Pension und kein Ausbeuterbetrieb«. Sie hatte sich entschuldigt und die Kleider in ihren Schrank gestopft. Sie nähte so schnell wie möglich, verärgert über die Monotonie. Warum um alles in der Welt machten Männer immer ihre Hosen kaputt? Warum verloren sie ständig Knöpfe?

Eines Nachts, in den langen Stunden vor Tagesanbruch, schlich sich ein Gedanke bei ihr ein: Der Dschinn hatte recht. Ihre Beschäftigungen waren nicht interessant genug für die vielen Lebensjahre, die ihr Lehmkörper noch vor sich hatte. »Verschwinde«, murmelte sie und zwang sich, an anderes zu denken. Natürlich war es seine Schuld. Früher war sie durchaus zufrieden gewesen; jetzt wurde sie so launisch wie er.

Als sie sich in der Bäckerei wieder einmal diesen Gedanken hingab und versuchte, Mrs. Radzins Unterhaltung mit einer Kundin zu ignorieren, verdrängte plötzlich ein Gefühl reiner Panik alles andere in ihrer Wahrnehmung. Anna stand reglos an ihrem Tisch, ihr Gesicht wachsweiß. Sie legte das Nudelholz aus der Hand und ging so unauffällig wie möglich ins Hinterzimmer; doch das leise Geplauder in der Bäckerei konnte nicht übertönen, dass sie sich auf der Toilette übergab. Ein paar Minuten später kehrte sie zurück und nahm ihre Arbeit wieder auf, als wäre nichts geschehen. Aber der Golem kannte die Wahrheit, denn die Gedanken des Mädchens waren die reinste Qual: *Oh, Gott, es gibt keinen Zweifel mehr. Was, wenn die Radzins mich gehört haben? Was wird Irving sagen? Was soll ich bloß tun?* Und den restlichen Tag über bewies Anna, dass sie eine wahrhaft erfolgreiche Schauspielerin hätte werden können, denn sie plauderte und lächelte, als wäre alles in Ordnung. Es war ihr nicht anzusehen, in welchem Aufruhr sich ihre Gedanken befanden.

Während der Dschinn mit Maloofs Blechdecke beschäftigt war, hatte der Frühling in Manhattan Fuß gefasst. In der Wüste hatte er den Wechsel der Jahreszeiten zahllose Male miterlebt, doch hier wirkte es wie ein Zaubertrick. Heftiger Regen wusch den Abfall aus den halb zugefrorenen Rinnsteinen, und dann kam unwahrscheinlicherweise die Sonne heraus. Die schmutzigen Schneehaufen, die sich seit November an den Straßenecken auftürmten, begannen zu schmelzen und lösten sich auf. Fenster, die monatelang geschlossen gewesen waren, wurden aufgerissen, Wäscheleinen neu gespannt, Teppiche und Bettdecken auf Feuerleitern geschleppt und freudig ausgeklopft. Die Luft roch nach Staub und sonnenwarmen Pflastersteinen.

Als der Dschinn in dieser Woche zu Chavas Pension ging, überlegte er, ob er ihr von der Blechdecke erzählen sollte. Normalerweise sprach er wenig von seiner Arbeit, doch von der Decke würde sie bestimmt gern erfahren. Sie würde ihn loben, sich über seinen Erfolg freuen; und genau dagegen wehrte sich etwas in ihm. Er wollte von ihr kein Lob, nicht für so etwas. Denn sie wusste, dass er früher zu viel mehr in der Lage gewesen war. Die Decke ihr gegenüber auch nur zu erwähnen schien ihm, als wäre er gefährlich nahe daran, sich zu fügen, klein beizugeben, dieses Leben für gut genug zu erklären. Mit Arbeely war es ihm nicht so ergangen.

Er kam vor ihrer Pension an und sah, dass sie wie gewöhnlich nach ihm Ausschau gehalten hatte. Doch statt wie üblich vorsichtig zu sein, riss sie die Tür auf und rannte die Treppe herunter, als würde sie vor einem schrecklichen Streit weglaufen. Ebenso wenig blickte sie besorgt zu den Fenstern ihrer Zimmernachbarn hinauf; nicht einmal ihre Kapuze setzte sie auf. »Wohin gehen wir?«, fragte sie anstelle einer Begrüßung.

»Central Park«, sagte er erschrocken.

»Ist es weit?«

»Ja, aber …«

»Gut«, sagte sie und setzte sich in Bewegung, ohne zu warten. Er beeilte sich, um sie einzuholen. Sie marschierte mit gesenktem Kopf, sprang über Pfützen und hatte offenbar vergessen, dass sie ihn genau dafür einst getadelt hatte. Sie ballte die Hände immer wieder zu Fäusten und streckte sie. Nie zuvor hatte er sie so erlebt.

Nach ein paar Blocks sagte er endlich: »Wenn ich es bin, auf den du wütend bist, dann sag es mir bitte. Ich habe keine Lust zu raten.«

Sofort verwandelte sich ihr Zorn in Kummer. »Oh, Ahmad, entschuldige! Ich bin heute keine gute Gesellschaft, ich hätte nicht kommen sollen. Aber wäre ich auch nur eine Minute länger im Haus geblieben, hätte ich es eingerissen.« Sie drückte die Hände an die Schläfen, als hätte sie Kopfschmerzen. »Es war eine schreckliche Woche.«

»Wieso?«

»Ich kann nicht viel dazu sagen. Es gibt da ein Geheimnis, über das ich nicht sprechen darf. Jemand in der Bäckerei hat fürchterliche Angst und versucht, es zu verheimlichen. Ich sollte es eigentlich gar nicht wissen.«

»Ich verstehe, dass dich das mitnimmt.«

»Ich kann kaum an etwas anderes denken. Mindestens ein Dutzend Mal musste ich mich davon abhalten, das Falsche zu sagen.« Sie schlang die Arme um sich und blickte finster drein. »Ich habe so viele Fehler gemacht. Gestern musste ich eine ganze Schüssel Teig wegwerfen. Und heute habe ich die Butterhörnchen verbrannt. Mr. Radzin hat mich angeschrien, und Mrs. Radzin hat mich gefragt, ob alles in Ordnung ist. *Mich* hat sie gefragt! Während Anna ständig lächelt, als wäre alles …«

Sie hielt inne und schlug die Hand vor den Mund. Dann verzog sie das Gesicht. »Da, siehst du. Das ist unerträglich.«

Er lächelte. »Wenn es dich beruhigt, ich habe mir schon gedacht, dass es mit Anna zu tun hat. So viele Kolleginnen hast du ja nicht.«

»Bitte, erzähl es niemandem.«

»Chava, wem sollte ich es erzählen? *Was* sollte ich erzählen? Ich kenne das Geheimnis nicht einmal.«

»Und ich werde es nicht verraten«, sagte sie.

Schließlich erreichten sie das Tor in der 59th Street und betraten den Park über den dunklen Weg, ließen die Lichter der Straßen hinter sich. In der plötzlichen Stille raschelten Zweige und Äste über ihnen. Chava ging langsamer und schaute sich fasziniert um, ihre Stimmung besserte sich sichtlich. »Ich habe noch nie so viele Bäume gesehen.«

»Das ist noch längst nicht alles«, sagte er lächelnd.

Sie brachten eine Kurve hinter sich, und der Park erstreckte sich in seiner ganzen Größe vor ihnen, die sanft geschwungenen Wiesen und fernen Wäldchen. Sie drehte sich im Gehen um die eigene Achse, um das ganze Panorama auf einmal aufzunehmen. »Er ist riesig! Und es ist so still!« Sie hielt sich die Ohren zu und nahm die Hände wieder weg, als wollte sie sich vergewissern, dass sie das Gehör nicht verloren hatte. »Ist es immer so?«

»Nur nachts. Tagsüber ist der Park voller Menschen.«

»Ich hätte nie gedacht, dass sich so etwas in der Stadt versteckt. Wie weit reicht er?«

»Ich weiß es nicht genau. Es würde Wochen dauern, um ihn zu erkunden. Vielleicht sogar Monate.«

Sie gingen nach Norden Richtung Sheep Meadow. Er hatte gehofft, nicht auf der größten Droschkenstraße gehen zu müssen, aber das Tauwetter hatte die Wiesen in einen Sumpf verwandelt und die schmalen Wege überflutet. Schafe waren nirgendwo zu sehen; er nahm an, dass sie irgendwo untergebracht waren, wo es nicht so matschig war.

»Hier fühle ich mich anders«, sagte der Golem plötzlich.

»Wie denn?«

»Ich weiß es nicht.« Sie schauderte einmal leicht und dann noch einmal.

Er runzelte die Stirn. »Alles in Ordnung?«

»Ja, alles in Ordnung.« Doch ihre Stimme klang gedankenverloren, als würde sie auf etwas weit Entferntes horchen.

Sie verließen die Droschkenstraße und gingen die Treppe zur Bethesda Terrace hinunter. Der Springbrunnen war nachts abgestellt. Am Grund des Beckens lagen Münzen, dunkle, vollkommene Kreise. Das Wasser war so durchsichtig, dass es wie eine Sinnestäuschung wirkte.

Der Golem blickte auf zu der geflügelten Statue. »Sie ist wunderschön. Wer ist sie?«

»Sie wird Engel über den Gewässern genannt«, sagte der Dschinn und erinnerte sich an sein erstes Gespräch mit Sophia. Wie lange war es her, dass er sie zum letzten Mal gesehen hatte? Er dachte an die verschlossene Tür, an die mit Tüchern bedeckten Möbel und empfand ein leichtes Unbehagen.

Der Golem sagte: »Ich habe einmal von Engeln gelesen. In einem Buch des Rabbis.« Sie lächelte ihn an. »Ich nehme an, dass du nicht an Engel glaubst.«

»Ja, das stimmt«, gab er zu. Sie schien darauf zu warten, dass er ihr dieselbe Frage stellte, aber er wollte nicht über Engel oder Götter oder sonst irgendwas reden, was die Menschen gerade mal wieder erfunden hatten. Der Park war zu still, zu friedlich für einen Streit. Er dachte erneut daran, von der Blechdecke zu erzählen, sah aber keine elegante Möglichkeit, die Unterhaltung darauf zu bringen. Sie würde ihn für ein Kind halten, das gelobt werden wollte.

Eine Weile saßen sie auf dem Rand des Beckens – der Dschinn vergaß keinen Augenblick das Wasser in seinem Rücken – und sahen zu, wie das Wasser des Sees gegen die Terrasse schwappte. Nebel war aufgezogen und brachte seine Haut zum Kribbeln. Chavas Gestalt an seiner Seite war kühl und solide. Sie hatte den Kopf in den Nacken gelegt und schaute zum Himmel empor. Auch hier im Park erhellten die Lichter der Stadt den Dunst aus Wolken und verliehen ihm Tiefe und Struktur.

»Ich wünschte, mein Leben könnte immer so sein«, sagte Chava. »Ruhig. Friedlich.« Sie schloss die Augen, und wieder schien es, als horchte sie auf etwas.

»Du solltest an einem deiner freien Samstage herkommen«, schlug er vor. »Untertags ist es ganz anders.«

»Ich kann nicht allein kommen«, sagte sie geistesabwesend.

Er wollte widersprechen, aber dann erinnerte er sich daran, wie auffällig Sophia gewesen war, eine Frau allein am Brunnen. Chava war nicht so schön wie sie, dennoch erregte sie Aufmerksamkeit. Ein Aufpasser war vielleicht nicht die schlechteste Idee. »Was ist mit deinem Freund Michael? Er könnte dich begleiten.«

Sie öffnete die Augen und sah ihn komisch an. »Lieber nicht.«

»Warum? Habt ihr gestritten?«

»Nein, das nicht. Ich habe ihn nicht mehr gesehen, seitdem wir in Brooklyn waren. Aber er könnte – mein Angebot missverstehen.«

Er runzelte verständnislos die Stirn, bis ihm wieder einfiel, was er vergessen hatte: Dieser Freund wollte mehr von ihr, und das war ihr unangenehm. »Es wäre ein Nachmittag im Park und keine lebenslange Ehe.«

Sie zuckte zusammen. »Er ist ein guter Mensch. Ich möchte ihm nichts vormachen.«

»Und deswegen wirst du ihn für den Rest seines Lebens meiden, damit er keinen falschen Eindruck bekommt.«

»Du verstehst es nicht«, murmelte sie. »Er hat *Verlangen* nach mir. Und es ist sehr heftig.«

»Und hast du überhaupt keine romantischen Empfindungen für ihn?«

»Ich glaube nicht. Es ist schwer zu sagen.«

Er schnaubte. »Vielleicht solltest du ihm tatsächlich beiliegen. Dann wäre vielleicht einiges klarer.«

Sie zuckte zusammen, als hätte er sie geschlagen. »Das würde ich nie tun!«

»*Nie?* Du meinst mit ihm oder mit niemandem?«

Sie wandte sich ab. »Ich weiß nicht. Es ist schwer, darüber nachzudenken.«

Das war ein deutliches Signal, sie in Ruhe zu lassen, aber er beschloss, es zu ignorieren. »Eigentlich ist es ganz einfach. *Sie* sind es, die es über alle Maßen verkomplizieren.«

»Typisch für *dich*, dass du so etwas sagst! Und vermutlich soll ich deinem Beispiel folgen und mir jedes nur mögliche Vergnügen gönnen!«

»Warum nicht, wenn du damit niemandem schadest?«

»Damit meinst du, dass dir niemand schadet, denn das ist ja das Wichtigste!« Sie ging ihn voller Zorn an. »Du gehst hierhin und dorthin und hinterlässt Gott weiß was in deinem Fahrwasser, und dann verachtest du sie dafür, dass sie sich Sorgen über die Folgen ihres Handelns machen. Aber ich muss mir jedes *Ich wünschte, ich hätte nicht* und *Was soll ich jetzt bloß tun* anhören. Du verhältst dich egoistisch und rücksichtslos und unverzeihlich!«

Ihr Zorn schien verpufft. Stirnrunzelnd wandte sie sich in kaltem Schweigen von ihm ab.

Nach einer Weile sagte er: »Chava, habe ich etwas getan, von dem ich nichts weiß? Habe ich jemandem geschadet?«

»Nicht, soweit ich weiß«, murmelte sie. »Aber dein Leben wirkt sich auf andere aus, und das scheint dir nicht klar zu sein.« Sie blickte auf ihre Hände, die gefaltet in ihrem Schoß lagen. »Vielleicht ist es unfair, dich anders haben zu wollen. Wir sind, wie wir sind, du und ich.«

Ihre Worte taten ihm weh, mehr, als er erwartet hatte. Er wollte sich rechtfertigen – aber andererseits hatte sie vielleicht recht, vielleicht war er egoistisch und rücksichtslos. Und auch er hatte recht, sie war prüde und übervorsichtig. Beide hatten ihre Gründe und ihren eigenen Charakter. Er blickte auf den See hinaus, der dunkel und still vor ihnen lag, ungerührt von ihrer Auseinandersetzung.

»Wir können uns nicht unterhalten, ohne zu streiten.« Ihre Worte waren seinen Gedanken unangenehm ähnlich; manchmal fragte er sich, ob er für sie so undurchschaubar war, wie sie glaubte. »Seltsam, dass wir Freunde sein können. Ich hoffe, dass du mich als Freundin betrachtest und nicht als Last. Ich möchte nicht, dass dir vor unseren Spaziergängen graut.« Sie sah ihn kurz an, als wäre sie verlegen. »Ich fühle mich komisch, weil ich es nicht weiß. Wärst du jemand anders, müsste ich nicht fragen.«

Er brauchte einen Augenblick, bis er antworten konnte, bis er sich traute, ebenso ehrlich zu sein wie sie. »Ich freue mich auf unsere Ausflüge. Ich glaube, ich freue mich sogar auf unsere Meinungsverschiedenheiten. Du verstehst, wie mein Leben ist, auch wenn wir anderer Ansicht sind. Arbeely versucht es, aber er kann mich nicht so verstehen, wie du es kannst.« Er lächelte. »Also ja, ich betrachte dich als Freundin. Und ich würde unsere Spaziergänge vermissen, wenn wir damit aufhörten.«

Sie lächelte ebenfalls, ein bisschen traurig. »Ich auch.«

»Genug jetzt«, sagte er. »Schauen wir uns den Park an oder nicht?«

Sie kicherte. »Geh voraus.«

Sie gingen die Treppe zur Mall hinauf. Rings um die Promenade hatte der dichte Nebel die Welt ausgelöscht und nur den breiten, von Ulmen gesäumten Weg und einen dunstigen Horizont übrig gelassen. Chava neben ihm wirkte wie ein Teil der Landschaft. »An diesem Ort fühle ich mich komisch«, murmelte sie.

»Inwiefern komisch?«

»Ich weiß nicht.« Sie hob die Hände, als wollte sie in der Luft nach Worten tasten. »Als wollte ich laufen und laufen und nie mehr stehen bleiben.«

Er lächelte. »Ist das so komisch?«

»Für mich schon. Ich bin noch nie gerannt.«

»Nie?«

»Nie.«

»Dann solltest du es versuchen.«

Sie blieb stehen, als würde sie darüber nachdenken – und dann war sie nicht mehr an seiner Seite. Ihre Beine streckten sich unter ihr, ihr Umhang bauschte sich wie Flügel; und einen langen Augenblick war ihr Körper eine dunkle Form, die mit unglaublicher Geschwindigkeit von ihm fortflog.

Er stand wie vor den Kopf gestoßen da und sah ihr nach; dann grinste er und rannte ihr hinterher, seine Schuhe schlugen auf dem Boden auf, die Bäume neben ihm verschwammen. Kam er ihr näher? Er wusste es nicht, sie war verschwunden; sie war ihm einfach davongelaufen!

Eine Baumgruppe tauchte aus dem Nebel auf, das Ende der Mall. Er wurde langsamer, blieb stehen und sah sich um. Wo war sie? »Chava!«

»Komm her und schau!«

Sie stand mitten zwischen den Bäumen und neigte sich tief über etwas. Er stieg über den niedrigen Zaun und versank bis zu den Knöcheln im Matsch. Schaudernd ging er zu ihr. »Schau«, sagte sie.

Ein dicker Trieb hatte sich durch die nasse Erde geschoben. An der Spitze befand sich ein Knoten fest gefalteter Blütenblätter. Er sah sich um und entdeckte verstreut weitere kleine Triebe: die ersten Frühlingsblumen. »Du hast sie vom Weg aus gesehen?«

Sie schüttelte den Kopf. »Ich wusste, dass sie da sind. Die Erde erwacht.« Er sah zu, wie sie ihre Hand in den Matsch drückte. Ihre Hand verschwand und anschließend ihr Handgelenk. Er erschrak und glaubte einen Moment lang, dass sie ganz und gar versinken würde; er wollte sie wegziehen, sie am Untergehen hindern. Doch dann zog sie die Hand zurück, blickte auf ihre verschmutzten Kleider und Schuhe, ihren schlammbefleckten Umhang. »Oh, schau nur, was ich angerichtet habe«, murmelte sie. Sie richtete sich auf, wieder ganz ihr forsches und geschäftsmäßiges Selbst. »Wie viel Uhr ist es?«

Gemeinsam kehrten sie auf festen Boden zurück. Seine Schuhe waren ruiniert; er zog sie aus und schlug sie gegen den nächsten Baum. Neben ihm versuchte Chava, die Erde von ihrem Umhang zu wischen. Sie sahen sich kurz an, lächelten rasch und blickten weg, wie Kinder, die bei etwas Verbotenem ertappt worden waren.

Auf der Droschkenstraße gingen sie zurück nach Süden bis zum Tor, und dann waren sie wieder in der Welt aus Stein und Beton. Je weiter sie sich vom Park entfernten, umso mehr schien Chava ihre seltsame Energie zu verlieren. Sie runzelte die Stirn über ihre schmutzigen Schuhe und meinte, dass sie ihren Umhang waschen müsse. Als sie den Broadway erreichten, schien es vollkommen unvorstellbar, dass sie aus schierem Vergnügen loslaufen könnte. Er dagegen war noch in einer unwirklichen Benommenheit gefangen. Die vertrauten Straßen schienen voll neuer Details: die Schnörkel an den Lampenmasten, die gemeißelten Ornamente über den Hauseingängen. Er fühlte sich, als würde etwas in ihm aufbrechen oder auseinanderfallen.

Im Nullkommanichts waren sie in der Gasse neben ihrer Pension angelangt. »Wir gehen wieder hin, wenn es wärmer ist«, sagte er.

Sie lächelte. »Das würde ich sehr gern tun. Danke.« Sie nahm seine Hand und drückte sie fest mit ihren kühlen Fingern. Und dann war sie wie immer verschwunden, und er ging allein nach Hause durch die dunstverhangenen morgendlichen Straßen.

Kapitel 18

Pessach dauerte an, und eine einzige große Sehnsucht schwebte über der Lower East Side: Jeden verlangte es nach einem süßen Stückchen, einem Bagel, irgendetwas, was nicht Matze war. Als die Feiertage endlich vorbei waren, strömte das ganze Viertel erleichtert in die Bäckereien. Da sie wusste, dass bei ihren morgendlichen Einkäufen mit Tumulten zu rechnen war, nahm die Köchin des Wohnheims Joseph Schall mit zu Shimmel, ihrem neuen Bäcker, damit sie so viele Brote wie möglich kaufen konnten. Michael hatte den Wechsel von Radzin zu Shimmel mit besseren Arbeitsbedingungen und der Unterstützung junger Unternehmen gerechtfertigt; doch die Köchin erinnerte sich an die Mandelmakronen, bemerkte Michaels düstere Stimmung und stellte nicht viele Fragen.

An diesem Tag aber war Shimmel überlaufen. Die Schlange reichte bis weit vor die Tür; im Inneren rannten die Angestellten hektisch hin und her, suchten nach Zutaten und rollten hastig Teig aus oder entschuldigten sich bei verdrossenen Kunden, deren Lieblingsgebäck bereits ausverkauft war. Die Köchin steckte den Kopf hinein, runzelte die Stirn und kam wieder heraus. »Wir gehen zu Radzin«, sagte sie zu Schall. »Michael wird den Unterschied nicht merken.«

Yehudah Schaalman hätte es nicht gleichgültiger sein können, in welcher Bäckerei sie das Brot kauften.

Die Anstrengung, sich als freundlicher alter Joseph Schall auszugeben, forderte ihren Tribut. Er war in jeder Synagoge, in jeder Jeschiwa, an jedem Ort jüdischer Gelehrsamkeit gewesen, den er finden konnte, und war seinem Ziel, dem Geheimnis ewigen Lebens, keinen Schritt näher gekommen. Kein einziges Mal hatte er den Sog seines Zaubers gespürt, obwohl er zweifelsfrei wusste, dass er funktionierte. War er etwa nach New York gekommen, um Botengänge zu erledigen und Gezänk in den Schlafsälen zu schlichten? Seit einem Monat biss er jetzt die Zähne zusammen, und er würde es auch weiterhin tun, weil er keine andere Wahl hatte. Er hatte nur diesen einen Trumpf in der Hand; und er würde ihn immer wieder spielen, bis er gewonnen hätte oder daran gestorben wäre.

Mit so viel Eifer, wie er vortäuschen konnte, folgte er der Köchin durch die nassen Straßen, die voller Menschen waren. Die Schlange vor Radzin war nicht kürzer, aber immerhin bewegte sich etwas. Im Inneren blieb er neben der Tür stehen, misstrauisch gegenüber den vielen Leuten. Die Bäckerei war überfüllt mit Menschen, die Fenster waren mit ihren dampfenden Ausdünstungen beschlagen, die Luft war feucht und zum Schneiden. Schaalman begann in seiner wollenen Jacke zu schwitzen. Zumindest waren die arbeitenden Mädchen ein erfreulicher Anblick. Sie bewegten sich schnell wie Maschinen, besonders das große Mädchen, das am vorderen Tisch Teig ausrollte, als hätte sie ihr Leben lang nichts anderes getan. Ihre Hände faszinierten ihn. Sie bewegten sich ohne Unterlass, ohne eine überflüssige Geste. Er blickte zu ihrem Gesicht – ein unauffälliges Mädchen, doch irgendwie kam sie ihm bekannt vor …

Er verspürte ein heftiges, beharrliches Ziehen, als

der Zauber seine Wirkung tat. Und in diesem Augenblick erkannte er sie.

Das Mädchen schaute erschrocken auf. Ihr Blick schweifte verwirrt über die Menge, als wüsste sie nicht genau, wonach sie Ausschau halten sollte.

Doch Schaalman war bereits zur Tür hinausgeschlüpft. Er zwang sich, Ruhe und einen kühlen Kopf zu bewahren, bis er das Ende des Blocks erreicht hatte. Dort lehnte er sich zitternd an eine Mauer.

Sein Golem! Der Golem, den er für Rotfeld erschaffen hatte. Sie war hier in New York! Er hatte geglaubt, dass sie auf irgendeiner Müllkippe verrottete – hatte Rotfeld sie auf dem Schiff zum Leben erweckt, bevor er starb? Er musste es getan haben; dumm genug war er auf alle Fälle gewesen. Und jetzt lief sie ohne Meister durch die Straßen von New York, ein Klumpen Lehm mit Zähnen und Haaren, ein gefährliches Geschöpf, das wie eine Frau aussah. Und Schaalman hatte keine blasse Ahnung, was das zu bedeuten hatte.

Das Gefühl dauerte nur einen winzigen Augenblick an; jemand hatte sie *gesehen*, ihr ins Herz geschaut und sich gefürchtet. Doch im nächsten Augenblick waren da nur noch die Kunden mit ihren Wünschen nach Roggenbrot und Rugelach. Dennoch stand sie da und horchte mit all ihren Sinnen, bis ihr Mrs. Radzin einen komischen Blick zuwarf. »Chava? Alles in Ordnung?«

»Ja, alles in Ordnung. Ich dachte, ich hätte jemanden meinen Namen rufen hören.« Sie lächelte rasch und beugte sich dann wieder nachdenklich über ihre Arbeit. Hin und wieder kam jemand von der Straße herein, der unruhig war, weil er getrunken hatte oder krank war oder Pech gehabt hatte; vielleicht war es so jemand gewesen, jemand, der aus dem falschen Grund auf die richtige Antwort gestoßen war. Oder sie hatte zu schnell gearbeitet und war aufgefallen. Wie dem auch sei, tun konnte sie nichts, nicht mit dieser Schlange, die bis vor die Tür reichte, und sechs Blechen mit Plätzchen im Ofen. Sie horchte den ganzen Tag, aber da war nichts; und andere beharrlichere Sorgen drängten sich ihr auf und ließen sie ihre vergessen.

Annas Lage wurde schlimmer. Das Mädchen lief jetzt mindestens zweimal täglich auf die Toilette, um sich zu übergeben, und den Radzins war das unvermeidlicherweise aufgefallen. Jedes Mal wenn Anna sich eilig zurückzog, spitzte Mrs. Radzin angewidert den Mund, und Mr. Radzin schaute sauertöpfisch. Allen war klar, was Sache war, und dennoch sagte verrückterweise keiner ein Wort. In ihrem Innern sagten sie dafür umso mehr; und Mitte der Woche glaubte der Golem, von dem Krach taub zu werden.

Nachts, während sie nähte, dachte sie über die aufgeschnappten Einzelheiten von Annas Lage nach. Das Mädchen war schon mindestens im zweiten Monat. Ihr junger Mann wusste immer noch nichts davon. Sie hatte es zwei Freundinnen erzählt und sie auf Stillschweigen eingeschworen, doch niemand wusste, wie lange sie sich daran halten würden. Natürlich hätte sie es wegmachen lassen können, aber sie konnte es sich nicht leisten, nach Uptown zu gehen, und die Möglichkeiten in der Bowery jagten ihr mehr Angst ein, als es Irving zu sagen. Sie nahm ihn gern auf die Schippe und zankte mit ihm herum, noch lieber mochte sie es, wenn sie sich nach einem Streit wieder versöhnten, aber wer war er zuinnerst? Wer wäre er, wenn sie es ihm gesagt hätte?

Der Golem wandte alles hin und her und versuchte zu entscheiden, was Anna tun sollte; doch ihr fiel kein Rat ein, den sie ihr hätte geben können. Der Rabbi hätte gesagt, dass sie unüberlegt gehandelt und eine schlechte Wahl getroffen hatte, und das stimmte zweifellos. Doch verglichen mit Annas wirkte ihr eigenes Leben wie ein blasser Schatten, das nicht einmal die Möglichkeit bot, Annas Fehler zu machen. Sie war kein Mensch. Sie würde nie Kinder haben. Vielleicht würde sie auch nie lieben können. Wie konnte sie behaupten, dass sie nicht genau wie Anna gehandelt hätte, wenn sie geboren und nicht erschaffen worden wäre?

Als der Morgen dämmerte, saß sie noch immer über diese Gedanken geneigt da und stach die Nadel gereizt in eine Hose. Seit ihrem draufgängerischen Lauf im Central Park war noch keine Woche vergangen, und in ihrer Erinnerung kam ihr ihre unbeschwerte Freude wie die einer anderen Person vor. Andererseits war es wirklich eine merkwürdige Nacht gewesen. Sie dachte an das hartnäckige Ziehen der Erde und wie sich ihre Sinne in alle Richtungen gestreckt und den ganzen Park aufgenommen hatten. Und Ahmad: Er hatte so seltsam verloren gewirkt in der Gasse, so ganz anders als sein übliches zuversichtliches Selbst, und sie hatte keine Ahnung warum. Sie hatte seine Hand ergriffen, um sich zu vergewissern, dass er noch da war.

Sie verknüpfte den Faden und schnitt ihn nahe am Knopf ab. Fertig. Hose geflickt. Sie wünschte nur, dass diese Männer aufhören würden, sie zu zerreißen.

Sie warf ihren Umhang um und ging in die Bäckerei, wappnete sich für einen weiteren Tag voller Ängste und Schweigen. Und dann kam Anna durch die Hintertür und riss ihr den Boden unter den Füßen weg.

»Chava!« Sie fasste nach den mehlbestäubten Händen des Golems, jeder Zentimeter von ihr strahlte Glück aus. »Gratulier mir, ich werde heiraten!«

»Was?«

»Irving hat mir gestern Abend einen Antrag gemacht! Er hat mich gefragt, und ich habe *ja* gesagt!«

»Oh, meine Liebe!«, rief Mrs. Radzin. Sie stürzte sich auf das Mädchen und verzieh ihr allen Ärger. »Wie wunderbar! Komm her und erzähl mir alles.«

»Wir sind einfach schrecklich ineinander verliebt, deswegen heiraten wir, sobald wir können …«

Mr. Radzin begann zu hüsteln.

»… und dann, ihr werdet es nie erraten, ziehen wir nach Boston!«

Mrs. Radzin schnappte, wie von ihr erwartet, nach Luft, und Anna erzählte von Irvings Freund, der aus New York weggegangen war, um in der Textilfabrik seines Onkels zu arbeiten. »Und jetzt gibt es dort eine Stelle für Irving, wenn er sie will. Er wird stellvertretender Abteilungsleiter und hat Männer unter sich und alles, was dazugehört. Stellt euch vor, ich werde die Frau eines Chefs!«

Die beiden Frauen plauderten fröhlich weiter, während der Golem ganz benommen daneben stand. Eine Hochzeit? Boston? War das möglich? Sie hatte Annas Dilemma als entsetzliche Entscheidung zwischen höchst unangenehmen Alternativen gesehen. Und während sie jetzt zuhörte, wie die Frauen die Vorteile eines Hochzeitskleids aus Spitze gegen die Vorzüge von besticktem Satin abwägten, wurde ihr klar, dass sie kein einziges Mal ein glückliches Ende in Betracht gezogen hatte.

Doch bald mahnte Mr. Radzin, dass sie mit der Arbeit im Hintertreffen waren und Annas Mitgift in ihrer Freizeit planen sollten. Alle machten sich an die Arbeit, und in der Bäckerei kehrte wieder so etwas wie Normalität ein. Nur der kleine Abie warf Anna gelegentlich einen Blick zu, als erwartete er, dass sie sich in eine Märchenprinzessin verwandelte. Gegen Feierabend, als Anna ihren Mantel anzog, fiel dem Golem ein, dass sie sie noch nicht wirklich beglückwünscht hatte. Sie ging zu Anna hinüber und schlang die Arme um sie; erschrocken keuchte das Mädchen: »Chava, du erdrückst mich ja!«

Sie ließ sie sofort los; Annas Gesicht war rot, doch sie lächelte, es war nichts passiert. »Entschuldige, das wollte ich nicht, ich wollte dir nur Glück wünschen. Aber ich werde dich schrecklich vermissen. Ist Boston sehr weit weg? Kann man mit der Straßenbahn hinfahren? Oh, nein, wahrscheinlich nicht.«

Jetzt lachte Anna. »Chava, du dumme Nuss. Du bist mir ein Rätsel, wirklich.«

Der Golem ließ seinen Sorgen der vergangenen Woche freien Lauf, die Worte sprudelten nur so aus ihr heraus. »Ich freue mich so für dich! Wie hat er reagiert, als du ihm gesagt hast, dass du …« Sie hielt inne und schlug sich die Hand vor den Mund. Die Radzins standen Gott sei Dank schon auf der Straße draußen und wollten zusperren.

Anna kicherte nervös. »Pssst, um Himmels willen. Ich weiß, ich habe es nur schlecht verheimlicht, aber jetzt ist alles gut. Er war natürlich überrascht, wer wäre das nicht, aber dann war er so lieb und ernst, dass es mir fast das Herz gebrochen hat. Er hat von Boston erzählt und dass es ein Zeichen wäre, dass er erwachsen werden und heiraten sollte. Und dann ist er auf die Knie gegangen und hat mir einen Antrag gemacht! Ich musste natürlich weinen und konnte nicht einmal richtig ja sagen.«

»Wollt ihr beiden über Nacht bleiben?«, rief Mr. Radzin von der Straße. »Wenn nicht, dann würden wir jetzt gern nach Hause gehen.«

Anna verdrehte die Augen, und sie gingen hinaus und verabschiedeten sich von den Radzins. »Was für ein schöner Abend«, sagte Anna zum Golem und ignorierte den Abfallgeruch in den Straßen, die feuchte kalte Brise. Der Golem lächelte. Heute Nacht könnte sie sich beim Nähen entspannen, hätte vielleicht sogar ein bisschen Freude daran. Und morgen würde sie Ahmad erzählen, dass sich die Situation in der Bäckerei gebessert hätte. Vielleicht würden sie dann ausnahmsweise nicht streiten.

Anna fragte: »Woran denkst du?«

»An nichts«, sagte der Golem. »An einen Freund. Warum?«

»Weil ich dich noch nie so habe lächeln sehen. Ach, werd nicht verlegen, Chava! Du kannst dich nicht für immer aus der Welt zurückziehen, sogar Witwen müssen ein bisschen was vom Leben haben. Bei allem gebührenden Respekt für deinen verstorbenen Mann natürlich – aber hätte er gewollt, dass du für den Rest deines Lebens allein im Bett liegst?«

Sie dachte darüber nach, was Rotfeld zu der Angelegenheit gesagt hätte. Wahrscheinlich hätte er genau das gewollt. »Vermutlich nicht«, murmelte sie, unsicher angesichts der Lüge.

»Dann geh wenigstens einmal aus und hab ein bisschen Spaß.«

Sie hatte das Gefühl, dass ihr die Kontrolle über das Gespräch entglitt. Sie lachte ein bisschen panisch. »Anna, ich wüsste nicht einmal wie.«

»Ich helfe dir«, sagte das Mädchen mit der alles umfassenden Großzügigkeit einer glücklichen Person. »Wir fangen morgen Abend damit an. Da ist im Grand Casino in der Broome Street Tanz. Ich kann dich kostenlos reinbringen, ich kenne Mendel, den Türsteher. Ich werde dich meinen Freundinnen vorstellen, sie kennen die besten Männer.«

Tanz? An einem unbekannten Ort, umgeben von Fremden? »Aber ich war noch nie – ich kann nicht tanzen.«

»Wir werden es dir beibringen. Es ist nichts dabei. Wenn du gehen kannst, kannst du auch tanzen.« Sie fasste den Golem an den Händen. »Ach, *bitte* komm, Chava. Es würde mir so viel bedeuten. Und du wirst Irving kennenlernen. Er hat mir versprochen zu kommen.« Sie kicherte. »Ich möchte mit ihm tanzen, solange ich meine Füße noch sehen kann!«

Das veränderte die Lage. Wenn sie Irving kennenlernte, könnte sie mit eigenen Augen sehen, zu welcher Sorte Mann er gehörte; das würde sie hoffentlich beruhigen. Was das Tanzen anbelangte, könnte sie vielleicht Müdigkeit vorschützen oder wunde Füße. Aber Moment, was war mit Ahmad? Sie sollte ihn morgen treffen! »Um wie viel Uhr beginnt der Tanz?«

»Um neun Uhr.«

So früh? Das besiegelte die Sache. Ahmad kam nie vor elf Uhr. Sie konnte in das Tanzlokal gehen und Irving kennenlernen und vielleicht sogar ein-, zweimal tanzen, wenn es Anna glücklich machte. Und dann würde sie sich entschuldigen und den Dschinn unter ihrem Fenster treffen. »Na gut«, sagte sie und lächelte. »Ich werde kommen.«

»Wunderbar!«, rief Anna. »Wir treffen uns um halb

neun, bei meinen Freundinnen Phyllis und Estelle« – sie nannte ihr eine Adresse, ein Mietshaus in der Rivington Street –, »dann gehen wir gemeinsam hin, nicht zu früh. Man darf nie zu früh zu einer Tanzveranstaltung gehen, das sieht zu erwartungsvoll aus. Mach dir keine Gedanken, was du anziehen sollst, zieh einfach deine beste Bluse an, das machen wir alle so. Ach, ich bin so aufgeregt!« Anna umarmte sie ungestüm, und der Golem erwiderte die Umarmung amüsiert; und dann lief das Mädchen mit schwingendem Umhang die Straße entlang.

Der Golem ging weiter nach Hause. Es wurde bereits dunkel, und die Straßenhändler tätigten die letzten Geschäfte. In der Nähe ihrer Pension kam sie an einem jungen Mann vorbei, auf dessen Handwagen Stapel von Frauenkleidern lagen. An der Seite des Karrens war ein Schild festgenagelt: *Beste Damenmode*; und darunter in kleineren Buchstaben: *Bitte um Entschuldigung, ich bin stumm.* Der Golem dachte daran, was Anna über Blusen gesagt hatte. Sie blickte auf ihre schlaffen Manschetten, die so ausgefranst waren, dass sich Flicken nicht mehr lohnte. Ihre andere Bluse sah auch nicht besser aus.

Sie ging zu dem Mann und tippte ihm auf die Schulter. Er stellte die Schubkarre ab und wandte sich ihr mit hochgezogenen Augenbrauen zu.

»Hallo«, sagte sie nervös. »Ich gehen morgen tanzen. Haben Sie eine Bluse zum Tanzen?«

Er hob eine Hand, eine Geste, die besagte: *Kein Wort mehr.* Er nahm ein Maßband aus der Tasche und bedeutete ihr, die Arme zur Seite zu strecken. Sie tat es und amüsierte sich über die Präzision seiner Gesten, die keinen Raum für Interpretation ließen. Vielleicht sollten wir alle lernen, stumm zu sein, dachte sie.

Er nahm mit flinken Bewegungen ihre Maße, rollte das Maßband zusammen und hob nachdenklich eine Hand ans Kinn. Dann wandte er sich seinem Wagen zu und suchte in einem Stapel Blusen. Mit einer ausholenden Bewegung zog er eine heraus und hielt sie hoch. Es war definitiv keine Arbeitsbluse. Der cremefarbene Stoff war dicht gewebt, wesentlich feiner als der ihrer Bluse. Hauchdünne Rüschen zogen sich die Vorderseite hinauf und um den hohen Kragen; auch an den Manschetten befanden sich Rüschen. Die Taille war so schmal, dass sich der Golem fragte, wie man darin noch atmen konnte. Der Mann hielt sie ihr hin – *ja*?

»Wie viel?«

Er hielt vier Finger hoch; in seinen Gedanken sah sie drei. Sie unterdrückte ein Lächeln. Manche Tricks waren universell, gleichgültig in welcher Sprache.

Die Bluse war eine Extravaganz, aber sie konnte sie sich leisten. Sie öffnete ihre Börse, zählte vier Dollar ab und gab sie dem Händler. Der junge Mann riss überrascht die Augen auf. Er reichte ihr die Bluse und nahm das Geld etwas verlegen an. »Danke«, sagte sie und ging weiter.

Sie war erst ein paar Schritte weit gekommen, als der Händler an ihr vorbeilief, vor ihr stehen blieb und die Hände hob: *Einen Moment.* Aus seiner Jackentasche nahm er zwei unechte Schildpattkämme mit Griffen in Form von Rosen. Er hob eine Hand und strich ein paar lose Strähnen zur Seite. Dann glättete er das Haar links vom Scheitel und steckte es mit einem Kamm fest, seine Zinken glatt auf ihrer Kopfhaut. Anschließend wiederholte er die Prozedur auf der rechten Seite und drehte das Haar ein bisschen zusammen, bevor er es mit dem zweiten Kamm feststeckte. Er trat einen Schritt zurück, begutachtete sein Werk, nickte und ging zu seinem Wagen zurück.

»Warten Sie!«, rief der Golem. »Soll ich denn nicht dafür bezahlen?«

Er schüttelte den Kopf, ohne sich umzublicken, und schob seinen Karren weiter die Straße entlang. Sie stand einen Augenblick verdutzt da; dann lächelte sie und ging weiter.

In ihrem Zimmer zog sie ihre alte Bluse aus und die neue an. Das Bild, das sie im Spiegel sah, war erstaunlich. Die Rüschen um den Kragen rahmten ihr Gesicht ein, betonten ihre schmalen Wangen und ihre weit auseinanderstehenden Augen. Ihr von den Kämmen festgehaltenes Haar fiel ihr in Wellen auf die Schultern. Die gerüschten Manschetten ließen ihre Hände schlank und elegant wirken. Sie betrachtete sich minutenlang, erfreut und zugleich voller Unbehagen. Eine Maske oder ein Kostüm wären weniger aufregend gewesen als diese kleinen Verwandlungen. Sie hatte sich gerade genug verändert, um sich zu fragen, ob sie eigentlich noch sie selbst war.

Am nächsten Tag flüsterte Anna aufgeregt und kicherte bedeutungsvoll, und am Nachmittag hatte Mrs. Radzin von ihrem Vorhaben Wind bekommen. Unter einem Vorwand manövrierte sie den Golem ins Hinterzimmer. »Du weißt bestimmt, was du willst«, sagte die Frau. »Aber sei vorsichtig, Chavaleh. Du magst Anna, und ich mag sie auch, aber es ist nicht nötig, dass du deinen Ruf aufs Spiel setzt. Und es gibt andere Männer, bessere Männer, als du sie in einem Tanzlokal finden kannst. Was ist mit dem Neffen des Rabbis? War er nicht ganz vernarrt in dich? Ich weiß, dass er arm wie eine Kirchenmaus ist, aber Geld ist nicht alles.«

Das reichte. »Mrs. Radzin, bitte. Ich habe nicht vor, ›meinen Ruf aufs Spiel zu setzen‹, schon gar nicht in dem Sinn, den Sie meinen. Ich will Annas Irving kennenlernen und sehen, was für ein Mann er ist. Nichts weiter.«

Die Frau schnaubte verächtlich. »Ich kann dir sagen, was für ein Mann er ist. Nicht besser als alle anderen.« Doch sie ließ den Golem zu ihrer Arbeit zurückkehren und beschränkte ihren Unmut auf finstere Blicke.

Endlich war Feierabend, und der Golem ging nach Hause und zog die neue Bluse an. Die Kämme ins Haar zu stecken war kniffliger, als sie gedacht hatte, doch nach einer Weile hatte sie ihr Haar zu ihrer Zufriedenheit arrangiert. Sie machte sich auf zu der Adresse, die Anna ihr genannt hatte, und kaum hatte sie geklopft, wurde die Tür aufgerissen. »Du bist es!«, rief Anna überrascht, als hätte der Golem ihr nicht ein halbes Dutzend Mal versprochen zu kommen. Sie bat sie in die Wohnung. »Du siehst so hübsch aus mit dieser Frisur – und oh, lass mich deine Bluse sehen. Sie ist wunderschön!«

Im Wohnzimmer standen zwei junge Frauen in Unterwäsche vor einem Haufen Kleidungsstücke. Sie verstummten, als Anna mit dem Golem eintrat. »Mädels, das ist Chava. Seid nett zu ihr, sie ist schüchtern. Chava, das ist Phyllis, und das ist Estelle.«

Der Golem erstarrte unter ihren neugierigen Blicken und musste gegen eine plötzliche Panik ankämpfen. Wie hatte sie nur annehmen können, dass sie als Frau unter Frauen durchgehen würde? Was war nur in sie gefahren?

Doch die Frauen lächelten sie freundlich an. »Chava, wie schön, dich kennenzulernen. Anna hat uns alles über dich erzählt. Komm und hilf uns auszusuchen, was wir heute Abend anziehen«, sagte die eine – Phyllis? »Ich glaube, diese Bluse steht mir besser, aber an der anderen finde ich die Knöpfe so schön.«

»*Die* ziehe *ich* an«, sagte das andere Mädchen.

»Die ist dir viel zu eng!«

»Nein, ist sie nicht.«

Zögernd betrat der Golem das Wohnzimmer, unsicher, was die Etikette erforderte. Sollte sie sich auch ausziehen? Nein, sie schienen es für vollkommen normal zu halten, dass sie in Stiefeln und mit ihrem Hut auf dem Kopf dastand, während sie Blusen und Röcke anprobierten und wieder verwarfen. Schließlich bemerkten sie ihre Bluse, staunten und bewunderten sie und wollten unbedingt wissen, wo sie sie gekauft hatte. Die Aufmerksamkeit machte sie nervös, aber sie waren so ungeheuchelt nett zu ihr, dass sie sich wieder entspannte und sogar lächelte.

Plötzlich fiel ihr auf, dass Anna verschwunden war. »Wo ist Anna?«

Phyllis und Estelle verstummten und neigten ihr besorgt und verschwörerisch die Köpfe zu. »Auf der Toilette. Sie will nicht, dass wir ihr beim Anziehen zuschauen«, sagte Estelle. »Ich glaube, es ist ihr peinlich.«

»Und sie hat geweint«, sagte Phyllis. »Er hätte sie gestern Abend besuchen sollen, aber er ist nicht gekommen.«

»Aber er kommt doch heute Abend, oder?«

Die Mädchen sahen einander an, doch dann kam Anna wieder herein, aufgeregt wie immer, in einem

Kostüm mit weitem Rock, das an den Nähten etwas stramm saß. Dazu trug sie einen riesigen Strohhut, auf dem eine etwas schäbige Schneehuhnfeder zitterte.

»Sind wir so weit?«, fragte sie fröhlich. »Dann los, lasst uns gehen.«

Der Golem beabsichtigte, sich am Rand der Tanzveranstaltung aufzuhalten, aber unterwegs wurde ihr klar, dass Anna und ihre Freundinnen sie in den Mittelpunkt stellen wollten. Sie scharten sich um sie, deckten sie mit Anweisungen und Ratschlägen ein. »Sei nicht zu bereitwillig, aber auch nicht zu wählerisch«, sagten sie. »Tanz nicht den ganzen Abend mit dem Ersten, der dich auffordert. Und wenn dir ein Mann nicht gefällt, sag nein. Lass dich nicht unterkriegen, wenn dir einer frech kommt.«

»Hab keine Angst«, beruhigte Anna sie, die die erschrockene Miene ihrer Kollegin sah. »Eine von uns wird immer auf dich aufpassen, nicht wahr?« Die Mädchen nickten und kicherten und drückten ihren Arm; und der Golem fügte sich in sein Schicksal.

Sie näherten sich ihrem Ziel und reihten sich ein in die Menge gut angezogener junger Frauen und Männer, die alle einer unauffälligen Tür in der Broome Street zustrebten. Der Golem hörte Musik. Sie spürte, wie sie gestoßen und gedrängt wurde, ihre Gedanken ebenso wie ihr Körper. Glücklicherweise waren die Leute gut gelaunt, fröhlich und zum Flirten aufgelegt; die Frauen machten sich entzückt gegenseitig Komplimente, während die Männer scherzten und aus Flachmännern tranken.

Ein kräftiger Mann saß auf einem Hocker neben der Tür und sammelte den Eintritt ein: fünfzehn Cent von den Damen und fünfundzwanzig von den Herren. »Das ist Mendel«, sagte Anna. Sie winkte und bedachte ihn mit einem strahlenden Lächeln. Mendel grinste ein bisschen verdattert und winkte sie durch. »Er verehrt mich seit Jahren«, flüsterte Anna.

Hinter der Tür folgte ein dunkler Korridor voller Menschen, die weiterdrängten. Einen Augenblick lang überkam den Golem Panik, weil sie dachte, sie könnte aus Versehen jemanden erdrücken. Doch dann wurde sie von der Menge hinter ihr weitergeschoben – in den erstaunlichsten Raum, den sie jemals gesehen hatte. Er war riesig und hoch und fasste die Menschenmenge mühelos. Kronleuchter aus Messing mit Behängen aus geschliffenem Glas warfen ihr flackerndes Licht auf die Leute im Saal. An den Wänden glitzterten Gaslampen und Kerzenleuchter, vervielfacht von mit Spiegeln verkleideten Säulen. Es sah aus wie ein funkelndes Märchenland, das sich bis in die Ferne erstreckte.

Sie schaute sich fasziniert um. Zu jeder anderen Zeit hätte sie eine so große Menschenmenge überwältigt; doch das unerwartete Spektakel und die einhellig gute Laune der Besucher übertönten ihre Angst mit etwas, was sich wie Entzücken anfühlte.

»Was meinst du?« Estelle musste ihr nahezu ins Ohr schreien, um sich Gehör zu verschaffen. »Gefällt es dir?«

Sie konnte nur nicken.

Anna lachte. »Ich habe es dir doch gesagt. Und jetzt komm, bevor alle guten Tische besetzt sind.«

Sie gingen an einer langen Theke aus Holz vorbei, die mit diversen Getränken und Bierflaschen gefüllt war. Jenseits davon standen reihenweise runde Tische. Kellner in Jacken gingen zwischen den Tischen hin und her, drehten zur Theke ab und kamen mit Tabletts voller Bier wieder zurück. Der Rest des Raums war eine offene Fläche Parkett, auf der sich bereits Männer und Frauen eingefunden hatten. Die Kapelle saß auf einer erhöhten Bühne in einer Ecke; ein rundlicher Mann in einem verschlissenen Frack dirigierte sie mit einem dünnen Taktstock.

Der Golem folgte Anna und ihren Freundinnen zu einem Tisch am Rand der Tanzfläche. Bald waren sie umgeben von Bekannten, und alle umarmten sich, lachten und tauschten Klatsch aus. Anna, die ihre Rolle als Freundin des unbekannten Mädchens sichtlich genoss, sorgte dafür, dass ihr alle vorgestellt wurden. Der Golem sagte ein Dutzend Mal hallo, lächelte, merkte sich die Namen. Das Plaudern fiel ihr anfangs schwer, aber das wurde ihr sofort verziehen: Es war ihr erster Tanz, und jeder konnte sich noch daran erinnern, wie es das erste Mal gewesen war. Jemand flüsterte, dass sie Witwe war, und gleich hatte ihre stille Art etwas von einem traurigen, romantischen Geheimnis.

Nach einer kurzen Pause begann die Kapelle wieder zu spielen, und der Tanz begann jetzt richtig. Der Golem sah, wie weibliche Paare die Tanzfläche betraten und sich an Schulter und Taille fassten. Sie drehten sich mit kleinen hüpfenden Schritten im Kreis, Röcke und Rüschen flatterten, und die Frauen lächelten über die Schulter ihrer Partnerin den Männern zu, die sich jetzt am Rand der Tanzfläche aufstellten.

»Schau nur«, sagte Estelle zum Golem und deutete auf zwei Männer. »Sie nehmen allen Mut zusammen.« Und tatsächlich gingen die beiden Männer auf die Tanzfläche und näherten sich zwei tanzenden Frauen. Lächelnd ließen die Frauen einander los und wandten sich ihren neuen Partnern zu.

»Siehst du?«, sagte Estelle. »So wird es gemacht. Und jetzt bist du dran.« Sie fasste den Golem bei der Hand und wollte sie auf die Tanzfläche ziehen.

»Aber …«

»Komm schon!«

Es war sinnlos, Widerstand zu leisten; wenn Estelle noch länger am Arm des Golems zerrte, würde das Mädchen merken, wie stark sie war. Und so folgte sie Estelle und war sich plötzlich der vielen Menschen um sie herum bewusst.

Estelle schaute den Golem an und legte ihr eine Hand auf die Schulter. »Du bist so groß, du musst führen«, sagte sie lachend. »Hier, halt mich fest.« Sie legte die Hand des Golems auf ihre schmale Taille. »Ich werde dir den Two Step beibringen. Du musst tun, was ich tue, nur in die entgegengesetzte Richtung.«

Der Golem erwies sich als begabte Tanzschülerin. Zuerst bewegte sie sich etwas unbeholfen und hatte Angst, Estelle auf die Zehen zu treten – doch innerhalb von Minuten ahmte sie mühelos spiegelbildlich die Schritte ihrer Lehrerin nach. Ihr Gefühl für das, was Estelle wollte, dass sie tat, half ihr dabei. Sie musste nicht einmal mehr auf ihre Füße schauen. Sie hielt sich vielleicht noch etwas steif, aber Estelle registrierte nur ihren Fortschritt. »Chava, du bist eine geborene Tänzerin!«, sagte sie.

»Meinst du?«

»Ich weiß es. Und schau jetzt nicht hin, aber ich glaube, Anna sagt den Jungs dort, dass sie mit uns tanzen sollen.«

»Was? Wer?« Und tatsächlich sprach Anna mit zwei jungen Männern, einer davon groß und einer klein, beide in Jackett und mit Kreissäge-Hüten. Die Männer sahen zu ihnen. Der kleinere stieß den größeren an, und sie schlenderten um den Tisch und auf die Tanzfläche. Der Golem warf Anna einen verzweifelten Blick zu, aber das Mädchen winkte ihr nur lachend zu.

»Keine Angst«, sagte Estelle. »Ich kenne sie, das sind nette Jungs. Du nimmst den größeren, Jerry. Er ist ein Trottel, aber goldig. Sein Freund grapscht manchmal ein bisschen. Aber mach dir keine Sorgen, ich werde schon mit ihm fertig.«

Der Golem spürte, wie sich die zwei Männer näherten. Der größere – Jerry? – wollte vor allem den Abend überstehen, ohne dass er ständig ausgelacht wurde. Der kleinere hegte die Hoffnung auf ein romantisches Zwischenspiel auf der Straße. Beide wollten unbedingt tanzen.

Jemand tippte ihr auf die Schulter. Widerstrebend ließ sie Estelle los, die ihre Hand drückte, bevor sie sich ihrem Partner zuwandte. Der größere Mann lächelte sie verlegen an. »Ich bin Jerry«, sagte er.

»Ich bin Chava.«

»Freut mich, dich kennenzulernen, Chava. Wie ich höre, bist du Anfängerin.«

»Ja. Absolute Anfängerin.«

»Macht nichts, ich kann's auch nicht gut.«

Es gab ein kleines Missverständnis, als beide nach der Taille des anderen fassten, und dann erinnerte sich der Golem, dass der Mann führen sollte. Sie legte ihm zaghaft eine Hand auf die Schulter und reichte ihm die andere.

»Meine Güte, du hast aber kalte Finger.«

Wie sich herausstellte, war Jerrys Bescheidenheit nicht geheuchelt. Er hatte Mühe, den Rhythmus zu halten, und konzentrierte sich so sehr auf seine Füße, dass er mitunter das Führen vergaß. Es dauerte nicht lange, und die anderen Paare machten einen großen Bogen um sie. Aber er war ein Gentleman und ließ seine Hand nicht von der Taille nach Süden rutschen, wie sie es andere Männer tun sah. Sie spürte, wie er seine Angst vor einem Gespräch überwand. »Du bist also eine Freundin von Anna«, erkundigte er sich.

»Ich arbeite mit ihr in der Bäckerei«, sagte der Golem. »Und woher kennst du sie?«

»Ach, von hier«, antwortete er. »Alle kennen Anna. Aber versteh mich nicht falsch«, fügte er hastig hinzu. »Sie ist nicht, du weißt schon, eine von *denen.*«

»Natürlich nicht«, erwiderte sie und begriff vage, was er meinte. »Ich dachte, du bist vielleicht ein Freund von Irving. Ihrem Verlobten.«

Er blickte erstaunt drein. »Sie sind verlobt?«

»Ja, seit kurzem. Wahrscheinlich hat es sich noch nicht herumgesprochen.«

»Hm. Was du alles weißt«, sagte Jerry.

»Überrascht es dich?«

»Ja, ein bisschen. Irving scheint niemand zu sein, der wild aufs Heiraten ist. Aber na ja«, sagte er lächelnd, »wir müssen uns alle irgendwann entscheiden, oder?«

Sie erwiderte nichts darauf, sondern lächelte nur. Jerrys Freund tanzte mit Estelle im Arm an ihnen vorbei; Estelle warf ihr über die Schulter ihres Partners aufmunternde Blicke zu.

»Du tanzt aber gut«, sagte Jerry. »Hast du wirklich gerade erst angefangen?«

Das Lied war zu Ende, und die Tänzer wandten sich der Bühne zu und applaudierten den Musikern. Der Mann mit dem Taktstock kündigte eine kurze Pause an, die Tänzer kehrten an ihre Tische zurück, und die Kellner brachten ihnen Bier.

Anna strahlte sie an. »Chava, du hast gelogen! Du hast gesagt, dass du noch nie getanzt hast!«

»Das habe ich wirklich nicht«, erwiderte der Golem. »Estelle ist eine sehr gute Lehrerin.«

»Nein, ich habe es dir schon gesagt, du bist eine geborene Tänzerin.« Estelle war mit Jerrys Freund an den Tisch gekommen und saß jetzt wacklig auf dem Knie des jungen Mannes.

»Aber manchmal muss ich noch auf meine Füße schauen«, sagte der Golem.

»Ach verflucht, ich schaue immer noch auf meine Füße und tanze schon seit Jahren«, lachte Jerry, und sein Freund schnaubte verächtlich.

»Chava lässt keine Gelegenheit aus, ihr Licht unter den Scheffel zu stellen«, rief Anna und wischte sich Bierschaum vom Mund. »Man darf Komplimente ruhig annehmen, Mädchen!«

Angesichts so vielen Zuspruchs musste der Golem lächeln. »Na gut, ich gebe es zu. Ich bin eine gute Tänzerin.«

»Darauf trinke ich!«, sagte Estelle und hob ihr Bierglas. Auch Anna trank und lächelte sie an. Klatsch, Koketterie und freundliches Gehänsel bestimmten die Unterhaltung am Tisch, und der Golem saß in der Mitte und fühlte sich seltsam erfreut. Es war eine so ungewohnte Empfindung, von Leuten umgeben zu sein, die Spaß hatten. Natürlich waren da auch Wünsche und Ängste; alle setzten Hoffnungen auf den Abend, und viele befürchteten, allein nach Hause gehen zu müssen, oder hatten Angst vor dem nächsten Arbeitstag. Und dem Golem fiel auf, dass Annas Aufmerksamkeit oft vom Tisch abschweifte, während sie in der Menge nach Irving Ausschau hielt. Doch auch Annas quälende Vorahnung wurde vom Alkohol, dem Geplänkel und der glitzernden Umgebung gedämpft. Mrs. Radzins Warnungen schienen ihr jetzt gemein und sogar lächerlich.

Die Kapelle begann wieder zu spielen, und diesmal griff Phyllis nach ihrer Hand, und sie tanzten zusammen, bis sich zwei Männer einschalteten. Ihr neuer Partner war ein wesentlich besserer Tänzer als Jerry, und er gab damit an. Er führte sie durch eine Vielzahl komplizierter Figuren, und sie stellte fest, dass sie sie dank seiner Hinweise mühelos ausführen konnte. Überrascht und ermutigt von der Anpassungsfähigkeit seiner Partnerin, entwickelte der junge Mann amouröse Gedanken; er drehte sie durch seinen Arm, und als sie wieder voreinander standen, legte er ihr die Hand auf den Hintern.

Augenblicklich wollte sie stehen bleiben, sich entschuldigen und von der Tanzfläche rennen. Doch nach kurzem Zögern tat sie, was sie bei den anderen Mädchen gesehen hatte: Sie nahm seine verrutschte Hand und legte sie bestimmt an ihre Taille. Danach hielt er sich zurück. Nach dem Tanz bedankte er sich bei ihr und machte sich auf die Suche nach einer gefügigeren Partnerin. Sie fühlte sich seltsam beschwingt, als hätte sie eine kleine, aber wichtige Schlacht gewonnen.

»Gut gemacht«, sagte Estelle, nachdem der Golem ihr von dieser Begebenheit berichtet hatte. »Lass dir von Männern wie diesem nicht den Abend verderben. Wenn er deinen Hinweis nicht verstehen will, geh einfach weg und such eine von uns. Wir werden ihn für dich zur Schnecke machen.«

Die nächste Stunde verging wie im Flug. Sie saß am

Tisch, sie tanzte, sie hörte sich Klatschgeschichten an und lächelte über Witze. Der Abend war jetzt in vollem Schwung, die Kapelle legte keine Pause mehr ein. Drei weitere Männer forderten sie zum Tanzen auf, der letzte ein betrunkener Junge, der einen Kopf kleiner war als sie und ihr ständig auf die Füße trat. Sie überlegte gerade, was sie diesbezüglich unternehmen sollte, als sich Jerry einmischte und ihn verscheuchte.

»Danke«, sagte sie erleichtert.

Er grinste. »Ich hätte mich früher eingeschaltet, aber er sah so komisch aus, wie er über deine Schulter geschaut hat. Anna wäre beinahe geplatzt vor Lachen.« Und tatsächlich lachte die junge Frau so heftig, dass sie vom Stuhl zu fallen drohte.

»Hoffentlich kommt Irving bald«, sagte sie. »Ich würde Anna gern tanzen sehen.«

»Ja«, sagte Jerry. »He, Chava, glaubst du …«

Aber was immer Jerry sie fragen wollte, ging unter, als der Two Step den Golem in die Nähe einer großen verschnörkelten Uhr an der Wand in seinem Rücken führte, einer Uhr, deren Zeiger weit nach elf Uhr anzeigten.

»O nein!«, rief sie. Wie hatte so viel Zeit vergehen können, ohne dass sie es merkte? Sie wandte sich von dem verwirrten Jerry ab und lief zum Tisch, um ihren Umhang zu holen. »Tut mir leid, Anna, ich muss gehen!«

Anna und ihre Freundinnen protestierten. Wofür konnte sie schon zu spät sein? Wollte sie Irving nicht kennenlernen? »Du hast viel zu viel Spaß, um schon zu gehen«, sagte Anna. Doch der Golem ertrug den Gedanken nicht, dass Ahmad vor ihrer Wohnung wartete und glaubte, sie hätte ihn vergessen.

Vielleicht, dachte sie plötzlich, könnte sie beides unter einen Hut bringen. Sie blickte in die Gesichter ihrer neuen Freunde und auf den schönen Saal. Vielleicht war sie diesmal an der Reihe, *ihm* etwas Neues zu zeigen.

»Macht euch keine Sorgen«, sagte sie zu ihnen. »Ich bin gleich wieder da.«

So unglaublich es war, aber Chava war nicht zu Hause.

Der Dschinn schaute mürrisch zu ihrem Fenster hinauf und schwankte zwischen Gereiztheit und Besorgnis. Wo konnte sie bloß sein? Gewiss nicht mehr bei der Arbeit, und soweit der Dschinn wusste, gab es in ihrem Leben nur zwei Orte: die Bäckerei und die Pension. Selbst wenn sie länger hatte arbeiten müssen, sollte sie längst dort oben sitzen und bei Kerzenschein Kleider flicken. Bestimmt war sie nicht allein ausgegangen, so ängstlich wie sie war, etwas Unschickliches zu tun. Und selbst wenn, hätte sie ihm eine Nachricht, ein Zeichen, irgendetwas hinterlassen. Oder?

Wie zum Hohn hatte er sich endlich entschlossen, mit ihr in die Washington Street zu gehen und ihr die Blechdecke zu zeigen. Sie wurde bereits zu einer lokalen Sehenswürdigkeit. Stets war mindestens ein Besucher da und starrte hinauf. Sogar in der arabischen Zeitung des Viertels war sie erwähnt worden als »herausragende Leistung eines örtlichen Kunsthandwerkers«.

Jetzt kam ihm das Vorhaben natürlich fraglich vor. Er fühlte sich wie ein Schoßhündchen, das an einen Zaun gebunden ist. Erwartete sie von ihm, dass er die ganze Nacht Wache stand?

Da hörte er das Geräusch stampfender Schritte. Eine Frau rannte auf der Straße auf ihn zu. Es war Chava, und sie war allein. Sie rannte, wenn schon nicht mit der übermenschlichen Geschwindigkeit wie im Park, so doch mit einer überstürzten Dringlichkeit, die an Leichtsinn grenzte. Sie flog an zwei erschrockenen Männern vorbei; einer schrie ihr etwas nach, doch sie schien es nicht zu hören. »Es tut mir so leid, ich habe mich verspätet!«, rief sie, als sie sich ihm näherte. Und dann hörte sie einfach auf, sich zu bewegen, und stand neben ihm.

Er starrte sie erstaunt an. Warum sah sie so anders aus? Er bemerkte die Kämme in ihrem Haar und die Rüschen an ihrer neuen Bluse, aber es war noch etwas anderes. Dann wusste er es: Sie war glücklich. Ihre Augen funkelten, ihre Züge waren belebt; sie neigte sich zu ihm, lächelnd, voller ungeduldiger Zuversicht.

»Entschuldige, ich war in einem Tanzlokal! Komm mit mir. Bitte sag ja. Anna und ihre Freundinnen sind dort, und ich möchte, dass du sie kennenlernst. Und du musst den Saal sehen, er ist wunderschön!«

Ein Tanzlokal? Wer war diese Frau? »Aber ich kann nicht tanzen«, sagte er amüsiert.

»Das macht nichts, ich bringe es dir bei.«

Und er vergaß die Decke und ging mit ihr, fasziniert von ihrem neuen Überschwang. Was auch immer sie in diesen Zustand versetzt hatte, es lohnte bestimmt, es sich anzusehen. Offenbar war er zu langsam, denn sie fasste nach seiner Hand und zog ihn mit sich. »Brennt das Tanzlokal?«, fragte er.

»Nein, aber ich habe versprochen, dass ich gleich wieder da bin. Und Irving müsste mittlerweile auch gekommen sein. Er ist Annas – ach, das habe ich dir noch gar nicht erzählt. In der Bäckerei ist wieder alles in Ordnung, sie werden heiraten!«

Wovon um alles in der Welt sprach sie? Er konnte nicht anders, er musste lachen. »Ach, hör auf«, sagte sie und lachte ebenfalls. »Ich werde es dir später erklären.«

»Aber wird es einen Sinn ergeben?«

»Wenn du mich weiter auf den Arm nimmst, bleibt es ein Geheimnis. Schau, wir sind da.«

Sie deutete auf eine bescheidene Tür, aus der laute Musik drang. Sie gaben dem Mann am Eingang ein paar Münzen, und dann waren sie drin.

Ein langer dunkler Korridor – und von einem Augenblick zum nächsten verschlug es dem Dschinn die Sprache. Es lag nicht nur an der Größe des Saals oder der brodelnden Menschenmenge: Nein, was ihn wie angewurzelt stehen bleiben ließ und ihn in bittersüße Verwirrung stürzte, war die schlichte Tatsache, dass das Ergebnis kaum anders ausgefallen wäre, wenn er mitten in New York seinen weit entfernten und heiß geliebten Palast hätte nachbauen wollen. Die Wände bestanden zwar aus Spiegeln, nicht aus undurchsichtigem Glas; und das Licht stammte von Gaslampen und Kronleuchtern, nicht von der Sonne oder den Sternen; dennoch wies der Saal die gleiche Weite, das gleiche prächtige Durcheinander von glitzerndem Licht und sanften Schatten auf. Er fühlte sich zu Hause wie an keinem anderen Ort in New York, doch angesichts dieser erschreckenden Vertrautheit meinte er, dass die Kluft zwischen seinem Zuhause und ihm selbst größer geworden war. Mehr kannst du dir nicht erhoffen, sagte ihm der Tanzsaal. So viel und nicht mehr.

»Gefällt es dir?«, fragte Chava. Sie sah ihn besorgt an, und der Ausgang des Abends schien von seiner Antwort abzuhängen.

»Es ist wunderschön!«, sagte er.

Sie lächelte. »Gut. Ich habe mir schon gedacht, dass es dir gefallen würde. Schau, dort sind meine Freunde.« Sie deutete auf einen fernen Tisch. »Komm mit, ich werde dich vorstellen.«

Wieder folgte er ihr, während sie sich höflich durch die Menge schlängelte. Hier waren sie, zwischen Hunderten von Menschen, und sie hatte keine Bedenken, zögerte keine Sekunde. Hatte sich diese Veränderung langsam in ihr angebahnt, und er hatte es einfach nur nicht bemerkt? Ein paar Monate zuvor hatte sie ihr Gesicht auf der Straße versteckt, und jetzt konnte sie es nicht erwarten, ihn ihren Freunden vorzustellen. Und seit wann hatte sie überhaupt Freunde?

Am Tisch erblickte eine Frau mit einem lächerlichen Hut mit Feder Chava und sagte: »Da bist du ja! Wo bist du nur …« Dann sah sie den Dschinn hinter ihr stehen, und der Rest ihrer Frage ging in Verblüffung unter.

»Oh, Anna, so ist es nicht«, sagte der Golem sofort. »Er ist ein Freund. Ahmad, das ist Anna aus der Bäckerei, und das sind Phyllis und Estelle. Das hier ist Jerry, mit dem ich getanzt habe, und das ist Jerrys Freund – entschuldige, ich weiß deinen Namen nicht.«

»Stanley«, sagte ein kleiner Mann mit einem Gesicht, das aussah, als hätte es mehrere Schläge abbekommen.

»Ahmad, das ist Stanley«, stellte sie ihn ihm triumphierend vor. Sie sprach natürlich Englisch – denn man würde nicht von ihm erwarten, dass er Jiddisch verstand.

Anna erholte sich als Erste. »Freut mich, dich kennenzulernen«, sagte sie auf Englisch und schüttelte ihm fest die Hand. Sie war ein hübsches Mädchen, die Attraktivste am Tisch, doch er wurde das Gefühl nicht los, dass ihn ihr Hut jederzeit anspringen könnte. »Woher kennst du unsere Chava?«

»Es war reiner Zufall«, sagte er. »Wir sind uns eines Tages in Castle Garden über den Weg gelaufen. Sie hat gesagt, dass sie noch nie im Aquarium war, und ich habe darauf bestanden, mit ihr hinzugehen.« Er schaute vorsichtig zu Chava hinüber, die ihn mit einem dankbaren Blick bedachte.

»Wie nett«, sagte Anna.

»Wie romantisch«, murmelte Phyllis.

Der große Mann – Jerry? – blickte ihn finster an. »Du hast einen komischen Akzent«, sagte er. »Woher kommst du?«

»Aus Syrien.«

»Hm«, überlegte Jerry. »Das ist neben China, stimmt's?«

»Jerry, du Dummkopf, Syrien ist ganz woanders als China«, wies ihn Estelle auf Jiddisch zurecht, und Stanley kicherte. Jerry wurde rot und wandte sich seinem Bier zu.

Sie mochten Chavas Freunde sein, aber ihre Neugier begann ihm auf die Nerven zu gehen. »Chava, du hast versprochen, mir das Tanzen beizubringen«, sagte er. Er legte ihr die Hand auf den Arm, und die Gruppe starrte ihnen nach, als sie sich entfernten.

Sie führte ihn in eine Ecke der Tanzfläche und wandte sich ihm zu. »Du legst deine Hände hier hin und da«, wies sie ihn so förmlich an, dass er schmunzeln musste. »Und ich halte dich hier und hier. Und dann machst du einen Schritt und einen Hüpfer. Nur spiegelbildlich.«

»Warte einen Moment«, sagte er. »Ich will erst den anderen zuschauen.« Sie stellten sich an den Rand der Tanzfläche und sahen zu. Wie die Paare es schafften, nicht ständig miteinander zusammenzustoßen, war ihm ein Rätsel. Er wusste nicht genau, worin der Sinn bestand, so viel Energie darauf zu verwenden, sich im Kreis zu drehen, um in etwa wieder an der Stelle zu landen, an der man angefangen hatte, doch diesen Gedanken behielt er für sich.

»Bist du so weit?«, fragte sie.

»Ich denke, ja.«

Er fasste sie an den bezeichneten Stellen und machte die ersten vorsichtigen Schritte. Die Schrittfolge war nicht schwierig, und er lernte sie rasch. Anfänglich stießen sie ein paar Mal gegen benachbarte Paare, aber dann entwickelte er ein Gefühl dafür, sie zu führen, und dirigierte sie mit der Hand an ihrer Taille in die Richtung, in die sie tanzen sollte. Seine Größe war von Vorteil; er sah die Löcher in der Menschenmenge und konnte verhindern, dass sie eingeschlossen wurden.

Der Kopf des Golems reichte ihm bis zum Kinn. »Das machst du sehr gut«, sagte sie.

Er lachte. »Wie willst du das beurteilen? Du hast es doch selbst gerade erst gelernt.«

»Ja, aber du trittst mir nicht auf die Füße oder schubst mich gegen andere. Du bist ein geborener Tänzer«, sagte sie genüsslich.

»Ich glaube, ich war eine Überraschung für deine Freunde.«

»Das war meine Schuld«, erwiderte sie. »Ich hätte es mir denken können.«

»Ich bin froh, dass du es nicht getan hat. Dann hättest du mich vielleicht nicht hierhergebracht, und ich hätte etwas versäumt.«

»Dann macht es dir also Spaß?«

»Sehr«, sagte er und begriff, dass es stimmte.

Die Tänzer kreisten um sie; ihre begeisterte Ausdauer schien ebenso unerschöpflich wie die der Kapelle. »Anna sitzt nicht mehr an unserem Tisch«, sagte Chava und reckte den Hals, um über seine Schulter zu schauen. »Vielleicht ist Irving gekommen.«

»Ah, ja, der geheimnisvolle Irving.«

Sie lächelte. »Entschuldige, ich habe es dir noch nicht erklärt.« Und sie erzählte ihm die Geschichte von Annas Schwangerschaft, der Verlobung, dem geplanten Umzug nach Boston. »Ich bezweifle, dass ich sie je wiedersehen werde«, sagte sie. »Ich kenne so wenige Leute, und alle scheinen irgendwann wegzugehen. Vermutlich ist das der Lauf der Dinge.«

Sie klang so wehmütig, dass er sagte: »Also, ich glaube, ich bleibe hier.«

Er hatte sie damit zum Lachen bringen wollen, doch sie schwieg eine Weile. »Und was, wenn du doch weggehst? Was, wenn du eines Tages einen Weg findest, dich davon zu befreien?« Ihre kühlen Finger berührten die eiserne Schelle unter seiner Manschette. »Versprich mir etwas«, sagte sie eindringlich. »Wenn das geschieht, dann möchte ich, dass du noch ein letztes Mal zu mir kommst. Ich will mich nicht fragen müssen, was passiert ist. Bitte, versprich es mir.«

Konsterniert sagte er: »Ich würde nie weggehen, ohne mich zu verabschieden, Chava. Das verspreche ich.«

»Gut«, sagte sie. »Danke.«

Sie tanzten weiter, obwohl die fröhliche Musik nicht mehr zu der ernsten Stimmung passte, die von ihnen Besitz ergriffen hatte. Er versuchte sich vorzustellen, wie er durch ein Wunder befreit war, sich über die schmutzigen Straßen und engen Wohnungen erhob, mit dem Wind zu ihrem Fenster flog. Wie er sich von ihr verabschiedete – und an dieser Stelle zog sich etwas in ihm zusammen. Er machte einen falschen Schritt, beeilte sich, ihn zu korrigieren.

»Alles in Ordnung?«, fragte sie.

»Alles in Ordnung«, sagte er und fasste sie fester um die Taille. »Ich habe es mir nur vorgestellt. Wie es wäre, frei zu sein.« Er hielt inne, weil er nicht wusste, was er als Nächstes sagen sollte, aber irgendetwas musste er sagen: »Ich wünschte, ich könnte dir zeigen …«

Die Kapelle beendete das Lied, und der Applaus der Tänzer riss ihn aus seinen Gedanken. Sie schien besorgt und wartete darauf, dass er fortfuhr, doch die Leute auf der Tanzfläche riefen jetzt dem Kapellmeister laut etwas zu: Ein Spiel! Ein Spiel! Der Dschinn sah den Golem fragend an; sie schüttelte den Kopf, offenbar so verwirrt wie er.

Der Kapellmeister verneigte sich lächelnd. Riesiger Jubel brach aus. Noch mehr Paare eilten auf die Tanzfläche, die jetzt fast überquoll. Der Kapellmeister wischte sich mit einem Taschentuch über die Stirn und griff erneut zum Taktstock – und diesmal war die Musik schneller, ungestümer, die Melodie rasant. Jeder Mann auf der Tanzfläche fasste seine Partnerin fester um die Taille und zog sie an sich, viel enger als zuvor, und wirbelte sie dann in kleinen Kreisen herum, verlagerte rasch das Gewicht von einem Fuß auf den anderen. Die Frauen lachten lauthals. Die Leute an den Tischen klatschten vor Vergnügen.

Die Musik ergriff Besitz vom Dschinn. Was immer er hatte sagen wollen, war in einer umfassenden Sehnsucht aufgegangen. Er schloss die Augen, plötzlich vollkommen erschöpft und zugleich voll hektischer Energie.

»So geht vermutlich ein Spiel«, sagte Chava dicht an seinem Ohr. »Den Tanz habe ich nicht gelernt.«

»Aber ich weiß, wie er geht.« Er zog sie an sich.

Sie war überrascht. »Ahmad …«

»Halt dich fest«, sagte er und begann zu tanzen.

Wieder und wieder drehte er sie im Kreis, eine Hand auf ihrem Rücken, die andere mit der ihren verschränkt. Er hatte keine Mühe, mit geschlossenen Augen das Gleichgewicht zu halten. Zuerst hatte er Angst, dass sie sich ihm entziehen würde; doch dann entspannte sie sich in seinen Armen, eine Geste des Vertrauens, die ihn mit Freude erfüllte. »Schließ die Augen«, sagte er.

»Aber wir werden stürzen!«

»Werden wir nicht.«

Und sie stürzten tatsächlich nicht, noch stießen sie mit ihren Nachbarn zusammen. Andere bemerkten sie, dieses große auffällige Paar, das sich in seiner eigenen Welt drehte. Die Leute machten ihnen Platz und schauten zu. Schneller und schneller tanzten sie – mit geschlossenen Augen! Wie war das möglich? Chavas Schritte waren jetzt klein, präzise an seine Bewegungen angepasst, und beschrieben einen Kreis mit ihm als Mittelpunkt. Und während dieser rasanten Bewegungen erfüllte ihn für einen langen und glücklichen Moment eine große Stille, und er vergaß alles andere …

Jemand berührte ihn an der Schulter.

Er öffnete die Augen und wäre beinahe mit dem Mädchen namens Phyllis zusammengestoßen. Chava stolperte, er fing sie auf und hielt sie fest. Phyllis wich zurück, bis sie sicher war, dass sie nicht mit ihr kollidieren würden, dann sagte sie mit einem bedauernden Blick zum Dschinn auf Jiddisch: »Chava, es tut mir leid, aber es ist wegen Anna. Sie hat Irving mit einem anderen Mädchen erwischt, und jetzt streiten sie. Er ist betrunken und sagt schreckliche Dinge. Ich habe Angst, dass etwas passieren wird. Vielleicht könnte Ahmad einschreiten? Ich würde dich nicht darum bitten, wenn Jerry und Stanley nicht schon gegangen wären.«

Der Dschinn hörte zu und gab vor, nicht zu verstehen. Eine ärgerliche Wendung der Dinge, aber er würde es tun, wenn auch nur, um den Abend zu retten. Der Golem allerdings war erstarrt. »Er streitet mit Anna?«, sagte sie – und ihr Tonfall ließ Phyllis beunruhigt zurückweichen. »Wo sind sie?«

»Draußen.«

Sie packte seine Hand und riss ihn fast von den Füßen, als sie wie ein Pfeil durch die Menge schoss. »Chava, warte«, sagte er, aber sie hörte ihn nicht. Er spürte ihre Anspannung, ihre heftige Angst um ihre Freundin.

Sie zog ihn durch den Korridor und zur Tür hinaus. In der Broome Street standen ein paar Männer und rauchten Zigaretten, doch von Anna und diesem Irving war nichts zu sehen. Dann hörte er die fernen Rufe eines Mannes und einer Frau. Chava wandte den Kopf. »In der Gasse«, sagte sie.

Sie bogen um die Ecke, der Dschinn folgte ihr noch immer auf den Fersen. Am Ende der Gasse kämpfte ihre Freundin Anna mit einem Mann. Sie hielt sich schluchzend an ihm fest, wollte sich an ihm hochziehen. Der Mann sagte etwas und schlug sie ins Gesicht, dann riss er ihre Hände von seinem Jackett und stieß sie zu Boden. Ihr Kopf prallte aufs Pflaster, und sie schrie auf.

»Anna!«, rief Chava.

Der Mann wankte, er war zweifelsfrei betrunken. Er

blickte zu ihnen, als sie sich ihm näherten. »Wer zum Teufel seid ihr denn?«

»Lass sie in Ruhe!« Sie rannte auf ihn zu. Der Dschinn bemühte sich, Schritt zu halten. Er wollte Chava festhalten, aber sie befand sich knapp außerhalb seiner Reichweite.

Irving machte einen Schritt nach vorn, sodass Anna hinter ihm auf dem Boden lag. Er fixierte den Dschinn mit trüben Augen. »Deine Dame soll sich um ihre eigenen Angelegenheiten kümmern.«

Das ging zu weit. »Verschwinde«, sagte er zu dem Mann. »Sofort.«

Der Mann grinste und holte mit der Faust aus, der Dschinn wich zur Seite.

Er spürte und sah, wie Chava sich veränderte. Sie bewegte sich noch schneller, noch flüssiger; sie schien nahezu zu wachsen – und dann stürzte sie sich auf ihn. Es folgten verschwommene Bewegungen, und Irving lag mit blutendem Mund auf dem Pflaster. Mit erschreckender Geschwindigkeit packte Chava ihn, hob ihn hoch und rammte ihn gegen die Mauer. Seine Füße baumelten über der mit Abfall übersäten Straße und traten kraftlos zu.

»Chava!« Der Dschinn packte sie an den Schultern und versuchte, sie wegzuziehen. Sie schleuderte Irving zur Seite – er landete stöhnend auf dem Boden – und stieß den Dschinn zurück. Ihr Gesicht war ausdruckslos, ihre Augen blickten tot, als wäre sie aus ihrem eigenen Körper verschwunden.

Der Dschinn fasste sie um die Taille und riss sie von den Füßen. Sie gingen zu Boden, und er spürte, wie sein Kopf aufschlug. Sie lag auf ihm und kämpfte sich bereits wieder frei. Sie entwand sich ihm und wollte sich erneut auf Irving stürzen. Er sprang auf, packte sie und brachte sie von ihrem Ziel ab. Sie taumelte gegen die Mauer, und er hielt sie dort fest, die Hände auf ihren Schultern, die Füße gegen die Pflastersteine gestemmt. »*Chava!*«, schrie er.

Sie wollte sich ihm entwinden, verzerrte vor Anstrengung das Gesicht, die Zähne gefletscht wie ein Schakal. Ihre Kraft war unglaublich. Sein Vorteil bestand in seiner Größe, doch seine Füße begannen bereits zu rutschen. Wenn sie sich ihm entwand, würde sie den Mann in Fetzen reißen. Er musste etwas tun.

Er konzentrierte sich – ihre Bluse begann unter seinen Händen zu schwelen. Es roch nach brennender Baumwolle und dann nach versengter Erde. Ihr Blick trübte sich, sie schien verwirrt; und dann schrie sie, es war ein so hoher Schrei, dass er nahezu unhörbar war.

Er schlug ihr hart ins Gesicht – einmal, zweimal –, warf sie zu Boden und hielt sie fest. Wenn er sie erzürnt hatte, würde sie jetzt wenigstens gegen ihn kämpfen und nicht gegen Irving.

Doch sie kämpfte nicht. Sie blinzelte ihn verwirrt an wie ein Mensch, der aus dem Schlaf erwacht. »Ahmad? Was ist passiert?«

War das eine List? Langsam ließ er sie los. Sie setzte sich auf und fasste sich mit der Hand ins Gesicht und dann an die Brust. Ihre Bluse und Unterwäsche hingen in verkohlten Fetzen an ihr herunter. Über ihren Brüsten waren lange dunkle Spuren, die Umrisse seiner Finger. Sie berührte sie und sah sich dann um, als suchte sie nach Hinweisen auf ihren Zustand. Er versperrte ihr die Sicht auf Irving, als sie versuchte aufzustehen, sich krümmte und stürzte. Er fing sie auf, bevor sie auf die Straße schlug. Ihre Augen waren halb geschlossen, blind.

Aus den Augenwinkeln bemerkte er eine Bewegung: Es war Anna, die schwankend aufstand. Er fluchte leise; er hatte sie ganz vergessen. Wie viel hatte sie gesehen? Ein hässlicher blauer Fleck breitete sich auf ihrer Gesichtshälfte aus, und ein Auge war zugeschwollen. Sie blickte stumpfsinnig von Irving zu Chava und dann zum Dschinn.

Auf Jiddisch sagte er: »Anna. Hör zu. Ein fremder Mann hat deinen Freund angegriffen und ist dann davongelaufen. Du wurdest auf den Kopf geschlagen und hast ihn nicht genau gesehen. Wenn jemand etwas anderes behauptet, ist er betrunken und liegt falsch. Und jetzt hol einen Arzt.«

Das Mädchen starrte ihn nur an. »Anna!«, sagte er, und sie zuckte erschrocken zusammen. »Hast du mich verstanden?«

Sie nickte. Sie blickte ein letztes Mal auf Irvings geschundene Gestalt und ging dann wankend die Gasse entlang. Glaubte sie ihm? Wahrscheinlich nicht, aber er hatte keine Zeit mehr. Jemand rief bereits nach der Polizei. Er zog Chava in seine Arme und stand auf. Einen Augenblick lang schwankte er, und dann lief er.

»Wir haben davon gesprochen, dass du einen Gefährten haben sollst«, sagte der Dschinn.

Fadwa schlug die Augen auf. Nein – sie waren geschlossen, oder? Sie hatte sie gerade geschlossen. Sie schlief in ihrem Zelt – nein, doch nicht, sie war wach und saß im Glaspalast des Dschinns. Sie hatte nur geträumt, dass sie schlief.

Ein leises Unbehagen nagte an ihr, aber sie schob

es beiseite. Sie war wieder beim Dschinn, was sonst musste sie wissen? Sie lehnte an einem Kissen und sah ihn über einen niedrigen Tisch hinweg an, auf dem wie immer genug Essen für eine ganze Woche stand. Sie knabberte an einer Dattel und trank klares, kaltes Wasser. Er lächelte und betrachtete sie. Sie hatten sich seit – Tagen? Wochen? – nicht mehr gesehen. Sie wusste es nicht. In letzter Zeit hatte sie Mühe, die Zeit nicht aus den Augen zu verlieren. Eines Morgens wollte sie die Ziegen melken, doch ihre Euter waren leer. Sie lief zu ihrer Mutter, die meinte, dass sie verrückt geworden sein musste, denn sie hatte die Ziegen Stunden zuvor schon gemolken. Auch andere seltsame Dinge passierten. In ihren Augenwinkeln bewegten sich Schatten, sogar am helllichten Tag. Wenn sie nicht hinsah, veränderten sich Gesichter; sie wurden lang oder dunkel. Eines Nachmittags ging sie zur Quelle, um das letzte Wasser zu holen, und die in den Felsen gemeißelte Göttin erzählte ihr Geschichten über die lächerlichen Männer, die versucht hatten, die Wüste zu erobern. Wie Schwestern lachten sie zusammen, bis jemand ihren Namen rief: einer ihrer Onkel. Ihre Mutter, die sich Sorgen machte, weil das Mädchen schon so lange fort war, hatte ihn losgeschickt, sie zu suchen. Fadwa wandte sich der Göttin zu, um sich zu verabschieden, aber die Göttin war verstummt. Später hörte Fadwa, wie der Onkel ihrer Mutter zuflüsterte, dass sie in dem seichten Wasser gesessen und vor sich hin gekichert habe. *Sag ihrem Vater nichts davon*, hatte ihre Mutter gesagt. *Kein Wort.*

Aber das alles war jetzt selbstverständlich unwichtig. Sie war beim Dschinn, wohlbehalten in seinen Mauern aus Glas, und badete im Sternenlicht. Ihre Augen waren klar, die Schatten zu ihren Füßen regten sich nicht. Hier konnte ihr nichts passieren.

»Einen Gefährten«, sagte sie. »Du meinst einen Ehemann.« Sie seufzte und wünschte, sie würden über etwas anderes sprechen, aber es wäre natürlich unhöflich, das Thema zu wechseln. »Mein Vater wird einen Ehemann für mich auswählen, bald. Mehrere Männer in unserem Stamm sind auf der Suche nach einer Frau, und mein Vater wird sich für einen von ihnen entscheiden.«

»Wie wird er ihn auswählen?«

»Er wird den nehmen, der am meisten zu bieten hat. Nicht nur was den Brautpreis betrifft, sondern auch die Größe seines Clans, ihre Weiden, ihre Stellung innerhalb des Stammes. Und natürlich wird er sich danach richten, ob andere ihn für einen guten Mann halten.«

»Und ob du dich von ihm angezogen fühlst, Verlangen nach ihm verspürst – spielt das keine Rolle bei seiner Entscheidung?«

Sie lachte. »Frauen in Geschichten können sich diesen Luxus vielleicht leisten. Außerdem sagen meine Tanten, dass das Verlangen später kommt.«

»Und doch hast du Angst.«

Sie errötete. War das so offensichtlich? »Ja, natürlich«, sagte sie und versuchte, erwachsen und unbeschwert zu klingen. »Ich werde meine Familie und mein Zuhause verlassen und im Zelt eines Fremden leben, als Dienerin seiner Mutter. Ich weiß, dass mein Vater mich verwöhnt, und ich bin nicht so undankbar, um zu glauben, dass er mich mit einem schrecklichen Mann verheiraten wird. Und doch habe ich Angst. Wer hätte keine?«

»Warum heiratest du dann überhaupt?«

Wieder einmal überraschte sie seine Unwissenheit. »Nur kranke und schwächliche Mädchen heiraten nicht. Ein Mädchen muss heiraten, wenn sie kann, oder sie wird zu einer Belastung. Unser Clan ist zu klein, um eine unverheiratete Tochter durchzufüttern, nicht wenn er kleine Kinder ernähren und für meinen Bruder und meine Cousins Frauen finden muss. Nein, ich muss heiraten, und zwar bald.«

Jetzt sah er sie voller Mitleid an. »Das ist ein hartes Leben, und du hast keine große Wahl.«

Stolz wallte in ihr auf. »Aber es ist auch ein gutes Leben. Es gibt immer etwas zu feiern, eine Hochzeit, eine Geburt oder das Kalben im Frühling. Ich kenne kein anderes Leben. Außerdem«, sagte sie ein wenig spöttisch, »können wir nicht *alle* in einem Glaspalast leben.«

Er zog lächelnd eine Augenbraue hoch. »Würdest du das denn gern, wenn du könntest?«

Spielte er mit ihr? Seine Miene lieferte keinen Hinweis. Sie lächelte ebenfalls. »Dein Zuhause ist wunderschön. Aber ich wüsste nicht, was ich hier tun sollte.«

»Vielleicht müsstest du gar nichts tun.«

Sie lachte, und es war ein volltönendes Lachen, das Lachen einer Frau. »Ich glaube, das würde mir mehr Angst machen als jeder Ehemann.«

Auch der Dschinn lachte und senkte den Kopf, ein Eingeständnis seiner Niederlage. »Ich hoffe, dass du mir gestatten wirst, dich zu besuchen, auch wenn du verheiratet bist.«

»Aber ja«, sagte sie überrascht und gerührt. »Und wenn du möchtest, kannst du auch zur Hochzeit kommen.« Wie lustig, dachte sie, ein Gesandter der Dschinn bei ihrer Hochzeit, als wäre sie die Königin in einem Märchen.

»Hätte deine Familie denn nichts dagegen?«

»Wir werden es ihr nicht sagen«, sagte sie und kicherte. Bei ihm kam ihr das nicht unschicklich vor.

Er lehnte sich lachend zurück und musterte sie. »Eine Hochzeit. Ja, das würde ich gern sehen. Fadwa, würdest du mir zeigen, was genau eine Hochzeit ist?«

»Dir zeigen?« Hatte er *erklären* gemeint? Sie runzelte unsicher die Stirn. Doch er streckte die Hand – er saß jetzt neben ihr; wann hatte er sich bewegt? – und strich die Falten auf ihrer Stirn glatt. Wieder wurde ihre Haut unerwartet warm; wieder hatte sie dieses merkwürdige Gefühl im Bauch. *Zeig es mir*, flüsterte er. Plötzlich war sie unendlich müde. Er hätte doch gewiss nichts dagegen, wenn sie sich zusammenrollte und schlief (ein Teil von ihr flüsterte, *du dummes Mädchen, du schläfst bereits*, aber das war ein Traum, und sie ignorierte ihn), und seine Hand auf ihrer Stirn fühlte sich so wunderbar an, dass sie keinen Widerstand leistete, sondern der Erschöpfung nachgab, die sie überwältigte.

Fadwa schlug die Augen auf.

Sie befand sich in einem Zelt, dem Zelt eines Mannes. Sie war allein. Sie blickte an sich hinunter. Ihre Hände und Füße waren mit Henna bemalt. Sie trug ihr Hochzeitskleid.

Sie erinnerte sich, dass ihre Mutter und ihre Tanten sie im Frauenzelt angezogen und ihre Hände bemalt hatten. An die Verhandlung des Brautpreises, die Zurschaustellung ihrer Mitgift. An Singen, Tanzen, ein Fest. Dann der Hochzeitszug mit ihr an der Spitze. Und jetzt wartete sie allein im Zelt eines Fremden. Von draußen drangen Gelächter, Trommelschläge, Hochzeitslieder zu ihr. Vor ihr befand sich ein Bett, auf dem zahllose Felle und Decken lagen.

Hinter ihr stand ein Mann.

Sie drehte sich zu ihm um. Er trug jetzt das schwarze Hochzeitsgewand der Beduinen und sah schlank und elegant aus. Er hielt ihr die Hände hin, in denen eine Kette lag, die erstaunlichste Kette, die sie je gesehen hatte: eine verschlungene Kette aus goldenen und silbernen Gliedern und makellosem blauweißen Glas, durchwirkt mit Filigran. Die Kette sah aus, als hätte er seinen Palast genommen und ihn in eine Spielerei verwandelt, die sie um den Hals tragen konnte. Sie streckte die Hand und berührte sie. Die Glasplättchen bewegten sich und klingelten leise.

Ist die für mich?, flüsterte sie.

Wenn du sie möchtest.

Seine Augen funkelten im Lampenlicht. Sie sah Verlangen darin, und es machte ihr keine Angst. *Ja*, sagte sie.

Er legte ihr die Kette um den Hals, umarmte sie nahezu. Er roch warm wie ein heißer Stein in der Sonne. Seine Finger ließen den Verschluss los und strichen über ihre Schultern, ihre Arme. Sie hatte keine Angst, sie zitterte nicht. Ihre Lippen trafen sich, und sie küsste ihn, als hätte sie seit Jahren auf diesen Moment gewartet. Seine Finger vergruben sich in ihrem Haar. Jetzt trug sie ihr Kleid nicht mehr, es lag als bestickter Haufen zu ihren Füßen, und seine Hände berührten ihre Brüste, und sie empfand keine Furcht. Er hob sie mühelos hoch, und dann lagen sie auf dem Bett, und dann war er in ihr, und es tat überhaupt nicht weh, wie ihre Tanten gesagt hatten. Gemeinsam bewegten sie sich langsam, sie hatten alle Zeit der Welt, und bald war es, als hätte sie schon immer gewusst, wie. Sie küsste ihn und schlang die Beine um ihn, biss sich vor Wonne auf die Lippen und hielt sich fest, als der Wirbelwind, der ihr Geliebter war, sie weit, weit forttrug …

Wach auf!

Etwas stimmte nicht.

Fadwa! Wach auf!

Die Erde bebte unter ihnen, zuerst ein leises Zittern, dann stärker und stärker. Das Zelt brach langsam zusammen. Er versuchte sich ihr zu entziehen, doch sie klammerte sich an ihn, sie hatte Angst, sie wollte nicht loslassen …

Fadwa!

Sie hielt sich mit aller Kraft an ihm fest, aber er riss sich los und war nicht mehr da. Das Zelt, die Welt, alles wurde dunkel.

Über dem Lager der Beduinen wirbelte der Dschinn auf den Winden. Nie zuvor hatte er solche Schmerzen verspürt. Er war zerrissen, zerfetzt, der Auflösung nahe. Vage begriff er, dass er sich zu sehr eingelassen hatte, verführt von ihren geträumten Phantasien. Er hatte alle Kraft aufwenden müssen, um zu entkommen. Ein geringerer Dschinn wäre vernichtet worden.

Er hing eine Weile im Wind, erholte sich so gut wie möglich, bevor er die Heimreise antrat – so schwach, wie er war, wäre er eine leichte Beute und verwundbar, bis er seinen Palast erreichte. Die aufgeregten Rufe menschlicher Stimmen, das Wehklagen der Frauen und die Schreie eines Vaters, die der Wind zu ihm trug, versuchte der Dschinn zu überhören.

KAPITEL 19

Der Dschinn rannte mit dem Golem auf den Armen.

Er wollte in die Bowery, sich mit ihr unter den vielen Menschen verstecken oder in dem Gewirr aus Straßen, in das sich die Polizei nicht traute. Er fand eine Feuerleiter, stieg hinauf und lief von Dach zu Dach, aus den Schatten folgten ihnen Blicke. Chavas Gewicht machte ihn schwerfällig, und sie war noch immer ohnmächtig. Hatte er sie zu schwer verletzt? Wenn sie Hilfe brauchte, wo würde er sie finden? Vielleicht konnte er sie zu Conroy bringen …

Sie wand sich in seinen Armen, und er geriet ins Straucheln. Hinter einem Schornstein fand er eine dunkle, verlassene Ecke und setzte sich auf die Teerpappe, hielt sie in den Armen und zuckte zusammen beim Anblick ihrer zerrissenen Bluse und Unterwäsche. Das Haar hing ihr wirr übers Gesicht, die Kämme mit den Griffen in Rosenform waren unterwegs herausgefallen. Aufgrund ihrer kalten Haut und dem Fehlen von Puls und Atmung hätte man denken können, dass er eine Leiche in den Armen hielt. Die Verbrennungen oberhalb ihrer Brust waren bereits verblasst, die Umrisse seiner Finger verschwanden, während er noch hinschaute. War sie in Ohnmacht gesunken, damit ihr Körper heilen konnte?

Er bewegte sich, um wieder aufzustehen, als er unter den Baumwollfetzen etwas aufblitzen sah: eine goldene

Halskette. Daran hing ein großes längliches Medaillon mit einem einfachen Schloss. Er erinnerte sich daran, wie sie auf dem Sims des Wasserturms gestanden hatten und sie etwas sagte, das ihn so beunruhigt hatte: *Ich darf nie jemandem wehtun. Nie. Zuvor würde ich mich, wenn nötig, selbst zerstören.* Sie hatte eine Hand an den Hals gehoben und sie verlegen wieder gesenkt. Als hätte er zu viel gesehen.

Er berührte den Verschluss, und das Medaillon sprang auf. Ein zusammengefaltetes Stück Papier fiel ihm in die Hand. Als wäre das der Schlüssel, um sie zu wecken, begann der Golem sich zu regen. Rasch schloss er das Medaillon und steckte das Papier in die Tasche.

Sie schlug die Augen auf und versuchte, sich umzusehen, ihre Bewegungen waren fahrig und erinnerten ihn an einen Vogel. »Ahmad«, sagte sie. »Wo sind wir?« Ihre Worte klangen merkwürdig undeutlich. »Was ist passiert? Warum kann ich mich an nichts erinnern?«

Hatte sie wirklich jegliche Erinnerung an die Geschehnisse verloren? Wenn Anna bewusstlos und andere Zeugen zu weit entfernt gewesen waren, um deutlich zu sehen ... »Ein Unfall«, sagte er und suchte verzweifelt nach einer glaubwürdigen Erklärung. »Ein Feuer. Du hast dich verbrannt und bist ohnmächtig geworden. Ich habe dich weggebracht, und deine Wunden sind geheilt.«

»Oh, Gott! Ist jemand verletzt?« Sie stand schwankend auf. »Wir müssen zurück!«

»Es ist noch zu gefährlich dort.« Seine Gedanken rasten und versuchten, jeden Einwand vorwegzunehmen. »Aber niemandem ist etwas passiert. Niemand wurde verletzt.«

»Ist Anna ...«

Und dann hielt sie inne. Und er sah in ihren Augen,

wie ihre Erinnerung zurückkehrte, die Bilder von Irving, den sie mit ihren Fäusten bearbeitete.

Sie stieß einen wortlosen Klagelaut aus und sank auf die Knie, hob die Hände und raufte sich das Haar. Sofort bereute er die Geschichte, die er erzählt hatte. Er zog eine Grimasse und legte die Arme um sie, um ihr beim Aufstehen zu helfen.

»Lass mich los!« Sie entwand sich seinem Griff, rappelte sich auf und wich zurück. Mit dem zerzausten Haar und den zerrissenen Kleidern sah sie aus wie ein Geist, dem er einst vielleicht begegnet war und den er unbedingt hatte meiden wollen. »Verstehst du jetzt?«, rief sie. »*Verstehst* du? Ich habe einen Mann umgebracht!«

»Er hat gelebt, als wir weg sind. Sie werden einen Arzt holen, er wird wieder gesund, davon bin ich überzeugt.« Er versuchte zuversichtlicher zu klingen, als er war.

»Ich war nicht vorsichtig genug, ich habe zugelassen, dass ich vergesse ... Oh, Gott, was habe ich getan? Und du – warum hast du mich weggebracht, warum hast du gelogen?«

»Um dich zu beschützen! Sie haben nach der Polizei gerufen, sie hätten dich eingesperrt.«

»Das hätten sie auch tun sollen! Ich sollte bestraft werden!«

»Chava, hör dir doch bloß selbst zu. Du gehst ins Gefängnis und erklärst der Polizei, was du getan hast?« Sie zögerte, stellte es sich vor, und er nutzte den Moment. »Niemand muss es erfahren«, sagte er. »Niemand hat etwas gesehen, nicht einmal Anna.«

Sie starrte ihn entsetzt an. »Das rätst du mir? Ich soll so tun, als wäre es nicht passiert?«

Das würde sie natürlich nie tun, dazu war sie nicht in der Lage. Aber er hatte sich selbst in die Enge manövriert. »Wenn ich es gewesen wäre, der einen Mann aus Versehen angegriffen hätte, ohne dass Zeugen dabei waren, und wenn es keine Möglichkeit gäbe zu gestehen, ohne meine wahre Natur preiszugeben – ja, dann würde ich vielleicht so tun. Das Unglück ist geschehen, warum die Sache noch komplizierter machen?«

Sie schüttelte den Kopf. »Nein. Das kommt davon, wenn ich auf dich höre. Heute Abend habe ich meine Vorsicht vergessen, und das ist die Folge.«

»Du gibst *mir* die Schuld?«

»Ich gebe niemandem die Schuld außer mir selbst, ich hätte es besser wissen müssen.«

»Aber mein schlechter Einfluss hat dich auf diesen Weg gelenkt.« Seine Sorge um sie verwandelte sich in Ärger. »Wirst du auch Anna beschuldigen, weil sie dich dazu überredet hat, in das Tanzlokal zu gehen?«

»Anna weiß nicht, was ich bin! Sie hat völlig unschuldig gehandelt.«

»Während ich dich vorsätzlich hereingelegt habe.«

»Nein, aber du verwirrst mich. Du lässt mich vergessen, dass mir manche Dinge nicht möglich sind.«

Aber heute Abend warst du glücklich, dachte er und hörte sich selbst sagen: »Wenn das deine Meinung ist, dann sollten wir uns vielleicht nicht wiedersehen.«

Sie wich schwankend zurück, schockiert und gekränkt – und zum zweiten Mal an diesem Abend wollte er seine Worte zurücknehmen. »Ja«, sagte sie mit zitternder Stimme. »Ich glaube, das wäre am besten. Leb wohl, Ahmad.«

Sie drehte sich um und ging davon. Ungläubig schaute er ihr nach. Als sie das Dach zur Hälfte überquert hatte, blieb sie stehen. Er wünschte, sie würde sich umsehen mit wenigstens einer Spur Bedauern im Blick. Dann würde er nach ihr rufen, sich entschuldigen und sie bitten, nicht zu gehen.

Doch stattdessen neigte sie sich vor und hob eine weggeworfene Decke auf, wickelte sie um ihre Schultern und ging weiter. Er sah zu, wie ihre Gestalt immer kleiner wurde, bis er sie nicht mehr von den anderen unterscheiden konnte, die sich auf den Dächern bewegten, und sie blickte kein einziges Mal zurück.

Bald darauf stieg der Golem von den Dächern und suchte nach einer stillen Seitenstraße, in der sie sich zerstören könnte.

Die Entscheidung war einfach gewesen, sie hatte sie rasch getroffen. Sie durfte nicht noch einmal jemandem Schaden zufügen. Und zumindest in einem hatte Ahmad recht: Niemand wäre sicherer, wenn sie im Gefängnis säße. Selbst wenn sie sich verstecken könnte, wie lange würde es dauern, bis die Einsamkeit sie überwältigte und sie verrückt würde? Was wäre schlimmer, das endlose Warten bis zu dem Zeitpunkt, an dem sie zerbrach, oder das Entsetzen, wenn es endlich geschah?

Sie zog die stinkende Decke fester um sich; sie kratzte an den letzten verbrannten Stellen auf ihrer Brust. Nie zuvor hatte sie Schmerzen empfunden. Bis Ahmad sie verletzt hatte, war sie irgendwo weit weg gewesen, hatte gelassen mit eigenen Augen zugesehen, wie sie Irving packte und ihm die Knochen brach. Sie hatte weder Ärger noch Wut empfunden. Ihr Körper hatte einfach übernommen, als wäre sie zu keinem anderen Zweck erschaffen worden. Ahmad war mit Entsetzen im Gesicht aufgetaucht, und sie hatte gedacht, *ah, da ist*

Ahmad. Dann waren seine Hände auf ihr, und sie fühlte diesen Schmerz – und schließlich war sie auf dem Dach zu sich gekommen, in den Armen des Dschinns.

Sie fand eine stille, verlassene Sackgasse, alle Fenster waren geschlossen, niemand schaute heraus. Sie horchte mit allen Sinnen, hörte jedoch nur die üblichen diffusen Schlafgedanken hinter den Mauern der Häuser. Wenn die Polizei nach ihr suchte, dann war sie noch nicht nah genug, um sich einzumischen. Sie zauderte nicht, empfand kein Bedauern. Sie war nur verblüfft, wie schnell alles in die Brüche gegangen war.

Sie nahm das schwere Medaillon aus Messing in die Hand und hielt es einen Augenblick lang fest. Würde sie einfach reglos umfallen oder sich in ein Häufchen Erde auflösen? Würde sie es mitbekommen oder einfach aufhören zu existieren? Sie war ruhig, und zugleich war ihr schwummrig, als wäre sie von einer großen Höhe gesprungen und sähe jetzt, wie die Erde auf sie zukam.

Sie drückte mit dem Daumen auf den Verschluss des Medaillons. Es sprang auf und gab einen leeren goldfarbenen Hohlraum preis. Der Zettel war nicht mehr da. Er war einfach verschwunden. Hatte sie ihn vor langer Zeit verloren, ohne es zu merken? War er ihr gestohlen worden? Benommen, wie sie an diesem so unwirklichen Abend war, schien es durchaus möglich, dass sie alles nur phantasiert hatte, den Rabbi, seinen Tod, den Umschlag, der neben seiner Hand lag.

Sie zwang sich zum Nachdenken. Sie musste eine andere Lösung finden, aber welche? Allein war ihr nicht mehr über den Weg zu trauen. Sie hatte schreckliche Entscheidungen gefällt und zu vielen Versuchungen nachgegeben. Vielleicht könnte sie jemanden finden, der auf sie aufpasste, wie es der Rabbi einst getan hatte. Jemand, der anständig und verantwortungsvoll war. Die Person musste nicht einmal über ihr wahres Wesen Bescheid wissen – sie könnte sie durch beispielhaftes Verhalten anleiten, sie zu beschützen, ohne zu wissen, was für ein gutes Werk sie vollbrachte.

Als ihr die Antwort einfiel, erschien sie ihr unausweichlich. Vielleicht, so dachte sie, war sie schon die ganze Zeit darauf zugesteuert.

Michael Levy ging an diesem Morgen früher ins Wohnheim als gewöhnlich. Er hatte schlecht geschlafen, verfolgt von finsteren Träumen, an die er sich nur bruchstückhaft erinnerte. In einem Traum fasste ihn sein Onkel an den Schultern und sagte ihm etwas, was er *keinesfalls* vergessen durfte, aber Michael hörte nur ein Kauderwelsch. In einem anderen Traum ging er auf eine schmuddlige, baufällige Hütte zu, und aus einem Fenster starrten ihn die bösen Augen eines Mannes an. Danach konnte er nicht mehr schlafen, stand auf, zog sich an und ging zur Arbeit.

Er war vollkommen erschöpft. Irgendwie schaffte er es, dass das Wohnheim nicht zusammenbrach, aber an Tagen wie diesem fragte er sich, ob er die Agonie nicht nur verlängerte. Seit einiger Zeit schickten ihm andere jüdische Organisationen Männer, die sie nicht unterbringen konnten, als wäre er ein Zauberer, der aus dem Nirgendwo Betten und Brot heraufbeschwören konnte. Er wies so viele ab, wie er ertrug, dennoch war die Lage zum Zerreißen angespannt. Die Moral des Personals litt; sogar der unermüdliche Joseph Schall wirkte griesgrämig und zerstreut. Und konnte man es ihm übel nehmen? Etwas musste sich ändern, und zwar bald. Sie brauchten alle einen Grund zur Hoffnung.

Er bog um die Ecke und sah eine dunkle Gestalt auf der Treppe vor dem Wohnheim sitzen. Er stöhnte bei dem Gedanken an einen weiteren Bedürftigen, doch die Gestalt bemerkte ihn und stand auf: eine große Frau. Er erkannte, wer sie war, und sein Herz machte einen Satz.

»Hallo, Chava«, sagte er. Er wollte nicht fragen, warum sie gekommen war. Zweifellos war es eine banale Sache, und sie würde nur allzu rasch wieder gehen.

Sie sagte: »Michael, ich würde gern Ihre Frau werden. Wollen Sie mich heiraten?«

Passierte das wirklich? Es musste so sein; so schöne Träume hatte er nie. Er streckte die Hand aus und berührte ihre Wange, wagte, es zu glauben. Sie rührte sich nicht. Sie ging nicht auf ihn zu, und sie wich nicht zurück. Sie schaute ihn nur an, und er sah sich selbst, seine ausgestreckte Hand in ihren dunklen, ruhigen Augen.

Es war fast drei Uhr morgens, und in der Bowery waren noch immer betrunkene, laut lachende Männer und Frauen unterwegs. Musik drang aus den Spielhöllen und Bordellen, doch die Ausschweifungen hatten etwas zunehmend Verzweifeltes. In den Seitenstraßen suchten Hochstapler die Menge nach ihren letzten Opfern für die Nacht ab; Prostituierte lehnten sich aus den Fenstern, posierten träge, ihre Blicke gierig und gerissen.

Durch dieses ausufernde Bacchanal ging der Dschinn, nachdem Chava ihn auf dem Hausdach verlassen hatte. Er nahm nichts davon wahr, weder die vielen Menschen noch die Menschenjäger, die jedoch ihrerseits die Kränkung und den Zorn in seinem Blick erkannten und sich nach besseren Opfern umschauten. Der Dschinn sah noch immer Chava vor sich, die Kleider verbrannt, das Haar wild. In seinem Kopf hallten die Worte wider, die sie gesagt hatte, die Dinge, deren sie ihn beschuldigt hatte. Die Endgültigkeit ihres Abschieds.

Na gut, dann sollte es eben so sein. Sollte sie sich der Polizei stellen und die tragische Märtyrerin werden, die sie unbedingt sein wollte. Oder in ihre Pension zurückkehren und bis in alle Ewigkeit backen und nähen. Ihm war es gleichgültig. Er war fertig mit ihr.

Je weiter er nach Süden kam, umso weniger Menschen waren auf der Straße, bis sie ganz verschwunden und nur noch die Elendsquartiere übrig waren. Er wandte sich nicht nach Westen Richtung Little Syria. Dort wartete nur die Werkstatt oder seine Wohnung auf ihn, und der Gedanke, eingesperrt zu sein, war ihm unerträglich.

Schließlich näherte er sich den Schatten der Brooklyn Bridge. Er hatte die Brücke immer bewundert, ihren eleganten Schwung, die unglaubliche Anstrengung und Kunstfertigkeit, die für ihren Bau aufgewandt worden waren. Er fand den Zugang zum Fußgängerweg und ging ihn entlang, bis er über dem Fluss stand. Boote schaukelten im Hafen unter ihm, ihre Rümpfe schabten an den Pfählen. Wenn er wollte, konnte er einfach nach Brooklyn und noch weiter gehen. Je länger er darüber nachdachte, umso attraktiver fand er die Vorstellung. Nichts hielt ihn in Manhattan. Er könnte sein Streben nach einer menschlichen Existenz über Bord werfen und immer weitergehen, er würde nie müde werden, nie anhalten! Die Erde würde unter ihm weggleiten, wie sie es auch früher getan hatte.

Er stand über dem Wasser, sein Körper angespannt, und wartete darauf, dass er den ersten Schritt machte.

Die Brücke erstreckte sich vor ihm, ein hängendes Netzwerk aus kaltem Stahl und warmen glühenden Gaslichtern, die sich in die Ferne zogen.

Plötzlich ließ die Spannung in seinem Körper nach, und er war nur noch unendlich erschöpft. Es hatte keinen Sinn. Was erwartete ihn auf der anderen Seite der Brücke? Zahllose Menschen und Gebäude auf einer weiteren Insel. Er würde bis an ihr Ende gehen und dann? Sich in den Ozean stürzen? Warum sprang er dann nicht gleich hier von der Brücke?

Er spürte, wie die Washington Street an ihm zerrte, als wäre er ein Vogel in einer Falle. Zentimeter um Zentimeter zog sie ihn zu sich zurück. Sie hatte nichts zu bieten, was er sich wünschte; aber wohin sonst sollte er gehen?

Arbeely schürte gerade das Feuer, als Ahmad hereinkam. »Guten Morgen«, sagte er. »Kannst du auf die Werkstatt aufpassen? Ich muss ein paar Dinge erledigen, und dann gehe ich zu Matthews Mutter. Ich bin mir nicht sicher, ob sie weiß, wie viel Zeit er bei uns verbringt.« Als der Dschinn nicht antwortete, blickte Arbeely zu ihm und wurde blass. »Geht es dir nicht gut?«

Eine Pause. »Warum fragst du?«

Arbeely wollte sagen, dass er aussah, als wäre sein Herz gebrochen, als hätte er etwas von unermesslichem Wert verloren und die ganze Nacht danach gesucht. Doch er sagte nur: »Du siehst krank aus.«

»Ich kann nicht krank werden.«

»Ich weiß.«

Ahmad setzte sich an seine Werkbank. »Arbeely, würdest du sagen, dass du mit deinem Leben zufrieden bist?«

O Gott, dachte Arbeely, *irgendetwas ist passiert.* Nervös dachte er über eine Antwort nach. »Schwer zu sagen. Aber alles in allem denke ich, dass ich zufrieden bin. Das Geschäft geht gut. Ich esse gut und kann meiner Mutter Geld schicken. Ich arbeite hart, aber ich mag meine Arbeit. Das können nicht viele von sich behaupten.«

»Aber du lebst weit weg von zu Hause. Du hast keine Freundin, von der ich wüsste. Du machst Tag für Tag das Gleiche und hast nur mich zur Gesellschaft. Wie kannst du da bloß zufrieden sein?«

Arbeely zuckte zusammen. »So schlimm ist es auch wieder nicht. Natürlich vermisse ich meine Familie. Aber hier habe ich mehr Erfolg, als ich in Zahleh je haben könnte. Eines Tages werde ich nach Syrien zurückkehren und mir eine Frau suchen und eine Familie gründen. Aber jetzt brauche ich nicht mehr, als ich habe. Ich wollte nie reich werden oder Abenteuer erleben. Ich will gut verdienen und ein angenehmes Leben haben. Aber ich bin wohl auch kein komplizierter Mensch.«

Ahmad lachte sarkastisch auf. Dann neigte er sich vor und schlug die Hände vors Gesicht. Es war eine erschreckend menschliche Geste voller Schwäche. Bekümmert machte sich Arbeely an der Esse zu schaffen. Jedem anderen hätte er ein tröstliches Gespräch mit Maryam empfohlen. Aber Ahmad konnte nicht mit Maryam reden, weil er alles hätte verschweigen müssen, was wirklich wichtig war. War er selbst der einzige Vertraute des Dschinns? Bei diesem Gedanken hätte er am liebsten für sie beide gebetet.

Vielleicht könnte er ihn zumindest ablenken. »Ich habe nachgedacht«, sagte Arbeely. »Hättest du Lust,

Schmuck für Frauen zu machen? Sam Hosseini hat viele Aufträge von reichen Frauen außerhalb unseres Viertels, die gern exotischen Schmuck tragen. Wenn wir ihm ein Exemplar geben, könnte er es für uns ins Schaufenster legen.« Er hielt inne. »Was sagst du dazu? Eine Halskette vielleicht. Das ist zwar nicht so aufregend wie eine Deckenverkleidung, aber interessanter als Töpfe und Pfannen.«

Eine lange Weile herrschte Schweigen. Dann sagte Ahmad: »Ich denke schon, dass ich eine Halskette machen könnte.«

»Gut! Das ist gut. Nachdem ich mit Matthews Mutter gesprochen habe, gehe ich bei Sam vorbei.« Er verließ die Werkstatt mit einem besorgten Blick über die Schulter und hoffte, dass, was immer seinen Partner bekümmerte, sich bald von selbst lösen würde.

Der Dschinn saß allein in der Werkstatt und schaute auf das prasselnde Feuer in der Esse. Als Arbeely die Halskette erwähnte, war ein Bild vor seinem geistigen Auge aufgetaucht: eine verschlungene Kette aus goldenen und silbernen Gliedern, an der Plättchen aus blauweißem Glas hingen, durchwirkt mit Filigran. So eine Kette hatte er nie zuvor gesehen, das Bild war einfach aufgetaucht wie die Decke aus Blech. Er sollte vermutlich dankbar dafür sein. Jetzt hatte er etwas zu tun.

Als er aufstand, um das Material zu holen, spürte er etwas in seiner Tasche. Den Zettel aus dem Medaillon des Golems. Den hatte er ganz vergessen.

Er zog ihn heraus, hielt ihn misstrauisch in der Hand und wagte nicht, ihn zu öffnen. Ihr geheimster Besitz, und er hatte ihn gestohlen. Der Gedanke war auf kleinliche Weise befriedigend, doch während er den Zettel noch in der Hand hielt, stieg Furcht in ihm auf. Er dachte daran, ihn zu vernichten, doch er zögerte. Er hatte ihn ohne nachzudenken an sich genommen, und jetzt war er zu einer Belastung geworden, die er nicht tragen wollte.

Was sollte er damit tun? Die Werkstatt war nicht sicher, seine Wohnung kaum besser. Nachdem er kurz überlegt hatte, zog er seinen Hemdsärmel zurück und schob den Zettel unter die Schelle aus Eisen, sodass er zwischen dem warmen Metall und seiner Haut steckte. Er passte gerade dazwischen. Er winkelte das Handgelenk an, um zu überprüfen, ob der Zettel verrutschte, doch das Papier blieb, wo es war. Er konnte nahezu vergessen, dass es da war.

Als Matthew ein paar Minuten später die Tür zur Werkstatt einen Spalt öffnete, sah er Ahmad mit dem Rücken zu ihm über die Arbeit gebeugt dasitzen. Mit lautlosen Schritten ging er zum Rand der Werkbank, gerade außerhalb der Sichtweite des Dschinns.

In der einen Hand hielt Ahmad mit einer Schmuckzange ein kurzes Stück Silberdraht. Mit der anderen Hand strich er langsam und vorsichtig über den Draht. Matthew sah zu, wie der Draht rot zu glühen begann. Dann nahm Ahmad mit einer schnellen geschmeidigen Bewegung das lose Ende des Drahts und bog es um die Zange, sodass ein vollkommener Kreis entstand. Er öffnete die Zange und drückte die beiden Drahtenden zusammen, die miteinander verschmolzen. Jetzt sah Matthew, dass eine Reihe dieser Glieder von dem gerade Geformten herabhingen. Der Dschinn drehte sich zur Seite, um ein weiteres Drahtstück zu nehmen, als er Matthew bemerkte.

Eine Weile starrten der Junge und der Dschinn sich an. Dann sagte der Dschinn: »Du hast es gewusst?«

Der Junge nickte.

»Woher?«

Der Junge flüsterte: »Die Decke. Ich habe dich und Mr. Arbeely gehört. Du hast dort gewohnt.«

Der Dschinn erinnerte sich an das Gespräch unter vier Augen in der Eingangshalle. »Hat es sonst noch jemand gehört?« Der Junge schüttelte den Kopf, *nein*. »Hast du es jemandem erzählt?« *Nein.* »Nicht einmal deiner Mutter?« *Nein.*

Der Dschinn atmete innerlich auf. Es war schlimm, aber es hätte noch schlimmer kommen können. »Sag Arbeely nicht, dass du Bescheid weißt. Sonst wird er böse auf mich. Versprichst du mir das?«

Der Junge nickte heftig und ergriff eine Hand des Dschinns. Er untersuchte sie gewissenhaft, stieß mit den eigenen Fingerspitzen gegen seine Handfläche, als würde er damit rechnen, dass sie in Flammen aufging. Der Dschinn schaute ihm eine Weile amüsiert zu und schickte dann einen kleinen Hitzeimpuls in seine Hand. Der Junge schnappte nach Luft, ließ sie los und steckte die Finger in den Mund.

»Hast du dir wehgetan?«

Matthew schüttelte den Kopf. Der Dschinn nahm die Hand des Jungen und betrachtete sie – keine roten Flecken oder Blasen. Er hatte sich nur erschrocken.

»Wer mein Geheimnis kennt, muss einen Preis dafür zahlen«, sagte der Dschinn. »Du musst mir helfen, die Kette zu machen.« Der Junge, der zuerst furchtsam dreingeblickt hatte, strahlte jetzt übers ganze Gesicht. »Ich brauche viele kleine Stücke Silberdraht, ungefähr so lang wie dein Daumennagel.« Er schnitt ein Stück von der Rolle ab, um es ihm zu zeigen, dann reichte er dem Jungen die Drahtschere. »Kannst du das?«

Statt zu antworten, begann der Junge den Draht abzumessen und mit großer Umsicht abzuschneiden. »Gut«, sagte der Dschinn. »Pass auf, dass du die Stücke nicht verbiegst.« Er müsste Arbeely erzählen, dass der Junge Bescheid wusste; es konnte nicht lange ein Geheimnis bleiben. Arbeely würde außer sich sein. Erst Saleh, jetzt Matthew – wer wäre der Nächste? Vielleicht würde er weiterhin das Glück haben, nur von halb verrückten alten Männern und schweigsamen Jungen demaskiert zu werden.

Er rieb gedankenverloren an der Schelle um sein Handgelenk und fragte sich, ob Chava schon bemerkt hatte, dass der Zettel verschwunden war. Dann zwang er sich, an etwas anderes zu denken. Er musste arbeiten.

Ein paar Tage später strampelte ein Botenjunge auf einem Fahrrad in die Washington Street und hielt vor dem Schild, auf dem *Arbeely & Ahmad – Blech, Eisen, Silber, alle Metalle* stand. Arbeely öffnete auf das Klopfen an der Tür und sah den Jungen, der ein kleines Päckchen in der Hand hielt. »Tag«, grüßte der Junge und griff sich an die Mütze.

»Ah, hallo«, antwortete Arbeely in seinem unsicheren Englisch.

»Das hier soll ich einem Schmied namens Ahmad geben«, sagte der Junge. »Sind Sie das?«

»Ich bin Ahmad«, antwortete der Dschinn und stand von der Werkbank auf. »Er ist Arbeely.«

Der Junge zuckte die Achseln und reichte dem Dschinn das Päckchen. Der Dschinn gab dem Jungen eine Münze und schloss die Tür.

»Hast du etwas erwartet?«, fragte Arbeely.

»Nein.« Auf dem Päckchen war kein Absender oder sonst irgendetwas vermerkt. Er löste die Schnur, und unter dem Papier tauchte ein hölzernes Schächtelchen mit einem Scharnier auf. Darin befand sich in einem Nest aus Holzwolle ein kleiner silberner Vogel. Sein runder Rumpf lief in kurzen Schwanzfedern aus, den Kopf hielt er zur Seite geneigt.

Der Dschinn ignorierte Arbeelys Protest, warf den Vogel ins Feuer und sah zu, wie er zur Seite kippte und zu einer gräulichen Lache schmolz, die zwischen den Kohlen verlief. Er war fertig mit ihr. Für alle Zeiten. Er rieb an der Eisenschelle, und der versteckte Zettel wiederholte flüsternd: *Für alle Zeiten.*

KAPITEL 20

RÄTSELHAFTER ÜBERFALL HINTER TANZLOKAL

Das Opfer eines unbekannten Angreifers ringt mit dem Tod, Polizei hat mit verwirrenden und widersprüchlichen Zeugenaussagen zu kämpfen.

Die Behörden stehen vor einem Rätsel im merkwürdigen Fall des Irving Wassermann, 21, einem in der Allen Street wohnhaften Juden. Vor drei Tagen wurde Wassermann das Opfer von Schlägen einer oder mehrerer unbekannter Personen hinter dem Grand Casino in der Broome Street, einem Tanzlokal, das bei der hebräischen Jugend des Viertels sehr beliebt ist. Zeugen, die den verletzten Mann fanden, riefen um Hilfe, aber der oder die Angreifer flüchteten vom Tatort und sind bislang unauffindbar. Wassermann ringt im Beth Israel Hospital mit dem Tod. Die Polizei gibt an, dass die Beschreibungen der Zeugen, überwiegend junger Personen, die sich vor der Lokalität aufhielten, bedauerlicherweise nicht sehr hilfreich waren. Der Angreifer wurde wahlweise beschrieben als Mann, als Frau oder, noch seltsamer, als Mann in Frauenkleidern. Wieder andere Zeugen wollen gesehen haben, wie nicht einer, sondern zwei Täter vom Tatort flüchteten. Nach der Untersuchung des Opfers im Beth Israel erklärte der Arzt Philip White, die Schläge seien zu viele und zu schwer gewesen, als dass ein Mann allein sie ausgeteilt haben könnte, geschweige denn eine Frau. »Wenn ich die Umstände nicht kennen würde«, sagte der Doktor, »würde ich annehmen, dass ein Pferd auf ihm herumgetrampelt ist.«

Der Fall wurde Wachtmeister George Kilpatrick übergeben, der alsbald herausfand, dass Wassermann im Viertel für seine vielen Affären bekannt war und dass er an dem fraglichen Abend dabei beobachtet wurde, wie er mit einer seiner Freundinnen stritt. Wachtmeister Kilpatrick mutmaßt, dass sich Freunde oder Verwandte des Mädchens Wassermann vorgenommen haben könnten – was das Mädchen bei einer Befragung vehement leugnete –, und geht davon aus, dass diejenigen, die von einem weiblichen Angreifer berichten, die Polizei in die Irre führen wollten. Die Ermittlungen sind noch nicht abgeschlossen.

Der Frühling ging langsam in Sommer über. Im Central Park legten sich Männer mit Strohhüten in die Riemen der gemieteten Ruderboote, während ihre Liebsten am Bug das Ufer nach Freundinnen und Rivalinnen absuchten. In Coney Island aßen junge Eltern Wiener Würstchen für zehn Cent, während ihre Kinder schreiend am Strand entlangliefen. In dem neuen U-Bahn-Tunnel unter der Bucht verlegten schwitzende Männer Schienen und versuchten, nicht an das tödliche Gewicht des Wassers über ihren Köpfen zu denken.

Es schien, als hätte der Wechsel der Jahreszeit alle verjüngt – bis auf einen. Wochen waren vergangen, seit Yehudah Schaalman den Golem in der Bäckerei der

Radzins gesehen und gespürt hatte, wie sein Zauber anschlug. Seitdem war er in einer tiefen Depression versunken. Nächtelang lag er auf seiner schmalen Pritsche wach und grübelte. War *sie* das Ziel seiner Suche gewesen? Unmöglich! Sie war nur ein Golem! Ein intelligenter Golem und offenbar gesegnet mit Fähigkeiten, die er nicht beabsichtigt hatte – aber dennoch ein Golem, gemacht, um zu malochen und zu beschützen. Wenn er wollte, könnte er ein Dutzend davon erschaffen. Und doch war der Zauber bei ihrem Anblick endlich aktiv geworden. Sein Traum hatte ihm zugeflüstert, dass das *ewige Leben* irgendwo in New York zu finden war, und konnte man nicht von einem Golem, der nahezu unverwundbar und frei von den Beschränkungen einer menschlichen Lebensspanne war, behaupten, dass ihm ewiges Leben beschieden war?

Er wälzte sich im Bett hin und her, die Laken wanden sich um seine knochige Gestalt, und er fragte sich, ob der Allmächtige Spielchen mit ihm trieb. Was sollte er bloß tun? Er konnte ihr nicht folgen, ohne sie auf seine Gedanken aufmerksam zu machen. Und unterdessen rückte der Todesengel immer näher.

Genug, dachte er. Selbstmitleid brachte ihn keinen Schritt weiter. Der Zauber hatte auf den Golem gedeutet. Und wenn schon. Der Zauber war eine seiner nicht überprüften Erfindungen, und die waren nie präzise. Vielleicht hatte der Zauber einfach auf ihren Ursprung reagiert, das unsterbliche Wissen jüdischer Mystiker vergangener Jahrhunderte.

Es war nur eine leise Hoffnung, aber er durfte nicht aufgeben. Sonst hätte er gleich sein Leben beenden und dem Allmächtigen den Sieg zugestehen können.

Und so nahm Schaalman, getrieben von nichts anderem als verbissener Willenskraft, seine Suche wieder auf. Er ging noch einmal den Weg ab, suchte die ältesten orthodoxen Synagogen mit den gelehrtesten Rabbis, den größten Bibliotheken auf. In jeder bat er um eine Audienz beim Oberrabbiner und erklärte, er sei ein ehemaliger Jeschiwa-Lehrer, der vor kurzem aus Polen gekommen sei. Er sei interessiert daran, ehrenamtlich für sie zu arbeiten, in welcher Funktion auch immer. Was könne der Rabbi ihm über die Gemeinde erzählen? Hielt sie sich an die alten Sitten, die traditionellen Lehren?

Jeder Rabbi, erfreut über dieses unerwartete Angebot – *ehrenamtlich, haben Sie gesagt?* –, bat Schaalman in sein Arbeitszimmer und beschrieb die Vorzüge seiner Gemeinde, den Kampf gegen die um sich greifende Säkularisierung und die ungesunden modernen Einflüsse. Manche Gemeinden gestatteten heutzutage sogar, dass während der Predigt geschnupft wurde, könne er sich das vorstellen? Schaalman schüttelte betrübt den Kopf und tätschelte die Hand des Rabbis auf sehr merkwürdige Weise.

Der Rabbi verstummte und regte sich nicht mehr, seine Miene nahm einen verträumten Ausdruck an.

Ihr wertvollstes Buch, sagte Schaalman dann. *Das gefährliche, das Sie vor Ihren Kollegen verbergen – wo bewahren Sie es auf?*

Die ersten Rabbis antworteten: *So ein Buch habe ich nicht*; und Schaalman weckte sie auf, sah zu, wie sie ihre Verwirrung wegblinzelten, entschuldigte sich und zog weiter. Bis ein Rabbi sagte:

Ich habe es nicht mehr.

Interessant, dachte Schaalman. *Was ist damit passiert?*

Avram Meyer hat es mitgenommen. Frieden seiner Seele.

Warum hat er es mitgenommen?

Das hat er nicht gesagt.

Wo ist es jetzt?

Ich wünschte, ich wüsste es.

Er weckte den Mann, weil er sich nicht traute, noch mehr Fragen zu stellen – der Zauber konnte in längeren Dosen irreparablen Schaden anrichten, und er wollte keine Spur aus verwirrten Rabbis hinter sich herziehen. Er fragte sich, wer Avram Meyer war und was ihm zugestoßen war.

Am nächsten Tag erzählte ihm ein anderer Rabbi haargenau das Gleiche. Und dann auch noch ein dritter.

Am Ende der Woche hatten ihm fünf Rabbis berichtet, dass dieser mittlerweile verstorbene Avram Meyer ihre geheimsten Bücher gestohlen hatte. Er betrachtete ihn nunmehr als Feind, als aufdringlichen Geist, der durch die Stadt schwebte, ihm aus dem Grab heraus immer ein paar Schritte voraus war, Bücher ausschnüffelte und sie ihm wegschnappte.

Beim letzten Rabbi traute sich Schaalman noch eine weitere Frage zu stellen. Hatte dieser Meyer Familie?

Einen Neffen, sagte der verzauberte Rabbi, *der vom Glauben abgefallen ist. Michael Levy, der Sohn seiner Schwester.*

Als Schaalman die Synagoge verließ, schwirrte ihm der Kopf. Der Name war lächerlich weit verbreitet; allein in der Lower East Side mussten über hundert Michael Levys leben.

Und doch war er sich sicher.

Michael Levy saß wie gewöhnlich im Wohnheim in

seinem Büro und blätterte in Unterlagen. Er wirkte vitaler als früher, was Schaalman bislang nicht aufgefallen war. Aber andererseits hatte er Levy überhaupt nicht beachtet.

»Ich habe gehört«, sagte Schaalman, »dass Sie einen Onkel namens Avram Meyer hatten.«

Michael blickte überrascht auf. »Ja«, nickte er. »Er ist letztes Jahr gestorben. Wer hat Ihnen das erzählt?«

»Ein Rabbi, den ich zufälligerweise kennengelernt habe«, antwortete Schaalman. »Als ich erwähnt habe, dass ich im Wohnheim arbeite, fiel Ihr Name.«

Michael lächelte schief. »Bestimmt ohne große Begeisterung«, sagte er. »Mein Onkel und seine Freunde wollten, dass ich Rabbiner werde. Und dann ist alles anders gekommen.«

»Er hat gesagt, dass Ihr Onkel eine wunderbare Privatbibliothek hatte.« Er folgte seiner Intuition. »Ich erwähne das nur, weil ich auf der Suche nach einem bestimmten Buch bin.«

»Ich wünschte, ich könnte Ihnen helfen«, sagte Michael. »Ich habe alle seine Bücher einer Wohlfahrtsorganisation geschenkt, die sie an Gemeinden im Westen geschickt hat. Sie sind vermutlich in alle Winde verstreut.«

»Ach so«, sagte Schaalman leichthin. »Wie schade.«

Michael lächelte. »Merkwürdig, dass Sie meinen Onkel erwähnen. Ich habe in letzter Zeit öfter an ihn gedacht, und das hat auch etwas mit Ihnen zu tun.«

»Mit mir?«, fragte Schaalman erschrocken.

»Irgendwie erinnern Sie mich an ihn. Ich wünschte, er hätte Sie kennengelernt, bevor er starb.«

»Ja«, sagte Schaalman. »Das hätte mir gefallen.«

»Und dann natürlich auch wegen der Hochzeit.

Es wird seltsam sein, dass er nicht dabei ist.« Als er Schaalmans ausdruckslose Miene sah, lachte Michael ungläubig auf. »Joseph, habe ich es Ihnen nicht gesagt? Guter Gott, wie zerstreut ich doch bin. Ich werde heiraten!«

Schaalman zwang sich zu einem breiten Lächeln. »Ich gratuliere! Und wer ist die Glückliche?«

»Sie heißt Chava. Sie arbeitet in Radzins Bäckerei. Wir haben uns über meinen Onkel kennengelernt. Sie kam frisch verwitwet nach Amerika, und er wurde so etwas wie ihr Betreuer.« Er hielt inne. »Joseph? Geht es Ihnen nicht gut?«

»Doch. Doch, alles in Ordnung.« Seine Stimme klang dünn und leise. »Wahrscheinlich war ich zu lange auf den Beinen. Vielleicht sollte ich mich vor dem Abendessen noch etwas ausruhen.«

»Aber natürlich. Achten Sie auf Ihre Gesundheit, Jospeh. Wenn ich Ihnen zu viel abverlange, sagen Sie es einfach.«

Schaalman lächelte seinen Arbeitgeber an und verließ auf unsicheren Beinen das Büro.

Er ging auf die Straße und wanderte ziellos herum, ein Stück Treibholz, das sich von der Menge forttragen ließ. Es war früh am Freitagabend, die Sonne ging gerade unter. *Kehre ein, Sabbat-Braut*, dachte Schaalman und stieß so etwas wie ein Lachen aus. Jede Hoffnung, dass der Zauber falsch gewesen war, hatte sich in nichts aufgelöst. Die Schöpfung hielt ihm seinen eigenen Golem vor Augen wie einem kleinen Kätzchen ein Spielzeug, nach dem es mit der Pfote schlagen konnte. Der dumme alte Schaalman, der tanzende Narr – einst hatte er versucht, den Allmächtigen zu überlisten.

Die abendlichen Attraktionen der Lower East Side öffneten ihre Pforten. Menschen im Sonntagsstaat versammelten sich vor den Tanzlokalen und Theatern. Aus Kasinos und Kneipen drang mattes gelbes Licht auf die Straßen. Er bemerkte kaum etwas davon. Jemand rempelte ihn an; ein Messer schnitt in seine linke Hosentasche. Er sah zu, wie der Dieb davonlief, dachte jedoch nicht im Traum daran, ihm zu folgen. Seine Brieftasche steckte in der Tasche auf der anderen Seite, doch selbst wenn er bestohlen worden wäre, hätte er nichts unternommen. Dieser Ort war ein Abbild der Hölle, des Scheol, der Tiefen von Abbadon. Lediglich ein Vorgeschmack dessen, was noch kommen würde.

Die Menschenmenge trieb ihn weiter und spülte ihn vor die Tür einer Kneipe. Er trat ein und setzte sich an einen Tisch. Ein Mann mit schmutziger Schürze stellte ein Getränk vor ihn hin, ein wässriges Bier, das schal und nach Terpentin schmeckte. Er trank es, bestellte noch eins und dann einen Whiskey. Eine junge Frau mit einer gelben Lockenperücke, die nur rudimentär bekleidet war, setzte sich neben ihn. Sie stellte ihm eine kokette Frage auf Englisch und legte ihm die Hand auf den Oberschenkel. Er schüttelte den Kopf, dann vergrub er das Gesicht in ihrem Nacken und schluchzte.

Schließlich führte sie ihn die Hintertreppe hinauf in ein schmuddliges Zimmer, wo er sich auf eine alte Matratze legte und sie ihm die Hose auszog. Er sah unbeteiligt zu, als sie seine Brieftasche fand, die Stirn runzelte und alle Scheine bis auf einen herausnahm. Dann setzte sie sich auf ihn. Eine Pantomime begann, eine Groteske des Liebesakts; doch er reagierte nicht, und sie gab den Versuch bald auf. Schulterzuckend griff sie hinter die Matratze und holte ein angeschlagenes schwarz lackiertes Tablett hervor. Darauf lagen eine schmale Pfeife, eine kleine Öllampe, eine Eisennadel und viele kleine Klumpen, die wie Teer aussahen. Das Mädchen entzündete die Lampe, spießte einen Klumpen auf die Nadel und hielt ihn über die Flamme. Als er anfing zu qualmen, ließ sie ihn in die Pfeife fallen, zog daran und inhalierte tief. Ihre Augen schlossen sich flatternd, sie blickte zufrieden drein, dann öffnete sie die Augen wieder und sah, dass Schaalman sie beobachtete. Grinsend wiederholte sie die gesamte Prozedur und hielt ihm die Pfeife hin.

Der Rauch war scharf und beißend, und ihm wurde schwindlig davon. Eine Weile glaubte er, sich übergeben zu müssen. Dann entspannte sich sein Körper, und allmählich breitete sich eine köstliche Mattigkeit in ihm aus. Nach ein paar Minuten überlagerte ein alles überwältigendes Gefühl der Ruhe und des Wohlbehagens seine Verzweiflung. Ihm fielen die Augen zu, er begann zu lächeln.

Das Mädchen beobachtete ihn kichernd, und dann schloss auch sie wieder die Augen. Bald war sie eingeschlafen. Als er sie ansah, bemerkte er, dass sie nicht mehr so jung war, wie er gedacht hatte: Die Röte ihrer Wangen war aufgemalt, die Haut darunter fahl und faltig. Aber das war nicht wichtig. Er begriff jetzt, dass die materielle Welt nur eine Illusion war, hauchfein wie ein Spinnennetz. Er schaute sich mit stiller Verwunderung um. Dann zog er seine Hose an, holte sich sein Geld zurück und verließ das Zimmer.

Er ging durch den düsteren Flur zur Feuerleiter auf der Rückseite des Hauses und wollte zur Straße hinuntersteigen, als er über sich Stimmen und Schritte hörte. Aus schierer Neugier stieg er die rostige Treppe hinauf aufs Dach. Zu seiner Überraschung war es dicht bevölkert. Ein Dutzend junger Männer rauchte Zigaretten, und in Lumpen gekleidete Mädchen flüsterten miteinander. Im Schein einer Laterne spielten Kinder ein Würfelspiel.

Während er über das Dach hinwegblickte, verspürte er zum zweiten Mal bis in die Knochen den Sog des Zaubers. Selbst in seinem berauschten Zustand war eine Täuschung ausgeschlossen. Jeder Mann, jede Frau, jedes Kind, sogar das Dach selbst – alles erschien ihm unerträglich *interessant*.

Freude erfüllte ihn, und sie war so stark, dass er am liebsten geweint hätte. Er schlenderte über das Dach, blickte in jedes Gesicht und versuchte, seine Bedeutung zu verstehen. Ein Mann, den Schaalmans starrender Blick beunruhigte, hob drohend die Faust, doch Schaalman lächelte nur verträumt und ging weiter.

Auf dem angrenzenden Dach befanden sich ebenfalls Männer und Frauen, die ihm aus unerfindlichem Grund faszinierend erschienen. Er stieg über den niedrigen Sims und ignorierte das protestierende Knacken seiner Knochen. Die Euphorie des Opiums verflog, aber ein neues Gefühl erfüllte ihn, das ihm ein Ziel aufzeigte. Was blieb ihm anderes übrig, als der Spur zu folgen und herauszufinden, wohin sie ihn führte.

Bald ging er von einem Dach zum nächsten und ließ sich dabei von seinem Instinkt leiten. Er befand sich jetzt tief in der Bowery, weit weg von den jüdischen Vierteln. Was hatte sein Golem hier zu suchen? Oder – und jetzt empfand er die erste leise Aufregung – führte ihn die Spur überhaupt nicht zu ihr? War hier etwas anderes am Werk, bei dem sie nur eine Nebenrolle spielte?

Schließlich stand er auf einem Dach, von dem es nicht weiter ging, außer über ein dunkles Treppenhaus. Er stieg hinunter, trat auf die Straße und schaute sich um. Ein nahes Ladenschild sprang ihn nahezu an. *Conroy's* stand darauf. Dem Fenster nach zu urteilen, handelte es sich nur um ein kleines Tabakgeschäft. Doch in jeder Ecke des Schilds befand sich ein Symbol, eine strahlende Sonne, über die sich eine Mondsichel schob. Seit Jahrhunderten waren sie die alchemistischen Zeichen für Silber und Gold. Er bezweifelte, dass sie sich zufällig dort befanden.

Eine Glocke über der Tür schepperte blechern, als er eintrat. Der Mann hinter dem Ladentisch – vermutlich Conroy – war klein und schmal. Auf seiner Nase saß eine unauffällige Brille. Er schaute auf und musterte seinen neuen Kunden. Schaalman erkannte in seinem harten Blick und seinen kleinen Bewegungen den Argwohn eines Zuchthäuslers und wusste, dass der Mann ihn auch als solchen erkannt hatte. Sie sahen sich ein paar Sekunden schweigend an. Dann stellte Conroy eine Frage, und Schaalman schüttelte den Kopf und deutete auf seinen Mund. »Kein Englisch«, sagte er. Der Mann wartete, unsicher und misstrauisch.

Schaalman überlegte einen Augenblick, dann sagte er: »Michael Levy?«

Conroy runzelte die Stirn und schüttelte den Kopf.

»Avram Meyer? Chava?« Wieder Kopfschütteln. Nach einer Weile sagte Schaalman: »Golem?«

Conroy hob die Handflächen, sichtlich ratlos.

Seufzend bedankte sich Schaalman und ging. Er hätte gern die Gedanken des Mannes gekannt, aber Conroy war kein vertrauensseliger Rabbi, der sich mit einer

Berührung des Handgelenks verzaubern ließ. Etwas war hier im Gange. Er war auf ein seltsames, verwickeltes Geheimnis gestoßen, das darauf wartete, gelüftet zu werden. Er ging durch die Bowery zurück zum Wohnheim und legte sich ins Bett, sein Herz leichter, als es seit Wochen gewesen war.

Weit im Norden, in der vornehmsten Gegend an der Fifth Avenue, herrschte im Haus der Winstons hektische Aktivität. Seit Wochen bereitete sich der Haushalt für den Umzug nach Rhode Island vor, wo die Familie stets den Sommer in ihrem Anwesen am Meer verbrachte. Das Porzellan war eingewickelt und verpackt, die Schrankkoffer waren mit Kleidung gefüllt worden. Man wartete nur noch auf die Rückkehr von Mrs. Winston und Miss Sophia, die eine lange Reise nach Europa unternommen hatten, ein Verlobungsgeschenk von Francis Winston für seine Tochter. Doch dann traf eine höchst erstaunliche Nachricht ein. Die Winstons würden den Sommer nicht in Rhode Island verbringen. Der Haushalt bliebe in New York.

Die Dienstboten tauschten finstere und enttäuschte Blicke aus, packten die Schrankkoffer und das Porzellan wieder aus. Für den Sinneswandel wurde kein Grund angegeben, doch Gerüchte, wonach Miss Sophia in Paris krank geworden war, verbreiteten sich bis in die Dienstbotenquartiere. Dennoch schien es merkwürdig. Wäre die Brise von Narragansett für die Genesende nicht besser als die ungesunden sommerlichen Dämpfe von Manhattan? Doch die Anweisung war erteilt worden, sie hatten sich daran zu halten. Und so nahmen sie die Tücher von den Möbeln in Sophias Zimmer, staubten alles ab und polierten die Dinge auf ihrem Frisiertisch: die Tiegel und Fläschchen, den Nippes und den kleinen goldenen Vogel in seinem Käfig.

Unterdessen lag Sophia Winston in einem Liegestuhl auf dem Deck der *RMS Oceanic*, in mehrere Decken gewickelt und mit einer Tasse heißer Brühe in den Händen. Es war Morgen, und ihre Mutter schlief noch in ihrer Kabine. Sophia war früh erwacht und hatte an die Decke gestarrt, bis sie die ersten Symptome von Seekrankheit an Deck trieben. In der frischen Luft fröstelte sie zwar noch mehr als sonst, aber zumindest sah sie den Horizont. Und es war eine Erleichterung, nicht in der Nähe ihrer Mutter zu sein, die seit Monaten nicht mehr von ihrer Seite gewichen war – nicht seitdem sie Sophia bewusstlos auf dem Boden der gemieteten Wohnung an der Seine gefunden hatte, ihr Körper heiß vom Fieber, Blutflecken auf dem Rock und dem Parkettboden.

Ihre Krankheit hatte sich Wochen zuvor angekündigt, noch bevor sie nach Europa aufgebrochen waren. Zuerst hatte sie nur hin und wieder einen unangenehmen heißen Nadelstich im Bauch gespürt. Eine Weile machte sie die anstrengenden Hochzeitsplanungen dafür verantwortlich. Ihre Mutter sprach von Sonnenaufgang bis Sonnenuntergang von nichts anderem als Gästelisten, Aussteuer und Hochzeitsreisen, bis Sophia das Wort *Hochzeit* nicht mehr hören konnte. Doch dann wurde der Nadelstich größer, und sie begann sich zu fragen, ob mit ihr etwas nicht stimmte.

Als sie im verregneten Frankreich eintrafen, war die Hitze in ihr so groß wie ein Stück glühende Kohle, ein winziger Ofen, der in ihr brannte. Sophia wurde von einer seltsamen nervösen Aufregung heimgesucht, wanderte von einem Zimmer zum anderen, vom schrecklichen Wetter am Ausgehen gehindert. Sie öffnete die Fensterläden in ihrem Schlafzimmer und ließ sich von den Dunstschwaden der Seine umwehen. Doch erst als ihre Mutter davon sprach, dass sie eine Amme suchen sollten für Sophias erstes Kind – *es ist nie zu früh, an diese Dinge zu denken* –, ging Sophia auf, dass sie sich nicht an ihre letzte Menstruation erinnern konnte.

Gott sei Dank interpretierte Mrs. Winston Sophias entsetzten Ausdruck als Angst vor ihren ehelichen Pflichten. Sie nahm ihre Tochter beiseite und erzählte ihr in einem untypischen Anfall von Zärtlichkeit von ihren einstigen Ängsten, die sich zum Großteil als unbegründet erwiesen hätten, und wie sie rasch gelernt habe, die Intimitäten der Ehe zu genießen. Nie zuvor war Mrs. Winston ihrer Tochter so nahegekommen und hatte sich ihr gegenüber so verletzlich gezeigt, doch Sophia hörte kein Wort. Das Mädchen entschuldigte sich und lief in ihr Zimmer, wo sie auf und ab schritt, die Hand auf das Feuer in ihrem Bauch gedrückt, und die Wochen zählte, seitdem der Mann namens Ahmad sie das letzte Mal besucht hatte. Seitdem waren mehr als drei Monate vergangen.

O Gott, war es möglich? Aber was war das? Sie hatte keins der Symptome, die eine Schwangerschaft angeblich mit sich brachte, ihr war weder schlecht, noch war sie müde. Im Gegenteil: Sie fühlte sich, als könnte sie fliegen. Doch ihre Menstruation wollte nicht kommen.

Sie musste etwas unternehmen, aber was? Ihrer Mutter konnte sie nichts sagen. In New York hatte sie Freundinnen, die ihr geholfen hätten, doch in Paris kannte sie niemanden. Sie sprach kaum genug Französisch, um Sahne für ihren Tee zu bestellen. Vor Hitze glühend und krank vor Sorgen, stand sie mitten in ihrem Schlafzimmer, die Faust auf den Bauch gepresst und die Augen geschlossen. *Verschwinde*, dachte sie. *Du bringst mich um.*

Benommen von Hitze und Verzweiflung merkte sie, wie sich etwas in ihr bewegte. Eine Flamme schoss an ihrem Rückgrat nach oben, und dann spürte sie in ihrem Kopf ein kleines ängstliches Flattern, als brächte eine Brise eine Kerzenflamme zum Flackern. Sofort war ihr klar, dass etwas in ihr gefangen war, winzig klein und nur halb geformt, und dass es in ihrem Körper zu ertrinken drohte, obwohl es sie verbrannte. Und keiner von ihnen beiden konnte etwas dagegen tun.

Oh, dachte sie, *du armes kleines Ding.*

Hilflos spürte sie, wie es flackerte und erlosch …

Als Sophia das nächste Mal die Augen aufschlug, lag sie in einem Krankenhausbett. Ihre Mutter schlief in einem Sessel neben ihr. Sie fühlte sich schwach und leer, eine vertrocknete Hülse, die im Herbstwind raschelte. Sie begann zu zittern.

Der Arzt erklärte ihr in hervorragendem Englisch, dass die Schleimhaut ihrer Gebärmutter ungewöhnlich dick geworden sei und ihr Körper sich selbst darum gekümmert habe. Es sei kein bleibender Schaden entstanden und es gebe keinen Grund, warum Sophias Mutter nicht eines Tages eine *grand-mère* werden sollte. Während Mrs. Winston vor Erleichterung schluchzte, neigte sich der Arzt über Sophia und murmelte: »Passen Sie das nächste Mal besser auf, *oui*?«, bevor er sich lächelnd verabschiedete.

Aber Sophia hörte nicht auf zu frösteln.

Nur eine kleine Anämie, sagten die Ärzte, die bald abklingen würde. Doch Tage und Wochen vergingen, und noch immer fröstelte sie, manchmal so sehr, dass sie sich kaum auf den Beinen halten konnte. Es war, als hätte sich ihr Körper an die Hitze gewöhnt und weigerte sich jetzt, sich wieder an die normale Temperatur anzupassen.

Ratlos schickten sie sie nach Deutschland in einen Kurort in Baden, wo eine stämmige Krankenschwester sie in dampfende Wasserbecken tauchte und ihr Heiltränke einflößte. Kurzfristig fühlte sie sich tatsächlich besser – das heiße Quellwasser empfand sie als angenehm lauwarm, und wenn man sie gelassen hätte, wäre sie in den Räumen mit der trockenen heißen Luft geblieben, bis sie mumifiziert gewesen wäre. Doch kaum hatte sie die Räumlichkeiten verlassen, begann sie wieder vor Kälte zu zittern. Schließlich wollten auch die deutschen Ärzte wie ihre französischen Kollegen nicht länger die Verantwortung für sie übernehmen. Als Mrs. Winston eine Erklärung verlangte, deuteten sie an, dass der schlechte Gesundheitszustand ihrer Tochter weniger mit ihrem Körper als vielmehr mit ihrem Geist zu tun habe.

Schlimmer noch, Sophia war geneigt, ihnen zu glauben. Während sie reglos unter den Decken im Bett lag, erinnerte sie sich an die letzten Momente vor ihrem Zusammenbruch und fragte sich, ob sie tatsächlich den Verstand verloren hatte. Und doch wusste sie zuinnerst, dass es genauso gewesen war, wie sie es empfunden hatte.

Mrs. Winston verbat sich jede Andeutung auf eine Geisteskrankheit ihrer Tochter. Wenn sich die europäischen Ärzte weigerten, ihr zu helfen, dann würden sie Europa eben verlassen. Was Sophias Hochzeit anbelangte, so sollte weder die Planung geändert noch der

Termin verschoben werden; ihre Krankheit gehörte in die Kategorie der Dinge, die am besten unerwähnt blieben, so wie der Onkel, der in einer Nervenheilanstalt gestorben war, oder der Cousin, der eine Katholikin geheiratet hatte.

In einem nie da gewesenen Akt der Rebellion verkündete Sophia, dass sie Europa nur verlassen würde, wenn sie nicht in das zugige, verhasste Haus in Rhode Island zurückkehrten, sondern nach New York, wo es zumindest heiß wäre. Ihre Mutter stritt mit ihr, nannte die Idee lächerlich, doch ein Telegramm ihres Vaters entschied die Schlacht zu Sophias Gunsten. Erst da dachte Sophia an ihren Vater, der monatelang allein in seinem Arbeitszimmer gesessen und auf Nachrichten über den Zustand seiner Tochter gewartet hatte; und ihr Herz flog ihm zu.

Charles Townsend, ihrem Verlobten, schrieb Sophia, dass sie in Frankreich kurz krank gewesen und dann nach Baden zur Kur gereist sei. Ihm zum Amüsement beschrieb sie die ärgerlicheren teutonischen Gewohnheiten des Bäderpersonals. Charles antwortete mit den angemessenen Gefühlen, wünschte ihr eine rasche Genesung und endete mit ein paar ironischen Bemerkungen über den bevorstehenden langweiligen Sommer. Er war ein wirklich netter junger Mann, und zudem sah er gut aus. Doch in Wahrheit kannten sie sich kaum.

Sophia blickte über den Ozean und versuchte sich zu entspannen. Sie seufzte, nippte an der abgekühlten Brühe und fragte sich kurz, was Charles denken würde, wenn er sie zittern sah. Sie wusste, dass sie sich deswegen größere Sorgen machen sollte, doch es fiel ihr schwer, Interesse dafür aufzubringen. Gelegentlich kehrten ihre Gedanken zu den Augenblicken vor ihrem Zusammenbruch zurück, und in ihr stieg ein großer vager Schmerz auf wegen etwas, von dem sie nicht einmal mit Sicherheit wusste, ob es real gewesen war. Sie kam sich vor wie eine traurige alte Frau, gewärmt von Decken. Und sie war noch nicht einmal zwanzig.

Sie wünschte, sie könnte dem Mann, der auf ihren Balkon geklettert war, die Schuld geben, doch sie konnte es nicht, wenn sie gerecht sein wollte. Er hatte sie zu nichts gezwungen, hatte nicht einmal Druck auf sie ausgeübt. Er hatte sich ihr lediglich angeboten, und dank seines Selbstvertrauens war es ihr wie die natürlichste Sache der Welt erschienen. Eine andere Frau hätte ihn womöglich aufgespürt und ihm vorgeworfen, was er getan hatte, doch bei diesem Gedanken schauderte sie. Nein, sie hatte nicht ihren Stolz, sondern nur ihre Gesundheit verloren.

Aus den Augenwinkeln sah sie ihre Mutter aufs Deck kommen. Sie schloss die Augen und tat so, als ob sie schliefe. Nur noch ein paar Tage auf See, und sie wäre wieder zu Hause, wo sie sich in ihrem Schlafzimmer einschließen und vor dem Feuer im Kamin sitzen konnte, so lange sie wollte. Und diesmal würde sie darauf achten, dass die Tür zum Balkon geschlossen und zugesperrt war.

In ihrem weißen Hochzeitskleid, die behandschuhten Hände im Schoß gefaltet, saß der Golem auf dem Bett und horchte, ob sie Schritte auf der Treppe hörte, ob jemand kam, der sie zu ihrem Bräutigam bringen würde.

Sie hatte das Kleid selbst genäht. Das Oberteil mit dem hohen Kragen war mit Spitze und Stickerei verziert, die Taille mit Dutzenden winziger Abnäher geformt. Im Spiegel wirkte es fast zu elegant für eine kräftige Person wie sie. Sie wusste, dass Michael Kleider wie dieses als überflüssige Extravaganz betrachtete. Aber sie hatte es für sich genäht, nicht für ihn; sie hatte fleißig daran gearbeitet, mit jedem Stich entschlossener, alles dafür zu tun, damit dieses Arrangement funktionierte und sie sich an den eingeschlagenen Weg hielt. Sie weigerte sich jedoch, einen Schleier zu tragen. Sie würde mit unverhülltem Gesicht heiraten.

Von der Halle unten drangen Geräusche herauf: Männer, die lachten. Es war fast so weit.

Sie drückte eine Hand auf die Brust und tastete nach der soliden Form des Medaillons unter ihrem Kleid. Statt des verlorenen Zettels befand sich darin jetzt ein gefalteter Zeitungsausschnitt: *Rätselhafter Überfall hinter Tanzlokal* lautete die Überschrift. Sie trug ihn mit sich als Erinnerung an die Fehler, die sie begangen hatte, und an das Leben, das sie nun hinter sich ließ.

Sie hatte die Zeitungen durchsucht, aber es waren keine weiteren Berichte über Irvings Zustand erschienen. Sie wusste nicht, ob er am Leben war oder ob die Polizei noch nach dem Täter suchte. Doch selbst jetzt noch, fast einen Monat später, rechnete sie halb damit, verhaftet zu werden, wann immer sie auf die Straße ging.

Anna war nach diesem Abend nicht mehr zur Arbeit gekommen. Die Radzins hatten den kleinen Abie zu ihr nach Hause geschickt, und ihre Vermieterin erzählte, dass das Mädchen gepackt habe und wortlos ausgezogen sei. Mrs. Radzin erklärte sich als krank vor Sorge, aber Mr. Radzin meinte, er habe ein Geschäft am Laufen zu halten, und bald stand ein Mädchen namens Ruby hinter Annas Tisch. Ruby war unauffällig, kuhäugig und lachte nervös, wenn jemand sie auch nur ansah;

doch sie war fügsam und sprach wenig, und deswegen ertrug Mr. Radzin sie.

Sie waren jetzt unten in der Halle, die Radzins und Ruby, die Vermieterin des Golems und Michael mit seiner kleinen Gruppe von Freunden. »Möchtest du nicht noch jemanden einladen?«, hatte Michael sie gefragt. Sie hatte gelächelt und den Kopf geschüttelt. Wen hätte sie noch einladen sollen? Niemanden außer dem Mann, der sie am besten kannte.

Sie runzelte die Stirn und strich ihr Kleid glatt, als wollte sie etwas wegwischen. Sie musste jetzt wachsam sein und durfte diese Chance, neu anzufangen, nicht ruinieren. Sie wollte keinen Gedanken an den Dschinn mehr zulassen, und sie würde nicht, auf gar keinen Fall darüber spekulieren, was er zu dieser Eheschließung sagen würde, wenn er davon wüsste.

Die Tür wurde geöffnet, und sie erschrak. Ein dünner alter Mann in einem dunklen Anzug stand auf der Schwelle.

»Sie müssen Mr. Schall sein«, sagte sie. »Michael hat mir so viel von Ihnen erzählt.«

Der alte Mann lächelte freundlich. »Bitte nennen Sie mich Joseph«, sagte er.

Sie stand auf und legte ihm die Hand auf den Arm. Sie war einen guten Kopf größer als er, dennoch fühlte sie sich klein und unsicher. Würden ihr letztlich doch die Nerven versagen? Nein, sie streckte den Rücken, fasste fester zu und zwang sich vorwärtszugehen.

Gemeinsam verließen sie das Zimmer.

Yehudah Schaalman führte den Golem in die Halle hinunter und achtete darauf, Haltung zu bewahren. Es war nicht einfach; am liebsten hätte er laut gelacht. Als

Michael Levy ihn gebeten hatte, den Platz des Brautvaters einzunehmen, hatte er seine gesamte, nicht unerhebliche Willensstärke aufbieten müssen, um sich nichts anmerken zu lassen. »Wenn sie damit einverstanden ist, dann mache ich es gern«, hatte er gesagt. Eine Woche zuvor hatte er sich für die Zielscheibe eines kosmischen Witzes gehalten, aber jetzt war er mit dem Lachen an der Reihe. Die errötende Braut, die er selbst erschaffen hatte!

Er stellte sie neben ihrem Bräutigam ab, der vor dem schwarz gewandeten Friedensrichter stand. Es war warm in dem Raum, und die jüngeren Männer, die sich nie sklavisch an die Etikette hielten, hatten ihre Jacketts ausgezogen. Schaalman hätte gern das Gleiche getan, doch er durfte es nicht riskieren. Sein linker Unterarm war dick bandagiert, und ohne Jackett wäre das zu sehr aufgefallen, vor allem wenn wieder Blut durch den Verband sickerte. Aber diesen kleinen Preis war es wert gewesen, wenn er sie jetzt so vor sich sah. Stocktaub für seine Gedanken und Wünsche, sie hatte keine Ahnung, wer er war oder was er wollte. Seine Vorbereitungen erwiesen sich als so erfolgreich, wie er gehofft hatte.

Wieder einmal hatte er die Antwort in seinem kostbaren Papierstapel gefunden. Nach drei Nächten intensiven Studiums hatte er die Lösung gefunden, ein spezielles Schaubild, das man in ein Amulett zeichnete und um den Hals trug. Da er jedoch kein Amulett zur Hand und keine Möglichkeit hatte, eins herzustellen, hatte er beschlossen, sich das Bild in die Innenseite seines Unterarms zu ritzen. Er hatte nicht damit gerechnet, dass es ein angenehmes Unterfangen würde, dennoch hatte ihn der heftige Schmerz erschreckt, es fühlte sich an, als würde das Messer durch seinen

Körper hindurch direkt in seine Seele schneiden. Den nächsten Tag verbrachte er im Bett, sein Arm pochte, Wellen von Übelkeit überrollten ihn. Aber es hatte sich gelohnt! Jetzt konnte er ihr folgen, ohne entdeckt zu werden, und musste sich keine Sorgen machen, sollte Levy seine Frau unerwartet mit ins Wohnheim bringen.

Eines Tages werde ich dich zerstören, dachte er so laut er konnte in Richtung des Golems – doch sie stand nur da und hörte dem schwitzenden Friedensrichter zu, der auf Englisch schwadronierte. Hin und wieder lächelte Levy seine Braut nervös an; sie dagegen blickte ernst wie auf einer Beerdigung. Schaalman versuchte sich vorzustellen, was die Leute über sie dachten. *Eine nüchterne Frau*, vermutete er. *Still. Hat keinen Sinn für Scherze oder Frivolitäten.* Als wären es menschliche Charakterzüge und nicht die äußeren Anzeichen ihres Wesens, ihrer Beschränkungen. Es war bemerkenswert, dass sie es so weit geschafft hatte, ohne aufzufallen. Und der Dummkopf Levy hatte sich auch noch in sie verliebt.

Der Richter hob die Stimme, um etwas zu verkünden – Schaalman verstand die Worte *Mann und Frau* –, dann folgten Applaus und Lachen, als Levy das weiß gekleidete Geschöpf in die Arme nahm und küsste. Der Richter lächelte knapp und wandte sich ab, seine Arbeit war getan.

Schaalman lachte mit den anderen und freute sich über sein geheimes Wissen. In ein, zwei Tagen, wenn er wieder ganz zu Kräften gekommen wäre, würde die nächste Phase seiner Suche beginnen. Was immer es war, was den Golem mit der Bowery verband, was immer Levys Onkel vor ihm versteckt hatte, er würde es herausfinden. Er spürte das Geheimnis dort draußen in der Stadt, das geduldig darauf wartete, aufgedeckt zu werden.

Kapitel 21

»Maryam«, sagte Arbeely, »kennst du Nadia Mounsef? Matthews Mutter?«

Er saß im Kaffeehaus der Faddouls und trank trotz der Hitze eine Tasse brühend heißen Kaffees nach der anderen. Da sie wusste, dass Arbeely nur kam, wenn er über etwas reden wollte, hielt sich Maryam in seiner Nähe auf, polierte die bereits glänzenden Tische, während Sayeed sich um die anderen Gäste kümmerte. Jetzt hielt sie mit dem Tuch in der Hand inne. »Nadia? Wir haben ein paarmal miteinander gesprochen, aber das ist schon eine Weile her. Warum fragst du?«

Arbeely zögerte. Er wollte nicht mit der Wahrheit herausrücken, nämlich dass ihn das Gesicht der Frau verfolgte. »Ich war vor ein paar Wochen wegen Matthew bei ihr«, sagte er. »Sie war krank. Ich meine, sie sah schon vorher krank aus, aber ... es ist schlimmer geworden.« Und er beschrieb ihr die Frau, die die Tür geöffnet hatte: noch dünner, als er sich erinnerte, die Augen stumpf und eingesunken, eine merkwürdige dunkle Verfärbung, nahezu wie ein Ausschlag auf den Wangen und der Nase. Das Kruzifix um ihren Hals – mit drei Querbalken, das Symbol der Orthodoxen – hob und senkte sich sichtbar im Rhythmus ihres schnellen Herzschlags. Sie blinzelte gegen das matte Licht im Hausflur, während ihr Arbeely stockend seine Bedenken erklärte. Matthew war ihnen nicht lästig, im Gegenteil, er war ein hilfsbereiter Junge, und sie hatten ihn gern bei sich in der Werkstatt. Doch das Kind verbrachte auch manche Vormittage bei ihnen, wenn es eigentlich in einem Schulzimmer sitzen sollte. Und falls jemand von der Schulaufsichtsbehörde vorbeikäme … »Ich möchte nicht, dass Matthew Ärger kriegt«, sagte er. »Auch nicht mit seiner Mutter.«

Sie hatte ihn ganz kurz höflich angelächelt. »Natürlich, Mr. Arbeely. Ich werde mit Matthew sprechen. Danke, dass Sie so viel Geduld mit ihm hatten.« Und bevor Arbeely erklären konnte, dass Geduld nichts damit zu tun hatte – der Junge hatte Talent und wäre ein vielversprechender Lehrling –, schloss sie die Tür, und Arbeely fragte sich, wie er die Sache besser hätte angehen können.

»Du hast getan, was du konntest«, sagte Maryam. »Du bist nicht für das Wohlergehen ihres Sohnes verantwortlich.« Sie seufzte. »Die arme Nadia. Sie ist ganz allein, weißt du.«

»Das habe ich mir schon gedacht«, gestand Arbeely ein. »Was ist passiert?«

»Ihr Mann hat als Hausierer in Ohio gearbeitet. Eine Zeit lang hat er Briefe geschrieben, aber dann kam nichts mehr.«

»Er ist verschwunden?«

»Tot, krank oder davongelaufen – niemand weiß es.«

Arbeely schüttelte den Kopf. Die Geschichte war nicht ungewöhnlich, dennoch war er immer wieder fassungslos. »Und hier hat sie niemanden?«

»Zumindest keine Familie. Und sie verweigert jegliche Hilfe. Ich habe sie zum Abendessen eingeladen, aber sie ist nicht gekommen.« Maryam schien bekümmert, und das war kein Wunder. Nur selten gelang es jemandem, sich ihr zu entziehen. »Ich glaube, die Nachbarn haben es aufgegeben. Ihre Krankheit ist seltsam, sie kommt und geht. So schlimm es ist, aber manche sagen, dass sie nur so tut, als ob sie krank wäre, um keinen Kontakt haben zu müssen.«

»Oder vielleicht will sie nur nicht, dass man sie anstarrt und über sie redet.«

Maryam nickte betrübt. »Da hast du natürlich recht. Und wer wollte es ihr übel nehmen? Ich werde sie bald besuchen und es noch einmal versuchen. Vielleicht gibt es eine Möglichkeit, wie ich ihr helfen kann.«

»Danke, Maryam.« Er seufzte. »Zumindest kommt Matthew jetzt nicht mehr vormittags. Obwohl es Tage gibt, an denen ich nichts dagegen hätte.« Maryam blickte ihn fragend an, und er fuhr fort: »Wegen Ahmad. Ich glaube, im Augenblick mag er den Jungen mehr als mich. In letzter Zeit ist er ... schlecht gelaunt. Liebeskummer vermutlich. Er erzählt mir nur wenig.«

Maryam nickte wie gewöhnlich mitfühlend, doch als er Ahmad erwähnt hatte, war die Wärme aus ihrem Blick gewichen. Wie war es möglich, dass Maryam mit ihrem Talent, in jedem Menschen das Gute zu sehen, Ahmad nicht mochte? Arbeely hätte sie gern gefragt; aber damit hätte er sich natürlich auf gefährliches Gelände gewagt. Stattdessen dankte er ihr und ging, missmutiger als zuvor.

In der Werkstatt saßen Ahmad und Matthew an der Werkbank und steckten wie Verschwörer die Köpfe zusammen. Der Dschinn beharrte darauf, dass Matthew aus reinem Zufall sein Geheimnis aufgedeckt hatte; dennoch hatte Arbeely das Gefühl, dass er viel zu lässig mit der Sache umging. Sein Verhalten war Anlass zu ihrem heftigsten Streit seit der Blechdecke gewesen.

Wieso hast du nicht gehört, wie er reingekommen ist?

Du hörst ihn doch auch nicht. Außerdem wusste er es schon.

Und du hast nicht einmal versucht, ihm etwas anderes einzureden?

Arbeely, er hat gesehen, wie ich mit den Händen Kettenglieder gelötet habe. Was hätte ich denn sagen sollen?

Du hättest es zumindest versuchen sollen. Irgendeine Lüge erfinden.

Ahmads Miene hatte sich verdüstert. *Ich habe es satt zu lügen.* Und als Arbeely nicht nachgegeben hatte, verließ der Dschinn die Werkstatt und kehrte erst am nächsten Morgen wieder.

Seitdem verbrachten sie die meisten Vormittage in angespanntem Schweigen. Doch wann immer Matthew kam und sich wortlos an die Werkbank setzte, behandelte Ahmad ihn so geduldig wie sonst niemanden. Manchmal lachten sie sogar zusammen über einen Scherz oder einen Fehler, und Arbeely schluckte seine Eifersucht hinunter und fühlte sich in seiner eigenen Werkstatt wie ein Fremder.

Er versuchte eine nüchterne Haltung einzunehmen. Das Geschäft lief profitabler als je zuvor, und die Halsketten, die sie für Sam Hosseini machten, waren wunderschön – zweifellos würde Sam für jede ein kleines Vermögen einnehmen. Er dachte an den Morgen, als Ahmad hereingekommen war und ausgesehen hatte, als hätte ihm jemand einen tödlichen Schlag versetzt. Schließlich war seitdem erst ein Monat vergangen. Hoffentlich würde sein Partner sich bald von etwas oder – Gott stehe ihnen bei – jemand Neuem ablenken lassen.

Die Sonne zog sich hinter die Mietskasernen zurück, und das Licht im hohen Fenster der Schmiede wurde schwächer. Aus den oberen Stockwerken drangen die Stimmen von Frauen, die ihre Kinder zum Abendessen riefen. Matthew glitt von der Bank und war verschwunden, die sonst laut quietschende Tür wisperte leise, als er hinausging. Und wieder einmal fragte sich der Dschinn, ob der Junge nicht irgendwo einen Geist im Stammbaum hatte. Es schien ihm unmöglich, dass ein Mensch ganz von selbst so rätselhaft sein konnte.

Matthews Besuche waren jetzt der einzige Lichtblick im Leben des Dschinns. Wann immer der Junge ging und die Tür ins Schloss fiel, verschloss sich auch in ihm etwas, das er sich bisher kaum eingestanden hatte. Arbeely drehte die Lampe höher, und sie arbeiteten schweigend weiter, bis Arbeely Hunger oder Müdigkeit nachgab, seufzte und Sand auf das Feuer schaufelte. Daraufhin legte der Dschinn das Werkzeug aus der Hand und verließ die Schmiede so wortlos wie Matthew.

Sein Leben verlief nicht anders als zuvor. Den Tag verbrachte er in der Werkstatt, nachts wanderte er durch die Stadt. Doch jetzt kamen ihm die Stunden endlos vor, erfüllt von einer betäubenden Monotonie. Nachts schritt er schnell aus, als wäre er getrieben, und nahm seine Umgebung kaum wahr. Er versuchte es mit seinen alten Lieblingsorten – Madison Park und Washington Square, City Hall und das Battery Park Aquarium –, aber diese Orte waren jetzt besetzt und mit Erinnerungen an bestimmte Abende und Gespräche mit Chava verbunden, mit ausgesprochenen und unausgesprochenen Dingen. Er konnte sich dem Central Park kaum auf Sichtweite nähern, ohne dass ihn leiser Zorn die Richtung ändern ließ.

Stattdessen ging er ziellos weiter nach Norden in unerforschtes Gebiet. Er marschierte den Riverside Drive entlang bis zur Südgrenze von Harlem, dann über das Gelände der neuen Universität, an der mit Säulen versehenen Bibliothek mit ihrer riesigen Kuppel aus Granit vorbei. Er lief die Amsterdam Avenue entlang, kreuzte Straßen, deren Nummern weit über hundert lagen. Allmählich machten die gepflegten Stadthäuser holländischen Holzhäusern Platz, die Spaliere davor dicht mit duftenden Rosen bewachsen.

Eines Nachts entdeckte er den Harlem River Speedway und ging ihn von Anfang bis Ende, der glitzernde Fluss zu seiner Rechten. Es war weit nach Mitternacht, doch ein paar draufgängerische Mitglieder der guten Gesellschaft waren noch mit ihren Sulkys unterwegs und jagten einander über die Strecke. Die Pferde zerrten an der Kandare und wirbelten Staub auf. Gegen Tagesanbruch stand er vor dem Rummelplatz von Fort George, das zugesperrte Gelände unheimlich und still. Die hölzernen Fahrgeschäfte wirkten wie Skelette, wie Überreste riesiger zurückgelassener Tiere. Die Endhaltestelle der Straßenbahn, die die Third Avenue entlangfuhr, befand sich gegenüber dem Eingang, und er sah zu, wie die Fahrgäste aus der ersten Bahn des Tages ausstiegen: Marktschreier und Karussellbetreiber, gähnende Biergartenkellnerinnen in verblichenen Röcken, ein Leierkastenmann, an dessen Hals sein Äffchen schlief. Niemand schien sich zu freuen, hier zu sein. Er stieg in die Straßenbahn und fuhr nach Süden, sah zu, wie sich der Wagen füllte und wieder leerte, Arbeiter bei den Fabriken und Druckereien ablieferte, bei Nähereien und im Hafen. Je öfter er mit der Straßenbahn und mit dem Zug fuhr, umso mehr erschienen sie ihm wie ein riesiger, böser Blasebalg, der wehrlose Passagiere von Bahnsteigen und Straßenecken einsaugte und sie woanders wieder ausspuckte.

Zurück in der Washington Street schlurfte er zu Arbeelys Werkstatt und fühlte sich, als wäre er in einem einzigen Tag gefangen, der wie geschmolzenes Glas immer länger wurde. Es gab nichts, worauf er sich freuen konnte, außer Matthew. Ihm gefiel die großäugige Aufmerksamkeit des Jungen, ihm gefiel es, ihm Aufgaben zu übertragen und zuzusehen, wie er sie mit stiller Konzentration ausführte. Er nahm an, dass Matthew mit zunehmendem Alter das Interesse verlieren und sich zu den wilden jungen Männern gesellen würde, die auf den Treppen des Viertels herumlümmelten. Oder – schlimmer noch – er würde auch zu jemandem, der mit stumpfem Blick und widerspruchslos mit der Straßenbahn fuhr.

Er setzte sich grußlos auf seine Bank. In seinem Rücken werkelte Arbeely und summte dabei auf irritierende Weise vor sich hin. Der Mann arbeitete an einer großen Bestellung Reibeisen und hatte die ganze Woche damit verbracht, diamantförmige Löcher in Bleche zu stanzen. Allein beim Zuschauen wäre der Dschinn beinahe wahnsinnig geworden. Doch Arbeely schien nichts gegen die immergleiche Arbeit zu haben, und er begann ihn allmählich dafür zu hassen.

Du urteilst viel zu hart über ihn, sagte Chava in seinem Kopf.

Er verzog das Gesicht. Sie würden nie wieder miteinander sprechen, und dennoch hörte er ihre Stimme immer öfter. Er rieb an seinem Handgelenk, spürte, wie sich das Papier unter der Schelle bewegte. Genug davon, Sam Hosseini erwartete die Halsketten. Er nahm sein Werkzeug und versuchte, sich auf die Erschaffung von etwas Schönem zu konzentrieren.

Michael Levy erwachte langsam im matten Licht des Morgens. Die andere Hälfte des Bettes war, abgesehen von Laken und der Tagesdecke, leer. Er schloss die Augen und horchte auf seine Frau: Sie hantierte in der Küche. Es war ein tröstliches Geräusch, ein Geräusch aus seiner Kindheit. Es roch sogar nach frisch gebackenem Brot.

Er ging in die winzige Küche. Sie stand neben dem Ofen in ihrem neuen Hauskleid und blätterte in ihrem amerikanischen Kochbuch. Er schlang die Arme um ihre Taille und küsste sie. »Konntest du wieder nicht einschlafen?«

»Nein, aber das macht nichts.«

Sie litt offenbar schon ihr ganzes Leben lang unter Schlaflosigkeit und behauptete, daran gewöhnt zu sein; und in der Tat sah sie wacher aus, als er sich fühlte. Er an ihrer Stelle wäre tot. Eine erstaunliche Frau.

Er konnte noch immer nicht glauben, dass sie verheiratet waren. Nachts lag er neben ihr, strich mit den Fingern über ihren Bauch bis zu ihren Brüsten und Armen und wunderte sich, wie gründlich sich sein Leben verändert hatte. Er liebte es, wie sich ihre Haut anfühlte – immer *kühl*, obwohl die Tage drückend heiß waren. »Wahrscheinlich ist es wegen der Öfen in der Bäckerei«, hatte er einmal gesagt. »Dein Körper hat sich an die Hitze gewöhnt.« Sie hatte verlegen gelächelt und gesagt: »Da hast du vermutlich recht.«

Sie war oft befangen, seine Frau. Häufig aßen sie

schweigend oder nahezu wortlos. Sie behandelten einander immer noch vorsichtig, waren unsicher, wie sie sich verhalten sollten. Er blickte über den Tisch und fragte sich, ob sie vielleicht zu schnell geheiratet hatten. Würden sie für immer Fremde bleiben? Doch noch bevor er den Gedanken zu Ende gedacht hatte, fragte sie ihn nach seinem Tag, erzählte ihm eine Begebenheit aus der Bäckerei oder langte einfach über den Tisch und drückte seine Hand. Dann bemerkte er, dass es genau das gewesen war, was er gebraucht hatte, und fragte sich, woher sie es immer wusste.

Dann war da noch die Schlafzimmersache. Ihre Hochzeitsnacht hatte nur sehr zaghaft begonnen; er war sich bewusst, dass sie als zum zweiten Mal verheiratete Frau wesentlich erfahrener war als er. Doch was mochte sie? Was *gefiel* ihr? Er hatte keine Ahnung, wie er sie danach fragen sollte, und schon gar nicht den Mut. Was, wenn sie sich etwas Ausgefallenes, sogar Erschreckendes wünschte? Nach ein paar Bier gaben seine Freunde mit ihren exotischen Nächten mit »emanzipierten« Mädchen an, doch er selbst war nie besonders phantasievoll gewesen. Vielleicht war das ein Manko, vielleicht war sie von ihm enttäuscht.

Wenn das der Fall war, dann sagte sie es nicht. Sie schien seine Unsicherheit zu verstehen – da war wieder dieses *Wissen* – und hatte ihn mit ihrer gewohnten Ruhe und Ausgeglichenheit zum Akt geführt. Wenn ihr Sex auch etwas zu sehr wie Arbeit war – und er danach nicht wusste, ob auch sie Vergnügen daran gefunden hatte –, so war er doch froh, dass er überhaupt stattgefunden hatte.

Und dann, eines Nachts, ungefähr eine Woche später, schien sie irgendwie überrascht und drückte eine

Hand zwischen ihre Körper und gegen eine bestimmte Stelle. Zu Michaels größtem Bedauern war er daraufhin erstarrt, weil seine orthodoxe Erziehung sich lauthals bemerkbar machte und darauf bestand, dass es *unanständig* und ungebührlich war für eine Frau – und sie hatte ihre Hand langsam weggezogen und sie wieder auf seinen Rücken gelegt.

Er konnte später nicht mit ihr darüber sprechen. Er konnte es einfach nicht. Er versuchte einmal zu wiederholen, was sie getan hatte; doch sie nahm seine Hand und schob sie weg, und damit hatte es sich.

Bereits jetzt gab es also unausgesprochene Dinge zwischen ihnen. Aber er liebte sie, davon war er überzeugt. Und er wollte gern glauben, dass auch sie ihn liebte. Er stellte sich vor, wie sie in dreißig Jahren sein würden: Ihre Kinder wären erwachsen, sie würden im Bett Händchen halten und darüber lachen, wie unsicher sie gewesen waren, wie vorsichtig sie sich auf Zehenspitzen umrundet hatten. *Aber du hast immer genau gewusst, was ich hören wollte*, würde er zu ihr sagen; und sie würde lächeln und den Kopf an seine Schulter schmiegen, beide wären vollständig miteinander vertraut.

Irgendwann wollte er sie nach diesen Dingen fragen. Er würde herausfinden, was sie veranlasst hatte, ihm einen Heiratsantrag zu machen, gerade als er jede Hoffnung aufgegeben hatte. Oder was sie gedacht hatte, als sie neben ihm vor dem Friedensrichter gestanden und so gefasst und heiter gewirkt hatte. Er hoffte nur, dass er nicht erst in dreißig Jahren den Mut dazu aufbringen würde.

Der Golem stellte ein Glas und einen Teller mit Brot vor Michael und sah zu, wie er rasch mit großen Bissen aß.

Sie lächelte ihren Mann mit ungeheuchelter Zuneigung an. Er war so ernst bei allem, was er tat.

Sie drehte sich zur Spüle, um den Abwasch zu beenden. Ihre neue Wohnung war winzig und befand sich ganz hinten in einem Flur im ersten Stock. Das matte Licht, das in dem engen Hof nach unten drang, fiel auf einen Abfallhaufen, der bis auf halbe Höhe zu ihrem Fenster reichte; manchmal sah sie eine Zigarettenkippe von oben herunterfallen. Die Küche war so groß wie ein Schrank, in den Ofen passte gerade ein Huhn. Nachts nähte sie im Wohnzimmer, das seinen Namen kaum verdiente; es war vielleicht ein Drittel so groß wie ihr altes Zimmer in der Pension. Der einzige Vorteil der Wohnung bestand darin, dass sie sich ganz hinten im Haus befand, das in eine kleine Anhöhe gebaut war, sodass die Erde sie kühlte, während der Rest des Gebäudes sich gnadenlos erhitzte. »Und im Winter wird es wärmer sein«, hatte Michael gesagt. Sie hoffte, das bedeutete, dass sie nicht so steif werden würde, so erpicht darauf, nachts spazieren zu gehen. Doch im tiefsten Innern wusste sie, dass Michaels rastlose Gedanken sie ebenso zur Verzweiflung treiben würden wie einst das Wetter.

Ein paar Tage nach der Hochzeit war ihr klar geworden, wie sehr sie die Schwierigkeiten unterschätzt hatte. Im Gegensatz zum Rabbi, dessen Gedanken so rücksichtsvoll und besonnen gewesen waren, wurde Michael ständig von Wünschen, Ängsten und Vermutungen geplagt, die überwiegend sie betrafen. Der Lärm nagte an ihr und stellte ihre Selbstbeherrschung auf die Probe. Sie servierte ihm eine zweite Portion, wenn er Hunger hatte, sprach mit ihm, wenn er reden wollte, nahm seine Hand, wenn er beschwichtigt werden musste. Sie fragte sich allmählich, ob sie noch einen eigenen Willen hatte.

Dazu kamen die zahllosen praktischen Dinge. Die langen Stunden, die sie neben ihm im Bett liegen musste und nicht vergessen durfte, ein- und auszuatmen. Die Ausreden für ihre Schlaflosigkeit und kühle Haut. Würde er merken, dass ihr Haar nicht wuchs? Oder, Gott stehe ihr bei, dass sie keinen Herzschlag hatte? Und was würde passieren, wenn sie keine Kinder bekam? Sie hatte gehofft, die ehelichen Pflichten auf ein Minimum beschränken, eine schützende Distanz zwischen sich und ihm halten zu können – vor allem hatte sie Angst, ihm aus Versehen wehzutun –, doch dann wurde sein Begehren zu groß, als dass sie es noch hätte ignorieren können, und sie sah sich veranlasst, entweder darauf zu reagieren oder aber überwältigt von seinem Verlangen neben ihm zu liegen. An einem Abend hatte sie kurz die Wärme ihrer eigenen einsetzenden Lust verspürt und versucht, sie zu steigern; doch dann war sie von Michaels ungeschicktem, schuldbewusstem Entsetzen gebremst worden. Es war nicht seine Schuld: Sie sah, wie ihn seine eigene Reaktion betrübte, und später versuchte er, die Situation zu bereinigen, doch mit solch gequälter Unsicherheit, dass sie seinem Versuch ein Ende setzte. War es die Lust selbst, fragte sie sich, die schändlich war? Oder nur das, was sie getan hatte, um sie zu steigern?

Unwillkürlich hörte sie Ahmad sagen: *Eigentlich ist es ganz einfach.* Sie *sind es, die es über alle Maßen verkomplizieren.*

Nein. Sie konnte es sich nicht leisten, auf die Stimme zu hören. Es war falsch, ja lächerlich, sich wegen ihrer eigenen Entscheidung über Michael zu ärgern. Sie hatte sich an ihn gebunden; sie würde zu Ende bringen, was sie begonnen hatte. Und eines Tages würde sie ihm vielleicht die Wahrheit sagen.

Endlich waren die Ketten für Sam Hosseini fertig. Arbeely brachte sie persönlich zu Sam, da er Ahmad nicht zutraute, einen guten Preis herauszuschlagen. Doch er hätte sich die Sorgen sparen können: Sam war so begeistert, dass er das Feilschen praktisch vergaß. Abgesehen von der ersten Kette mit den kleinen Scheiben aus blaugrünem Glas hatte Ahmad noch Ketten aus granatfarbenen Tropfen, brillantweißem Kristall und smaragdgrünen Rauten gemacht. Er hatte die Kettenglieder abgeflacht und das Metall leicht mattiert, sodass die Ketten von zeitloser Schönheit waren. Sam hatte so etwas noch nie gesehen.

Arbeely hatte damit gerechnet, dass Sam die Ketten in seinem größten Glaskasten zur Schau stellen würde, doch Sam hatte einen besseren Plan. In letzter Zeit war es bei den Damen der guten Gesellschaft in Mode gekommen, sich in phantastischen »orientalischen« Kostümen porträtieren zu lassen – so wie sie sich eine Prinzessin oder Kurtisane aus dem Nahen Osten vorstellten. Sams Geschäft war eine beliebte Adresse bei diesen Damen, die häufig ihre Mädchen schickten oder sogar selbst kamen, um Requisiten und Kleidung zu kaufen. Die meisten von ihnen betrachteten es als unfein zu feilschen, sodass Sam einen ordentlichen Profit mit spitzen orientalischen Pantoffeln, seidenen Pluderhosen und unechten ägyptischen Armbändern machte. Die neuen Ketten würden bei ihnen gewiss Anklang finden; und wie Sam wusste, würden sie ihnen noch besser gefallen, wenn damit eine Geschichte verbunden wäre.

Es dauerte nur ein paar Tage, bis die erste Kundin kam. Ein schmaler, teurer Einspänner hielt unter dem Blick gaffender Passanten vor Sams Geschäft, und eine dunkelhaarige junge Frau stieg aus. Der Schnitt und der Stoff ihrer Kleidung zeugten eindeutig von Wohlstand. Die Nachmittagshitze war unerträglich, doch die junge Frau trug ein schweres dunkles Kleid und ein wollenes Schultertuch. Sie sah sich höflich und neugierig um, bis eine ältere Frau, die ebenso fein in Schwarz gekleidet war, ausgestiegen war. Die ältere Frau warf einen angewiderten Blick auf ihre Umgebung, fasste ihre Gefährtin am Ellbogen und führte sie rasch in Sams Geschäft.

Sie waren in der Tat wegen eines Porträts gekommen. »Die Idee meines Verlobten«, sagte die junge Frau. »Er hat es in Auftrag gegeben, als Hochzeitsgeschenk.« Sam bat die beiden Damen, auf seinen besten Stühlen Platz zu nehmen, brachte ihnen Tee und zeigte ihnen während der nächsten Stunde Stoffballen, mit Perlen besetzte Schals, mit Münzen besetzte Schleier und was immer ihnen für Schnickschnack gefallen konnte. Überraschenderweise hatte die junge Frau einen guten Blick für Authentizität und wies die kitschigsten Dinge zurück. Bald hatte sie Kleidung zusammengestellt, wie sie eine begüterte osmanische Frau tatsächlich einst getragen haben mochte.

Die Sonne fiel schräg durch die großen Fenster des Ladens, und die alte Frau tupfte sich mit einem Taschentuch die Stirn; doch die junge Frau machte keinerlei Anstalten, das Schultertuch abzulegen, und Sam bemerkte, dass die Hand mit der Teetasse leicht zitterte. Irgendeine Krankheit oder eine Schüttellähmung vielleicht. Eine Schande bei einer so jungen und hübschen Frau.

Schließlich kamen sie, wie Sam erwartet hatte, zum Thema Schmuck. Er ging ins Hinterzimmer und kehrte mit einer alten ledernen Schachtel zurück, die deutliche Gebrauchsspuren aufwies, und blies imaginären Staub vom Deckel. »Die zeige ich nur selten«, sagte er.

Er öffnete die Schachtel, und der jungen Frau verschlug es den Atem, als er eine Kette nach der anderen herausnahm. »Wie wunderschön! Sind sie alt?«

»Ja, sehr alt. Sie haben meiner *dschaddah* gehört – entschuldigen Sie, wie sagt man, Mutter von Mutter?«

»Großmutter.«

»Danke, ja, meiner Großmutter. Sie war Beduinin. Kennen Sie? Leute, die durch Wüste ziehen.«

»Ja, ich habe von Beduinen gehört«, sagte die Frau.

»Mein Großvater hat ihr geschenkt, bei Hochzeit. Als Teil von … hmm. Preis?«

»Ihrer Aussteuer?«

»Ja, Aussteuer. Als sie gestorben ist, sie hat mir die Ketten hinterlassen, um zu verkaufen. Denn schöne Kette muss von schöner Frau getragen werden, oder sie ist gar nichts wert.«

»Sie wollen sie nicht für Ihre Frau oder Kinder behalten?«

»Für sie« – er machte eine ausholende Handbewegung durch den Laden – »ich habe Geschäft. Viel wertvoller, in Amerika.«

Sie kicherte. »Sie sind ein kluger Mann, Mr. Hosseini.« Neben ihr schniefte die alte Dame, als wollte sie damit ihre Meinung über die Klugheit von Mr. Hosseini oder vielleicht auch über die gesamte Unterhaltung zum Ausdruck bringen.

»Darf ich sie anprobieren?« Die junge Frau deutete auf die Kette mit den Plättchen aus blaugrünem Glas.

Er holte einen Spiegel und hielt ihn hoch, während die alte Frau den Verschluss einrasten ließ. Sie betrachtete sich, und Sam lächelte. Die Kette passte, als wäre sie für ihren Hals gemacht. »Wunderschön«, murmelte er. »Wie Königin der Wüste.«

Mit zitternden Fingern berührte sie die Kette. Die runden Glasplättchen bewegten sich leicht und klirrten leise. »Eine Königin der Wüste«, sagte sie. Und dann nahm ihr Gesicht einen erschreckend tieftraurigen Ausdruck an. Tränen flossen ihr aus den Augen; sie bedeckte sie mit der Hand und holte schluchzend Luft.

»Mein Liebe, was ist denn los?«, rief die alte Frau. Aber ihre junge Begleiterin schüttelte nur den Kopf und versuchte zu lächeln, offenbar war ihr das eigene Verhalten peinlich. Sam holte ein Taschentuch, das sie dankbar nahm, um sich damit die Augen abzutupfen. Betrübt platzte es aus ihm heraus: »Sie gefällt Ihnen nicht?«

»Oh, doch! Sie gefällt mir sehr gut! Entschuldigen Sie, Mr. Hosseini, aber im Moment bin ich einfach nicht ich selbst.«

»Das liegt an der Hochzeit«, versuchte die ältere Frau sie zu trösten. »Deine Mutter macht so ein Theater um alles, dass ich mich frage, wie du es aushältst.«

Sam nickte und dachte an seine eigene stille Lulu, ihr unterschwelliges Heimweh. »Hochzeit ist seltsame Zeit«, sagte er. »Viel Glück, aber auch viele Veränderungen.«

»So ist es.« Die junge Frau holte tief Luft und lächelte dann ihr Spiegelbild an. »Sie ist wunderschön. Wie viel verlangen Sie dafür?«

Sam nannte eine Summe, die er für knapp unterhalb von aberwitzig hielt, und sie stimmte bereitwillig zu.

Die alte Frau riss beunruhigt die Augen auf und blickte drein, als hätte sie der jungen Frau eine strenge Standpauke gehalten, wären sie allein gewesen. Da er den Einkauf nunmehr für abgeschlossen hielt, brachte Sam mehr Tee und kleine Küchlein, die mit gehackten Pistazien bestreut waren. »Meine Frau hat gemacht«, sagte er stolz, verpackte ihre Einkäufe und trug sie zu ihrem Wagen hinaus. Der Kutscher gab ihm eine Adresse in der Park Avenue, an die er die Rechnung schicken sollte.

Als die Frauen schließlich aufstanden, um zu gehen, legte Sam die Hand aufs Herz und verbeugte sich vor beiden. »Ihr Besuch war mir eine Ehre«, sagte er. »Wenn Sie noch etwas brauchen, bitte Sie kommen wieder.«

»Das werde ich«, sagte die junge Frau herzlich und ergriff seine Hand; er spürte das seltsame Zittern ihrer Finger. Sie blickte zu der älteren Frau, die bereits unterwegs zur Tür war, und senkte die Stimme: »Mr. Hosseini, kennen Sie viele Ihrer syrischen Nachbarn?«

»Ja«, sagte er überrascht. »Ich bin schon lange hier, ich kenne alle.«

»Können Sie mir sagen … kennen Sie einen Mann …« Doch dann schaute sie wieder zu der alten Frau, die neben der Tür wartete, und was für eine Frage auch immer sie hatte stellen wollen, sie kam ihr nicht über die Lippen. Sie lächelte ein wenig traurig und sagte: »Es ist nicht wichtig. Danke, Mr. Hosseini. Für alles.« Die Glocke an der Tür bimmelte, als sie hinausging.

Der Kutscher half Sophia beim Einsteigen. Sie setzte sich neben ihre Tante und zog das Schultertuch fester um sich. Der Ausflug hatte sich gelohnt, sie wünschte nur, dass sie nicht geweint hätte und so unangenehm aufgefallen wäre. Vermutlich sollte sie sich bei ihrer Tante bedanken, die eine Entschuldigung für ihre Tränen gefunden hatte, auch wenn der wahre Grund dafür ein ganz anderer gewesen war. *Eine Königin der Wüste.* Genau das hatte sie sich vorgestellt, in ihrem Bett, in seinen Armen. Die Ironie, die sich hinter dem Porträt versteckte, war ihr nicht entgangen.

Ihre schwitzende Tante fächelte sich mit ihren Handschuhen Kühlung zu. Sie wandte sich an Sophia, als wollte sie etwas sagen – *diese fürchterliche Hitze* –, doch dann bremste sie sich und lächelte sie nur gezwungen an. Sophias Krankheit hatte zumindest einen Vorteil: Das neue Unbehagen aller um sie herum bedeutete, dass sie weniger plaudern musste.

Der Kutscher dirigierte den Hansom weg vom Gehweg und manövrierte ihn langsam durch das Gewirr zahlloser Wagen. »Sollen wir in den Central Park fahren?«, fragte ihre Tante. »Ich bin sicher, deine Mutter hätte nichts dagegen.«

»Ist schon gut, Tante. Ich möchte lieber nach Hause.« Sie lächelte, um die Zurückweisung abzumildern. Ihre Tante machte sich wie alle anderen Sorgen um sie. Sophia war nie ein lebhaftes Mädchen gewesen, aber zumindest war sie spazieren gegangen, hatte Freundinnen besucht und die Dinge getan, die begüterte junge Frauen tun sollten. Jetzt saß sie nur noch stundenlang vor dem Kaminfeuer. Sie wusste, dass alle sie bemitleideten, doch sie empfand ihre lange Rekonvaleszenz tröstlich. Ihre Mutter hatte sie von allen gesellschaftlichen Verpflichtungen entbunden – es waren nicht viele, da die Winstons die einzige bedeutende Familie war, die sich noch in der Stadt aufhielt. Ihr Vater, der in seiner Sorge zur Nachsicht neigte, hatte ihr seine Bibliothek geöffnet, und jetzt konnte sie endlich nach Herzenslust lesen. Alles in allem waren die letzten Wochen mit die friedlichsten ihres Lebens gewesen, und sie kam sich vor, als würde sie in einer fragilen Auszeit, in einem Augenblick der Gnade leben.

Doch der würde bald vorbei sein. Ihre Mutter war entschlossen, die Hochzeitsvorbereitungen weiter voranzutreiben. Den Eltern ihres Verlobten hatte sie sogar versichert, dass sich Sophias Tremor besserte, was definitiv nicht der Fall war. Sophia hatte nur gelernt, ihn geschickter zu verbergen. Und was Charles anbelangte, so machte er bislang den Eindruck, als wolle er sich vom Anblick seiner zitternden Verlobten nicht beirren lassen. Bei jedem Treffen erkundigte er sich nach ihrer Gesundheit – sie bemühte sich jedes Mal um eine Antwort, die weder die Unwahrheit noch eine Klage war – und ließ dann einen Schwung belangloser Höflichkeiten vom Stapel. Genau diese Art Unterhaltung hatte sie gehofft, nie mit ihrem Mann führen zu müssen, und sie bezweifelte, dass er Vergnügen daran hatte. Sie befürchtete, dass ihr Eheleben einem schlechten Roman gleichen würde: der unzufriedene junge Ehemann, die kränkliche Erbin.

Sie schaute den geschäftigen Männern und Frauen vor dem Fenster ihres Wagens zu und fragte sich, wie es wäre, sich unter sie zu mischen, sich von diesem warmen Gedränge forttreiben zu lassen, weit, weit weg.

Und dann sah sie ihn.

An diesem Vormittag war es in der Schmiede besonders stickig. Jeder Schlag von Arbeelys Hammer, jeder dumpfe Knall von Metall auf Metall schien darauf abgestimmt und dazu berechnet, die Nerven noch weiter zu strapazieren. Und als Arbeely grummelte, dass die Rohhaut seines Hammers bald zu dünn sein würde, erklärte der Dschinn, er werde im Sattlereigeschäft in der Clarkson Street Leder kaufen. Es war ein weiter Weg für eine kleine Sache, aber Arbeely hatte ihm nicht widersprochen. Offenbar wollten sich beide aus den Augen gehen.

Sie hatten wieder gestritten, bitterlich, diesmal wegen Matthew. Arbeely hatte in Erfahrung gebracht, dass der Junge keinen Vater hatte, und schien der Ansicht zu sein, dass sich der Dschinn Sorgen um Matthews Wohlergehen machen sollte. In dem darauffolgenden Streit waren Ausdrücke wie *moralisches Vorbild* und *geeignete Vaterfigur* und andere undurchschaubare Forderungen laut geworden, von denen der Dschinn vermutete, dass sie etwas Vorwurfsvolles hatten. Was ging es Arbeely an, wenn Matthew seine Nachmittage mit ihm verbringen wollte? In Wahrheit, so argwöhnte der Dschinn, war Arbeely eifersüchtig. Matthew achtete kaum auf ihn, auch wenn er widerspruchslos gehorchte, wann immer ihn Arbeely auf die späte Stunde hinwies und sagte: *Deine Mutter wird sich Sorgen machen.* Doch jeden Nachmittag setzte sich der Junge wortlos auf die Bank des Dschinns. Und das war kein Wunder. Wer würde seinen Nachmittag mit Arbeely verbringen, wenn er es vermeiden konnte? Der Kupferschmied wurde jeden Tag miesepetriger, seine Stirn runzelte sich vor Sorge und Missbilligung, seine Augen waren vor Schlafmangel eingesunken. *Du siehst fürchterlich aus*, sagte der Dschinn eines Morgens zu ihm, woraufhin der Mann ihn mit erschreckend unverhohlener Feindseligkeit angeblickt hatte.

Er verließ die Schmiede, wie üblich in grüblerischer

Stimmung, und überquerte die Straße, wich gereizt Wagen und Pferden aus. Ein Stau hatte sich hinter einem Hansom gebildet, der vom Gehsteig wegfahren wollte. Der Einspänner setzte sich in Bewegung, und der Dschinn schaute durch das Fenster, als er daran vorbeiging.

Es war eindeutig Sophia – und doch musste er noch einmal hinsehen. Sie war blass und schwarz gekleidet und hatte sich auf erschreckende Weise verändert. Ihr dunkles Zimmer mit den abgedeckten Möbeln fiel ihm ein. Was war passiert? War das Mädchen krank?

Sie blickte auf und sah ihn. Ihre Miene brachte Überraschung, Bestürzung, Zorn zum Ausdruck – doch sie wurde weder rot, noch senkte sie den Blick, wie sie es früher getan hätte. Sie hielt seinem Blick stand und sah ihn mit so unverhohlener, schutzloser Traurigkeit an, dass er als Erster wegschauen musste.

Im nächsten Moment war der Wagen an ihm vorbeigefahren. Verwirrt und erschüttert setzte der Dschinn seinen Weg fort. Er sagte sich, dass sie ein wohlhabendes Mädchen war und dass nicht er ihr Problem lösen konnte, worin auch immer es bestand. Doch er wurde das Gefühl nicht los, dass sie ihn in diesem Augenblick für irgendetwas zur Rechenschaft hatte ziehen wollen.

Abu Yusuf saß auf dem Boden des Krankenzelts und hielt die Hand seiner Tochter. Drei Tage waren vergangen, seitdem Fadwa krank geworden war, und er war die ganze Zeit nicht von ihrer Seite gewichen. Er sah, wie ihre Finger im Traum nach Luft griffen, hörte, wie sie stöhnte und wirres Zeug murmelte. Einmal hatten sie sie überredet, die Augen zu öffnen, aber als das Mädchen einen Blick auf Abu Yusuf warf, hatte sie entsetzt aufgeschrien und gewürgt. Danach hatten sie ihr die Augen mit einem schwarzen Tuch verbunden.

Das Wort *besessen* hing in der Luft, war in jedem Blick zu lesen, aber niemand sprach es aus.

Abu Yusufs Brüder übernahmen wortlos seine Pflichten. Fatim verrichtete ihre Arbeit wie gewöhnlich, murmelte, dass irgendjemand sie ja ernähren müsse und es Fadwa nicht helfe, wenn sie alle verhungerten. Alle paar Stunden brachte sie eine Schale verdünnten Joghurt in das Krankenzelt und flößte ihrer Tochter so viel wie möglich davon ein. Ihre Augen waren gerötet, und sie sagte kaum etwas, schaute nur zu ihrem Mann hinüber, der dort saß und sich im Stillen Vorwürfe machte. Er hätte Alarm schlagen müssen, als er den Palast gesehen hatte, den es nicht geben konnte. Er hätte seine Tochter nehmen und mit ihr weit, weit fort reiten sollen.

Am Ende des zweiten Tages hatten sich Vorwürfe in Fatims Blick geschlichen. *Wie lange*, schien sie zu sagen, *wirst du hier sitzen und nichts tun? Wie lange soll sie leiden, wenn du doch weißt, was zu tun ist?* Und ein Name tauchte unausgesprochen zwischen ihnen auf: *Wahab Ibn Malik.*

Er wollte ihr erwidern, dass es die Vernunft gebot, abzuwarten und zu sehen, ob sich Fadwas Zustand bessern würde, bevor er diesen Weg einschlug. Dass er keine Ahnung hatte, ob Ibn Malik überhaupt noch lebte. Aber am Morgen des dritten Tages musste er sich eingestehen, dass sie recht hatte. Fadwa ging es nicht besser, und seine Vernunft wirkte zunehmend wie Feigheit.

»Genug«, sagte er und stand auf. »Sag meinen Brüdern, sie sollen ein Pferd und ein Pony satteln. Und bring mir eins von den Mutterschafen.« Sie nickte grimmig und verließ das Zelt.

Er packte Proviant für eine Woche ein, dann setzte er Fadwa auf das Pony, fesselte ihr die Hände und band sie am Sattel fest. Ihr Kopf mit den verbundenen Augen rollte vor und zurück, wie bei jemandem, der Wache halten soll und dabei immer wieder einnickt. Er band das Schaf mit einer langen Leine an Fadwas Pony fest. Dann stieg er auf sein Pferd, nahm die Zügel des Ponys und führte sie aus dem Lager: eine bedauernswerte, halb blinde Prozession. Niemand hatte sich eingefunden, um sie zu verabschieden. Stattdessen spähte ihnen der Clan aus Zeltfenstern und -türen nach und betete lautlos für ihre wohlbehaltene Rückkehr und um Schutz vor dem Mann, den sie aufsuchen wollten. Nur Fatim stand im Freien und sah ihrem Mann und ihrer Tochter nach, bis sie verschwunden waren.

Ibn Maliks Höhle befand sich in den westlichen Hügeln, in einem felsigen, windgepeitschten Hang. Nur wenige aus dem Clan machten sich je nach Westen auf, denn es gab dort keine Weiden, keinen Lagerplatz. Schon als Abu Yusuf noch ein Junge war – und noch nicht Abu Yusuf genannt wurde, sondern nur Jalal Ibn Karim –, hatte *sich nach Westen aufmachen* im Clan bedeutet, zu Wahab Ibn Malik zu reiten. Eltern mit einem Kind, das schwerkrank war oder einen Exorzismus brauchte, machten sich nach Westen auf; unfruchtbare Frauen zogen mit ihren Männern nach Westen und wurden bald darauf schwanger. Aber Ibn Malik beanspruchte immer etwas als Gegenleistung, entweder von den Geheilten oder von denen, die sie gebracht hatten – nicht nur ein Schaf oder zwei, sondern etwas Immaterielles und Unersetzbares. Der Vater des geheilten Kindes sprach nie wieder ein Wort. Die schwangere Frau erblindete bei der Geburt. Niemand jammerte über den

Verlust; die Schulden bei Ibn Malik waren hiermit beglichen worden, und jeder wusste es.

Abu Yusufs Cousin Aziz hatte einst so eine Schuld bezahlt. Aziz war neun Jahre älter als der junge Jalal und groß, stark und gut aussehend. Alle Männer des Clans konnten reiten, als wären sie im Sattel geboren, aber Aziz ritt wie ein Gott, und dafür betete Jalal ihn an. Jalal hütete die Schafe seines Vaters, als Aziz' Pferd in ein Loch stolperte und seinen Reiter abwarf. Der junge Mann brach sich das Kreuz und das Genick. Aziz schwebte einen Tag lang zwischen Leben und Tod, bevor sein Vater beschloss, sich nach Westen aufzumachen. Es war unmöglich, eine Bahre den felsigen Hang hinaufzuziehen, deswegen brach er allein auf und kehrte mit einem Sack voller Umschläge zurück. Als er sie Aziz anlegte, heilten seine Knochen, und sein Fieber sank. Nach einer Woche stand er auf und konnte wieder gehen. Doch von da an scheute jedes Pferd, dem er sich näherte, vor ihm zurück. Die wenigen, die es ihm anzufassen gelang, wieherten entsetzt und hatten Schaum vor dem Maul. Aziz al-Hadid, der Meister der Pferde, ritt nie wieder. Er wurde ein Schatten seiner selbst, aber zumindest lebte er.

Langsam zogen sie gen Westen. Alle paar Stunden hielt Abu Yusuf einen Wassersack an Fadwas Lippen oder flößte ihr ein bisschen Joghurt ein. Manchmal spuckte sie alles wieder aus; manchmal schluckte sie, als wäre sie am Verhungern. Bald ging das flache Gelände in eine verwinkelte, zerklüftete Hügellandschaft über. Der Weg war anstrengend, und das Schaf geriet ins Straucheln. Als klar war, dass es nicht mehr mithalten konnte, stieg Abu Yusuf ab, kniete sich auf das sich wehrende Schaf und schlug ihm mit einem großen Stein den

Schädel ein. Es müsste bald ausgeblutet werden, oder sein Blut würde zu Gift; aber wenn er es hier tat, würde er jeden Schakal in der Gegend anlocken. Er warf den Kadaver über sein Pferd, und sie ritten weiter.

Es war fast Abend, als Ibn Maliks Höhle in Sichtweite kam. Abu Yusuf blinzelte in die untergehende Sonne und sah eine kleine magere Gestalt im Schneidersitz auf einem flachen Felsen vor der Höhle sitzen. Er lebte. Und er hatte gewusst, dass sie kamen. Natürlich hatte er es gewusst.

Wahab Ibn Malik war bereits in den Dreißigern gewesen, als sich der Cousin des jungen Abu Yusuf so schwer verletzt hatte; dennoch war Abu Yusuf geschockt vom Zustand des Mannes, der auf sie wartete. Er schien kaum mehr zu sein als ein ledriges, gelbäugiges Skelett. Als sie bei ihm angekommen waren, stand er auf, entfaltete sich wie eine Spinne, und Abu Yusuf sah, dass er nackt war bis auf einen zerrissenen Lendenschurz. Er blickte sich nach Fadwa um, aber sie konnte natürlich nichts sehen, da ihre Augen verbunden waren.

Er stieg ab, nahm das tote Schaf von seinem Pferd, trug es zu Ibn Malik und legte es ihm vor die Füße. Der Mann grinste Abu Yusuf an, entblößte dabei dunkle, abgebrochene Zähne und schaute zu Fadwa, die noch immer auf ihrem Pony angebunden war.

»Du willst einen Exorzismus«, sagte Ibn Malik. Seine Stimme war erstaunlich tief und volltönend, als würde sie nicht aus seinem Körper, sondern von woandersher kommen.

»Ja«, sagte Abu Yusuf voll Unbehagen. »Wenn du glaubst, dass es Hoffnung gibt.«

Ibn Malik lachte. »*Hoffnung* gibt es nie, Jalal Ibn Karim«, sagte er. »Es gibt nur das, was getan werden kann, und das, was nicht getan werden kann.« Er schaute zu Fadwa. »Hol sie runter und folge mir. Und dann werden wir sehen, was getan werden kann.« Damit beugte er sich hinunter, packte zwei Beine des toten Schafs und zog es durch den Eingang in die Höhle.

Was Abu Yusuf für eine kleine Felsgrotte gehalten hatte, war nur die erste einer Reihe miteinander verbundener, von Fackeln erhellter Höhlen, die sich weit in den Berg hineinzogen. Während er Ibn Malik folgte, murmelte und wand sich Fadwa auf seinen Armen in dem Versuch, vor etwas zu fliehen, was nur sie sehen konnte. Die flackernden Fackeln rochen nach tierischem Fett und spuckten einen schmierigen schwarzen Rauch aus, der die Verbindungsgänge erfüllte.

In einer der kleineren Höhlen bedeutete ihm Ibn Malik, Fadwa auf eine primitive Pritsche zu legen. Abu Yusuf tat es, versuchte den Schmutz zu ignorieren und sah hilflos zu, wie Ibn Malik begann, sie zu untersuchen. Fadwa wehrte sich gegen den Mann, bis er ihr etwas einflößte, woraufhin sie sich entspannte und reglos dalag. Dann zog er sie aus. Sein Verhalten war vollkommen leidenschaftslos, dennoch hätte Abu Yusuf ihn am liebsten von ihr weggezerrt und ihm wie dem Schaf den Schädel eingeschlagen.

»Nur ihr Geist wurde verletzt, nicht ihr Körper«, sagte Ibn Malik schließlich. »Du wirst erfreut sein zu hören, dass sie noch Jungfrau ist.«

Abu Yusuf sah rot. »Mach weiter«, stieß er hervor.

Ibn Malik entfernte die Augenbinde, zog zuerst ein Augenlid zurück, dann das andere. Abu Yusuf zuckte zusammen, erwartete, dass sie schreien oder sich übergeben würde, aber sie lag still und schweigend da.

»Interessant«, sagte Ibn Malik und schnurrte dabei fast wie ein Katze.

»Was ist es?«

Der knochige Mann bedeutete ihm zu schweigen, absurderweise mit der gleichen Geste wie Fatim, und Abu Yusuf hätte am liebsten gelacht. Dieser Impuls erlosch, als Ibn Malik sich rittlings auf Fadwa setzte. Mit beiden Händen zog er ihre Lider zurück; seine schmutzigen Unterarme berührten ihre Schultern. Eine lange Weile starrten sie einander tief in die Augen. Keiner von beiden blinzelte, und beide schienen nicht mehr zu atmen. Abu Yusuf wandte sich ab, weil er nicht länger mit ansehen wollte, wie Ibn Malik auf der Brust seiner Tochter saß wie ein groteskes Insekt. Der Rauch der Fackeln stieg ihm in die Nase und verklebte seine Lunge, ihm wurde schwindlig. Er lehnte sich gegen den rauen Stein und schloss die Augen.

Nach einer Weile – er wusste nicht, wie viel Zeit vergangen war – hörte er eine Bewegung, wandte sich um und sah, wie Ibn Malik von seiner Tochter stieg. Der uralte Mann lächelte, seine Augen strahlten wie die eines aufgeregten Jungen.

»Darauf habe ich mein ganzes Leben gewartet«, sagte Ibn Malik.

»Kannst du sie heilen?«, fragte Abu Yusuf tonlos.

»Ja, ja, kein Problem«, sagte der Mann ungeduldig, und Abu Yusuf gaben die Knie nach, und seine Augen füllten sich mit Tränen. »Aber nicht sofort. Nein, noch nicht. Hier geht es um mehr. Ich muss nachdenken. Wir brauchen einen Plan, eine Strategie.«

»Eine Strategie *wofür*?«

Ibn Malik grinste. »Um den Dschinn zu fangen, der deiner Tochter das angetan hat.«

KAPITEL 22

Zwei Stunden nachdem das Licht gelöscht worden war, erwachte der Mann, der unter dem Namen Joseph Schall bekannt war, im dunklen Schlafsaal des Wohnheims. Den ganzen Tag über war er vorbildlich fleißig gewesen, hatte Decken, Feldbetten, Seifen verteilt und in der von Kakerlaken heimgesuchten Küche Teller gespült. Beim abendlichen Antreten hatte er Namen auf der Liste abgehakt und die unvermeidlichen Streitereien geschlichtet, bevor er sich in sein Bett gelegt hatte und in einen tiefen, erholsamen Schlaf gesunken war. Doch jetzt, als er sich leise anzog und seine Schuhe nahm, fiel die Rolle des Joseph Schall von ihm ab wie eine zweite Haut. Es war fast Mitternacht, und Yehudah Schaalmans Tag begann.

Seit der Nacht, als ihm das Opium zu einer Erleuchtung verholfen hatte, war Schaalmans Suche von einer neuen Energie geprägt. Ihm war klar, dass er einen Fehler gemacht und sich seine Beute als etwas vorgestellt hatte, was versteckt war wie ein Schmuckstück in der Mitte eines Irrgartens. Aber ihm waren die Augen geöffnet worden. Was immer es war, es war *unterwegs*. Es war etwas, was man, wissentlich oder unwissentlich, mit sich tragen und weitergeben konnte.

Als Erstes war er in die Bowery zurückgekehrt in der Hoffnung, die Spur dort wieder aufzunehmen. Eine Woche lang war er über die Dächer gegangen, eine weitere anonyme Seele unter vielen. Doch die Spuren, die sich so frisch angefühlt hatten, begannen zu verblassen. Sogar Conroy, der Hehler, hatte seine Anziehungskraft verloren; jetzt schien er kaum mehr interessant.

Doch Schaalman ließ sich nicht beirren. Einmal hatte er durch schieren Zufall die Spur gefunden. Warum sollte das nicht noch einmal geschehen?

Und so machte er sich erneut auf, ließ sich vom Zufall in unbekannte Viertel leiten, wo das Jiddische auf den Schildern immer seltener wurde. Diese Straßen waren nachts nahezu verlassen, es gab keine Menschenmenge, in der er untertauchen konnte, und Schaalman fühlte sich ungeschützt und war auf der Hut. Doch das Risiko lohnte sich: Bald zog ihn der Zauber nach Norden, vorbei an langen Häuserblocks mit Säulen, die die Eingänge flankierten, zu einem großen, offenen Park, vor dem ein riesiger, beleuchteter Torbogen stand, dessen alabasterweiße Oberfläche verführerisch glühte. Seine Beute war erst vor kurzem hier gewesen.

Fast eine Stunde betrachtete er den Torbogen und versuchte, hinter seine Bedeutung zu kommen. War er Teil eines Gebäudes gewesen oder das Tor zu einer verschwundenen Stadt? Ein unverständliches englisches Zitat befand sich auf einer Seite, doch Schaalman bezweifelte, dass es ihm Antworten liefern würde. Er riskierte es, ein paar Formeln zu sprechen, um das Unsichtbare sichtbar zu machen, doch es passierte nichts. Der Bogen ragte über ihm auf, ein unberechenbares Gewicht aus Marmor. Ein steinerner Adler saß auf dem Giebel an der höchsten Stelle des Bogens und schaute aus einem kalten Auge auf Schaalman herunter. Beunruhigt verließ Schaalman den Park und kehrte ins Wohnheim zurück, wo er kurz vor Tagesanbruch in sein Bett fiel.

Ein paar Nächte später kehrte er zum Washington Square Park zurück; doch wie bei der Bowery ließ seine Faszination bereits nach. Also marschierte er weiter nach Norden, durch die Seitenstraßen der Fifth Avenue und schnappte hier und da Spuren auf. Er musste sich konzentrieren, denn seine Umgebung lenkte ihn permanent ab, die monumentalen Gebäude aus Granit, die riesigen Glasfenster. Wie konnte eine Straße Meilen über Meilen schnurgerade verlaufen, ohne auch nur einmal eine Kurve zu machen? Das erschien ihm unnatürlich, es war ihm unheimlich.

Schließlich zog ihn der Zauber in einen anderen Park. Er war von Bäumen gesäumt und mit bronzenen Figuren in antiken Gewändern gesprenkelt. Hier und da lagen obdachlose Männer im Gras, doch keiner weckte sein Interesse. Und so kehrte er in tiefer Melancholie versunken ins Wohnheim zurück mit dem Gefühl, erneut Levys Onkel nachzujagen.

Und das war natürlich der andere rote Faden in dem verwirrten Knäuel: die unbekannte Verbindung zwischen seiner Beute und der frisch vermählten Mrs. Levy. Es war seiner Aufmerksamkeit nicht entgangen, dass der Zauber keinerlei Interesse an ihrem Mann hatte. Sie ahmte das Leben einer gewöhnlichen verheirateten Frau nach; aber führte sie auch noch ein anderes Leben? Das wäre eine Antwort auf die Frage, wie sie die Nächte verbrachte.

Und so folgte er ihr eines Nachmittags von der Bäckerei nach Hause und musste sofort frustriert feststellen, dass der Zauber auch bei ihr nicht mehr anschlug. Konnte es sein, dass ihre Anwesenheit in New York reiner Zufall war? Nein: Sie war zu sehr mit seiner Suche, mit Levy und seinem toten Onkel verflochten. Hier war mehr, er musste es bloß finden.

Trotz ihrer Größe fiel es ihm schwer, sie nicht aus den Augen zu verlieren. Sie bewegte sich schnell durch die Menschenmenge und gab Hausierern und Händlern mit ihren Handwagen kaum eine Chance, sich ihr zu nähern. Sie hielt nur einmal an und betrat einen Gemischtwarenladen, um Mehl und Tee, Faden und Nadeln zu kaufen. Sie plauderte nicht mit der Ladenbesitzerin und sagte nicht mehr als *bitte* und *danke*. Mit ihrem unauffälligen Paket ging sie anschließend schnurstracks nach Hause und verschwand in dem Gebäude.

Vielleicht wäre es ergiebiger, sie abends zu beobachten. Am selben Abend verfolgte er auch Levy, als dieser nach Hause ging. Der Mann machte keine Umwege, aber das war keine Überraschung. Bislang hatte er sich als so interessant wie ein Klinkerstein erwiesen.

Schaalman bezog Stellung im Hauseingang gegenüber, wappnete sich mit einem Zauber, der ihn wach hielt, und bereitete sich auf eine lange Nacht vor. Doch die beiden Levys tauchten erst am nächsten Morgen wieder auf. Michael kam als Erster gähnend aus dem Haus. Seine Frau folgte ein paar Minuten später und schritt forsch Richtung Bäckerei aus. Schaalman hatte nicht viel auf seine Theorie gegeben, dennoch fühlte er sich auf obskure Weise von seinem Geschöpf enttäuscht. Was tat sie die ganze Nacht? Hörte sie ihrem Mann beim Schnarchen zu, während sie im Kerzenschein seine Socken wusch? Am liebsten hätte er sie zusammengestaucht. Der bemerkenswerteste Golem auf der Welt, und sie war es zufrieden, die Hausfrau zu spielen! Aber andererseits entsprach es vielleicht ihrer Natur: Sie brauchte jemanden, der ihren verstorbenen Meister ersetzte, jemanden, dem sie gehorchen konnte.

Er schleppte sich zurück ins Wohnheim. Seine Füße schmerzten; der Kopf tat ihm weh vor Müdigkeit und den Nachwirkungen des Zaubers. Er musste sich ständig daran erinnern, dass er Fortschritte machte, wie unerträglich langsam er auch vorankam. Aber es war zum Wahnsinnigwerden. Er fiel auf sein Bett, ohne sich die Schuhe auszuziehen. Eine Stunde später erwachte er als der harmlose alte Joseph Schall, bereit für seine täglichen Pflichten.

Und der Tag stellte bereits jetzt eine Herausforderung für das Personal des Wohnheims dar. Die Köchin war in der Küche einem Herzinfarkt nahe. Niemand hatte das Schild für den Eisverkäufer ins Fenster gestellt, und jetzt musste sie die Heringe, die für drei Tage reichen sollten, zum Frühstück servieren, oder sie würden ungenießbar. Zudem hatte Shimmels Bäckerei nicht genug geliefert; es fehlten etliche Brötchen für das Abendessen.

»Ich kann Brötchen kaufen gehen«, sagte Joseph Schall. »Aber vielleicht werde ich sie bei Radzins kaufen.« Er lächelte. »Ich würde gern Mrs. Levy guten Tag sagen.«

Bei Radzins ging es an diesem Morgen noch hektischer zu als im Wohnheim. Ruby, das neue Mädchen, hatte die falschen Bleche aus dem Ofen genommen, und jetzt waren die Challas nicht durch, und das Gebäck war verbrannt. Die Kunden warteten murrend am Ladentisch, während alle Mitarbeiter versuchten, den Schaden wiedergutzumachen. Da sie die Ungeduld spürte, rollte und schnitt und flocht der Golem, so schnell sie konnte. Sie merkte, wie sie immer gereizter wurde. Warum sollte sie Rubys Fehler ausbaden? Wenn sie in einem vernünftigen Tempo arbeitete und sich nicht darum kümmerte, dass die Kunden sich beschwerten, würde das Mädchen das nächste Mal vielleicht besser aufpassen.

Sie blickte zu Ruby, die hektisch in einer Schüssel Teig anrührte und sich insgeheim heftige Vorwürfe machte. Der Golem seufzte, enttäuscht von sich selbst. Seit wann war sie so bitter und unbarmherzig?

Auch die vergangene Nacht war schwierig gewesen. In Sorge wegen ihrer Schlaflosigkeit hatte Michael sie gedrängt, zu einem Arzt zu gehen. Sie hatte ihm versichert, dass sie sich absolut wohlfühlte. Doch sie begriff, dass die einzige Möglichkeit, ihn zu beruhigen, darin bestand, Schlaf vorzutäuschen. Und so hatte sie die ganze Nacht mit geschlossenen Augen und gewissenhaft atmend neben ihm gelegen. Nach ein paar Stunden konnte sie kaum mehr still halten. Sie hatte Krämpfe in den Beinen, und ihre Gedanken waren in Aufruhr. Am liebsten hätte sie ihn wach gerüttelt und ihm die Wahrheit ins Gesicht geschrien. Warum hatte er es noch nicht bemerkt? Wie konnte ein Mann so *blind* sein?

Und bei Tagesanbruch war er erwacht und hatte sie verschlafen angelächelt. »Du hast geschlafen«, murmelte er. Und sie hatte ein schlechtes Gewissen, weil er sich so freute.

Endlich hatte sich die Bäckerei vom morgendlichen Unheil erholt, und die Kunden entspannten sich. Der Golem ging in das Hinterzimmer, um ihr überflüssiges Mittagessen zu holen. Aus der Toilette drangen lautes Schluchzen und eine Flut verzweifelter Gedanken zu ihr. Sie klopfte leise an die Tür. »Ruby?« Schweigen. »Ruby, bitte komm raus. Es ist alles in Ordnung.«

Die Tür wurde einen Spaltbreit geöffnet; das Gesicht des Mädchens war zu sehen, rot und verquollen. »Nein, ist es nicht. Er wird mich rauswerfen, ich weiß es.«

»Das wird er natürlich nicht.« Es stimmte; Mr. Radzin war zwar sehr versucht gewesen, war jedoch zu erschöpft, um schon wieder jemanden neu einzustellen. »Er weiß, dass das alles neu für dich ist. Und wir machen alle Fehler, vor allem am Anfang.«

»*Du* nicht«, sagte Ruby mürrisch. »Du machst *nie* Fehler.«

Wieder nagte das schlechte Gewissen an ihr. »Ruby, ich habe mehr Fehler gemacht, als ich zählen kann. Aber wenn etwas schiefgeht, hat es keinen Sinn, sich zu verstecken und zu weinen. Du musst daraus lernen und weitermachen.«

Das Mädchen schniefte zweifelnd, aber dann wischte sie sich die Tränen aus dem Gesicht. »Na gut«, sagte sie leise und verließ den Raum, um sich Mr. Radzins finsteren Blicken zu stellen.

Der Golem aß ihr Butterbrot mit noch weniger Begeisterung als gewöhnlich. Unterdessen rannte Selma hin und her, holte Eier aus dem Eisschrank und Rollen mit Schnur. Vor einem Jahr noch war sie ein Mädchen mit rundem Bauch und Rattenschwänzen gewesen; jetzt war sie in die Höhe geschossen und stark. Sie hievte sich einen Sack Zucker auf die Schulter und war schon wieder verschwunden. Der Golem sah ihr nach und fragte sich, wie es wäre, eine Tochter zu haben. Sie wusste, dass Mrs. Radzin sich ständig Sorgen um Selma machte und gelegentlich wünschte, die Zeit anhalten und das Mädchen vor der Welt und ihren Enttäuschungen bewahren zu können. Selma dagegen konnte es nicht erwarten, älter zu werden und die geheimnisvollen Erwachsenen um sie herum zu verstehen, ihre geflüsterten Meinungsverschiedenheiten und ihr plötzliches Schweigen.

Und wo passte sie da hinein?, fragte sich der Golem. Irgendwo zwischen Mutter und Tochter, nahm sie an; nicht länger unschuldig, noch nicht verständig.

Sie dachte kurz an Michael und wie es ihm wohl im Wohnheim erging. Zweifellos arbeitete er zu hart. Demnächst würde sie sich mittags eine freie Stunde erbitten und ihm einen Teller mit Makronen bringen. Das passte zu einer Ehefrau. Es wäre eine Geste der Zuneigung.

»Chava?«

Sie blickte erschrocken auf. Selma stand in der Tür. »Papa sagt, dass du mit dem Verkaufen an der Reihe bist.«

»Natürlich.« Sie schob ihre Sorgen in die hinterste Ecke ihres Kopfes und ging zum Ladentisch, wo sie die gehetzte Mrs. Radzin ablöste. Die Frau tätschelte ihr dankbar den Arm und zog sich zurück. Der Golem lächelte und begann, die Kunden zu bedienen.

»Guten Tag, Mrs. Levy.«

Ein kleiner alter Mann mit blitzenden Augen stand vor der Theke. »Mr. Schall!«, sagte sie überrascht. »Ich habe Sie seit der Hochzeit nicht mehr gesehen. Wie geht es Ihnen?«

»Ach, ganz gut, ganz gut. Und Ihnen? Bekommt Ihnen das Eheleben?«

Ihr Lächeln drohte zu erlöschen; sie riss sich zusammen. »Ja, obwohl ich fürchte, dass Sie meinen Mann öfter sehen als ich.«

Er kicherte. »Jammerschade. Wahrscheinlich wäre

es Ihnen lieber, wenn Sie nicht arbeiten oder schlafen müssten.« Sie hielt nur einen Augenblick inne, bevor sie ihm lächelnd zustimmte.

Die Schlange hinter ihm wurde ungeduldig. Sie fragte: »Was darf es für Sie sein, Mr. Schall?«, und konzentrierte sich auf ihn, bereit zu holen, was immer er verlangte.

Aber da war nichts.

Sie sah, wie er den Mund bewegte, und hörte ihn sagen: »Können Sie drei Dutzend Brötchen erübrigen? Leider haben wir einen harten Tag im Wohnheim.« Doch jenseits davon hatte er keine Wünsche. Da war nur eine Leere, ein riesengroßes Nichts.

»Natürlich«, sagte sie leise. Und dann mit festerer Stimme: »Ja, natürlich. Wir können auch mehr erübrigen, wenn Sie möchten.«

»Nein, drei Dutzend sollten genügen.«

Sie packte rasch die Brötchen ein und wickelte Schnur um die Schachteln. In die letzte legte sie eine Handvoll Makronen. »Die sind für Michael«, sagte sie. »Und eine ist für Sie.«

Er lächelte und dankte ihr, dann zögerte er und schaute sie an. »Sie sind eine vorbildliche Frau, Chava. Ich habe nie daran gezweifelt, dass Sie eine bewundernswerte Ehefrau sein werden.« Und dann war er verschwunden.

Sie wandte sich dem nächsten Kunden zu und hörte kaum auf seine Bestellung. *Nie daran gezweifelt?* Was für eine sonderbare Wortwahl. Er hatte sie doch erst ein einziges Mal gesehen. Vielleicht hatte er gehört, wie Michael von seiner Verlobung erzählte. Aber – sie schauderte, als sie an die bizarre Leere, den vollkommenen Mangel an Ängsten und Wünschen dachte. Es war anders gewesen als bei Ahmad. Die Ängste und Wünsche des Dschinns waren noch da, nur verschleiert, vor ihren Blicken verborgen. Bei Joseph Schall hatte sie das Gefühl, als wären sie vorsätzlich entfernt worden. Sie dachte an den Arzt auf der *Baltika*, der Rotfelds Blinddarm herausschnitt, ihn aus seinem Körper nahm.

Den restlichen Nachmittag begrüßte und bediente sie Kunden und verbarg ihr Unbehagen unter ihrem gewohnten Lächeln. Doch die ganze Zeit wurde sie das Gefühl nicht los, dass mit Joseph Schall etwas ganz und gar nicht stimmte.

»Ein Erfolg!«, sagte Sam Hosseini zum Dschinn. »Ein Riesenerfolg!«

Die Ketten waren alle mit einem hübschen Profit verkauft worden. »Könntest du vielleicht noch ein Dutzend machen?«, fragte Sam. »Und diesmal auch noch dazu passende Armbänder?« Und wieder einmal nahm der Dschinn sein Werkzeug zur Hand. Doch sein Interesse an den Ketten war schon verblasst; er sah voraus, dass er sich damit bald genauso langweilen würde wie mit Arbeelys Bratpfannen.

Arbeely arbeitete mittlerweile immer länger in der Schmiede. Da sie mit Aufträgen überhäuft wurden, hatte er das Thema angesprochen, einen weiteren Gehilfen, einen Lehrling vielleicht einzustellen. Der Dschinn war alles andere als begeistert von dieser Idee. Abgesehen von seiner kaum erträglichen Wohnung war die Werkstatt der einzige Ort, wo er er selbst sein konnte – doch Arbeely würde zweifellos darauf bestehen, dass er seine unorthodoxen Methoden vor einem Neuankömmling verbarg.

Trotz des Schweigens und der angespannten Atmosphäre – oder vielleicht gerade deswegen – kamen sie mit der Arbeit gut voran; und eines Nachmittags bemerkte der Dschinn, dass er und Matthew die Hälfte von Sam Hosseinis Bestellung bereits fertiggestellt hatten und ihrem Zeitplan voraus waren. Der Dschinn lächelte, als er Matthew durch die Tür verschwinden sah. Vielleicht, so dachte er, würde er ein eigenes Geschäft gründen, ohne Arbeely, und Matthew als Lehrling aufnehmen. *Ahmad und Mounsef, Kunstschmiede.* Arbeely war unterwegs, um mit einem Lieferanten einen besseren Preis auszuhandeln, und es fühlte sich gut an, allein zu sein, ohne den mürrisch schweigenden Mann. Er beugte sich wieder über seine Arbeit und empfand etwas, was leise Zufriedenheit hätte sein können.

Die Tür flog auf.

Es war Matthew, leichenblass und panisch. Er rannte zum Dschinn und griff nach seinem Arm, sein ganzer Körper eine flehentliche Bitte; und der Dschinn ließ sich auf die Beine und zur Tür hinaus ziehen.

Der Junge rannte mit ihm die Straße hinunter. Aus den Augenwinkeln sah der Dschinn Maryam Faddoul, die neben einem Tisch auf dem Gehweg erschrocken von einer Unterhaltung aufblickte und ihnen nachschaute, während sie Wagen und Fußgänger überholten. Sie liefen die Treppe vor Matthews Haus hinauf, durch die Eingangshalle – die Blechdecke funkelte über ihnen – und hinauf in den vierten Stock. Eine Wohnungstür stand halb offen, und Matthew rannte hinein. Der Raum dahinter war düster und eng. Der Dschinn wappnete sich und folgte Matthew in ein winziges Wohnzimmer.

Eine Frau lag zusammengekrümmt auf dem Boden, ihr Gesicht auf den nackten Bodenbrettern. Matthew lief zu ihr, schüttelte ihren Arm – sie reagierte nicht – und blickte wortlos flehend zum Dschinn. Vorsichtig hob der Dschinn die Frau hoch und drehte sie um. Sie wog kaum mehr als ein Kind. Sogar er sah, dass sie schwer krank war. Ihre Augen waren geschlossen, ihre Haut fahl, abgesehen von einem dunkelvioletten Ausschlag auf den Wangen und der Nase. War das normal? Darunter erkannte er die fein ziselierten Züge Matthews.

»Ist das deine Mutter?« Ein ungeduldiges Nicken: *Ja, natürlich! Bitte hilf ihr!*

Was sollte er tun? Warum war Matthew ausgerechnet zu *ihm* gekommen? Völlig ratlos legte er die Frau auf die Couch und hielt das Ohr an ihre Brust. Er hörte einen Herzschlag, aber nur ganz schwach. Schweiß stand ihr auf der Stirn; ihre Haut war nahezu so heiß wie seine. Er spürte, wie sie einmal mühsam atmete und dann noch einmal. Sein eigener Körper spannte sich an, als versuchte er ihr zu helfen – aber nein, das war zwecklos, was sollte er bloß *tun*?

Schritte auf der Treppe, und herein lief Maryam. Sofort erfasste sie die Lage. Bis zu diesem Augenblick hatte er für Maryam nur argwöhnische Abneigung empfunden, doch jetzt war er mehr als erleichtert. »Ich glaube, sie stirbt«, sagte er zu ihr, und es klang wie ein Flehen.

Maryam zögerte nur eine Sekunde. »Bleiben Sie bei Matthew«, sagte sie. »Ich hole einen Arzt.« Und schon war sie wieder weg.

Der Hals der Frau lag etwas verdreht da, und er schob ein Kissen unter ihren Kopf in der Hoffnung, dass es ihr half. Matthew lief aus dem Zimmer, und der Dschinn fragte sich, ob der Junge zu große Angst hatte, um bei ihr zu bleiben; doch dann kam er zurück mit einem kleinen Papiertütchen und einem Glas Wasser. Der Dschinn schaute ihm zu, während Matthew einen Löffel voll weißen Pulvers aus dem Tütchen abmaß und es in das Wasser gab. War das … Medizin? Der Junge rührte eine Weile und hielt das Glas dann gegen das matte Licht der Lampe und sah es kritisch an. Anscheinend hatte er diesen Vorgang schon zahllose Male wiederholt. Matthew versuchte, den Kopf seiner Mutter anzuheben, und der Dschinn hob sie rasch in eine sitzende Position. Er nahm Matthew das Glas ab und hielt es ihr an die Lippen. Sie nippte schwach daran, dann begann sie zu husten und zu spucken. Er wischte das Wasser ab und blickte zu Matthew; der Junge bedeutete ihm verzweifelt *mehr, mehr*. Er versuchte, ihr mehr Flüssigkeit einzuflößen, aber sie war wieder bewusstlos geworden.

Weitere Schritte auf der Treppe – und dann stand ein silberhaariger Mann mit einer Ledertasche im Zimmer. »Bitte lassen Sie mich zu ihr«, sagte er, und der Dschinn zog sich zur Tür zurück. Wortlos untersuchte der Mann – der Dschinn vermutete, dass er der Arzt war – den Ausschlag in ihrem Gesicht und horchte dann auf ihre Atmung. Er griff nach ihrem Handgelenk, holte eine Taschenuhr heraus und maß ihren Puls. Nach einer Weile steckte er die Uhr wieder weg. »Befindet sich diese Frau in Ihrer Obhut?«, fragte er den Dschinn.

»Nein«, antwortete der Dschinn sofort. »Ich bin – ich kenne sie nicht.«

Augenblicklich wandte sich der Arzt an Matthew. »Bist du ihr Sohn?« Nicken. »Was hast du ihr gerade gegeben?« Matthew reichte ihm das Tütchen; der Arzt überprüfte es, steckte einen Finger in das Pulver und leckte daran. Er runzelte die Stirn. »Acetanilid«, sagte er. »Kopfwehpulver. Ist das die einzige Medizin, die sie nimmt? Sonst nichts?« Ein weiteres Nicken.

Maryam kam mit einem Eimer hereingelaufen. »Hier ist das Eis«, sagte sie.

»Gut«, sagte der Doktor. »Das werden wir brauchen.« Dann fragte er Matthew: »War sie bei einem Arzt?« Matthew flüsterte einen Namen, und der Mann kniff angewidert die Lippen zusammen. Er zog seine Brieftasche heraus und entnahm ihr einen Geldschein. »Hol ihn«, sagte er. »Wenn er nicht kommen will, gib ihm das. Aber sag ihm nicht, dass ich hier bin.« Und dann rannte Matthew wieder davon.

Der Dschinn stand steif in einer Ecke des Zimmers. Er kannte Matthews Mutter nicht, wusste nicht einmal ihren Namen. Er wollte unbedingt weg, brachte es jedoch nicht über sich zu gehen. Er sah zu, wie Maryam Matthews Mutter ein eiskaltes Tuch auf die Stirn legte und beruhigende Worte murmelte. Die Augen der Frau bewegten sich unter den Lidern. Der Arzt nahm ein Fläschchen mit einer klaren Flüssigkeit und ein Röhrchen mit einer langen Nadel an einem Ende aus seiner Tasche. Er vollführte ein Manöver mit Fläschchen und Röhrchen – auch er hatte diesen Vorgang offenbar unzählige Male wiederholt – und legte die Nadelspitze auf die Innenseite ihres Ellbogens. Maryam zuckte zusammen und schaute weg.

Der Dschinn sah fasziniert zu, wie die Nadel im Arm der Frau verschwand. »Was ist das?«

»Chinin«, sagte der Arzt und zog die Nadel wieder aus dem Arm. Im Ellbogen der Frau bildete sich ein winziger Blutstropfen. Es kam ihm vor wie eine Sinnestäuschung, ein Zaubertrick.

»Was ist mit dem Pulver?«

»Wenn sie genug davon genommen hat, hat es vielleicht ihre Kopfschmerzen erleichtert.«

Sie saßen in angespanntem Schweigen da und horchten auf die flachen Atemzüge der Frau. Der Dschinn blickte sich um und nahm zum ersten Mal seine Umgebung wahr. Die Wohnung war so winzig, dass er eine Gänsehaut bekam. Die Möbel waren abgenutzt und wacklig. Auf dem Kaminsims standen in einer Vase verstaubte Papierblumen unter einem verblassten Aquarell eines Bergdorfes. Schwere Vorhänge hingen vor den Fenstern, um auch noch den letzten Sonnenstrahl auszusperren.

Hier also lebte Matthew. So hatte es sich der Dschinn nicht vorgestellt. Aber was hatte er sich vorgestellt? Nichts. Er war nicht auf den Gedanken gekommen, sich etwas vorzustellen.

»Danke, dass Sie gekommen sind, Dr. Joubran«, sagte Maryam.

Der Mann nickte, blickte dann neugierig zum Dschinn. »Sie sind Boutros Arbeelys Partner, nicht wahr? Der Beduine.«

»Ahmad«, murmelte der Dschinn.

»Haben Sie sie gefunden?«

»Matthew hat sie gefunden. Und dann hat er mich geholt. Ich habe sie nie zuvor gesehen.«

Endlich kehrte Matthew zurück, einen schäbig gekleideten Mann im Schlepptau, der ebenfalls eine Ledertasche bei sich hatte. Beim Anblick von Dr. Joubran zuckte der Mann zusammen. Er drehte sich um und wäre am liebsten davongelaufen, doch Maryam stand rasch auf und stellte sich ihm in den Weg.

»Sie haben diese Frau behandelt, ist das richtig?«,

sagte Dr. Joubran. »Wie lautet Ihre Diagnose, wenn ich fragen darf?«

Der Mann trat nervös von einem Fuß auf den anderen. »Sie hat über Kopfschmerzen geklagt, schmerzende Gelenke und Fieber. Ich habe auf nervöse Hypochondrie geschlossen, ihr aber Acetanilid verschrieben.«

»Ich nehme an, dass Sie noch nie einen Fall von *Lupus erythematodes* gesehen haben?«

Der Mann blinzelte. »Lupus?«

»Ein Blick in ihr Gesicht hätte genügen müssen!«

Der Mann neigte sich vor und starrte sie verwirrt an.

»Verschwinden Sie und beten Sie für sie«, sagte der Arzt. Und der Mann schlich aus der Wohnung.

»Nutzloser Scharlatan«, murmelte Dr. Joubran und griff wieder nach Nadel und Fläschchen. Als sie das sah, sagte Maryam zu Matthew: »Komm mit, Matthew, wir holen frisches Eis für deine Mutter«, und führte den Jungen aus dem Zimmer.

Der Dschinn schaute zu, wie die Nadel erneut verschwand, diesmal in ihrem Bauch. Ihm wurde seltsam schwindlig davon. Er setzte sich auf einen Stuhl. »Und davon wird es ihr besser gehen?«, fragte er.

»Möglicherweise«, sagte der Doktor. »Aber es ist unwahrscheinlich. Ihre Krankheit ist zu weit fortgeschritten. Ihre Organe versagen.« Er nahm die Hand der Frau und drückte einen Finger auf den Handrücken; ein paar Sekunden blieb der Fingerabdruck in ihrer Haut. »Sehen Sie? Ihr Körper füllt sich mit Flüssigkeit, die gegen ihre Lunge drückt. Bald wird sie ihr Herz erreichen.« Wieder nahm er seine Taschenuhr heraus, hielt ihr Handgelenk und sagte dann: »Ich werde Maryam bitten, nach einem Priester zu schicken.«

Auch die Nachbarn hatten die Aufregung mitbekommen. Furchtsam steckte eine Frau den Kopf in die Wohnung. Sie und Maryam flüsterten kurz miteinander, dann zog sich die Frau zurück. Im gesamten Hausflur war Türklopfen zu hören. Langsam und wortlos füllte sich die Wohnung mit Frauen. Sie brachten Teller und Schüsseln mit Essen, Brot und Reis und Gläser mit Milch. Sie brachten Stühle und Nähkörbe. Feierlich setzten sie sich und sagten kein Wort.

Auch Maryams Mann Sayeed kam, und der Dschinn sah, wie sie leise ein paar Worte wechselten. Wieso, so fragte er sich, war ihre gegenseitige Zuneigung und Achtung so offensichtlich, wenn sie sich doch nicht umarmten, nicht einmal berührten? Sayeed ging wieder, augenscheinlich mit einem Auftrag; und der Dschinn fühlte sich erneut überflüssig, ein Hindernis im Raum.

Ein Gewicht fiel gegen das Bein des Dschinns. Es war Matthew. Der Junge saß zu seinen Füßen und war eingeschlafen. Maryam weckte ihn sanft. »Matthew? Vielleicht solltest du ins Bett gehen?« Doch der Junge schüttelte den Kopf und ergriff die Hand des Dschinns, als sollte er ihn beschützen. Einen Moment lang schien sie erschrocken, sogar gekränkt; doch dann seufzte sie und entfernte sich.

Sayeed Faddoul kam zurück, begleitet von einem jungen Priester in einer langen schwarzen Soutane, sein Gesicht rund über dem kantig geschnittenen Bart. Eine nach der anderen standen die Frauen auf und verneigten sich vor ihm, und er machte ein Zeichen über ihren Köpfen. Nach kurzem Zögern machte er das Zeichen auch über dem Kopf des Dschinns. Der Priester stellte sich vor das Sofa und begann leise zu beten. Die Frauen senkten die Köpfe; der Arzt nahm die Hand von Matthews Mutter.

Der Dschinn fragte sich, wer ihm wohl zu Hilfe käme, wenn er im Sterben läge. Arbeely? Maryam? Wer würde einen Priester rufen? Würden seine Nachbarn, mit denen er noch nie ein Wort gewechselt hatte, Wache in seiner winzigen Wohnung halten? Und wer würde es Chava sagen?

Es war fast Mitternacht, als Nadia Mounsef zum letzten Mal Luft holte und mit einem langen leisen Seufzer ausatmete. Der Doktor nahm seine Uhr heraus und notierte sich etwas. Viele der Frauen fingen an zu weinen. Der Priester begann wieder zu beten. Der Dschinn starrte auf das Gesicht der Frau. Er konnte keinen Unterschied benennen, dennoch sah sie völlig anders aus.

Der Priester beendete sein Gebet. Eine stille Pause, und dann begannen sich die Menschen im Zimmer zu regen. Maryam und die anderen Frauen versammelten sich neben der Tür und sprachen leise miteinander. Der Dschinn hörte ein-, zweimal das Wort *Matthew.* Ein paar Frauen schauten zu ihm, zu der kleinen schlafenden Gestalt neben ihm, die noch immer seine Hand hielt. Ihm wurde bewusst, dass Matthew den Tod seiner Mutter verschlafen hatte. Jemand müsste ihn wecken. Jemand müsste es ihm sagen.

Vorsichtig nahm der Dschinn Matthew in die Arme und stand auf. Die Frauen verstummten, als er sich ihnen näherte. Er überreichte Maryam den schlafenden Jungen – sie nahm ihn überrascht entgegen – und verließ die Wohnung.

Auf der Straße setzte er sich in Bewegung, ohne darauf zu achten, wohin er ging. Jede Faser seines Körpers sehnte sich danach, nach Osten zu gehen, zu dem Fenster in der Broome Street und sich darunterzustellen, bis sie herauskäme. Er würde einen Tag, eine

Woche, einen Monat warten. Er sehnte sich nach ihr, wie er sich nie zuvor nach etwas gesehnt hatte. Mit der Sehnsucht stieg ein wirrer Zorn in ihm auf. Er riss sich zusammen und ging zur Schmiede. Er hatte das Feuer brennen lassen. Arbeely wäre außer sich, wenn er es wüsste.

Ein Umschlag steckte in dem Spalt zwischen Rahmen und Tür der Werkstatt. Vorsichtig zog er ihn heraus. *Ahmad* stand darauf, in hebräischen Schriftzeichen, von einer Frau geschrieben.

Er riss ihn auf und nahm den Brief darin heraus. Doch sofort verwandelte sich seine Hoffnung in Verwirrung, dann Gereiztheit, die schließlich ungläubigem Ärger wich.

Mr. Ahmad,
ich heiße Anna. Wir haben uns im Grand Casino kennengelernt. Ich erinnere mich, dass Sie Jiddisch sprechen, deswegen hoffe ich, dass Sie es auch lesen können. Ich bezweifle, dass Sie vergessen haben, was in jener Nacht in der Gasse passiert ist. Glauben Sie mir, ich habe es auch nicht vergessen.
Mein Leben war seither nicht einfach. Bald wird mein Kind zur Welt kommen, und ich habe niemand, der mir hilft. Ich kann nicht nach Hause zu meinen Eltern. Ich habe kein Geld, und niemand stellt mich ein. Ich bitte Sie um einhundert Dollar. Bitte bringen Sie das Geld morgen Mittag zur Hester Street, Ecke Chrystie Street. Oben auf der Treppe vor dem Haus an der südwestlichen Ecke steht ein Blumentopf. Legen Sie den Umschlag unter den Topf und gehen Sie wieder. Ich werde Sie beobachten.
Wenn Sie das Geld nicht bringen, werde ich zur

Polizei gehen und die Wahrheit erzählen. Ich werde sagen, dass Chava Irving angegriffen hat, und werde verraten, wo sie zu finden ist. Ich bin kein schlechter Mensch, aber ich bin verzweifelt, und ich muss für mich und mein Baby sorgen.
Hochachtungsvoll
Anna Blumberg

»Joseph Schall war heute in der Bäckerei«, sagte der Golem.

»Ja?« Michael nahm sich noch mehr Nudelauflauf. »Ach, die Makronen! Die hätte ich beinahe vergessen.« Er lächelte seine Frau an. »Danke, sie waren köstlich.«

»Mr. Schall ist ein interessanter Mann«, sagte sie. »Erzähl mir etwas über ihn.«

»Über Joseph?« Er runzelte verwundert die Stirn. »Was willst du wissen?«

»Irgendwas. Woher kommt er, was hat er getan? Hat er Familie hier?«

Sie wollte eigentlich nur beiläufig interessiert erscheinen, doch Michael lächelte bereits. »Chava, du klingst wie die Einwanderungsbehörde auf Ellis Island.«

»Ich weiß so wenig über ihn. Außer dass er dich an deinen Onkel erinnert. Und du viel von ihm hältst.«

»Das stimmt. Manchmal denke ich, dass er allein das Wohnheim zusammenhält.« Er kaute und überlegte. »Er kommt aus Polen. Ich weiß nicht genau, aus welcher Stadt.« Dann lachte er. »Weißt du, jetzt, wo du mich nach ihm fragst, merke ich, dass ich so gut wie nichts über ihn weiß. Irgendwann muss er ein Gelehrter gewesen sein, wenn nicht gar ein Rabbiner. Zumindest redet er so. Er war nie verheiratet, und er hat keine Familie in Amerika.«

»Warum er dann wohl nach Amerika gekommen ist?«

»Wie du weißt, sind die Zeiten schwierig in Europa.«

»Ja, aber die älteren Menschen sind normalerweise in ihrer Heimat stark verwurzelt. Ganz allein in ein fremdes Land zu gehen und dann in einem Wohnheim zu leben, schwer zu arbeiten für so wenig …«

»Ich bezahle ihn«, sagte Michael.

»Ich meine ja nur, dass er aus irgendeinem Grund unbedingt nach New York hat kommen wollen. Oder vielleicht gab es auch einen Grund, warum er nicht in Europa bleiben konnte.«

Er warf ihr einen besorgten Blick zu. »Willst du damit sagen, dass er vor etwas davongelaufen ist?«

»Nein, natürlich nicht! Er ist mir nur ein Rätsel, das ist alles.«

»Kein so großes Rätsel wie andere, die ich kenne.«

Darüber lachte sie, wie er es sich gewünscht hatte, und dann räumte sie das Geschirr ab. Sie war nicht vorsichtig genug gewesen; er wunderte sich noch immer, warum sie sich für Joseph Schall interessierte. Vielleicht war das auch gut so. Vielleicht würde er Schall besser im Auge behalten und ihr sagen, wenn er sich merkwürdig verhielt.

Michael blickte gedankenverloren drein. »Er hat mich einmal nach Onkel Avram gefragt«, sagte er.

Der Golem blieb stehen, Geschirr in der Hand. »Ja?«

»Wegen seiner Bibliothek. Er war auf der Suche nach einem bestimmten Buch. Eins aus seiner Schulzeit, hat er gesagt.«

»Hat er gesagt welches Buch?«

»Nein, ich habe ihm erklärt, dass ich alle Bücher weggegeben habe. Er schien ziemlich enttäuscht. Es war das einzige Mal, dass ich es bedauert habe.« Er lächelte. »Aber kannst du dir vorstellen, mit so vielen Büchern in dieser kleinen Wohnung zu leben? Was hätten wir damit tun sollen?«

»Wir hätten das Bett rauswerfen müssen«, sagte sie, und er lachte.

In dieser Nacht lag sie neben ihm, gab wieder einmal vor zu schlafen und dachte über Joseph Schall nach. Warum hatte er nach den Büchern des Rabbis gefragt? Hatte er ein finsteres Motiv? Oder war sie grundlos misstrauisch? In der Lower East Side gab es zahllose private jüdische Bibliotheken; vielleicht sollte sie ihm anbieten, ihm bei der Suche nach diesem Buch zu helfen. Nein, das wäre ein zu eigenartiges Angebot. Sie musste sich auf Michael verlassen. Außerdem war Joseph Schall wahrscheinlich bloß ein kauziger alter Mann. Sie bildete sich nur etwas ein, um sich zu zerstreuen.

Sie drehte sich um und versuchte, eine bequemere Position zu finden. Es war erst ein Uhr nachts, und ihre Beine begannen bereits zu schmerzen. Die schlimmste Sommerhitze war vorbei, und die meisten Bewohner des Hauses schliefen tief. Nur ein paar Leute waren noch wach und ärgerten sie mit ihren Gedanken. Draußen schlenderte ein Mann die Straße entlang, zufrieden mit sich und seinem Leben. Er wollte nur herumspazieren, bis die Sonne aufging. Unter einer Straßenlampe blieb er stehen, um sich eine Zigarette zu drehen.

Eine leise Hoffnung regte sich in ihr.

Als er in seinen Taschen nach Streichhölzern suchte, ärgerte er sich. Endlich fand er sie, zündete zufrieden die Zigarette an und ging weiter.

Sie schalt sich selbst für ihre Dummheit. Er konnte es selbstverständlich nicht sein. Wäre er es gewesen, hätte sie ihn nicht gespürt. Er wusste nicht, wo sie jetzt wohnte, hatte keine Ahnung, dass sie verheiratet war. Sie würde ihn nie wiedersehen.

»Chava!«

Oh, nein. Michael war zu Tode erschrocken erwacht. Sie hatte zu reglos dagelegen und vergessen zu atmen.

Sie drehte sich um, tat so, als wäre sie verschlafen. »Was ist? Was ist los?«

Seine Augen waren weit aufgerissen. »Ich dachte … einen Augenblick lang habe ich geglaubt …« Er seufzte. »Entschuldige. Es war nichts. Ein Albtraum.«

»Alles in Ordnung. Psst. Schlaf weiter.«

Er schlang die Arme um sie, seine Brust an ihrem Rücken. Sie verschränkte die Finger mit seinen und zog sie fort von der Stelle, wo ihr Herz hätte sein müssen. So lagen sie da bis zum Tagesanbruch. Der Golem, gefangen in Michaels Armen, zählte die Minuten.

Der Albtraum verfolgte Michael bis in den Morgen. Er war aufgewacht – oder meinte erwacht zu sein –, und seine Frau hatte leblos neben ihm gelegen, reglos wie Marmor. Doch dann war sie wieder sie selbst, lebendig und atmend. Merkwürdig, wie Traum und Realität so nahtlos ineinander übergehen konnten. Er fragte sich, welchen Ursprung der Traum hatte. Seine Mutter oder Tante hatte ihm einmal ein Märchen erzählt von einer Leichenfrau oder einem unheimlichen Wechselbalg aus Holz.

Er sah seiner Frau zu, die in der Küche hantierte. »Hast du überhaupt geschlafen?«

Sie lächelte ihn zerstreut an. »Ein bisschen.«

»Soll ich etwas fürs Abendessen kaufen? Leber beim Metzger vielleicht?«

»Ist das nicht zu teuer?«

»Ach, ich glaube, hin und wieder können wir uns das leisten.« Er lächelte, umarmte und küsste sie. »Außerdem müssen wir dich bei Kräften halten.«

Für den Fall, dass wir eine Familie gründen, hätte er beinahe hinzugefügt, doch er hielt sich im letzten Augenblick zurück. Er hatte sie nie gefragt, ob sie wirklich Kinder wollte. Es war eins der vielen Gespräche, die sie nie geführt hatten, bevor sie heirateten. Das würden sie nachholen müssen, und zwar bald. Aber nicht jetzt – er war bereits spät dran. Er küsste sie noch einmal und ging.

Auf halber Strecke zum Wohnheim fielen ihm Chavas Fragen zu Joseph Schall ein. Irgendwie passten sie zu seinem Albtraum – Volksmärchen, Kindergeschichten … Ja, natürlich: Joseph suchte nach einem Buch aus seiner Kindheit. Und er hatte gehofft, Michaels Onkel hätte ein Exemplar davon. Er erinnerte sich, wie er am letzten Abend der Schiwe die alten Bücher im Ranzen seines Onkels gefunden und sie ins Regal gestellt hatte. Hätte er sie doch behalten – vielleicht war eins davon das Buch gewesen, das Joseph suchte …

Er runzelte die Stirn. Hatte er nicht auch einen Stapel Papiere seines Onkels gefunden, sie in den Ranzen gesteckt und mit nach Hause genommen? Die Erinnerung hatte etwas von einem Fiebertraum – es war kurz vor seiner Einlieferung ins Krankenhaus von Swinburne gewesen –, dennoch war er sicher, dass es tatsächlich so gewesen war. Was war mit dem Ranzen passiert? In ihrer winzigen Wohnung war er nicht – sie hatten so wenige Dinge, dass er ihn gesehen hätte. Konnte er noch in seiner alten Wohnung sein?

Er war spät dran, aber die Erinnerung an den Ranzen und die Papiere ließ sich nicht mehr verscheuchen. Und seine alte Wohnung lag nur ein paar Straßen entfernt. Rasch schlug er eine andere Richtung ein.

Einer seiner früheren Mitbewohner öffnete verschlafen die Tür und blinzelte wie eine Eule. *Ein lederner Ranzen? Voller Papiere? Mal sehen – vielleicht liegt er irgendwo rum …* Und da war er, versteckt in einem Haufen Wäsche unter einem Beistelltisch. Genau wo Michael ihn vor Monaten abgelegt hatte. Er nahm ihn mit ins Wohnheim, da er ihn erst öffnen wollte, wenn er allein war. Er hatte so wenige Dinge seines Onkels behalten, dass ihm die Papiere wertvoll erschienen, auch wenn sie keinem praktischen Zweck dienten.

Im Wohnheim sah er nach, ob das Personal das morgendliche Chaos noch bewältigte. Als alles zu seiner Zufriedenheit geregelt war, schloss er die Tür zu seinem Büro und öffnete den Ranzen.

Sofort legte sich seine Aufregung. Bei den Papieren schien es sich um Notizen zu einem mystischen Thema zu handeln. Er sah Schaubilder, konzentrische Kreise, Spiralen und Sonnen mit Strahlen, dazwischen hebräische Buchstaben. Hier und da waren die esoterischen Kritzeleien mit jiddischen Kommentaren versehen, die den Fortschritt seines Onkels dokumentierten. Er blätterte den Stapel durch, empfand dabei weniger Interesse als vielmehr frischen Kummer. Er hatte seinen Onkel für vernünftig genug gehalten, um sich nicht auf so etwas einzulassen.

Dann fiel sein Blick auf einen Satz, der ihn stutzen ließ.

Ich habe sie Chava genannt.

Er starrte auf die Worte, die vertraute Handschrift.

Er blickte auf das Datum oben auf der Seite, erst ein knappes Jahr war seitdem vergangen. Langsam blätterte er zurück zum Anfang.

Wer bin ich, dass ich sie zerstören dürfte? Sie ist genauso unschuldig wie jedes andere Neugeborene … Der Vorfall mit dem Knisch: Sie hört die Wünsche und Ängste anderer, und sie überwältigen sie. Wie dagegen angehen? Übung, Disziplin. Gilt auch für meine eigenen Gedanken, oder ich riskiere Chaos und Verwüstung.
Wie hat ihr Schöpfer sie mit geistigen Fähigkeiten, einer Persönlichkeit ausgestattet? Eine komplizierte Aufgabe … Allein Sprache erfordert ein gewisses Maß an freiem Willen. Vielleicht nur innerhalb bestimmter Grenzen, ungefähr in der Mitte zwischen Autonomie und Versklavung? Ja, das gilt für uns alle, aber die Balance ist bei uns nicht annähernd so heikel, und eine falsche Berechnung birgt große Gefahr. Habe der Versuchung widerstanden, ihre physische Kraft zu testen aus Angst vor den Folgen. Doch heute hat sie das Messingbett an einer Ecke hochgehoben, um darunter zu fegen, mit so wenig Anstrengung, wie ich den Wasserkessel anhebe.
Heute ein Experiment: Sie ist allein fünf Blocks weit gegangen und hat sich bewundernswert gehalten.
Die Nächte sind für sie am schwierigsten. Was würde ich tun, wenn ich keinen Schlaf bräuchte und wenig Interesse am Lesen hätte? Ich schlafe selbst schlecht in letzter Zeit – immer die Ängste um ihre Zukunft, um die Sicherheit anderer. Sie weiß es natürlich, aber wir sprechen nicht darüber.
Ihre geistige Disziplin wird besser. Wieder ist sie

allein ausgegangen, bis zum Laden und zurück, keine Vorfälle. Beobachtung: Von allen Wünschen, die sie lernen muss zu ignorieren, ist kein einziger sexueller Natur. Dieses Verhalten ist zu konsistent, um Zufall zu sein, außer sie erzählt es mir nicht, um den Anstand zu wahren. Hat ihr Schöpfer, der sie schließlich für einen Mann als Ehefrau schuf, sie resistent gegen Annäherungsversuche anderer gemacht? Damit wäre sie auf alle Zeiten treu – und müsste natürlich auf die Wünsche ihres Meisters eingehen, kraft ihrer Bindung an ihn. Ein schrecklicher, ekelhafter Gedanke. Kann mich nicht überwinden, das Thema offen anzusprechen.

Das Zusammenwohnen wird ungemütlich. Ich muss ihr eine Beschäftigung verschaffen. Näherin? Wäscherin? Jedenfalls braucht sie körperliche Arbeit. Wenn Frauen nur Maurer sein könnten, Schauermänner …

Wird sie jemals wirklich lieben und glücklich sein können? Ich fange an, es wider besseres Wissen zu hoffen.

Habe sie heute zu Michael ins Wohnheim mitgenommen. Sie hat sich gut gehalten, vielleicht ein bisschen steif, und es war schwer für sie, die Gedanken der Männer zu ignorieren. Trotzdem glaube ich, dass sie bereit ist für ein gewisses Maß an Unabhängigkeit. Michael, findig wie immer, hat Radzins vorgeschlagen.

Ich habe sie Chava genannt. Das bedeutet Leben. Eine Mahnung für mich selbst.

Michael legte mit zitternder Hand die Papiere weg. Sein Onkel war wahnsinnig gewesen. Das war die einzige

Erklärung. Sie war eine Frau, eine lebende Frau. Sie war *seine* Frau. Sie war ruhig, freundlich, rücksichtsvoll. Eine vorbildliche Ehefrau, eine hervorragende Köchin und Hausfrau.

Sie schlief kaum. Sie schien immer zu wissen, was er dachte.

Wie eine Sintflut überschwemmten lauter kleine Details seine Gedanken, als hätten die Worte seines Onkels einen Damm eingerissen. Ihre ewig kühle Haut. Die Art, wie sie mit ihrem ganzen Körper horchte, als hörte sie etwas anderes jenseits der Laute. Ihre unheimliche Gewohnheit, alle seine Bedürfnisse im Voraus zu wissen. Ihr seltenes Lachen. Ihr distanzierter Blick.

Nein. Er kämpfte gegen die Flut an, befahl sich, vernünftig zu sein. Sein Onkel beschrieb – was? Dass sie eine Art künstliches Geschöpf war? Dass sein Albtraum real war?

Nur noch ein paar Seiten waren übrig. Er wollte nicht weiterlesen – ihm war mulmig zumute –, doch seine Hand blätterte rebellisch Seite für Seite weiter. Sein Onkel hatte sie wild vollgekritzelt wie ein Student, der für eine Prüfung büffelt. Gedanken waren eingekreist, durchgestrichen, neu formuliert. *Mit Fragment des Alphabets von Akiba ben Joseph konfrontieren, dann mit Theorie von Abba ben Joseph bar Hama vergleichen. Unvereinbar? Gibt es Präzendenzfall?* Je mehr Seiten er umblätterte, umso schludriger wurde die Handschrift. Die Wörter waren vor Hast oder Müdigkeit unregelmäßig über die Blätter verstreut.

Auf der letzten Seite standen nur zwei Zeilen. Die eine bestand aus einer langen ununterbrochenen Reihe von Buchstaben. Und darüber, unterstrichen, die Handschrift seines Onkels, zittrig vor Anstrengung:

Wie man einen Golem an einen neuen Meister bindet.

In der Wüste wurde es Nacht. Die Schlangen und Wühlmäuse erwachten und krochen aus ihren Verstecken, frische Nahrung für die Falken. Hügel und Felsen schienen flacher zu werden, sodass Ibn Maliks Höhle vom Eingang aus wie ein endloser Abszess in der Erde erschien. Als der Horizont dunkel wurde, machte Abu Yusuf vor der Höhle ein Feuer, wickelte sich gegen die einsetzende Kälte in Schaffelle und versuchte, nicht daran zu denken, was in der Dunkelheit hinter seinem Rücken passierte.

Ibn Malik hatte nicht übertrieben, als er sagte, dass er sein Leben lang auf diese Gelegenheit gewartet habe. »Die meisten Dschinn sind minderwertige Geschöpfe«, erklärte er Abu Yusuf, während er ihn immer tiefer in das Labyrinth aus Höhlen führte und nur stehen blieb, um die schmierigen Fackeln in den Verbindungsgängen anzuzünden. »Ifrits, Ghule, die untersten und mittleren Dschinn – ich könnte Hunderte von ihnen einfangen, wenn ich wollte, aber wozu die Mühe? Stumpfsinnig und dumm, leicht abzulenken, wozu ist so ein Sklave gut. Aber ein mächtiger Dschinn, das ist etwas ganz anderes.«

Abu Yusuf hörte nur mit halbem Ohr zu, konzentrierte sich stattdessen darauf, die noch immer bewusstlose Fadwa durch die engen, gewundenen Gänge zu tragen. Manche waren kaum breit genug für einen Mann, und Abu Yusuf, der sein ganzes Leben unter freiem Himmel verbracht hatte, verspürte ein schleichendes Entsetzen, den Drang, umzukehren und davonzulaufen.

»Ich nehme an, dass du die Geschichten von König

Suleiman kennst«, sagte Ibn Malik. Abu Yusuf würdigte diese Bemerkung keiner Antwort, nur ein allein in der Wildnis aufgewachsenes Waisenkind kannte die Geschichten möglicherweise nicht. »Sie sind natürlich ausgeschmückt worden, aber ihr Kern entspricht der Wahrheit. Mit seiner Zauberkraft konnte Suleiman auch die stärksten Dschinn kontrollieren und sie zum Nutzen seines Königreichs einsetzen. Als Suleiman starb, verschwand diese Zauberkraft mit ihm. Oder zumindest der größte Teil davon.« Ibn Malik schaute sich zu Abu Yusuf um. »Ich habe die letzten dreißig Jahre damit verbracht, die Wüste nach den Überresten dieser Zauberkraft zu durchkämmen. Und jetzt hast du mir den Schlüssel dazu gebracht.«

Abu Yusuf blickte auf das stille Mädchen in seinen Armen.

»Nicht deine Tochter – das, was *in* ihr ist. Der Funken, den der Dschinn zurückgelassen hat. Wenn wir ihn richtig nutzen, können wir den Dschinn finden und ihn in unsere Gewalt bringen.«

»Und deswegen kann sie nicht sofort geheilt werden?«

»Genau«, antwortete Ibn Malik, über die Schulter zurückblickend. »Wenn wir den Funken verlieren, verlieren wir den Schlüssel.«

Abu Yusuf blieb stehen. Nach ein paar Augenblicken merkte Ibn Malik, dass ihm niemand mehr folgte, und er drehte sich um. Mit der Fackel, die er hoch über seinen Kopf hielt, sah er aus wie ein glühendes Skelett, ein Bild, das auch sein freundliches Lächeln nicht ändern konnte. »Ich verstehe«, sagte er. »Warum solltest du Ibn Malik helfen, diesem verrückten alten Zauberer? Was bedeutet es dir, ob er den Dschinn findet oder nicht? Du sinnst nicht auf Rache und das zu Recht – Rache um ihrer selbst willen ist schlimmer als nur zwecklos. Du willst nur deine Tochter heilen, den Preis bezahlen und dann zu deinem Zelt zurückreiten, zu deinem Bett und deiner schlafenden Frau.« Das Licht der Fackel blitzte in seinen Augen, als gäbe es dort auch einen Dschinn-Funken. »Wusstest du, dass der nächste Sommer eine Trockenheit bringen wird, wie sie die Beduinen seit Generationen nicht mehr erlebt haben? Sie wird Jahre dauern und jede Weide zwischen hier und der Oase Ghuta zu Staub verwandeln. Das ist keine Weissagung, keine Prophezeiung. Die Zeichen sind sichtbar für jedermann, der sie lesen kann, in den Bewegungen von Sonne und Mond, den Mustern der Schlangen, den Formationen der Vögel. Alles weist auf eine Katastrophe hin. Außer natürlich, man ist darauf vorbereitet.«

Abu Yusuf hielt seine Tochter fester. Der Mann hätte gelogen haben können, um ihn zu bedrängen oder damit er in seiner Aufmerksamkeit nachließ – doch zuinnerst wusste er, dass er die Wahrheit gesagt hatte. Vielleicht war er nicht so geschickt darin, die Zeichen zu lesen, wie Ibn Malik, aber jetzt wurde ihm klar, dass er es bereits gewusst hatte. Vermutlich hatte er Fadwa deswegen zu Hause behalten, statt sie fortzuschicken zu einem Ehemann, einem neuen Clan, in dem sie eine Fremde wäre, die letzte Person, die zu essen bekäme. In dem sie ein Kind auf die Welt brächte, nur um es dahinsiechen und sterben zu sehen.

Mit fester Stimme sagte er: »Und was hat das mit dem Dschinn zu tun?«

»Benutz deine Phantasie, Abu Yusuf. Denk dran, was ein Dschinn für deinen Clan tun könnte. Warum Leib und Leben riskieren auf der Suche nach Wasser, wenn er es für dich tun könnte? Warum sich in einem zerrissenen Zelt gegen den Wind verschanzen, wenn du in einem vom Dschinn gebauten Palast schlafen könntest?«

»Aha, du willst den Dschinn also an *meinen* Willen binden? Oder glaubst du, dass er mit zwei Meistern einverstanden wäre?«

Ibn Malik lächelte. »Du hast natürlich recht. Er würde meinen Befehlen gehorchen, nicht deinen. Und jetzt wirst du dich fragen, warum ich mir die Mühe machen und deine Familie beschützen sollte, was mich dazu veranlassen könnte. Darauf könnte ich antworten, und es entspräche der Wahrheit, dass mir das Wohlergehen der Hadid stärker am Herzen liegt, als du glaubst.«

Abu Yusuf schnaubte.

»Doch ich weiß, dass du schwer zu überzeugen bist, also denk über Folgendes nach. Der Überlieferung nach liebten die Dschinn unter Suleimans Herrschaft ihre Meister und fügten sich freudig unter sein Joch. So erzählen es zumindest die Menschen. Die Dschinn erzählen ihre eigenen Geschichten, und darin ist Suleiman ein Sklaventreiber, gerissen und grausam. Schwer zu sagen, wie es wirklich war. Vielleicht liebten sie Suleiman aufrichtig, oder er versklavte ihre Gedanken ebenso wie ihren Willen und eignete sich ihre Liebe durch Zwang an. Aber eins kannst du mir glauben: Der Dschinn, den wir suchen, wird mich nicht lieben. Er wird mich mit jeder Faser seines Wesens hassen. Er wird bei jeder Gelegenheit versuchen, durch Zauberei oder List aus meinem Dienst zu entkommen. Und doch wird er tun müssen, was immer ich ihm befehle.«

»Du wirst dafür sorgen, dass er beschäftigt ist«, sagte Abu Yusuf.

»Genau. Ein Dschinn, der deine Schafe immer wieder nach Ghuta und zurücktragen muss, wird keine Zeit zum Pläneschmieden haben.«

Abu Yusuf überlegte. Wenn er zustimmte, dann wäre er daran beteiligt, ein anderes Wesen zu versklaven. Einen Dschinn, wohl wahr, dennoch ein Sklave. Und wenn nicht …

Ibn Malik ließ ihn nicht aus den Augen. »Ist dir die Freiheit eines Dschinns mehr wert als das Leben deiner Familie?«, fragte er leise. »Deine Tochter hat der Dschinn bereits in den Wahnsinn getrieben, richtig?«

»Du hast gesagt, dass Rache schlimmer als nur zwecklos ist.«

»Rache um ihrer selbst willen, ja. Aber wenn sie nebenbei zu haben ist …« Ibn Malik grinste wie ein Schakal.

Abu Yusuf fragte sich, ob er wirklich eine Wahl hatte. Das Leben Fadwas lag bereits in den Händen des Zauberers. Wie sollte er es Fatim erklären, wenn er sich weigerte und mit seiner wahnsinnigen Tochter nach Hause zurückkehrte? Würde er alle, die er liebte, in den Ruin treiben, nur um sein eigenes Ehrgefühl zu bewahren? Er fragte: »Warum bemühst du dich überhaupt, mich zu überzeugen? Wenn ich nicht einwillige, könntest du mich einfach umbringen und mit Fadwa machen, was immer du willst.«

Ibn Malik zog eine Augenbraue in die Höhe. »Stimmt. Aber mir sind Vernunft und Einverständnis lieber. Verbündete sind nützlicher als Leichen.«

Die letzte der miteinander verbundenen Höhlen war auch eine der größten. In den Ecken lagen irgendwo ergatterte Dinge herum: angesengte Felle und Schafsknochen, haufenweise alte Ornamente aus Eisen, krumme Schwertklingen, tönerne Krüge und getrocknete Kräuter. Eine große Mulde in der Mitte der Höhle, umgeben von einem hohen Ring aus Steinen, diente Ibn Malik als Feuerstelle. Daneben stand ein riesiger glatter Felsen, geformt wie ein Tisch. Vermutlich hatte der Hexer ihn irgendwie in die Höhle gebracht, allerdings konnte Abu Yusuf sich nicht vorstellen, wie das möglich gewesen war. An manchen Stellen wies er Risse, Spalten und dunkle Rußstreifen auf. War es ein Amboss?

Er sah Ibn Malik zu, der hin und her wuselte, Töpfe und Pulver und Eisenteile holte. Aus einer Nische trug er eine Lederrolle herbei, die er aufwickelte, und eine Sammlung eiserner Werkzeuge kam zum Vorschein: mit Fell umwickelte Zangen, gebogene schwarze Haken, stumpfe Hämmer, nadeldünne Ahlen. Abu Yusuf wurde bei ihrem Anblick blass, und Ibn Malik kicherte. »Die sind zum Schmieden, nicht für deine Tochter«, sagte der Hexer. Damit würde er die Werkzeuge schmieden, die er brauchte, um den Dschinn einzufangen, erklärte er: eine Flasche, um ihn einzusperren, und eine Schelle, um ihn in menschlicher Form gefangen zu halten. »Für die Flasche brauche ich Kupfer«, sagte Ibn Malik und kramte in seinen Vorräten. »Und Eisen für die Schelle.«

»Aber die Dschinn ertragen die Berührung von Eisen nicht.«

»Umso besser kann man sie damit kontrollieren.«

Die Schmiedearbeiten würden einen Tag dauern, vielleicht länger, sagte Ibn Malik. »Nimm deine Tochter mit und warte vor der Höhle«, fuhr er fort. »Wenn es Nacht wird, mach ein Feuer und verlass den Feuerschein nicht, bis die Sonne aufgeht. In der Wüste befinden sich Dinge, die ich im Lauf der Jahre sehr verärgert habe. Es wäre eine Schande, wenn sie aus Versehen über dich herfallen würden.«

Abu Yusuf holte seine Vorräte aus den Gepäcktaschen der Pferde und errichtete ein Lager vor dem Eingang der Höhle. Er baute ein provisorisches Bett für Fadwa und deckte sie mit Fellen und Decken zu in der Hoffnung, dass deren Gewicht sie festhielt. Die Wirkung des Beruhigungsmittels, das Ibn Malik ihr gegeben hatte, hatte nachgelassen – sie rührte sich hin und wieder und murmelte etwas vor sich hin. Er sammelte genügend Gestrüpp und Holz für die Nacht, machte ein großes Feuer, setzte sich davor und fragte sich, ob er Ibn Maliks Warnung, den Feuerschein nicht zu verlassen, beherzigen sollte. Wahrscheinlicher war, dass der Hexer seine Flucht verhindern wollte. Doch als das Blau des Himmels dunkler und dann violett wurde und die ersten Sterne funkelten, horchte Abu Yusuf auf den Wind, der über die Hügel strich, und das leise Rascheln unsichtbarer Geschöpfe, und warf mehr Holz ins Feuer.

Die Nacht über schürte er das Feuer, bewachte seine Tochter und horchte auf die Wüste. Hin und wieder hörte er ein leises Geräusch aus der Höhle in seinem Rücken, das klirrende Echo von Eisen auf Eisen und einmal eine leise Stimme, die Kauderwelsch redete. Als sich der Morgen näherte, nickte er manchmal für ein paar Minuten ein und träumte. Erst nach Tagesanbruch gestattete sich Abu Yusuf, richtig einzuschlafen.

Einige Zeit später wachte er erschrocken auf, desorientiert und benommen, mit schmerzendem Körper. Aus der Höhle drang kein Geräusch. Fadwa lag noch unter dem Haufen Decken, hatte jedoch ihre Arme befreit und streckte die tastenden Finger gen Himmel. Sie versuchte, nach der Sonne zu greifen. Rasch wickelte er ein Tuch über ihre Augen und hoffte, dass sie sich nicht geblendet hatte. Er fütterte sie mit so viel Joghurt, wie sie essen wollte – er würde bald schlecht werden, es war sinnlos, ihn aufzuheben –, und kaute ein paar Streifen getrocknetes Fleisch. Er dachte an Fatim, die zu Hause auf ihn wartete.

Er hörte Schritte in seinem Rücken und stand auf, als Ibn Malik aus der Höhle kam.

Bei seinem Anblick wich Abu Yusuf unwillkürlich einen Schritt zurück und trat dabei fast in die heiße Asche des Feuers. Ibn Maliks Augen funkelten in ihren Höhlen wie Diamanten. Die Luft um ihn herum schien vor Hitze zu flimmern. In den Händen hielt er zwei Gegenstände: eine kupferne Flasche und eine eiserne Schelle.

»Ich bin fertig«, sagte der Zauberer. »Und jetzt holen wir ihn.«

KAPITEL 23

Es war noch nicht einmal acht Uhr morgens, und schon drängten sich auf dem Gehweg vor Faddouls Kaffeehaus die Kunden. Das Wetter war tropisch warm und feucht. Die Männer an den Tischen wischten sich mit Taschentüchern über die Stirn und zerrten die Hemdkragen vom Hals.

Mahmoud Saleh mischte Eier, Zucker und Milch in seiner Eismaschine. Dann tat er Eisstücke und Salz dazu, legte den Deckel darauf und drehte an der Kurbel, bis sich die Creme richtig anfühlte. Vor ihm wartete bereits eine ungeduldige Schlange von Kindern, die auf dem Weg in die Schule waren; sie hänselten sich gegenseitig und zogen an Zöpfen. Saleh löffelte Eis in die Blechschälchen, den Blick auf die Eismaschine gesenkt, bis ein raschelnder Rock in sein Sichtfeld geriet.

»Guten Morgen, Mahmoud«, sagte Maryam.

Er murmelte ein Hallo.

»Es wird heiß heute«, sagte sie. »Und vielleicht wird es auch regnen. Komm rein, wenn du irgendwas brauchst.«

Ihre Worte waren ihm vertraut; neu und überraschend jedoch war ihr erschöpfter, sogar niedergeschlagener Tonfall. Er erwiderte nichts, löffelte weiter Eis in Schalen, die er gegen von kleinen Fingern angewärmte Münzen tauschte.

Weitere Schritte, noch ein Kind stellte sich an. Und

jetzt verstummte das Gekicher, und das Gehänsel hörte auf. Ein Mädchen flüsterte ihrer Nachbarin etwas zu; jemand anders antwortete leise. Saleh hörte das Wort *Mutter* und das Wort *tot.* Derjenige, der für die Stille verantwortlich war, trat ganz nach vorn in der Schlange, und Saleh sah die kurze Hose und die blassen Knie eines Jungen. Saleh gab ihm ein Eis und erhielt dafür ein kaum hörbar gewispertes *Danke.*

Maryam sagte: »Einen Moment noch, Matthew.« Und dann leiser: »Willst du wirklich in die Schule gehen? Ich kann mitkommen und mit deiner Lehrerin sprechen …« Eine unhörbare Antwort und dann Maryams Seufzer. »Na gut, aber bleib danach nicht zu lange weg. Wir essen um fünf. Dann reden wir weiter.« Eine Bewegung – vielleicht eine zaghafte Umarmung? –, und dann war der Junge fort, seine leisen Schritte im Lärm der Straßen untergegangen.

Obwohl er zum ersten Mal seit langer Zeit neugierig geworden war, arbeitete Saleh weiter. Nur noch wenige Kinder waren übrig; die Schulschwänzer würden zu ihm kommen, wenn Maryam gegangen war. Als das letzte Kind sein Eis in der Hand hielt, stand Maryam noch immer neben ihm. Wahrscheinlich wollte sie reden.

Schließlich sagte sie: »Der Junge macht mir große Sorgen.«

Wie er sich gedacht hatte. »Wer ist er?«

»Matthew Mounsef. Nadia Mounsefs Sohn. Sie ist letzte Nacht gestorben. Sayeed und ich nehmen ihn auf, bis wir die Familie seiner Mutter gefunden haben.«

Er nickte. Bei jedem anderen hätte die Tatsache, dass eine maronitische Frau ein orthodoxes Kind aufnahm, für einen Skandal, ja, für Aufruhr gesorgt. Aber nicht bei Maryam. Eines Tages würde er herausfinden, wie sie das schaffte.

»Er hat geschlafen, als Nadia starb. Ich musste es ihm sagen.« Nach einer Pause fuhr sie zögernd fort: »Meinst du, dass er mich jetzt hasst?«

Saleh erinnerte sich an die Mütter, die er hatte sterben sehen, und die Kinder, die ihn dafür gehasst hatten, dass er sie nicht hatte retten können. »Nein«, sagte Saleh. »Dich nicht.«

»Ich bin kein Ersatz für Nadia, ich weiß. Ich dachte, er sollte heute nicht in die Schule gehen, aber ich weiß auch nicht. Und ich habe wenig Erfahrung mit Kindern«, sagte sie unsicher. Und nach einer Weile fügte sie hinzu: »Habe ich dir jemals erzählt, dass ich als Baby beinahe gestorben wäre?«

Saleh schüttelte den Kopf.

»Ich hatte schreckliches Fieber, und der Arzt hat gemeint, dass ich kaum eine Chance hätte. Er hat meiner Mutter geraten, mit mir zum Georgs-Heiligtum in Jounieh zu gehen.«

Saleh runzelte die Stirn angesichts eines Arztes, der so etwas empfahl. »Ich weiß«, sagte Maryam, »aber sie war verzweifelt. Kennst du das Heiligtum?« Er schüttelte den Kopf. »Es ist eine Grotte oberhalb der Bucht von Jounieh. Wo der heilige Georg seinen Speer gewaschen hat, nachdem er den Drachen getötet hatte. Sie ist mit mir in die Höhle gegangen, hat eine Kerze entzündet und mich in das Wasser getaucht. Es war Frühling, und das Wasser war eiskalt. Ich habe geschrien wie am Spieß. Und sie hat geweint, weil es meine ersten wirklichen Laute seit Tagen waren. Da hat sie gewusst, dass ich wieder gesund werden würde. Sie hat mir diese Geschichte immer wieder erzählt – dass der heilige

Georg ihre Gebete erhört und mir das Leben gerettet hat.«

Saleh fielen ein paar andere Erklärungen für diese wundersame Heilung ein. Der Doktor hatte eine falsche Diagnose gestellt, oder das kalte Wasser hatte das Fieber gesenkt. Aber er sagte nichts.

»Auch kinderlose Frauen pilgern dorthin«, sagte Maryam. »Manchmal denke ich ... Aber ich will ihn nicht zweimal um Hilfe bitten. Das wäre gierig.«

»Nein, das wäre es nicht«, sagte Saleh.

»Nein? Warum nicht?«

»Es ist seine Pflicht. Ein guter Heiler darf nicht wählerisch sein. Wenn er helfen kann, muss er helfen.«

Nach einer Weile sagte Maryam nachdenklich: »Daran habe ich nicht gedacht. Ein guter Heiler. Ich wünschte, Nadias Arzt wäre ein solcher Heiler gewesen. Sie hätte eine Chance gehabt.«

»Woran ist sie gestorben?«

»Ich erinnere mich nicht an den Namen der Krankheit. Er war lang und lateinisch. Aber sie hatte immer wieder Schmerzen und Fieber und einen Ausschlag im Gesicht. Dr. Joubran hat sie gesehen und es sofort gewusst.«

»Lupus erythematodes.«

Er hatte es nicht sagen wollen. Die Worte waren in seinem Kopf aufgetaucht, und jetzt hing ihr Echo schwer in der Morgenluft. Er hätte alle Münzen in seiner Tasche und die Eismaschine gegeben, hätte er sie zurücknehmen können.

Er spürte, wie sie ihn ansah, als sähe sie ihn zum ersten Mal. »Ja«, sagte sie bedächtig. »Das war es.«

Er versuchte, ihren prüfenden Blick zu ignorieren. »Der Junge«, sagte er, um Fragen zuvorzukommen, »hat keinen Vater?«

»Niemanden, der den Namen verdient. Er ist als Hausierer nach Westen gegangen und verschwunden.«

»Wird ihn die Familie seiner Mutter aufnehmen?«

»Vermutlich. Sie haben ihn nicht mehr gesehen, seit er ein Baby war. Vielleicht ist es grausam, dass er das einzige Zuhause verlassen muss, das er kennt. Aber wie soll er hierbleiben, ohne Familie?« Sie seufzte wieder. »Und in einem Dorf, einem ruhigeren Ort, wird es ihm vielleicht besser gehen als hier. Zumindest ist er dann weg von der Schmiede.«

»Der Schmiede?«

»Ich meine nicht Boutros. Er ist ein wunderbarer Mann, ich wünschte nur, er würde öfter mal aus der Werkstatt kommen und mit den Leuten *reden*. Nein, es ist sein Partner. Der Beduine.« Er spürte ihre plötzliche Anspannung. »Mahmoud, darf ich dir etwas sagen? Ich habe den Mann nie gemocht. Nie. Ich habe das Gefühl, dass er uns alle zum Narren hält und auslacht, sobald wir ihm den Rücken kehren. Aber ich kann dir beim besten Willen nicht erklären, warum.« Ihre Stimme klang hart, wie er sie nie zuvor bei ihr gehört hatte. »Aber Matthew liebt ihn, er würde den ganzen Tag dort verbringen, wenn Boutros ihn ließe.«

»Nein.«

»Wie bitte?«

»Lass nicht zu, dass der Junge in die Werkstatt geht. Zu dem Beduinen.«

»Warum nicht?« Sie stand jetzt näher bei ihm, neigte sich zu ihm; er wandte den Kopf ab, blickte auf das graue Straßenpflaster, den schwachen Schatten seines Wagens. »Mahmoud, weißt du etwas über ihn? Ist er gefährlich?«

»Ich weiß gar nichts.« Er nahm den Griff des Wagens. »Aber ich mag ihn auch nicht. Guten Tag, Maryam.«

»Guten Tag«, sagte sie leise. Und er schlurfte auf der Straße davon. Das Eis in seiner Maschine war längst geschmolzen.

Anna Blumberg stand hinter einem Schornstein auf einem sengend heißen Dach, dort wo Hester Street und Chrystie Street sich kreuzen, und schaute hinunter auf das Gebäude gegenüber. Sie hatte den Ort mit Bedacht gewählt: Er war verkehrsreich, gut zu erreichen, und sie konnte die Treppe vor dem Haus genau sehen. Doch jetzt, schweißgebadet und eingehüllt in Teerpappedämpfe, begann sie ihre Entscheidung zu bereuen. Sie wischte sich mit dem Ärmel über das Gesicht und zwang sich, nicht zu würgen. Wenn alles nach Plan verlief – wenn er tatsächlich mit dem Geld kam –, dann wäre es die Tortur wert.

Aber wenn nicht? Was würde sie *dann* tun?

Sie schluckte Galle und Panik hinunter und spürte, wie sich das Baby in ihrem Bauch bewegte. War es nicht schon nach Mittag? Ihre Taschenuhr hatte sie längst versetzt, aber sie hatte auf die Uhr in der Apotheke geschaut …

Da. Ein großer Mann bahnte sich zielstrebig einen Weg durch die Menschenmenge. Sogar aus dieser Entfernung erkannte sie ihn sofort. Sie sah mit klopfendem Herzen zu, wie er vor der Treppe stehen blieb, sich umschaute, den Blick über die auf dem Gehsteig plaudernden Männer, den Verkehr und die Handwagen schweifen ließ. Sie widerstand dem Impuls, sich hinter den Schornstein zu ducken. Sollte er nach oben blicken, würde er von der Sonne geblendet und könnte so gut wie nichts erkennen. Aber hatte sie nicht andererseits erlebt, dass er zu Unmöglichem fähig war?

Er nahm einen Umschlag aus der Tasche, kontrollierte, was immer sich darin befand. Sie neigte sich vor, um besser sehen zu können; doch er wandte sich um, stieg langsam die Treppe hinauf, an den Jungen vorbei, die auf der untersten Stufe saßen. Oben schob er den Umschlag unter den Blumentopf, so anmutig und rasch, dass selbst jemand direkt neben ihm es nicht bemerkt hätte. Sofort ging er die Treppe wieder hinunter und verschwand um die Ecke.

War es das? War es wirklich so einfach gewesen?

Sie lief auf den Gehweg hinunter, schaute nach rechts und links. War er zurückgekommen, um sie abzufangen? Nein, er war zu groß, zu auffällig, sie hätte ihn sofort gesehen. Sie bemühte sich, ruhig zu gehen, überquerte die Straße, stieg die Treppe hinauf und ignorierte die Jungen, die über ihren dicken Bauch kicherten. Sie beugte sich über den Blumentopf – längst nicht so schnell wie er, nicht in ihrem Zustand – und zog mit zitternden Händen den Umschlag hervor. Ein Bündel Fünf-Dollar-Scheine befand sich darin. Sie zählte: zwanzig. Es war alles da.

Ihr Haus befand sich in derselben Straße, und während sie nach Hause ging, weinte sie ein bisschen vor Erschöpfung und Erleichterung. Seit Wochen schlief sie auf einer schmutzigen Pritsche in einem fensterlosen Zimmer mit fünf anderen Frauen, drei Jüdinnen und zwei Italienerinnen. Die Pritsche war so hart und wacklig, dass sie kaum schlafen konnte, und die anderen Frauen hassten sie, weil sie so oft aufstand, um auf die Toilette zu gehen. Für diese Luxusunterkunft zahlte sie der Vermieterin fünfzehn Cent pro Tag. Als sie heute Morgen erwacht war, hatte sie noch genau zwei Dollar besessen.

Doch im Augenblick blieb ihr das neue Glück treu: Keine ihrer Mitbewohnerinnen war da. Sie konnte sich in Ruhe ein Versteck für das Geld überlegen. Und dann würde sie in das schicke Gasthaus in ihrer Straße gehen und sich einen Teller mit Huhn und gebackenen Kartoffeln leisten. Sie entzündete die Kerze, die in einer Teetasse neben der Tür stand, und begann nach einem guten Versteck zu suchen: eine Ritze zwischen den Bodendielen oder ein lockeres Stück Verputz.

»Das würde ich nicht tun«, sagte eine Stimme in ihrem Rücken. »Zu leicht zu finden. Behalt es besser bei dir, wo du schon so hart dafür gearbeitet hast.«

Er stand in der Tür und füllte sie aus. Zwei Schritte, und er war im Zimmer. Er schloss die Tür und verriegelte sie.

Zu Tode erschrocken wich sie zurück und stieß mit der Schulter gegen die Wand. Die Kerze fiel aus der Tasse und rollte brennend über den Boden. Er beugte sich mit der ihm eigenen Eleganz hinunter, hob sie auf und betrachtete sie dann in ihrem Schein.

»Setz dich, Anna«, sagte er.

Sie glitt die Wand entlang und setzte sich auf eine Pritsche, die Arme schützend vor den Bauch gelegt. »Bitte, tu mir nichts«, flüsterte sie.

Er warf ihr einen verächtlichen Blick zu, sagte jedoch nichts, sondern schaute sich nur in dem winzigen dunklen Zimmer um. Einen Augenblick schien er sich unwohl, ja in die Enge getrieben zu fühlen. »Ich will hier nicht länger bleiben als nötig«, sagte er. »Also reden wir.«

Er setzte sich und stellte die Kerze zwischen sich und sie. Auch als er im Schneidersitz auf dem Boden saß, ragte er vor ihr auf wie ein Richter. Sie begann zu weinen. »Hör auf damit«, sagte er. »Wenn du den Nerv hast, mich zu erpressen und mir zu drohen, dann kannst du mir auch ins Gesicht sehen, ohne zu wimmern.«

Sie riss sich mühsam zusammen und wischte sich übers Gesicht. Den Umschlag hielt sie noch immer fest. Wenn sie sich entschuldigte und ihn zurückgab, würde er vielleicht ein Nachsehen haben und gehen.

Doch ihre Finger rebellierten und hielten ihn noch fester. Das Geld war ihre Zukunft. Er müsste es ihr mit Gewalt abnehmen.

Im Augenblick zumindest schien er keine Gewalttätigkeiten zu planen. »Wie hast du mich gefunden?«, fragte er.

»Deine Werkstatt«, sagte sie mit dünnem Stimmchen. »Ich bin nach Little Syria gegangen und herumgelaufen, bis ich deinen Namen auf dem Schild gesehen habe. Dann habe ich gewartet, bis du herausgekommen bist, um sicher zu sein, dass du es bist.«

»Und du hast es niemandem erzählt? Du hast keine Komplizen?«

Sie lachte mit zitternder Stimme auf. »Wer hätte mir geglaubt?«

Das schien er zu akzeptieren. »Hast du Chava auch erpresst? Wie du dich vielleicht erinnerst, war *sie* es, die deinen Liebhaber verletzt hat. Ich habe ihm nur das Leben gerettet.«

»Ich erinnere mich an alles«, sagte sie und wurde trotz ihrer Angst zornig. »Obwohl du dich vielleicht daran erinnerst, dass auch ich halb zu Tode geprügelt wurde.«

»Dann beantworte meine Frage.«

Sie zögerte – und ihr Gesicht verriet die Antwort.

»Ich verstehe«, sagte er. »Du hast Angst vor ihr. Wie es scheint, mehr als vor mir.«

Ihre Kehle war trocken, und sie schluckte. »Was ist sie?«

»Das ist ihr Geheimnis. Nicht meins.«

Ein leises Lachen. »Und was bist *du*?«

»Was ich bin, geht dich nichts an. Du musst nur wissen, dass ich wie sie gefährlich werden kann, wenn man mich ärgert.«

»Ja?« Sie setzte sich gerader. »Das gilt auch für mich. Ich meine, was ich geschrieben habe. Ich werde zur Polizei gehen, wenn es sein muss.«

»Eine seltsame Drohung, wenn du das Geld in der Hand hältst. Oder hast du vor, mich weiter zu erpressen, wenn du das Geld ausgegeben hast? Willst du mich nach und nach ausrauben und dich auf meine Diskretion und mein Wohlwollen verlassen? Dann solltest du wissen, dass beide ihre Grenze erreicht haben.«

»Ich bin keine Diebin«, entgegnete sie trotzig. »Ich habe nicht vor, so etwas jemals wieder zu tun. Ich brauche nur etwas zum Leben, bis das Baby geboren ist und ich eine Arbeit habe.«

»Und was wirst du mit dem Baby tun? Es hier aufwachsen lassen?« Er sah sich angewidert um.

Sie zuckte die Achseln. »Es weggeben. Es gibt viele Frauen, die ein Kind wollen. Manche zahlen sogar dafür.« Sie legte eine Gleichgültigkeit an den Tag, die sie nicht im mindesten empfand.

»Und dein Liebhaber? Weiß er von deinem Vorhaben?«

»Nenn ihn nicht so«, fuhr sie ihn an. »Er bedeutet mir oder dem Baby nichts. Warum sollte mich interessieren, was er denkt? In der Nacht damals hat er mir geraten, es wegmachen zu lassen. Er hat mich eine intrigante Hure genannt und behauptet, ich könnte nicht beweisen, dass es von ihm ist. Es wäre aus gewesen mit ihm, auch wenn Chava nicht …« Sie kämpfte gegen Tränen. »Aber trotzdem ist es nicht richtig, was sie getan hat. Ich habe gehört, dass er nicht mal mehr gehen kann. Die Ärzte sagen, dass er sein Leben lang Schmerzen haben wird.«

Sie sah, wie er zusammenzuckte. »Weiß Chava das?«

»Woher soll *ich* das wissen? Ich war seit damals nicht mehr in der Bäckerei. Von ihrer Hochzeit habe ich nur aus der Zeitung erfahren.«

Daraufhin wurde der Dschinn mucksmäuschenstill. »Welche Hochzeit?«

»Das wusstest du nicht?« Sie unterdrückte ein Lächeln und spürte, wie sie endlich die Oberhand gewann. »Sie hat wieder geheiratet, *ganz* kurz nach diesem Abend. Einen Mann namens Michael Levy.« Das nackte Entsetzen in seinem Gesicht machte sie mutiger, und sie plapperte unüberlegt weiter. »Er ist Sozialarbeiter, deswegen ist er natürlich so arm wie eine Kirchenmaus. Aber sie hat ihn trotzdem geheiratet, also muss zwischen ihnen etwas sein, glaubst du nicht?«

»Sei still«, flüsterte er.

»Und ihr beiden habt so *vertraut* gewirkt, wie ihr zusammen getanzt habt …«

»Sei still!«

Er starrte unverwandt auf die Wand. Seine Miene erinnerte ihn an die ihres Vaters, wann immer er schlechte Nachrichten erhalten hatte: als wollte er die Wahrheit durch reine Willenskraft aus der Welt schaffen. In dieser Beziehung war er wie jeder andere Mann. Einen Moment lang tat er ihr nahezu leid.

»Das Geld in deiner Hand«, sagte er angestrengt. »Betrachte es als Darlehen. Du wirst es zurückzahlen, und zwar bald. Und wenn du mir oder Chava oder jemand anderem noch einmal drohst – dann wirst du was erleben. Meine Geduld mit dir ist zu Ende.«

Mit diesen Worten streckte er die Hand und berührte den brennenden Docht der Kerze mit dem Finger. Die Flamme explodierte und wurde zu einem weißglühenden Feuerstrahl. Sie schrie auf und wandte sich ab, hielt die Hand vor die Augen. Einen Augenblick später brannte die Kerze erneut normal. Und als sie wieder sehen konnte, war er verschwunden.

Um die Ecke vom Wohnheim befand sich die unauffällige Kellerkneipe Zum gescheckten Hund. Ein beliebter Treffpunkt von Hafenarbeitern und Tagelöhnern, war sie dennoch mitten am Nachmittag ein ruhiger Ort, während die Frühschicht auf den Feierabend hinarbeitete und die Nachtschicht die morgendlichen Exzesse ausschlief. Die Kneipe war bis auf zwei Personen leer, den Wirt, der die Ruhe nutzte, um das alte Sägemehl aufzufegen und eine neue Schicht zu verstreuen, und Michael Levy, der versteckt im Schatten an einem kleinen Tisch saß.

Seit seiner Schulzeit hatte Michael nachmittags nicht mehr getrunken. Damals hatten die Ideen seiner Freunde nie richtiger und *nobler* geklungen als bei einem Glas Schnaps. Jetzt allerdings trank er nur, um betrunken zu werden. Vor ihm lagen die Notizen seines Onkels, daneben standen ein nicht allzu sauberes Glas und eine Flasche, deren Inhalt sich Whiskey nannte. Der Whiskey schmeckte nach faulen Äpfeln. Die Flasche war zu einem Drittel geleert.

Er trank einen weiteren Schluck, ohne wegen des Geschmacks noch das Gesicht zu verziehen. Er war hier, um zu entscheiden, was er mit den Papieren machen sollte. Die von seinem Onkel beschriebenen und datierten Seiten waren eine Bürde und eine Peinlichkeit. Es standen Dinge darauf, die einfach nicht wahr sein konnten. Und doch begann Michael, sie zu glauben.

Im Wohnheim hatte er gesagt, dass er sich krank fühle und nach Hause gehe. Sie hatten mitfühlende Laute von sich gegeben und ihm versichert, dass sie es bis zum nächsten Morgen auch ohne ihn schaffen würden. Vor allem Joseph Schall hatte darauf bestanden, dass er erst wiederkommen sollte, wenn er sich besser fühlte. Joseph war wirklich ein anständiger Kerl. Er erinnerte sich an die neugierigen Fragen seiner Frau und zuckte zusammen. Sie hatte sich angehört, als würde sie irgendeinen Verdacht gegen ihn hegen; aber was, wenn es umgekehrt wäre? War *ihm* etwas Seltsames an *ihr* aufgefallen?

O Gott, er würde wahnsinnig, wenn er so weitermachte.

Er setzte sich aufrecht hin und ignorierte die schwummrigen Empfindungen in seinem Kopf. Möglicherweise wäre es am besten, die ganze Sache als eine geistige Übung zu betrachten. Er würde nur für den Moment annehmen, dass sein Onkel nicht senil gewesen war und die Papiere nicht die phantastischen Hirngespinste eines abergläubischen Menschen enthielten. Seine eigene Frau war ein Golem aus Lehm mit den Kräften von einem Dutzend Männern. Sie kannte alle seine Ängste und Wünsche. Der tote Mann – der Mann, von dem sie nie sprach – war ihr Meister gewesen, der Mann, für den sie erschaffen worden war.

Angenommen, das alles entsprach der Wahrheit: Was sollte er dann tun? Sich von ihr scheiden lassen? Das örtliche Rabbinat informieren? Weitermachen, als wäre nichts geschehen?

Er blätterte zu der Seite, auf der sein Onkel den Satz vermerkt hatte, der ihn wie ein Faustschlag getroffen hatte:

Wird sie jemals wirklich lieben und glücklich sein können? Ich fange an, es wider besseres Wissen zu hoffen.

War das nicht der entscheidende Punkt der Angelegenheit? Konnte er mit einer Frau – gleichgültig ob aus Fleisch und Blut *oder* Lehm – verheiratet bleiben, die ihn nicht wirklich lieben konnte?

Er trank einen weiteren Schluck und dachte an ihre ersten Treffen, an das häufige schüchterne Lächeln und das gesellige Schweigen. Er hatte sie für dieses Schweigen ebenso geliebt wie für das, was sie gesagt hatte. Vor ihr hatte er nur Frauen gekannt, die glaubten, das Herz eines Intellektuellen durch übermäßiges Reden erobern zu können. Nicht so seine Frau. Er erinnerte sich an den schweigsamen Ausflug zum Grab seines Onkels. Sie hatte gerade so viel gesagt – sie schien ihn gerade so weit zu *verstehen* –, dass er sich an jede ihrer Silben geklammert und sie wie Juwelen behandelt hatte. Die Tatsache, dass sie genau das gesagt hatte, was er hören wollte, ließ ihre Bemerkungen nur umso kostbarer erscheinen. Und wenn sie nichts sagte, hatte er in ihr Schweigen eine verführerische Tiefe hineininterpretiert.

Ein dumpfer Schmerz begann hinter seiner Stirn zu pochen. Am liebsten hätte er gelacht, erstickte diesen Impuls jedoch mit einem weiteren Schluck Whiskey.

War es denn wichtig, ob sie eine Frau oder ein Golem war? Wie auch immer, die nackte Wahrheit lautete unverändert: Er hatte keine Ahnung, wer seine Frau wirklich war.

Der Dschinn stand auf dem Dach seines Mietshauses und drehte und rauchte eine Zigarette nach der anderen. Auf dem Heimweg von seiner Begegnung mit Anna hatte er sich nicht beruhigen können. Er erinnerte sich an die Nacht, als er aus Arbeelys Fenster gestarrt hatte und es nicht erwarten konnte, die Stadt zu erkunden. Er hätte in glückseliger Unwissenheit in der Werkstatt bleiben sollen. Er hätte in der Flasche bleiben sollen.

Sie ist verheiratet. Na und? Sie hatte sich bereits aus seinem Leben zurückgezogen. Es änderte nichts. Warum also schien es ihm trotzdem wichtig?

Seit Wochen versuchte er, sie in den hintersten Winkel seines Kopfes zu verbannen, nur damit sie wieder hervorkam, wenn er es am wenigsten wollte. Vielleicht ging er die Sache falsch an; nie zuvor hatte er versucht, jemanden zu vergessen. Aber es war auch nicht nötig gewesen. Bei den Dschinn verliefen Beziehungen ganz anders. Stelldicheins konnten ruhig oder stürmisch verlaufen, einen Tag, eine Stunde oder Jahre währen – und überlappten sich oftmals auf eine Weise, die die Bewohner von Little Syria für vollkommen unmoralisch gehalten hätten –, aber sie waren nie von Dauer. Ob aus Lust, Laune oder Langeweile eingegangen, irgendwann endete jede Romanze, und im Lauf der Jahre waren die Erinnerungen daran stets verblasst. Warum war es bei ihr nicht so, wo sie doch nur so wenig Zeit miteinander verbracht hatten? Ein paar Gespräche und Streitereien, weiter nichts – und sie war nie seine Geliebte gewesen!

Und trotzdem weigerten sich die Erinnerungen stillzuhalten, zu verwittern und in die Ferne zu rücken, wie er es sich verzweifelt wünschte.

Verheiratet. Mit Michael Levy. Sie hatte den Mann nicht einmal *gemocht*.

Er rollte noch eine Zigarette, berührte die Spitze und inhalierte. Die eiserne Schelle lugte unter seinem Ärmel hervor, schimmerte im matten Nachmittagslicht. Er betrachtete sie einen Moment lang, dann zog er vorsichtig den Zettel darunter hervor, den er aus ihrem Medaillon genommen hatte. Er faltete ihn einmal auseinander, sodass nur noch ein Knick die Worte vor ihm verbarg. Das Papier war dick und schwer, doch er sah die Schatten der Buchstaben auf der Rückseite. Er konnte es vollständig entfalten und lesen, was darauf stand. Er konnte es in den Rinnstein werfen. Er konnte es mit den Fingern verbrennen und die Asche im Wind verstreuen.

Eine kleine Hand zog an seinem Hemd.

Er fuhr erschrocken zusammen. Es war Matthew, der wie vom Himmel gefallen neben ihm stand. Wie machte der Junge das? Rasch faltete der Dschinn das Papier wieder zusammen und schob es unter die Schelle.

»Vermutlich hat Arbeely dich geschickt«, sagte er. Es stimmte ihn traurig, den Jungen anzusehen. Die Ereignisse des Morgens hatten ihn die der vergangenen Nacht vergessen lassen, aber jetzt kehrten die Erinnerungen zurück – das winzige Wohnzimmer, Matthews Mutter, die auf der Couch nach Luft rang – und mit ihnen eine dunkle, unangenehme Scham.

Der Junge schüttelte heftig den Kopf und zog wieder am Hemd des Dschinns. Verwirrt beugte sich der Dschinn zu ihm hinunter und hörte ein leises, dringliches Flüstern.

»Bring sie zurück!«

Verdutzt starrte der Dschinn ihn an. Sie zurückbringen? Die Frau war tot!

»Wer hat dir erzählt, dass ich so etwas kann?«, fragte er. Doch der Junge schwieg und ließ seine eigensinnig hoffnungsvolle Miene für sich sprechen.

Langsam dämmerte es dem Dschinn. War das der Grund, warum Matthew seit Monaten nicht mehr von seiner Seite wich? Nicht weil er ihn mochte, bewunderte oder etwas von ihm lernen wollte? Der Junge war zu ihm gekommen statt zu Maryam oder Dr. Joubran – zu jemandem, irgendjemandem, der ihm wirklich hätte helfen können –, nur weil er geglaubt hatte, der Dschinn könnte seine sterbende Mutter heilen, so mühelos wie er ein Loch in einem Teekessel flickte!

Aller Ärger und die vielen Enttäuschungen verschmolzen jetzt zu einem harten, unnachgiebigen Kern in ihm. Er ging in die Hocke und fasste den Jungen bei den Schultern.

»Ich will dir von den Seelen erzählen«, sagte er, »die nach dem Tod weiterleben oder gegen ihren Willen zurückgeholt werden. Und es ist die Wahrheit, nicht irgendeine Geschichte, die man kleinen Kindern erzählt. Hast du schon mal einen Schatten gesehen, der über die Erde zieht, so wie der Schatten einer Wolke? Nur dass am Himmel keine Wolke ist, wenn du hinaufschaust?«

Zögernd nickte Matthew.

»Das ist ein Totengeist«, sagte der Dschinn. »Eine verlorene Seele. In der Wüste gibt es Totengeister von allen möglichen Geschöpfen. Sie fliegen in großer Not von hier nach da und sind ständig auf der Suche. Kannst du dir denken, wonach sie suchen?«

Matthew war blass geworden und stand reglos da. Er schüttelte den Kopf.

»Sie suchen nach ihren Körpern. Und wenn sie ihn finden – falls sie ihn finden, falls ihre Knochen nicht längst zu Staub zerfallen sind –, setzen sie sich davor und weinen und geben die allerschrecklichsten Laute von sich. Möchtest du wissen, was sie dann tun?«

Die vor Schrecken weit aufgerissenen Augen des Jungen füllten sich mit Tränen. Der Dschinn spürte die ersten Gewissensbisse, sprach aber weiter: »Sie gehen zu ihren nächsten Verwandten und flehen sie an, bitten sie inständig, ihnen dabei zu helfen, Ruhe zu finden. Doch alles, was ihre Verwandten hören, ist ein Klagelaut wie das Heulen des Winds. Und alles, was sie fühlen, ist die Kälte des Todes.« Der Dschinn packte den Jungen fester an den Schultern. »Möchtest du, dass es deiner eigenen Mutter so ergeht? Möchtest du, dass ihre Seele durch die Washington Street irrt? Willst du hören, wie sie wie ein Sturm heult? Auf der Suche nach ihren Knochen, die in der Erde verwesen? Auf der Suche nach *dir*?«

Der Junge schnappte keuchend nach Luft, riss sich von ihm los und lief davon.

Der Dschinn sah Matthew nach, der über das Dach rannte und die Feuerleiter hinunterstürmte. Der Junge würde jetzt zu jemand anderem gehen, zu Maryam oder Arbeely, dem Priester oder einer Nachbarin. Sie würden ihn trösten und seine Tränen trocknen. Das nächste Mal, wenn er Hilfe brauchte, würde er sich an sie wenden und nicht mehr zu ihm kommen.

Allein rauchte er seine letzte Zigarette und ließ sie zwischen seinen Lippen zu Asche zerfallen.

Die Stimmung in der Schmiede war düster. Maryam war kurz vorbeigekommen, während Ahmad nicht da war, um Arbeely die traurige Nachricht von Nadias Tod zu überbringen – dessen Zeuge der Dschinn gewesen war.

»Er war heute hier«, sagte Arbeely verwirrt. »Aber er hat nichts davon gesagt.«

»Boutros, es geht mich nichts an, mit wem du zusammenarbeitest ... aber ist er nicht etwas *seltsam*?«

Seltsamer, als du dir vorstellen kannst, dachte Arbeely. »Ich weiß, dass er schwierig sein kann – und in letzter Zeit ist er immer schlecht gelaunt ...«

»Nein, das ist es nicht.« Sie zögerte, als würde sie ihre Worte abwägen. »In Nadias Wohnung – es war, als hätte er noch nie zuvor jemanden gesehen, der krank ist. Er hatte keine Ahnung, was er tun sollte. Er trug sie in den Armen und hat mich angeschaut, und einen Augenblick lang – Boutros, einen Augenblick lang habe ich geglaubt, er wäre kein Mensch.« Sie blickte ihn flehentlich an. »Klingt das verrückt? Verstehst du, was ich meine?«

»Ich glaube, ich weiß, was du meinst«, sagte er.

Dann war Maryam gegangen, und Ahmad war zurückgekehrt von wo auch immer er gewesen war – dennoch hatte er nichts über Nadia gesagt. Arbeely sah ihn jetzt an, wie er in der beengten Werkstatt saß, und fragte sich, was aus ihrer Freundschaft geworden war. Vielleicht war es einfach eine zu unnatürliche Beziehung, als dass sie Bestand haben könnte. War das nicht die Moral der Geschichten, die ihm seine Mutter und seine Tanten erzählt hatten? Dass die Dschinn allein leben sollten, weit weg von Fleisch und Blut? Er hatte sich von der menschlichen Maske des Dschinns blenden lassen und vergessen, dass sich darunter ein ganz und gar anderes Wesen verbarg.

Plötzlich wurde die Tür aufgerissen. Es war erneut Maryam, und sie war völlig außer sich. Nachdem sie ihr Leben lang Mitgefühl und Verständnis für jede Menschenseele, die ihr über den Weg gelaufen war, aufgebracht hatte, sah die Frau jetzt so wütend aus, als ob sie zur Mörderin werden könnte.

»Sie!« Sie deutete auf Ahmad. »Erklären Sie sich!«

Der Dschinn stand von seiner Bank auf, blickte zuerst überrascht drein, dann kühl und misstrauisch. »Und was soll ich erklären?«

»Warum Matthew Mounsef sich jetzt in meiner Vorratskammer versteckt, weint, zittert und Todesangst hat!«

Arbeely tat das Herz weh, als er das hörte. Er meinte, auch Ahmad zusammenzucken zu sehen. Aber dann sagte der Dschinn: »Warum sollte ich daran schuld sein? Ist nicht die Mutter des Jungen gerade gestorben? Ich glaube, Sie waren dabei, als es passiert ist.«

Maryam schnappte nach Luft, als hätte man sie ins Gesicht geschlagen. »Ich weiß nicht, wer Sie sind«, sagte sie, und ihre Stimme klang wie Eissplitter. »Jedenfalls nicht, wer Sie zu sein behaupten, so viel steht fest. Sie haben Boutros für sich eingenommen, weil er viel zu vertrauensselig ist, und Sie haben die ganze Straße hinters Licht geführt. Aber nicht Mahmoud Saleh und mich auch nicht. Sie sind gefährlich. Sie gehören nicht hierher. Ich weiß es seit langem und habe nichts gesagt, aber von jetzt an werde ich nicht mehr schweigen. Niemand, der einem siebenjährigen Jungen erzählt, dass die Seele seiner toten Mutter nach ihrem Körper suchen und ihren Sohn über die Straße jagen wird – niemand, der etwas so Grausames tut, verdient Mitgefühl oder Verständnis.«

»O mein Gott«, sagte Arbeely. »Stimmt das? Hast du das wirklich zu Matthew gesagt?«

Der Dschinn bedachte ihn mit einem gekränkten Blick, und Arbeely glaubte, er würde sich erklären. Doch er wandte sich an Maryam und sagte: »Ja, genau so war es. Ich hatte meine Gründe dafür. Warum sollte mir daran gelegen sein, dass Sie sie verstehen – vor allem da Sie mich, wie Sie gesagt haben, von Anfang an nicht mochten? Ich habe Sie nie um Ihr Mitgefühl oder um Ihr Verständnis gebeten, nicht dass Sie geneigt gewesen wären, sie mir zuteilwerden zu lassen. Weder Sie noch Mahmoud Saleh, und *du* auch nicht, wenn wir schon dabei sind«, sagte er und schaute zu Arbeely, »können mir vorschreiben, was ich tun soll. Mein Leben gehört mir, und ich tue, was ich will.«

Sie hielten den Atem an. Wie zwei titanische Naturgewalten starrten sich Maryam und der Dschinn an.

»Es reicht«, sagte Arbeely. »Wir sind fertig miteinander. Nimm deine Sachen und geh.«

Ahmad schien ihn zuerst nicht zu verstehen. Dann runzelte er die Stirn. »Wie bitte?«

»Du hast mich gehört. Verschwinde. Ich löse unsere Partnerschaft auf. Du kannst tun, was du willst, aber nicht hier. Nicht mehr.«

Ahmad zögerte verwirrt. »Aber – die Sachen für Sam Hosseini sind noch nicht fertig.«

»Ich werde es Sam erklären«, sagte Arbeely. »Betrachte dich als von aller Verantwortung entbunden. Das sollte dir nicht schwerfallen.«

Der Dschinn schaute vom wütenden Arbeely zu der triumphierenden Maryam. »Du hast recht«, sagte er. »Ich bin hier fertig.« Er räumte sein Werkzeug auf, wickelte die unfertigen Ketten in ein Flanelltuch und legte es auf die Werkbank. Und dann ging er durch die Tür und war ohne einen Blick zurück verschwunden.

Chava,
in der Arbeit gibt es ein paar unaufschiebbare Schwierigkeiten, und ich muss leider hier übernachten. Mach Dir keine Sorgen wegen des Abendessens. Ich esse im Wohnheim. Wir sehen uns morgen.
Dein Mann,
Michael

Sie gab dem Botenjungen einen Penny und schloss die Tür, dann las sie die Notiz noch einmal. Michael hatte ihr einmal erzählt, dass er sich immer bemüht hatte, nicht im Wohnheim zu übernachten, weil er befürchtete, dass es dann von ihm erwartet würde. Sie fragte sich, was passiert war, dass er diese Regel brach.

Sie hatte gerade den Tisch gedeckt; jetzt räumte sie die Teller und Tassen, das Brot und das Schmalz wieder ab, ebenso die Pfanne für die Leber, die er hatte kaufen wollen. Sie hielt inne, die Hand an der Tür des Eisschranks. Er rechnete natürlich damit, dass sie etwas aß. Würde er es bemerken, wenn noch genauso viel Essen da war wie zuvor?

Zorn stieg in ihr auf – wollte sie seine Reaktionen ewig vorwegnehmen? Sie schlug die Tür heftiger zu, als sie beabsichtigt hatte. Sollte er fragen, würde sie sagen, dass sie keinen Hunger gehabt hätte.

Sie ging ins Wohnzimmer und nahm ihr Nähzeug. Zumindest müsste sie eine Nacht lang ausnahmsweise nicht seine Ängste und Wünsche ignorieren und auch nicht neben ihm liegen und daran denken zu atmen. Sie spürte, wie sich ihr Körper bei diesem Gedanken entspannte; im nächsten Moment bekam sie Gewissensbisse. Ihr Mann arbeitete die ganze Nacht, und sie hatte nur ihr eigenes Wohlergehen im Sinn. Vielleicht sollte sie ihm das Abendessen bringen, um zu beweisen, dass sie an ihn dachte.

Sie legte Nadel und Faden weg, runzelte dann rebellisch die Stirn und nahm sie wieder zur Hand. Nein, sie würde zu Hause bleiben. Für eine Nacht wollte sie noch einmal ihr altes Leben führen: nähen mit einem Fenster zwischen sich und der Welt.

Der Dschinn stand mitten in seiner Wohnung, um zu entscheiden, was er mitnehmen wollte.

Er würde Little Syria verlassen. Hier gab es nichts mehr für ihn – und was hatte es schon je gegeben? Eine Beschäftigung tagsüber und ein Ort, der ihn vor Regen und Schnee schützte. Mehr nicht. Dennoch, als er sich jetzt in dem kleinen Zimmer umblickte, erstaunte es ihn, wie wenig er angesammelt hatte. Ein paar Hemden und Hosen, zwei Paar Schuhe, ein Mantel. Der schreckliche wollene Hut, auf dem Chava bestanden hatte. Die Kissen auf dem Boden, die er billig und mit wenig Begeisterung gekauft hatte. Ein paar Werkzeuge, die er aus der Werkstatt mitgenommen und irgendwann hatte zurückbringen wollen. Das Glas mit seinem Geld. Die Ketten, die er von Conroy gekauft hatte. Der Schirm mit dem silbernen Griff. Und in einem Schränkchen seine kleinen Figuren.

Er nahm sie heraus und stellte sie auf dem Tisch der Reihe nach auf. Vögel und Mäuse, winzige Insekten aus Blechabfällen. Eine silberne Kobra mit ausgebreiteter Haube, die rautenförmig gemustert war. Der hartnäckig unfertige Ibis, dessen Schnabel noch immer nicht die richtige Form hatte.

Er steckte das Geld und die Ketten ein und nach einem Augenblick des Zögerns auch die Figuren. Sofort holte er sie wieder heraus und stellte sie auf den Tisch zurück. Sollten die nächsten Mieter daraus schlau werden. Was brauchte er schon außer einem Dach über dem Kopf, wenn es regnete? Nichts. Überhaupt nichts.

Auf der Straße schwindelte ihm, und er fühlte sich völlig ungebunden – als wäre er wieder in der Wüste und könnte sich hinbegeben, wohin immer er wollte. Warum hatte er sich überhaupt mit Arbeely zusammengetan? Die alten Begründungen kamen ihm jetzt fadenscheinig, sogar feige vor, verglichen mit seiner Freiheit. Wohin sollte er gehen? Er blickte zum Himmel empor: Es bewölkte sich. Vielleicht müsste er für die Nacht irgendwo Zuflucht suchen. In der Bowery? Er war seit Wochen nicht mehr dort gewesen, außer um bei Conroy Ketten zu kaufen.

Er kam an Matthews Haus vorbei und blieb stehen, um sich ein letztes Mal seine Decke anzusehen.

Im Eingang war es schattig und kühl, die Gaslampen brannten noch nicht. Die Blechdecke schimmerte im frühen Dämmerlicht. Jemand hatte den Zeitungsartikel über die Decke gerahmt und an die Wand gehängt. *Es steht zu hoffen*, so stand zu lesen, *dass die Deckenverkleidung nur die erste von vielen herausragenden Leistungen dieses außergewöhnlichen Talents aus Syrien ist.*

Die auf dem Kopf stehenden Gipfel warfen Schatten auf den Talboden. Wie immer fehlte sein Palast; er konnte den Blick nicht abwenden von der Stelle, an der er hätte sein müssen.

Plötzlich war seine hektische Energie verflogen. Er wäre nie frei von Little Syria, solange die Decke existierte. Er konnte sie herunterreißen und einschmelzen; aber allein bei diesem Gedanken zuckte er schon zusammen. Na gut – sollten sie die Decke behalten. Arbeely würde sie sehen und sich vielleicht daran erinnern, was der Dschinn für ihn und seinen Lebensunterhalt getan hatte. Und Matthew – auch er würde sie sehen.

Er trat wieder hinaus auf die Straße. Die Wolken wurden dichter. Keine Besichtigungen mehr; es war Zeit zu gehen.

Am Rand des Viertels kam er an Saleh vorbei, der mit seiner leeren Eismaschine nach Hause schlurfte. Der alte Mann blieb stehen und drückte sich an die Mauer.

»Saleh«, sagte der Dschinn. »Was hast du Maryam Faddoul erzählt?«

Der alte Mann blickte ängstlich drein, aber er sagte: »Nichts, was sie nicht schon wusste.«

Der Dschinn schnaubte verächtlich. Dann langte er in seine Tasche und holte seinen Wohnungsschlüssel heraus. Er warf ihn Saleh zu, der ihn überrascht auffing. »Ein Abschiedsgeschenk«, sagte der Dschinn. »Die Miete ist bis zum Monatsende gezahlt. Ich bin in der Bowery«, fuhr er fort, als er weiterging, »falls jemand glaubt, mich zu brauchen.«

Im Schlafsaal im ersten Stock machte sich Yehudah Schaalman für eine weitere nächtliche Jagd bereit. Er zog sich rasch an, huschte die knarzende Treppe hinunter und schlich aus dem Haus.

Er wollte wieder nach Norden in den Park gehen, in den ihn der Zauber das letzte Mal geführt hatte. Es schien nicht aussichtsreich, aber was sollte er sonst tun? Er hatte so wenige Anhaltspunkte, die Spuren tauchten wie zufällig auf und verschwanden wieder, als handelte es sich um einen ruhelosen Geist …

Die Erkenntnis durchfuhr ihn wie ein Blitz, und beinahe wäre er stehen geblieben. Seine Beute, das Ding, nach dem er suchte, *war eine Person.* Die Dächer der Bowery, die Parks – jemand ging nach Lust und Laune durch die Stadt, und Schaalman folgte ihm wie ein Bluthund. Das erklärte auch, warum die Spuren plötzlich abbrachen: Hatte die Person ihr Ziel erreicht, kehrte sie auf demselben Weg nach Hause zurück. Das hieß, dass Schaalman nur eine Spur finden und ihr bis zu ihrem Ursprung folgen musste, wo seine Beute auf ihn warten würde.

Kaum war er zu dieser Schlussfolgerung gelangt, tauchte wie zur Belohnung eine Spur vor ihm auf. Er blieb überrascht stehen. Er befand sich an der Kreuzung von Hester und Chrystie Street im jüdischen Viertel. Er war diese Straße Dutzende Male gegangen – doch jetzt glühte die Straßenecke in seinem Kopf, strahlte unwiderstehliche Anziehungskraft aus. Seine wandernde Beute war hier vor kurzem vorbeigekommen, möglicherweise erst heute.

Am liebsten hätte er auf der Straße getanzt, aber er zwang sich, ruhig zu bleiben. Er drehte sich langsam im Kreis. Da: das Gebäude an der südwestlichen Ecke, das war es. Die Treppe davor und seltsamerweise der schlecht gepflegte Blumentopf neben der Tür leuchteten interessant. Doch hier endete die Spur. Die Tür sah ganz normal aus. Seine Beute war demnach die Treppe hinaufgegangen, vielleicht um sich mit jemandem zu unterhalten oder um nachzusehen, ob jemand zu Hause war, und dann war sie umgekehrt. Und wohin war sie gegangen?

Er stieg die Treppe wieder hinunter, ließ sich von seinen Füßen leiten. Nachdem er einen halben Block die Straße entlanggegangen war, kam er zu einem schäbigen Gebäude – und hier hörte die Spur nicht an der Tür auf. Leise betrat er das Haus, seine Schuhe rutschten auf den schmutzigen Fliesen. Die Spur führte ihn eine dunkle, tückische Stiege hinauf bis zu einem nach Kohl riechenden Flur und schließlich zu einer Wohnungstür. Er drückte das Ohr an das Holz und hörte nichts außer leisen Atemzügen.

Während er dastand und überlegte, ob er klopfen sollte, kam jemand aus der Toilette im Flur. Er wich ein paar Schritte zurück und sah zu, wie eine schwangere Frau in einem weißen Nachthemd verschlafen zu der Wohnungstür wankte, auf die er aufmerksam geworden war. Die Anziehungskraft, die sie auf ihn ausübte, war so stark, dass er den Blick nicht von ihr wenden konnte. »Entschuldigen Sie«, sagte er.

Er hatte leise gesprochen, dennoch erschrak sie. »Um Gottes willen«, keuchte sie und legte eine Hand auf den geblähten Bauch.

»Vielleicht können Sie mir helfen, ich suche nach einer Freundin.« Er dachte kurz nach und nannte auf gut Glück den Namen. »Chava Levy?«

Die Frau schien zurückzuweichen. »Ich habe sie seit Monaten nicht mehr gesehen«, sagte sie mit einer Stimme, die Angst und Argwohn verriet. »Warum suchen Sie hier nach ihr?«

»Ein gemeinsamer Freund hat mir gesagt, dass sie hier gewesen sein könnte.«

»Ahmad? Hat er Sie hergeschickt?«

Er nahm den Hinweis auf. »Ja, Ahmad hat mich geschickt.«

Sie schaute ihn böse an. »Das hätten Sie gleich sagen können. Richten Sie ihm aus, dass er sein Geld auch nicht schneller kriegt, wenn er mich verfolgt. Und *Sie*, alter Mann, sollten sich was schämen! Eine schwangere Frau im Dunkeln zu erschrecken!«

Ihre Tirade wurde lauter. Bald würde jemand sie hören und nachsehen. Die Zeit für Höflichkeiten war vorbei. Er griff nach ihrem Handgelenk, wie er es auch bei den Rabbis getan hatte. Einen Augenblick lang wollte sie sich ihm entwinden, dann hielt sie still.

Wer ist Ahmad?, fragte er.

Und noch bevor sie antworten konnte, hatte er eine Vision: Ein blendendes Licht, eine gigantische einzelne Flamme, die brannte wie das Inferno.

Er ließ ihr Handgelenk los und taumelte zurück, rieb sich die geblendeten Augen. Als er wieder sehen konnte, betrachtete sie ihn argwöhnisch und hatte vergessen, was passiert war. »Alles in Ordnung?«, fragte sie.

Er drängte sich an ihr vorbei zur Treppe und flüchtete in die Dunkelheit.

Auf der Straße blieb er stehen und atmete tief die feuchte Luft ein. Was war das in ihrem Kopf? Eine Flamme, die brannte wie die Feuer der Gehenna, eine Flamme, die irgendwie lebendig war – aber sie hatte von einem Ahmad gesprochen, als wäre es ein Mann. Wie war das zu verstehen? War hier eine andere Kraft am Werk, die jenseits von seinem beträchtlichen Verständnis lag?

Ahmad. Er wusste nicht einmal genau, was das für ein Name war.

Im Gescheckten Hund veranstalteten die ungebärdigen abendlichen Gäste einen Mordskrach. Drei von ihnen waren bereits wegen Handgreiflichkeiten hinausgeworfen worden. Doch Michael wurde an seinem Tisch in der Ecke rundweg ignoriert. Er fragte sich, wofür die Stammgäste, die muskelbepackten Fabrikarbeiter und Schauermänner, ihn hielten. Für einen feigen Pantoffelhelden und Bürokraten, der sich nicht nach Hause traute? Was mehr oder weniger der Wahrheit entsprach.

Er blätterte wieder in den Notizen seines Onkels, sein Blick schweifte über die Formeln und Schaubilder. Um halb acht hatte er seiner Frau die Nachricht überbringen lassen; jetzt war es kurz nach elf. Er hatte das Glas beiseitegeschoben und trank den gepanschten Whiskey nunmehr direkt aus der Flasche. Seine Vernunft beharrte noch darauf, dass die Notizen Wahnvorstellungen waren, ein Produkt von Alter und Aberglauben – doch die Festungsmauern der Vernunft begannen einzustürzen.

Er trank einen letzten Schluck, nahm die Papiere, torkelte auf die Straße und übergab sich. Danach fühlte er sich auch nicht besser. Er schwankte zurück ins Wohnheim. Alles war dunkel und still; das Licht war bereits gelöscht. In seinem Büro riss er eine übervolle Schreibtischschublade auf und stopfte die Papiere hinein. *Wie man einen Golem an einen neuen Meister bindet* stand auf der obersten Seite. Er verzog das Gesicht und knallte die Schublade zu.

Das Zimmer drehte sich. Wohin sollte er gehen? In seinem Leben gab es keine anderen Orte als das Wohnheim und sein jetzt zweifelhaftes Zuhause. Und was war mit Freunden? Er hatte sie alle vernachlässigt, sich in einem Nebel aus Arbeit und Erschöpfung von ihnen entfernt. Es gab niemanden, dem er sich aufdrängen konnte, um zu reden oder zu übernachten. Er brauchte jemanden, der willens war zuzuhören, ohne ein Urteil zu fällen, der bei klarem Verstand und mitfühlend war.

Joseph. Er konnte mit Joseph sprechen, oder? Der Mann war heutzutage praktisch sein einziger Freund. Obwohl er betrunken war, wusste Michael, dass es völlig inakzeptabel war, einen Angestellten mitten in der Nacht zu wecken, um ihm das Herz auszuschütten. Dennoch stieg er die Treppe zu Josephs Schlafsaal hinauf.

Josephs Bett war leer.

Er stand ruhelos in der Dunkelheit und fühlte sich auf obskure Weise hintergangen. Was hatte Joseph um diese Uhrzeit andernorts zu schaffen? Er setzte sich auf die mondbeschienene Pritsche. Vielleicht war Joseph spazieren gegangen, um vor der Hitze im Schlafsaal zu flüchten. Doch leise begann Argwohn an ihm zu nagen. Er dachte daran, wie sich seine Frau nach Joseph erkundigt hatte, und an die mickrigen Informationen, die er ihr hatte geben können. Warum hatte sie sich so für ihn interessiert?

Nie zuvor war er in die Privatsphäre eines seiner Gäste eingedrungen. Um ihn herum lagen Männer, die womöglich erwachen und ihn beobachten könnten. Trotzdem schaute er nach, was sich unter Jospehs Bett befand, ohne die Tür zum Schlafsaal aus dem Auge zu lassen. Seine Hand ertastete den Griff einer altmodischen Teppichtasche. Er zog sie hervor und zuckte zusammen, als sie ein kratzendes Geräusch von sich gab. Sie roch alt und muffig, als hätte sie seit Generationen unter zahllosen Pritschen gelegen. Er öffnete den quietschenden Verschluss. Darin befanden sich ein paar ordentlich gefaltete Kleidungsstücke und ein altes Gebetbuch. Das war alles. Keine Fotos von Verwandten, keine Erinnerungsstücke oder Krimskrams von zu Hause. War das alles, was Joseph auf dieser Welt besaß? Selbst hier im Wohnheim waren das magere Habseligkeiten. Michael hätte vielleicht Mitleid empfunden, doch Josephs Abwesenheit verlieh der Tatsache, dass er so wenig besaß, etwas Finsteres – als würde der Mann nicht wirklich existieren.

Er wusste, dass er die Tasche zurückstellen und gehen sollte, aber der Whiskey und seine Stimmung hielten ihn davon ab. Er nahm das Gebetbuch aus der Tasche und begann darin zu blättern, als könnte es ihm weitere Hinweise auf seinen Besitzer liefern. Der Mond schien darauf; und in seinem Licht veränderte sich das gewöhnliche Gebetbuch, wurde zu verbrannten Fetzen.

Was er für Gebete gehalten hatte, waren Zaubersprüche und Beschwörungsformeln. Immer ungläubiger blätterte er die Seiten um. Er war zu Joseph gekommen, um sich beruhigen zu lassen, und jetzt das? Sein Onkel, seine Frau und nun auch noch Joseph – es war, als hätten sie sich gegen ihn verschworen und ließen ihn an allem zweifeln, was er für wahr gehalten hatte.

Eine Seite war mit etwas vollgekritzelt, das eher aussah wie Erde als wie Tinte. Die schludrige Handschrift erkannte er als Josephs.

Rotfeld wünscht sich bei einer Frau Gehorsam, Neugier, Intelligenz, tugendsames und anständiges Verhalten.

Gehorsam ist selbstverständlich. Intelligenz am schwierigsten. Neugier am gefährlichsten – aber das ist Rotfelds Problem, nicht meins.

Und dann weiter unten:

Sie ist fertig. Ein exzellentes Geschöpf. Morgen sticht Rotfelds Schiff nach New York in See.

Sie wird ihm eine bewundernswerte Ehefrau sein, wenn sie ihn nicht zuvor umbringt.

Kapitel 24

In einem ansonsten unauffälligen Mietshaus nahe den Docks am Hudson River legte Yehudah Schaalman den grauhaarigen Kopf in den Nacken und starrte verblüfft auf die wellige Deckenverkleidung aus Blech.

Er war vielleicht eine halbe Meile Luftlinie von der Hester Street entfernt, hatte dafür jedoch fast eine Stunde gebraucht. Der Weg war gewunden und voller Abzweigungen gewesen, hatte durch Seitenstraßen und über Feuerleitern auf bevölkerte Dächer, über Bretterstege und wieder hinunter geführt. Schließlich war er in der Washington Street gelandet, wo er die Qual der Wahl hatte. Die Spuren waren übereinandergelagert, sodass jeder Laden, jede Seitenstraße von Interesse war. Er war die Straße auf und ab gegangen, hatte sich orientiert, bis ihn schließlich die stärkste Spur in ein Gebäude mit einem gut beleuchteten Eingang führte. Im Inneren hatten ihn der Zauber und die Lichter veranlasst, nach oben zu blicken.

Er hätte nicht sagen können, wie lange er unter den glänzenden Wellen und Gipfeln stand und sich mit einer Hand an der Wand abstützte. Anfänglich hielt er es für einen interessanten Defekt des Hauses – vielleicht war das Blech an der Decke geschmolzen und hatte Tropfen gebildet –, bevor ihm klar wurde, dass es ein Kunstwerk war.

Wie für so viele andere Betrachter kristallisierte sich

aus der Decke urplötzlich ein Bild heraus. Die Welt drehte sich …

Der Abend dämmerte, und er stand auf einer versengten Ebene, umgeben von fernen Berggipfeln. Die Sonne im Westen streckte seinen Schatten, bis er schmal wie ein Speer war, verwandelte seine Arme in knorrige Äste und seine Finger in Zweige. Vor ihm lag das spätsommerliche Tal, in dem die Tiere erwachten. Er blinzelte – und dort in dem leeren Tal tauchte ein wunderschöner Palast aus Glas auf, seine Türme und Wehre funkelten in den letzten goldenen Strahlen des Abends.

Etwas Hartes, Flaches schlug Schaalman ins Gesicht. Es war der Fußboden der Eingangshalle.

Er lag da, die Bodenfliese kühl unter seiner brennenden Backe, und rang um Fassung. Vorsichtig kam er auf Hände und Knie; der Raum blieb dankenswerterweise, wo er war. Er stand auf, schirmte die Augen mit der Hand ab, ging hinaus und setzte sich auf die Treppe vor dem Haus, eine Hand auf der pochenden Wange. Die Angst, die er zuvor empfunden hatte, im Flur mit der schwangeren Frau, flammte wieder auf und wurde größer. Ein weiteres Phänomen, das er sich nicht erklären konnte.

Er kämpfte gegen die Furcht und den Drang an, ins Wohnheim zurückzukehren. Er fühlte sich verletzlich, ungeschützt. Wer war seine Beute? War es dieser geheimnisvolle Ahmad? Oder der Todesengel, der mit ihm spielte?

Der Schmerz in seiner geschwollenen Backe ließ nach. Er zwang sich, aufzustehen und weiter die Straße entlangzugehen. Die Spuren tanzten und verwoben sich vor ihm miteinander und führten ihn zu was immer ihn als Nächstes erwartete.

Kurz nach ein Uhr morgens gab der Golem die Nähversuche auf. Die vielen Ablenkungen machten sie ungeschickt, und in der Bluse, die sie flickte, hatte sich ein neuer Riss aufgetan. Die wenigen wachen Menschen, die unter ihrem Fenster vorbeigingen, waren entweder betrunken oder mussten dringend auf die Toilette; sie verstärkten ihre Ruhelosigkeit und Anspannung.

Michaels Nachricht lag auf dem Tisch. Sie hatte das Papier ärgerlich zerknüllt. Der Wortlaut sah ihm so gar nicht ähnlich, er war viel zu formell. Seine üblichen Zärtlichkeiten fehlten. War da etwas, was er ihr verschwieg? Sie dachte an ihr Gespräch über Joseph Schall. War Michael irgendwie mit ihm in Konflikt geraten? Oh, wie sie knappe Worte auf Papier hasste! Wie sollte sie die Wahrheit erfahren, wenn er nicht da war?

Es gab nur eine Möglichkeit, sich zu beruhigen: Sie musste ins Wohnheim gehen. Vielleicht würde er sie dafür tadeln, dass sie nachts allein unterwegs war, aber sie würde erklären, dass sie zu besorgt gewesen sei, um schlafen zu können. Sie warf sich ihren Umhang um und brach auf, schritt rasch durch die Straßen, auf denen sie nur vereinzelten anonymen Fußgängern begegnete, alle auf der Suche nach der einen oder anderen Art von Erleichterung.

Von außen war das Wohnheim dunkel und still. Einen Augenblick lang blieb sie auf dem Gehweg stehen und horchte. Ein paar Männer schliefen nur leicht, der Rest war in einem Meer aus Träumen versunken, verzerrte Spiegelbilder ihrer Sehnsüchte und Ängste. Sie öffnete langsam die Tür, hob sie etwas an, damit sie nicht quietschte.

In Michaels Büro brannte Licht. Sie schlich den Flur entlang und schaute durch die halb offene Tür.

Er war am Schreibtisch eingeschlafen und auf seinem Stuhl nach vorn gesunken. Sein Kopf lag in der Ellbogenbeuge, daneben ein aufgeschlagenes Buch. Hätten sich seine Schultern nicht leise gehoben und gesenkt, hätte man ihn für tot halten können. Sie trat näher und ging neben ihm in die Hocke. Warum roch er so stark nach Alkohol? »Michael«, flüsterte sie. »Michael, wach auf.«

Eine Hand griff nach Luft. Er stöhnte und richtete sich auf. »Chava«, sagte er noch halb im Schlaf.

Dann erstarrte er. Schlug die Augen auf, schaute sich suchend um und fixierte sie.

Er erschrak wie ein in die Enge getriebenes Tier, und sein Entsetzen traf sie mit voller Wucht in die Brust.

Er sprang vom Tisch auf, verstreute Bücher und Papiere und wich taumelnd zurück. In seinen Gedanken sah sie ein groteskes Bild: eine riesengroße Frau mit einem schwerfälligen Körper, einem dunklen, groben Gesicht und einem eiskalten Blick. Sie selbst im Spiegel seiner Angst.

O Gott – was war passiert? Sie streckte die Hand nach ihm aus, und er sprang zurück und wäre beinahe gestürzt. »Rühr mich nicht an«, zischte er.

»Michael«, sagte sie, doch sie konnte nicht weitersprechen. So viele Male hatte sie sich diese Szene vorgestellt, die Aufdeckung ihres Geheimnisses; und jetzt musste sie feststellen, dass ihr keine ihrer ausführlichen Erklärungen, keine aufrichtige Entschuldigung einfiel. Sie empfand nur Entsetzen und Trauer.

»Sag mir, dass ich es mir nur einbilde«, flehte er nun. »Sag mir, dass ich verrückt geworden bin!«

Nein. Das konnte sie nicht. Sie war es ihm schuldig. Doch ebenso wenig brachte sie es über sich, die Wahrheit laut auszusprechen. Sie suchte nach angemessenen Worten. »Ich wollte dir nicht wehtun«, sagte sie. »Niemals.«

Aufwallender Zorn drängte Michaels Ängste in den Hintergrund. Sie sah, wie sich seine Miene verhärtete, seine Hände sich zu Fäusten ballten.

Sie schwebte natürlich nicht in Gefahr; er war betrunken und hatte keine Erfahrung mit Gewalttätigkeit. Dennoch reagierten ihre Sinne. Die Wirklichkeit wurde zu einer schrecklichen Stille. Sie hatte nur für ein Wort Zeit, das sie zwischen zusammengebissenen Zähnen hervorstieß.

»Lauf.«

Neuer Schrecken durchfuhr ihn – und dann tat er, was sie gesagt hatte, und seine Schritte entfernten sich auf dem Flur. Die schwere Haustür fiel ins Schloss.

Sie stand zitternd in Michaels Büro, während langsam ihre Selbstbeherrschung zurückkehrte. Sie hatte sich immer gefragt, ob sie sich erleichtert fühlen würde, wenn die Wahrheit ans Licht käme; doch sie hätte lieber ewig mit der Anstrengung gelebt, sie zu verbergen, als mit ansehen zu müssen, wie Michael vor ihr davonlief. Vermutlich sollte sie sich Sorgen machen, ob er jemandem davon erzählen würde, doch im Augenblick war es ihr gleichgültig. Sollte der Mob sie zerstören, wenn ihm danach war. Das würde ihr zumindest weitere Qualen ersparen.

Sie schaute sich in dem Chaos um, das sie verursacht hatte. Der Stuhl war umgefallen, auf dem Boden lagen Papiere verstreut. Benommen schob sie den Stuhl an seinen Platz und räumte auf. Sie hob das Buch auf, das neben seinem Ellbogen gelegen hatte, lose Blätter fielen heraus und auf den Schreibtisch.

Um einen Dämonen herbeizurufen, ist es unabdingbar, seine Abstammung zu kennen …

Der Buchstabe chet *ist der mächtigste Buchstabe des Alphabets und wird oft falsch gebraucht …*

Sie runzelte die Stirn. Was war das für ein Buch?

Sie blätterte in den Seiten, überflog die vielen akribischen Anweisungen und verzweigten Schaubilder. Sie vermutete, dass es sich um eine Art Kochbuch mit Listen von Zutaten, präzisen Anleitungen, Warnungen vor Ungeschicklichkeiten und Vorschlägen zu Abwandlungen handelte. Nur dass der Leser kein Huhn braten und keinen Gewürzkuchen backen, sondern das Unmögliche bewerkstelligen und die Schöpfung selbst verändern sollte. Was hatte Michael mit diesem Buch zu schaffen? Hatte der Rabbi es ihm gegeben?

Sie sah, dass eine Seite am Rand mit Erde verschmiert war. Sie las sie – und dann noch einmal und noch einmal. Benommen und zitternd drehte sie das Blatt um und las, was auf der Rückseite geschrieben stand.

Gehorsam, Neugier, Intelligenz, tugendsames und anständiges Verhalten.

Sie wird ihm eine bewundernswerte Ehefrau sein, wenn sie ihn nicht zuvor umbringt.

Vor ihrem geistigen Auge sah sie Joseph Schall, der eine Schachtel mit Brötchen in den Händen hielt und geheimnisvoll lächelte. *Ich habe nie daran gezweifelt, dass Sie eine bewundernswerte Ehefrau sein werden.*

Mahmoud Saleh konnte nicht schlafen, aber nicht aus den üblichen Gründen.

Er hatte bis lange nach Einbruch der Dunkelheit gewartet, um sich in Ahmads Wohnung zu schleichen. Ahmad hatte ihm den Schlüssel, den er in der verschwitzten Hand hielt, freiwillig gegeben – er musste also keine Schuldgefühle haben. Aber er wollte nicht als Wohnungsbesetzer oder Dieb abgestempelt werden. Er fand die Wohnungstür, fummelte den Schlüssel ins Schloss. Selbst in der Dunkelheit hatte die Wohnung etwas Leeres und Verlassenes. Das einzige Licht fiel durch das nackte Fenster, ein grelles orangefarbenes Glühen, das nichts erhellte. Er ging mit ausgestreckten Armen und wartete darauf, gegen einen Stuhl oder einen Tisch zu stoßen, doch bald schon berührten seine Hände die gegenüberliegende Wand. Auf dem Tisch standen ein paar Kerzen, und er kramte in den vielen Taschen seines Mantels nach Streichhölzern. Im Licht sah er, dass sich außer einem kleinen Tisch, einem Stuhl und einem Kleiderschrank keine Möbel im Zimmer befanden; nur ein paar Kissen lagen auf dem Boden verstreut.

Hinter einer Tür fand er ein fensterloses Kämmerchen, das kaum groß genug für ein Bett war. Das Bett war nicht bezogen. Er zerrte die Matratze aus dem Gestell und in das größere Zimmer, da er nur eine Tür zwischen sich und einem Fluchtweg wissen wollte. Er tastete nach den Kissen – das Kerzenlicht war keine große Hilfe für seine kaputten Augen – und verteilte sie auf der Matratze. Als er sich schließlich darauflegte, hätte er vor Behagen am liebsten geweint. Am Morgen würde er einen Eimer Wasser holen und sich richtig waschen. Doch jetzt wollte er erst mal nur schlafen.

Das dachte er zumindest. Stunden später sah er ein, dass das Zimmer sein Vorhaben vereitelte. Es war zu still, zu leer. Aber was hatte er auch erwartet, einen Harem voller Huris und eine Zauberlampe, um darin zu schlafen? Die Wahrheit war, dass er sich in diesem ordentlichen und gewöhnlichen Zimmer wie ein Eindringling, wie ein durch das Fenster gewehtes Stück Abfall vorkam. Mürrisch drehte er sich um und sank tiefer in die Kissen. Der Dschinn sollte verdammt sein, er würde *schlafen.*

Jemand klopfte an die Tür.

Saleh erstarrte in der Dunkelheit. So spät noch ein Besucher? Was für ein Leben führte dieses Geschöpf? Er hielt den Atem an, zwang sich zu absoluter Stille. Doch es wurde noch einmal geklopft, und dazu hörte er ein paar leise Worte, zuerst in einer Sprache, die er nicht verstand, und dann in schlechtem Englisch: »Hallo? Bitte?« Eine Pause. »Ahmad?«

Saleh fluchte. Er nahm eine Kerze und öffnete die Tür. »Kein Ahmad«, sagte er und starrte auf die dunklen, weit entfernten Schuhe eines Mannes.

Eine Frage in dieser anderen Sprache, die fast wie Deutsch klang. Er schüttelte den Kopf, sagte *nein* und entschied, genug des Guten getan zu haben. Sollte der Mann sein Dilemma selbst lösen, worin es auch immer bestand. Er wollte die Tür schließen.

Ein Schuh des Mannes schoss nach vorn und blockierte die Tür.

Saleh wich beunruhigt zurück. Der Mann drängte sich in die Wohnung. Saleh drückte die Augen fest zu und öffnete den Mund, um nach Hilfe zu rufen – doch eine kühle papierne Hand fasste ihn am Handgelenk, und plötzlich konnte er überhaupt keinen Laut mehr von sich geben.

Schaalman betrachtete den zerzausten Stadtstreicher, der starr vor ihm stand, die Kerze schief in der verkrampften Hand. *Merkwürdig*, dachte er. Der Mann war mit einem Licht zur Tür gegangen, wollte ihn aber nicht ansehen; als erste Abwehrreaktion hatte er die Augen geschlossen. War er blind? Verwirrt?

Schaalman fragte: *Wer bist du?*

Der Mann öffnete den Mund und bewegte die Lippen, um zu sprechen, doch was immer er sagen wollte, wurde übertönt von einem leisen, hohen, jenseitigen Schrei, der gerade noch hörbar war.

Schaalman biss verärgert die Zähne zusammen. Er wusste, was das bedeutete. Er hatte schon früher Fälle von Besessenheit gesehen, vor einem halben Leben, in abgeschiedenen preußischen Dörfern und im tiefsten Bayerischen Wald. Es musste ein minder schwerer Fall sein, da der Mann noch sprechen konnte und auch sonst noch funktionierte; aber auch der armseligste Dämon stellte ein unerträgliches Ärgernis dar. Das Wesen würde jede Gelegenheit nutzen, um Schaalmans Aufmerksamkeit zu erregen und um Freilassung aus seiner Gefangenschaft zu bitten. Schaalman hatte schon erlebt, wie Geister ihre Wirte an der eigenen Zunge ersticken ließen, nur um ihre Freiheit wiederzuerlangen. Wenn er sich nicht um diesen Missetäter kümmerte, bekäme er nur Kauderwelsch zu hören.

Schaalman wägte seine Möglichkeiten ab. Das schnellste Verfahren wäre, das Ding zu exorzieren, und die Sache hätte sich, aber es war keine sanfte Prozedur. Der Mann würde sich bestimmt daran erinnern. Jede Chance zu einer unaufdringlichen Befragung wäre damit vertan.

Aber er war so weit gekommen, so nah an der Lösung des Rätsels! Und der Mann war kein hochgeschätzter Rabbi, sondern ein ungewaschener Stadtstreicher, wahrscheinlich halb wahnsinnig aufgrund der Besessenheit. Wer würde die Wahrheit glauben, wenn er sie erzählte? Und konnte Schaalman es sich leisten, das Risiko nicht einzugehen?

Er legte dem Mann die Hände seitlich ans Gesicht und wappnete sich.

Mahmoud Saleh wusste nur, dass irgendjemand irgendwo schrie.

Eine Hand drang in seinen Kopf ein, tastete suchend, die Finger glitten zwischen Schichten seines Verstandes und seiner Erinnerung. Saleh stand steif und dumpf da, während sich die Hand tiefer und tiefer in seinen Kopf grub. Dann hielt sie still, und die Finger schlossen sich um etwas Kleines, Unsichtbares und packten es mit eiserner Faust; und dann zog sie es langsam, geduldig heraus wie einen schreienden Teufelsapfel aus der Erde.

Saleh wollte sich auf den Boden werfen, aber die papierenen Hände hielten ihn aufrecht. Sie bewegten sich, und jetzt öffneten lange trockene Finger seine Augenlider.

Mahmoud Saleh blickte dem Mann ins Gesicht.

Er war alt und dürr, die blasse Haut vom Alter gefleckt, doch in seinen tiefliegenden Augen funkelte Intelligenz. Auf einer Backe hatte er einen großen blauen Fleck. Er runzelte die Stirn vor Konzentration und klinischem Widerwillen wie ein Chirurg, dessen Arm bis zum Ellbogen in den Eingeweiden eines Mannes steckt. Saleh begann zu zittern.

Wer bist du?, fragte der Mann.

Doktor Mahmoud, antwortete ein Teil von Saleh; ein anderer Teil sagte: *Eiscreme-Saleh*.

Und wo ist Ahmad?

Und noch bevor Saleh nachdenken konnte, erinnerte

er sich an den Dschinn, der auf dem Gehweg an ihm vorbeikam und ihm seinen Schlüssel zuwarf: *Ich bin in der Bowery, falls jemand glaubt, mich zu brauchen.*

Der Mann ließ ihn los, und Saleh sackte in sich zusammen, als hätte er keine Knochen im Leib. Er hörte, wie die Tür ins Schloss fiel, als der Mann ging. Die Kerze rollte ihm mit flackernder Flamme aus der Hand; und das Letzte, was Saleh dachte, bevor die Flamme erlosch und er bewusstlos wurde, war, dass er seit Jahren nicht mehr in die Flamme einer brennenden Kerze geschaut hatte.

Der Dschinn stand auf einem Dach in der Bowery und betrachtete die abgerissene Menschenmenge unter sich. Der Himmel hatte sich geweigert, sein Regenversprechen einzulösen; dicke Wolken hingen tief und reglos über der Stadt wie die bleiche Unterseite eines gigantischen Wurms. Das Dach hatte sich in ein Mosaik aus schmutzigen Matratzen verwandelt; die Prostituierten hatten ihre Geschäfte nach draußen verlegt in der Hoffnung auf eine kühlende Brise.

Im hintersten Winkel seines Kopfes nagte der Gedanke, dass er einen Plan entwickeln müsste, der über die nächste Viertelstunde hinausreichte. Gereizt schob er ihn beiseite. Pläne, Zeiteinteilung, Verträge – das alles waren trügerische menschliche Erfindungen. Er würde tun, was ihm beliebte, wann es ihm beliebte. Hatte er das nicht zu Arbeely gesagt? Zuvor war er an Conroys Laden vorbeigekommen und hatte kurz überlegt, ob er hineingehen sollte. Vielleicht sollte er seine Dienste anbieten, Gelegenheitsarbeiten im Tausch gegen Silber verrichten. Nein. Wäre das nicht auch eine Art Knechtschaft? Und außerdem, warum sollte er für das Silber arbeiten? In der Wüste war das Silber einfach da gewesen.

Und dann hatte er eine Idee. Er lächelte, während sie Gestalt annahm. Warum nicht? Es wäre ein herausfordernder und lohnenswerter Zeitvertreib; er müsste sein ganzes Geschick aufbieten, weit mehr als bei der Belagerung von Sophias Balkon. Und wenn das Bestehlen eines Diebs auch keine Ehre einbrachte, so glaubte er, dass er sich auch nicht dafür würde schämen müssen.

Unverantwortlich, sagte Chavas Stimme in ihm. *Unmoralisch, unentschuldbar.*

So habe ich früher auch gelebt, sagte er. *Und so werde ich wieder leben.*

Vermutlich wirst du deinen Spaß dabei haben, und das ist das Einzige, was zählt, nicht wahr?

Genau. Jetzt verschwinde und spuke in einem anderen Kopf herum.

Die blinde, hektische Energie, die er verspürt hatte, nachdem er Arbeely verlassen hatte, kehrte zurück. Er überließ sich ihr nur allzu freudig. Wenn er wartete und die Idee durchdachte, fände er vielleicht Gründe, sie zu verwerfen. Besser, bei weitem besser war es, sie kopfüber in die Tat umzusetzen.

Saleh kam auf dem Boden in der Wohnung des Dschinns wieder zu Bewusstsein. Sein Kopf fühlte sich an, als hätte ihn jemand ausgekratzt und als Rührschüssel benutzt. Er lag eine Weile da und versuchte, sich daran zu erinnern, was geschehen war. Hatte er einen Anfall gehabt? Nein, er fühlte sich eher, als wäre er aus einem Albtraum erwacht, der bereits verblasste und nur das Gefühl der Angst in seinem Körper zurückgelassen hatte. Jetzt erinnerte er sich, jemand hatte an die Tür geklopft – er hatte geöffnet …

Und im Bruchteil einer Sekunde brach die gesamte Begegnung mit dem Fremden wieder über ihn herein. Er rappelte sich auf und hielt sich am Türknauf fest, als er schwankte. *Er konnte wieder sehen!* Der Raum wurde nur schummrig vom Kerzenlicht erhellt, aber dennoch! Wann waren ihm Schatten so klar und farbenprächtig erschienen? Die Flammen leuchteten hellorange und gelb und flackerten dann blau, viel zu hell, um sie lange anzusehen. Die Kissen, auf denen er geschlafen hatte, bezogen mit billiger genoppter Baumwolle, erschienen ihm jetzt als Meisterwerke der Form und Textur. Er streckte eine Hand aus und berührte sie mit der anderen: Sie war genau dort, wo er sie vermutet hatte. Sein Gesicht war warm und nass. Hatte er sich bei seinem Sturz verletzt? Nein, er weinte.

Auf dem Schreibtisch sah er etwas funkeln.

Er griff nach der größten Kerze und trat näher. In einer Ecke des Schreibtischs stand eine Sammlung kleiner Figuren aus Metall, insgesamt vielleicht ein Dutzend. Er sah Vögel, Insekten, sogar eine winzige Kobra mit ausgebreiteter Haube. Daneben lag eine Lederrolle mit Werkzeug, dünne Ahlen und zerbrechliche gebogene Nadeln, wie sie ein Chirurg oder Zahnarzt benutzen mochte. Oder ein Kunstschmied.

Er holte die anderen Kerzen und stellte sie neben den Figuren auf. Manche waren fertig und auf Hochglanz poliert; andere schienen sich noch in Arbeit zu befinden. Die Schlange zeugte von großer Kunstfertigkeit, das Schuppenmuster musste eine unglaubliche Geduld erfordert haben. Er bewunderte die elaborierten Insekten aus Blechabfällen, deren Natur nur angedeutet war:

die langen Beine und der Rüssel einer Gottesanbeterin, der runde, glänzende Panzer eines Käfers. Der Ibis andererseits wirkte ungeschickt und aus dem Gleichgewicht – stimmte vielleicht etwas mit dem Schnabel nicht? Er nahm ihn in die Hand und betrachtete ihn. Eine Hälfte war geglättet wie ein frustriert ausradierter Fehler.

Wieder brannten Tränen in seinen Augen. Die Figürchen waren wunderschön und wären es auch gewesen, wenn sie nicht zu den ersten Dingen gehört hätten, die er nach seiner Heilung erblickte. Es waren Werke der Sehnsucht, einsamer Gewissenhaftigkeit. Er hätte sie ihrem arroganten, sarkastischen, schreckenerregenden Schöpfer nicht zugetraut.

Und der alte Mann? Was hatte er mit dem Figurenschmied zu schaffen? Saleh war so mit seiner wiederhergestellten Sehkraft beschäftigt gewesen, dass er ihn fast vergessen hätte, doch jetzt erinnerte er sich an den unvorstellbaren Schmerz, den offensichtlichen Widerwillen des Mannes. Er hatte Saleh irgendwie geheilt – aber nicht aus Freundlichkeit oder Mitgefühl oder weil er sich als Heiler dazu verpflichtet gefühlt hatte. Saleh war nur ein Mittel zum Zweck für ihn gewesen, die Krankheit in seinem Kopf ein Hindernis auf dem Weg zu seinem Ziel. Und sein Ziel war offenbar, den Schmied zu finden. Saleh bezweifelte, dass der Mann eine friedliche Begegnung im Sinn hatte.

Er hielt den unfertigen Ibis hoch und betrachtete ihn im Schein der Kerze. Einen Tag zuvor, sogar noch ein Stunde zuvor hätte er dem alten Mann liebend gern gesagt, wo er sein Opfer finden würde, und ihm dabei viel Glück gewünscht.

Er zog seinen Mantel an, steckte den Ibis in die

Tasche und blies die Kerzen aus. Er würde in die Bowery spazieren und die Welt neu sehen. Und wenn er unterwegs zufällig den Schmied träfe, dann würde er ihn vielleicht warnen.

Geleitet von Salehs Erinnerung, folgte Yehudah Schaalman der Zauberspur nach Osten. Jetzt stieß er weder auf Kehrtwenden noch Feuerleitern, die auf Dächer führten, noch auf zeitintensive Umwege. Seine Beute schien sich pfeilgerade in die Bowery aufgemacht zu haben.

Und was für eine Beute! Ein Mann namens Ahmad mit einem Gesicht, das so hell leuchtete wie eine Gaslampe. Was war er? Ein Dämon? Ein Opfer, das ebenso besessen war wie Saleh – oder vielleicht der Verursacher der Besessenheit?

In Schaalman kämpfte die Aufregung gegen die Erschöpfung, die ihn daran erinnerte, dass er in jeder anderen Nacht mittlerweile im Wohnheim läge und sich die dringend benötigten Stunden Schlaf gönnte. Aber wie konnte er jetzt aufhören und die Spur erkalten lassen? Er ignorierte seine müden, brennenden Füße und beschleunigte den Schritt.

Er bog auf die Bowery Street und fand sie trotz der späten Stunde von zahllosen Männern bevölkert vor. Die Spur war jetzt so stark, dass sie in alle Richtungen gleichzeitig zu führen schien. Er schaute in die Menge, plötzlich von Panik überwältigt: Was, wenn sie aneinander vorbeigingen, ohne dass Schaalman es merkte?

Vor einem Laden hing ein ihm vertrautes Schild. Er las den Namen *Conroy*, sah die Sonnen und Monde darauf. Er blieb auf der Schwelle stehen und spähte hinein.

Nein, seine Beute war nicht hier gewesen; im Inneren befanden sich nur ein paar Männer, die Tabak kauften, und der bebrillte Hehler. Er wandte sich ab, um seine Suche fortzusetzen, bevor Conroy ihn bemerkte. Und stieß beinahe mit einem großen, gut aussehenden Mann mit einem hell glühenden Gesicht zusammen.

»Entschuldigung«, sagte der Dschinn und ging um den alten Mann mit dem schlaffen Mund herum, der wie angewurzelt auf dem Gehweg stand. Er öffnete die Tür zu Conroy, und die kleine Glocke darüber bimmelte. Hinter dem Ladentisch lächelte ihn Conroy höflich an und warf einen bedeutungsvollen Blick auf die anderen Kunden, bevor er sich wieder seiner zerfledderten Zeitung zuwandte. Der Dschinn studierte das Regal mit Tabak. Es wäre keine Herausforderung zu warten, bis Conroy zusperrte, und dann das Schloss aufzubrechen; viel spannender war es, den Mann zu bestehlen, während er zusah. Er wollte ein kleines Stück Silber kaufen und dann das bislang abgelehnte Angebot des Hehlers annehmen und in den ersten Stock hinaufgehen. Er hatte das Kommen und Gehen im Laden oft genug beobachtet, um zu wissen, dass es zahlreiche Ausgänge vom Bordell zum Erdgeschoss und auf die Seitenstraße hinaus gab, in der für gewöhnlich Conroys Männer herumstanden. Er würde sich oben aufhalten – und wenn er sich dafür an der weiblichen Gesellschaft schadlos halten müsste, dann würde er es eben ertragen – und warten, bis sich Conroy für die Nacht zurückgezogen hatte. Wenn er vorsichtig vorging, könnte er den Schlägern ziemlich einfach ausweichen. Vielleicht sollte er für ein bisschen Unruhe sorgen …

Wieder klingelte die Glocke über der Tür. Es war der

alte Mann von der Straße, der fast mit ihm zusammengestoßen wäre. Der Mann starrte ihn intensiv an.

Der Dschinn runzelte die Stirn. »Ja?«

»Ahmad?«, sagte der Mann.

Der Dschinn fluchte lautlos. Die anderen Kunden hatten gezahlt und verließen den kleinen Laden; der Dschinn müsste jetzt warten, bis dieser Mann, der seinen Namen wusste, auch gegangen wäre. »Kenne ich Sie?«, fragte er auf Englisch, aber der Mann schüttelte den Kopf – es war keine Antwort, vielmehr eine Aufforderung, nicht zu sprechen, als würde der Dschinn den Augenblick zerstören.

Conroy wechselte einen Blick mit dem Dschinn, faltete die Zeitung zusammen und fragte: »Kann ich Ihnen helfen?«

Der alte Mann winkte ab, als wäre Conroy eine lästige Fliege. Dann lächelte er den Dschinn an; und es war ein gerissenes wie auch triumphierendes Lächeln, das Lächeln eines Kobolds, der ein Geheimnis zu erzählen hat. Er hob die Hand und bedeutete ihm mit zwei Fingern, näher zu treten.

Der Dschinn, der sich wider Willen für den Mann zu interessieren begann, machte einen Schritt auf ihn zu. Und in diesem Augenblick begann er es zu spüren: ein Prickeln auf der Rückseite seiner Arme und in seinem Nacken. In seinem Kopf setzte ein seltsames Summen ein. Eine Hand begann zu zittern. Es war die Schelle. Sie *vibrierte.*

Er blieb stehen. Irgendetwas stimmte hier ganz und gar nicht.

Der Mann streckte eine klauenartige Hand aus und packte den Dschinn am Handgelenk.

Was William Conroy in dem Moment sah, bevor jede Glasscheibe in seinem Laden zerbrach, darunter die Gläser seiner Brille, würde er nie jemandem erzählen – nicht der Polizei, nicht seinen Angestellten, nicht einmal dem Priester, bei dem er jeden Donnerstag die Beichte ablegte. In diesem kurzen Augenblick sah er die beiden Gestalten verwandelt. Wo der magere alte Mann gewesen war, stand jetzt ein anderer, nackt, das Gesicht unter den schmutzigen Haarbüscheln sonnenverbrannt. Und wo der Mann, den er als Ahmad kannte, gewesen war, stand etwas, was kein Mann war, überhaupt kein irdisches Geschöpf, sondern eine Art flimmernder Vision – wie die Luft über einer Straße an einem sengend heißen Tag oder eine Kerzenflamme, die im Wind flackert.

Kapitel 25

Im Augenblick der Berührung trat ein verborgener See der Erinnerung über die Ufer. Er überflutete ihre Gedanken und überwältigte sie beide, versenkte sie in Bildern, Empfindungen, Eindrücken.

Wo zuvor die Lücke im Gedächtnis des Dschinns gewesen war – zwischen dem Moment, als er einen Falken in einem blutroten Sonnenuntergang hatte kreisen sehen, und dem Augenblick, als er auf dem staubigen Boden von Arbeelys Werkstatt wieder zu sich kam –, waren jetzt Wochen, Monate voller Zeit. Er sah ein junges Beduinenmädchen, das auf seinen glitzernden Palast im Tal schaute; und dann sah er sich selbst, wie er in seine Träume eindrang. Er sah, wie er das Mädchen wieder und wieder besuchte und wie es ihn immer mehr faszinierte. Er sah, was er zuvor nicht hatte sehen können, wie die Tage zwischen seinen Besuchen für ihn so schnell und für das Mädchen so langsam vergingen; er sah die Zeichen dafür, dass es bald schon nicht mehr klar zwischen Traum und Realität unterscheiden konnte.

Er sah, und konnte nicht wegsehen, wie er ein letztes Mal in ihren Geist eindrang. Er spürte, wie sie ihn begierig zu ihrer eingebildeten Hochzeit zog (und dass er sich nicht wehrte), spürte die Lust, die ihn blind für die Gefahr machte; und dann die Panik, als sie erwachte, und den stechenden, entsetzlichen Schmerz, als er sich von ihr losriss.

Er sah, wie nahe er der Auslöschung gekommen war. Er sah, wie er sich von den Schreien ihrer Familie abwandte und sich in den sicheren Hafen seines Glaspalastes flüchtete.

Und dann sah er, was folgte.

Der Tag neigte sich allmählich seinem Ende zu. Der Dschinn schwebte über den Zinnen seines Glaspalastes und bemerkte gereizt, wie die Sonne tiefer sank.

Seit seinem letzten, katastrophalen Besuch bei dem Beduinenmädchen war fast eine Woche vergangen, und er war immer noch nicht vollständig genesen. Tagsüber hing er seitdem reglos im Sonnenschein, damit die Hitze ihn wieder zusammenflickte. Doch nachts zog er sich in seinen Palast zurück, wo das Glas ihn schützte. Die Nächte waren ihm jetzt lästig: Die noch nicht geschlossenen Wunden *juckten*, und er wurde ungeduldig und schlecht gelaunt. Noch ein paar Tage, und er wäre wieder stark genug für seinen lange aufgeschobenen Ausflug an seinen Geburtsort, zu seinen Artgenossen. Warum, warum nur war er nicht früher aufgebrochen? Er war zu fasziniert von den Menschen gewesen und hatte sich zu Selbstgefälligkeit und Wagnissen verlocken lassen. Wann immer er jetzt an Fadwa dachte, schauderte er angesichts seiner eigenen Arglosigkeit.

Nicht dass er dem Mädchen die Schuld gab an dem, was geschehen war. Nein, es war einzig und allein sein Fehler gewesen. Er war viel zu angetan gewesen von ihr, zu beeindruckt von der Hartnäckigkeit, mit der sie und ihr Volk an der Wüste hingen, um jedes Weizenkorn und jeden Tropfen Milch kämpften. Er hatte Tapferkeit mit Weisheit verwechselt und nicht gesehen, dass es ihrem Intellekt an einer gewissen Reife mangelte. Nun, er hatte seine Lektion gelernt. Vielleicht würde er sich hin und wieder gestatten, aus der Ferne eine Karawane zu beobachten; aber ansonsten war er mit ihnen fertig. Keine Tändeleien mit Menschen mehr. Die alten Dschinn hatten recht. Die zwei Völker waren nicht dazu bestimmt, miteinander zu verkehren. Gleichgültig, wie faszinierend und sinnlich diese Begegnungen auch sein mochten, ihr Preis war bei weitem zu hoch.

Aus der Sicherheit seines Palastes sah der Dschinn zu, wie das Dämmerlicht Schatten auf die Mauern warf. Er würde noch ein paar extra Tage warten, bevor er aufbrach. Er wollte nicht, dass Wunden oder Narben von seinem Missgeschick kündeten. Niemand sollte erfahren, wie nahe er seiner eigenen Vernichtung gekommen war.

Hilfe!

Er drehte sich erschrocken um. Von weit weg drang eine Stimme durch die Mauern aus Glas …

Dschinn, hilf uns! Wir kämpfen gegen eine Bande Ifrits und sind verletzt – wir brauchen eine Zuflucht!

Er schwang sich hinauf auf den höchsten Turm und schaute hinunter ins Tal. Auf dem Wind kamen von Westen drei Dschinn geflogen. Aus dieser Entfernung konnte er sie nicht erkennen, aber sie waren unverwechselbar Artgenossen. Ihre Verfolger waren nicht zu sehen, aber das war keine Überraschung; viele Ifrits bewegten sich unter dem Wüstensand, überholten ihre Feinde, um dann plötzlich vor ihnen aufzutauchen. Jetzt sah er, dass ein Dschinn einen anderen trug, der in der Tat nicht mehr ganz heil zu sein schien.

Ihr seid willkommen, rief er ihnen zu. *Kommt schnell*

rein, hier seid ihr sicher. Ihm war zwar peinlich, dass sie ihn in diesem geschwächten Zustand sehen würden; aber andererseits waren sie selbst auch nicht besser dran. Vielleicht könnten sie alle ihre Geheimnisse bewahren.

Den Eingang zum Palast versperrte eine dicke Glastür, die in silbernen Angeln hing. Um sie zu öffnen oder zu schließen, musste der Dschinn Menschengestalt annehmen; er war so dünkelhaft gewesen, so zu tun, als sei er ein menschlicher Herrscher, der ins Zentrum seiner Macht zurückkehrte. Als er den Balken zurückschob, der das Tor verschloss, und es aufriss, dachte er, dass es vielleicht an der Zeit war, die Funktionsweise der Tür zu modifizieren. Was er einst für eine amüsante Grille gehalten hatte, war ihm in Anwesenheit von seinesgleichen etwas peinlich.

Ein heißer Wind strich über ihn; und die drei Dschinn flogen an ihm vorbei in den Palast. Unter ihnen war, wie er jetzt sah, eine Dschinniya von beträchtlicher Schönheit, gestützt von einem ihrer Begleiter. Er lächelte: Der Abend war gerade etwas vielversprechender geworden. Er schloss das Tor und schob den Balken vor.

Da legte ihm eine klauenartige menschliche Hand eine eiserne Schelle ums Handgelenk.

Erschrocken versuchte er, den Arm zurückzuziehen – doch er war zu gefrorenem Feuer geworden. Der Schmerz war unerträglich. Verzweifelt versuchte er, die Gestalt zu wechseln, das eiskalte Eisen abzustreifen, aber vergeblich. Er spürte, dass die Schelle ihn in dieser Form festhielt und eine Verwandlung verhinderte.

Der Schmerz breitete sich bis zur Schulter und dann in seinem ganzen Körper aus. Er fiel auf die Knie und blickte mit seinen schwachen menschlichen Augen zu dem Dschinn auf, der ihm das angetan hatte. Doch alle drei Dschinn waren verschwunden. Vor ihm stand ein Beduine, der ein junges Mädchen in den Armen trug. Es war Fadwa, gefesselt und mit verbundenen Augen. Neben ihnen stand etwas, was er zuerst für einen lebenden Leichnam hielt; doch dann erkannte er einen grotesken alten Mann mit einem schmutzigen, zerfetzten Umhang.

Der alte Mann grinste böse und entblößte dabei dunkle, abgebrochene Zähne. »Es ist vollbracht!«, sagte er. »Gefangen, und noch dazu in menschlicher Gestalt! Der Erste seit den Tagen von Suleiman!«

»Dann ist er jetzt an dich gebunden?«, fragte der Beduine.

»Nein, noch nicht. Dazu brauche ich deine Hilfe.«

Der Beduine zögerte kurz und legte dann seine in einen Umhang gewickelte Last auf den Boden. Der Dschinn, gefangen in eiskaltem Schmerz, konnte weder sprechen noch sich bewegen. Er sah, wie Fadwa zuckte und vor sich hin murmelte. Der Beduine bemerkte seinen Blick. »Ja, schau sie dir nur an!«, schrie er. »Schau nur, was du meiner Tochter angetan hast! Und jetzt wirst du dafür bezahlen, du Kreatur. Wie schrecklich deine Leiden auch sein mögen, du hast sie selbst verschuldet, und sie sind *nichts,* verglichen mit ihren!«

»Ja, gut gesprochen«, sagte der alte Mann. »Aber jetzt komm und hilf mir, bevor der Schmerz ihn um den Verstand bringt. Ich will, dass er genau weiß, was passiert.«

Vorsichtig näherte sich ihm der Beduine. »Er muss auf den Knien bleiben, halt ihn fest«, sagte der alte Mann. Fadwas Vater packte den Dschinn grob an den Schultern. Der Dschinn wollte schreien, aber er brachte keinen Laut heraus. »Halt still«, zischte der Beduine und packte ihn im Nacken.

Der alte Mann schloss die Augen; er murmelte etwas vor sich hin, als würde er proben und sich auf etwas vorbereiten. Dann ging er auf die Knie und drückte dem Dschinn eine raue, schmutzige Handfläche auf die Stirn.

Die Silben, die der alte Mann krächzte, ergaben keinen Sinn – doch selbst durch den von der Eisenschelle verursachten Schmerz spürte er das Netz glühender Linien, das sich von der Hand des Mannes aus über seinen ganzen schmerzgebeutelten Körper spannte. Er versuchte, die Schelle zu sprengen, wurde von Panik erfasst, wollte verzweifelt die Gestalt wechseln, während die Linien einen Käfig um ihn bildeten. Wie dumm, wie leichtsinnig! Geködert und gefangen wie der niederste Ghul. Alles, *alles* war ihm genommen worden!

»Ich bin Wahab Ibn Malik«, knurrte der Mann, »und ich kette dich an meinen Willen!«

Der Käfig glühender Linien drang in ihn ein, Flamme zu Flamme.

Der alte Mann schwankte, einen Augenblick lang schien es, als würde er in Ohnmacht fallen. Dann richtete er sich auf und lächelte triumphierend.

»Dann bist du fertig?«, fragte der Beduine. »Kannst du sie jetzt heilen?«

»Noch ein Letztes. Der Bund muss besiegelt werden.« Der Hexer lächelte betrübt. »Ich muss mich bei dir entschuldigen, Abu Yusuf, aber hier endet unsere Übereinkunft.«

Plötzlich hielt der Hexer ein Messer in der Hand. Mit einer raschen, kräftigen Bewegung stieß er es Abu

Yusuf zwischen die Rippen. Ein schreckliches röchelndes Geräusch folgte und dann, als der alte Mann das Messer wieder herauszog, ein heißer Schwall Blut und der widerliche Geruch nach Eisen. Abu Yusuf brach zusammen, seine Hand glitt vom Nacken des Dschinns.

Der Hexer holte tief Luft. Er schien wieder erschöpft; seine skelettartige Gestalt war vor Anstrengung zusammengesackt – aber in seinen Augen schwelte Triumph.

»Gut«, sagte er. »Lass uns reden. Aber zuerst …« Er fasste wieder nach dem Handgelenk des Dschinns und murmelte etwas über der eisernen Schelle. Augenblicklich hörte der Schmerz auf. Von der Lähmung befreit, fiel der Dschinn der Länge nach auf das blutverschmierte Glas.

»Ich gebe dir einen Moment«, sagte der alte Mann. Er wandte sich dem Mädchen zu, das als Bündel auf dem Boden lag und nichts von der Ermordung seines Vaters mitbekommen hatte.

Der Dschinn riss sich zusammen, stand auf und wollte sich auf den Hexer stürzen.

»Halt«, sagte Ibn Malik.

Und der Dschinn blieb ruckartig stehen, ein gezähmtes Tier an der Leine. Er konnte nicht dagegen ankämpfen, ebenso wenig wie er den Sonnenaufgang hätte verhindern können. Der Mann flüsterte ein paar Worte, und die eiskalte Folter des Eisenbandes setzte von Neuem ein.

Der Mann sagte: »Weißt du, dass niemand, nicht einmal der weiseste Seher herausgefunden hat, warum die Berührung mit Eisen für die Dschinn so schrecklich ist?« Er hielt inne, als würde er auf eine Antwort warten; doch der Dschinn war nahezu besinnungslos und hielt seinen schmerzenden Arm. Der Hexer fuhr fort: »Nichts sonst hat diese Wirkung. Aber es gibt da ein Rätsel, denn wenn ich dich mit Eisen kontrollieren kann, kann es auch ein anderer. Es hat keinen Zweck, den mächtigsten Sklaven auszuschicken, um einen Feind zu töten, nur damit er vor einem gewöhnlichen Schwert davonläuft. Ich habe lange über dieses Problem nachgedacht, und hier ist meine Lösung.«

Er murmelte wieder ein paar Worte; der Schmerz hörte erneut sofort auf.

»Ich werde ein strenger Gebieter sein«, sagte der Hexer, als der Dschinn wie ein Sack auf dem Boden lag, »aber kein grausamer. Du wirst das Eisen nur spüren, wenn du es provozierst. Wenn deine Haltung jedoch Belohnung verdient, werde ich dir hin und wieder erlauben, deine wahre Gestalt anzunehmen. Aber glaub bloß nicht, dass du mir entkommen kannst – ich kontrolliere deine Handlungen. Du bist an mich gebunden, Feuer an Fleisch, Seele an Seele, besiegelt mit Blut, solange du lebst.« Er lächelte den Dschinn an. »Oh, mein stolzer Sklave. Du und ich, wir werden alles übertreffen, was in den Geschichten der Alten berichtet wird. Viele Generationen werden unsere Namen singen.«

»Nein«, sagte der Dschinn mit heiserer Stimme. »Ich werde mich selbst auslöschen.«

Der Hexer zog eine Augenbraue in die Höhe. »Ich glaube, dir ist der Ernst deiner Lage noch nicht bewusst«, sagte er. »Na gut. Ich werde ihn dir begreiflich machen.«

Der Dschinn wappnete sich mit letzter Kraft gegen den erwarteten Schmerz des Eisens, doch er setzte nicht ein. Stattdessen ging Ibn Malik zu Fadwa und neigte sich über sie. Das Mädchen hatte sich von dem

Umhang befreit; Speichel rann ihr auf einer Seite aus dem Mund, und ihre Hände zerrten an den Fesseln.

»Du hast einen Teil von dir in dem Mädchen zurückgelassen«, sagte der Mann. »Ich habe ihrem Vater versprochen, dass ich ihn herausholen werde.«

Er legte dem Mädchen die Hände aufs Gesicht und schob die Finger unter die Augenbinde. Er schloss die Augen und murmelte etwas. Nach einem Augenblick regte sich Fadwa nicht mehr – und dann schrie sie, so laut und lang anhaltend, als würde ihr die Seele aus dem Körper gerissen. Der Dschinn schauderte, wollte sich die Ohren zuhalten, konnte sich jedoch nicht rühren.

Schließlich verstummte der Schrei, und das Mädchen lag reglos da. Ibn Malik lächelte, obwohl er noch erschöpfter aussah als zuvor. Er entfernte die Augenbinde und den Stofffetzen um ihre Handgelenke und trat zurück.

»Geh zu ihr«, sagte Ibn Malik zu dem Dschinn. »Weck sie auf.«

Obwohl er völlig kraftlos war, trugen ihn seine Beine zu Fadwa. Der Zauber zwang ihn dazu, sich neben sie zu knien und sanft ihre Schulter zu schütteln. »Fadwa«, sagte er gegen seinen Willen. *Wach nicht auf*, dachte er. *Mach die Augen nicht auf.*

Das Mädchen regte sich, hob eine Hand, rieb sich die Augen und wand sich, weil ihre Handgelenke schmerzten. Der Palast war vom letzten Dämmerlicht erfüllt, das eine blaue Aura um ihr bleiches, gezeichnetes Gesicht bildete und ihr zerzaustes Haar in ein tiefes Schwarz tauchte. Sie schlug die Augen auf und sah den Dschinn. »Du bist es«, murmelte sie. »Ich träume … nein, ich *habe* geträumt …«

Sie runzelte verwirrt die Stirn. Langsam setzte sie sich auf und schaute sich um.

»*Vater!*«, schrie sie.

Und dann zwang ihn der Zauber wieder, sich zu bewegen. Er neigte sich über sie, wie Ibn Malik es getan hatte, und legte ihr die Hände um den Hals. Er spürte, wie ihre zierlichen Knochen unter seinen Fingern nachgaben und brachen, spürte, wie ihre Hände kratzten und ihn ins Gesicht schlugen. Er konnte den Blick nicht von ihren Augen wenden, die ihn ungläubig anstarrten, bevor sie aus den Höhlen traten und schließlich erloschen.

Endlich ließ er sie los. Seine Hände bewegten sich noch, griffen in die Luft. Er sah zu, bis sie innehielten.

»Jetzt hast du verstanden«, sagte Ibn Malik.

Und es stimmte. Er verstand. Er starrte auf die kalten Glaswände und versuchte, nichts zu empfinden.

Der Hexer legte ihm die Hand auf die Schulter. »Ich glaube, das reicht für heute«, sagte er. »Ruh dich aus, damit du wieder zu Kräften kommst. Morgen beginnt unsere eigentliche Arbeit.« Er schaute sich in dem riesigen Saal um. »Bedauerlicherweise musst du dich auf noch eine Enttäuschung gefasst machen. Dein neues Zuhause ist nicht annähernd so elegant wie dieses.«

Aus seinem zerrissenen Umhang zog er eine Kupferflasche mit langem Hals, die mit einem komplizierten Muster aus Schnörkeln und Schleifen verziert war. Er hielt ihre Öffnung dem Dschinn entgegen und murmelte weitere barsche, bedeutungslose Worte.

Ein greller Blitz blendete den Dschinn und tauchte den Saal in gleißendes Licht. Er empfand ein schreckliches Gefühl der *Verkleinerung*, während der Zauber des Hexers ihn komprimierte, sein Wesen auf einen winzigen Funken reduzierte. Langsam saugte die Flasche ihn ein – und die Zeit dehnte sich zu einem langen Augenblick, der nach Metall schmeckte und glühend heiß und unerträglich qualvoll war.

Und hier endeten die Erinnerungen des Dschinns.

Aber es waren nicht die einzigen Erinnerungen, die ihm in diesem Moment wieder zugänglich waren, denn die Bindung erstreckte sich in beide Richtungen. Der Dschinn sah sich selbst, erinnerte sich an das, was er getan hatte – und er sah auch die Erinnerungen des Hexers Ibn Malik, empfand seinen Triumph, als er den Dschinn mit Abu Yusufs Blut versklavte und ihn zwang, Fadwa zu töten. Wie zwei Muster, die sich überlagern, strebten ihre Erinnerungen aufeinander zu und auseinander, überlappten und verwoben sich. Er war in der Flasche, gefangen in diesem endlosen Augenblick; und er stand allein im Palast aus Glas, eine warme Kupferflasche in der Hand.

Ibn Malik steckte die Flasche in die Tasche seines Umhangs. Dann taumelte er bis zur nächsten Mauer und ließ sich auf den Boden sinken. Sein Atem ging flach.

Die Anstrengungen des Tages hatten ihn stärker erschöpft, als er erwartet hatte. Er hatte nicht vorgehabt, den Dschinn so rasch in die Flasche zu stecken, aber es wäre seiner Autorität nicht zuträglich gewesen, wenn der Dschinn gesehen hätte, wie er vor Müdigkeit keuchte. Dennoch, was für ein Tag, was für eine beispiellose Leistung! Nur den Tod des Mädchens bedauerte er; was für eine Verschwendung, so ein junges und schönes Ding zu töten, wenn sie ihm in seinem zukünftigen Palast als Hausmädchen hätte dienen können oder als Motivation für den Dschinn, sich anständig zu verhalten. Er hätte voraussehen müssen, dass sein neuer Sklave wie jedes wilde Tier erst einmal gebrochen werden musste.

Er atmete jetzt gleichmäßiger und langsamer. Er würde eine kurze, wohlverdiente Ruhepause einlegen und dann nach Hause zurückkehren. Die Pferde des Beduinen waren vor dem Palast fest angebunden, und es war eine warme, klare, windstille Nacht. Die Pferde könnten noch ein bisschen länger warten. Oder er würde sie zurücklassen und dem Dschinn befehlen, ihn durch das Tal nach Hause zu tragen. Bei diesem Gedanken musste er lächeln, und dann versank er in tiefen, wohltuenden Schlaf.

Normalerweise träumte Ibn Malik nicht; doch kaum war er eingeschlafen, erschien ihm die Vision einer Stadt auf einer Insel, einer unwahrscheinlichen Stadt, die bis in den Himmel reichte. War es die Stadt, die sie, er und der Dschinn, bauen würden? Ein monumentales Unternehmen, aber sicher im Bereich ihrer Möglichkeiten? Denn wer wollte behaupten, dass er jetzt, da er einen Dschinn gefangen hatte, nicht noch einen und noch einen einfangen könnte? Er würde die gesamte Rasse an sich binden und sie ein Königreich errichten lassen, das es mit Suleimans aufnehmen könnte …

Die Stadt verschwamm und wurde zu einem Mann, einem verhutzelten alten Mann, seine Haut so bleich wie Milch, der einen Stapel versengter Papiere in der Hand hielt. Ibn Malik war diesem Mann noch nie begegnet, und doch hatte er das Gefühl, ihn zu kennen. Einerseits fühlte er sich mit ihm verwandt, andererseits hatte er schreckliche Angst vor ihm. Er wollte den Mann warnen – aber wovor? Und jetzt streckte der Mann Ibn Malik die Hand entgegen, als wollte auch er ihn warnen …

Ein plötzlicher schrecklicher Schmerz durchschnitt den Traum. Das Gesicht des bleichen Mannes löste sich auf, als Ibn Malik mit seinem eigenen Messer im Bauch erwachte. Abu Yusuf hielt den Griff in der Hand.

Entweder hatte Abu Yusuf auf den richtigen Moment gewartet, oder die Schreie seiner Tochter hatten ihn geweckt. Jedenfalls war er längst nicht so tot, wie er ausgesehen hatte. Eine breite Blutspur zeugte davon, wie Abu Yusuf langsam zu ihm gekrochen war; jetzt lag er neben ihm und drehte mit letzter Kraft das Messer in seinem Bauch. Ibn Malik brüllte und stieß den Mann von sich, aber es war zu spät, der Schaden war angerichtet. Abu Yusuf hatte das Messer wieder herausgezogen.

Ibn Malik sah nur noch verschwommen. Er hatte Blut im Mund und spuckte es aus. Dann stand er mühsam auf. Abgesehen von Blut roch er den fleischigen Gestank seines eigenen Gedärms. Abu Yusuf lag zu seinen Füßen und lächelte leise. Der Hexer trat ihm mit dem Fuß auf den Hals, bis außer Frage stand, dass der Mann tot war.

Er riss einen Fetzen Stoff von seinem Umhang ab und stopfte damit das Loch in seinem Bauch. Bauchwunden fingen rasch an zu faulen; er brauchte Kräuter und Feuer, Nadel und Faden … Er dachte an den Dschinn und fluchte. Geschwächt und verletzt, wie er war, brachte er nicht die Kraft auf, seinen Sklaven aus der Flasche zu holen. Die Anstrengung könnte ihn umbringen.

Das Pferd. Er musste zu Abu Yusufs Pferd.

Er wankte zur Palasttür, hob unter Aufbietung aller Kräfte den Balken weg und ignorierte das Gefühl, dass sich seine Organe dabei verschoben. Endlich war das Tor offen. Er fand den Hengst, band ihn los und ließ das Pony zurück. Er hievte sich auf das Pferd, verschmierte seine Flanke mit Blut. Er versuchte, es so fest zu treten, dass es im Galopp rannte; das Pferd, das nur einen leichten Schubs fühlte, begann langsam zu traben. *Lauf, du stinkender Sack Knochen*, dachte Ibn Malik, der sich an seiner Mähne festhielt.

Sie schafften es durch das halbe Tal, dann griffen die Schakale an.

Vom Geruch nach Blut zur Raserei getrieben, kümmerten sie sich nicht um die Tritte des Pferds und zerrten den schreienden Ibn Malik herunter. Mit letzter Kraft wehrte er ein paar Schakale ab; aber es kamen mehr, die seine Erschöpfung spürten, auf ihn sprangen und ihm die Kehle herausrissen.

Die Schakale fanden, dass er trotz all seiner Zauberkraft und Macht nur eine mickrige Mahlzeit abgab.

Die Wüste ist ein weiter, leerer Ort, und Reisende sind rar gesät.

Wahab Ibn Maliks abgenagte Knochen bleichten und splitterten in der Sonne. Sein Umhang löste sich in Fetzen auf, die der Wind davontrug. Die Kupferflasche lag auf dem Boden. Eine dünne Sandschicht sammelte sich darauf an, doch sie lief nicht an. Tiere schnüffelten an ihr und ließen sie liegen.

In weit entfernten Städten stiegen Kalifen auf und wurden abgesetzt. Heere eroberten die Wüste, machten sich einen Namen und wurden ihrerseits geschlagen.

Eines Tages, lange nachdem die letzten Spuren von

Ibn Malik verschwunden waren, hielt der Kundschafter einer Karawane im Schutze eines Felsens an, um sich zu erleichtern. Die Karawane hatte zwanzig Tage zuvor Ramadi verlassen und befand sich auf dem Weg nach al-Scham. Die Aufgabe des Kundschafters war es sicherzustellen, dass unterwegs keine Überraschungen warteten, keine Räuber oder Wegelagerer Geld für eine sichere Passage verlangten. Er trank einen Schluck aus seinem Wasserschlauch und wollte wieder auf sein Pferd steigen, als er etwas aufblitzen sah.

In einer kleinen Mulde lag eine kupferne Flasche auf dem Boden, halb mit Sand und Gestrüpp bedeckt.

Er hob sie auf und wischte den Schmutz ab. Sie war gut gearbeitet und hübsch mit einem interessanten Muster aus Schnörkeln versehen. Vielleicht hatte eine frühere Karawane sie verloren. Sie könnte seiner Mutter gefallen, dachte er, steckte sie in seine Satteltasche und ritt weiter.

Im Lauf der Jahre wurde die Flasche immer weitergegeben, vom Sohn an die Mutter an die Nichte an die Tochter an die Schwiegertochter. Man bewahrte Öl oder Weihrauch darin auf oder nutzte sie einfach zu Dekorationszwecken. Sie bekam ein paar Dellen, erlitt jedoch erstaunlicherweise keinen ernsthaften Schaden. Hin und wieder bemerkte einer ihrer Besitzer, dass sie sich immer warm anfühlte; doch dann vergaß er es wieder, wie man müßige Gedanken stets vergisst. Über Generationen hinweg wurde die Flasche weitergereicht, bis sie schließlich ins Gepäck einer jungen Frau gelangte, die von Beirut nach New York segelte – ein Geschenk ihrer Mutter, das die Tochter an sie erinnern sollte.

Und Ibn Malik?

Du bist an mich gebunden, Feuer an Fleisch, Seele an Seele, besiegelt mit Blut, solange du lebst.

Der Hexer war im Leben schlau und hinterhältig gewesen, doch im Tod hatte er sich selbst ausgetrickst. Seele an Seele waren sie aneinandergebunden, solange der Dschinn lebte. Und der Dschinn lebte, gefangen in der Flasche, ein ganzes Jahrtausend in einem einzigen ewigen Moment.

Was hieß, dass der Tod nicht das Ende von Wahab Ibn Malik al-Hadid war.

Am Morgen nachdem die Schakale den Leichnam des Hexers bis auf die Knochen aufgefressen hatten, wurde in einer weit entfernten östlichen Stadt namens Chang'an ein Kind geboren. Seine Eltern nannten es Gao. Von Anfang an war Gao ein kluger Junge. Während er heranwuchs, ließ er seine Lehrer rasch hinter sich, die sich alsbald zu sorgen begannen, dass er vielleicht zu klug sein könnte; mit dreizehn hatte er mehrere Abhandlungen über die Widersprüche in den hochgeschätzten konfuzianischen Lehren geschrieben und sie für null und nichtig erklärt. Mit zwanzig war Gao ein brillanter, verbitterter Außenseiter. Er ging bei einem Naturheilkundigen in die Lehre und war bald besessen von der Idee, eine medizinische Formel für die Unsterblichkeit zu entwickeln. Er starb mit achtunddreißig aufgrund eines Versehens, als er wieder einmal an sich selbst ein Experiment durchführte.

Am Tag nach seinem Tod wurde in der schwimmenden byzantinischen Stadt Venexia zur großen Freude seiner Eltern ein Baby geboren. Tommaso, so nannten sie den Jungen, erwies sich als so interessiert an der heiligen katholischen Kirche und ihren Mysterien, dass nur die Laufbahn eines Priesters für ihn infrage kam. Er wurde als junger Mann ordiniert und vertiefte sich alsbald in die Politik, sodass er zum spirituellen Berater des Dogen aufstieg. Alle Welt rechnete damit, dass Tommaso sich mit nicht weniger als päpstlichen Würden zufriedengeben würde – bis er eines Abends dabei beobachtet wurde, wie er in den Katakomben der Stadt geheime heidnische Rituale vollführte. Tommaso wurde exkommuniziert, wegen Hexerei verurteilt und im Alter von dreiundvierzig Jahren auf dem Scheiterhaufen verbrannt.

Tommasos Asche schwelte noch in Venexia, als in Varanasi, in Sichtweite des Ganges ein Junge namens Jayatun geboren wurde. Jayatun liebte die Geschichten und Legenden, die er als Junge hörte, insbesondere die des Cintamani, eines berühmten Edelsteins, der seinem Besitzer jeden Wunsch erfüllte – und sogar den Tod abhalten konnte. Als er heranwuchs, wurde aus der kindlichen Faszination eine Obsession, und er sammelte alles, was er zu dem Cintamani finden konnte, gleichgültig, ob es buddhistischen oder hinduistischen Quellen oder der Phantasie eines Geschichtenerzählers entstammte. Die Suche verschlang alles andere, bis er als einsamer Bettler eines Tages mit hohem Fieber in den Ganges watete und ertrank, überzeugt, dass die Flussgöttin Ganga den Cintamani im Wasser für ihn aufbewahrte.

Und so ging es immer fort. Während der Dschinn in der Flasche weitergegeben wurde, wanderte Ibn Maliks Seele von Körper zu Körper, von einem Erdteil zum anderen. Er nahm als Kreuzritter an der Belagerung Jerusalems teil, um heilige Reliquien zu stehlen. Er war ein Schüler des Paracelsus auf der Suche nach dem Stein der Weisen. Er war ein Shinto-Mönch, ein Maori-Schamane, ein berüchtigter Höfling im Hause Orléans. Er heiratete nie, zeugte nie ein Kind, verliebte sich nie. Vertiefte er sich in eine religiöse Tradition, interessierte er sich am meisten für ihre dunkelsten mystischen Aspekte; beschäftigte er sich mit Politik, legte er einen unersättlichen Machthunger an den Tag. Sein Leben verlief meist unglücklich und endete nur selten gut. Doch in jedem Leben verzehrte ihn die Suche nach dem Geheimnis des ewigen Lebens – ohne zu ahnen, dass er es bereits besaß.

Auf diese Weise vergingen Jahrhunderte. Ibn Maliks Seele konnte nicht in die nächste Welt eingehen, solange der Dschinn lebte. Bis schließlich in einem polnischen Schtetl ein plärrendes Baby namens Yehudah seiner Mutter in die Arme gelegt wurde.

Das alles sah der Dschinn.

Er sah sich selbst, gefangen in der Flasche, heulend vor Seelenqualen.

Er sah, wie Ibn Malik immer wiedergeboren wurde.

Er sah Yehudah Schaalman, Ibn Maliks letzte und mächtigste Inkarnation. Er sah, wie der Junge vom Schüler zum Sträfling zum Meister verbotener Magie wurde. Und er sah, wie eines Tages ein einsamer Möbelschreiner an Schaalmans Tür klopfte und einen Golem in Auftrag gab, der seine Ehefrau werden sollte.

Und das alles sah auch Schaalman.

Er sah seine eigenen Leben aufgereiht wie missgestalte Perlen auf einer endlosen Schnur, die mit Ibn Malik begann und mit ihm selbst endete.

Er sah die Erinnerungen des Dschinns, erlebte seine Gefangennahme und Unterwerfung. Er sah, wie er in der Werkstatt eines Kupferschmieds aus der Flasche fuhr, er sah das Loch in seinem Gedächtnis, wo das Beduinenmädchen gewesen war. Er sah, wie der Dschinn die Stadt erkundete und sich an seine Situation gewöhnte. Und er sah, wie der Dschinn eines Nachts einer fremden, erstaunlichen Frau begegnete, einer Frau aus Lehm.

Kapitel 26

Jemand schlug dem Dschinn ins Gesicht. Er öffnete die Augen und sah Conroy, der sich über ihn beugte. Blut tröpfelte von Conroys Kopf.

Es war also real. Die Erkenntnis traf ihn wie ein Hieb, das erbarmungslose Wissen, was er getan hatte. Er drehte sich auf die Seite und rollte sich ein um den Schmerz, so wie er es vor tausend Jahren auf dem blutverschmierten Boden seines Palastes getan hatte.

Er hörte Frauen schreien. Es wurde nach der Polizei, nach der Feuerwehr gerufen. »Ahmad«, sagte Conroy drängend. »Komm schon, Junge. Steh auf.« Jemand stöhnte in der Nähe. Der Hexer.

Der Dschinn stand schwankend auf, taumelte gegen Conroy. Glassplitter fielen klirrend von seiner Kleidung zu den Scherben, die überall auf dem Boden des winzigen Ladens lagen. Der alte Mann war neben einem Regal zusammengesackt, bedeckt mit Glassplittern und Tabak. Der Dschinn packte ihn und zerrte ihn hoch.

»Lass mich frei!«, rief er.

Der Kopf des alten Mannes fiel zur Seite. Es wäre so einfach, ihn umzubringen, eine rasche Bewegung, eine Hand um seinen Hals – ein passendes Ende nach dem, was er Fadwa angetan hatte.

Doch das Band zwischen ihnen bliebe bestehen; und morgen würde in einem fernen Land ein weiteres Kind geboren werden …

Mit einem gequälten Schrei ließ der Dschinn Schaalman auf den Boden fallen. Der alte Mann prallte auf den Dielen auf, sein Kopf schlug gegen das Tabakregal.

Conroy legte ihm die Hand auf den Arm. »Die Polizei wird jeden Augenblick da sein«, sagte er. Sollte es ihm missfallen, dass der Dschinn einen kleinen alten Mann misshandelte, so ließ er es sich nicht anmerken.

Der Dschinn blickte zu den zerborstenen Fensterscheiben und sah die Menschenansammlung, die in den zerstörten Laden glotzte. Die Prostituierten aus dem ersten Stock waren unterschiedlich leicht bekleidet auf die Straße gerannt. Conroys Männer schirmten die Tür ab und hielten die Leute zurück, die vordrängten. »Die Polizei«, sagte er. »Dein Laden.« Vage erinnerte er sich, dass er hergekommen war, um den Mann auszurauben.

»Mach dir keine Sorgen um mich«, sagte Conroy. »Die Wachtmeister und ich kennen uns seit langem. Aber was ist mit unserem Freund hier? Was soll mit ihm passieren?«

Der Dschinn blickte hinunter auf den am Boden liegenden Mann. *Feuer an Fleisch*, dachte er, *Seele an Seele, solange du lebst …*

Er wusste, was zu tun war.

»Der Mann ist gefährlich, ein Mörder«, sagte er zu Conroy. »Er hat ein Mädchen umgebracht, das ich gekannt habe. Sie war erst fünfzehn.« Er schwankte, stützte sich auf den Ladentisch. »Die Polizei darf mich hier nicht finden. Ich muss etwas erledigen. Um es wiedergutzumachen.«

Conroy sah den Dschinn einen Moment lang nachdenklich an. Dann neigte er sich vor und schlug dem bewusstlosen Schaalman ins Gesicht.

»Die Wachtmeister werden sich um ihn kümmern«,

sagte der Hehler. »Und was mich betrifft, warst du nie hier. Geh jetzt. Durch die Hintertür.«

Bis zu der Explosion war Saleh durch die Bowery geschlendert und hatte sich gefragt, wie lange er sich noch vormachen könnte, er wäre nicht auf der Suche nach dem Dschinn. Er schaute in tausend Gesichter, grinste jedes vergnügt an und wurde dafür mit ein paar argwöhnischen Blicken bedacht. Doch kein einziges glühte wie ein Lampenschirm. Aber würde Saleh den glühenden Mann jetzt, da er wieder richtig sehen konnte, überhaupt wiedererkennen?

Er schaute sich immer aufgeregter um, als er plötzlich etwas explodieren hörte. Erst eine Sekunde später spürte er eine Druckwelle in seinem Rücken, die ihn vorwärts stieß. Um ihn herum schnappten die Leute nach Luft, drehten sich um und schrien dann auf, weil Glas herumflog.

Er lief mit der drängelnden Menge. Das Unglück hatte sich in einem unauffälligen Tabakladen ereignet, in dem niemand zu sehen war. Aber konnte er es sich nicht denken? Nach den Begebenheiten des Tages war es wohl kaum ein Zufall. Er mühte sich, über die Köpfe der unnachgiebigen Männer hinwegzusehen, die eine schützende Kette bildeten und die Menge zurückdrängten. Die Leute riefen nach der Polizei, faselten aufgeregt etwas von Bomben und Anarchisten. Eine halb nackte Frau stieß gegen ihn; er streckte die Hand, um sie zu stützen, und sie schlug sie fort.

Dann sah er ihn, am Eingang der Seitenstraße. Es war der Dschinn – der, wie Saleh überrascht feststellte, noch immer glühte, wenn auch nur noch schwach. Völlig geheilt von seiner Krankheit war er demnach nicht;

oder vielleicht war es etwas Irreversibles wie eine Pockennarbe.

Der Dschinn war mit Glasstaub bedeckt, der ihm einen zusätzlichen unheimlichen Schimmer verlieh. Saleh sah, wie er sich durch die Menge drängte und nach Süden wandte. Er wirkte nicht arrogant wie gewöhnlich, sondern unsicher, gehetzt gar.

Was sonst sollte Saleh tun, als ihm folgen?

Die Mietshäuser in der Chrystie Street waren noch nicht für einen neuen Tag erwacht, als der Dschinn daran vorbeiging, die grauen Fassaden ragten steinern und still auf. Unterwegs stiegen die wiedererlangten Erinnerungen in ihm auf und drohten, ihn zu zerbrechen. Es schien unmöglich: Hätte ihm ein Passant eine Stunde zuvor den Namen *Fadwa al-Hadid* ins Ohr geflüstert, hätte er nicht um seine Bedeutung gewusst.

Es blieb nur wenig Zeit. Er wusste, dass weder Conroy noch die Polizei Schaalman lange aufhalten konnten. Sogar dieser kleine Umweg war ein Luxus, den er sich wahrscheinlich nicht leisten sollte. Aber er hatte einst ein Versprechen abgegeben in einem glitzernden, von Gaslampen erhellten Ballsaal, und er würde es halten.

Er fand das Haus, ging den widerlichen Flur entlang zu dem fensterlosen kleinen Raum und klopfte an die Tür. »Anna, bitte«, sagte er zu dem verschlafenen Mädchen, das öffnete.

Kurz darauf kam Anna heraus, blickte finster drein, die Arme über ihrem dicken Bauch verschränkt. Doch als sie seine Miene sah, bekam sie es mit der Angst zu tun. »Was ist los? Was ist passiert?«

»Bitte entschuldige, dass ich dich geweckt habe«,

sagte er. »Aber könntest du eine Botschaft für mich überbringen?«

Er trat aus Annas Haus in das langsam erwachende Viertel. Über ihm fuhren quietschend die ersten Züge nach Uptown und verstreuten den Ruß der Nacht auf die Straßen. Er wäre lieber zu Fuß gegangen, aber die Second-Avenue-Hochbahn war schneller.

Er war schon fast am Bahnhof in der Grand Street, als ihm bewusst wurde, dass er seit vielen Blocks die immer gleichen Schritte in seinem Rücken hörte. Er wirbelte herum, und eine vertraute Erscheinung studierte die Damenhüte im Schaufenster eines Hutmachers, als würde sie die Sommermode bewundern. Der Dschinn wartete halb amüsiert, bis der Mann sich ihm endlich zuwandte.

»Ich habe dich besser verfolgen können, als ich noch nicht sehen konnte«, sagte Saleh. »Jetzt lenkt mich alles ab.«

Der Dschinn musterte ihn. Die Kleidung des Mannes war so zerlumpt wie immer, aber er hielt sich jetzt aufrecht, und er hatte etwas Energisches, als würde er die Welt nicht mehr von schräg unten betrachten. »Was ist passiert?«, fragte der Dschinn.

Saleh zuckte die Achseln. »Vielleicht bin ich einfach von meiner Krankheit genesen.«

»Es war keine Krankheit.«

»Dann nennen wir es Verletzung.«

»Saleh, warum verfolgst du mich?«

»Ein Mann sucht dich«, sagte Saleh. »Ich glaube, dass er dir Böses will.«

»Ich weiß«, sagte der Dschinn. »Er hat mich schon gefunden.«

»Im Tabakladen?«

»Warst du dort?«

»Ich hatte Lust auf einen Spaziergang.«

Der Dschinn schnaubte. »Und wirst du jetzt nach Hause gehen, wo du mir deine verspätete Warnung überbracht hast? Oder willst du mir wie ein Schatten durch die ganze Stadt folgen?«

»Kommt drauf an. Ist es interessant, wo du hinwillst?«

Der Dschinn hatte die Fahrt allein machen wollen. Doch jetzt dachte er, dass ihm die Gesellschaft dieses Mannes nicht unangenehm wäre.

»Erinnerst du dich, als ich dich in der Hochbahn mitgenommen habe?«

»Nicht gut. In der Nacht war ich nicht in Höchstform.«

»Dann solltest du mitfahren.«

Der Zug kam quietschend zum Stehen, und Saleh stieg in den nahezu leeren Wagen und schaute sich nervös und aufgeregt um. Der Dschinn, der ihn beobachtete, lächelte. Zweifellos hatte der Hexer etwas mit der Heilung Salehs zu tun, der Entfernung des Funkens aus seinem Kopf; aber er hatte nicht vor, ihn nach Einzelheiten zu fragen. Es war nicht wichtig, solange der Mann ihn nicht aufzuhalten versuchte.

Sie setzten sich auf eine Bank ganz hinten. Saleh erschrak, als sich der Zug mit einem Ruck in Bewegung setzte. Der Dschinn schaute hinaus auf die vertraute Umgebung, die vorbeiflog, und sah kurze morgendliche Szenen: Kinder, die über Dächer liefen, Paare, die Tee am Fenster tranken. Einmal verzog er bekümmert das Gesicht; er schloss die Augen, lehnte den Kopf zurück.

»Darf ich fragen, wohin wir fahren?«, wollte Saleh wissen.

»Zum Central Park«, sagte der Dschinn. »Ich treffe mich dort mit einer Frau.«

Um vier Uhr morgens war Radzins Bäckerei ein unheimlicher Ort. Der Golem schloss mit dem Schlüssel auf, den Mrs. Radzin ihr für Notfälle gegeben hatte, und verriegelte die Tür hinter sich. Sie kannte hier jeden Zentimeter, hätte das Brot für den Morgen mit geschlossenen Augen backen können; doch in der Dunkelheit wirkte die Bäckerei unheilvoll. Die vertrauten Arbeitstische standen unnahbar wie Grabsteine da. Das Licht der Straßenlampen fiel durch das leere Schaufenster und erhellte geisterhafte Handabdrücke.

Sie hatte keinen anderen Ort, wohin sie hätte gehen können. In der Wohnung hatte sie nichts mehr zu suchen – und sie durfte nicht riskieren, Michael zu begegnen, nicht in seinem derzeitigen Zustand. Vielleicht würde sie ihn nie wiedersehen. Der Rabbi, der Dschinn, Anna und jetzt Michael, sie alle waren aus ihrem Leben verschwunden.

Aus der Tasche ihres Umhangs nahm sie das Bündel angekokelter Blätter, das sie von Michaels Schreibtisch mitgenommen hatte. Sie legte es auf den Arbeitstisch und starrte es an. Am liebsten wäre sie so weit wie möglich davor weggelaufen. Sie wollte es in den Ofen werfen und vergessen, dass sie es je gefunden hatte.

Joseph Schall hatte sie erschaffen. Wieder sah sie das aalglatte, nahezu stolze Lächeln vor sich, spürte die finstere Leere in seinem Kopf.

Auch wenn sie die Papiere zu Asche verbrannte, würde sie Rotfelds Einkaufsliste, was seine Ehefrau anbelangte, so schnell nicht vergessen. In gewisser Weise war es erbaulich, die eigenen Ursprünge zu sehen, doch zugleich fühlte sie sich gedemütigt und auf bloße Worte reduziert. Das Ersuchen um anständiges Verhalten zum Beispiel: Es wurmte sie gewaltig, dass sie mehrmals mit dem Dschinn über dieses Thema gestritten hatte, dass sie leidenschaftlich Meinungen vertreten hatte, die sie vertreten musste, weil sie gar keine andere Wahl hatte. Und sie sollte neugierig sein: Hieß das, dass sie für ihre Entdeckungen, ihre Leistungen nicht selbst verantwortlich war? War ihr nichts eigen, außer was Joseph Schall angeordnet hatte? Und doch, wenn Rotfeld gelebt hätte, wäre sie mehr als nur zufrieden gewesen!

Sie wird ihm eine bewundernswerte Ehefrau sein, wenn sie ihn nicht zuvor umbringt. Er hatte also von der Gefahr gewusst und sie dennoch erschaffen. Alles andere würde sie vielleicht eines Tages verstehen können, aber das? Was für ein Mann war das, der ein mörderisches Geschöpf schuf und es exzellent nannte? Der Rabbi hatte es an dem Tag gesagt, als sie sich kennenlernten: *Wer immer Sie erschaffen hat, war brillant und unverantwortlich und ziemlich unmoralisch.*

Er hatte sich vor aller Augen im Wohnheim versteckt. Er war mit ihr die Treppe in ihrer Pension hinuntergegangen, hatte sie wie ein Vater ihrem Bräutigam zugeführt. Hatte er gewusst, dass Rotfeld tot war, und war ihr nach Amerika gefolgt, um mit ihr zu spielen, um sadistisch und grinsend ihr Leben zu belauern? Warum sonst sollte Michael Schalls Zauberbuch haben, wenn Schall es ihm nicht selbst gegeben hatte, damit Michael die Wahrheit herausfand?

Und jetzt hatte *sie* es. Sie fragte sich, welche Form

Joseph Schalls Zorn annehmen würde, wenn er merkte, dass es sich nicht mehr in seinem Besitz befand. Andererseits könnte sie ihn vielleicht mit seinen eigenen Waffen schlagen. Das Buch gehörte Schall, er hatte mit dessen Hilfe schreckliche Dinge getan – doch es konnte nicht per se böse sein, genauso wenig wie ein Messer, mit dem man sowohl Brot schneiden als auch einen Menschen verletzen konnte, böse war. Es hing alles von dem ab, der es in der Hand hatte, und von seiner Absicht.

Zögernd begann sie, in den Seiten zu blättern. Sie fand ein von Schall gezeichnetes Schaubild, das beschrieb, wie man seine Gedanken verbarg. Diese Frage zumindest war beantwortet. Mit einer anderen Formel konnte man sich aus dem Gedächtnis einer anderen Person löschen; sie eröffnete Möglichkeiten. Damit konnte sie Schall dazu bringen, sie zu vergessen. Sie stellte sich vor, wie er verwirrt durch die Stadt lief und sich fragte, warum um alles in der Welt er Polen verlassen hatte. Eine elegante Lösung, mit der sich sogar Gewalt vermeiden ließ. Wahrscheinlich verdiente er Schlimmeres.

Und während sie die Formel betrachtete, kam ihr ein Gedanke. Könnte sie sich auch aus Michaels Gedächtnis löschen? Vielleicht wäre es ein Akt der Freundlichkeit, wenn er vergäße, dass er verheiratet gewesen war, wenn die schreckliche Vision von ihr als dunkles, hoch aufragendes Ungeheuer ausradiert würde. Ohne sie könnte Michael wieder zu dem Mann werden, der er einst gewesen war, erschöpft, aber optimistisch könnte er sich der Verbesserung seiner kleinen Welt widmen. Was wäre ein besserer Zweck für Joseph Schalls Zaubersprüche, als den Schaden wiedergutzumachen, den sein Geschöpf angerichtet hatte?

Hoffnung, so lange abwesend, keimte in ihr auf und wuchs, genährt von der Aussicht, ihre Fehler korrigieren zu können. Auf der nächsten Seite fand sie einen Zauber, um die Verletzten zu heilen nur mit einem Kraut und einer Berührung. Sie könnte Irving Wasserman aufspüren und den Schaden reparieren, den sie ihm zugefügt hatte. Bei diesem Gedanken fühlte sie sich nahezu körperlich leichter. Sie könnte auch Anna suchen und ihre Erinnerung an jene Nacht auslöschen. Aber würde sie sich ohne diese mahnende Erinnerung nicht wieder mit Irving zusammentun? Sie begann, das Risiko ungewollter Konsequenzen zu ahnen. Auf einer anderen Seite stand *Die Gedanken eines anderen beeinflussen.* Das war die Lösung! Sie würde Anna davon überzeugen, dass der Mann nicht der Richtige für sie war – und so war es ja auch –, und sie dazu bringen, sich in Zukunft vernünftiger zu verhalten.

Sie blätterte weiter. *Verliebte Schwärmerei unterbinden* las sie und dachte an all die niedergeschlagenen Menschen, die unter ihrem Fenster vorbeigingen, versunken in nicht erfüllbare Sehnsüchte. *Für reichlich Nahrung sorgen:* Es wäre nicht mehr nötig, Knisches zu stehlen, wenn sie den Hungrigen zu essen geben könnte! *Aufenthaltsort einer Person bestimmen, Glück anziehen* – die Liste ging immer weiter und bot zahllose Möglichkeiten. Sie staunte, wie viel Schmerz sie damit aus der Welt schaffen könnte. Und Joseph Schall hatte nur daran gedacht, einen Golem zu bauen!

Was war mit Ahmad? Könnte sie auch seinen Schmerz aus der Welt schaffen? Sie blätterte weiter. Vielleicht könnte sie mit Hilfe des Buchs die Schelle um sein Handgelenk öffnen und ihn von seinen Fesseln befreien. Doch wenn er frei wäre, würde er dann bleiben?

Nein, natürlich nicht: Sie hätte ihn für einen winzigen Augenblick wieder, und dann würde er sie und die Stadt verlassen und nach Hause zurückkehren. Der Gedanke zerriss sie. Sie stellte sich vor, wie er durch die Wüste wanderte, immer auf der Suche nach der nächsten Ablenkung. Auch wenn er von seinen Fesseln befreit wäre, fände er keinen Frieden. Er würde seine Sehnsüchte und seine Unzufriedenheit überallhin mitnehmen; in dieser Hinsicht unterschied er sich nicht von allen anderen.

Doch mit Hilfe der Zaubersprüche könnte sie ihn verändern. Sie könnte bewirken, dass er zufrieden wäre, in New York zu bleiben, zufrieden mit dem Leben eines Menschen. Wäre es nicht ein Akt der Freundlichkeit, der Liebe, den gehetzten Blick aus seinen Augen, die Bitterkeit aus seiner Stimme zu tilgen? Sie würde ihn glücklich machen, wirklich glücklich – wie sie selbst es einst gewesen war ...

Nein.

Sie warf die Papiere von sich. Sie flogen auseinander, segelten zu Boden und wirbelten kleine Mehlwolken auf.

Ihre Hochstimmung verflüchtigte sich und ließ sie erschöpft und unglücklich zurück. Sie hätte mit den Zaubereien die ganze Stadt gefesselt, alle zu ihren Golems gemacht, nur um ihr eigenes Bedürfnis, nützlich zu sein, zu erfüllen. Sie hätte dem Dschinn das Wesen geraubt, gründlicher als die Schelle um sein Handgelenk – ihm, der seine Freiheit über alles schätzte.

Sie hob die Seiten auf und suchte dann im Hinterzimmer nach einem Mehlsack, um sie darin zu verstecken. Ihr Inhalt war viel zu gefährlich, um sich seiner zu bedienen. Wenn sie Joseph Schall entgegentreten musste, würde sie einen anderen Weg finden müssen.

Jemand klopfte an die Ladentür. Sie ignorierte es – Kunden kamen oft zu früh – und überlegte, was sie als Nächstes tun sollte. Sie wollte den Sack verbrennen, bis nichts davon übrig blieb, aber hatte sie das Recht, dieses Wissen zu vernichten, gleichgültig woher es kam?

Wieder wurde geklopft, diesmal dringlicher. Gereizt ging sie zur Tür und hob die Jalousie an – und sah eine vertraute Gestalt, hochschwanger und in einen billigen, auffälligen Umhang gehüllt.

»Anna?«, sagte der Golem überrascht.

Als Saleh und Ahmad in der 57th Street ausstiegen, hatte der New Yorker Morgen richtig begonnen. Auf der Straße mussten sie einen Hindernislauf zwischen Wagen mit Lebensmitteln und Eisblöcken bewältigen, den ersten Auslieferungen des Tages. Die drückende Hitze hatte nachgelassen; die Pferde schritten kraftvoll aus, und die Männer mit den Zügeln pfiffen schmissige Melodien.

»Ich erinnere mich an dieses Viertel«, sagte Saleh, als sie die Fifth Avenue überquerten. »Das glaube ich zumindest.« Er gab sein Bestes, um mit dem Dschinn mitzuhalten, der es plötzlich eilig hatte. Er hatte kein Wort mehr zu seiner Verabredung gesagt, und Saleh hatte ihn nicht danach gefragt, denn der herrliche Morgen ließ alles andere unwichtig erscheinen. War der Himmel in Homs jemals so hoch gewesen, so tiefblau? Es war, als würde ihm die Stadt ihren schönsten Morgen darbringen, um all die Jahre wiedergutzumachen, in denen der Himmel grau wie ein angeschlagenes Fünf-Cent-Stück gewesen war. Er erinnerte sich, dass Patienten ihm erzählt hatten, wie sie nach ihrer Genesung die Welt neu zu schätzen wussten, was ihm damals unerträglich rührselig erschienen war. Doch als jetzt ein Blumenmädchen mit einem Korb frischer Blüten an ihnen vorbeiging, ließ ihn ihre zierliche Schönheit nahezu in Tränen ausbrechen.

Auf der Droschkenstraße gingen sie in den Park. Saleh hörte die Bäume rascheln und spürte die Kühle von Wasser in der Luft. Seit einem Tag hatte er nicht mehr geschlafen und nicht mehr gegessen, doch im Augenblick war seine Müdigkeit unwichtig, er bemerkte sie kaum. Hin und wieder fuhr eine Kutsche an ihnen vorbei, doch für die eigentlichen Ausflügler war es noch zu früh. Die arbeitende Klasse machte sich für den Tag bereit, und die vornehmeren Spaziergänger lagen noch im Bett. Sie hatten den Park mehr oder weniger für sich.

Der Dschinn blickte zu seinem Gefährten. »Du sagst gar nichts.«

»Ich genieße den Morgen.«

Ahmad schaute auf, als nähme er das schöne Wetter zum ersten Mal wahr. Er lächelte nicht, schien sich aber dennoch zu freuen.

Saleh sah zu den Gebäuden, die den Park einfassten und über die Bäume hinausragten. »Dieses Mal gefällt es mir besser.«

Der Dschinn lächelte kurz. »Wie du gesagt hast, du warst nicht in Höchstform.«

Saleh dachte an das große Haus in der Fifth Avenue, den frostigen Garten. »Ich glaube, auch damals wolltest du dich mit einer Frau treffen.«

»Das war eine andere Frau«, sagte der Dschinn. Ihm schien etwas eingefallen zu sein. Er blieb stehen, schüttelte den Kopf, als würde er sich schämen, und sagte: »Solltest du jemals dort vorbeikommen, möchte ich dich bitten, bei Sophia Winston zu klingeln und dich für mich zu entschuldigen. Für mein Verhalten.«

»Ich?« Bei der Vorstellung, dass er an die riesige Tür des Anwesens klopfte, hätte er am liebsten gelacht. War Ahmad klar, dass er nicht einmal Englisch sprach? »Soll ich mich noch bei jemand anderem für dich entschuldigen?«

»Oh, da gäbe es viele. Aber ausdrücklich belasten will ich dich nur mit Sophia.«

Von der Droschkenstraße bogen sie auf einen breiten Weg, den zu beiden Seiten riesige Bäume überwölbten. Sie kamen an Statuen von Männern mit ernsten Gesichtern vorbei – Dichter oder Philosophen, den Büchern und Federkielen in ihren Händen und den himmelwärts gerichteten, schwermütigen Blicken nach zu urteilen. Bei ihrem Anblick fiel Saleh etwas ein, und er holte die kleine silberne Figur aus der Tasche. »Das habe ich in deiner Wohnung gefunden«, sagte er. »Es hat mich fasziniert.« Er hielt sie dem Dschinn hin, doch der sagte: »Behalt sie. Das Silber ist was wert.«

»Du meinst, ich soll sie einschmelzen lassen?«

»Sie ist nicht gelungen«, sagte der Dschinn. »Sie hat keine Ähnlichkeit.«

»Ein bisschen schon«, wandte Saleh ein. »Und warum muss die Ähnlichkeit perfekt sein? Vielleicht stellt sie ein völlig neues Tier dar.«

Der Dschinn schnaubte.

Sie gelangten ans Ende der Baumreihen, und der Weg führte eine Treppe hinunter und unter einer Brücke hindurch. Und jenseits der Brücke sah Saleh jetzt eine hoch aufragende Gestalt, die mit jedem Schritt besser zu erkennen war: die Statue einer Frau, ihr Kopf im Schatten zwischen einem Paar ausgebreiteter Flügel.

»Die habe ich in der Nacht damals gesehen«, sagte er mehr zu sich selbst als zu Ahmad. »Ich dachte, sie wäre der Todesengel, der mich holen wollte.«

Er spürte, dass Ahmad neben ihm zusammenzuckte. Er wandte sich ihm zu, eine Frage auf den Lippen – und sah, wie der Dschinn die Faust hob, und neben der Faust sein schwach glühendes Gesicht und in seinen Augen ein Blick, der grimmig Abbitte leistete.

Anna atmete heftig, als wäre sie gelaufen. Sie sah zornig, starrsinnig und ängstlich zugleich aus. »Ich habe mir geschworen, nie wieder in deine Nähe zu kommen«, sagte sie und hielt kurz inne. Dann fragte sie: »Willst du mich nicht reinlassen?«

Der Golem ließ sie herein und schloss die Tür, immer darauf bedacht, Distanz zu halten; Annas Angst vor ihr war mit den Händen zu greifen.

Das Mädchen ließ sie nicht aus den Augen. »Ich habe nicht damit gerechnet, dass du schon da bist«, sagte sie. »Ich wollte auf dich warten.«

»Anna«, sagte der Golem, »es tut mir so leid. Ich weiß, es ist nicht mehr zu ändern, aber …«

»Nicht jetzt«, unterbrach Anna den Golem ungeduldig. »Mit Ahmad stimmt irgendwas nicht.«

Der Golem starrte sie mit offenem Mund an. »Du hast ihn gesehen?«

»Er war gerade bei mir, mit einer Nachricht für dich.«

»Aber – er war bei *dir*? Woher wusste er, wo du …«

»Das ist jetzt nicht wichtig«, sagte Anna rasch. Sie kramte in ihrer Tasche und holte einen Zettel heraus. »Ich habe aufgeschrieben, was er gesagt hat, so gut ich mich erinnern konnte.« Sie hielt ihr den Zettel hin.

Sag Chava, dass sie in Gefahr schwebt, wegen eines Mannes namens Joseph Schall. Er hat sie erschaffen und ist mein Meister. Es klingt unglaublich, stimmt aber. Sie muss so weit wie möglich von ihm weg. Am besten die Stadt verlassen.
Sag ihr, dass sie recht hatte. Meine Handlungen haben Konsequenzen, und ich habe sie nie gesehen. Ich habe ihr einmal was gestohlen, weil ich nicht wollte, dass ihr etwas passiert, aber ich hatte kein Recht dazu. Bitte, gib es ihr zurück und richte ihr aus, dass ich mich von ihr verabschiede.

»Da«, sagte das Mädchen und reichte ihr ein weiteres Stück Papier, das der Golem nur zu gut kannte. Sie entfaltete es einmal und las: *Der erste Befehl bringt Leben. Der zweite zerstört.* Er hatte ihr den Zettel gestohlen? Und auch er war Joseph Schall begegnet? Sie überkam das schwindelerregende Gefühl, dass sich irgendwo überaus wichtige Ereignisse zutrugen, während sie mit anderem beschäftigt war. Sie las die Botschaft noch einmal, versuchte, sie zu verstehen, bis sie bemerkte, was sie in ihrer Verwirrung übersehen hatte: den verzweifelten und entschlossenen Tonfall. Er ging nicht einfach aus der Stadt weg. »O Gott«, sagte sie entsetzt. »Anna, hat er gesagt, was er vorhat?«

»Nein. Aber Chava, er sah schrecklich aus. Als wollte er etwas Fürchterliches tun.«

Sich selbst etwas antun?, wollte sie fragen, doch das war nicht nötig. Annas Gedanken zeigten ihr furchtsame Visionen von Stricken, Pistolen und Fläschchen mit Laudanum. Nein, sie konnte nicht glauben, dass er so etwas tun würde – aber hatte er ihr das Papier nicht zurückgegeben, weil er selbst vorhatte, was er bei ihr verhindert hatte? Leise Panik überkam sie. Der verschleierte Geist des Dschinns hätte ihr nicht mehr gesagt als diese Nachricht – aber konnte sie es sich nicht denken? Er würde weder Gift noch einen Strick und auch keine Pistole benutzen. Sondern Wasser.

»In welche Richtung ist er gegangen? Nach Osten, zum Fluss?« Anna schüttelte verdattert den Kopf. Vielleicht war es schon zu spät ...

Die zerfledderten Seiten im Mehlsack riefen sie. Hatte sie nicht eine Seite mit der Überschrift *Aufenthaltsort einer Person bestimmen* gesehen? Ein einziges Mal konnte sie Schalls Zauberei doch wohl benutzen, oder? Sie griff nach dem Mehlsack, wollte seinen Inhalt auf dem Boden verstreuen – und hielt inne. *Warte*, sagte sie sich. *Denk nach.* Der Dschinn würde sich niemals für die Docks am East River oder die ölverschmutzte Bucht oder etwas ähnlich Unelegantes entscheiden. Sie brauchte keine geheimen Schaubilder oder Formeln, um zu wissen, wohin er unterwegs war. Sie wusste es; sie kannte ihn.

Aber was war mit Schalls Zaubersprüchen? Sie durfte sie nicht in der Bäckerei lassen; sie musste sie vor Schall verstecken, irgendwo, wo er niemals hinkäme. Sie drückte Anna den Sack in die Arme und sagte: »Nimm das und versteck es irgendwo, wo niemand danach suchen wird. An einem Ort, den nur du kennst. Nein, sag mir nicht wo, denk nicht einmal daran.«

»Was? Chava, weißt du, wie schwer es ist, *nicht* an irgendetwas zu denken ...«

»Denk einfach nicht! Schau den Sack nicht an, und sag es niemandem, hast du verstanden?«

»Ich verstehe überhaupt nichts«, sagte das Mädchen wehleidig.

»Versprich es mir!«

»Na gut, ich verspreche es, wenn es so wichtig ist.«

»Das ist es«, sagte der Golem. »Danke, Anna.« Und dann rannte sie zur Hintertür hinaus und die Feuerleiter hinauf aufs Dach und dem Dschinn hinterher, so schnell sie konnte.

Der Dschinn fing Saleh auf, als er umfiel, und trug ihn zu einer Bank in der Nähe, ein weiterer Obdachloser, der den Morgen verschlief. Er hatte schnell gehandelt, niemand hatte ihn dabei beobachtet. Er vergewisserte sich, dass der Mann noch atmete, und ging weiter, stieg die Stufen hinunter in den schattigen, dunklen Säulengang. Seine Schritte hallten zwischen den gekachelten Wänden wider, und dann trat er hinaus ins Sonnenlicht, ging über die weite gepflasterte Fläche bis zum Rand des Brunnens.

Der Engel über den Wassern schaute auf ihn herab und wartete geduldig.

Die Umgebung war nahezu menschenleer; nur ein paar Männer, die den Park als Abkürzung nutzten, eilten von ihren zwielichtigen nächtlichen Aktivitäten nach Hause. Den Hut tief ins Gesicht gezogen, gingen sie vornübergebeugt, kämpften gegen die Müdigkeit an, wie es Chava einst sehr genau beobachtet hatte. Sie waren kein Problem.

Am Brunnen war es still, die Wasserspiele abgeschaltet. Abgesehen von einem leisen Plätschern, war nichts zu hören. Er verspürte das merkwürdige Bedürfnis, die Schuhe auszuziehen, er tat es und stellte sie neben den Brunnen. Einen Augenblick lang überlegte er, ob er zu Saleh zurücklaufen und ihm sagen sollte, dass es viele Menschen gab, die eine Entschuldigung verdienten – Arbeely zum Beispiel und der kleine Matthew und Sam Hosseini, weil die Ketten nicht fertig waren. Doch die Zeit schritt voran, und er konnte es sich nicht mehr erlauben. Zudem hatte er dafür gesorgt, dass die wichtigste Entschuldigung überbracht wurde, als er an Annas Tür geklopft hatte.

Er blickte erneut zum Engel hinauf, zu ihrem mitfühlenden, besorgten Gesicht. Sie sah ihr ähnlich: die unauffälligen, aber angenehmen Züge, der Schwung des Mundes, das gewellte Haar. Ein kleiner Trost zumindest.

Er stieg über den Rand in das Becken, schauderte, als er das Wasser berührte und eine träge Mattigkeit seine Beine hinaufkroch. Ohne weiter nachzudenken, beugte er sich vornüber, ließ sich unter die Wasseroberfläche gleiten und legte sich auf den Boden des Brunnens.

Der Golem rannte.

Über sechzig Blocks befanden sich zwischen ihr und ihrem Ziel, und die Sonne stieg bereits über dem East River auf. Ein paar Stunden früher hätte sie in der Dunkelheit rennen können, lautlos und unerkannt. Bei Tageslicht würde man sie bemerken.

Es war ihr gleichgültig.

Sie rannte, von Dach zu Dach, durch das deutsche Viertel, der East River zu ihrer Rechten. Aus dem Schlaf gerissene Männer blinzelten, sie hörte ihre überraschten Schreie, als sie Übergänge aus Brettern ignorierte und über die schmalen Straßen darunter sprang. Sie wich Schornsteinen, Wäscheleinen, Wassertürmen aus und zählte die Blocks. *Neun, zehn, elf, zwölf.*

Die Zeit verlangsamte sich, während sie voranstürmte. *Zwanzig, einundzwanzig, zweiundzwanzig.*

Sie ließ den Union Square hinter sich, den Madison Square Park. Wo war er jetzt? An der 59th Street? Auf der Droschkenstraße? War es schon zu spät? Sie rannte noch schneller und konzentrierte sich: Ein Fehltritt bei dieser Geschwindigkeit hieß Lebensgefahr. Der Wind war ein leises hohes Pfeifen in ihren Ohren. Kinder in den oberen Stockwerken starrten ihr aus Fenstern nach und erzählten ihren Freunden später, dass sie eine Dame gesehen hatten, die schneller lief, als die Hochbahn fuhr. *Achtunddreißig Blocks. Neununddreißig. Vierzig.*

Endlich tauchte der Park als fernes grünes Viereck zwischen den Gebäuden auf. Sie flog eine Feuerleiter hinunter, erschreckte Schläfer auf den Treppenabsätzen. Und dann war sie auf der Straße, überquerte Avenues, eine schlicht gekleidete Frau, die dem morgendlichen Verkehr auswich wie ein Fisch, der gegen einen Schwarm anschwamm. Eine Straßenbahn bog um die Ecke, und sie rannte im letzten Moment an ihr vorbei, ignorierte die ungläubigen Ängste der Fahrgäste, die sie auf sich zurasen sahen wie eine Kanonenkugel.

Sie war an der 59th Street, sie war im Park. Sie rannte die Droschkenstraße entlang, den baumgesäumten Weg, spürte, wie die wachsenden Dinge ihre Energie an sie weitergaben. Vor ihr stand ein Mann in zerlumpter Kleidung wankend von einer Bank auf und hielt sich vorsichtig eine Hand an den Kopf. Er richtete sich auf, er hatte ein noch frisches blaues Auge und starrte ihr mit offenem Mund nach.

Die Treppe hinunter, durch den Säulengang und über die gepflasterte Fläche, und noch bevor sie dort war, sah sie ihn zusammengerollt wie ein schlafendes Kind auf dem Grund des Beckens liegen.

»Ahmad!« Sie sprang in den Brunnen und tauchte bis zur Taille darin ein, schlang die Arme um ihn, hob ihn hoch und über den Rand. Wasser lief aus seiner Kleidung, als sie ihn auf den Boden legte. Er war kalt und bleich wie Rauch und so schrecklich leicht in ihren Armen, als hätte sich seine Substanz aufgelöst. Hektisch versuchte sie ihn abzutrocknen, aber sie hatte nichts zur Hand – nur ihre eigenen Kleider, die patschnass waren.

»Ahmad, du musst aufwachen!«

Ein Mann stand neben ihr und fasste sie am Arm.

»Lassen Sie mich in Ruhe!«, rief sie und schüttelte die Hand ab.

»Ich will Ihnen doch nur helfen!«, schrie er sie auf Arabisch an.

Salehs Kopf pochte.

Er zuckte zusammen, machte sich Vorwürfe, weil er nicht daran gedacht hatte, dass der Dschinn so etwas tun würde. Hatte er geglaubt, er könnte ihm ausreden, was für ein Vorhaben er sich auch zurechtgelegt haben mochte? Und warum um Himmels willen half er jetzt einer wildfremden Frau dabei, das Geschöpf zu retten, statt sich einfach umzudrehen und nach Hause zu gehen?

Erstaunlicherweise schien die Frau Arabisch zu verstehen. Sie war beiseitegetreten und sah jetzt mit offensichtlicher Panik zu, wie Saleh den Kopf des Dschinns in die Hände nahm und ihn nach rechts und links drehte. Er fragte sich, wer sie war, woher sie gewusst hatte, wo sie ihn finden würde. *Lass es bleiben*, flüsterte es in seinem Kopf, während er das zu bleiche Gesicht betrachtete und die Brust nach einer Spur Wärme abtastete. *Lass das unheimliche Wesen sterben.*

»Wer sind Sie?«, fragte die Frau.

»Doktor Mahmoud Saleh«, murmelte er und schob ein Augenlid des Dschinns zurück. Da: ein Funke. Winzig und flackernd, aber unleugbar. »Er lebt«, sagte er. Die Frau schrie vor Erleichterung auf. »Aber nur ganz knapp«, sagte er. »Er ist fast tot.«

»Er braucht Wärme«, sagte die Frau. »Ein Feuer.« Sie schaute sich hektisch um, als könnte sie praktischerweise gleich hier ein Feuer finden.

Wärme, Feuer. Saleh erinnerte sich an etwas, an gespenstische Farben. Er sah einen frostweißen Garten, ein riesiges Haus mit zahllosen Giebeln und darauf vier Schornsteine, die grauweißen Rauch in den Winterhimmel bliesen.

Ich möchte dich bitten, bei Sophia Winston zu klingeln und dich für mich zu entschuldigen.

»Ich kenne einen Ort«, sagte er. »Aber wir müssen ihn tragen.«

Daraufhin hob die Frau den Dschinn auf, als wäre er so leicht wie ein Scheffel Weizen – und Saleh dämmerte der Verdacht, dass er es nicht mit einem, sondern mit zwei unheimlichen Wesen zu tun hatte.

»Doktor Saleh«, sagte sie. »Wie schnell können Sie laufen?«

KAPITEL 27

Am Rand von Chinatown, in einer Zelle des 5. Polizeireviers lag ein alter Mann reglos auf dem schmutzigen Boden.

Der wachhabende Polizist schaute auf seiner Runde durch die Gitterstäbe. Der alte Mann war ein paar Stunden zuvor bewusstlos eingeliefert worden und hatte sich noch immer nicht gerührt. Winzige Glassplitter steckten in seinem Gesicht; sein Bart und sein kahler Kopf waren blutverkrustet. *Dreckiger Anarchist*, hatte der Wachtmeister gesagt, der ihn hereingeschleppt hatte, und ihm einen Stiefel in die Rippen gestoßen; aber er sah nicht aus wie ein Anarchist. Er sah aus wie ein Großvater.

Diverse Zellengenossen waren im Lauf der Stunden gekommen und gegangen. Ein paar hatten versucht, die Taschen des alten Mannes auszuleeren, jedoch nichts gefunden, was das Stehlen wert gewesen wäre. Jetzt lag er allein da, der letzte offene Fall der Nachtschicht.

Der Polizist schloss die Zellentür auf und öffnete sie langsam, damit sie laut in den Angeln quietschte. Der Mann regte sich noch immer nicht. Das Licht war zwar schlecht, dennoch sah der Polizist, als er sich dem Mann näherte, dass seine Augen unter den Lidern rollten und die Kiefer fest zusammengebissen waren. Seine Finger zuckten rhythmisch. Hatte er einen Anfall? Der Polizist nahm den Schlagstock aus dem Gürtel, neigte sich vor und stieß mit dem Stock gegen seine Schulter.

Eine Hand schoss hoch und packte ihn am Handgelenk.

Der menschliche Geist ist nicht dafür bestimmt, Erinnerungen von tausend Jahren aufzunehmen.

In dem Augenblick, als er den Dschinn berührte, platzte der Mann, der sich als Yehudah Schaalman kannte, aus allen Nähten. Er wurde zu einem kleinen Babel, in seinem Schädel bekriegten sich Gedanken in Dutzenden Sprachen. Gesichter blitzten auf: hundert verschiedene Gottheiten, männliche und weibliche, Tiergötter und Waldgeister, ihre Züge ein verschwommenes Durcheinander. Er sah kostbare vergoldete Ikonen und grob gemeißelte Büsten, heilige Namen geschrieben mit Tinte, mit Blut, auf Steine und in farbigen Sand. Er blickte an sich hinunter und sah, dass er ein samtenes Gewand trug und ein silbernes Weihrauchgefäß in der Hand hielt; er war nackt und mit Kreide bemalt und hatte Hühnerknochen in den Händen.

Die Ereignisse seines Lebens begannen auseinanderzubrechen. Seine Kindheitsfreunde kamen in Seide und samtenen Schuhen in die Schule und mischten die Tinte in Schalen aus Jade. Ein Gefängniswärter stand über ihm in der Kutte eines Mönchs, die Kapuze aufgesetzt, in der Hand eine Peitsche. Die Tochter des Bäckers wurde dunkelhäutig und schwarzäugig, ihre Schreie wie das Brausen eines unsichtbaren Ozeans.

Sein Vater hob ihn aus einer hölzernen Wiege; um das Handgelenk trug der Mann eine enge eiserne Schelle.

Seine Mutter nahm ihn auf den Arm, legte ihn an eine Brust aus Lehm.

Yehudah Schaalman schlug in der Strömung um sich, rang nach Luft und ging unter.

In einem Moment wäre es vorbei, dennoch kämpfte er. Blind streckte er die Hand, und seine Finger schlossen sich um eine Erinnerung, die ihm gehörte, ihm ganz allein.

Er war wieder neunzehn und träumte. Da war ein Weg, eine Tür, eine sonnenbeschienene Wiese, in der Ferne ein Wäldchen. Er machte einen Schritt, wurde gepackt und festgehalten. Eine Stimme sprach.

Du hast hier nichts verloren.

Der alte Zorn und der alte Schmerz wurden neu entfacht, so frisch und heftig wie zu Urzeiten, und verwandelten sich in seiner Faust zu einer Rettungsleine. Er brach durch die Oberfläche und schnappte nach Luft.

Zentimeter um Zentimeter kämpfte er unter Qualen gegen die Strömung und ordnete die Erinnerungen. Seide und Samt fielen von seinen Klassenkameraden ab, der Gefängniswärter trug nicht länger die Mönchskutte. Die Bäckerstochter hatte wieder helle Haut und leuchtend grüne Augen. Er gelangte zu seiner eigenen ersten Erinnerung und ging weiter zurück – zu dem Selbst davor und dann zu dem davor. Er durchlebte jedes Leben vom Tod bis zur Geburt, sah, wie er Götter und Götzen jeder Art verehrte. In jedem Leben war seine Angst vor dem Richterspruch allesverzehrend und sein Glauben absolut. Denn wie sollte es anders sein, wenn jeder Glaube ihm so große Macht verlieh, ihm gestattete, Illusionen heraufzubeschwören, die Zukunft vorherzusehen, mit Flüchen zu belegen? Sein versengtes gestohlenes Buch, der Ursprung all seiner Wunder und Gräueltaten – nie hatte er daran gezweifelt, dass es das Wissen des Allmächtigen enthielt, des Einen, vor dem alle anderen Götzenbilder waren. Bewies die Kraft der Zaubersprüche nicht, dass der Allmächtige die höchste Wahrheit war, die *einzige* Wahrheit? Jetzt sah er, dass die Wahrheiten so zahllos waren wie die Unwahrheiten, dass dem schieren brodelnden Chaos der göttlichen Welt nur das der menschlichen Welt gleichkam. Je weiter er zurückging, umso kleiner wurde der Allmächtige, bis Er nur noch eine von vielen Wüstengottheiten war. Seine Gebote waren keine unaussprechlichen Gesetze, sondern furchtsame Forderungen eines eifersüchtigen Geliebten. Und trotzdem hatte Schaalman sein ganzes Leben in Todesangst vor Ihm verbracht und Seinen Richterspruch in der nächsten Welt gefürchtet – einer Welt, die er nie sehen würde!

Je weiter er zurückging, umso größer wurde sein Zorn, während er zusah, wie er sich in seinen früheren Leben mit angstvollen und leidenschaftlichen Trugbildern abrackerte. Schneller und schneller spulten sich seine Leben ab – bis er endlich zum ersten kam, der Quelle der Strömung, in der ein uralter, schmutziger Heide namens Wahab Ibn Malik al-Hadid saß.

Die beiden Männer musterten sich über die Jahrhunderte hinweg.

Ich kenne dich, sagte Ibn Malik. *Ich habe dein Gesicht schon mal gesehen.*

Du hast von mir geträumt, sagte Schaalman. *Du hast mich in einer glitzernden Stadt gesehen, die am Ufer des Wassers aufragt.*

Wer bist du?

Ich bin Yehudah Schaalman, das letzte deiner Leben. Ich bin der, der alles ins rechte Lot bringt für meine nächsten Leben.

Deine *Leben?*

Ja, meine. Du warst nur der Anfang. Du hast dich an den Dschinn gefesselt, ohne die Folgen zu bedenken, und bist wieder und wieder gestorben, ohne klüger zu werden. Ich war es, der das Geheimnis gelüftet hat.

Das wird dir nichts nützen, sagte Ibn Malik, *wenn du deinerseits stirbst und das Geheimnis mit in den Tod nimmst.*

Ich werde einen Weg finden, sagte Schaalman.

Vielleicht, vielleicht auch nicht. Und was ist mit dem Dschinn? Seine Art lebt lange, aber er ist nicht unsterblich.

Dann darf er eben nicht sterben.

Du willst ihn also wieder einfangen? Stell sicher, dass es nicht über deine Kräfte geht.

So wie über deine?

Die toten Augen waren nur noch Schlitze. *Und wer bist du, wenn nicht ich selbst, in seltsamen Kleidern und eine andere Sprache sprechend?*

Ich bin die Summe von tausend Jahren Unglück und Mühsal! Du magst uns diese kaputte Unsterblichkeit gegeben haben, aber ich werde der Erste sein, der ohne Furcht stirbt!

Ibn Malik knurrte wütend; aber Schaalman war schneller. Er streckte die Hand aus und packte Ibn Malik um den Hals.

Du hast mir jede Chance auf Glück genommen, sagte Schaalman.

Ibn Malik wand sich in seinem Griff. *Stattdessen habe ich dir grenzenloses Wissen gegeben*

Du bist vollkommen unwichtig, sagte sein zukünftiges Selbst und drückte zu.

Der Gestank des Toiletteneimers stieg Schaalman in die Nase, als er zu sich kam. Seine Rippen schmerzten, sein Gesicht war mit brennenden kleinen Schnitten übersät. Er versuchte aufzustehen, aber ein Mann in Polizeiuniform lag auf ihm. Schwarzes Blut lief dem Mann aus den Ohren, kleine Rauchwölkchen stiegen von seinem Oberkörper auf. Schaalman merkte, dass er das Handgelenk des Polizisten umklammert hielt. Er ließ es los und wälzte ihn von sich herunter.

Die Zellentür war offen. Dahinter befanden sich ein feuchtkalter Flur und dann das Revier. Er flüsterte ein paar Worte und ging ungesehen an der Handvoll Polizisten vorbei, die gähnend auf ihren Posten saßen. Dann stand er auf der Straße.

Er eilte zur östlichen Grenze von Chinatown in Richtung des Wohnheims jenseits davon. Sein Kopf schmerzte noch vom Druck der Erinnerungen, doch die Gefahr der Auflösung war erst einmal abgewendet. Seine früheren Inkarnationen hielten still, als wollten sie sehen, was er als Nächstes tun würde.

Es war erst halb sechs, doch Sophia Winston saß bereits allein am langen Esstisch der Familie und frühstückte Tee und Toast. Die ersten neunzehn Jahre ihres Lebens war Sophia keine Frühaufsteherin gewesen, sondern hatte es vorgzogen, im Bett liegen zu bleiben, bis ihre verzweifelte Mutter das Mädchen zu ihr schickte, um sie zu wecken und anzukleiden. Jetzt allerdings erwachte sie stets vor Tagesanbruch und fror. Das arme Mädchen musste noch früher als sie aufstehen, um im

Speisezimmer den Kamin anzufeuern und das Frühstück zuzubereiten. Dann musste sie auch in Sophias Zimmer Feuer machen – Sophia zog sich nach dem Frühstück dorthin zurück –, bevor sie schließlich wieder nach unten gehen und erneut ins Bett fallen durfte.

Sophia mochte es, vor dem Rest des Haushalts aufzustehen. Sie war lieber allein, las die Reisejournale ihres Vaters und trank Tee neben dem prasselnden Feuer im Speisezimmer. Die einzig unerwünschte Gesellschaft war ihr Porträt als türkische Prinzessin, Charles' Verlobungsgeschenk. Das Bild war eine Katastrophe. Auf der Leinwand trug sie ihr Kostüm und wirkte darin nicht stattlich, sondern nachdenklich, ja sogar melancholisch mit niedergeschlagenen Augen. Sie sah weniger wie eine Prinzessin als vielmehr wie eine Odaliske aus, gefangen gehalten und resigniert. Der arme Charles war bei seiner Enthüllung betroffen gewesen. Bei dem anschließenden Essen hatte er kaum etwas gesagt, aber auf ihre zitternde Hand geschaut, als sie ihre Suppe aß. Ihre Mutter ließ das Porträt im Speisezimmer statt in der Eingangshalle aufhängen, als wollte sie es dafür bestrafen, dass es nicht den Erwartungen entsprach.

Sie nippte an ihrem Tee und blickte auf die Uhr. Ihr Vater stand gewöhnlich um sechs auf und kam bald darauf herunter, um die Zeitungen zu lesen; als Nächstes käme ihre Mutter, um die Pläne für den Tag zu besprechen. Der kleine George würde seinem Kindermädchen entwischen und hereinlaufen, um sich küssen zu lassen. Sosehr sie ihre Einsamkeit liebte, so genoss sie doch die morgendliche Aufregung. Es war eine knappe, aber notwendige Erinnerung daran, dass sie trotz allem eine Familie waren.

Sie hatte ihren Tee fast ausgetrunken, als aus der Eingangshalle das Geräusch eiliger Schritte zu ihr drang. Sie konnte gerade noch denken, dass es zu früh für Besucher war und sie die Klingel nicht gehört hatte, als eine Stimme laut wurde – es war einer der Bediensteten –, woraufhin eine Frau bestimmt und nachdrücklich antwortete. Ein Schrei, und dann wurde die Speisezimmertür aufgerissen. Eine Erscheinung füllte den Türrahmen aus. Sie war eine der größten Frauen, die Sophia je gesehen hatte. In den Armen trug sie einen erwachsenen Mann.

»Entschuldigen Sie die Störung«, sagte die Frau. Sie sprach mit einem Akzent. »Aber wir brauchen Ihren Kamin.«

Sie betrat das Zimmer. Hinter ihr tauchte ein Mann in zerlumpter Kleidung auf. Ein Dienstbote wollte sich auf die Frau stürzen, aber sie war zu schnell für ihn – wie war das möglich mit dem Mann auf den Armen? Sie stürmte an Sophia vorbei, die überrascht aufstand, und Sophia konnte einen Blick auf ihre unglaubliche Last werfen. Er war groß und schlank und patschnass. Sein Gesicht lag verborgen an der Schulter der Frau. Um ein Handgelenk trug er eine breite eiserne Schelle; sie fing den Feuerschein ein und blitzte auf wie ein Signalfeuer.

Schock durchfuhr sie heftiger als jeder Kälteschauder. Sie stand wie hypnotisiert da, als die Frau vor dem großen Kamin in die Knie ging, den Schutzschirm beiseiteschob und den Mann ins Feuer warf.

Der Dienstbote schrie entsetzt auf, aber der zerlumpte Mann packte ihn und versuchte, ihn aus dem Raum zu drängen, wobei er etwas in einer Sprache sagte, die Sophia nicht verstand. Die Frau starrte konzentriert ins Feuer, als wartete sie auf ein Zeichen. Das Feuer hatte gezischt, als der Mann hineinfiel, doch jetzt prasselte es wieder munter, umgab ihn mit Flammen wie einen Wikinger auf dem Scheiterhaufen. Während Sophia zusah, begann seine Kleidung zu schwelen und zu verbrennen, seine Haut jedoch blieb unversehrt.

Hatte er ihr nicht einst eine Geschichte erzählt, als sie halb schlafend in seinen Armen lag? Eine Geschichte über Dschinn, phantastische Geschöpfe aus Feuer. Und dann in Paris diese alles verzehrende Hitze, als hätte sich ein brennender Funke in ihrem Körper eingenistet. Es ergab keinen Sinn – und doch flüsterte etwas in ihr: *Ja, natürlich. Du hast es immer gewusst.*

Rauchwolken und der Gestank verbrannter Baumwolle erfüllten den Raum. Der Dienstbote gab den Ringkampf auf und lief in die Halle, vermutlich um Alarm zu schlagen. Der zerlumpte Fremde resignierte und stellte sich neben die große Frau. Er sagte etwas zu ihr in dieser unverständlichen Sprache, und sie nickte. »Ahmad«, rief sie.

Die Gestalt im Feuer regte sich.

»Da!«, rief die Frau voll Freude. Der zerlumpte Mann erwiderte etwas und schirmte mit der Hand die Augen ab.

Aufgeregter Lärm in der Halle; und dann schritt der Butler schreiend herein, gefolgt von drei Dienstboten und – Sophia sah es betrübt – ihrem Vater. Die Frau drehte sich um, wandte dem Kamin den Rücken zu, als wollte sie den Mann darin schützen. Sie wappnete sich für einen Kampf, begriff Sophia. Ihr Vater rief nach der Polizei. Der Raum schien sich in ein Pandämonium zu verwandeln.

»Ruhe, bitte!«, rief Sophia.

Und tatsächlich verstummten alle, in erster Linie

aus Überraschung. Sophia ging zum Kamin und neigte sich vor, um besser zu sehen. »Sophia«, rief ihr Vater erschrocken.

»Es ist alles in Ordnung, Vater«, sagte sie. »Ich kenne diesen Mann.«

»*Was?*«

Der Mann im Feuer rührte sich wieder, verkrampfte sich, als hätte er starke Schmerzen. Die Scheite unter ihm gaben nach, und Sophia und die Frau sprangen zurück, als er in einer Wolke aus Rauch und Asche aus dem Kamin taumelte. Er rollte sich auf dem Steinboden zusammen, sein Körper mit Ruß und glühender Asche verschmiert. Die Luft um ihn flimmerte, und einen Augenblick lang glaubte Sophia, dass sie ihn wie Kohle glühen sah.

Rasch neigte sich die große Frau über ihn. Der zerlumpte Mann sagte etwas, was wie eine Warnung klang, und sie zog im letzten Augenblick die Hände zurück. »Ahmad?«, sagte sie.

Der Mann flüsterte etwas.

»Ja, ich bin's«, sagte die Frau mit erstickter Stimme, obwohl ihre Augen trocken waren. »Ich bin hier.« Sie berührte kurz seinen Arm wie eine Köchin, die überprüft, ob eine Pfanne heiß ist; offenbar war er abgekühlt genug, denn sie legte ihm die Hand auf die Schulter. Ohne die Augen zu öffnen, langte er mit einer Hand nach oben und legte sie auf ihre.

Sophia schaute sich im Zimmer um und hätte am liebsten gelacht: Mitglieder des bekanntesten Haushalts von ganz New York glotzten mit offenen Mündern auf einen nackten Mann auf dem Boden des Speisezimmers. Die Dienstboten hielten sich im Hintergrund, manche bekreuzigten sich. Jemand sagte zu ihrem

Vater: »Sir, die Polizei ist da.« Die Frau hob sofort den Kopf und blickte drein, als wäre sie zu allem entschlossen, um den Mann zu beschützen.

»Nein«, sagte Sophia. Sie stellte sich vor die drei Eindringlinge. »Vater, schick sie wieder weg. Wir brauchen sie nicht.«

»Sophia geh nach oben. Wir reden später.«

»Ich habe es dir gesagt, ich kenne diesen Mann. Ich garantiere für ihn und seine Freunde.«

»Mach dich nicht lächerlich. Wie kannst du nur …«

»Sie sind meine Gäste«, sagte sie bestimmt. »Schick die Polizei wieder weg. Und jemand soll eine Decke für diesen Mann holen.« Sie wandte sich von ihnen ab und beugte sich über die vertraute Gestalt, die sich noch immer kaum regte. Die große Frau beobachtete sie auf seltsame Weise, als versuchte sie, ihre Gedanken zu lesen. »Sie kennen ihn«, sagte sie.

Sophia nickte und nahm die andere Hand des Mannes in ihre. »Ahmad?«

Er öffnete die Augen immer noch nicht, aber er runzelte die Stirn. »Sophia?«, murmelte er, und sie hörte, wie ihr Vater schockiert nach Luft schnappte.

»Ja, ich bin's«, sagte sie und war sich aller Blicke und der absolut korrekten Schlussfolgerungen bewusst, die sie alle zogen. Ihre Wangen hätten rot geglüht, wäre ihr nur warm genug gewesen. »Du bist bei mir zu Hause. Du bist hier in Sicherheit.« Sie warf ihrem Vater einen herausfordernden Blick zu, aber er stand nur blass und betroffen da. »Was ist mit ihm passiert?«, fragte sie die Frau.

»Er wollte sein Leben beenden.«

»O mein Gott! Aber warum?«

Die Frau schien etwas sagen zu wollen, doch dann

schaute sie zu den erschrockenen und zugleich neugierigen Gesichtern. Sophia sagte: »Vielleicht sollten wir in kleinerem Kreis darüber sprechen. Wir bringen ihn in mein Schlafzimmer. Dort sollte auch ein Feuer brennen.«

Ein Hausmädchen kam mit einer dicken Wolldecke herein, die sie Sophia reichte; anschließend wich sie sofort ängstlich zurück. Die große Frau und der zerlumpte Mann wickelten ihren halb bewusstlosen Schützling darin ein, hoben ihn auf die Füße und stützten ihn zu beiden Seiten. Sophia legte der Frau eine beruhigende Hand auf den Arm, und dann verließ die Gruppe unter wachsamen Blicken das Speisezimmer. »Vater, ich werde nachher mit dir sprechen«, sagte sie, als sie hinausgingen.

Sie legten ihn in Sophias Bett und schoben eine kupferne Wärmflasche unter die Decken. Der zerlumpte Mann – ein Dr. Saleh, der nur Arabisch sprach – legte mehr Holz aufs Feuer. Bald war das Zimmer so warm, dass auch Sophia sich wohlfühlte. Dann sprachen Dr. Saleh und die Frau, die offenbar Chava hieß, leise miteinander und blickten dabei häufig zu Sophia.

»Ich möchte mich dafür entschuldigen, dass wir Sie hineingezogen haben«, sagte die Frau schließlich zu ihr, »aber wir hatten keine Wahl, Ahmads Leben war in Gefahr.« Sie hielt inne. »Ich nehme an, Sie wissen, was er ist?«

»Ich glaube schon«, sagte Sophia. »Und sind Sie das auch?«

Die Frau wurde plötzlich unsicher und wandte den Blick von ihr. »Nein«, sagte sie. »Ich bin ... etwas anderes. Ein Golem.«

Sophia hatte keine Ahnung, was das bedeutete, wusste aber nicht, wie sie es in Worte fassen sollte, deswegen nickte sie nur. »Bitte, erzählen Sie mir, was passiert ist.«

Und die große Frau erzählte die Geschichte. Sophia hatte das Gefühl, dass sie einige Einzelheiten ausließ, hörte jedoch konzentriert zu, als sie beschrieb, wie sie den Dschinn im Bethesda-Brunnen gefunden hatte. »Aber dort habe ich ihn kennengelernt«, sagte Sophia verwirrt. »Und ich verstehe immer noch nicht – warum hat er es getan?«

»Ihr könnt aufhören über mich zu reden, als wäre ich nicht dabei«, murmelte eine Stimme aus dem Bett.

Die große Frau war als Erste an seiner Seite – sie bewegte sich so unglaublich schnell! »Hallo, Ahmad«, sagte sie leise.

»Chava«, sagte er. »Du hättest mich nicht retten sollen.«

»Sei nicht albern. Zu viel ist schon verloren.«

Ein harsches Lachen. »Du weißt ja gar nicht, wie recht du hast.«

»Schscht.« Sie nahm seine Hand und drückte sie, als wollte sie sich vergewissern, dass er wirklich da war; und Sophia kam sich plötzlich wie ein Eindringling in ihrem eigenen Schlafzimmer vor.

Der Dschinn entdeckte Dr. Saleh und sagte etwas auf Arabisch zu ihm, sein Tonfall klang verzweifelt. Der Doktor vergalt es ihm mit einer barschen, sarkastischen Bemerkung, dann fuhr er sich mit der Hand über die Stirn. Sophia fiel auf, dass er etwas kränklich aussah. Die Frau namens Chava stellte ihm eine Frage, und er antwortete abweisend; aber es war klar, dass ihm die Hitze im Zimmer nicht gut bekam.

»Ich fürchte, Dr. Saleh hat einen anstrengenden Morgen hinter sich und noch nichts gegessen«, sagte Chava.

»Natürlich. Ich werde mit ihm nach unten gehen und dafür sorgen, dass man sich um ihn kümmert.«

Chava blickte in die Ferne und sagte: »Sie könnten auch allen am Fuß der Treppe versichern, dass wir nicht vorhaben, Sie zu ermorden, und es nicht nötig ist, die Tür aufzubrechen.«

Sophia starrte sie an. »Was, wirklich?«

»Ja, leider.«

»Ich danke Ihnen für diese Warnung«, sagte sie und beschloss, so schnell wie möglich herauszufinden, was ein Golem ist.

Sie ging mit Dr. Saleh in die Küche und verlangte vom Personal unmissverständlich, ihm etwas zu essen zu geben und sich um ihn zu kümmern. Die Dienstboten starrten sie an, als wären ihr Hörner gewachsen, doch sie nickten und machten sich emsig zu schaffen. Geflüster folgte ihr, als sie die Küche verließ.

Oben wurde ihr mitgeteilt, dass ihre Eltern in der Bibliothek auf sie warteten. Sie beschloss, die Gelegenheit beim Schopf zu packen. Die Dienstboten würden klatschen, und ihr Ruf würde mit großer Sicherheit darunter leiden. Warum die Verlobung nicht jetzt auflösen, bevor sie in Schimpf und Schande endete? Und vielleicht wäre es am besten, wenn sie verreisen würde, während die Gerüchte ihre Runde machten. Indien, Südamerika, Asien. Die wärmeren Regionen.

Sie versuchte, ihr Lächeln zu verbergen, als sie die Tür zur Bibliothek öffnete.

Der Morgengottesdienst hatte bereits begonnen, als Michael Levy vor der alten Synagoge seines Onkels ankam. Er war durch die Lower East Side gewandert in dem Versuch, den Zusammenbruch seines Lebens zu begreifen, als er merkte, wohin sein Weg ihn führte. Der Gedanke, nach Hause zu gehen, war ihm unerträglich. Doch ins Wohnheim konnte er auch nicht zurück, aus Angst, dass sie immer noch dort war. Er nahm an, dass er dankbar sein sollte, weil sie ihn gewarnt hatte, weil er mit dem Leben davongekommen war; aber im Augenblick war Dankbarkeit kein Gefühl, das er hätte empfinden können.

Die alte Synagoge seines Onkels war ursprünglich eine Methodistenkirche gewesen. Es war ein unauffälliger anonymer Bau aus grob behauenem grauen Stein, weder beeindruckend noch einladend, die Art Gebäude, die ein Dutzend Mal den Besitzer wechseln konnte, ohne dass die Nachbarn es merkten. Im Inneren scharten sich ein paar Dutzend Männer in den vorderen Reihen. Die meisten waren fast so alt wie sein Onkel. Michael blieb vor dem Allerheiligsten stehen, fühlte plötzlich Starrsinn in sich aufsteigen. Ihm graute davor, von den Freunden seines Onkels wiedererkannt zu werden. Sie würden Gott seinetwegen danken, ihn als Beweis anführen, dass man in schwierigen Zeiten immer zu seinem Glauben zurückfand.

Und lägen sie damit so falsch? Er hatte akzeptiert, dass seine Frau ein Wesen aus Lehm war, zum Leben erweckt von – was? Dem Willen Gottes? Musste er jetzt an Gott glauben, wenn diese Geschichte einen Sinn ergeben sollte? Bei dem Gedanken wurde er gereizt, als wäre er wieder ein Kind, das gegen seinen Willen in die Schule geschleift wird. Aber er konnte auch nicht vergessen, was er herausgefunden hatte.

Die Stimmen der Männer hoben und senkten sich.

Du hast mir meine Klage vewandelt in einen Reigen, du hast mir den Sack der Trauer ausgezogen und mich mit Freude gegürtet. Sie sangen die Psalmen und Lobpreisungen, und wie früher passte sich sein Herzschlag ihrem Rhythmus an. Es erschien ihm unfair, dass die Gebete sich so auf ihn auswirkten, gegen seinen Willen; dass er über die Empfindungen spotten und trotzdem mitsingen konnte. Er stellte sich vor, er wäre neunzig, zahnlos und tatterig, unfähig, sich an irgendetwas zu erinnern außer an die Morgengebete. Sie waren seine älteste Erinnerung, seine erste Musik.

Er wusste nicht genau, wann er aufgehört hatte zu glauben. Es war nicht von einem Tag auf den anderen passiert, ebenso wenig hatte er gegen den Glauben argumentiert, gleichgültig, was sein Onkel gedacht hatte. Nein, er hatte einfach irgendwann festgestellt, dass Gott verschwunden war. Vielleicht hatte er auch nie wirklich geglaubt. Oder er hatte nur einen Glauben gegen einen anderen ausgetauscht, liebte vielleicht weder Gott noch den Atheismus, sondern die Ideologie um ihrer selbst willen – so wie er sich auch nicht in eine Frau, sondern in das Bild einer Frau verliebt hatte.

Chava Levy, dachte er, *deine Existenz ist eine unumstößliche Tatsache, mit der schwer zu leben ist.*

Plötzlich war seine Kehle zugeschnürt. Er unterdrückte ein Schluchzen und verließ die Synagoge. Er hörte den Gesang nicht mehr, aber in Gedanken nahm er den Faden auf, der ihn unwillkürlich durch den Rest des Gottesdienstes führte, während er zum Wohnheim zurückkehrte. Es war jetzt sein einziges Zuhause, und er nahm an, dass das Wohnheim, wenn er eine Religion hatte, ihr Tempel war, der nicht Göttern oder Ideen, sondern lebendigen, fehlbaren Menschen geweiht war. Wenn seine Frau da war, würde er sich ihr stellen.

Das Wohnheim erwachte gerade zum Leben, als er ankam. Im Flur roch es nach Kaffee; er konnte die alten Rohre in den Mauern klopfen hören. Er wappnete sich, doch sein Büro war leer, die Tür stand offen.

Er setzte sich an den Schreibtisch und dachte trotz allem daran, die normale Arbeit des Tages anzugehen, als er sah, dass Joseph Schalls Buch verschwunden war. *Das Buch.* In seinem nächtlichen Alkoholnebel hatte er es vergessen – ja, er hatte Joseph vergessen.

Hektisch suchte er seinen Schreibtisch ab. Die Notizen seines Onkels waren noch in der Schublade, in die er sie gestopft hatte, aber die versengten Seiten waren nirgendwo zu finden. War Joseph zurückgekehrt von wo immer er gewesen war und hatte es in seinem Büro gefunden? Oder hatte seine Frau es genommen? Wenn er das Buch nur finden und unter Josephs Pritsche legen könnte, sodass er nicht erfahren würde …

Ein Schatten fiel durch die offene Tür.

»Merkwürdig«, sagte Joseph freundlich. »Ich selbst habe auch gerade etwas gesucht. Ich glaube, unter uns ist ein Dieb.« Er schaute zu Michael. »Aber vielleicht wussten Sie das schon.«

Michael stand eiskalter Schweiß auf der Stirn. Joseph hatte ihn ertappt, und er war sich schmerzlich seines sichtbaren schlechten Gewissens und seiner Angst bewusst.

»Ich verstehe«, sagte Joseph. Er schloss die Tür hinter sich, und sie fiel leise ins Schloss. Der Mann war so klein und mager wie immer, und doch schien er in dem kleinen Raum viel zu viel Platz einzunehmen. »Also. Wie gehen wir jetzt weiter vor, Sie und ich?«

»Ich habe es nicht«, sagte Michael. »Es ist weg. Verschwunden.«

Joseph zog eine Augenbraue in die Höhe. »Und haben Sie es gelesen, bevor es verschwunden ist?«

»Ja.«

»Aha. Aber haben Sie es auch verstanden?«

»Zur Genüge.«

Joseph nickte. »Urteilen Sie nicht zu hart über Ihre Frau«, sagte er. »Sie ist nur ihrer Natur gefolgt – so gut es ihr möglich war. Ein Golem ist verloren ohne seinen Meister.«

»Ich wollte ihr Mann sein, nicht ihr Meister.«

»Wie aufgeklärt von Ihnen«, sagte Joseph. Seine Stimme war tonlos, die gewohnte Freundlichkeit daraus verschwunden. »Also. Wo ist mein Buch?«

»Ich weiß es nicht.«

»Was vermuten Sie?«

Michael schluckte und schwieg.

Joseph seufzte. »Vielleicht verstehen Sie immer noch nicht. Ich war nur freundlich. Ich muss nicht fragen.«

Absurderweise musste Michael lachen.

Verärgert sagte Joseph: »Was ist denn so amüsant?«

»Ich habe gerade begriffen, wer Sie tatsächlich sind.«

»Und was schließen Sie daraus?«

»Oh, gar nichts. Aber Sie haben ihnen wirklich geholfen, wissen Sie.«

»Wem?«

»All diesen Männern, die Sie kommen und gehen sehen haben. Sie haben ihnen geholfen, ihre Pritschen zu finden, haben ihnen Ratschläge gegeben und für sie aufgeräumt und geputzt. Sie waren ein freundliches Gesicht in einer fremden Stadt. Es muss für Sie die reinste Folter gewesen sein.«

»Sie können es sich nicht vorstellen.«

Michael lächelte. »Gut. Ich bin froh, dass es Ihnen wehgetan hat. Aber Sie tun mir leid, wirklich. All Ihre Macht scheint Sie nicht sehr weit gebracht zu haben.«

Joseph hatte die Augen zu Schlitzen zusammengekniffen. Michael holte tief Luft und fuhr fort: »Eigentlich, wenn man darüber nachdenkt, diese Männer, denen Sie so widerwillig geholfen haben – sie alle streben nach Höherem und Besserem. Sie sind der Einzige, der übrig bleibt.«

»Erspar mir dein Mitleid«, sagte Joseph – stürzte sich auf Michael und packte ihn am Kopf.

Schaalman ließ Michael bei Bewusstsein, als er sein Gedächtnis auseinandernahm. Er ging nach dem Zufallsprinzip vor, packte in seinem Zorn wahllos Momente, sodass Michael mit Erinnerungen bombardiert wurde, während er starb. Er spielte mit Freunden Baseball auf der Straße; er flüchtete einen Flur entlang, rannte um sein Leben. Seine Tante weinte, als er einen Brief von seinem Vater zerriss, den er nicht einmal gelesen hatte. Eine Krankenschwester drückte in Swinburne ihre kühle Hand auf seine Stirn. Er hatte die Schule geschwänzt, und jetzt legte ihn sein Onkel übers Knie, den ungeschickten Schlägen war anzumerken, wie unwohl er sich bei dieser Aufgabe fühlte. Er stand in einem Wohnzimmer und sah eine große Frau die Treppe herunterkommen, sein Herz schwer vor Freude und Schmerz.

Schließlich hörte Joseph auf, und Michael fiel blind auf den Boden.

Schaalman stand einen Augenblick da und dachte über das nach, was er aufgelesen hatte. Dann ging er zum Schreibtisch und zog eine Schublade auf. Dort lagen, wo Michael sie hineingestopft hatte, die Blätter mit den Notizen von Rabbi Meyer.

Schaalman blätterte mit zunehmender Aufregung darin, verfolgte den mühseligen Fortschritt des Rabbis, seine Entdeckungen und Rückschläge. Endlich begriff er, warum Meyer seinen Kollegen die wertvollen Bände gestohlen hatte. Er hatte den Mann für seine Nemesis gehalten, während Meyer ihm tatsächlich ein kostbares Geschenk hinterlassen hatte. Er musste die raffinierten künstlerischen Fähigkeiten des Rabbis anerkennen, die so viel ruhiger und zweckmäßiger waren als seine eigenen fieberhaften Zaubersprüche. Dass die Formel das Einverständnis des Golems erforderte, war zum Beispiel etwas, was er selbst nie zustande gebracht hätte. Doch in Wahrheit wäre er auch nie auf den Gedanken gekommen.

Es war eine merkwürdige Ironie, den Golem darum zu bitten, freiwillig auf ihren freien Willen zu verzichten. Zweifellos hatte sich Meyer ein aufrichtiges Gespräch mit seinem Schützling vorgestellt, eine feierliche und vernünftige Entscheidung. Schaalman faltete die Formel zusammen, steckte sie in die Tasche und dachte dabei, dass in diesem Fall seine eigenen Methoden denen Meyers überlegen waren. Schließlich wäre eine erzwungene Entscheidung noch immer eine Entscheidung.

Kapitel 28

Der Golem, der benommen neben Sophias Bett saß, bemühte sich zu verstehen.

Ahmad erzählte jetzt seit einer Weile leise und müde eine Geschichte von vor langer Zeit: von einem habgierigen Wüstenzauberer und einem jungen Mädchen namens Fadwa al-Hadid. Er beschrieb den Schmerz, den er empfunden hatte, als der Hexer ihn an sich band, und das Gefühl von Fadwas Kehle zwischen seinen Fingern; und wie Ibn Malik von Fadwas Vater getötet wurde, nur um immer wiedergeboren zu werden.

»Den Rest kennst du«, sagte der Dschinn. Er saß jetzt aufrecht, halb begraben unter feinsten Laken, die Schultern an das geschnitzte Kopfende des Betts gelehnt. »Ibn Malik wurde zu Yehudah Schaalman.«

»Joseph Schall«, murmelte sie. »Und du hast seine Erinnerungen gesehen.« Seine Hand lag auf der Decke, und der Golem nahm sie und spürte, dass sie sich schwerer als zuvor anfühlte. »Deswegen hast du versucht, dich umzubringen«, sagte sie. »Um durch deinen eigenen Tod Ibn Maliks Leben zu beenden.«

Er betrachtete sie kummervoll. Und sie begriff: Er rechnete damit, dass sie jetzt, da sie die ganze Wahrheit kannte, bereute, ihn gerettet zu haben. »Hör mir gut zu«, sagte sie. »Das alles hat Ibn Malik getan. Nicht du.«

»Und Fadwa?«, sagte er. »Wenn ich sie nicht verletzt hätte, wäre das alles nicht passiert.«

»Du bürdest dir zu viel auf. Ja, an Fadwas Verletzung bist du schuld. Aber Ibn Malik hat nicht auf deine Anweisung hin gehandelt. Und Schaalman kann sich frei entscheiden.«

»Da bin ich mir nicht so sicher«, sagte Ahmad. »Ich habe seine Leben gesehen, und sie verliefen alle nach demselben Muster. Als könnte er sich nicht von seiner Veranlagung befreien.«

Der Golem verzog den Mund. »Du meinst, er kann sich nicht dagegen entscheiden, Böses zu tun?«

»Wir sind, wie wir sind«, sagte der Dschinn leise.

Sie wollte etwas dagegen einwenden, doch wohin würde das führen, außer dass sie mit dem Finger auf sich selbst zeigen müsste? Frustriert stand sie auf und machte ein paar Schritte. »Ja, du warst egoistisch und leichtsinnig mit Fadwa«, sagte sie. »Aber die Schuld am Rest der Geschichte liegt nicht bei dir, Veranlagung hin oder her. Wenn es Schaalman nicht geben würde, gäbe es auch mich nicht. Bist du deswegen verantwortlich für meine Taten, die guten wie die schlechten? Du kannst dir nicht die einen aussuchen und die anderen vergessen.«

Er lächelte schwach. »Wahrscheinlich nicht«, sagte er. Dann wurde er wieder ernst. »Verstehst du jetzt, warum ich nicht weiterleben kann?«

»Nein.«

»Chava.«

»Du hast mich einmal davon abgehalten, mich zu zerstören. Wir werden einen anderen Weg finden.«

Er zuckte zusammen, erwiderte jedoch nichts, sondern blickte auf ihre Hand, die wieder seine hielt. Jemand klopfte an die Tür. Es war Sophia, die einen Stapel gefalteter Kleidung mitbrachte. Im Flur hinter ihr standen Dienstboten, die neugierig ins Zimmer schauten; sie schlug ihnen die Tür vor der Nase zu.

»Hallo, Sophia«, sagte der Dschinn leise.

Sie lächelte. »Du siehst besser aus.« Sie legte den Kleiderstapel aufs Bett. »Mein Vater ist nicht so groß wie du, aber sie werden hoffentlich trotzdem passen.«

»Sophia«, sagte er. Er klang bedrückt, und es war klar, dass er sich entschuldigen wollte – weil er sie in diese Lage gebracht hatte oder für etwas, was früher geschehen war, der Golem konnte nur Vermutungen anstellen –, doch Sophia unterbrach ihn bestimmt: »Dr. Saleh erfrischt sich im Gästetrakt«, sagte sie. »Wir sollten zu ihm gehen, wenn du dich dazu in der Lage fühlst.«

Ahmad nickte kleinlaut.

»Ich fürchte, wir haben Ihnen große Unannehmlichkeiten bereitet«, sagte der Golem.

»Möglicherweise«, sagte Sophia, doch sie wirkte seltsam unbekümmert, ja glücklich. »Trotzdem bin ich froh, dass ihr gekommen seid.« Sie wandte sich Ahmad zu. »Du hättest es mir sagen sollen.«

Er seufzte. »Hättest du es geglaubt?«

»Nein, wahrscheinlich nicht. Aber du hättest es versuchen können.«

Der Dschinn zögerte und sagte dann: »Geht es dir gut, Sophia?«

Erst jetzt bemerkte der Golem die blasse Haut und die viel zu warme Kleidung der jungen Frau, die dunklen Schatten unter ihren Augen. Sophia dachte kurz nach, und der Golem spürte ein wirres Knäuel aus Sehnsucht und Bedauern und vor allem den großen Wunsch, nicht bemitleidet zu werden.

»Ich war krank«, sagte Sophia. »Aber ich glaube, dass ich auf dem Weg der Besserung bin.« Sie lächelte.

»Jetzt zieh dich bitte an. Ich komme in ein paar Minuten und hole euch.«

Sie ging, und Ahmad wandte sich den mitgebrachten Kleidern zu. Der Golem saß auf der Bettkante und wusste nicht, wohin sie blicken sollte – ihm beim Anziehen zuzuschauen war irgendwie intimer, als ihn nackt zu sehen. Sie ging zur Frisierkommode der jungen Frau und betrachtete müßig die dort abgestellten Dinge: eine vergoldete Haarbürste, eine wunderschöne Kette aus Silber und Glas, ein Apothekersortiment an Fläschchen und Tiegeln. Auf einem Schmuckkästchen stand ein goldener Vogel in einem Käfig, seine Herkunft unverkennbar. »Ihr hast du auch einen gemacht«, sagte sie.

Ahmad knöpfte sein Hemd zu. »Höre ich da Eifersucht? Sie hat ihn mir zumindest nicht zurückgegeben.«

»Ich konnte ihn nicht behalten. Ich habe geheiratet«, sagte der Golem.

Beide schwiegen.

»Michael«, sagte Ahmad schließlich. »Ist er auch mit hineingezogen worden?«

Sie seufzte. »Da ist noch etwas, was ich dir nicht erzählt habe.« Und er hörte abwechselnd erschrocken und ernst zu, während sie erzählte, wie sie Michael mit Schaalmans Zaubersprüchen im Wohnheim angetroffen und sich anschließend verzweifelt Gedanken über ihre Verwendung gemacht hatte.

»Wo sind sie jetzt?«, fragte er.

»Anna hat die Papiere«, sagte sie, und er verzog das Gesicht. »Ich konnte sie nicht in der Bäckerei lassen! Sie versteckt sie irgendwo. Ich weiß nicht, was ich damit tun soll.«

»Verbrenn sie«, sagte er.

»Das ganze Wissen vernichten?«

»Es ist Schaalmans Wissen. Ibn Maliks.«

»Ich dachte«, murmelte sie, »dass ich dich damit vielleicht befreien könnte.«

Das traf ihn sichtlich wie ein Schlag. Er wandte sich ab und kämpfte mit sich. Dann blickte er auf sein Hemd hinunter und zog an den Ärmeln. »Sophias Vater hat sehr kurze Arme«, sagte er.

»Ahmad …«

»Nein. Du darfst dieses Wissen nicht benutzen. Entweder werde ich auf eine andere Weise befreit oder gar nicht. Versprich mir das.«

»Ich verspreche es«, sagte sie leise.

»Gut.« Er seufzte. »Und jetzt sag mir, ob ich mich dem Haushalt so präsentieren kann?«

Sie musterte ihn und lächelte: Sophias Vater war kleiner, aber dicker als der Dschinn, und die geliehenen Kleider bauschten sich um ihn wie Segel. »Präsentierbarer als zuvor.«

Er verzog das Gesicht. »Zumindest sind es keine alten Lumpen, wie Arbeely sie mir gegeben hat, als ich aus der Flasche gekommen bin.«

»Da warst du auch nackt? Ist das so eine Gewohnheit von dir?«

Doch er blickte blind an ihr vorbei. »Die Flasche«, sagte er.

»Was ist damit?«

»Maryam Faddoul hat sie noch. Arbeely hat sie repariert. Er hat das Siegel ersetzt, genau so, wie es war.« Er hielt inne. Als er weitersprach, klang er angespannt. »Du hast recht, Chava, es gibt einen anderen Weg. Aber er wird dir nicht gefallen.«

Anna verließ die Bäckerei mit dem seltsamen Sack und fragte sich, was genau ihr da anvertraut worden war. Sie fühlte einen flachen, knisternden Stapel Papiere darin; was war darauf geschrieben? Geheimnisse? Ein belastendes Geständnis? Trotz ihres Versprechens hätte sie den Sack gern geöffnet und hineingeschaut – aber dann erinnerte sie sich daran, wer ihn ihr gegeben hatte, und an die Schrecknisse, die sie schon erlebt hatte. Es war bestimmt kein Tagebuch, in dem Liebesgeheimnisse festgehalten waren. Besser, nicht zu wissen, was es war. Sie musste sich schnell ein Versteck einfallen lassen, und die Sache wäre erledigt.

Letztlich entschied sie sich für das Tanzlokal in der Broome Street. Wegen Chava hatte sie sowieso daran gedacht – und sie war seit jenem entsetzlichen Abend nicht mehr dort gewesen und hatte auch nicht vorgehabt, je wieder hinzugehen. Doch als sie über ein anderes Versteck nachdachte, kam sie immer wieder darauf zurück. Sie wusste sogar, wo genau sie den Sack verstecken würde: im Hinterzimmer auf dem alten Wäscheschrank, in dem die Tischdecken aufbewahrt wurden. Sie musste nur Mendel finden und ihn überreden, ihr den Schlüssel zu geben. Soweit sie wusste, arbeitete er in einem Haus in der Delancey, wo er im Akkord Hosen bügelte. Hoffentlich war er noch da.

Yehudah Schaalman saß an einem Tisch im Aufenthaltsraum des Wohnheims und kritzelte Zeilen auf ein Blatt Papier, die er sofort wieder durchstrich. Die Formel, um einen verlorenen Gegenstand wiederzufinden, sollte leicht zu erinnern sein; er hatte sie Hunderte Mal benutzt. Aber auf sein Gedächtnis war kein Verlass mehr; wenn er zu tief grub, riskierte er, seine früheren Selbst zu wecken, die dann ihre Lösungen lauthals durcheinanderschreien würden, bis er in ihrer Kakophonie ertaubte. Er musste vorsichtig vorgehen, sich an eine Erinnerung anschleichen, sie misstrauisch beäugen, nicht mehr als ein paar Silben der Formel auf einmal einfangen. Es war ein langsamer und mühseliger Prozess, und er war nicht in der Stimmung, sich Zeit zu lassen.

Im Flur erklang ein entsetzter Schrei. Er ignorierte ihn, ignorierte die lauten Schritte und die zunehmende Aufregung und versuchte sich zu konzentrieren. Endlich war die Formel, um sein Zauberbuch zu finden, vollständig. Er betrachtete sie – sie schien korrekt –, dann spannte er sich an und sagte sie laut auf.

Er sah den dunklen Alltagsrock einer Frau, der Bund ausgelassen, damit der Bauch der Frau, die im achten Monat schwanger war, hineinpasste. Sie hatte einen Mehlsack bei sich. Die Frau – und jetzt erkannte Schaalman sie, es war die Frau aus dem düsteren Wohnhaus – stand vor einer offenen Tür und flirtete mit einem pickligen, schwitzenden jungen Mann. Sie kokettierte mit ihm. Der Junge blickte kurz auf ihren Bauch. Er sagte etwas, verlangte etwas. Das Mädchen schien nicht erfreut, aber es nickte. Der Junge nahm eine Schnur ab, die er um den Hals getragen hatte; ein Schlüssel hing daran. Er ließ ihn vor dem Gesicht des Mädchens baumeln; es musste hinauflangen, und er packte es und küsste es grob auf den Mund, dann fasste er nach der Brust des Mädchens. Sie ließ ihn ein paar Augenblicke gewähren, dann stieß sie ihn fest von sich, ihre Miene gelassen: Es war ein Tauschgeschäft, mehr nicht. Der Junge blickte kurz schuldbewusst drein; dann kicherte er und ging ins Haus zurück. Die

Tür wurde geschlossen. Sie wirkte einen Moment verloren, dann fasste sie sich wieder. Mit dem Schlüssel und dem Mehlsack in der Hand ging sie die Straße entlang. Schaalman erkannte die Läden, die Straßenecken und wusste, dass sie nur ein paar Blocks von ihm entfernt war. In der Broome Street steckte sie den Schlüssel in das Schloss einer unauffälligen Tür und verschwand im Hausinneren.

Schaalman kam zu sich, ihm schwindelte. Er saß so still wie möglich da, bis er wieder klar sehen konnte und das Pochen in seinen Schläfen nachgelassen hatte. Das schwangere Mädchen – es kannte seinen Golem. Vielleicht hatte er nicht nur das Zauberbuch, sondern auch einen Köder gefunden, mit dem er das Einverständnis seines Golems erzwingen konnte.

Im Flur herrschte helle Aufregung. Vor Michaels Bürotür hatte sich eine kleine Menschenmenge versammelt. Die Haushälterin saß schluchzend auf der Treppe. Die Köchin sprach mit einem Polizisten. Sie sah Schaalman und warf ihm einen flehentlichen Blick zu: *Joseph, schau nur, was passiert ist.* Aber er war schon verschwunden, den Flur entlang und zur Tür hinaus.

Der Hansom der Winstons war zwar elegant, bot aber kaum Platz für drei Personen; dennoch zwängten sie sich hinein, Saleh, der Dschinn und der Golem. Das Pferd trabte flink durch das Tor auf die Park Avenue, nur um wie alle anderen im morgendlichen Verkehr stecken zu bleiben. In die Ecke gequetscht, döste Saleh bald ein. Zuerst kämpfte er dagegen an, aber die Müdigkeit und sein frisch gefüllter Magen – die Köchin hatte ihm einen Teller mit kaltem Fleisch und Fruchtkompott mit Weinbrand hingestellt, auch wenn sie ihm klargemacht hatte, dass das unter ihrer Würde war – gewannen die Oberhand. Der Dschinn war dankbar; so musste er nicht auf die offensichtliche Taktik zurückgreifen, die Sprache zu wechseln, um mit Chava zu sprechen.

Doch wie es schien, war Chava nicht in der Stimmung, sich zu unterhalten. Zuvor hatte sie überraschenderweise kaum protestiert, als er ihr seinen Plan erklärte, nur ein paar praktische Fragen gestellt und für Sophia ins Englische übersetzt. Jetzt war sie sogar für ihre Verhältnisse auffällig still. Sie schaute auf die Droschken und Fuhrwerke, die um sie herumstanden, ihre Miene wie aus Stein gemeißelt. Andererseits hatte er auch keine Ahnung, was er zu ihr sagen sollte. Alles, was ihm einfiel, war entweder zu trivial oder zu endgültig. Wenn alles gut ging, wenn der Plan funktionierte, würde er sie nie wiedersehen.

»Wird es wehtun?«, fragte sie plötzlich. »Wieder in der Flasche zu sein. Wird es wehtun?«

»Nein«, sagte er. »Zumindest erinnere ich mich nicht an Schmerzen.«

»Vielleicht hat es wehgetan«, murmelte sie tonlos. »Tausend Jahre lang. Und du erinnerst dich nur nicht daran.«

»Chava ...«

»Nein, sag nichts. Ich werde dir helfen, weil wir etwas unternehmen müssen, um zu verhindern, dass Schaalman dich findet und benutzt. Aber glaub bloß nicht, dass ich es gern tue. Du machst mich zu deiner Kerkermeisterin.«

»Du bist die Einzige, die die Kraft hat, mich in der Flasche einzuschließen. Ibn Malik war danach vollkommen geschwächt. Jemanden wie Saleh würde es wahrscheinlich umbringen.«

»Niemand bittet ihn darum ...«

»Natürlich nicht! Ich wollte doch nur sagen ...« Er hielt seufzend inne. »Ich weiß, um wie viel ich dich bitte. Du musst New York verlassen und nach Syrien reisen. Die Überfahrt auf dem überfüllten Schiff wird nicht sehr angenehm für dich sein.«

»Die Überfahrt ist das Geringste«, sagte sie. »Was ist, wenn deine Artgenossen dich nicht vor ihm schützen können? Was, wenn es keine Dschinn mehr gibt?« Er zuckte zusammen, und sie fuhr fort. »Ich weiß, aber wir müssen die Möglichkeit in Betracht ziehen. Soll ich dich dann im Wüstensand vergraben und das Beste hoffen?«

»Ja, wenn es nicht anders geht. Und dann lass mich allein. Geh weit weg, so weit du kannst. Ich will nicht, dass du mich verteidigst. Er mag nicht dein Meister sein, aber er kann dich trotzdem zerstören.«

»Aber wohin soll ich gehen? Neu anfangen, irgendwo – ich kann es mir nicht vorstellen. Ich bin nicht wie du. Ich kenne nur New York.«

»Es wird nicht für lange sein. Er hat nicht mehr viel Zeit. Höchstens noch ein paar Jahre.«

»Und danach? Soll ich die Welt nach seinen Reinkarnationen absuchen und sie in der Wiege ermorden?«

»Das traue ich dir nicht zu.«

»Nein?«

»Du könntest so etwas tun? Wirklich?«

Nach einer Weile sagte sie: »Nein. Obwohl ich weiß ... nein.«

Sie schwiegen. Der Einspänner kroch dahin und erreichte endlich das südliche Ende des Parks. Sie bogen nach Westen ab, und die Luft war erfüllt von dem Geruch der Bäume jenseits der Mauer.

Schließlich fragte er: »Wird Michael es ohne dich schaffen?« Er hatte vergeblich versucht, sich nichts anmerken zu lassen, als er den Namen aussprach.

»Michael wird besser dran sein, wenn ich weg bin. Ich hoffe, dass er mir eines Tages vergeben wird.« Sie blickte zu ihm. »Ich habe dir noch nicht erzählt, warum ich ihn geheiratet habe.«

»Vielleicht will ich es gar nicht wissen«, murmelte er.

»Du hast das Papier aus meinem Medaillon genommen. Ich konnte mich nicht zerstören. Ich musste in dieser Welt leben, und ich hatte furchtbare Angst. Und so habe ich mich hinter Michael versteckt. Und versucht, ihn zu meinem Meister zu machen. Ich habe ehrlich geglaubt, dass es das Beste wäre.«

Er hörte die Selbstvorwürfe in ihrer Stimme. »Du hattest Angst«, sagte er.

»Ja, und in meiner Angst habe ich den schlimmsten, selbstsüchtigsten Fehler meines Lebens gemacht. Wie kannst du mir also dein Leben anvertrauen?«

»Ich vertraue dir mehr als allen anderen«, sagte er. »Mehr als mir selbst.«

Sie schüttelte den Kopf und lehnte sich dann an ihn, als suchte sie Zuflucht bei ihm. Er zog sie an sich, ihr Kopf reichte ihm bis zur Wange. Aus dem Fenster des Hansom sahen sie New York, ein endloser Rhythmus aus Mauern, Fenstern und Türen, dunklen Seitenstraßen und hellen Sonnenflecken. Wenn er einen einzigen Augenblick in die Flasche mitnehmen könnte, einen Augenblick, in dem er ewig leben müsste, würde er vielleicht diesen Augenblick wählen: die vorbeiziehende Stadt und die Frau an seiner Seite.

Es war mitten am Vormittag, die betriebsamste Stunde im Kaffeehaus. Auf den Tischen draußen auf dem Gehweg klackten Backgammon-Steine; drinnen unterhielten sich Männer über Geschäfte.

Arbeely saß allein da und drehte seine Kaffeetasse in der Hand. In der Werkstatt war es zu ruhig gewesen, die Stille hatte ihm in den Ohren gedröhnt. Sein Blick war immer wieder von seiner Arbeit zu Ahmads leerer Bank geschweift, und er hatte sich ermahnt, dass er auch ohne seinen Partner gute Geschäfte gemacht hatte und es wieder tun würde; doch die Werkstatt schien die Luft anzuhalten und darauf zu warten, dass Ahmad wieder durch die Tür kam.

Schließlich hielt Arbeely es nicht länger aus und ging zu Faddouls, um sich von den Gesprächen anderer Leute ablenken zu lassen. Er schaute zu den voll besetzten Tischen. Maryam machte die Runde mit Kaffee und Klatschgeschichten, bewegte sich leichtfüßig durch den vollen Raum. Er sah, wie sich jeder Tisch belebte, sobald sie daneben stand, wie jedes Lächeln von ihr das Schwungrad anstieß, das das Kaffeehaus am Laufen hielt. In der Küche mahlte Sayeed mit routinierten Griffen Kaffeebohnen und Kardamom und kochte Wasser. Als er ihnen zusah, fühlte sich Arbeely noch einsamer.

Als würde sie wie eine Motte vom Licht von seiner melancholischen Stimmung angezogen, bahnte sich Maryam besorgt einen Weg zu ihm. »Boutros, geht es dir nicht gut?«

Er wollte sie fragen: *Maryam, bin ich schon zu lange Junggeselle? Habe ich meine Chance verpasst?* Doch ein Schatten fiel durch die Tür, und die Gespräche um sie herum verstummten.

Es war Ahmad. Neben ihm stand eine große imposante Frau, die Arbeely nie zuvor gesehen hatte. Und hinter ihnen ein Mann, der wie ein Stadtstreicher aussah, sich jedoch hielt wie eine bedeutende Persönlichkeit. Sein Gesicht kam Arbeely bekannt vor. *Eiscreme-Saleh*, flüsterte jemand, und er war geschockt, als er merkte, dass es stimmte.

Ahmad schaute sich im Kaffeehaus um, bis er Maryam entdeckte und dann Arbeely. Er schien überrascht, doch er schritt unbeirrt durch den Raum auf sie zu, seine Gefährten folgten ihm auf den Fersen.

Maryam starrte Saleh mit offenem Mund an. *»Mahmoud?«*

Die dunklen, erneut scharfsichtigen Augen füllten sich mit Tränen. »Maryam«, sagte der Mann mit belegter Stimme. »Es ist mir ein großes Vergnügen, dich zu sehen.«

Sie lachte erfreut auf, und auch ihre Augen wurden feucht. »Oh, Mahmoud, wie wunderbar! Wie ist das möglich?« Dann blickte sie zum Dschinn und wurde misstrauisch. Ihr Mann trat in die Küchentür, bereit einzuschreiten.

»Könnten wir vielleicht allein mit Ihnen sprechen?«, fragte Ahmad leise und wandte sich dann an Arbeely. »Ich glaube, du solltest auch dabei sein.«

Und nach ein paar raschen Worten mit Sayeed führte sie sie in ihre Wohnung über dem Kaffeehaus, wo sie sich an den Wohnzimmertisch setzten. Dann begann der Dschinn zu sprechen. Mit leisen, schlichten Worten erklärte er, wer er wirklich war, und entschuldigte sich für jede einzelne Lüge, die er Maryam erzählt hatte. Er stellte ihnen die große Frau vor, die neben ihm saß, und verschwieg auch ihre wahre Natur nicht.

Arbeely, dem von der neuen Offenheit des Dschinns noch ganz schwindlig war, bemühte sich, ihre Existenz zu verdauen. *Letzte Nacht habe ich eine Frau aus Lehm kennengelernt*, hatte der Dschinn einst zu ihm gesagt – und jetzt war sie da, eine ernste jüdische Riesin, die Maryams Fragen in perfektem Arabisch beantwortete, während Ahmad mit offensichtlicher und erstaunlicher Sorge um sie zuhörte.

»Warte«, mischte sich Arbeely verwirrt und ungläubig ein. »Willst du damit sagen, dass du zurück in die Flasche willst?« Zwang ihn diese Frau dazu, hatte sie ihn verzaubert? Die Frau flüsterte Ahmad mit gesenktem Blick in einer anderen Sprache etwas zu; der Dschinn sagte: »Arbeely, deine Ängste sind unbegründet. Es ist einzig und allein meine Entscheidung.« Irgendwie fühlte er sich daraufhin auch nicht besser.

Noch eine Frage von Maryam, und diesmal antwortete Saleh und erzählte von einem Mann, der an Ahmads Tür geklopft hatte. Er beschrieb die schrecklichen Schmerzen des Exorzismus wie ein Zahnarzt das Ziehen eines verfaulten Zahns. Und dann sagten der Golem und der Dschinn nacheinander: *mein Erschaffer, mein Meister.*

Es klang verrückt. Aber Maryam hörte zu und dachte nach. Schließlich ging sie in die Küche und kehrte mit der Flasche zurück, die sie mitten auf den Tisch stellte. Alle starrten sie an außer dem Dschinn, der mit zusammengekniffenen Lippen wegschaute. Der Sonnenschein betonte das komplizierte Muster, die geschwungenen Linien und Schleifen, die sich ineinanderwanden auf der Suche nach ihrem eigenen Ende.

»Sie gehört Ihnen«, sagte Maryam, »wenn Sie sie wollen.«

»Du glaubst ihnen?«, platzte Arbeely überrascht heraus.

»Muss ich es glauben, um mich von der Flasche zu trennen? Für mich ist sie nur die alte kupferne Ölflasche, ein Geschenk meiner Mutter. Es ist klar, dass sie für Ahmad viel mehr wert ist.« Sie nahm sie und reichte sie dem Dschinn, der sie anfasste, als wäre es ein Pulverfass. »Ich wünsche Ihnen viel Glück, Ahmad.«

»Danke«, sagte der Dschinn. Dann schaute er sich um: »Ist Matthew …?«

»Er ist in der Schule«, sagte Maryam.

Ahmad nickte, seine Enttäuschung unübersehbar. Maryam zögerte; dann sagte sie: »Ich werde ihm von Ihnen Lebwohl sagen.«

Sie gingen auf die Straße hinunter, der Dschinn hielt die Flasche fest in der Hand. Maryam verabschiedete sich und kehrte zu ihren Gästen zurück. Durch das Fenster sahen sie, wie sie im Vorbeigehen die Hand ihres Mannes drückte. Die anderen vier standen unbehaglich auf der hellen Straße, das Gefühl der Dringlichkeit kämpfte gegen ein sorgenvolles Widerstreben. Der Dschinn hatte erklärt, dass die Zeit knapp war; ihre einzige Chance war jetzt, so schnell wie möglich zu handeln und über den Ozean zu fliehen, bevor Schaalman ihnen folgen konnte. Das Schiff nach Marseille würde in ein paar Stunden ablegen – Sophia kümmerte sich um eine einzelne Schiffspassage für das Zwischendeck –, und zuvor musste der Golem die Zaubersprüche von Anna zurückholen, damit auch sie in der Wüste vergraben werden konnten.

»Und du, Saleh?«, fragte der Dschinn. »Was hast du jetzt vor?«

Die Frage lauerte in Salehs Kopf, seitdem er sehenden Auges auf dem blanken Holzboden in der Wohnung des Dschinns erwacht war. Sollte er als Eiscreme-Saleh weitermachen, sein Leben in Pennys und Drehungen der Eismaschinenkurbel bemessen? Oder sollte er wieder Doktor Mahmoud werden? Beide Namen passten nicht mehr zu ihm; er vermutete, dass er jetzt etwas anderes war, etwas Neues, aber er hatte keinen blassen Schimmer, was. Er hatte so lange in Erwartung seines Todes gelebt, dass ihm schien, als würde er am Rand einer Klippe stehen und in einen schwindelerregenden blauen Himmel schauen, wenn er über seine Zukunft nachdachte. »Das muss ich mir noch überlegen«, sagte er. »Im Augenblick bin ich zufrieden, wenn ich meine Eismaschine finde.« Und auch er verabschiedete sich, sein Blick verweilte noch kurz auf dem Gesicht des Dschinns, bevor er sich abwandte.

»Also«, sagte Arbeely und wurde verlegen. »Ich werde dich vermissen, Ahmad.«

Der Dschinn zog eine Augenbraue hoch. »Wirklich? Gestern hat sich das noch ganz anders angehört.«

Arbeely winkte ab. »Vergiss es. Und außerdem«, sagte er und versuchte es mit Humor, »mit wem soll ich jetzt streiten? Mit Matthew?«

Ich werde dich auch vermissen, wollte der Dschinn sagen; aber es stimmte nicht. Die Flasche würde ihm nicht erlauben, irgendwen zu vermissen. Trauer und eine Andeutung von Panik erfassten ihn. Er ergriff Arbeelys Hand, ließ sie wieder los und wandte sich halb ab. »Wir müssen uns beeilen«, sagte er zu Chava, »oder ich verliere den Mut.«

»Chava«, sagte Arbeely. »Es freut mich, Sie kennengelernt zu haben. Bitte, passen Sie gut auf ihn auf.« Sie nickte – und dann ging auch Arbeely. Sie standen allein auf dem geschäftigen Gehweg.

»Dann ist es so weit?«, murmelte Chava. »Es muss jetzt sein?«

Der Dschinn nickte; doch dann erstarrte er. Etwas Seltsames geschah. Er sah nur noch verschwommen, und in seinen Ohren begann es zu summen. Plötzlich war der Gehweg verschwunden, und er wurde fortgezerrt ...

Anna stand vor ihm und hielt einen Stapel versengter Papiere in der Hand. Ihr Gesicht war ausdruckslos und schlaff. Seine eigenen Hände, geädert und gefleckt, fassten sie an den Schultern. Langsam drehte er sie herum, trat hinter sie und betrachtete das Bild, das er in der verspiegelten Säule sah. Sie sahen aus, als posierten sie für ein Familienportrait. Der Tanzsaal in ihrem Rücken war lichtdurchflutet. Er hob die Hände höher und legte sie um den Hals des Mädchens.

»Bring sie zu mir«, befahl er dem Spiegelbild. »Und auch die Flasche. Oder ich mache dich wieder zum Mörder.«

Er spürte die kühle Haut des Golems unter seinen Händen; sie hatten sich wie von selbst um ihre Handgelenke gelegt, als wollten sie sie zu Schaalman ziehen. *Die Bindung*, dachte der Dschinn. Sie war nie gelöst worden – und jetzt konnte Schaalman ihn kontrollieren wie zuvor Ibn Malik.

Entsetzt fragte sie: »Ahmad? Was ist, was ist los?«

Wie dumm Schaalman doch war, dachte der Dschinn voll Bitterkeit; wie wenig er das von ihm geschaffene Wesen kannte. Warum machte er sich die Mühe, ihm zu drohen, wenn Chava Anna doch nie im Stich lassen würde, nicht einmal für ein übergeordnetes Wohl? Sie würde freiwillig zu ihm gehen – und er würde sie nicht allein gehen lassen.

Er konnte seine Hände wieder bewegen. Er ließ sie sinken und wandte sich ab.

»Es ist zu spät«, sagte er tonlos. »Wir haben verloren.«

Salehs Eismaschine stand da, wo er sie hatte stehen lassen, in einer Ecke seines Kellerlochs. Er verzog das Gesicht, als er den Raum zum ersten Mal deutlich sah. Er hob die zusammengenähte Decke mit einem Zeh an und schauderte, als er daran dachte, welches Ungeziefer darin hausen mochte. Die Eismaschine war alles, was sich zu retten lohnte – wenn überhaupt, denn das Holz war gesplittert, und die Kurbel hing an einer einzigen Schraube. Er glaubte, dass sie auseinanderfallen würde, sollte er sie jemals wieder benutzen.

Dennoch konnte er sie nicht zurücklassen, da sie ihm so treu gedient hatte, und deswegen schleppte er sie über die Treppe auf die Straße. Er wollte sie gerade in Ahmads Wohnung schaffen, um dort über seine Optionen nachzudenken, als er auf der anderen Straßenseite Chava und Ahmad vorbeihasten sah. Chava rannte beinahe, ihre Miene zeugte von gequälter Entschlossenheit; Ahmad folgte ihr und sah aus, als würde er alles auf der Welt geben, um sie aufzuhalten. Und Saleh dachte: *Da ist etwas ganz und gar schiefgegangen.*

Es war nicht sein Kampf. Er kannte diese Menschen kaum, wenn es denn überhaupt Menschen waren. Er war ihnen definitiv zu nichts verpflichtet. Einen Tag lang war er in ihre Schwierigkeiten verwickelt gewesen, aber das war jetzt vorbei. War er ihnen nicht in mehr als genug Kalamitäten gefolgt? Er musste sich entscheiden, wohin er gehörte.

Saleh biss die Zähne zusammen und ließ die Eismaschine stehen.

Kapitel 29

Der Ballsaal in der Broome Street war tagsüber so schön wie abends, aber auf eine ganz andere Art: keine funkelnde von Gaslampen erhellte Phantasie, sondern ein warmer goldener Raum. Die hohen, vielfach unterteilten Fenster warfen sonnige Vierecke auf die Tanzfläche, Staub flimmerte in der Luft.

Keiner von beiden hatte auf dem Weg zum Tanzlokal ein Wort gesagt, gemeinsam ertrugen sie die Angst und das Gefühl der Ohnmacht. Schaalman konnte den Dschinn nach Lust und Laune kontrollieren, und der Golem war sein Geschöpf, das er jederzeit zerstören konnte. Er hielt ihrer beider Leben in den Händen; er konnte sie gegeneinander einsetzen oder den Dschinn in der Flasche einsperren und den Golem zu Staub verwandeln. Sie hatten die Wahl zwischen Sklavendiensten oder dem Tod.

Die Tür des Lokals war mit einem Vorhängeschloss zugesperrt, doch es fiel herunter, kaum hatte der Dschinn es berührt. Wieder einmal Schaalman, der seine Macht unter Beweis stellte. Sie wechselten einen grimmigen Blick und gingen hinein.

Die Tische waren an die Wände geschoben, in der Mitte der Tanzfläche stand Anna, geistesabwesend und mit leerem Blick.

»Anna«, sagte der Golem dringlich. Keine Antwort, sie spürte nichts. Sie machte ein paar Schritte auf Anna zu und schaute sich um. Der Dschinn blieb angespannt stehen. »Ich bin da«, rief der Golem.

Ein Schatten löste sich aus einer Ecke und wurde zu einem mageren alten Mann. »Hallo, mein Golem«, sagte Schaalman. »Freut mich, dich zu sehen.« Er blickte zum Dschinn. »Und du bist auch da. Sogar freiwillig. Du hast doch die Flasche dabei, oder?« Der Dschinn unterdrückte einen Schreckensschrei, als sich sein Körper von selbst in Bewegung setzte. Er hielt die Flasche vor sich und ging die halbe Strecke bis zu Schaalman. Dort stellte er die Flasche auf den Boden und kehrte zurück, während der Golem ihm entsetzt zuschaute.

»Hören Sie auf«, sagte sie. »Wir sind da, wir haben getan, was Sie wollten. Lassen Sie Anna gehen.«

»Golem, du überraschst mich«, sagte Schaalman. »Ich dachte, du würdest das Mädchen beneiden. Schau sie dir an, nur noch Tage bis zur Agonie der Niederkunft – aber in diesem Zustand hat sie keine Sorgen, keine Ängste, alles ist friedlich. Ist das nicht das bessere Leben?« Er betrachtete sie vom anderen Ende der Tanzfläche. »Du hattest nur so kurz einen Meister, aber du hast bestimmt nicht vergessen, wie es war. Sag, erinnerst du dich?«, fragte er sie in strengem Tonfall.

»Ja.«

»Und wie hast du dich gefühlt?«

Sie konnte nicht lügen, er kannte die Antwort. »Ich war glücklich.«

»Aber du willst Anna dieses Glück nehmen und ihr die Schmerzen zurückgeben.« Und als wäre er mit seiner Geduld am Ende, hörte er mit dem Getue auf. In normalem Tonfall sagte er: »Zufälligerweise verstehe ich warum. Ich bin nur überrascht, dass du ebenso denkst.« Er seufzte. »Ich habe dich unterschätzt, Golem.

Ich habe dich mit meinen eigenen Händen erschaffen, und doch bist du mir ein Rätsel.«

Sie schwieg, wartete angespannt. Der Dschinn stand so reglos neben ihr, dass sie sich fragte, ob Schaalman ihn an dieser Stelle festhielt.

»Und du«, sagte er zum Dschinn. »Schau dich bloß an. Sollte ich die Worte sagen, die deine Bindung an mich lösen, sodass du davonfliegen könntest, dann, so glaube ich, würdest du dich weigern und bei ihr bleiben. Ich erinnere mich an eine Zeit, als du dich Frauen gegenüber weniger rücksichtsvoll verhalten hast. Ich frage mich, ob diese Veränderung auf Ibn Malik zurückgeht, auf das, was er dich gezwungen hat zu tun. Oder auf meinen Golem.«

»Hör auf zu reden«, sagte der Dschinn eiskalt. »Tu, was du tun willst.«

»Bist du so versessen darauf, in die Flasche zurückzukehren?« Schaalman schüttelte den Kopf. »Zuerst will ich, dass ihr mich versteht. Ich bin nicht Ibn Malik. Ich will keinen Ruhm, kein Königreich. Ich möchte nur ein wenig Frieden in dem mir verbliebenen Leben.«

Er wandte sich an den Golem. »Zu diesem Zweck schlage ich dir einen Handel vor.« Er holte ein Stück Papier aus dem Jackenärmel. »Mit dieser Formel kann man einen Golem an einen neuen Meister binden. Dein Rabbi Meyer hat sie gefunden. Ich glaube, er ist gestorben, bevor er sie anwenden konnte. Oder vielleicht hatte er auch einfach nicht die Kraft.«

Der Rabbi? Sie wollte widersprechen, ihn einen Lügner nennen – doch wie oft hatte sie die Albträume des Rabbis gespürt, seine Ängste um sie?

»Meyer hat eine schlaue Klausel in die Formel eingebaut«, fuhr Schaalman fort. »Um dich an einen neuen

Meister zu binden, bedarf es deiner Zustimmung. Du musst aus freiem Willen dein Einverständnis geben, damit sie wirksam werden kann. Und das ist der Handel, den ich dir vorschlage. Annas Leben und das ihres Kindes gegen deine Freiheit. Dann wärst du wahrhaft mein Golem«, sagte Schaalman. »Die an mich gebundene Sklavin und mein Geschöpf.«

Sie schaute zu Anna, die leblos wie eine Puppe dastand und nichts von der Gefahr wusste, in der sie schwebte. »Und was müsste ich tun als an Sie gebundene Sklavin?«

»Die Welt bereisen«, sagte er. »Meine früheren Inkarnationen suchen. Ihnen beibringen, wer sie sind und dass sie den Tod nicht fürchten müssen. Ihnen Frieden bringen, wenn du das schaffst. Sie werden sich gegen dich wehren. Ich hätte es auch getan.«

Sie blickte zum Dschinn und sah sein wachsendes Entsetzen, als er begriff, was sie tun würde, tun *müsste*. »Gut«, sagte sie. »Ich bin einverstanden.«

»Chava!«, rief er bestürzt.

Der Golem wandte sich ihm zu. »Was soll ich deiner Meinung nach tun, Ahmad? Sag es mir!«

Aber er wusste keine Antwort.

Sie schaute wieder zu Schaalman. »Lassen Sie sie zuerst gehen.«

Schaalman schien zu überlegen: Und dann sank Anna zu Boden. Der Golem lief zu ihr und half ihr beim Aufstehen. Anna schaute benebelt zuerst den Golem an, dann Schaalman. »Sie«, sagte sie. »Sie haben mir auf dem Flur einen Schrecken eingejagt.«

»Verschwinde, Mädchen«, sagte Schaalman.

Anna runzelte verständnislos die Stirn. »Geh, Anna«, drängte der Golem. Die junge Frau sah sie verwirrt an und eilte dann zur Tür. Sie hörten, wie sie ins Schloss krachte.

Der Golem schloss die Augen. »Jetzt«, sagte sie.

»Wie du willst«, sagte Schaalman – und sprach ohne Umschweife die Zauberformel des Rabbis.

Verborgen im dunklen Flur, hielt Saleh den Atem an, als das Mädchen an ihm vorbeilief und durch die Tür verschwand.

Es war mühsam gewesen, die Eingangstür geräuschlos zu öffnen. Und jetzt, im Inneren, hatte er kaum eine Vorstellung von dem, was er sah. Er hatte einen schrecklichen Kampf erwartet – aber stattdessen standen die drei da und wechselten ein paar Worte in einer Sprache, die Jiddisch sein musste. Bis die schwangere Frau zu Boden sank, hätte es eine Geschäftsverhandlung sein können.

Nachdem die Tür ins Schloss gefallen war, schlich er zum Ende des Flurs. Der riesige Saal war bis in die hintersten Winkel von Licht erfüllt; sobald er den Flur verließe, würde er sofort entdeckt werden. Was konnte er nur tun, außer hineinrennen und sich umbringen lassen? Sie würden es ihm nicht danken, wenn er sein Leben wegwarf. Was auch immer passieren würde, vielleicht reichte es, dass er einfach nur da war – um ihr Ende zu bezeugen, sollte es dazu kommen.

Schaalman sagte etwas; und selbst aus dieser Entfernung spürte er die Macht der Worte. Er hatte eine Gänsehaut, die Haare stellten sich ihm auf. Er sah, wie Chava taumelte, als hätte sie ein Schlag getroffen. Ahmad wandte ihr den Rücken zu. Was immer geschah, er ertrug es nicht, es mit anzusehen.

Saleh hielt den Atem an und trat einen Schritt näher.

»Hallo, Ahmad«, sagte der Golem.

Nenn mich nicht so, dachte der Dschinn. *Nicht mit ihrer Stimme.*

Er zwang sich, sich umzudrehen. Sah er wirklich einen Unterschied, oder bildete er es sich bloß ein? Ihre Augen waren größer, klarer. Eine undefinierbare Falte auf ihrer Stirn war verschwunden. Sie lächelte unbeschwert.

»Du hättest warten können, bis ich in der Flasche bin«, sagte er zu Schaalman. »Du hättest es mir ersparen können.«

»Ich wollte, dass du es siehst, damit du es verstehst«, sagte Schaalman. »*Das* ist ihre Natur. Nicht das zerrissene Wesen, das du gekannt hast.«

»Es stimmt«, sagte der Golem. Sie streckte die Arme von sich, als würde sie sie zum ersten Mal sehen. »Ich bin jetzt, wie ich sein soll. Mach dir keine Sorgen«, sagte sie zu dem entsetzten Dschinn. »Ich erinnere mich noch an alles. An die Bäckerei und die Radzins und an Anna und den Rabbi. Und an Michael.« Einen Augenblick lang schien sie sich auf etwas zu konzentrieren, dann fuhr sie fort: »Mein Meister hat sein Leben beendet. Ich bin wieder Witwe.« Sie hätte auch über das Wetter reden können.

Der Dschinn starrte Schaalman an. »Du hast ihren Mann umgebracht? Aus was für einem Grund ...«

»Er hat etwas Falsches gesagt«, antwortete Schaalman.

»Das hast du ihr verschwiegen, als du ihr den Handel vorgeschlagen hast.«

Schaalman lachte. »Meinst du etwa, das hätte ihre Entscheidung beeinflusst?«

»Und ich erinnere mich an dich«, sagte der Golem

und ging auf den Dschinn zu. Ihre unsichere Haltung war verschwunden; sie hielt sich jetzt aufrechter und wirkte selbstbewusster. »Ich habe dir nie gesagt, was ich für dich empfinde.«

»Tu es nicht«, rief der Dschinn verzweifelt.

»Es ist schon in Ordnung«, sagte sie, als wollte sie ein Kind beruhigen. »Jetzt empfinde ich nicht mehr so.«

»Es reicht«, sagte er zu Schaalman. »Steck mich in die Flasche.«

Der Mann zuckte die Achseln. »Wie du willst.«

Doch es war der Golem, nicht ihr Meister, der sich bückte, um sie aufzuheben. Natürlich: Schaalman wollte nicht riskieren, sich wie Ibn Malik zu schwächen. Sie betrachtete die Flasche und wandte sich dann an Schaalman: »Was muss ich sagen?«

Schaalman zögerte, suchte in seiner Erinnerung und sagte dann einen kurzen Satz in umständlichem Arabisch. Der Dschinn schauderte: Die Worte hallten in seinem Gedächtnis wider, es waren die Worte, die er vor dem endlosen Augenblick in der Flasche gehört hatte.

Der Golem hob die Flasche und öffnete den Mund, um die Worte zu wiederholen.

»Halt«, sagte Schaalman schnell. »Nicht so. Du musst ihn ansehen, nicht mich.«

»Warte«, sagte der Dschinn.

Schaalman zog die Augenbrauen in die Höhe. »Ist das etwa Feigheit?«

Er beachtete den Mann nicht und ging zu Chava. Sie stand geduldig da, den Kopf zur Seite geneigt, und sah ihn mit kühler Neugier an.

»Leb wohl«, sagte er zu ihr.

Sie protestierte nicht, wartete fügsam wie ein Vögelchen, als er die Hand hob und ihre Wange berührte. In der Mulde am Ansatz ihres Halses, am Rand ihres nicht zugeknöpften Kragens funkelte die goldene Kette.

Er müsste schnell sein.

Saleh war bis zum Ende des Flurs geschlichen und befand sich jetzt keine zwei Schritte mehr vom hellen Saal entfernt. Manipulierte Schaalman den Golem? Oder war sie zur Verräterin geworden?

Der Golem hob die Flasche auf und stellte dem alten Mann eine Frage. Nach einer Weile antwortete er auf Arabisch oder zumindest eine Art Arabisch. Die Worte ergaben ebenso wenig Sinn wie der Singsang eines Kindes, doch sie klangen in seinen Ohren schmerzhaft, krächzend und kratzten an der Wunde in seinem Kopf. Einen Augenblick lang sah er alles grau und platt – er fühlte sich, als wäre er gefangen und würde schrumpfen, sein Körper auf einen winzigen Punkt reduziert …

Der Moment ging vorüber, und Saleh tauchte nach Luft schnappend wieder auf. Er wusste mit absoluter Gewissheit, dass die Worte der Befehl für die Flasche waren. Er prägte sie sich ein, wiederholte sie in Gedanken und spürte wieder, wie er merkwürdig klein wurde.

Ahmad berührte Chavas Wange, es war eine Geste tiefsten Bedauerns. Und dann riss er plötzlich eine Kette von ihrem Hals. Etwas blitzte in seiner Hand auf, er wandte sich ab, rannte los, ein, zwei Schritte, seine Hände entfalteten ein Stück Papier …

Der Golem packte ihn, hob ihn hoch und warf ihn auf den Holzboden.

Schaalman schrie etwas. Saleh sah entsetzt zu, wie Chava Ahmad hochhob und gegen eine verspiegelte

Säule warf. Alle kehrten Saleh den Rücken zu. Die Flasche lag umgefallen und vergessen auf dem Boden.

Er war kein Kämpfer und hatte keine Waffe. Für Schaalman und den Golem wäre er nur ein flüchtiges Ärgernis. In dem Augenblick, in dem er ins Sonnenlicht trat, wäre er ein toter Mann.

Er dachte: *Ich war so viele Jahre lang ein toter Mann. Dies soll der Tod sein, für den ich mich entscheide.*

Saleh lief aus dem Schatten.

Der Golem stand vor ihrem Feind, der ihren Meister geärgert hatte. Er lag reglos da, nicht weil er verletzt war oder Schmerzen hatte, sondern weil ihn ihr Meister mit seinem Willen festhielt. Hinter ihm befand sich die gesprungene Säule, der Spiegel ein explodiertes Netz. Sie packte ihn und hob ihn wieder hoch, genoss das Gefühl ihres beweglichen Körpers, das An- und Entspannen der Muskeln aus Lehm. Dafür war sie erschaffen worden: für diesen Zweck, für diesen Moment.

Ihr Meister schrie wieder, diesmal schrie er sie an, nicht den Dschinn. Sein Missfallen befahl ihr, nicht länger mit ihrem Feind zu spielen. Doch auch ihr Körper sprach zu ihr, *mach weiter, mach weiter* – aber die Stimme ihres Meisters war lauter. Enttäuscht ließ sie den Dschinn auf den Boden fallen.

»Genug!«, schrie ihr Meister. »Jemand wird uns hören, du hetzt uns noch die ganze Stadt auf den Hals.«

»Entschuldigung«, sagte sie mit gesenktem Blick. Dann runzelte sie die Stirn, horchte auf den Bund zwischen ihnen. »Etwas stimmt nicht«, sagte sie.

»Es ist alles in Ordnung«, fuhr er sie an und wandte sich ab. Denn tatsächlich steckte er in Schwierigkeiten. Seine früheren Leben begannen sich zu rühren. Es lag an dem arabischen Satz, den er ausgesprochen hatte: Um sich an ihn zu erinnern, hatte er zu hastig in Ibn Maliks Gedächtnis gesucht, und diese Störung hatte sich auf alle Leben dazwischen ausgewirkt. Er müsste sie wieder beruhigen, nachdem er den Dschinn in die Flasche gesteckt hatte. Er schaute sich um. Wo war die Flasche?

Er hörte Schritte, drehte sich erschrocken um und sah, wie ein ihm bekannter Mann nach der Flasche auf dem Boden griff.

Bevor er etwas sagen konnte, hatte der Golem den Mann gepackt. Ein Schlag, und der Mann ging zu Boden.

Es war der Stadtstreicher aus der Wohnung des Dschinns. »Idiot«, knurrte Schaalman. Der Golem fasste den Mann am Hals, und Schaalman zuckte zusammen, als er sah, wie freudig ihre Augen strahlten. Ihm war es gleichgültig, ob der Mann starb, aber sie war kurz davor, Amok zu laufen. Müsste er sie zerstören?

Er schloss die Augen und versuchte, sich trotz des Krachs in seinem Kopf zu konzentrieren. Die Bindungen zwischen ihm und seinen beiden Sklaven waren durcheinandergeraten, verwickelten sich mit seinen erwachten Leben. Der Golem hielt verwirrt inne. Der Dschinn verkrampfte sich auf dem Boden, als Schaalmans Kontrolle nachließ.

Die Erinnerungen stiegen in ihm auf und zogen ihn hinunter, zerrten ihn immer weiter zurück …

Im Palast des Dschinns kniete Ibn Malik vor ihm, Blut floss aus der Wunde in seinem Bauch. Schaalman blickte an sich hinunter und sah, wie sich die gleiche Wunde in seinem Körper öffnete wie ein Mund.

Nimm deine Unsterblichkeit, *sagte Ibn Malik*, meinen Segen hast du. *Er bleckte die Zähne zu einem rotgefleckten Grinsen.*

Und dann war Schaalman zurück im Ballsaal und versuchte verzweifelt, die Kontrolle wiederzuerlangen. Der Dschinn hatte den Golem niedergerungen. Sie lag auf dem Boden, er saß auf ihr und hielt ihre Arme fest. Schaalman taumelte und sah die Flasche in Salehs Händen funkeln. Er wollte seinen Sklaven etwas zurufen – *nein, haltet ihn auf* –, doch seine Stimme ging unter, als seine früheren Selbst jubelnd im Chor triumphierten, *du bist genauso erledigt wie wir, besiegt von deiner eigenen Torheit.*

Saleh drehte sich zu Schaalman und sprach den Satz.

Ein gleißendes Licht leuchtete auf, und die Flasche erwachte zum Leben. Salehs Körper gab nach und stürzte, die Flasche in den Händen. Er spürte, wie sie ihm das Leben aussaugte, während Schaalman schrumpfte und verschwand. Er sammelte alle Kraft, die er noch hatte, und hoffte, dass sie reichte. Als Salehs Kraft aufgebraucht war, meinte er, einen langen gepeinigten Schrei zu hören, den Lärm von seit tausend Jahren aufgestautem Zorn. Das Gefängnis aus Kupfer hatte seinen neuen Insassen aufgenommen.

EPILOG

An einem frischen sonnigen Septembermorgen verließ das französische Dampfschiff *Gallia* den Hafen von New York Richtung Marseille mit zwölfhundert Passagieren im Zwischendeck. In Marseille würden viele auf kleinere Schiffe umsteigen, die Häfen in Europa und jenseits davon anliefen – Genua und Lissabon, Kapstadt, Kairo, Tanger. Die Gründe für ihre Reise waren so unterschiedlich wie ihre Ziele: Sie wollten Geschäfte tätigen, Abschied nehmen von einem sterbenden Elternteil, eine Braut für die Neue Welt abholen. Die bevorstehende Heimkehr machte sie nervös, sie sahen Veränderungen in den Gesichtern ihrer Angehörigen voraus und eigene Veränderungen, die sie in den Mienen ihrer Lieben würden ablesen können.

In einer Koje lag ein Mann, der auf der Passagierliste als Ahmad al-Hadid geführt wurde. Er war nur mit einem kleinen Koffer an Bord gegangen. Begleitet wurde er von einem vielleicht sieben- oder achtjährigen Jungen. Irgendwie merkte man den beiden an, dass sie nicht Vater und Sohn waren – vielleicht weil der Mann so formell und behutsam mit dem Jungen sprach, als wäre er nicht sicher, wie man mit einem Kind umgeht. Doch der Junge wirkte zufrieden und nahm die Hand des Mannes, als sie sich der Gangway näherten.

Der Mann gab seinen Koffer nicht aus der Hand und verstaute ihn an Bord unter seiner Koje. Er öffnete ihn nur selten, um ein frisches Hemd herauszuholen oder den Schiffsfahrplan nach Beirut zu konsultieren, und dann hätte man vielleicht einen Blick auf einen dünnen Stapel alter Papiere und den runden Bauch einer gewöhnlichen kupfernen Ölflasche erhaschen können.

Es war eine kalte, stürmische Überfahrt. Der Mann lag Tag und Nacht in seiner Koje, in Decken gewickelt, um die Feuchtigkeit abzuwehren, und versuchte, nicht an die endlose Wasserfläche jenseits des Schiffsrumpfs zu denken. Der Junge schlief in der Koje neben seiner. Tagsüber saß er neben dem Mann und spielte mit den hübschen Figürchen aus Blech, die ihm den Neid aller anderen Kinder im Zwischendeck einbrachten. Irgendwann legte er die Figuren beiseite und holte ein kleines verblasstes Foto einer älteren Frau in einem dunklen Kleid und mit dichten grauen Locken heraus. Es war seine Großmutter, bei der er leben würde. Sie hatte das Foto geschickt, damit er sie am Kai erkennen würde. »Du hast ihre Augen«, sagte der Mann, der dem Jungen über die Schulter schaute. »Und ihre Locken.« Er lächelte.

Der Junge lächelte ebenfalls, doch dann betrachtete er zweifelnd wieder das Bild. Der Mann holte eine Hand unter der Decke hervor und legte sie dem Jungen auf die schmale Schulter.

Fünf Tage nachdem sie New York verlassen hatten, ging der Mann ein einziges Mal an Deck. Eine Weile schien die Sonne, und ein paar Minuten lang saß er auf einer Bank mit dem Koffer auf dem Schoß, und schaute hinaus auf den aufgewühlten stahlfarbenen Ozean. Das Schiff fuhr in eine Welle, und Gischt spritzte auf die Reling. Der Mann schauderte und kehrte in das Zwischendeck zurück.

Das Schiff von Marseille nach Beirut war klein und überfüllt, aber die Fahrt war kürzer und das Wetter besser. In Beirut gingen sie von Bord, und er sah zu, wie die Großmutter dem Jungen ein Stück Schokolade gab, bevor sie sich hinkniete und ihn in die dünnen Arme schloss.

Es war Zeit, Abschied zu nehmen. Der Junge hielt sich an ihm fest, Tränen in den Augen.

»Lebwohl, Matthew«, flüsterte der Dschinn. »Vergiss mich nicht.«

Von Beirut fuhr er mit dem Zug über die Berge ins geschäftige Damaskus, wo er einen Kameltreiber anheuerte, der ihn bis über die grüne Oase Ghuta hinaus in die Wüste brachte. Der Treiber, der glaubte, der Mann wollte nur einen Ausflug machen, war entsetzt, als sein Kunde darauf bestand, dass er ihn mit seinem Koffer am Rand der Wüste allein lassen sollte. Der Dschinn verdoppelte die Bezahlung und versicherte ihm, dass alles in Ordnung sei. Schließlich ließ der Kameltreiber ihn allein. Als er es sich eine Stunde später anders überlegte und zurückkehrte, um den Mann zu holen, fand er keine Spur mehr von ihm. Die Wüste hatte ihn verschluckt.

Im Central Park begann das Laub zu fallen. Auf den Wegen lagen rostrote und goldene Blätter. Es war Samstagnachmittag, und der Park war voller Familien und verliebter Paare, die alle die letzten schönen Tage genossen.

Zwei Frauen, die eine war auffällig groß, die andere schob einen Kinderwagen, spazierten auf der Droschkenstraße neben der Wiese an einem Dutzend Schafe vorbei, die friedlich Gras fraßen. Sie hielten ein wenig

Abstand zueinander, und bislang hatten sie kaum etwas gesagt; doch jetzt fragte die große Frau: »Wie geht es dir, Anna?«

»So gut es eben geht«, antwortete die junge Mutter. »Wenigstens ist es kühler geworden, und Tobys Koliken sind nicht mehr so schlimm.«

Nach einer Weile sagte die große Frau: »Das freut mich, aber ich habe eigentlich an deine Lage gedacht.«

Anna seufzte. »Ich weiß.« Sie gingen weiter. »Sie ist schwierig«, sagte sie dann. »Ich nehme so viele Wasch- und Näharbeiten an, wie ich kann, doch Toby fordert so viel Zeit! Aber ich komme über die Runden. Zumindest muss ich noch nicht auf die Straße.« Sie wollte es leichthin sagen, aber der Golem spürte ihre Angst davor, das Grauen, dass sie sich eines Tages nicht mehr anders zu helfen wüsste, als sich selbst zu verkaufen.

Sie wusste, dass es sinnlos war, fragte aber trotzdem: »Anna, wenn du irgendetwas brauchst …«

»Ist schon in Ordnung«, sagte Anna zugeknöpft, und der Golem nickte. Das Mädchen hatte bislang immer abgelehnt. »Wir kommen zurecht«, sagte sie in milderem Tonfall. Dann blickte sie zum Golem. »Und du? Wie geht es dir?«

Der Golem schwieg einen Augenblick. »Wie dir«, antwortete sie schließlich. »So gut es eben geht.«

Als klar war, dass sie es nicht weiter ausführen würde, sagte Anna: »Wie ich höre, arbeitest du noch bei den Radzins.«

»Mrs. Radzin wollte mich nicht gehen lassen«, sagte der Golem. *Trauer, solange du willst*, hatte Mrs. Radzin gesagt. *Und dann komm zurück. Du hast hier immer einen Platz. Chavaleh. Wir sind jetzt deine Familie.*

Sie hatten Michael in Brooklyn begraben, und diesmal hatte sie sich über die Konventionen hinweggesetzt und war zur Beerdigung gegangen, hatte den Blicken seiner alten Freunde standgehalten, die nur darauf warteten, dass sie schluchzend zusammenbrach. Sie hatten nicht Schiwe gesessen, weil sie meinte, dass er es nicht gewollt hätte. Die Polizei hatte Nachforschungen angestellt – sie hatten auch sie befragt, und es war eine qualvolle Erfahrung gewesen – und legte den Fall dann wie den von Irving Wassermann in die Schublade *Ungelöst* und wandte ihre Aufmerksamkeit wichtigeren Dingen zu.

Es ist nicht deine Schuld, hatte Anna gesagt, aber sie hatte nicht wirklich überzeugt geklungen.

Sie gingen weiter, Anna beruhigte den kleinen Toby, der greinend im Kinderwagen lag. Es war nicht klar, wie viel Anna von dem begriffen hatte, was an jenem Tag passiert war. *Im einen Augenblick habe ich den Sack versteckt, den du mir gegeben hast*, hatte sie dem Golem erklärt, *und im nächsten sagst du mir, dass ich weglaufen soll.* Der Golem hatte ihr kurze vage Antworten auf ihre Fragen gegeben. Es hätte ihr nur Angst gemacht, von ihrer benebelten Hilflosigkeit zu hören – und der Golem wollte Annas Entsetzen nicht spüren.

Wenigstens ist der schreckliche alte Mann weg, hatte Anna gesagt; und der Golem hatte ihr zugestimmt: *Ja, er ist weg.* Das entsprach natürlich nicht ganz der Wahrheit. Schaalman war zwar in der Flasche gefangen, aber er war immer noch ihr Meister, und sie waren aneinander gebunden. In stillen Momenten, wenn die Stadt schlief – oder hier im Park, wo nur wenige Gedanken sie ablenkten –, konnte sie ihn hören: ein zorniger Nadelstich, ein Heulen am Rand ihrer Sinne.

Anfangs hatte es sie rasend gemacht, doch allmählich lernte sie, es als den Preis für ihr Überleben zu akzeptieren.

Sie gingen über das gewölbte gusseiserne Band der Bow Bridge und hinein in den Urwald des Ramble. Laub raschelte unter ihren Füßen. Die Spätsommersonne schien auf einen Boden, der bereits abkühlte und schläfrig wurde. Der Golem schauderte. Der Winter würde lang und hart werden, das wusste der Park so gut wie sie.

Hier waren mehr verliebte Paare als auf der Droschkenstraße. Sie nutzten die relative Abgeschiedenheit. Ein paar waren für mehr gekommen, als nur miteinander zu schäkern, und sie spürte sie versteckt zwischen den gewundenen Pfaden im dichten Wald, hinter großen bemoosten Felsen und steinernen Brücken: die heimlichen Paare, manche zögernd, andere trotzig, die im Verborgenen und unpassend Verliebten, die glücklichen und die verzweifelten. Ihr Verlangen stieg wie Saft von den Bäumen auf.

Anna fragte: »Hast du von ihm gehört?«

»Was?«, sagte der Golem erschrocken. »Oh. Ja, er hat ein Telegramm aus Marseille geschickt. Und dann eins aus Beirut, letzte Woche, um zu sagen, dass er gut angekommen ist. Sonst nichts.«

»Es wird schon werden.«

Der Golem nickte – die Beteuerung war gut gemeint, wenn auch etwas windig. Aber der Golem wusste besser als Anna, was den Dschinn erwartete.

»Und wenn er zurückkommt«, sagte Anna, »was wirst du dann tun?«

Wider Willen musste der Golem lächeln. Die meisten Menschen würden einer gerade verwitweten Frau so eine Frage nicht stellen. »Ich dachte, du magst ihn nicht.«

»Ich mag ihn nicht. Aber *du* magst ihn. Und deswegen solltest du etwas tun.«

»Es ist kompliziert«, sagte der Golem.

Anna verdrehte die Augen. »Das ist es immer.«

Ja, aber war es jemals *so* kompliziert? Sie hatte Ahmad nur einmal wiedergesehen, bevor er nach Marseille abgereist war, und es war, als würden sie ihre ersten gemeinsamen Tage noch einmal erleben. Sie waren vorsichtig miteinander, unsicher, was sie sagen sollten. Sie waren zu den Docks am Hudson River gegangen, wo die Schauermänner im Schein der elektrischen Lichter Lasten hin und her trugen. *An was erinnerst du dich?*, hatte der Dschinn schließlich gefragt, und der Golem hatte geantwortet: *An alles.* Seiner Miene war abzulesen, dass es liebenswürdiger gewesen wäre zu lügen, so zu tun, als würde sie sich nicht an seinen Versuch, sie zu zerstören, erinnern; aber diesen Weg hatte sie mit Michael beschritten, und sie würde keinen Fuß mehr darauf setzen. *Wenn ich mich nicht daran erinnern würde*, sagte sie, *würdest du es mir dann erzählen*? Und er schaute eine Weile den Schauermännern zu, bevor er sagte: *Ich weiß es nicht.* Wenigstens eine ehrliche Antwort.

Und dann begannen sie langsam und zögernd miteinander zu reden. Er erzählte ihr von Saleh, dem beschädigten Kopf des Mannes, seine unglaubliche Heilung durch Schaalman. *Hast du ihn gut gekannt?*, fragte der Golem, und der Dschinn antwortete bedauernd: *Nein, überhaupt nicht gut.*

Der Golem sagte: *Wenn ich ihn nicht verletzt hätte, hätte er vielleicht …*

Er wäre trotzdem umgekommen.

Das kannst du nicht wissen.

Chava, hör auf. Salehs Tod ist nicht deine Schuld.

Aber war er es nicht doch, zumindest teilweise? Sie hatte vorgehabt, ihn umzubringen, hatte ihn mit freudiger Hingabe angegriffen. Es wäre so viel leichter, ihr selbst zu verzeihen, zu glauben, dass alles Schaalmans Schuld war, wenn sie sich nicht an diese Freude erinnern würde. Und was war mit Michael? An seinem Grab hatte sie sich schuldig und bekümmert gefühlt – aber wie sollte sie diese Gefühle mit der Erleichterung vereinbaren, die sie empfunden hatte, als sie erfuhr, dass ihr Meister ihn getötet hatte? Sosehr sie es auch versuchte, sie konnte das Selbst nicht leugnen, das sie in diesen Momenten gewesen war – und auch nicht das Gefühl, als hätte sie seit Rotfelds Tod geschlafen und wäre endlich zu ihrem wahren Leben erwacht.

Schließlich waren sie von den Docks nach Little Syria gegangen, zu einem unauffälligen Wohnhaus, und hatten unter einer wundersamen Deckenverkleidung aus Blech gestanden. Er zeigte ihr seine Lieblingsorte, die Entdeckungen seiner Kindheit, das Tal, in dem er seinen Palast gebaut hatte; und sie hatte seine Unruhe bei dem Gedanken, nach Hause zurückzukehren, gespürt. Schließlich sagte er: *Wenn meine Artgenossen noch am Leben sind, können sie mich vielleicht befreien.*

Sie stand da, hörte es und sagte dann kleinlaut: *Das würde mich sehr für dich freuen.*

Er legte ihr die Hand auf die Schulter und sagte ihren Namen; sie schmiegte sich an ihn, an seine warme Schulter, und er küsste sie auf die Stirn. *Das ist kein Lebwohl*, sagte er. *Was immer passiert, ich werde zurückkommen. Das verspreche ich.* Es war tröstlich, das zu hören – aber wenn ihn nur ein Versprechen zurückbrachte, was für eine Abneigung würde daraus erwachsen? Sie dachte, dass ihm das Leben in New York, sobald er befreit wäre, wie ein Traum erscheinen musste, aus dem man schaudernd und erleichtert erwacht.

Der Wind im Park frischte auf, doch die Nachmittagssonne schien weiter und verwandelte die Baumwipfel in leuchtende Flammen. Stimmen von der Bethesda Terrace schwebten über das Wasser bis zu ihnen, geisterhafte Gespräche in tausend Sprachen. Toby schlief in seinem Kinderwagen ein, seine Hände auf der Decke eingerollt wie Muscheln. Er runzelte die Stirn, schürzte die kleinen roten Lippen und träumte von der Brust seiner Mutter.

Sie verließen den Wald und gingen nach Osten zur Straße. Anna plapperte jetzt die ganze Zeit – erzählte Klatschgeschichten über ihre Arbeitgeber und die Geheimnisse, die die Wäsche über eine Person verriet. Doch ihre Fröhlichkeit ließ bald wieder nach. Der Golem spürte ihr wachsendes Unbehagen, ihren Wunsch, woanders, in sicherer Gesellschaft zu sein.

»Ich glaube, wir gehen jetzt nach Hause«, sagte die junge Frau schließlich. »Der Kleine wird bald sein Abendessen brauchen.«

»Es war schön, dich zu sehen, Anna.«

»Mich hat es auch gefreut«, sagte Anna, und nach einer Weile fügte sie hinzu: »Ich habe ernst gemeint, was ich vorhin gesagt habe über Ahmad. Wenn du kannst, solltest du versuchen, glücklich zu werden.« Und das Mädchen schob den Kinderwagen davon. Der Wind zerrte an ihrem dünnen Umhang.

Der Dschinn ging in die Wüste.

Er marschierte einen ganzen Tag lang, den Koffer in der Hand. Gelegentlich erspähte ihn aus der Ferne ein Geschöpf, ein Ghul oder ein Kobold, und sie näherten sich ihm, um schadenfroh nachzuforschen, warum ein Mensch so weit vom Weg abgekommen war – aber dann erkannten sie, was er war, und zogen sich furchtsam und verwirrt zurück und ließen ihn in Ruhe. Er hatte nichts anderes erwartet; dennoch schmerzte es ihn.

Insgesamt hatte sich die Wüste seit seinem Verschwinden kaum verändert; er kam an denselben gezackten Bergen und den Tälern vorbei, durch die er einst geflogen war, denselben Höhlen, Klippen und Verstecken. Doch in kleinen Dingen hatte sich die Landschaft stark gewandelt. Für ihn war es, als hätte ein ganzes Jahrtausend von Wind, Sonne und Jahreszeiten seine Wirkung auf einmal entfaltet, Flussbetten mit Sand aufgefüllt und Berghänge abgetragen, große Felsen zu kleinen Steinen zerbrochen. Er dachte an die Blechdecke in New York, die nicht länger eine Landkarte, sondern ein Artefakt war, das Abbild einer uralten Erinnerung.

Der Abend dämmerte, als er sich den Siedlungen der Dschinn näherte, dem Land seiner Verwandten. Er ging langsamer in der Hoffnung, bemerkt zu werden. An der Grenze blieb er stehen und wartete. Bald sah er sie: ein Aufgebot von einem Dutzend Dschinn, die körperlos auf ihn zuflogen.

Er war erleichtert: Sie lebten noch. Das zumindest hatte sich nicht geändert.

Sie hielten vor ihm an, und er sah, dass es die Ältesten waren, aber es war keiner dabei, den er kannte. Eine

Dschinniya, die Älteste von allen, sprach ihn in der Sprache an, von der er geglaubt hatte, dass er sie nie wieder hören würde.

Was bist du?

»Ein Dschinn«, antwortete er. »Und dein Verwandter. Ich würde dir meinen Namen nennen, wenn ich könnte.«

Du bist mit uns verwandt? Wie ist das möglich?

»Ich wurde vor tausend Jahren in dieser Gestalt eingefangen von einem Hexer namens Ibn Malik.« Er hob den Arm und zog die staubige Manschette von der eisernen Schelle – und sie wichen zurück; die ihm am nächsten waren stoben auseinander.

Das ist wider unsere Natur! Wie kannst du sie tragen, ohne Schmerzen zu haben?

»Das ist Bestandteil der Bindung an ihn«, erklärte er. »Bitte, sagt mir – könnt ihr sie entfernen? Haben wir in tausend Jahren dieses Wissen erlangt?«

Sie bildeten einen Kreis und diskutierten, ihre Stimmen ein Wüstensturm. Er schloss die Augen und saugte das Geräusch auf.

Nein. Wir besitzen dieses Wissen nicht.

Er nickte und hatte das Gefühl, als hätte er die Antwort schon gewusst.

Aber sag uns – müssen wir diesen Hexer fürchten? Lebt er noch, um uns einzufangen und uns an sich zu binden?

»In gewisser Weise lebt er noch, aber ihr braucht keine Angst vor ihm zu haben.« Er öffnete den Koffer und nahm die Flasche heraus; wieder wichen sie zurück, da sie das Eisen unter dem Kupfer spürten. »Hier drin ist seine Seele, eingefangen, wie er mich einst eingefangen hat. Aber wir sind noch aneinander gebunden. Wenn das Siegel während meiner Lebenszeit aufgebrochen wird, wird er zurückkehren.«

Und nach deinem Tod?

»Dann kann man ihn freilassen, und seine Seele wird erleben, was immer sie erwartet.«

Sie sprachen leise miteinander. Die Dschinniya sagte: *Wir würden dich gern töten, um den Hexer zu vernichten. Du bist nur mehr ein Schatten deiner selbst – wäre es nicht eine Gnade für dich?*

Auch damit hatte er halbwegs gerechnet. »Wenn ihr mir die Wahl lasst«, sagte er, »dann möchte ich das bei allem Respekt ablehnen. Ich habe versprochen zurückzukehren und möchte dieses Versprechen nicht brechen.«

Sie konferierten noch einmal, diesmal hitziger als zuvor. Er betrachtete sie und fragte sich, wer seine nächsten Verwandten waren. Doch es wäre sinnlos, sich danach zu erkundigen, da er seine Abstammung nicht genau benennen konnte. Und was hätte er von der Antwort, da sie doch Fremde bleiben würden?

Wir haben eine Entscheidung getroffen, sagte die Dschinniya schließlich. *Wir werden die Seele des Hexers sicher bewachen. Das wird unsere Aufgabe sein und die unserer Nachkommen, bis du von dieser Erde gehst.*

»Danke«, sagte er erleichtert.

Sie führten ihn zu einer Lichtung in der Siedlung, und dort vergrub er die Flasche. Die Ältesten sahen zu, während er mit den Händen ein Loch in dem grobkörnigen, harten Boden aushob. Er legte den Stapel Papiere dazu und füllte das Loch, dann stapelte er so eng wie möglich Steine darauf. Als er fertig war, hatten sich alle Bewohner der Siedlung eingefunden. Ihm war schmerzlich bewusst, dass er Ibn Maliks Seele seinen kapriziösen Artgenossen anvertraute. Aber immer noch besser, als sie in New York zu vergraben, wo die Flasche und die Papiere, gleichgültig wie tief sie in der Erde lagen, früher oder später wieder auftauchen würden, wenn ein neues Gebäude, eine neue Brücke oder ein weiteres Denkmal errichtet wurde. Die Wüste hingegen schienen die Menschen noch nicht erobert zu haben.

Aber wie willst du leben, gefesselt und gebunden, wie du bist?, fragte die älteste Dschinniya, als er sich die Hände wischte. *Was willst du tun, wohin willst du gehen?*

»Ich gehe nach Hause«, sagte er. Als er die Siedlung verließ, sahen ihm tausend Augen nach.

Sein Palast stand noch glitzernd im Tal.

Er war natürlich beschädigt. Die Außenmauern waren verwittert, vom Sand milchig trüb geschliffen. Die größeren Türme waren eingestürzt, glatte bläulich weiße Scherben lagen auf dem Talboden. An manchen Stellen war das Glas dünn wie Papier. An anderen war es völlig verschwunden, stattdessen befanden sich dort runde Löcher wie Bullaugen, die das Innere den Elementen öffneten. Er ging hinein, trat über Schutt. Sand lag verweht in den Ecken; das Dach sah aus wie eine Bienenwabe. Er entdeckte Vogelnester, Abfälle von Tiermahlzeiten.

Im großen Saal fand er die Überreste von Fadwa und Abu Yusuf.

Die Mauern des Saals waren dick, und der Mann und seine Tochter hatten hier in Frieden gelegen, bis die Wüstenluft sie so ausgetrocknet hatte, dass Tiere keinerlei Interesse mehr an ihnen hatten. Er setzte sich vor ihren

Überresten im Schneidersitz auf den sandigen Boden. Er dachte an Salehs Beerdigung ein paar Wochen zuvor. Maryam hatte sich an die kleine muslimische Gemeinde in Little Syria gewandt und einen Mann gefunden, der sich als Imam zur Verfügung stellte. Arbeely, Sayeed Faddoul und der Dschinn hatten Saleh gewaschen und ihn in weiße Tücher gewickelt; und dann hatte er im Grab gestanden, um den Leichnam entgegenzunehmen. Danach waren sie alle in Faddouls Kaffeehaus gegangen, und er hatte zugehört, während sie über Saleh sprachen und das wenige erzählten, was sie über ihn wussten. *Er war ein Heiler*, hatte Maryam gesagt, und die anderen hatten sie fragend angesehen; aber der Dschinn hatte gesagt: *Es stimmt, er war ein Heiler.* Er wünschte, jemand wäre jetzt bei ihm, dem er von dieser jungen Frau und ihrem Vater erzählen könnte, von ihrem Leben und den Angehörigen, die sie zurückgelassen hatten. Er dachte an Sophia Winston, die bald Istanbul erreichen würde und dann nicht allzu weit von ihm entfernt wäre. Aber er würde sie nur stören, sie mit seinen Sorgen belästigen, wo sie doch gerade ihre langersehnte Reise begann.

Er wollte Fadwa und ihren Vater begraben, wie Saleh begraben worden war, aber ihre Überreste waren zu zerbrechlich, um sie zu bewegen. Stattdessen sammelte er das Glas ein, das von seinem Palast gefallen war, und baute ein Grabmal um sie herum. Er erhitzte die Teile, sodass die Kanten miteinander verschmolzen, und glättete sie mit den Händen. Zuerst baute er die Mauern, dann die Kuppel darüber. Es war harte Arbeit. Mehrmals musste er nach draußen in die Sonne gehen, um seine Kräfte zu regenerieren.

Schließlich war er fertig. Er überlegte, ob er ihre Namen in das Glas ritzen sollte. Doch er ließ das Grabmal unversehrt und anonym. Er wusste, wer sie waren und warum sie hier lagen; das musste genügen.

Die Sonne ging unter, als der Golem nach Hause kam, in ihre neue Pension in der Eldridge Street. Ihr Zimmer war nicht größer als das, das der Rabbi für sie gefunden hatte, doch das Haus war doppelt so groß und beherbergte eine wesentlich geselligere Gästeschar. Die Hausbesitzerin war eine ehemalige Schauspielerin, und die meisten ihrer Mieter stammten aus diesem Milieu: reisende Mimen, die für eine oder zwei Spielzeiten in New York haltmachten, bevor sie zu einem Gastspiel woanders aufbrachen. Sie mochte ihre Mitbewohner. Ihre Gedanken konnten anstrengend, sogar ermüdend sein; aber ihre Begeisterung war ungeheuchelt, und bald schlossen sie sie auch ins Herz. Sie war ein Pol der Ruhe unter ihnen und eine neugierige Zuhörerin, wenn sie Geschichten erzählten. Irgendwann sprach sich herum, dass sie geschickt mit der Nadel war, und bald baten sie alle, ihre Kostüme zu flicken oder sogar neue zu nähen: *Die Schneiderin der Truppe ist einfach furchtbar, sie kann es nicht mit dir aufnehmen.* Wenn sie Geld hatten, bezahlten sie sie für ihre Arbeit, wenn nicht, brachten sie ihr Blumen oder Petit Fours oder Eintrittskarten für die erste Reihe und lenkten sie mit fröhlichem Lärmen von ihren Sorgen ab. Und im Gegensatz zu ihrer alten Pension hatten sie nichts dagegen, wenn nachts das Licht brannte oder jemand die Treppe hinauf- oder hinunterging.

Sie blieb betroffen vor ihrer Zimmertür stehen. An der Klinke hing ein Hochzeitskleid aus billigem Satin, ein Riss in der Schleppe. Dazu ein Zettel von einer Nachbarin, die ihr im Voraus dankte und eine Tüte mit

Schokoladenbonbons oder was immer sie wollte versprach.

Sie trug das Kleid ins Zimmer, zündete die Lampe an und zog das Nähkörbchen näher zu ihrem Stuhl. Ihr eigenes Hochzeitskleid lag gefaltet in dem kleinen Schrank unter ihrer Alltagskleidung. Sie konnte sich noch nicht davon trennen.

Die Schleppe war leicht zu flicken, und bald war sie fertig damit. Gedankenverloren strich sie die Ärmel und das Oberteil glatt, suchte nach kleinen Rissen, die sie flicken könnte, und dachte dabei die ganze Zeit an Annas Rat, dass sie, was Ahmad betraf, *etwas tun* sollte. Bei Anna hieße das wahrscheinlich eine stürmische Liebschaft voller Melodramatik und gebrochener Versprechen. Der Dschinn war vielleicht zu so etwas in der Lage – was immer zwischen ihm und Sophia Winston passiert war, schien in diese Richtung zu gehen –, aber sie? Es war lächerlich, sich selbst als trunken vor Leidenschaft vorzustellen, so absurd selbstvergessen, dass sie alle Vernunft über Bord werfen und nicht an die Folgen denken würde.

Aber gab es eine Alternative? Eine stille Romanze, dann die Hochzeit und das Leben als Hausfrau? Das war fast genauso schwer vorstellbar. Er würde wahnsinnig werden unter der Last von Treue und Beständigkeit, wenn er Tag für Tag in eine winzige Wohnung zurückkehren müsste. Er würde ihr die Schuld geben, und sie würde ihn verlieren. Und selbst wenn er dank eines Wunders willens dazu wäre, wollte sie nach Michael überhaupt noch einmal heiraten? Vielleicht wäre es besser, ein paar Jahre lang hier in ihrem Zimmer zu nähen. *Wenn du kannst, solltest du versuchen, glücklich zu werden*, hatte Anna gesagt – aber der Golem wusste nicht wie.

Jemand klopfte an die Tür: die Vermieterin, die ein Telegramm in der Hand hielt. »Chava? Das ist gerade für dich gekommen.« Sie reichte es ihr und schloss die Tür, obwohl sie ihre Neugier kaum im Zaum halten konnte.

BEIRUT SYRIEN 29. SEPT.
CHAVA LEVY
67 ELDRIDGE STREET NY

ALLES ERLEDIGT, BIN NOCH IMMER AN IHN GEBUNDEN …

Sie hörte auf zu lesen und schloss die Augen. Er hatte wenig Hoffnung gehabt, das wusste sie. Und zweifellos hätte sie ihn verloren, sobald die Wanderlust die Oberhand über seine Zuneigung für sie gewonnen hätte. Dennoch verspürte sie eine große Traurigkeit für ihn.

Sie las noch einmal:

ALLES ERLEDIGT, BIN NOCH IMMER AN IHN GEBUNDEN. SAG ARBEELY, DASS ICH MEINE STELLE WIEDER MÖCHTE …

Sie musste lächeln.

… WERDE VIA MARSEILLE ZURÜCKKOMMEN. ERWARTE MICH 19. OKT. UNTER DEINEM FENSTER.
AHMAD AL-HADID

Vielleicht, so dachte sie, als sie ihren Umhang schloss, gab es etwas dazwischen, einen ruhigen Ort zwischen Leidenschaft und Zweckmäßigkeit. Sie hatte keine

Ahnung, wie sie ihn finden sollten. Aller Wahrscheinlichkeit nach müssten sie ihn sich hart erarbeiten. Und welchen Weg sie auch einschlagen würden, einfach würde es nie werden. Aber vielleicht durfte sie hoffen.

Sie trat hinaus in die klare windige Nacht, ging zum Telegrafenamt auf dem Broadway und ließ ihn wissen, dass er nicht zu ihrem Fenster kommen musste – sie würde ihn am Kai abholen.

Danksagung

An der Entstehung von jedem Buch sind viele Menschen beteiligt, aber ich möchte einige nennen, ohne die es dieses Buch nicht gäbe. Mein unerschütterlicher Agent, Sam Stoloff, hat mich von Anfang an ermutigt, diesen Roman zu schreiben. Meiner phantastischen Lektorin, Terry Karten, bin ich von Herzen dankbar für ihr Verständnis und ihre Geduld. Und auch allen anderen Menschen bei HarperCollins bin ich zu Dank verpflichtet.

Um dieses Buch schreiben zu können, war jede Menge Recherche nötig, wobei ich einige Quellen besonders intensiv benutzt habe. Die Bücher von Alixa Naff und Gregory Orfalea waren sehr hilfreich bei der Beschreibung von New Yorks Little Syria. Ohne die New York Public Library Digital Gallery wäre es um einiges schwieriger gewesen, über Manhattan in den 1890er Jahren auf einer Couch im Kalifornien des 21. Jahrhunderts zu schreiben. (Für alle Ungenauigkeiten bin selbstverständlich ich verantwortlich.)

Mein Dank gilt auch allen, die Teile des Manuskripts in seinen früheren Fassungen gelesen haben, wie Binnie Kirshenbaum, Sam Lipsyte, Ben Marcus, Nicholas Christopher, Clare Beams, Michelle Adelman, Amanda Pennelly, Jeff Bender, Reif Larsen, Sharon Pacuk, Rebecca Schiff, Anna Selver-Kassell, Dave Englander, Andrea Libin, Keri Bertino, Judy Sternlight, Rana Kazkaz, Dave Diehl und Rebecca Murray.

Des Weiteren bedanke ich mich bei Amanda Pennelly, die mich überhaupt erst auf die Idee zu diesem Buch gebracht hat.

Dank der Freundschaft von Kara Levy, Ruth Galm, Michael McAllister, Zoë Ferraris, Brian Eule und Dan White bin ich bei der Arbeit an dem Roman nicht verrückt geworden und habe auch nicht meine Motivation verloren, selbst wenn mir mein gesunder Menschenverstand gesagt hat, ich solle das Manuskript in einer Schublade verschwinden und es gut sein lassen.

Ganz zum Schluss gilt mein Dank natürlich meiner geliebten Familie, all meinen Weckers und Kazkazes und Khalafs – aber ganz besonders meiner Mutter, meinem Vater und meinem Mann, ihrer Liebe und Unterstützung. Und noch ein letztes Dankeschön an meine wunderbare Maya, die gerade rechtzeitig für den Schluss gekommen ist.